国家社科基金
GUOJIA SHEKE JIJIN HOUQI ZIZHU XIANGMU
后期资助项目

北宋中后期贬谪与文学

Relegation and Literature in the Middle and Late Northern Song Dynasty

吴增辉 著

中华书局
ZHONGHUA BOOK COMPANY

图书在版编目(CIP)数据

北宋中后期贬谪与文学/吴增辉著. —北京:中华书局,
2019.12
(国家社科基金后期资助项目)
ISBN 978-7-101-14229-7

Ⅰ.北…　Ⅱ.吴…　Ⅲ.中国文学-古典文学研究-北宋
Ⅳ.I206.441

中国版本图书馆 CIP 数据核字(2019)第 242003 号

书　　　名	北宋中后期贬谪与文学	
著　　　者	吴增辉	
丛 书 名	国家社科基金后期资助项目	
责任编辑	吴爱兰	
出版发行	中华书局	
	(北京市丰台区太平桥西里 38 号　100073)	
	http://www.zhbc.com.cn	
	E-mail:zhbc@zhbc.com.cn	
印　　　刷	北京瑞古冠中印刷厂	
版　　　次	2019 年 12 月北京第 1 版	
	2019 年 12 月北京第 1 次印刷	
规　　　格	开本/710×1000 毫米　1/16	
	印张 33　插页 2　字数 523 千字	
国际书号	ISBN 978-7-101-14229-7	
定　　　价	128.00 元	

国家社科基金后期资助项目出版说明

后期资助项目是国家社科基金设立的一类重要项目，旨在鼓励广大社科研究者潜心治学，支持基础研究多出优秀成果。它是经过严格评审，从接近完成的科研成果中遴选立项的。为扩大后期资助项目的影响，更好地推动学术发展，促进成果转化，全国哲学社会科学工作办公室按照"统一设计、统一标识、统一版式、形成系列"的总体要求，组织出版国家社科基金后期资助项目成果。

全国哲学社会科学工作办公室

目　录

前　言

一、研究现状及选题意义

修齐治平是中国古代士大夫的基本价值追求,致君尧舜以青史留名更是其梦寐以求的政治理想,但专制政治的复杂多变常使官员因种种原因被逐出朝廷,成为相对边缘化的个体,一些官员被贬穷荒,形同废人,政治理想随之落空,这对其身心的打击无疑是沉重的。中国传统士大夫多为官员与文人的统一体,政治地位的沉落自然会在文学创作中得到表现,贬谪作为一种政治现象因而递变为文学现象,贬谪与文学间的关系理应成为文学研究者关注的重要方面。

贬谪作为一种政治文化现象与人类文明如影随形,远在《诗经》时代,弃子逐臣的主题便已被先民反复吟唱,尚永亮先生曾从发生学意义上对贬谪的文化源头——原始弃逐现象进行过考察,指出"弃子和逐臣有着内在的联系,前者是被父母抛弃,被弃者远离了自己依恋的亲情;后者则是被集团驱逐,被逐者将远离自己熟悉的群体",并将原始形态的弃逐现象分为三类:"第一类是出生被弃,以及因此产生的种种灵异""第二类是因罪受到谪罚,亦即'为政不善'而遭放逐""第三类是无端得罪,因谗言、陷害而猝然遭受放逐,即'仁人放流'"。而第三类作为人类文明的悖逆形态无疑最为发人深省,最具研究价值。尚先生通过对《诗经·小弁》及后世在此基础上衍生出来的各类作品的深入分析,认为"伯奇放流"乃是中国贬谪文化可以确证的最早个案,并且是中国贬谪文学的原型与母题,伯奇"一方面开启了由弃到逐的端绪;另一方面又承担了由子到臣的转换。更为不可轻忽的是,后世无数身遭弃逐的孤臣孽子,他们低回的哀吟,惨怛的面容,都能从伯奇那里寻绎到原型参照",而中国宗法制度"最后辅助确立了伯奇在文化史、文学史上的不易地位"。在伯奇故事的基本结构中,"后母对应奸臣;愚父代表壅君,由其展示的父权象征着专制;而弃子就是逐臣。原属于家庭伦理范畴的孝子后母之争此后便转换成了国家政治范畴的忠臣奸佞之争,这便是弃逐文化由朦胧到清晰的发生、发展变化脉络"①。尚先生的上述分析对我们进行贬谪与文学研究无疑具有重要的启示意义。

如果说"伯奇放流"是中国贬谪文化的源头,那么,自屈原开始,贬谪现象正式进入中国文学史,其后汉代贾谊也成为贬谪视域中的重要人物,司马迁在《史记》中将二人合为一传,使得屈、贾成为中国士人悲剧性的文化符号,不断引起后世被贬者的心灵共鸣。屈原和贾谊"有如中国贬谪史上的两座峰头,既标志着贬谪士人在生命沉沦过程中不尽相同的人生道路的选择,也代表了忠奸斗争和怀才不遇这样两种不无区别的主题及其价值和意义"②。屈、贾作为两种不同的人格风范深深潜入中国文化的机体,并深刻影响到后世士大夫的文化心理,使得后世的贬谪文学深深地打上了屈、贾的烙印。自汉至唐,贬谪现象越发频仍,并与文学发生着越发密切的关系。初唐宋之问等人被贬岭南开启了唐代贬谪文学的先声,降至中唐,韩愈、柳宗元、白居易、刘禹锡等人更以椎心泣血的文字抒写了贬谪际遇下的生命哀歌,以至元和时期的贬谪文人群体及贬谪文学成为引人瞩目的研究对象。入宋以后,贬谪更加频繁,尤其是王安石变法所开启的新旧党争,使得贬谪现象大量增加,绝大部分官员都曾遭到贬谪,许多人一贬再贬,乃至老死贬地。尚永亮先生认为:"中国历史文化具有一种超稳定的内在结构,只要宗法乃至宗法与专制同生共荣的时代在延续,弃子逐臣便会在这种制度的惯性运转过程中制造出来,或者说,专制政体笼罩下的文人,随时都有可能被突如其来的灾难抛离制度的轨道而成为落荒偏远的异己者;而每一位远离制度轨道的异己者面对人生的困境,都会重复一次先行者曾经历过的心理体验,并产生出类似的精神意向。"③宋代中后期的贬谪现象同样也是对这一历史规律的证明。随着北宋中后期党争愈演愈烈,党争与贬谪成为一种政治常态,对北宋中后期的文化及文学演变产生了不可忽视的影响,贬谪因而成为文化、文学研究难以逾越的核心事件。

20世纪90年代初,尚永亮先生的博士论文《元和五大诗人与贬谪文学考论》出炉,正式将贬谪定位为一种文化现象进行系统研究,贬谪文学开始作为一个重要的研究领域进入文学研究者的视野。1998年和1999年

---

① 尚永亮:《贬谪文化与贬谪文学》,兰州大学出版社,2004年,第218—227页。
② 《贬谪文化与贬谪文学》,第240页。
③ 《贬谪文化与贬谪文学》,第240页。

首届及第二届迁谪①文学讨论会在湖南怀化、衡阳举行,贬谪文学作为一个重要的文学概念乃至研究领域得到了学术界的更大范围的承认和重视。尚永亮先生的博士论文及以其博士论文为基础而衍生的其他研究著作《贬谪文化与贬谪文学》《唐五代逐臣与贬谪文学研究》等,将贬谪作为一种研究对象正式提出,实际上开辟了一个新的研究领域,其意义是不言而喻的。笔者以为,尚永亮先生大作的重要意义在于,将贬谪由政治现象提升到文化现象,从文化高度与历史视野定位贬谪现象,剖析被贬者的生存状态与精神困境,呈现出贬谪状况下五大诗人心灵状态的多个侧面。尤其是娴熟运用西方理论加以解读,取得了依靠传统学术途径不易取得的重要成果。尚先生的论著不仅对贬谪文化及贬谪文学进行了深入的剖析,而且在研究方法上也为学术界提供了有益的启示。本书选题即受到尚永亮先生博士论文的启发,在吸取尚先生研究成果的基础上,拟对宋代中后期的贬谪与文学关系进行较为系统而深入的探讨。

除尚永亮先生有关贬谪论著以外,与本选题相关的重要著作尚有罗家祥《北宋党争研究》、沈松勤《北宋文人与党争》、萧庆伟《北宋新旧党争与文学》。这三部著作对北宋党争的过程、动因、文化属性及与文人、文学间关系等进行了全面描述和深入辨析,为后来者的相关研究提供了极大的便利。沈著与萧著虽然对党争与文人、党争与文学间关系进行了系统的勾勒,但限于论题,偏重于对党争本身的描述,对文学本身的演变所论较少。上述三部著作既为本书提供了有益的启示,也进一步确定了本书的研究空间,即侧重考察士人贬谪际遇下的生存状态及在此状态下文化心态、学术观念、文学创作等因素的变化,从历史、哲学及学术视野对被贬作家的贬谪经历及贬谪作品进行考索。

就目前所见,对宋代贬谪及文学进行研究的状况大体如下:1.贬谪制度研究,如苗书梅《宋代官员选任和管理制度》、贾玉英《宋代监察制度》、王云海《宋代司法制度》等著作的相关章节,张其凡、金强《宋代岭南谪宦类型分析》(《学术研究》2004 年第 3 期)、何忠礼《苏轼在黄州的日用钱问题及

---

① “迁谪”强调“迁”,即由文化中心区域放逐到偏远地区;“贬谪”强调“贬”,即由高级官员降低为低级官员,前者着重地理空间的变化,后者着重政治地位的变化。两个概念虽然侧重不同,其实没有本质的差异,“迁”是因为“贬”,而“贬”一般而言会造成“迁”。一定意义上说,“贬”是原因,“迁”是结果,“贬”更具有本质的规定性。本人倾向于用“贬谪”概念。

其他》(《杭州大学学报》1989 年第 4 期)等。这些成果从制度层面考察贬谪的成因、贬谪的类型及被贬官员的生存状态,为进一步进行文学研究奠定了坚实的基础。尤其是苗书梅《宋代官员选任和管理制度》对被贬官员的类别及不同的生存状况进行了较为详实的考证,足资参考。2. 贬谪现象与创作关系的宏观研究,如周尚义《北宋贬谪诗文论略》(《四川师范学院学报》2003 年第 3 期),对北宋士人贬谪期间诗文的总体风格与审美情趣与前代进行了比较,概括出高旷平远、淡泊闲吟乃至戏谑调侃的特征,认为这些贬谪诗文实现了对传统贬谪诗文以悲为美、且多表现哀怨愁苦的超越。姚惠兰《论宋代贬谪文人的海南词》(《海南大学学报》2006 年第 3 期)则对两宋贬谪海南的苏轼、李光、赵鼎、胡铨的词作进行了比较研究,指出了苏轼旷达之作的范式意义,后人的词作无论偏离还是继承,都可以或明或暗地寻索到苏轼词风的印迹。张再林《宋代迁谪士人的迁谪心态与迁谪词风》(《中国韵文学刊》2002 年第 2 期)认为白居易面对贬谪逆境表现出的旷达自适的心态对宋代被贬文人产生了深刻影响,苏轼的超旷心态正是对白居易的继承与发展,宋代迁谪词因而呈现出旷放达观的总体风貌。3. 贬谪作家的个案研究。首先是对作家的心态研究,如王水照先生《元祐党人贬谪心态的缩影》联系特定的历史背景及历史事件,通过对被贬者交游及行踪的细密考证,揭示其思想状态的深层变化及隐微侧面,以个案方式呈现士人群体贬谪际遇下的心灵状貌,并由此对其被贬期间的诗文创作特征作出更合理的解释。其次则是对作家的贬谪诗文研究,如李寅生《论黄山谷的两次贬谪及其贬谪诗》〔《河池师专学报》(社会科学版)1996 年第 4 期〕,罗敏中《论秦观的政治态度和湖湘贬谪诗词》(《中国文学研究》2001 年第 2 期)。第三是比较研究,其中既有对同一作家不同贬谪阶段的比较,如成杰《苏轼前后贬谪思想之异同》(《河北理工学院学报》2003 年第 4 期),也有对不同作家贬谪心态与创作的比较,如石艺《迁客骚人,儋州宜州——苏、黄晚年贬谪心态与文学创作比较》(《广西教育学院学报》2005 年第 1 期)。4. 贬地的人文传统与创作关系研究,如巨传友《秦观的贬谪诗词与湖湘古文化底蕴》(《萍乡高等专科学校学报》2002 年第 1 期)。除单篇论文外,另一些有关贬谪的研究专著,如台湾学者郑芳祥的《出处死生——苏轼贬谪岭南文学作品主题研究》,围绕“出处”与“死生”两大主题,对苏轼贬谪岭南期间的人生与创作进行了较有深度的分析。

　　以上多为微观研究,研究者所关注的往往限于贬谪事件本身与被贬者的心灵及创作之间的关系,对其他与之相关的因素则涉及有限。事实上,贬谪作为一种政治事实,与专制体制、儒文化的道德属性、特定时代的政治走向、学术思想的演变等有着千丝万缕的联系,它不仅是政治现象,更是文化现象,它所影响的不仅是被贬者的心灵状态及文学创作,而且还包括学术趋向、人格形态、一代士风乃至时代精神。因而,必须要将贬谪由政治现象上升为文化现象,由被贬者的个案扩展为宏大的历史背景,由纯粹的文学研究延伸到学术、制度、地域文化等与之相关的领域,只有从历史文化的宏观视野定位与观照贬谪现象,才可能更深刻地解析与贬谪相关的政治文化信息,更真实地描述贬谪背景下士人群体的精神状态、价值变动,从而揭示贬谪背景下的文学观念及创作形态的演变情况。因为大量研究成果属于个案研究,无法从更为宏观的文化视野对贬谪际遇下的文学创作加以审视,从而限制了对贬谪现象及其与文学间关系进行更为深刻的揭示,这也是本书进行宏观研究意义之所在。

　　与此同时,许多论者沿袭既成的思维定势,有意无意地以正义与邪恶的二元视角看待宋代贬谪现象,赋予遭贬处穷的苏轼、黄庭坚等元祐党人以正义的价值判断,并不能完全揭示这些贬谪现象的文化内涵,也难以准确断定其文化属性。其实,宋代贬谪现象有着不同于前代的特点,宋代的贬谪并不直接源于士人与君权的对抗,而主要是士大夫内部斗争的结果。庆历新政首先开启君子之党与小人之党的论争,至王安石变法之后,党争愈演愈烈,斗争双方各持己见,互不相让,最终以当权一方将对方贬出朝廷的方式结束斗争。双方的斗争主要是其不同的学术立场及政治观念的外化,很难以正义与邪恶加以衡量,因此,被贬者并不像屈原、贾谊及中唐韩愈、柳宗元等人那样有着鲜明的正义属性,即便苏轼因乌台诗案被贬黄州,也很难断定当权新党就属于邪恶势力。因此,也便难以用尚永亮先生"不该贬而贬"的"负向贬谪"概念认定北宋一系列贬谪现象的性质。而且,随着北宋后期党争的白热化,党争的性质由以前的政见之争蜕变为意气之争及权力之争,无论哪一派当权,都以严厉的手段打击对方,新旧党的党际分野趋于模糊,被贬者守道不屈的文化意义也在逐渐丧失,贬谪现象因而具有更为复杂的文化内涵,单纯用"负向贬谪"概念加以笼括便有方枘圆凿之感了。从更为广阔的文化背景来看,贬谪现象已不再仅仅是正义与邪恶的较量,而是中国文化自身局限性的外在表现,新旧两党每一方都以君子自居而视对方为小人,士大夫群体陷于整体性的文化困局不可自拔,以正义与邪恶对双方进行单向度的区分已经没有意义,更需要探究的是北宋政治文化本身的问题。因此,必须要突破狭隘的伦理判定,将北宋士大夫看作一个统一的群体,从更高的文化视野对其斗争的原因、动机进行深入的考察,才能对贬谪的性质进行更为合理的说明。

此外,一些论者从庄禅观念入手研究被贬者的心态与文学,过多注意被贬者旷达的一面,而相对忽视了悲情的一面,更未注意到北宋后期的士大夫因为变法的失败、党争的酷烈、贬谪的加剧,精神日渐困顿的深层现实。基于这种思维定势,这些研究最终往往是为了证成苏轼、黄庭坚等被贬者如何以庄禅观念消解痛苦而获得精神的超越。这种认识并非错误,但显然不够全面,事实上,所谓的旷达正是为了消解悲情,而作为旷达对立面的悲情才是被贬者更为本质的精神层面。且苏轼等被贬者由被贬初期的伤痛到最后的超越往往有一个演变的过程,而许多研究对此缺乏细致的考察,这就忽略了许多有价值的信息。有鉴于此,本书便着力发掘以往研究者不大注意的方面,以对被贬者的心灵状态进行更为全面及动态的揭示来凸显其精神价值。

概而言之,贬谪现象牵涉到宋初以来儒学复兴的历史背景、新旧党争、政治制度的专制属性、儒文化的二元思维、士人心态的衰变及宋代学术演变等诸多方面与层面,借助于对贬谪现象的剖析,可以更清晰地观察到北宋的政治文化演变所造成的士人心灵状态的衰颓及其日趋严重的精神困境,从而可以更深刻地把握贬谪对文人的文学趣味及文学创作的影响,乃至解析北宋一些重要文学现象的内在文化原因。这是本书主要目的之所在。

二、对本书研究对象、范围及方法的说明

1. 本书将题目确定为"贬谪与文学"而非"贬谪文学",首先考虑到"贬谪文学"的概念并不严密,所谓"贬谪文学"既可以指被贬者在贬谪际遇下所创作的作品,也可以包括贬谪结束后以贬谪经历为题材而创作的作品,但后者很难界定,因为即便这类作品不明白提及贬谪经历及贬谪期间的思想感情,也难以断定其中必不包含有关贬谪的某类信息,因为一些作品可

能隐含了贬谪期间的某种回忆甚至某种意绪,只不过没有明白地表露出来而已。如果将这些因素也考虑进去,那么贬谪文学将成为一个几乎无法界定的概念,并必然会陷于纠缠不清的境地。有鉴于此,本书一般不用"贬谪文学"这一概念,而用"贬谪与文学"加以笼括,且所研究的对象一般指贬谪际遇下的作家及作品,以避免不必要的概念纠纷。

本书并不仅限于对文学本身的研究,同时涉及与贬谪现象相关的文化演变、政治走向、党争状况、学术纷争及士大夫的人格衰变等诸多方面,贬谪只是这一切变化的现象与结果,如果不对这些相关因素进行全面的分析,那么,贬谪本身的起因、性质与后果也无法得到清晰的揭示。基于以上考虑,本书将贬谪本身及相关的政治文化背景作为研究的重要内容,且以"贬谪与文学"界定基本的研究对象。

2.本书所谓的"北宋中后期",是指神宗熙宁到徽宗朝。之所以将时间范围确定为这一阶段,主要考虑到熙宁变法以后,士大夫群体发生严重分化,新旧党之间开始长期的斗争,贬谪现象大量出现,此一时间段理应成为研究重点。本书所研究的不仅是文学现象,还有贬谪的文化属性,而与贬谪相关的地域文化分野、儒文化的弊端、士人心态的衰变等在熙宁以后的党争中得到充分的表现,士人的文学观念及文学创作随之发生重要变化,这是本书将研究的时间范围确定为北宋中后期的原因所在。

3.被贬者因坚持己见、捍卫"气节"或心灰意冷等原因,多请外放,数量也极为可观,笔者将此类现象称为"自贬",是一种特殊的贬谪形态,这种情况主要出现于熙宁变法初期,以司马光为首的旧党成员纷纷请辞,或外任,或赋闲,都可视为"自贬"行为,同样被纳入本书的研究范围。

4.本书以诗歌为主要的研究对象。诗歌作为士大夫运用频率最高的文学形式,能够最大限度地容纳与贬谪相关的历史信息,最充分地反映被贬士大夫的文化心态,贬谪对文学的影响自然也能够在诗歌这一基本的文学形式中得到迅速而充分的表现。而北宋中后期的文学演变主要表现为诗风的演变,尤其是苏、黄地位的递变及江西诗派的形成成为醒目的文学事件,而这些变化又与贬谪现象有着千丝万缕的联系。因此,将诗歌作为主要研究对象更便于揭示文学与贬谪之间的互动关系及文学在贬谪背景下的发展演变。

5.以苏轼为核心的苏门成员是北宋中后期诗坛的核心,他们的创作情况代表着诗坛演变的基本趋势,也深刻影响着北宋中后期诗坛的基本走向。除元丰间苏轼、苏辙兄弟因乌台诗案遭贬外,绍圣之后的苏门全部遭到贬谪,因而,苏门贬后的创作情况理所当然地成为本书的研究重点。

6.本书以文化视野进入文学研究,力图凸显出地域背景、学术流派、专制制度、儒家观念及佛禅思想在党争中的消长起伏,考察这些因素又如何外化为贬谪文学的某些特征。本书力图进行一种动态的立体研究,即对被贬者的生存环境、人事交往、思想演变、文学创作进行一种全方位的考察与还原,既关注被贬者生存的小环境,也注意政治文化的大环境的呼应互动;既注意被贬者的当下状态,也注意其思想、创作的某种趋向,以最大限度地接近历史真相。

文学研究的本质并非仅仅在于揭示历史真相,更要以终极的思索揭示人类生存的价值与意义,西方理论在这一方面具有明显的优势。有鉴于此,本书既遵循文献考据的传统路数,也不排斥对西方理论的借鉴,尽可能实现二者的有机统一。

三、本书的主要线索

贬谪并非孤立的现象,而是宋初以来的一系列政治演变及文化冲突的极端表现。从文化角度而言,北宋贬谪现象源于儒学复兴,并因南北地域文化的差异造成学术观念的渐行渐远,由此形成士大夫群体政见的对立,最终酿成党争局面与贬谪的结局,这一过程同时成为士大夫的心态由外王而内圣、由张扬而内敛的转化过程,其文学创作也相应向平淡风格靠拢。随着北宋末年党争的严酷及贬谪的加剧,士大夫避祸全身的观念日益强烈,文学创作更加遵从怨而不怒、哀而不伤的儒家诗教。黄庭坚大力倡导心性修养,并以之作为诗歌创作的必要前提,同时强调诗法,使诗歌创作一定意义上成为儒家道德的外化形式,最终造成江西诗派大行其道的局面。

由以上概述,本书大体以下三条线索贯穿全篇:

1.儒学复兴的嬗变历程。儒学复兴肇始于中唐,历经晚唐五代的长期战乱,直到宋代复兴才得以实现。宋代士大夫将晚唐五代的长期战乱视为儒学衰落而佛道昌炽的结果,以宋初三先生为首的士人群体力倡儒学,排斥佛老,并以对《春秋》的注释高举"尊王"的旗帜,使儒学复兴成为与宋初以来加强中央集权的政治走向密切配合的文化运动。但宋代的儒学复兴

并非对儒学原典的简单重复,宋代庶民文化的兴起为儒学复兴带来了新的
文化因素,它以功利为主导的价值观念及其无所拘束的自由精神突破了传
统价值的樊篱,使得儒学复兴排斥章句、深究性理,掀起疑注、疑经的学术
潮流。而宋代士大夫群体也通过正本清源、直探圣人本旨的疑经运动获得
了空前的文化自信,他们坚信,汉唐章句之学破碎大道,并未传达出圣人本
意,只有抛弃传注、自出己意的义理之学才是原教旨的醇正的儒学。借助
疑经运动带来的文化自信,宋代士大夫群体提出迈越汉唐、直接三代之治
的政治理想,并针对北宋长期积弱的局面而表现出强烈的变革愿望。可以
说,以疑经为特征的儒学复兴为北宋的变法革新注入了强大动力,北宋的
变法运动一定意义上乃是儒学复兴的结果,无论庆历新政还是王安石变法
都不仅是纯粹的政治变革,而且是一种文化意义上直接三代之治的复古
运动。

　　与前代不同的是,宋代士人兼学者与官员身份于一身,一方面复兴儒
学,另一方面又力图将儒家理想贯彻于政治实践。如果说宋初三先生还停
留于理论层面,那么范仲淹庆历新政则将理论付诸实践,从而掀起儒学复
兴的第一个高潮。此后经过仁宗后期至英宗朝的酝酿准备,到王安石变法
掀起儒学复兴的第二个高潮。这场变法对北宋中后期乃至南宋的政治文
化格局产生了深远影响,其结果便是士大夫阶层的持续分化,由新旧党争
演变为党内斗争,进而演变为毫无原则的意气之争及权力争夺。经过元祐
更化、绍圣绍述及建中靖国的反复折腾,最终形成崇宁党禁的高度专制局
面,北宋政治陷于黑暗与衰坏的境地。这一过程同时成为士人群体反复遭
到打击与贬谪的过程,也是三代之治的政治理想逐渐破灭的过程,与之相
伴随的便是士大夫儒学信念的衰颓与失落。

　　儒学复兴以变法形式在实践层面遭到挫败后,便以理论反思的方式潜
滋暗长,这主要表现为三支不同党派分属人物的思想变化。首先是熙丰年
间因反对变法而赋闲洛阳的士人集团,它是集史学、哲学、文学于一体的文
化团体,其史学观、哲学观及文学创作都与正在进行的变法运动相关相应,
并从史学及哲学角度对变法运动进行批判,其核心乃是对传统儒家价值的
坚守。其次则是王安石罢相退守江宁期间倾向佛学。王安石身历变法的
一系列变故,深切感受到单纯依靠儒学并不足以实现外王,新党盟友吕惠
卿的背叛无疑加强了这一判断。外王先须内圣,而儒学并不能完全解决

内圣问题,变法的失败一定意义上标志着儒学复兴的失败,这种失败实际上又可归因于内圣的失败。王安石之转向佛学一定意义上也是要寻求有助于内圣的思想资源,于是早年由研读孟子开始的内圣之思重新成为退居江宁期间王安石的思想主题,《字说》编纂大量引用佛教典故证明王安石以佛学补助儒学内圣资源不足的努力。第三则是以苏轼为代表的文人,在被连续的贬谪之后,儒家观念受到严重冲击,佛禅思想则在儒家观念的消解中更多地渗透进来,逐渐成为苏轼思想的主导层面。如果说王安石借助佛禅企图补助儒学之不足,那么苏轼倾向佛禅则主要是为了摆脱精神困境。北宋后期,儒家观念事实上并不能真正约束和规范士人行为,党争中士大夫相互之间残酷的倾轧完全看不到儒学温良恭让的影子,反倒是彼此以君子自居而指责对方为小人的口诛笔伐暴露出儒学沦为党争工具的可悲。变法的失败及无休止的党争造成士人群体儒学观念的整体衰落,大批士人在精神上远离儒学而对佛禅怀有更加浓厚的兴趣。相比变法的失败,士大夫群体价值观念的偏离与转向在更深刻的意义上标志着宋初以来儒学复兴的失败,于是儒学最终以从佛禅中汲取资源化身道学、理学而求得自救。这是解读北宋士人心态变化及思想发展的基本线索。

2.南北地域文化的冲突。贬谪是党争的直接结果,而党争虽然表面源于不同士大夫群体政见的不同,根本上则源于双方不同的学术理念,而学术的歧异又与士大夫群体的地域文化背景有着深刻的联系。自宋代儒学复兴以来,南北儒学便呈现出不同的发展趋势,以司马光为首的朔学及以二程为首的洛学基于北方中原地区深厚的经学传统,排斥佛老,捍卫儒家正统,虽然他们对释道也加以汲取,却主要是方法的借用,并不认同其基本的价值观念。南方经学不厚,根基不深,思想构成更加多元,对儒学的独尊意识并不强烈,其思想体系更具开放性,无论是王氏新学还是苏氏蜀学,都呈现出对释道兼收并蓄的多元状貌,从而在根本上与以醇儒自居的北方儒学存在对立。儒学复兴以来追求富国强兵及三代之治的共同政治理想暂时掩盖了双方的差异,但随着新法的全面推行,双方分歧逐步扩大,由政见之争上升为学术之争,并重新还原为地域性的文化对抗。司马光曾说:"介甫独负天下大名三十余年,才高而学富,难进而易退。远近之士,识与不识,咸谓介甫不起则已,起则太平可立至,生民咸被其泽矣。"①而事实却与司马光的期待相去甚远,回归三代的理想首先在旧党那里破灭了,司马光、二程等旧党学者聚集于洛阳,从历史、哲学角度对新法进行审视与批判,从学理层面追问其合理性与合法性。虽然王安石竭力从儒学经典中寻求变法的依据,然而变法的逐利性直接违背儒学的传统价值,新法的种种弊害更为旧党的攻击提供了口实。由此,以司马光为代表的儒家士人开始放弃初始的变革诉求,而逐步退缩为对传统价值的捍卫。新法日益表现出疑经之风昌炽以来的南方文化特征,成为疑经最力的南方士人价值观的实现方式。可以说,南北士人在儒学复兴中并未在学理层面达成共识,南方士人因其价值观念及思维方式的多元性、开放性、灵活性,尤其是对功利价值的强烈追求与北方儒学存在根本矛盾,这就决定了党争的牢不可破及愈演愈烈。自熙宁到崇宁,士大夫的地域意识时隐时现,成为相互排斥的重要文化因素,也成为贬谪的潜在支配力量。这是本书所要把握的第二条线索。

3.士大夫的心态衰变。儒学复兴激发起宋代士大夫空前的文化自信,也使其主体人格得到极大的张扬,王安石"君臣迭为宾主"说标志着"道尊于势"的先秦精神的复活,并以与神宗的千载一遇而将士人的主体人格发扬到极致。但新法事实上的失败潜在地削弱了士大夫复兴儒学的热忱,并在一定程度上削弱着对儒学的信仰,而党争与贬谪的加剧更加打击着士大夫的入世热情,士大夫的心态由张扬转向内敛,由儒学更多地转向佛禅,朱光庭元祐年间连上两奏指责士大夫热衷佛法的情况,其中称,"今士大夫披儒者之服,当师法圣人言行,而乃自暴自弃,区区奔走,从事胡法"。"相国寺慧林院长老开堂,衣冠大集座下,听法者曲拳致恭,环拜致礼,无所不尽"②。对佛禅的归趋一定意义上反证出士大夫儒学信仰的失落。从熙丰至元祐,无论新法还是旧法都未能使宋王朝真正摆脱以"三冗"为核心的重重危机,宋初以来儒学复兴带给士大夫的强烈的文化自信因此不断衰落,而贬谪的打击更使士大夫无力再支撑儒学的救世信念,于是转向释道以消解苦痛、安顿心灵便成为士大夫的最终选择。这也成为本书所要把握的第

① 《与王介甫书》,[宋]司马光撰,李之亮笺注《司马温公集编年笺注》卷 60,巴蜀书社,2009年,第 4 册第 550 页。

② 《再乞戒约士大夫传异端之学奏》,《全宋文》,上海辞书出版社、安徽教育出版社,2006 年,第 93 册第 387 页。

三条线索。

　　与上述变化相应,宋人的诗学观念相比前代也发生了根本的变化。唐人推崇"不平则鸣",被贬者理应以激烈的情感抒写被贬边荒的生命苦痛,韩愈"一封朝奏九重天,夕贬潮州路八千"的怨愤正是"不平则鸣"的生动表达,唐代其他被贬者表现出大体相同的感情色调。"不平则鸣"虽然一定程度上切合了唐人情感张扬的生命形态,但情感抒发的放纵随意与宋代倡导教化、重建道德及社会秩序的时代需求背道而驰,"不平则鸣"的观念开始受到宋人的质疑与批评,以礼节情的儒家诗教受到推崇,黄裳《读罗隐孟郊集》云:"罗隐寓以骂,孟郊鸣其穷。始读郁吾气,再味濡我胸。如何志与气,发作瓶甕中。大见无贤愚,大乐非穷通。弃置二子集,追攀千古风。中兼六义异,下与万物同。"①唐人常作不平之鸣,发穷愁之悲,而宋人则将贤愚穷通的区别一并抹杀,以"万物同一"看待世事纷纭,由此形成坦然心态,甚至对屈原自沉汨罗也不以为然,张舜民《送辛著作罢荣河》诗云:"常笑三闾老大夫,枉将憔悴付江鱼。为儒须较身名重,入仕先将喜愠除。莫顾他门堪炙手,且教我腹可回车。"②典型表现出宋人不斤斤于立功扬名、进退自如的生存哲学,由此形成的审美心态便是雍容和乐而非张扬激烈,诚如周裕锴先生所论:"在宋人眼里,'寂寞无声''动而中律'的金石丝竹的'中和'之声(《国风》《雅》《颂》)取代'不得其平''则声若雷霆'的涧水的不平之鸣(《楚辞》),成为诗美的极致(黄庭坚《胡宗元诗集序》)。"③在这种文学观念整体转型的大背景下,北宋中后期的诗歌创作便呈现出求"平淡"、尚"法度"的基本倾向。苏轼被贬黄州期间的诗文创作逐渐消磨掉之前的强烈入世追求而融会庄禅,以与天地相往来及与大化同流的自由精神穿梭于历史与现实之间,获得了对自然与生命的前所未有的深刻解悟,并写出《赤壁赋》这样的惊世绝唱。元祐间虽然重返朝廷,并达到仕宦的顶峰,但洛蜀党争的持续不断消磨着他的心力,重新高扬的入世热情不断沉落。至绍圣被远贬岭海,更是与世无争,优游容与了。和陶成为此期的重要创作内容,而平淡则成为基本的审美趣尚。与苏轼相似,黄庭坚后期亦主平淡,赞叹老杜晚年诗作"平淡而山高水深"的审美境界,并奉为作诗的圭臬。苏、黄的

---

①　[宋]黄裳:《读罗隐孟郊集》,《全宋诗》,第16册第11028页。

②　[宋]张商英:《送辛著作罢荣河》,《全宋诗》,第14册第9686页。

③　周裕锴:《宋代诗学通论》,上海古籍出版社,2007年,第62页。

平淡追求虽是审美趣味的转变,而在文化意义上则折射出激情的消颓与生命精神的沉落。在朝难有作为,被贬无路可走,希望越发渺茫,价值无处驻足,他们似乎陷于一种价值彻底瓦解、精神丧失支点的空虚与茫然。因此,他们的平淡追求既有对生命本真的深刻体悟,也潜藏着知其无可奈何而安之若命的无奈情绪。

　　与平淡相应的则是对"法度"的追求,这主要体现在黄庭坚的诗法观念中。黄庭坚原本以儒立身,但又始终缺乏强烈的入世热情,对心性修养的追求远重于外在事功,绍圣后包括他本人在内的元祐党人所遭受的群体性打击更加促使他心态的内转,这也深刻影响到其诗学观念。贬谪黔戎后,黄庭坚多次表示对苏轼"好骂"的批评,在元符元年(1098)作于戎州的《书王知载朐山杂咏后》一文中,黄庭坚更明确地说:"诗者人之情性也。非强谏争于廷,怨仇诉于道,怒邻骂坐之为也……其发为讪谤,侵陵引颈以承戈,披襟而受矢,以快一朝之忿者,人皆以为诗之祸,是失诗之旨,非诗之过也。"[1]将"好骂"称为"诗之祸"显然基于对乌台诗案以来的文字狱的痛切反思,祛除"骂"的功能而转归诗之本"旨",正是反思基础上的自觉调整,实即将诗歌创作自觉纳入儒家的伦理道德框架,消磨锋芒,避免与现实政治的冲突,黄庭坚晚年对诗法的强调在深层的文化意义上乃是其儒家诗教的衍化。"法"成为黄庭坚晚年诗歌理论的醒目标识,也成为其后江西诗派的基本主张,这与北宋晚期日趋严酷的政治生态有着千丝万缕的联系,自然也与黄庭坚遭贬处穷的命运直接相关。历史地说,正是贬谪的促动,造成了江西诗派的流行。

　　概而言之,北宋士大夫的人格嬗变历程是一个由初期的张扬到晚期的萎落的过程,是理想破灭与信仰失落的过程,是其价值观念由外在事功转向心性修养的过程。党争的激化与贬谪的加剧强化了士大夫心态的内敛倾向,其诗歌趣尚由纷杂趋向平淡,由苏轼为代表的狂放不羁转向以黄庭坚为代表的崇尚法度,诗人群体总体上呈现出由崇苏到学黄的转化,并最终形成规模巨大、影响深远的江西诗派。这一切乃是宋初以来以君权强化、儒学复兴为主线的政治文化复杂变动的结果,而贬谪无疑是其中极为重要的环节乃至决定性的因素。

---

　　① 《宋黄文节公全集·正集》卷 25,《黄庭坚全集》,四川大学出版社,2001 年,第 666 页。

第一章　北宋中后期党争与贬谪述论

北宋士大夫群体的分裂与党争是造成北宋中后期大范围贬谪的前提条件。熙宁之前的士人群体并未出现从政见、学术到文化心理的全方位对立，或者说这种分化与对立并没有得到充分的展现。庆历新政虽然造成了士人的分裂与党争①，但它主要是政治层面的斗争，并未深化到学术层面，且庆历新政的范围小，时间短，远未触及社会的深层矛盾，因而没有造成士大夫群体的严重分裂与尖锐对立及持续不断的党争局面。直到熙宁以后，党争才成为一种从学术到政见并牵涉到地域文化的全方位、多层次的斗争。因此，北宋党争并不仅是政治斗争，同时也是学术及文化冲突。因此，对北宋士大夫群体的学术歧异进行清理，以揭示党争的内在文化动因，是贬谪与文学研究的必要步骤。

第一节　学术歧异与北宋中后期的党争

北宋庆历以后，随着宋王朝以"三冗"为核心的社会弊害的不断加重，士大夫群体要求变革的呼声逐渐高涨。庆历新政与熙丰变法便是这种变革要求的政治实践，而党争也随之而起，并愈演愈烈。许多学者对党争原因进行了深入剖析，得出了许多富有价值的创见。但这些讨论主要是从政治层面进行分析，很少揭示更为深层的学术原因②，即便涉及双方的学术

---

①　宋人张端义云，"自范文正公论事，始分朋党"，即指出了这一历史事实。见其《贵耳集》卷上，景印《文渊阁四库全书》，第 865 册第 419 页。

②　沈松勤从台谏制度与党争关系入手分析党争动因，认为台谏是诱发党争、掀起政潮的重要因素。见其《台谏制度与党争》，《历史研究》1998 年第 4 期。萧庆伟认为君子小人之分所引发的道德评价和人格区分，导致北宋党争由政见之争转向意气倾轧。见其《熙丰、元祐党争的特质及蜕变》，《赣南师范学院学报》1998 年第 4 期。金强、葛金芳则从北宋文官集团的社会心理和行政管理入手，认为北宋文官政治有两大特性，即矛盾的复合性格及低下的行政效率，这两大特性使得北宋文官政治成为党争的源泉和推进剂。见其《北宋文官政治与熙丰党争》，《湖北大学学报》2001 年第 2 期。马玉臣认为熙丰党争除在新法的具体内容上存在争论外，还在"祖宗之法""义利""开源节流"等方面存在争议。见其《熙丰党争新论》，《东方论坛》2005 年第 1 期。

分歧,也未能对学术分歧如何演变为政治对立作出更具说服力的解释①。笔者以为,以王安石为首的新党集团与以司马光为首的旧党有着根本不同的学术立场,王氏新学从内圣到外王有一个清晰的转化逻辑,其变革现实的政治理念及具体举措正是其道德性命的内圣之学逻辑展开的结果,王氏新学不同于旧党的内圣理论造成新旧党无可调和的政治对立和持续冲突。这里的要害是王氏新学内圣与外王之间究竟存在怎样的逻辑演化关系,不对此加以澄清就难以深入揭示双方矛盾。余英时先生曾对此有所讨论②,但仅指出王氏内圣之学与外王之学的相关性,至于内圣如何演化到外王,则语焉不详。有鉴于此,笔者拟抓住"道"这一核心概念,从分析南北学术的歧异入手,探究王氏新学的内圣理论及其从内圣到外王的转化逻辑,以揭示北宋新旧党争的深层动因。

一、南北文化的差异与王氏新学的兴起

基于对历史的反思及"长期混乱下民间期待文治秩序的迫切心理"③,配合宋王朝强化中央集权的时代需要,以宋初三先生为代表的儒家学者承继韩愈之说,以"尊王攘夷"为旗帜掀起儒学复兴运动,自东汉末年的长期衰微之后,儒学终于重新确定了其意识形态的主导地位。但汉唐以来的章句之学已难以适应教化人心的时代需要,尤其是在佛禅直指人心、注重心灵开悟的对比之下,传统经学的弊端更加明显。因此,汲取释道的理论资源,实现自我更新,以对抗释道,巩固自身地位,便成为经学发展所面临的紧迫的时代课题,而实现经学变革的主体则是以欧阳修、刘敞、王安石等江西学者为代表的南方学者群。庆历以后,随着恢复儒学正统、重建道德秩序这一历史任务的基本完成,南北学术承接各自的地域文化背景发展下去,形成越发不同的学术理念及学术形态。

北方学术具有深厚的传统经学渊源,即所谓汉唐以来的章句之学。王安石云,"西北人旧为学究,所习无义理"④。所谓"学究"乃是旧习章句注

---

① 刘复生从"学术不一"角度剖析新旧党争的原因,应是较为本质的层面,但未能对王氏道德性命之学的内在机理加以深入解析,失之粗浅,实际上仍然仅仅指出了双方政见的不同。见其《北宋"党争"与儒学复兴运动的演化》,《社会科学研究》1999年第6期。

② 见余英时《朱熹的历史世界》(上),三联出版社,2004年,第56—64页。

③ 《朱熹的历史世界》(上),第45页。

④ [宋]李焘:《续资治通鉴长编》(以下简称《长编》)卷233,中华书局,2004年,第5660页。

疏之学的儒生,所谓"义理"乃是熙宁变法之后兴起的王氏新学。宋人晁说
之认为"南方之学异乎北方之学","师先儒者北方之学也,主新说者南方之
学也"①。而所谓"主新说"即是庆历以来疑传惑经的学术新风。《困学纪
闻》引陆游语云:"唐及国初,学者不敢议孔安国、郑康成,况圣人乎?自庆
历后,诸儒发明经旨,非前人所及。然排《系辞》,毁《周礼》,疑《孟子》,讥
《书》之《胤征》《顾命》,黜《诗》之《序》,不难于议经,况传注乎?"②而疑经主
体乃是南方士人,尤其是同为江西人的刘敞与欧阳修以其对经典的大胆怀
疑引导了一时的学术风气,朱熹云:"旧来儒者不越注疏而已,至永叔原父
孙明复诸公,始自出议论。"③章太炎在《国学概论》中对三人在经学发展中
的作用给予了不同的评价,认为疑经之风虽"首推孙复",但是孙复的主张
"在唐人已有赵匡、啖助创议于先,孙不过推衍成之"。"继孙复而起,是欧
阳修,他改窜《诗经》的地方很多,并疑《易》的《系辞》非出自孔氏;立说之中
很多荒谬,因为他本人是文人,非能说经的。同时有刘敞(字原甫)说经颇
多,著有《七经小记》,原本虽不存,但从别书考见他的主张,虽和注疏背驰,
却不是妄想臆测"④。章太炎虽不否认孙复疑经的首创之功,但认为真正
起到推进作用的是欧阳修与刘敞,欧、刘二人又有不同,欧疑经更大胆,而
刘相对严谨。从文献来看,欧阳修的确表现出比刘敞更其激烈的疑经态
度,欧阳修认为:"自秦之焚书,六经尽矣。自汉而出者,皆其残脱颠倒,或
传之老师昏耆之说,或取之冢墓屋壁之间,是以示者不明,异说纷起。"⑤秦
之焚书已使原始经典荡然无存,今人所见出于汉代,并不可信。欧阳修甚
至将儒家奉为神圣的河图、洛书也斥为"怪妄之尤甚者"⑥,"盖自汉儒董仲
舒、刘向与其子歆之徒,皆以春秋、洪范为学,而失圣人之本意"⑦。所论之
大胆超乎前人。

　　刘敞、欧阳修等人的疑经之风对汉唐以来的章句注疏之学造成了强烈
冲击,极大地改变了学术风气,自然也深刻影响到王安石的学术观念。王

① [宋]晁说之:《儒言》,景印《文渊阁四库全书》,第698册第79页。
② [宋]王应麟:《困学纪闻》卷8,上海古籍出版社,2008年,第1095页。
③ [宋]黎靖德编,王星贤点校《朱子语类》卷80,中华书局,2007年,第2089页。
④ 章太炎讲演,曹聚仁整理:《国学概论》,上海古籍出版社,1997年,第25—26页。
⑤ 《问进士策三首》,《居士集》卷48,李逸安点校《欧阳修全集》,中华书局,2001年,第673页。
⑥ 《廖氏文集序》,《居士集》卷43,《欧阳修全集》,第615页。
⑦ 《五行志序》,《新唐书》卷34,中华书局,1995年,第872页。

安石早年学术受到王景山及明州五子影响①,这些人对传统儒家经传有着强烈的怀疑精神,启发和塑造了王安石独树一帜、富于批判精神的学术个性。入职朝廷后,王安石又接触到欧阳修、刘敞、胡瑗等学术精英,更加剧了疑经疑传的学术取向。在这种时代风气影响下,王安石也如同学术前沿的学界人物一样,对两汉以来的章句之学大加挞伐,认为它扭曲乃至遮蔽了先儒典籍所表现的圣人本意,使得后人"蔽于传注之学久矣"②,主张排斥传注而反归原典,直探道德性命,"先王之道德,出于性命之理,而性命之理出于人心"③。既然先王之道德出于人心,那么任何人都可以直接与先王对话,而不必借助于琐碎的注解,这就将学者从对经传的迷信中解放出来。

在疑经风气的影响下,王安石等南方士人更加不甘囿于传统儒学的价值范域,而是融通释道,深入到对道德性命的形上探讨。金朝赵秉文《滏水集·原道》说,"自韩子言仁义而不及道德,王氏所以有道德性命之说也"④,指出了这种思想发展的脉络。所谓道德性命之说肇始于庆历时期王安石所作《淮南杂说》,《郡斋读书志·后志二》引蔡卞曰:"(王安石)初著《杂说》数万言,世谓其言与孟柯相上下,于是天下之士,始原道德之意,窥性命之端。"⑤但"性者,子贡之所不及;命者,孔子之所罕言"⑥。因儒家传统中谈性理者极少,缺少相应的理论资源,故以探讨性理为务的王氏新学不入老庄,则入佛禅,张方平说:"儒门淡薄,收拾不住,皆归释氏。"⑦所谓儒门淡薄乃指儒学思辩性不足,无力解决士人关心的终极性问题,全祖望称"荆公欲明圣学而杂于禅"⑧实在是必然的结果。王应麟《困学纪闻》卷八《经说》云:"自汉儒至于庆历间,谈经者守训故而不凿,《七经小传》出而稍尚新奇矣。至《三经义》行,视汉儒之学若土梗。"⑨《七经小传》的出现标志着南方学术逐渐从传统儒学的母体中分离出来,而《三经新义》更与固守

① 见刘成国《王安石的学术渊源》,《四川大学学报》2003 年第 5 期。
② 《书洪范传后》,《王文公文集》卷 33,上海人民出版社,1974 年,第 400 页。
③ 《虔州学记》,《王文公文集》卷 34,第 401 页。
④ [金]赵秉文:《滏水集》卷 1,景印《文渊阁四库全书》,第 1190 册第 79 页。
⑤ [宋]晁公武撰,孙猛校证:《郡斋读书志校证》卷 12,上海古籍出版社,1990 年,第 526 页。
⑥ [宋]司马光:《论风俗札子》,《司马温公集编年笺注》卷 45,第 122 页。
⑦ [宋]释志磐:《佛祖统纪》卷 45,《续修四库全书》,第 1287 册第 632 页。
⑧ [清]黄宗羲原撰,[清]全祖望补修:《宋元学案》卷 98,中华书局,1986 年,第 3237 页。
⑨ [宋]王应麟:《困学纪闻》卷 8,第 1094 页。

章句注疏的北方儒学拉开了距离。

　　因此,从思想发展史角度而言,王氏新学乃是儒学复兴及惑传疑经的学术风气的产物;从地域文化角度而言,又表现出求新求变、富于叛逆精神的南方文化特征。朱子评论宋代江西士风云:"江西士风好为奇论,耻与人同,每立异以求胜。"①这种士风孕育出江西士人的创新精神,使江西成为宋代新锐人材的渊薮,《谥文节公告议》云:"切观国朝文章之士,特盛于江西,如欧阳文忠公、王文公、集贤学士刘公兄弟、中书舍人曾公兄弟、李公泰伯、刘公恕、黄公庭坚。其大者古文经术,足以名世;其余则博学多识,见于议论,溢于词章者,亦皆各自名家,求之他方,未有若是其众者。"②包括江西在内的南方士人大规模地进入政治,极大地改变了原来以北方士人占据优势的局面,为学术及政治变革注入了强大的动力,陈植锷评论说:"由真、仁之际开始的这种南方人士进入政治、文化中心的趋势,对于南北文化的交流和融合,无疑是一种巨大的推动。所谓南北融合,如前所述,是北方征服了南方;从文化讲,则是南方占领了北方。"③南方文化在异军突起、逆转北方文化传统优势的同时,造成了南北士人之间从学术观念到政治理念的全方位冲突,钱穆概括此期的思想动态时说:"所谓新旧思想之冲突,亦可以说是两种态度之冲突。此两种态度,隐约表现在南北地域的区分上。"④而疑经求变正是此期南方文化最为醒目的标志。

　　疑经虽然成为庆历以后的学术风气,但主要局限于南方文化圈,疑经主力几乎全为南方学者。北方学者虽受到影响,但并未表现出整体性的疑经思潮,疑经的深度与规模都无法与南方学者相比。代表人物司马光虽有《疑孟》这一疑经之作,但《疑孟》作于元丰年间,远晚于疑经风气大盛的庆历、嘉祐时期,且《疑孟》主要是针对王安石尊崇《孟子》而进行的学术反击⑤,带有很强的政治色彩,并非出于纯粹的学术动机,这就使其疑孟之论

---

①　《朱子语类》卷124,第2971页。

②　[宋]杨万里:《诚斋集》卷133,《四部丛刊》本。

③　陈植锷:《北宋文化史述论》,中国社会科学出版社,1992年,第465页。

④　钱穆:《国史大纲》,商务印书馆,1996年,第581页。

⑤　南宋倪思即对司马光疑孟评论说:"王安石假孟子大有为之说,欲人主师尊之,变乱法度,是以温公致疑于孟子,以为安石之言未可尽信。"见白珽:《湛渊静语》卷2,文渊阁《四库全书》本。清四库馆臣亦云:"盖宋尊孟子,始王安石,元祐诸人务与作难,故司马光《疑孟》、晁说之《诋孟》作焉,非攻孟子,攻安石也。"见《钦定四库全书总目》卷35《孟子音义》提要,中华书局,1997年。

不免偏狭。虽然此期北方学者的学术理念在求新求变的时代风气的影响下有所改变，但仍然坚守以儒家伦理道德秩序为核心的价值立场，司马光在《资治通鉴》开篇所抒发的一通天尊地卑、上下名分的议论便是这一观念的反映。熙宁二年(1069)八月，司马光进《上体要疏》，对此作了更为系统的阐发，他说，治理天下要"为政有体，治事有要"，其言"体"即是"君为元首，臣为股肱，上下相维，内外相制，若网之有纲，丝之有纪"之类；其言"事"即是"尊者治众，卑者治寡。治众者事不得不约，治寡者事不得不详。约则举其大，详则尽其细"①。在熙宁三年二月给王安石的信中也强调说："自古圣贤所以治国者，不过使百官各称其职，委任而责成功也。"②对儒家伦理道德秩序的强调与恪守始终是北方学术的主导原则，二程虽然后来揣摩出"天理"二字，建构起一个完整的理论系统，实际上不过是以"天理"这一最高本体为核心，将外在的宇宙秩序与人间的社会道德秩序统一起来，仍然不过是论证了儒学道德规范与伦理秩序的先天合理性，它最根本的意义在于使个体对儒家的礼法规范由被动服从转向主动皈依。有人问明道先生："如何是道？"明道先生曰："于君臣父子兄弟朋友夫妇上求。"③二程虽然被尊为宋代理学的实际开创者，但其对性理的探讨很大程度上是对王氏新学的回应，"是在与王安石'新学'长期奋斗中逐渐定型的"④，二程理论的锋芒所向往往针对王氏新学对君尊臣卑等儒家伦理的"悖离"，如其针对王安石上表中"秋水既至，因知海若之无穷；大明既升，岂宜爝火之不息"一句批评说："皆是意思常要己在人主上。自古主圣臣贤，乃常理，何至如此。"⑤针对王安石"周公有人臣所不能为之功，故得用人臣所不得用之礼乐"一句批评说，"此乃大段不知事君"。由此不难看出二程固守儒家传统伦理的保守立场。就此而言，二程道学与司马光的朔学有着相同的价值内核，不过论证更加完整深入罢了。

因此，从地域文化角度而言，司马光与二程属于北方传统儒学的价值体系，而与王氏新学所属的南方文化判然有别。王氏新学已由强调儒家伦

---

① 《司马温公集编年笺注》卷40，第4册第4页。
② 《与王介甫书》，《司马温公集编年笺注》卷60，第4册第550页。
③ ［宋］程颢、程颐：《河南程氏外书》卷12，《二程集》，中华书局，2004年，第432页。
④ 《朱熹的历史世界》（上），第54页。
⑤ 《河南程氏遗书》卷22上，《二程集》，第281页。

理规范的外在约束转入到对道德性命的形上探讨,作为其本体范畴的"道"也已超越儒学的狭隘伦理内核而具有了包括宇宙、兼融三教的意义。正是双方所持守的"道"的学术基因的根本不同,决定了各自由"道"所展开的理论体系的本质差别。

二、王氏之"道"的自然特质

如前所述,南方地域文化并不具有深厚的经学传统,因而也没有对传统儒学深刻的精神皈依,在这样的学术背景下,王安石逐渐超越以往狭隘的儒文化立场,以更宽广的视野与胸怀将释道理论纳入到儒文化体系中来。

一般认为,王安石并没有如二程那样构建一个完整的理论体系,重要表现即是没有形成一个明确统一、贯穿始终的本体概念。这种说法似是而非。如果仔细考察王安石的理论,就会发现,王氏新学不仅具有明确的本体范畴,且在其貌似庞杂的学术背后,潜藏着从内圣至外王的演化逻辑,而"道"这一本体性范畴正是演化的枢机。

"道"原本是《老子》的核心范畴,中唐韩愈为振兴儒学,排斥佛老,首倡儒道,构建起儒家道统。韩愈在《原道》中说:"博爱之谓仁,行而宜之之谓义,由是而之焉之谓道,足乎己,无待于外之谓德。仁与义为定名,道与德为虚位。故道有君子小人,而德有凶有吉。"①韩愈之"道"是包括儒家道德原则、典章制度在内的整个社会运行规范,核心是儒家倡导的仁义。韩愈明确宣称:"斯吾所谓道也,非向所谓老与佛之道也。"韩愈如此界定儒"道",带有极强的排斥佛老、维护儒学正统的意味,是对安史乱后藩镇割据、王纲解纽、礼崩乐坏的文化回应。欧阳修基本继承了韩愈排斥佛老、复兴儒学的基本观点,但在王安石看来,儒学衰微的根本原因并不在于佛老的泛滥,而在于传统经学的解经方式和目的存在问题。两汉儒者埋首章句之学,囿于字句之间,不见整体的义理,并非真正通经知古,因此,当下儒学最紧迫的任务是进行学术转型,即由章句训诂转向对义理的探究,唯此才能与玄奥精微的佛学相抗衡,实现自身的复兴。为此,不仅不能排斥佛老,而且还要为我所用,以重建"大道"。王安石对神宗说:"臣观佛书,乃与经

---

① 〔唐〕韩愈著,马其昶校注:《韩昌黎文集校注》卷1,上海古籍出版社,2014年,第15页。

合,盖理如此,则虽相去远,其合犹符节也。"①由此,王安石对韩愈所倡导的"道"的理解与诠释也发生了根本的变化,由单一的儒家之道上升为融会三教的终极大道:"道之不一久矣。人善其所见,以为教于天下,而传之后世。后世学者,或徇乎身之所然,或诱乎世之所趋,或得乎心之所好,于是圣人之大体,分裂而为八九,博闻该见有志之士,补苴调胹,冀以就完而力不足,又无可为之地,故终不得。盖有见于无思无为退藏于密寂然不动者,中国之老、庄,西域之佛也。"②王安石认为大道分裂已久,后世学者以种种原因执道一偏自以为是,虽有学识渊博者企图合而为一,终不可得,而道、佛作为道之一偏自然应该被纳入大道之中,这就将儒、道、释置于平等的地位,表现出王安石追求三教合一、重归大道的理想。显然,王安石之"道"超越了韩愈以仁义为核心的儒家之道,而具有了"万物之所自生"③"万物莫不由之"④的本体意义。

王安石认为,道作为最高本体,统摄世间万物,万物即是道的外化,道化于万物之中便成为理,"万物莫不有至理焉,能精其理,则圣人也。精其理之道,在乎致其一而已。致其一,则天下之物可以不思而得也。易曰:'一致而百虑。'言百虑之归乎一也"⑤。王安石追求成圣的重要方面在于"精其理",所谓"致其一",指在研究事物时,应能屏除事物的表象及特殊性而发现其本质及普遍性,即发现掩藏在不同事物背后的共性与规律,以此反观万物,便能以一驭万,牢笼百态。这一致道途径与王安石将破裂的大道重新绾合为一的思路是一致的。求理是成圣的重要方面,但又不限于此,王安石说:"圣之为称,德之极;神之为名,道之至。"⑥"德之极"亦是成圣的重要组成部分,而所谓"德"乃是"道之在我者"⑦,修德本质上也是体道。于是,无论求"理"还是修"德",都成为通向大道的途径,所谓圣人便是在"道""德"方面都达到他人无可企及的最高境界,"故凡古之所谓圣人者,

---

① 《长编》卷233,第5660页。
② 《涟水军淳化院经藏记》,《王文公文集》卷35,第422页。
③ 容肇祖:《王安石老子注辑本》,中华书局,1979年,第45页。
④ 《洪范传》,《王文公文集》卷25,第280页。
⑤ 《致一论》,《王文公文集》卷29,第339页。
⑥ 《夫子贤于尧舜》,《王文公文集》卷28,第322页。
⑦ 《九变而赏罚可言》,《王文公文集》卷28,第324页。

于道德无所不尽也","夫圣者,至乎道德之妙,而后世莫之增焉者之称也"①。于是,王安石所谓成圣便是求理修德以体悟终极大道,这也是其内圣的基本内涵。

为了求得大道,王安石主张广泛吸取各家知识学问,以救弊补偏,而不能故步自封于儒家的狭隘范围。在《答曾子固书》中,王安石说:"世之不见全经久矣。读经而已,则不足以知经。故某自百家诸子之书,至于难经、素问、本草、诸小说无所不读,农夫、女工无所不问,然后于经为能知其大体而无疑。盖后世学者与先王之时异矣。不如是不足以尽圣人故也。"②王安石因此不仅训释儒家经典,而且对佛道经典也进行研究性的注释,如《老子注》二卷、《庄子解》四卷、《楞严经解》十卷,并注《金刚经》《维摩诘经》奏进神宗。王安石毫不掩饰对儒学之外的所谓异端之学的吸取态度,他曾对神宗说:"臣愚以为,苟合于理,虽鬼神异趣,要无以易。"③所谓"理"乃是超越了儒家道德原则的本体与规律,王安石摒弃了韩愈以来固守儒家道统的狭隘立场,会通百家,博取众长,求道德之善,求万物之理,趋向终极大道。故荆公云:"善学者读其书,惟理之求。有合吾心者,则樵牧之言犹不废;言而无理,则周孔所不敢从。"④正是从这种宽广的文化视野出发,王安石并不认为佛教有害人心,当曾巩指出佛教乱俗时,安石回答说:"方今乱俗不在于佛,乃在于学士大夫沉没利欲,以言相尚,不知自治而已。"⑤王安石认为读佛书并非为异学所惑,欲坚守儒学,正需要了解异学,"彼致其知而后读,以有所去取,故异学不能乱也"。

正因为王安石兼融三教,会通百家,其所求之道便超越了儒家之道的狭隘而具有了涵容宇宙的本体意义。王安石在《九变而赏罚可言》中引《庄子·天道》云,"先明天而道德次之"⑥。"天"是高于"道德"的最高本体,"道德"的性质从属于"天"。郭象注曰:"天者,自然也。自然既明,则物得其道也。"成玄英疏曰:"此重开大道次序之义,言古之明开大道之人,先明

---

① 《夫子贤于尧舜》,《王文公文集》卷28,第322页。

② 《答曾子固书》,《临川先生文集》卷74,中华书局,1959年,第779页。

③ 《长编》卷233,第5660页。

④ 〔宋〕释惠洪:《冷斋夜话》卷6,《宋元笔记小说大观》,上海古籍出版社,2001年,第2197页。

⑤ 《答曾子固书》,《临川先生文集》卷73,第779页。

⑥ 《王文公文集》卷28,第324页。

自然之理,为自然是道德之本,故道德次之。"①天道自然,则从属于天的道德亦属自然。在对《老子》作注时,王安石说:"夫道者,自本自根,无所因而自然也。"②自然乃是天道的属性,也是道德之本。王安石进而强调说:"古之言道德所自出而不属之天者,未尝有也。"③由此,王安石将道德之意、性命之理完全归属于天地大化的自然运行:

> 阴阳往来不穷,而与之出入作息者,天地万物性命之理,非特人事也。④

> 人之精神,与天地阴阳流通,故梦各以其类至。先王置官,观天地之会,辨阴阳之气……知此则可以言性命之理矣。⑤

> 人之精神与天地同流,通万物一气也,《易》曰:"乾道变化,各正性命,保合太和,乃利贞。"⑥

而万物运行的动力来自于事物的内部矛盾,即王安石所谓的"耦","道德之意,性命之理"即寓含其中:

> 五行之为物,其时,其位,其材,其气,其性,其形,其事,其情,其色,其声,其臭,其味,皆各有耦,推而散之,无所不通,一柔一刚,一晦一明。故有正有邪,有美有恶,有丑有好,有凶有吉。性命之理,道德之意,皆在是矣。耦之中又有耦焉,而万物之变遂至于无穷。⑦

王安石由此将天道与人事联系起来,将道德性命统一于天道,以天道解释道德性命,无论"道德"还是"性命"都体现于"道"的矛盾运动。则安石所谓道德性命并非传统儒家的伦理规范与道德完善,而是以矛盾运动的眼光看待宇宙及人事变化的认识论,或者说要以矛盾运动眼光把握贯穿于人事中的天道。王安石进而将"道德"与"性命"统一起来,认为欲探"道德之意",必求"性命之理","先王之道德,出于性命理,而性命之理出于人心,

---

① [晋]郭象注,[唐]成玄英疏:《南华真经注疏》卷5,中华书局,1998年,第272页。

② 《王安石老子注辑本》,第29页。

③ 《九变而赏罚可言》,《王文公文集》卷28,第324页。

④ 邱汉生:《诗义钩沉》,中华书局,1982年,第115页。

⑤ 《诗义钩沉》,第160页。

⑥ [宋]王安石:《周官新义》卷10,程元敏《三经新义辑考汇评》,华东师范大学出版社,2011年,第357页。

⑦ 《洪范传》,《王文公文集》卷25,第280页。

《诗》《书》能循而达之"①。所谓"出于人心"是指性命之理需要主体的主动探索,而《诗》《书》两部儒家经典正是悟得性命之理的津梁。《诗经》中《小雅·正月》第三章"忧心惸惸,念我无禄。民之无辜,并其臣仆。哀我人斯,于何从禄。瞻乌爰止,于谁之屋"。王安石训释说:"民有欲无主乃乱。天生聪明时乂,王不能乂,而民无所得禄,则释王而从禄于他。乌之为物,唯能食己,则止其屋。民之从禄,将如此矣。"②王安石并不进行琐碎的章句注疏,而是借机发挥自己的政治见解,指出国君必须满足百姓基本的生活欲望,民心才能归附,否则百姓困穷,无以为生,则必然失去对王的尊崇,发生变乱。《尚书新义》已佚,《郡斋读书志》王令《论语》条"解《尧曰》篇云:'四海不困穷,则天禄不永终矣。'王安石书新义取此"③。由此亦约略可见王安石解《尚书》亦着重发挥政治见解。

可见,王安石所求之理,并非脱离现实的抽象理性,而是带有强烈现实指向的万物之理、治国之道。这些理或道从属于大道,而大道正是自然。但王安石并非被动地服从于自然,而是既认同自然之道,又不废弃人力。王安石在《老子》一文中说:"道有本有末。本者,万物之所以生也;末者,万物之所以成也。本者,出之自然,故不假乎人之力而万物以生也;末者,涉乎形器,故待人力而后万物以成也。"④王安石因而对老子纯任自然而排斥人力的观点提出了批评:"老子者,独不然,以为涉乎形器者皆不足言也、不足为也,故抵去礼乐刑政而唯道之称焉。是不察于理而务高之过矣。夫道之自然者,又何预乎?唯其涉乎形器,是以必待于人之言也、人之为也。"不能因自然之"本"而否定形器之"末",恰恰相反,正因为"涉乎形器","是以必待于人之言也、人之为也",正如《答司马谏议书》中所说,"如曰今日当一切不事事","则非某之所敢知"⑤。这也成为王安石变法革新的基本依据。于是,王安石以体悟自然大道为内核的内圣理论最终指向以变法革新为内容的外王实践。

----

①　《虔州学记》,《王文公文集》卷34,第401页。
②　《诗义钩沉》,第167页。
③　《郡斋读书志校证》卷4,第135页。
④　《王文公文集》卷27,第310页。
⑤　《王文公文集》卷8,第97页。

三、王氏之"道"的自然性与其政治理念的功利性

王安石由对天道自然的体悟,合乎逻辑地转向对物质欲望的肯定、对食货之利的追求及与之相关的法令制度的构建,整个变法运动正是其以自然大道为核心的内圣理论的现实推衍。

道作为最高本体既具自然属性,它也必然表现在现实社会的各个方面,在《周礼义序》中,王安石说:"惟道之在政事,其贵贱有位,其后先有序,其多寡有数,其迟数有时。"①现实中的各类礼法制度并不仅是人为的设定,更是天道自然的体现,所谓"礼始于天而成于人"②。安石门人王昭禹对此作了更清晰的阐发:"天地四时,道之所任以致其用者也;六官,圣人任以致其事者也。噫!六官之建岂圣人之私智哉,实天理之所为也。由此以观,则礼之事虽显于形名度数之粗,而礼之理实隐于道德性命之微,即事而幽者阐,即理而显者微,然而礼其神之所为乎?"③在王安石等新学学者看来,礼非出于圣人之私智,实天理之所为。天道自然,则现实的礼法制度也应是合乎自然之道的。王安石认为,周代的法令制度才真正合乎天道,"制而用之存乎法,推而行之存乎人。其人足以任官,其官足以行法,莫盛乎成周之时"④。与之相比,"三冗"严重、弊端重重的宋代法令制度显然是不合理的,当然更不合乎道,于是,参酌周代之制变革现实政治以实现富国强兵的目标便成为王安石变法的当然追求。学界普遍认为,李觏在这方面对王安石产生了不可忽视的影响⑤。

李觏认为形气性命之理就是天道,即自然之理,天地万物的各类习性无不遵循自然之理,是天道的具体表现。这种自然之理即是所谓的元、亨、利、贞四德。君子法乾之德以治天下,故人事必须效法天道。天道无他,就是顺应形气性命之自然,因此,人事也该顺应人类生活要求之自然,使人类的各项需求得到满足。如果将李觏的观点与后来二程洛学的哲学政治观

---

①　《周礼义序》,《王文公文集》卷36,第426页。
②　《礼论》,《王文公文集》卷29,第337页。
③　[宋]王昭禹《周礼详解序》,景印《文渊阁四库全书》,第91册第199页。
④　《周礼义序》,《王文公文集》卷36,第426页。
⑤　侯外庐引王安石《答王景山书》,表明王安石与李觏有过交往,且李觏学生邓润甫参与变法,并于熙宁年间将李觏遗集上于朝廷。侯外庐因此认为,"李觏、王安石在思想上有某些关联是完全可以肯定的"。见侯外庐等《中国思想通史》第4册卷上,人民出版社,1957年,第398页。

加以比较就会发现其中的差别,其本质区别即在于对天道的解释。李觏的天道概念乃是天地万物运行的自然之道,表现在万物即是其与生俱来的自然本性,李觏以"自然"确定"天道"的属性,等于承认万物本性的天然合理。而二程所谓"天理"实乃"礼",即儒家的伦理道德原则,天地万物之理乃是"礼"的泛化,实则强调外在的约束与强制。双方本体论及价值观念存在根本不同,这当然也是王氏新学与二程洛学的不同。从哲学自然观出发,面对宋王朝的长期积弱局面,李觏率先提出"富国""强兵"的主张。他认为儒者贵义贱利是本末倒置,实际应该是"治国之实,必本于财用"。国家的政治礼教,一切依靠"财用","愚窃观儒者之论,鲜不贵义而贱利,其言非道德教化则不出诸口矣。然洪范八政,一曰食,二曰货。孔子曰:'足食足兵,民信之矣。'是治国之实,必本于财用"①。

　　由此可以看出李觏重本务实的政治观及与其哲学观之间的逻辑转化关系。既然万物都遵循自然之理,凡走兽之胎、飞禽之卵、人有衣食、兽有山野、虫豸有陆、鳞介有水等天地万物的一切生命活动都是符合天道的,那么人类的食色之欲同样也是天道自然的表现。既然食货符合天道,并且是人类生存的基本条件,那么富国强兵也便是理所当然的,更何况宋王朝面临着国弱兵疲、强敌伺隙的严重危机。王安石深受此种观念影响,遵循同样的由哲学到政治的转化逻辑,并由此而与司马光、二程为首的以北方传统经学为背景的学术及政治观念区别开来。可见,双方分歧的始发点在于对天道或天理的不同理解,前者认为天道乃自然大道,颇似于老庄的自然本体;后者则认为天道乃是儒学之伦理道德规范,严斥功利欲望,因而难以认可王安石以求利为核心及以富国强兵为目标的变法举措。

　　王安石取法周代之政,而流传后世的《周官》正可作为指导变法的理论依据,"其法可施于后世,其文有见于载籍,莫具乎《周官》之书"②。实际上,王安石所谓的"道"在现实社会中的重要表现便是所谓"法",周代所以能成就圣政,在于周代有合理的可以垂范后世的法度,"其人足以任官,其官足以行法","其法可施于后世"。"法"既是"道"的具体表现,也是建设盛世的基本保障,王安石在《周公》一文中即鼓吹善"法"对治理国家的重要意

　　① ［宋］李觏:《富国策》第一,《李觏集》卷16,中华书局,1981年,第133页。
　　② 《周礼义序》,《王文公文集》卷36,第426页。

义,"盖君子之为政,立善法于天下,则天下治;立善法于一国,则一国治。如其不能立法,而欲人人悦之,则日亦不足矣"①。王安石批评周公不立学校之法,虽然鞠躬尽瘁,其实事倍功半,"使周公知为政,则宜立学校之法于天下矣;不知立学校而徒能劳身以待天下之士,则不唯力有所不足,而势亦有所不得也。周公亦可谓愚也"。可见,王安石认为"善法"对治理国家具有事半功倍的意义,其中教育尤为重要。在王安石看来,成就圣政的周代之法汲汲以求者便是理财,"政事所以理财,理财乃所谓义也。一部《周礼》,理财居其半"②。参之周代,理财也必然成为王安石变法的中心议题。

司马光等旧党从传统儒家德治观念出发,重人而不重法,"光以为治之机在于用人"③。程颐亦说:"善言治者,必以成就人才为急务,人才不足,虽有良法,无与行之矣。"④而人之核心便是"德",而德有优劣,人有邪正,区别邪正的重要标准便是义利之辨,司马光在《与王安石第一书》中引孔子的话说,"君子喻于义,小人喻于利",新党毫不掩饰地汲汲求利,在旧党看来当然是小人之行。但在王安石看来,理财实非最终目的,最终目的乃是培养人之善性。使人向善的手段固然可以是教化,然而仅有教化是不够的,首先必须要"富之",保证百姓有富足的生活,才能为人心向善提供坚实的基础。"所谓治人者,教化以善之也;所谓富之然后善,政以善之也。徒教化不能使人善,故继之曰凡厥正人,既富方谷"⑤。王安石在这里显然承继了孟子的观点,孟子认为,"无恒产而有恒心者,惟士为能",普通百姓"苟无恒产,则无恒心。放僻邪侈,无不为矣"⑥。不仅一般百姓如此,即便是接受儒家道德教化的士大夫如果生活贫困,同样难以固守所谓的"恒心"。王安石在《看详杂议》中说:"方今士大夫所以鲜廉寡耻,其原亦多出于禄赐不足,又以官多员少之故,大抵罢官数年而后复得一官。若罢官而止俸,恐士大夫愈困穷而无廉耻。"⑦而蔡京绍圣四年(1097)八月所上奏疏似乎正验证了王安石的担忧:"员多阙少,率三岁五岁而后调一官,士皆低回苟且,

---

① 《周公》,《王文公文集》卷26,第302页。
② 《答曾公立书》,《王文公文集》卷8,第97页。
③ [宋]徐自明撰,王瑞来校补:《宋宰辅编年录校补》卷9,中华书局,1986年,第543页。
④ 《河南程氏粹言》卷1,《二程集》,第1210页。
⑤ [宋]《洪范传》,《王文公文集》卷25,第280页。
⑥ [宋]朱熹:《四书章句集注》,中华书局,1983年,第211页。
⑦ 《临川先生文集》卷62,第663页。

又无常产,因无常心,遂自溺于苟贱不廉之地,而无砥节砺行之操。奔竞之风扇,廉耻之道衰,人材以之乏,政事以之弛,则非所谓章百姓也。"①故而,求财以富民惠民乃是实施教化、使人向善、淳化风俗、建立和谐社会秩序的物质基础,王安石为此引用《孟子》的话说:"孟子所言利者,为利吾国,利吾身耳。"

由此可见,王安石的变法理念根本上渊源于终极性的范畴———"道","道"的自然属性赋予了人类求利的天然合理性。在王安石看来,求利不仅合乎大道,而且有周代圣治的样板及《周礼》这样的理论依据,求利图强是无可非议的。他以超越儒道的"大道"观照人类活动,便拥有了不同于司马光、二程等人的眼光与胸怀,与固守儒家道德原则的士大夫发生冲突便在所难免了。因而,北宋士大夫群体的分化本质上源于学术观念的歧异,这种深层的歧异使得双方的政见之争无法化解,且呈愈演愈烈之势,最终形成持续不断的党争局面。

第二节　北宋中后期的党争与贬谪

北宋儒学复兴至神宗熙宁以王安石变法达到高潮,变法造成士大夫群体的严重分化对立,由此掀开持续不断的党争序幕。从神宗熙宁到徽宗崇宁,党争呈现愈演愈烈之势,分属不同政治派别的士大夫或因政见不同,或为争权夺利,彼此攻讦不休。当权派或为实施新法,或为巩固权力,将政敌驱出朝廷,乃至进行政治迫害。这一过程既是宋王朝的政治方针反复变化的过程,也是党争不断加剧、政治不断恶化、士风趋于颓坏的过程,结果造成官员的大量贬谪,贬谪于是成为与党争相伴随的重要政治文化现象。党争造成的贬谪不同于官员因违法犯罪遭受处罚,它与士大夫的政治观、价值观及深层的学术立场等具有深刻的联系,是士大夫不同的文化观念相互冲突的结果,体现出士人对特定价值的坚守与捍卫,因而,这类贬谪作为政治现象实则具有深厚的文化内涵。尚永亮先生将前类贬谪称为正向贬谪,而将后一类贬谪称为负向贬谪,即所谓不该贬而被贬,是理想性遭到专制权力的压制与打击的结果。北宋中后期的党争越来越多地具有权力斗争

---

① 《长编》卷 490,第 11620 页。

因素,贬谪成为中后期的政治常态,很难再用正向与负向来区别和定性,但党争下的贬谪无法逃脱宋代不同士人集团价值对立及文化冲突的大背景,正因为这种浓厚的文化色彩,宋代党争下的贬谪才具有了重要的研究价值,本书因而将党争造成的贬谪一概划入研究范围。

贬谪具有两方面的含义,其一是官员的职、官、差遣等被黜落、追降、罢免;其二则是官员由中央外放地方任职,或给予分司官、宫观官,乃至除名勒停,放归田里,或被羁管、编管、安置、居住于远恶州军,形同流放。政治地位及生存环境的变化往往给予这些官员重大影响,造成其价值观念、文化心态的深刻变化,最终影响到其文学观念及创作形态。借助于对贬谪现象的研究,可以更为准确地把握士人的心态演变,窥探文学发展的轨迹,以图更为深刻地揭示北宋中后期文学发展的内在动因。

一、熙丰间的党争与贬谪

熙丰间的党争主要是政见不同而引发的朝臣的分化与对立,此期的士大夫群体无论新党、旧党,普遍怀有富国强兵、直趋三代的政治理想,一般而言并不涉及权力斗争。当权者为推行新法,主要将朝廷中阻挠新法的保守派外放地方,或授以分司官、宫观官①这样的不厘务官,剥夺其参政权利即达到目的,无意对其施以重责,羁管、编管、安置、居住这类行政处罚很少施行。如熙宁三年(1070),吕公著因乞罢制置三司条例司,罢为翰林侍读学士知颍州。右谏议大夫、参知政事赵抃屡言新法不便,罢为资政殿学士,知杭州。太子中允、权监察御史里行程颢因言新法不便,权发遣京西路提点刑狱。右正言、秘阁校理李常言新法不便,落职为太常博士,通判滑州。可见变法的阻力主要来自高层,且愈是重臣显贵,对新法的抵制越加顽固,而新党对他们的打击也不断加大。熙宁二年,富弼即因不满新法,以武宁军节度使、同平章事出判亳州。熙宁四年,因抵制新法推行,富弼落使相,以左仆射判汝州。但对新法富于攻击力的反对力量来自台谏,故熙宁间,

---

① 因变法以来反对者多,王安石便将反变法者安置于各地宫观,亦是罢黜的一种形式。"诏杭州洞霄宫、永康军丈人观、亳州明道宫、华州云台观、建州武夷观、台州崇道观、成都玉局观、建昌军仙都观、江州太平观、洪州玉隆观、五岳庙、太原府兴安王庙,自今并依嵩山崇福宫、舒州灵仙观置管勾或提举官。时以诸臣历监司、知州,有衰老不任职者,令与闲局,王安石亦欲以处异议者,故增宫观员"。见《宋会要辑稿》,中华书局,1957年,第5128页。

清除守旧的台谏势力成为变法的当务之急,极力反对新法的台谏官大量遭到贬黜。吕中《宋大事记讲义》卷十六讲神宗朝大事,最先列有《王安石逐谏臣》《罢谏院》《排中丞》《罢中丞、贬御史》四名目,依照时间顺序,列举了吴申罢知谏院、钱公辅罢谏职、滕甫罢中丞及吕诲、刘琦、钱𫖮、刘述等人之贬。在《王安石逐谏臣》条后,吕按:"安石入朝之初,即劝人主逐谏臣,其本意如此。"又《排中丞》条后,吕按:"安石初入翰苑,即逐谏官;入中书,即逐中丞,不待行新法之后也。"《罢旧相、用新进》条,吕按:"安石之变法,始于韩琦之罢,成于富弼之罢。"①随着变法的深入,新旧党的冲突越发激烈,对旧党的打击力度不断加大。熙宁初年,对反变法者很少给予安置处罚,到熙宁末,安置开始出现。熙宁三年(1070)十月,李师中落待制,知舒州,熙宁七年二月复待制,知瀛州,寻罢之,后又责授检校水部员外郎、和州团练副使,本州安置,不得签书公事。编管亦开始出现,虽仅有一次,但也可以说明对旧党打击不断加大的趋势。熙宁七年,郑侠因献上流民图,得罪执政,诏勒停,编管汀州。这是变法以来处罚最厉的一例。至熙宁六年,被杨绘称为"老成之人"的范镇、吕诲、欧阳修、富弼、司马光、王陶以及韩琦、文彦博、张方平等人或"引疾",或"致仕",或"求散地",先后离开京城②。但总体来看,新党对反变法者持宽宥态度,即便是唐坰公然在朝堂上大肆攻击王安石,也未被严责,只是降授监广州军资库,这也是变法以来唯一一位被贬往岭南的官员。

　　此期的贬谪并不仅表现为新党对旧党的主动打击,亦有旧党因不赞同变法而主动求去的"自贬"行为。"近制置司所差官,如张次山、吴师孟、范世京等七八人,恳辞勇退,惟恐不得所请"。"近臣、侍从、台谏官力言制置司不便,司马光因罢枢密副使之命"。"李常家居待罪多日,孙觉、张戬、程颢三人,各与安石论列于中书,又悉尝上殿乞罢言职;今日吕公著、范镇俱请郡"③。陈襄屡上疏言新法不便,用人不当,"既而有旨召襄主知制诰于中书,辞不就试,乞补外"④。士人这种"自贬"行为不仅表现出保守势力的

---

　　① [宋]吕中:《宋大事记讲义》卷16,景印《文渊阁四库全书》,第686册第347—348页。
　　② 《宋史》卷322杨绘本传载:"老成之人,不可不惜。当今旧臣多引疾求去:范镇年六十有三、吕诲五十有八、欧阳修六十有五而致仕;富弼六十有八而引疾;司马光、王陶皆五十而求散地,陛下可不思其故乎?"中华书局,1977年,第10449页。
　　③ 《长编》卷210,第5102页。
　　④ 《长编》卷210,第5111页。

强大,也表现出宋代士人强烈的政治主体意识。

　　随着反新法势力被逐出朝廷,新党势力得以巩固,而其内部矛盾也开始滋长,熙宁七年(1074)八月,曾布落职知饶州,"坐言财用数不以实故也"①。这是新党第一次严重分裂。至熙宁九年王安石与吕惠卿交恶最终罢相而去,更将新党内部矛盾公诸于世,这既暴露出吕惠卿等新党人物品质的恶劣,也呈现出党争向权斗转型的迹象。元丰元年(1078)闰正月,"陈绎落知制诰为秘书少监集贤院学士,知谏院蔡确言绎阴与中书属官张谔、练亨甫等交相朋附,因公事受张谔私简,踪迹已露,不可更污待制"。元丰元年四月,"邓润甫落职知抚州,上官均责受光禄寺丞知邵武军光泽县,以右正言知谏院蔡确论奏故也"②。由此可见蔡确等新党人物打击他人以捞取政治资本的政客心理,这也促使神宗对新党由信任转为利用。元丰年间神宗稍稍收用旧党,意欲调和双方矛盾,矫正新法之失,以平息变法以来的反对声浪,神宗任吴充为相,即有弥合新旧两党嫌隙的意图。但旧党却企图利用这一机会恢复旧法,吴充乃至"议变法",蔡确争辩甚力,"充屡屈,法遂不变"③。不仅如此,吴充又欲再用旧党,"元丰初,宰相吴充专进熙宁异议之人"④。《宋史》吴充本传云:"充欲有所变革,乞召还司马光、吕公著、韩维、苏颂,乃荐孙觉、李常、程颢等数十人。"⑤而新党势力已成,不仅不能容忍变更新法,对旧党势力也严加排斥,双方围绕人事任命展开激烈斗争,如"尝论免役不便"的段缝被吴充擢为权知泰州、屯田员外郎,蔡确奏曰:"缝初无才能,止以尝诋毁新政,故膺奖任。"最终罢去知州之命而别与差遣。"元丰二年甲寅,罢程颢判武学,以御史何正臣言颢学术迂阔,趋向僻异故也"⑥。蔡确又借勘相州狱事,"欲段炼以倾(吴)充"⑦,双方斗争达到白热化。尽管斗争激烈,在整个熙丰期间,新党对旧党最沉重的打击也不过是元丰二年因乌台诗案所导致的对众多旧党成员的贬责,但在这一案件中,除苏轼、苏辙、王巩、王诜等主要当事人受到贬降处理之外,其他株连者

---

① 〔清〕徐松辑:《宋会要辑稿》(以下简称《辑稿》),第98册,职官65,第3865页。
② 《长编》卷287,第7019页。
③ 《长编》卷298,第7249页。
④ 《长编》卷288,第7045页。
⑤ 《宋史》卷312,第10240页。
⑥ 《长编》卷296,第7208页。
⑦ 《长编》卷290,第7090页。

也仅是被罚铜了事,与元祐以后动辄贬谪岭南相比已经算是从轻发落了。正如罗家祥所论:"熙宁、元丰时期,尽管得到宋神宗支持的变法派对反变法派的排斥和打击倾注了颇多心力,但总的来看,新党对旧党的打击与排斥一般表现为将其从最高统治集团的要害位置上排挤出去,防止其以'异论相搅',阻挠新法的实施,并没有像'元祐更化'时旧党对新党那样,采用许多无情倾轧的手段,而是采取了相对宽大和较为宽容的种种措施。"①这一评价是符合历史事实的。

二、元祐更化

熙丰年间的新旧党争表面是政见之争,究其实是内在学术立场及由此衍生的价值观念的冲突。王安石声言"一部周礼,理财居其半"②。而旧党集团的核心人物司马光、吕公著、刘挚、二程等人都是具有浓厚北方经学背景的士大夫,固守儒家传统道德,排斥功利,由此与王安石以求利为核心的改革方案形成尖锐冲突。变法之初,旧党主要针对新法的种种不足加以批判,随着新法全面铺开及弊端的不断暴露,这种批判逐渐深化到学术层面。而新党内部矛盾的激化,尤其是王安石、吕惠卿的交恶更造成旧党对新党集团道德品质的质疑。从新法到学术到品行,旧党对新党的批判不断深入,最终形成全面否定。这就决定了元祐更化必然是彻底推翻新法及其理论体系。

旧党打击新党在元祐最初几年较为集中,首先围绕所谓新法害民进行弹劾。元祐元年(1086),"朝散大夫、光禄卿吕嘉问知淮阳军,以监察御史孙升言市易法初行,嘉问实领其事,罔上坏法,失陷甚多,故有是命"。又右正言王觌奏,"窃见江西福建盐法,皆蹇周辅等相度,增添课额,害民罔上"。于是,与蹇周辅相关的由上到下的大小官员俱遭贬黜,"刑部侍郎蹇周辅落职知和州,权江南西路转运判官朱彦博知兴国军,承议郎司封员外郎蹇序辰签判卢州,奉议郎程之邵罢提举梓州路常平等事"③。新法固然有其弊端与不足,然而旧党并未就事论事地解决具体存在的问题,而是很快由批判新法转向人事攻击,将矛头指向新党集团的核心人物,政治报复色彩越

---

① 罗家祥:《朋党之争与北宋政治》,华中师范大学出版社,2002年,第57页。
② 《答曾公立书》《王文公文集》卷8,第97页。
③ 《辑稿》四,第98册,职官66,第3884页。

来越浓。元祐元年(1086)，"中散大夫、光禄卿、分司南京、苏州居住吕惠卿责授建武军节度副使本州安置，不得签书公事。以司谏王岩叟言前责未厌众议"①。旧党对吕惠卿的责降，公开声明是要"厌众议"，所谓"众"显系旧党，"厌众议"意即对新党重要人物的惩罚必须达到令旧党满意为止。旧党的关注点已由新法转到人事，由具体的法令制度的论争转向对个人品质的攻击，这是元祐党争不同于熙丰政争的重要特征。

　　有德者必有言，在以"君子"自居的旧党看来，新党作为"小人"之党，其言行也必然是逆德悖理不足为训的，于是，旧党对新法的否定必然随之上升到对新党政治品质及道德品质的否定。元祐初年，蒋之奇"进天章阁待制，知潭州。御史韩川孙升、谏官朱光庭皆言之奇小人，不足当斯选，改集贤殿修撰，知广州"②。品行成为元祐旧党打击新党的利器，元祐二年八月，"司农少卿宋彭年权知邢州，以御史赵屼言其险刻也"③。品质的险刻是一种道德范畴，并非可以考证的事实，其评判标准带有很强的主观性，却仍然被用来作为罢黜官员的依据。可见，旧党对新党的攻击是以道德标准取代了法律准绳，这就为其随意罗织罪名打击政敌大开了方便之门，党争逐渐脱离原本的政见争论，而异化为不择手段的党同伐异。元祐元年，知汝州的章惇应知大藩扬州，身为旧党的左司谏朱光庭指其在枢府日悖慢失大臣体，故仍知汝州。元祐二年十月，资政殿学士王安礼除成都府，辞不行，言者便指其托疾辞远，被差以提举西京嵩山崇福宫的闲职④。王安礼是否因成都路途遥远而托疾不行难以考索，但这一出于主观臆测的罪证仍被接受，可以看出旧党对新党的打击已到为所欲为的地步。元祐四年(1089)，旧党炮制车盖亭诗案，新党首领蔡确被贬为英州别驾，新州安置。旧党乘机扩大战果，将新党骨干章惇、邢恕、黄履等人一网打尽，远贬地方。作为排击新党急先锋的右正言刘安世指四人在"元丰之末，相与交结，号为死党。惇、确执政倡之于内，履为中丞与其僚属和之于外，恕立其间，往往传送。天下之事，在其掌握，公然朋比，旁若无人"⑤。刘安世在这里没有

---

① 《辑稿》四，第98册，职官66，第3885页。
② 《宋史》卷343，第10916页。
③ 《辑稿》四，第99册，职官67，第3886页。
④ 《辑稿》四，第99册，职官67，第3886页。
⑤ 《辑稿》四，第99册，职官67，第3888页。

举出任何确凿的事实证明四人"相与交结",即便四人相与交结,刘安世也没有任何确凿的证据证明他们相互交结是为非作歹,蠹害国家。因而,这种指控完全是从党争立场出发的莫须有式的有罪推定,这也成为以后党争的常态,也几乎成为贬谪政敌最充分的理由。

不仅新党受到无情打击,旧党内部同情新党或排击新党不力者也不能被容忍。在车盖亭诗案中,范纯仁、彭汝砺、曾肇因论救蔡确受到刘安世的攻击。侍御史、新除太常少卿盛陶,殿中侍御史翟思,监察御史赵挺之、王彭年等便因态度消极,遭到刘安世的弹劾而被外放。由此可见,旧党抱定了与新党誓不两立、斗争到底的决心,如司马光所言"君子小人如冰炭不可同器"。事实上,熙丰年间,执政新党对旧党仍有寻求和解、合作的意愿,乃至许多旧党人物仍被委以重任,尤其是元丰间,神宗独掌大政,更有意调和新旧党争,文彦博、吕公著等被任命为执政,极见新党的良苦用心,而旧党则自以为占据了道德的制高点,视新党为小人与寇仇,一俟上台便以强硬姿态必欲置新党于死地,尤其是车盖亭诗案更加暴露出旧党全无大局观念、一意逞党派及个人之快的狭隘与短视。旧党对新党的打击不是出于革除弊政、富国强兵的政治目的,而是出于维护旧党利益、固守旧党地位的狭隘自私的动机,这种唯恐新党卷土重来而必欲诛杀净尽的心理在傅尧俞的《又论蔡确疏》中表现得极为充分:"万一复进,上必为解构之奸,下必有排陷之酷。臣谓宜投窜荒僻,使还路迂远而不可必,则善人安而小人革矣。如此则向背之风自然寝息。确之深狡,众所共知,若不如此,其怀毒隙,殆无术以止其来,士大夫所以多观望而持两端者以此。"①旧党对新党卷土重来的恐惧与防范远远超过了对其政见的批评,这使蔡确成为熙丰变法以来首个被远贬岭南的宰臣。旧党死死抱住君子小人的二元分野,妄以君子自居,以自以为是的文化优势对新党进行无所顾忌的道德污蔑和政治贬黜,熙丰时期的新旧党之间的政见之争由此异化为纯粹的权力争夺与政治报复。这些旧党人物虽以君子自命,而孔子所倡导的"忠恕"原则在他们身上却是踪影皆无,强烈的报复欲望早已扭曲了他们的道德人格,吞噬了儒学的道德理性,使这些身陷党争中的士大夫纷纷沦为党同伐异的工具。

———————————

① [宋]傅尧俞:《又论蔡确疏》,《全宋文》第70册,第125页。

随着新党被逐出朝廷,旧党内部矛盾日益激化,洛、蜀两党矛盾成为旧党内部的主要矛盾。洛党人物运用其擅长的罗织本领,对蜀党深非而力诋之。元祐元年(1086)五月,秦观除太学博士,孙升奏称"新除太学博士秦观素号薄徒,恶行非一,岂可以为人之师,伏望特罢新命"。元祐六年,黄庭坚除为起居舍人,中书舍人韩川封还词头,称"黄庭坚所为轻翾浮艳,素无士行,邪秽之迹,狼藉道路"①。孙升这类旧党人物弹劾政敌主要是从道德角度立论,首先将其归入小人一族,并以小人有党而指斥其党附之罪,予以彻底否定,不给对方任何转圜的余地。元祐二年正月,孙升在《乞降苏轼放罪指挥奏》中称:"君子不幸而有所过,小人则无往而不为恶。过虽大,无害为君子;恶虽小,终归于小人。过改而不吝,则成有德;恶积而不掩,则为大奸。过可宥而恶不可容也。"②元祐八年,黄庆基在《劾苏轼状》中更称苏轼为"小人之雄,君子之贼","前者除张耒为著作郎,近者除晁补之为著作佐郎,皆轼力为援引,遂至于此。至如秦观,亦轼之门人也,素号猥薄,昨除秘书省正字,既用言者罢矣,犹不失为校对黄本书籍。是以奔竞之士趋走其门者如市,惟知有轼,而不知有朝廷。为人臣而招权植党至于如此,其患岂小哉!"③

从道德角度立论,将政敌指为小人,并加以结党的罪名,成为元祐间打击政敌无往不胜的利器。当然,旧党与新党的矛盾与其内部矛盾之间有着根本的不同,因而其斗争力度也强弱有别。旧党对新党必欲除之而后快,而洛、蜀、朔党之间则是相互排斥又相互依存,而没有上升到你死我活的程度。故而新党主要成员吕惠卿、章惇、蔡确、韩缜等纷纷被弃置远恶州军,旧党内部斗争则主要表现为各派之间言论上的相互攻讦,总体上尚能彼此相安。从贬谪情况来看,新党虽然也像熙丰间的旧党一样被逐出朝廷,但其性质已经发生重大变化,已由熙丰间清除变法障碍转为打击新党的权力斗争,因而旧党对新党的贬谪力度较熙丰时期明显加大,车盖亭诗案首开党争以来宰臣贬死岭南的恶例,从而加剧了双方仇恨,并使以后的斗争更加激烈,而对政敌的贬谪也就随之变本加厉了。

---

① 《长编》卷456,第10930页。
② 《长编》卷394,第9608页。
③ 《长编》卷484,第11496页。

三、从绍圣到崇宁

绍圣以后,新党重新得势,但其性质已经发生变化,由积极倡导变法的政治团体蜕变为争权夺利、打击迫害政敌的政治集团。新党作为一个缺乏坚定政治信念、构成较为复杂的团体随着政治形势的变化不断分化。许多新党人物原本品行不端,既没有高远的政治理想,也缺乏严格的道德自律,将参与变法看作谋取功利的绝好机会,带有强烈的政治投机心理,"熙宁士大夫初有十钻之谚","盖以其造请公卿之门,不惮寒暑,交结权要子弟,巧于自媒,如刀锥之铦锐也"①。而一旦政治风向发生变化则必然随风摇摆。绍圣三年(1096),"右正言孙谔言(杨)畏在元丰间为御史,其论议皆与朝廷合。及元祐末吕大防、苏辙等用事,则尽变而从之。绍圣之初,陛下亲政独断,则又偷合诡随,缔交执政,倾乱朝廷,天下谓之'三变'"②。杨畏从熙丰经元祐到绍圣随时为变,极可反映出新党成员立场不坚、唯利是图的恶劣品质。随着斗争的加剧,类似王安石那种怀有富国强兵的政治理想并为之奋斗献身、九死不悔的忠直人格消失不见了,党争蜕变为纯粹的权力之争和政治报复,刘弇批评说:"今大臣为绍述之说者,其实皆借此名以报复私怨。一时朋附之流,从而和之,遂至已甚。张商英元祐时上吕公著诗求进,其言谀佞无耻,士大夫皆传笑之。及近为谏官,则上疏乞毁司马光、吕公著神道碑。周秩在元祐间为太常博士,亲定司马光谥为文正,及近为言官,则上疏论司马光、吕公著,乞斫棺鞭尸。"③此期新党不再像熙丰时期那样争论法度的利弊优劣,也极少如元祐旧党那样追究政敌的道德品质,而主要以对新法的态度划分敌我,凡属反对变法、诬毁先朝、依附"奸党"者一概斥逐贬窜。"绍圣三年五月七日,右正言孙谔罢右正言差知广德军,以详定重修敕令蔡京言谔所言役法诋污先朝,故有是命"④。由蔡京弹劾孙谔可见,新党已不再争论孙谔是否言之有理,而将"诋污先朝"本身当作罪状,先帝、先朝与新法成为不可非议、不可动摇的国本,同时成为蔡京等新党打击政敌的有力武器。

---

① [宋]刘安世:《论王子韶路昌衡差除不当奏》,《全宋文》,第118册第29页。
② 《辑稿》四,第99册,职官67,第3894页。
③ [宋]刘弇:《论大臣唱绍述之说奏》,《全宋文》,第119册第138页。
④ 《辑稿》四,第99册,职官67,第3894页。

　　此期党争一方面表现为将旧党党魁如吕大防、刘挚、苏辙、梁焘等斥逐远地的重点打击,另一方面则表现为以重点人物或核心事件株连多人的群体打击。绍圣元年(1094),"苏轼落端明殿学士、翰林侍读学士,降充左承议郎知英州,以御史虞策、来之邵言轼元祐擢掌外内制讥斥故也。已而再有论疏,于是责授宁远军节度副使惠州安置。且诏轼合叙复日未得与叙复"①。秦观被指影附苏轼,"添差处州茶盐"。工部尚书李之纯被指阿附苏轼、苏辙,落宝文阁直学士,降授宝文阁待制知军州。在边事问题上执行弃地政策者都受到贬责,绍圣元年七月,"通奉大夫范纯仁特降一官,以三省言纯仁朋附司马光,变乱法度,首建弃地之议,滋养边患故也"。"陈衍编管,唐义问罢知广州,范纯粹降一官知延安,以其主张弃四寨故也"②。元祐间纂修的《神宗实录》同样是新党向旧党兴师问罪的重要口实,罪状当然是厚诬先帝,"绍圣元年十二月二十七日,龙图阁直学士提举亳州明道宫范祖禹责授武安军节度副使永州安置。翰林侍读学士提举兖州仙原县景灵宫、太极观赵彦若责授安远军节度副使澧州安置。集贤校理、管勾亳州明道宫黄庭坚责授涪州别驾、黔州安置。以台谏章疏言所修实录多诋斥故也"。"绍圣二年(1095)正月九日,吕大防特追夺两官,赵彦若、范祖禹、陆佃、曾肇、林希、黄庭坚各追夺一官,以御史中丞黄履言其修纂先帝实录厚加诬毁也"③。新党名为维护先朝圣政,本质是巩固自身权力,维护新党集团的政治利益。所谓的新党与旧党的界限已变得模糊,政见的不同不再是新、旧党之间的本质区别,一定意义上可以说新、旧党逐渐没有区别,无论新党、旧党已经沦落了仁宗朝以来一些有识之士革除弊政、变法图强的政治理想,旧法抑或新法、更化抑或绍述都不再有革弊图强的原始意义,这不仅意味着变法的失败,在一定意义上也标志着庆历以来儒学复兴的失败。

　　新党对旧党不仅打击范围不断加大,打击力度也远超前代。这主要表现在编置官员数量的增加及贬窜远恶州军人员的增多。熙丰为排除对推行新法的政治阻力,反新法者主要被外放地方任职,或给以分司、宫观差遣,安置者极少,编管者熙丰间只有一个郑侠。元祐间党争激烈,但官员被编置者仍然有限,除蔡确被安置岭南新州外,其余新党骨干章惇、邢恕、黄

---

① 《辑稿》四,第99册,职官67,第3891页。
② 《辑稿》四,第99册,职官67,第3892页。
③ 《辑稿》四,第99册,职官67,第3892页。

履等人则一并窜往外地知州或监当官。至绍圣以后，被安置、编管官员的数量大大增加，且多贬往岭南远恶州军。仅绍圣四年（1097）二月二十八日，便有大批官员被责降为闲散官于远地安置居住或致仕：

吕大防责授舒州团练副使循州安置。刘挚责授鼎州团练副使新州安置。苏辙责授化州别驾雷州安置。梁焘责授雷州别驾化州安置。范纯仁责授武安军节度副使永州安置。韩维落资政殿大学士特降授左朝议大夫致仕，范纯礼落天章阁待制依前官管勾亳州明道宫蔡州居住，赵君锡落天章阁待制依前官管勾亳州明道宫本处居住，马默特落宝文阁待制依前官管勾南京鸿庆宫单州居住，顾临落天章阁待制依前官管勾洪州玉隆观饶州居住，范纯粹落宝文阁待制依前官管勾江州太平观均州居住，孔武仲特落宝文阁待制依前官管勾洪州玉隆观池州居住，王汾落宝文阁待制依前官致仕，王钦臣落集贤殿修撰依前官管勾江州太平观信州居住，张耒落直龙图阁依前官添差监黄州酒税，吕希绩降授朝郎差遣依旧光州居住，吴安诗责授濮州团练副使连州安置，晁补之落秘阁校理依前官添差监处州盐酒税务，贾易添差监海州酒税务，程颐追毁出身文字放归田里，永不叙复。秦观移送横州编管，朱光庭追贬柳州别驾，孙觉、赵卨并追职并两官及遗表恩例，李之纯追职及遗表恩例，杜纯追职，李周追贬唐州团练副使[①]。

由上可见，元祐间曾任宰执者除范纯仁、范纯礼之外，吕大防、刘挚、苏辙、梁焘都被贬往岭南，大概因为范纯仁在车盖亭诗案中曾论救蔡确，即便如此，范纯仁仍被贬往永州安置。其他绝大部分待制以上官则给以宫观差遣，更为低级的官员则分别授以不同监当差遣各地居住，或只授以监盐酒税务等小官，或授以团练副使、州别驾这样的不厘务闲散官。其中秦观仍然编管不变，而一些故去官员则被追官夺职。这次贬黜涉及人员之广、处罚力度之大是罕见的，表现出新党打击旧党的坚定决心。对一些富于影响力的旧党人物，则或进行连续的贬黜，或不断迁往恶地。绍圣二年正月九日，因被指修纂先帝实录厚加诬毁，吕大防特追夺两官。二月五日，再降一官。苏轼绍圣元年责授宁远军节度副使惠州安置，绍圣四年又责授琼州别贺移送昌化军[②]安置。即便对死去的宰执官，也不断进行追贬，绍圣元年

———

① 《辑稿》四，第 99 册，职官 67，第 3895 页。
② 昌化军当时属岭南十三个远恶州军之一。岭南十三远恶州军：南恩州、新州、循州、梅州、高州、雷州、化州、宾州、容州、琼州、万安军、昌化军、吉阳军。

七月十八日，"诏司马光、吕公著各追所赠官并谥告及追所赐神道碑额"①。绍圣四年(1097)，"故追贬建武军节度副使吕公著特追贬昌化军司户参军，故追贬清远军节度副使司马光特追贬朱崖军司户参军"②。对死者的追贬意在损毁其在生者心目中的形象，打击旧党的士气。

元符以后，新党对旧党仍然保持着严打态势，且其措施更加斩绝，为防范旧党子弟可能的报复，元符元年(1098)五月三日，"诏刘挚、梁焘诸子并特勒停，永不收叙"。九月二日，又"诏王珪、吕大防诸子并勒停，永不收叙"③。最值得注意的则是新党针对元祐旧党所设立的看详诉理所。元祐所置看详诉理所不仅对因反对变法而降官罢黜者一一平反，而且对原本罚当其罪者也减轻处罚，完全丧失了是非正误的原则性，使看详诉理成为全面更化、否定熙丰政治路线的重要组成部分。故元符二年，新党所置看详诉理所指斥"元祐诉理不当，宋乔年、梁铸冲替，元祐改作差替。符守规冲替，事理重改作事理轻。王安上追两官勒停，改作追一官"④。如此等等，不一而足。可见，元祐所置看详诉理所重点不在平反冤狱，而是要通过平反所谓冤狱否定新法新党，造成新党制造冤狱的社会舆论，并借平反冤狱之名收买人心，造成有利于旧党复辟的社会形势。在此过程中，看详诉理所全然不顾事实，从党派利益与特定的政治目的出发，随意降低乃至取消熙丰间元断案件处罚，使得刑当其罪者也来诉理"冤情"，造成了社会混乱。朱熹后来批评说："元祐特立一司，名'理诉所'，令熙、丰间有所屈抑者尽来雪理，此元祐人之过也。"⑤而绍圣新党如法炮制，再置看详诉理所，同样不问是非，将元祐看详诉理所"平反"的"冤狱"一概追夺，维持原判，对元祐罚当其罪者同样宽大处理，且借机扩大斗争，对元祐党进行全面打击，走上同样的极端。这不仅不会打击犯罪，高扬正义，而且使得原本混乱的社会舆论更加不知所措。与此同时，新党内部的斗争也完全陷入一种毫无原则可言的任意诬谤，其手段无所不有，往往翻捡历史旧账，摘引若干细节，深文周纳，曲成其罪，如元符二年(1099)三月十一日，"吏部员外郎孙谔送吏部

---

① 《辑稿》四，第 99 册，职官 67，第 3892 页。
② 《辑稿》四，第 99 册，职官 67，第 3896 页。
③ 《辑稿》四，第 99 册，职官 67，第 3898 页。
④ 《辑稿》四，第 99 册，职官 67，第 3899 页。
⑤ 《朱子语类》卷 130，第 3105 页。

与合入差遣,以监察御史兼权殿中侍御史左肤言谔在元丰中以监制救库漏落条贯罢去,而元祐中三省有诉陈,且言幸遇朝廷钦恤刑狱,使衔冤饮恨者皆得以上闻。谔独指元祐为钦恤,则是先帝未尝钦恤"①。完全是一种何患无辞、极其无聊的人身攻击和政治迫害。

经过熙丰、元祐、绍圣以来的激烈党争,士大夫的盛世理想沦丧殆尽,安焘对此感受深切,他痛切地说:"自绍圣元符以来,用事之臣,操绍述之名,诳惑君主,上则固宠位而快恩仇,下则希进用而肆朋附。彼自为谋则善矣,未尝有毫发为公家计者也。"②由此可见无原则的党争对士风的毒化。

元符末至建中靖国,宋朝廷虽然为调和新旧两党的矛盾作出一定努力,贬逐了章惇、蔡卞、蔡京等新党巨魁,量移、牵复了一些旧党骨干,但新旧党势同水火的对立情绪已是根深蒂固,牢不可破。面对来势汹汹、意欲东山再起的旧党,新党被迫放弃了"体常用中"的建中之策,转而以更其严酷的手段打击旧党,终于造成崇宁党锢的局面,旧党几被置于万劫不复的境地。而实际上,此期的党际界限已经模糊,所谓的党争既不关乎政见,也不关乎德行,而完全以政敌划线,即便是"元祐党籍"也不过是标明罪状的标签,只要被徽宗、蔡京一伙目为政敌者,概以各类借口加以贬黜清算。在这种背景下,曾是新党骨干的曾布亦被划入元祐党籍,崇宁二年(1103),其弟曾肇责授濮州团练副使汀州安置,以元祐党籍故也③。在这种全面专制的体制下,当权者对政敌的打击更加严刻,羁管这种最严厉的手段也变得常用,崇宁二年五月十六日,"宝文阁直学士知应天府路昌衡落职与宫观,梁安国、何大受、苏迥、擅固、王箴并特勒停,永不收叙,分送逐州羁管……以诋讪元丰、绍圣之政故也"④。在这种背景下,士大夫的自由空间受到极大压缩,其身心也受到极大的戕害,儒家忧患天下的政治品格及富国强兵的政治理想弃之脑后,同时培养起灵敏的政治嗅觉及攻击政敌、明哲保身的本领,陆佃对此描述说:"窃见近时,学士大夫往往竞进,务相倾夺。以善求事为精神,以能讦人为风采,以忠厚为重迟,以静退为卑弱。相师成风,

---

《辑稿》四,第 99 册,职官 67,第 3899 页。
② [宋]安焘:《论用事之臣持绍述之名而为身谋奏》,《全宋文》,第 78 册第 89 页。
③ 《辑稿》四,第 99 册,职官 68,第 3913 页。
④ 《辑稿》四,第 99 册,职官 68,第 3911 页。

莫之能止。"①这无疑是专制文化的悲剧。

第三节　党争背景下的贬谪特征

一、从熙宁到崇宁的贬谪类型

从神宗熙宁到徽宗崇宁,随着党争的加剧,对贬降官的处罚趋于严厉,其主要变化便是由纯粹行政性的外放为地方官、宫观官渐变为行政贬降与法律惩处相结合,贬降官的生存状况也随着处罚的不断加重而趋于恶化。从处罚的严厉程度来看,大体可将熙宁至元祐作为第一阶段,绍圣至北宋末则是第二阶段。

熙宁年间对官员的贬降主要是降低官、职、差遣的行政性处罚。如上节所述,此期士大夫群体普遍怀有消除积弊、富国强兵的政治热情,其间的论争主要是围绕新法利弊优劣而展开的政见之争,士大夫群体相互之间并未产生明确的新党、旧党或君子之党、小人之党的党际分野,因而也并未形成扳倒政敌的权力斗争。新党对反新法者的贬降目的是剥夺其参与中央决策的权力,清除变法阻力,因而,对官员的贬谪主要表现为由京朝官外放地方官。具体而言,表现为以下情况:

1.落职、降差遣。如熙宁三年(1070),"右正言、直集贤院、同修起居注孙觉落职知广德军"。三年四月,"监察御史里行张戬,太子中允、权监察御史里行王子韶并落台职与知县差遣"。"八月十五日,兵部员外郎、兼起居舍人、直集贤院、同修起居注、同知谏院范纯仁罢起居舍人、同修起居注,知河中府"。熙宁四年七月十四日,"翰林学士、度支员外郎、权御史中丞杨绘,落翰林学士,充翰林侍读学士知郑州。太子中允、馆阁校勘、兼观察御史里行刘挚落职监衡州盐仓。坐论役法不当"②。

2.降官而差遣依旧。熙宁四年三月十日,"工部郎中宝文阁待制王广渊降度支员外郎,依旧知庆州"③。

3.降为散官不得签书公事。熙宁三年(1070),"前知杭州龙图阁学士、

① [宋]陆佃:《苏州召还上殿札子》,《全宋文》,第101册第115页。
② 《辑稿》四,第98册,职官65,第3863—3864页。
③ 《辑稿》四,第99册,职官67,第3864页。

右谏议大夫祖无择责忠正军节度副使,不签书州事"。熙宁十年,"翰林学士、礼部郎中、知制诰杨绘责荆南节度副使,不签书本府公事"①。

4.另有少数追官、勒停、展叙、冲替的情况。元丰元年(1078),"诏殿中丞陈安民追一官勒停,展三期叙;太常博士吴安持追一官,免勒停,冲替;前检正中书刑房公事刘奉世落直史馆,免勒停,监陈州粮料院;详断官窦苹追一官勒停;详议官周孝恭、大理评事文及甫并冲替"②。

而"羁管、编管、安置、居住"几类限制官员人身自由的处罚类型则极为有限,据《宋会要辑稿》《续资治通鉴长编》,主要有以下几例:

1.熙宁八年(1075)正月,"河南军巡判官郑侠英州编管。因诋惠卿奸恶故也"③。这应是新法推行以来,对反对新法官员处罚最严厉的一例。

2.元丰五年(1082)十月七日,"龙图阁直学士朝散郎知延州沈括责授均州团练副使员外郎置随州安置,从始议永乐既又措置应敌乖方故也"④。

3.元丰元年正月二十三日,刑部员外郎、知制诰熊本因触忤时相,"落知制诰,为屯田员外郎,分司西京,饶州居住"⑤。

除此之外,另有具有党争背景的重大案件导致众多官员遭到贬黜。元丰二年,"江东转运判官何琬劾奏嘉问不法,章未下,而嘉问辨诉",暴露出京师内有人为吕嘉问通风报信。于是神宗诏御史台推治,原来是华申甫自京师以私书报之。该案牵连到王陟臣、俞充、张济等多人。最终,"诏知润州、司封员外郎、直昭文馆吕嘉问落职冲替,多勒停。监市易务门、河南府左军巡判官华申甫除名。两浙路提点刑狱、祠部员外郎、集贤校理王陟臣落职冲替,供备库副使张济追一官,远小处监当"⑥。

由上可见,熙丰间对官员的贬降主要表现为落职、降官、降差遣,而对官员生存状况造成重大影响的羁管、编管、安置、居住等处罚为数极少。因而,虽然外放地方,但官员往往官阶不变或变化不大,仍然保有官员的尊严和荣誉,重要的是可以享有较为优厚的俸禄,不致影响生活。且此期士大夫仍然沿续着庆历以来以天下为己任的忧患意识与理想主义,并不以个人

---

① 《辑稿》四,第 99 册,职官 67,第 3868 页。
② 《长编》卷 290,第 7090 页。
③ 《辑稿》四,第 99 册,职官 67,第 3865 页。
④ 《辑稿》四,第 99 册,职官 67,第 3877 页。
⑤ 《长编》卷 287,第 7019—7020 页。
⑥ 《长编》卷 298,第 7243 页。

的荣辱得失为意,一些官员乃至自求外放,以表明坚持己见而不附和当权者的决心。尽管如此,专制王权与独立人格之间不可调和的矛盾最终必然造成对士大夫的戕害与摧残,乌台诗案便是这种专制逻辑不断展开的结果。当权者对旧党的打压不断激化着党派矛盾,并为元祐及绍圣之后更为残酷的党争准备着条件。

元祐党争虽呈激化趋势,但从官员贬谪角度而言,大体沿袭了熙丰局面,除车盖亭诗案将蔡确贬死新州外,并未对新党成员进行大规模的政治迫害,除名、勒停、差替、冲替、羁管、编管、安置、居住这类较严厉的处罚手段相比熙丰并没有显著增加,除蔡确外,大部分新党成员被贬为地方官或责授宫观差遣,其生存状况并没有显著恶化。但与熙丰不同之处在于,旧党对新党的贬黜并非一蹴而就,而是不断劾奏,由此一再追贬,使被贬者始终忧惧不安,这对其身心无疑造成了极大伤害。元祐二年(1087)二月十六日,"观文殿大学士、正议大夫、知陈州蔡确落职守本官知亳州,以御史中丞傅尧俞劾奏确为相日窃弄威权,故纵其弟养成奸赃故也"。"二十八日,新知亳州蔡确知安州,以给事中顾临、右谏议大夫梁焘、右司谏王巖共言其奸恶,乞重行屏斥,故有是命"①。元祐三年(1088)二月二十四日,蔡确罢所复职,知邓州,"以给事中赵君锡论驳也"②,直到元祐四年被贬往岭南新州。元祐元年,知枢密院事章惇在旧党交章弹劾下出知汝州,"七、八年间,数为言者弹治"③。后章惇应知大藩扬州,身为旧党的左司谏朱光庭指其在枢府日悖慢失大臣体,故仍知汝州。元祐三年,因给事中赵君锡论驳,"章惇罢所复职,知越州"④。元祐四年,章惇被旧党指斥非法买田,且元丰间交结蔡确、邢恕、黄履,由正议大夫降授通议大夫,提举杭州洞霄宫。

元祐间旧党一方面对新党保持着高压态势,另一方面旧党内部无原则、无休止的斗争也极大地消耗着士大夫的精力及进取的锐气,苏轼此期多次请求补外实即反映出士大夫对政治的厌倦与疲惫,折射出士大夫对儒学救世理想趋于破灭的失望情绪。

绍圣以后,重新得势的新党对旧党展开大规模的报复,相比熙丰、元

① 《辑稿》四,第98册,职官66,第3885页。
② 《辑稿》四,第99册,职官67,第3886页。
③ 《宋史》卷471,第13711页。
④ 《辑稿》四,第99册,职官67,第3886页。

祐,羁管、编管、安置、居住这类严厉的处罚大大增加,大批旧党成员及当权者的政敌被贬往远州恶地,仅绍圣四年(1097)二月二十八日,便有 26 名旧党骨干成员被追贬责降,其中吕大防、刘挚、苏辙、梁焘四位元祐宰执官被降授团练副使、别驾之类闲散官安置岭南,范纯仁安置永州。元符三年(1100)至建中靖国元年(1101)虽有短暂的缓和,但至崇宁以后,新党对元祐党人的打击更加严厉,其中仅崇宁元年(1102)蔡京所列元祐党人中,即有 70 余人被编管岭南等地。绍圣以后的党争几乎成为新党对旧党一边倒的贬黜,不仅打击面积大,涉及人员众多,而且许多"元祐大奸"被一贬再贬。刘挚,绍圣初,夺职知黄州,再贬光禄卿,分司南京,蕲州居住;绍圣四年,贬鼎州团练副使,新州安置,卒于贬所。吕大防,绍圣三年罢相,以观文殿大学士、左光禄大夫出知颍昌府,寻改永兴军,夺学士,知随州;再贬秘书监,分司南京,居郢州,徙安州;绍圣四年,贬舒州团练副使,安置循州,至虔州信丰卒。范祖禹,绍圣初以龙图阁学士出知陕州,寻提举明道宫;又贬武安军节度副使、永州安置;再贬昭州别驾,贺州安置;元符初,由宾州移化州安置,卒于贬所。正如龚夬在元符三年(1098)描述的那样,"故老、元辅、侍从、台省之臣,凡天下之所谓贤者,一日之间,布满岭海,自有宋之来,未之闻也"①。

　　就贬降官到达贬所后的情况来看,官方主要用编管(羁管比编管稍重,区别不大)、安置、居住三种方式对贬降官进行处罚和管理,有的还伴以除名勒停、永不叙复之类行政处罚。

　　1.编管。编管是对官员最为严厉的处罚类型,它对贬降官的影响主要有三个方面:

　　首先,它使贬降官的人格尊严遭到践踏。据宋代编管法,凡应编管者,无论除名、决杖与否,都属有罪之身,须由官府派"得力职员,押伴前去,经过州交割",实则被以囚犯处理。沿途押解人员为保证在规定期限交割人员,往往对其严加督责,以至"稍后辄詈诟"②。这种粗暴的押解过程使得士大夫的人格尊严扫地以尽,这对其心理无疑会造成严重伤害。

　　第二,编管地往往是远恶州军,生存环境恶劣,许多人因无法适应而时

---

① 《宋史》卷 346,第 10983 页。
② 〔宋〕邹浩:《闻彦和过桂州》,《全宋诗》,北京大学出版社,1991 年,第 21 册第 13962 页。

有性命之虞。邹浩自述其羁管新州的生活说："然在新州,最为恶地,飔凌空而飞瓦,瘴暝昼以成烟。水接阳春,不终朝而变五色;候殊岭北,几一日而更四时。虽是居人,亦多沉疾,而况负罪至此,杜门莫交。顾形影以自怜,念庭闱之远隔。"①贬地环境之恶劣给被贬者造成沉重的感情创痛,加重了其远离亲人故土的孤独感,更重要的是贬谪本身的政治威压使他们始终生活于政治迫害的阴影中,以致"杜门莫交"、避祸全身成为其基本的生活方式。

第三,生存成为首要问题。因编管多与除名勒停的行政处罚相结合,编管者没有俸禄,失去了生活来源,陈瓘政和年间羁管台州之后,朝廷绝其禄俸,只能自营活路,"绝禄以来,苟营活路,积垢如山,死有余愧"②。为了谋生,或者请人作保,"聚徒授业"而自给③。这对以天下为己任、怀有大济苍生之志的士大夫而言,无疑是莫大的讽刺。

第四,人身自由受到限制。编管人被解到编管地之后,一般要住在当地官府房内,无官房住者可租房居住,但都会派厢兵巡视,以防亡失。崇宁元年(1102)丙寅诏:"应责降安置人及编管、羁管人,令所在州军依元符令常切觉察,不得放出城。"④这几乎切断了编管人同外界的联系,形同囚犯。陈瓘在《李彦芳字序》中描述了自己羁管台州、畏祸绝交的凄凉景象:"某以尝论《日录》,负恩触怒。圣主察其敬恭,未忍诛殛,因身瘴疠,屏息待尽。杜门终岁,人莫敢叩。"⑤这不仅是对人格的侮辱,也是对其精神的摧残,"就使鹓鹭之命幸脱宽网,而身心垢瘝,亦明时之弃物矣,敢不知乎! 敢不知乎!""而今而后,真可以忘言矣。此可与知者道,难于不知者言也"⑥。陈瓘痛愤的控诉正是被编管者遭受迫害的心灵写照。

2.安置。安置主要"待宰执侍从"⑦,是宋代处罚贬谪官员的主要手段。与编管相比,被安置官员不用兵员押送,更不枷项,一般只派一二名使

---

①　《袁州与监司启》,《全宋文》,第131册第240页。

②　[宋]陈瓘:《四明尊尧集》,《全宋文》,第129册第126页。

③　一些著名士人贬放地方后,当地人出于对他们的尊敬往往在物质上给予帮助,如郑侠被编管英州后,"英人无贫富贵贱皆加敬,争遣弟子从学,为筑室以迁"。见《宋史》卷321郑侠本传。苏轼、黄庭坚贬后也受到当地人一定程度的照顾。但大部分人只能自谋生路,生活困窘。

④　[宋]杨仲良:《续资治通鉴长编纪事本末》卷121,北京图书馆出版社,2003年,第3772页。

⑤　《全宋文》,第129册第131页。

⑥　《四明尊尧集后序》,《全宋文》,第129册第126页。

⑦　《贵耳集》卷上,景印《文渊阁四库全书》,第865册第428页。

臣护送前往,可以最大限度地保护官员的人格尊严。其次,安置者不除名,且多被责授闲散官,有一定的俸禄。据宋法令,分司官、致仕官、贬降官团练副使,并支半俸①,但从绝对数量来看,足以养家糊口。以苏轼为例,苏轼元丰三年(1080)被贬为黄州团练副使,本州安置,据《宋史·职官志十一》,团练副使月俸二十千②。故而安置者一般不为生计发愁。与此同时,安置者享有相对的自由。虽亦有不许出城及至走失的规定,但因其仍然保有副使别驾等官员身份,并不像编管者一样受到地方政府的严密监视,不必遵行呈身法。而且,责授长史以上散官者,还可以不定期求见当地知州,以反映自身情况与诉求,这就使得这类被贬者与当地官员有更多的交往。如苏轼绍圣后安置惠州时,便与广东提刑程正辅来往甚密;安置昌化军时,儋守张中经常与之下棋。但绍圣以后专制日酷,文网日密,地方官员承望风旨,随时摘取贬降官员的纰漏,多数被贬者为避灾免祸,往往杜门谢客。崇宁初,丰稷"褫职知常州","未至常州,贬海州团练副使,睦州安置,道州别驾,台州安置","又除名徙建州"。"公被谪,携孙侄一二人与居佛寺,怡然自得,日与衲子辈游,宾客一时杜绝。部使者、郡守往往皆门生故史,踵门请谢,终谢不见。燕坐阅《华严合论》,钞其要为百卷"③。刘挚被贬岭南后,"屏迹不交人事,亦无书自随,宴坐静默"④。地位的陟降、世态的炎凉及闭门静默的生活无疑会给这些贬降官带来极大的精神痛苦。

3. 居住。居住是比安置更轻的处罚,根据官员罪情轻重,"在与行政处罚结合之后,也有除名勒停居住、追官勒停居住、责授散官居住、落职领宫观居住、责授分司居住。但行用最广泛的是追官勒停居住、提举宫观居住和责授分司居住"⑤。相比安置官,居住官员多在内地州军,或自选住处。其居住环境与为正官时没有太大变化。且谪降居住官多数保留较高官阶,仍然享有丰厚的俸禄,甚至依旧享有一定的添支、供给、人从、请给等特殊待遇。此外,居住人虽不许离开所居之州,但无法令规定对居住人监管。因而居住人既不被监视,亦无呈身之制,人身享有极大的自由。任便居住

---

① 详见《宋会要·职官》64 之 3,《长编》卷 31 甲午条。
② 详见何忠礼《苏轼在黄州的日用钱问题及其他》,《杭州大学学报》1989 年第 4 期。
③ [宋]李朴:《丰清敏公遗事》,《全宋文》,第 135 册第 63 页。
④ [宋]刘安世:《刘忠肃集序》,《全宋文》,第 118 册第 180 页。
⑤ 王云海:《宋代司法制度》,河南大学出版社,1992 年,第 234 页。

者更是不受限制,实即等于赋闲①。

二、党争与责贬的强化

以上是宋代中后期官员贬谪的基本类型。尽管上述制度对贬降官的处罚作了轻重不同的规定,但自绍圣以后,随着党争的严酷,当权者对政敌的迫害不断加剧,贬降官的生存状态呈现出不断恶化的趋势。这首先表现为贬降官的人身自由受到极大限制,其一言一行无不受到当地官员的严密监视,偶有疏误,即可获罪,即便原本无意的言论,也会被解读成别有用心的罪状。苏轼被安置惠州,作诗曰“报道先生春睡美,道人轻打五更钟”,即被章惇之流认为恶性不改,悖慢君上,随之责昌化军安置。《挥麈后录》卷七载:“崇宁三年,黄太史鲁直窜宜州,携家南行,泊于零陵,独赴贬所。是时外祖曾空青坐钩党,先徙是郡……帅游浯溪观中兴碑,太史赋诗,书姓名于诗左。外祖急止之云:‘公诗文一出,即日传播。某方为流人,岂可出郊,公又无徒,蔡元长当轴,岂可不过为之防邪!’太史从之。”②由此极见专制之酷与文网之密。在这种政治高压下,被贬者出于畏祸自保的心理,自然是战战兢兢,谨言慎行了。

其次,受党争影响,被贬者的贬降并非一步到位,往往是一贬再贬。这便与唐代有很大不同,如柳宗元贬永州一贬十年,恩赦还朝后则又贬柳州。在宋代党争背景下,士大夫不仅是独立的个体,而且还是党派成员,自身命运与党派命运息息相关,形成荣损与共的关系。只要一党重要成员受到劾奏贬谪,与之相关的成员都会受到牵连,即便被远贬的官员也无法幸免。苏轼绍圣元年(1094)被贬后,门生故吏株连获罪,即便是李之仪所任“监内香药库”这样的小官,也因是苏轼荐举之故,被石豫弹劾:“之仪既为奸臣心腹之党,岂可更居此职? 欲令有司放罢。”③在这种党争背景下,宋代官员即使远贬蛮荒,也不可能远离是非,地理的荒远并不能逃脱权力的监控,贬降官的言行随时受到地方政府的监视,一旦发现“悖逆”言行立刻论罪追贬。正因为这种专制强化的政治背景,贬降官即便到了天涯海角,也不能心如止水,多数人始终处于惊惧不安之中,时刻担心着飞来横祸。《邵氏闻

---

①　《宋代司法制度》,第 236 页。

②　［宋］王明清:《挥麈录·后录》卷7,上海书店出版社,2001 年,第 133 页。

③　《长编》卷 511,第 12168 页。

见录》载刘安世事云："远谪岭外……抵一郡,闻有使者自京师来,人为器之危之。郡将遣其客来劝器之治后事。"①可见当时变化无常、朝不虑夕的恐怖气氛。虽然刘安世虚惊一场,但由郡将遣其客劝刘安世治后事来看,绍圣后的当权者以各种手段将贬降官迫害致死的事例当非个案。又《萍洲可谈》载:"邹浩志完,以言事得罪贬新州,媒孽者久犹不已。元符二年(1099)冬,有旨付广东提刑钟正甫就新州鞫问志完事,不下司。是时钟挈家在广州观上元灯,得旨即行。漕帅方宴集,怪其不至,而已乘传出关矣,众愕然。"②又据《宋史》石豫本传,石豫"与左肤鞫邹浩狱,文致重比,又使广东钟正甫逮治浩,欲致之死"③。所谓圣旨完全出自执政大臣的私意,君权实已沦为当权者打击政敌的工具,而钟正甫越过正常的司法程序直接鞫问邹浩,亦表现出宋末专制权力的恶性膨胀。在新党的迫害下,刘挚、梁焘、范祖禹等人最终死于岭南贬所。《朱子语类》说:"刘挚、梁焘诸公之死,人皆疑之,今其家子孙皆讳之。然当时多遣使恐吓之,又州郡监司承风旨皆然,诸公多因此自尽。"④元符三年十月,陈瓘在《乞追究钟正甫迫害邹浩之罪奏》中慷慨陈词,揭露当权者上下其手迫害大臣的罪行:"钟正甫顷为广东运判,亲往新州追摄本州羁管日前谏官邹浩,就狱根勘宾客往来馈遗等事,偶会大赦释免。窃惟浩以言事得罪,于亲戚故旧往来赈恤之义,朝廷未尝有旨禁绝,而新州所劾与御史台罗织狱万里相应,欲置浩于必死,其为忍酷,不已甚乎!"⑤陈瓘并大胆指出幕后黑手正是章惇,"杀张天悦之徒以箝众口,广邹浩之狱以绝言路"⑥,表现出可贵的斗争勇气。

第三,宋代中后期的党争使得士大夫分化为价值取向、政治立场不同的政治集团,从上到下的当权者与被贬者之间不仅存在政治上的对立,而且夹杂着文化价值的冲突,这就使当权者与贬降者之间的对立更加严重。负责监察贬降官的地方官吏承望风旨,忠实地执行监管责任,乃至于不断借机加重对贬降官的迫害。《宋史》温益本传载,温益知潭州,"邹浩南迁过潭,暮投宿村寺。益即遣州都监将数卒夜出城,逼使登舟,竟凌风绝江而

---

① [宋]邵伯温:《邵氏闻见录》卷13,中华书局,1983年,第140页。
② [宋]朱彧:《萍洲可谈》卷2,中华书局,2007年,第138页。
③ 《宋史》卷356,第11202页。
④ 《朱子语类》卷130,3126页。
⑤ 《全宋文》,第129册第30页。
⑥ 《又论章惇状》,《全宋文》,第129册第31页。

去。他逐臣在其境内，若范纯仁、刘奉世、韩川、吕希纯、吕陶，率为所侵困。用事者悦之"①。又《诚斋集》卷七十三《宜州新豫章先生祠堂记》载："山谷之始至宜州也，有亡某氏馆之，太守抵之罪。有浮屠某氏馆之，又抵之罪。有逆旅某氏馆之，又抵之罪。馆于戍楼，盖圉之也。卒于所馆，盖饥之、寒之也。"②地方长官对旧党逐臣的迫害，并不仅出于上级的指使，而且出于其自身的价值观念及政治立场，是党争以来士大夫群体不断分化的结果，一定意义上也是党争的泛化。

郑獬在《救祖无择疏》中说："本朝优宠近臣，虽有罪而就狱者亦鲜。近时如孙沔、吕溱，亦止于削官，未尝就狱。"③但自党争兴起以来尤其是绍圣之后，对获"罪"官员的处罚明显加重，重要表现即是以编管、安置等方式长期外放，并对一些"要犯"特别点明永不叙复，郑侠即是显例④。李新对此概括说："前日之士，无贤不肖，一切目之曰元祐党，诋之惟恐不力；前日之法，无可与否，一切目之曰元祐法，变之惟恐不尽。逐之恶地，褫职，削阶者，五十余人；夤缘荐举，从而迁罢者，又不知几何人也。"⑤党争造成官员齐进齐退、骤升骤降的局面，扩大了打击规模，激化了斗争强度，使得每一个体身不由己地陷身其中，沦为党争的工具和牺牲品。在这种严酷的打击之下，被贬远恶之地的士大夫多有死于贬所者，蔡确、刘挚、梁焘、范祖禹即是代表人物。虽然宋太祖曾立下不得擅杀士大夫的祖宗家法，但绍圣以后对贬降官员迫害之酷绝不亚于直接的杀戮。龚夬在《请检寻文及甫究问狱案状》中揭露绍圣中新党迫害旧党的罪行说："逐臣死于瘴海，家族不许生还，至有一门二十余丧者，然则虽无刀锯，其实族灭也。"⑥这自然是对"祖宗之法"的无情嘲讽。

党争不仅实际上破坏了不杀士大夫的"祖宗家法"，而且也在很大程度上改变了以往较为稳定的黜降及叙复制度。党派斗争的需要压倒了制度

---

① 《宋史》卷 343，第 10922 页。

② ［宋］杨万里：《宜州新豫章先生祠堂记》，《诚斋集》卷 73，《四部丛刊》本。

③ 《全宋文》，第 68 册第 85 页。

④ 熙宁十年八月，刑部用赦请量移郑侠，中书奏请移至鄂州，神宗特作如下批示："英州编管人郑侠元犯无上不道，情至悖逆，贷之与生，已为大惠，可永不量移。"并严厉处罚了为之奔走的全部官员。见《长编》卷 284，熙宁十年己丑条。

⑤ ［宋］李新：《上皇帝万言书》，《全宋文》，第 133 册第 339 页。

⑥ ［宋］龚夬：《请检寻文及甫究问狱案状》，《全宋文》，第 128 册第 356 页。

的稳定性,党派的利益因素凌驾于制度之上,造成了官员黜降叙复制度的扭曲变形。元祐四年(1089),蔡确因车盖亭诗案被贬新州,范纯仁认为:"今来蔡确之罪,自有国家典刑,不必推治党人,旁及枝叶。"①范氏的话透露出的重要信息便是,旧党并未按照国家典刑对蔡确治罪,无论对蔡确的贬降还是对其同党的株连,都出于党派的私见。党争背景下对大臣的贬黜超越了国家典刑,成为典刑之外的特殊机制,它不再遵循具体的法律规定,而以党派意志作为量刑的尺度,党派意志已经凌驾于国家典刑之上,成为处罚政敌的决定因素。元祐四年九月,朝廷因明堂赦恩,牵复左降官吏,其中即包括新党中人沈括、吴居厚等,梁焘上《论吴居厚等不当赦原奏》,反对将沈、吴二人赦罪复官。刘安世说,沈括、吴居厚等人"终身废弃,犹未塞责,岂可援引常法,更加录用?"②又说,"诸不以法治而贬降者,不得以赦议"③。言外之意即是,对新党中所谓"大奸巨恶"的处罚并非援引常法,而是不同于常法的特定程序,既然这些人"不以法而贬降",自然也没有必要循常法而叙复。旧党这样做自是出于保障本党利益的政治考量,被贬官员不同于一般犯人,而是党属不同、利益对立、随时可以威胁自身的政敌,必须将其始终踩在脚下,才能避免威胁自身。党争的残酷决定了当权者不可能依常法给予被贬政敌尤其是"大奸巨魁"以正常叙复的机会,这就使得党争造成的贬黜与正常的叙复制度之间形成了事实上的对立关系,某些重点打击对象更是要特别强调"永不叙复",则这些人只能老死贬所了。实际上,在党争背景下,所谓"永不叙复"并不具有绝对的约束力,一旦被贬者所属党派重新得势,就会罢废前命,叙复原官,甚至被召还朝廷,委以重任。所以,党争是造成官员贬复的根本原因,郑侠可谓这方面的典型。因反对新法,郑侠于熙宁七年(1074)编管汀州,次年编管英州。哲宗继位后被召还,授泉州府教授。元符元年(1098),哲宗亲政,新党重掌朝政,郑侠再次编管英州。徽宗登极,调和新旧党关系,郑侠获赦授原官。不久蔡京专权,郑侠列名党籍,三度罢官。崇宁五年(1106)八月,才复将仕郎,许叙用。可见,党争背景下,被贬官员的起落沉浮主要取决于所属党派在党争中的胜负。

① 〔宋〕范纯仁:《论不宜分辨党人有伤风化》,《全宋文》,第71册第216页。
② 〔宋〕刘安世:《论沈括、吴居厚等牵复不当奏》(一),《全宋文》,第118册第123页。
③ 〔宋〕刘安世:《论沈括、吴居厚等牵复不当奏》(二),《全宋文》,第118册第124页。

在党争背景下,被贬者即便蒙"恩"叙复,其历史旧账也往往不为当权者彻底放过。元符三年(1100),曾肇所撰孔平仲复官行词受到章惇的改窜,将曾肇隐去的所谓"议毁先烈"之罪重加彰显。曾肇认为:"孔平仲初坐上书讥毁先朝,责授惠州别驾,英州安置,当时已于制词具载事实。今来系用登极大赦叙复,但明著圣恩叙复之意,不必更载前来贬谪之事。"①曾肇实则不明白章惇作为新党党魁防范威慑旧党的深意,章惇此举乃是有意显明孔平仲以前"罪行",使孔平仲时刻保持对自身"罪责"的省察与戒惧。言下之意,此时叙复乃是出于圣慈的恩典,并不等于将历史旧账一笔勾销,任何时候翻出来都是可以再加贬黜的重罪。章惇此举就是将历史旧账作为一柄悬在叙复官员头上的利剑,暗示他们该剑随时可能落下,不可因皇帝恩赦而得意忘形,他们的命运仍然掌握在当权的新党手中,从而始终保持对叙复者的心理威慑。章惇对制词的改窜当然不仅针对孔平仲,也是对所有蒙"恩"叙复者的警告。这表明,党争背景下的叙复与贬黜一样,同样无法逃脱党争的重重阴影。

第四节　党争及贬谪与士大夫的心态衰变

如果说党争与贬谪造成了士大夫入世热情的衰颓,那么变法失败则造成了士大夫儒学信仰的失落,前者是政治史线索,后者则是思想史线索,前者是后者的表现与结果,并促动着后者的发展与变异,二者之间构成了错综复杂的关系。从历史的逻辑关系来考察,党争及贬谪是北宋士大夫群体之间激烈的政治斗争的结果,而这种斗争又源于庆历以来潜滋暗长的儒学复兴及其所激发起的士人空前的入世热情。与此同时,入宋以来庶民文化的兴起为儒学复兴注入了冲决一切理论束缚的自由精神,使得士大夫群体以疑经疑传的方式对传统儒家经典进行全新的诠释,建构起以探究性理为旨归的理论体系,并因之树立起空前的文化自信,这种文化建构与入世精

---

① 孔平仲行词为:"敕责授惠州别驾、英州安置孔平仲:朕嗣服之初,推大庆于天下,云行雨施,无远弗及。尔尝以文学,擢在儒馆。南迁日久,有足哀矜,俾副戎团,稍还内地。往恭朕命,朕不汝遗。"章惇改词为:"孔平仲:朕嗣服之初,推大庆于天下,云行雨施,无远弗及。尔顷以献言,议毁先烈。谪居岭服,亦既省循。俾副戎团,稍迁内地。往恭朕命,尚体宽恩。"见《全宋文》第110册第56—57页。

神相结合的逻辑指向便是回向三代的政治理想。无论基于何种学术立场，士大夫群体都将回向三代作为自己的政治追求，至王安石变法则终于将以疑经为主调的儒学复兴所进行的理论准备及所带来的文化自信转化为以实现三代理想为目标的政治实践。因此，王安石变法是宋代儒学复兴的逻辑结果，而党争及贬谪则是变法实践的伴生物，是学术立场及政治理念不同的士人群体之间围绕变法实践所产生的对立与矛盾。变法的失败一定程度上宣告了儒学复兴的破产，对疑经运动以来北宋士大夫所形成的文化自信乃至儒学信仰造成了沉重打击，而党争的激化及贬谪的加剧进一步造成士人入世精神的衰减及文化心态的内向转型。

一、庶民文化与疑经之风

随着宋王朝右文政策的实施，科举取士的不断扩大，庶民士人逐渐成为官僚队伍的主体①。政治地位的上升使得庶人出身的士人群体开始形成强烈的政治主体意识，庶民文化先天不受拘束的品格赋予了踏入社会上层的庶民士人以强烈的张扬冲动，其进取精神与变革意识对因循守旧的风气造成了强烈冲击，"自设六科以来，士之翘俊者，皆争论国政之长短……轻锐之士稍稍得进，渐为奇论，以撼朝廷，朝廷往往为之动摇"②。庶民士人的变革精神不仅打破了沉闷的政治空气，而且深刻影响到当时的儒学复兴，造成疑经之风的盛行。

宋代儒学复兴及学术新变肇始于真宗时期，到仁宗朝蔚成时潮。真宗天禧元年（1017），右正言鲁宗道说："进士所试诗赋，不通治道，诸科对义，但以念诵为工，罔究大义。"③对谨守先儒注疏的学风表示不满，而传统保守势力则对突破旧有经学注疏藩篱的企图严加防范，真宗年间，王旦对士子在科举考试中"舍注疏而立异论"的行为表示反对，认为"不可辄许，恐从

---

① 宋初循唐制，科举录取人数较少，宋太祖在位16年间，开考15次，平均每榜12.5人，诸科不过50人。宋太宗即位后录取人数开始大量增加，太平兴国二年（977）一榜即录进士109人，诸科207人，特奏名191人，共达507人之多。此后，每榜取士常有数百人。真宗景德二年（1005）一榜，取进士393人，诸科1268人，特奏名1388人，共计3049人。总之，宋初三朝庶民士人已逐渐构成官僚主体。

② ［宋］苏辙：《龙川别志》卷上，中华书局，1982年，第82页。

③ 《长编》卷90，第2082页。

今士子放荡,无所准的……仁宗初年,王沂公(曾)、吕许公(夷简)犹持此论"①。延及政治层面亦复如此,乃至熙宁初年,穷而思变的神宗就富国强兵之道问计于宰相富弼时,对方竟称"愿且二十年口不言兵"②,这种循默作风乃是五代以来畏服强权、苟且自保的士风余绪,无法满足士人群体儒学影响下的入世追求及庶民文化自由张扬的内在冲动。渴望变革的士大夫纷纷对此表示不满,曾巩批评说:"自长以来,则好问当世事,所见闻士大夫不少,人人惟一以苟且畏慎阴拱默处为故,未尝有一人见当世事仅若毛发而肯以身任之,不为回避计惜者。况所系安危治乱有未可立睹,计谋有未可立效者,其谁肯奋然迎为之虑而己当之邪?"③苏辙则对王旦的因循迎合直接批评说:"(王)旦事真宗,言听谏从,安于势位,亦不以正自终,与(冯)道何异!"④苏辙将王旦与冯道相提并论并加批评,表明此期士人开始冲破五代宋初以来循默无为的士风而欲有所作为,士人的变革精神首先在经学领域得到突出表现。

鉴于中唐以迄五代的长期分裂动乱局面,重建失范的伦理道德秩序成为入宋以后的紧迫任务⑤,儒学复兴成为完成这一任务的必要手段和必然结果。经过晚唐五代的士庶转换,儒学复兴的主体已成为并无世家背景的庶民士人,庶民文化不受拘束的自由品格注定儒学复兴不可能是对汉唐章句之学的简单重复,而必然追求对儒学的重构,从而使得儒学复兴具有了理论重建与庶民文化崛起的双重内涵。真宗朝以后,随着庶民士人群体的日益壮大,庶民文化的张扬冲动与儒学复兴的时代需求呼应激荡,终于形成求新求变的时代潮流奔涌前行。欧阳修率先对依循汉唐注疏的作风进行了猛烈批判,"自秦之焚书,六经尽矣,自汉而出者,皆其残脱颠倒,或传之老师昏耄之说,或取之冢墓屋壁之间,是以示者不明,异说纷起"⑥。"自孔子没而周衰,接乎战国,秦遂焚书,六经于是中绝。汉兴,盖久而后出,其散乱磨灭,既失其传,然后诸儒因得措其异说于其间,如河图、洛书,怪妄之

---

①　《龙川别志》卷上,第82页。

②　《宋史》卷313,第10255页。

③　[宋]曾巩:《上欧蔡书》,《全宋文》,第57册第269页。

④　《龙川别志》卷上,第69页。

⑤　余英时、葛兆光先生对此论之甚详,见《朱熹的历史世界》第六章、《中国思想史》第二卷第二编第一节。

⑥　《问进士策三首》,《欧阳修全集》卷48,第673页。

尤甚者"①。欧氏对汉儒注经的合法性表示了深刻的怀疑,乃至斥"河图""洛书""怪妄之尤甚者",可谓惊世骇俗之论。对唐代《正义》,欧阳修同样给予了深刻的怀疑,尤其指出其中谶纬之书之不足取信:"至唐太宗时,始诏名儒撰定九经之疏,号为《正义》,凡数百篇。自尔以来,凡不本《正义》者,谓之异端,则学者之宗师,百世之取信也。然其所载既博,所择不精,多引谶纬之书以相杂乱,怪奇诡僻,所谓非圣之书,异乎《正义》之名也。"②在全面批判汉唐注疏的基础上,欧阳修提出"正经"的口号,"正经首唐虞,伪说起秦汉。篇章异句读,解诂及笺传。是非自相攻,去取在勇断"③。欧阳修并著《诗本义》等书对毛传郑笺进行全面批判,摘引毛、郑二家一百多篇错误,表现出空前的理论勇气。除欧阳修外,范仲淹、胡瑗、孙复等人纷纷对儒家经典及前代注疏表示了怀疑和不满,或进行了批驳与否定,从而形成怀疑经典、解放思想的潮流,以至形成"世之儒者,以异于注疏为学"④的局面。

如果说儒学复兴的原动力是"长期混乱下民间期待文治秩序的迫切心理"⑤,那么这种疑经、正经潮流则在深层次上发源于五代以后庶民文化的兴起。作为底层文化,庶民文化更少传统儒学观念的渗透与束缚,其强烈的功利性与自由精神在晚唐五代的战乱中随着底层庶民的发迹变泰得到极大的膨胀,更易形成突破陈规旧俗的创新精神。钱穆在《朱子学提纲》中指出:"汉儒乃经学之儒,而宋儒则转回到子学之儒,故宋儒不仅有疑子,亦复有疑经。"⑥所谓子学之儒,"近似先秦儒气味","回复到先秦儒的风气与魄力"。亦即恢复先秦诸子的思想自由、敢于怀疑、批判与创造的精神。钱先生指出了宋儒与汉儒的不同,而这种不同正源于宋儒文化身份的转变,即由传统的士族转为庶族平民,正是这种转变为宋代学术注入了强劲的活力,极大地改变了宋代学术的面貌。随着科举制度的成熟与兴盛,大批庶族士人进入上流社会,并以更少拘束的自由人格观照传统,度量现实,寻找新的价值支点。以王安石为代表的庶民士人的道德性命之学根本上改变

---

① 《廖氏文集序》,《欧阳修全集》卷43,第615页。

② 《论删去〈九经正义〉中谶纬札子》,《欧阳修全集》卷16,第887页。

③ 《读书》,《欧阳修全集》卷9,第139页。

④ [宋]李觏:《寄周礼致太平论上诸公启》,《李觏集》卷26,第276页。

⑤ 《朱熹的历史世界》(上),第45页。

⑥ 钱穆:《朱子学提纲》,三联书店,2002年,第12页。

了学术方向,实现了儒学由章句之学向义理之学的转变,自《淮南杂说》出,
"天下之士始原道德之意,窥性命之端"①。庶民士人在理论上解除了经典
教条的限制,并以庶民文化的自由精神重释经典,使传统经学焕发出勃勃
生机。因而,儒学复兴的基本动力并非仅出于重建秩序的需要,亦来自庶
民士人的自由渴求及庶民文化的反传统倾向,重释经典的过程一定意义上
也是庶民文化对正统文化的颠覆过程,自然也是宋代士人的思想解放过
程。传统学术以被重释的方式对庶民文化作出让步,庶民文化则借助重释
经典表达了自己的声音。重释儒家经典使士人获得了自魏晋以来的又一
次精神解放,钱穆在《国史大纲·引论》中指出:"北宋学术之兴起,一面承
禅宗对于佛教教理之革新,一面又承魏晋以迄隋唐社会上世族门第之破
坏,实为先秦以后,第二次平民社会学术思想自由活泼之一种新气象
也。"②钱穆所论深刻揭示了北宋学术创新的两重因素,其中士族衰坏及庶
民文化兴起与北宋学术新变之间的内在联系,尤应引起重视。

二、文化自信与三代理想

　　庶民文化所掀起的疑经之风不但改变了宋代经学的学术面貌,而且造
成士大夫空前的文化自信。在宋儒看来,汉唐章句之学不仅未能揭橥先儒
文本的精义,相反却因传注的琐碎割裂了大道,造成了对儒学大义的扭曲
与遮蔽,王安石对此批评说:"章句之文胜质,传注之博溺心。此淫辞诐行
之所由昌,而妙道至言之所为隐。"③程颐评汉代经学说:"汉之经术安用?
只是以章句训诂为事。"④又说:"学者多蔽于解释注疏,不须用功深。"⑤因
此,正本清源,廓开笼罩在儒家原典之上的重重迷雾,恢复其本来面目,揭
示"妙道至言",便成为宋儒疑经运动的基本目的,诚如二程所说:"夫辟邪
说以明先王之道,非拔本塞源不能也。"⑥

　　包括王安石、二程在内的学者一反传统的经典注疏方式,开门见山,提
要钩玄,以极简要的语言点明经典大义,如《周官》开篇云:"惟王建国,辨方

---

①　《郡斋读书志校证》卷 12,第 526 页。
②　《国史大纲·引论》,第 19—20 页。
③　《谢除左仆射表》,《王文公文集》卷 18,第 207 页。
④　《河南程氏遗书》卷 18,《二程集》,第 233 页。
⑤　《河南程氏外书》卷 1,《二程集》,第 353 页。
⑥　《河南程氏遗书》卷 21 下,《二程集》,第 275 页。

正位,体国经野,设官分职,以为民极。"据刘坤太统计,郑玄注疏450字,贾公彦的注疏则有3000余言①,虽然材料繁富,却失之琐细,以致圣人之意晦而不明。王安石则用不到300字的篇幅加以训释,简洁明了。又如《周官·天官》中一段:"凡治,以典待邦国之治,以则待都鄙之治,以法待官府之治,以官成待万民之治,以礼待宾客之治。"贾公彦作了350字的训释,虽反复陈说,仍令人难得要旨,王安石则仅以20字加以注解:"我之治彼也,以此施焉,故彼之治乎,我也以此待之。"②提纲挈领而清晰明白,不同于传统注疏之繁复晦涩。全祖望称赞说:"荆公解经,最有孔、郑诸公家法,言简意赅。"③作为道学家的程颢,"于经不务解析为枝词,要其用在己而明于知天"④。同样体现了宋人单刀直入的解经风格。

这种学术新变不仅极大改变了学术面貌,而且带给宋人空前的文化自信。在宋人看来,疑经辨惑、正本清源的工作使其真正接通了经典大义,从而完全可以站在学术及道统的制高点上俯视汉唐以来的儒家者流,故而宋人在描述儒家道统序列时,往往以宋人直接尧、舜、禹、汤、文王、周公、孔子、孟子等往圣先贤,而对汉唐儒家大师不屑一顾,程颐评自周公以来的儒学传承说:"周公没,圣人之道不行;孟轲死,圣人之学不传。道不行,百世无善治;学不传,千载无真儒……先生生千四百年之后,得不传之学于遗经,志将以斯道觉斯民……圣人之道得先生而后明,为功大矣。"⑤程颐将其兄置于孟轲之后,将其推尊为往圣继绝学的当代大儒,而将其间的汉唐诸儒一笔抹杀,可见宋人睥睨前人、自信自负的文化心理。

宋人疑经并非限于从理论层面批判前人,而是要通过正本清源、深究儒学要义而以之指导现实政治,"宋初多数儒者都深信六经中蕴藏着永恒的智慧,可以导向合理的政治社会秩序的重建"⑥,在宋人看来,儒家经典并非纯粹的理论教条,而是治国理政之大道,孙复在《上孔给事书》中说:"所谓夫子之道者,治天下,经国家,大中之道也。"⑦而汉唐儒者以其章句

①　刘坤太:《王安石周官新义浅识》,《河南大学学报》1985年第4期。
②　程元敏:《三经新义辑考汇评》,第44—45页。
③　《宋元学案》卷98,第3252页。
④　《明道先生行状》,《二程集》,第334页。
⑤　《明道先生墓表》,《二程集》,第640页。
⑥　《朱熹的历史世界》(上),第292页。
⑦　《全宋文》,第19册第292页。

训诂之学扭曲了圣人之意，自然就无法成就圣政，如熊禾所说："秦、汉以下，天下所以无善治者，儒者无正学也……儒者无正学，则道不可得而明矣。"①熊禾之论指出了宋人心目中学术与政治的关系，即学术不正，则大道不明，大道不明，则天下无善治。宋人通过疑经运动建构起不同于前代的性理之学，自以为昭明了儒家大道，自然就可以顺理成章地指导政治实践，并建成媲美三代的圣政了。由此，宋人由对汉唐章句之学的怀疑乃至否定进而形成凌轹汉唐直趋三代的政治理想。既然汉唐章句传注之学并未完整准确地传达先圣的精神，则汉唐之治自然并非对先儒政治理念的完美实践。因而，宋代士大夫基于以疑经为核心的儒学复兴所带来的文化自信，不再将目光停留于汉唐，而是直趋三代。面对帝王的问询，士大夫"皆以渐复三代为对"②，最突出的便是王安石。熙宁元年（1068）己巳，神宗问"唐太宗何如？"意欲效法贞观之治。安石对曰："陛下每事当以尧、舜为法。唐太宗所知不远，所为不尽合法度。"而三代之治也并非高不可攀，王安石说："尧、舜所为至简而不烦，至要而不迂，至易而不难，但末世学士大夫不能通知圣人之道。故常以尧、舜为高不可及，不知圣人经世立法常以中人为制也。"③而宋王朝之所以形成不如人意的积弱局面，正在于未能施行尧、舜之法。欧阳修在其《本论》中对宋王朝的现状给予了尖锐的批评："财不足用于上而下已弊，兵不足威于外而敢骄于内，制度不敢为万世法而日益丛杂，一切苟且，不异五代之时，然此甚可叹也。"④宋初各项法度的设计原本是为了消除五代之弊，结果却"不异五代之时"，在儒学复兴运动的背景下，这种批评并非器物层面的就事论事，实则带有文化批判意味，即以上种种弊端乃是不行儒道及三代之制的结果，因此，以原教旨的儒学经义对现实政治进行指导和变革以实现三代之治便成为此期士大夫的共同理想，李觏、张载、欧阳修、王安石、二程等人都有回复三代的相关言论。尽管对三代之治的内涵及实现手段的理解有种种不同⑤，然而回复三代之政、复

---

① ［宋］熊禾：《送胡庭芳后序》，《勿轩集》卷1，景印《文渊阁四库全书》，第1188册第771页。

② ［宋］吕大临：《横渠先生行状》，《全宋文》，第110册第183页。

③ ［清］黄以周等辑注：《续资治通鉴长编拾补》（以下简称《拾补》）卷3上，中华书局，2004年，第92页。

④ 《欧阳修全集》卷60，第863页。

⑤ 张载亦提出治国以三代为目标，但张氏所谓复兴三代乃是复三代之井田制、封建制与宗法制。

兴儒家政制的大方向是一致的。朱熹后来总结说:"国初人便已崇礼义,尊经术,欲复二帝三代,已自胜如唐人。"①因此,王安石变法便不仅是一场政治革新运动,也是一场文化复古运动。

经过庆历新政的前期试验,儒学复兴的全面准备,兼以现实危机的不断刺激,变法革新已是呼之欲出,士大夫普遍对王安石及其新法寄予厚望,可谓翘首以待,刘挚描述当时的朝野形势说:"熙宁之初,王安石以道义文学起而辅政,先帝举天下听之,天下士民,亦罔不指期以望太平,上下向之无异辞。"②李常说:"方是之时,中外相庆,以为三代之隆,可以立俟也。"③极见当时士大夫希望通过变法而一举扭转积弱局面的强烈愿望。司马光在熙宁三年(1070)二月所写的《与王介甫书》中说:"介甫独负天下大名三十余年,才高而学富,难进而易退。远近之士,识与不识,咸谓介甫不起则已,起则太平可立至,生民咸被其泽矣。"④这与其说是士大夫群体对王安石的厚望,不如说是对新儒学的厚望。纯正的新儒学在士大夫看来几乎无所不能,他们将拯困济溺、富国强兵的希望都寄托于儒学的复兴及儒道的贯彻,而王安石则极力从《周礼》中搜罗依据,以证明新法之可行及圣政之可致。尽管韩琦等保守派仍持怀疑态度,但支持新法与变革已成大势所趋,新法便在士大夫的强烈期待中逐一出台,并迅速推向全国。

三、三代理想的破灭与士人心态的转型

王安石将学术新变与政治变革紧密相联,以儒家经典指导变法革新,也便同时埋下了一旦新政失败士大夫的儒家理想陷于破灭及儒学信仰趋于衰落的危机。事实上正是如此,熙丰变法并没有如人所愿地带来梦想中的三代盛世,甚至也远没有达到汉唐盛世的高度。熙丰变法因其弊端重重代之以元祐更化,然而元祐更化复行旧法之后,宋王朝仍然弊政丛生,且沉疴日重,这造成了士大夫的悲观情绪及对儒文化的失败感。哲宗亲政后,重新上台的新党以"绍述新政"为旗号对元祐党人展开残酷报复,大批旧党

---

① 《朱子语类》卷129,第3085页。
② [宋]刘挚:《追讼吕海疏》,《忠肃集》卷4,中华书局,2002年,第87页。
③ [宋]李常:《论王安石奏》,《全宋文》,第71册第226页。
④ 《司马温公集编年笺注》卷60,第4册第550页。

被贬往岭南。元符元年(1098),"蔡京等究治同文馆狱","谋尽杀元祐党"①。崇宁元年(1102)及崇宁三年,蔡京集团更将党人刻石勒碑,榜示天下,北宋政局更加混乱。无论新党还是旧党,无论新法还是旧法都不能挽救日趋严重的社会危机,所谓的三代之治更是遥不可及。崇宁初,程颐哀叹说:"三代之治,不可复也。"②大观元年(1107),方轸劾奏蔡京说:"天下之事无常是,亦无常非,可则因之,否则革之,惟其当之为贵,何必三代之为哉!"③"回向三代"论的偃旗息鼓折射出士大夫富国强兵的政治理想的破灭,一定意义上标志着儒学复兴的失败。这一过程既是党争不断激化及贬谪不断加剧的过程,也是士大夫群体的学术观念不断分化及其文化心态不断转型的过程。

新法之推行原本是王安石在其新学指导下的政治实践,如前所述,士大夫集团虽然对王安石寄予厚望,但无论对新学还是新法始终不乏质疑之声。变法伊始,反对声浪便汹汹而来,朝野上下形成反对新法、攻击王安石的强大舆论,熊本描述说:"改制之始,安常习故之群环视四起,交欢而合噪,或诤于廷,或谤于市,或投劾引去者,不可胜数。"④在此背景下,二程等儒家学者对王氏新学的批判也悄悄地开始了。随着新党执政,新学随之大行天下,二程即忧心如焚地说:"然在今日,释氏却未消理会,大患却是介甫之学。"⑤又说:"王氏之教靡然而同,是莫大之患也。"⑥随着变法的推进及党争的激化,苏轼、陈瓘、邹浩、晁说之及程门弟子杨时等人对新学进行了更深刻的反思与批判,从而造成北宋士大夫群体更加严重的分裂,其基本观点即是认为王氏新学是对传统儒学的悖离,是对佛禅的皈依,或者干脆就是披着儒家外衣的佛禅之学。因此,以二程道学为代表的学术流派对新学的批判可谓疑经运动以来对儒学的第二次正本清源,余英时先生对此有精辟的论述:"在道学家如二程的眼中,王安石虽已进入了'内圣'领域并在'内圣'与'外王'之间建立起某种联系,但是他的'内圣'——所谓'道德性命'——假借于释氏者太多,并不是儒家的故物,因此他们给自己所规定的

①　《长编》卷494,第11754页。

②　《河南程氏外书》卷11,《二程集》,第414页。

③　《拾补》卷27,第921页。

④　[宋]熊本:《坚行新法勿惑众议奏》,《全宋文》,第48册第270页。

⑤　《河南程氏遗书》卷2上,《二程集》,第38页。

⑥　《河南程氏粹言》卷1《论政篇》,《二程集》,第1217页。

最高历史任务便是将儒家原有的'内圣之学'发掘出来,以取而代之。"①可以说,王氏新学是将儒释道绾合为一,其道乃是三教合一之大道;二程则要将释道剥离出去,将大道还原为纯粹的儒家之道,以从根本上矫正走向歧途的政治变革。这就决定了二程洛学与王氏新学、旧党与新党斗争之不可调和。

　　与之相应,士大夫的文化心态也发生了重大变化,由儒学转向佛禅,由进取趋向内敛,由张扬激烈转入从容淡泊。苏轼的创作由早年的豪横到晚年的淡泊便代表了士人的精神转型,而黄庭坚诗歌影响的日益扩大及江西诗派的形成则显示出这种转型的群体性。三教统一表面解决了士人出处的矛盾与痛苦,提供了安顿精神的退路,而实际上因释道的空无之论深入士人的精神世界,消蚀了他们的生命激情,软化了他们应该坚挺的人格,也使他们丧失了进取的动力。范仲淹的忧患意识及其以天下为己任的责任感不再具有示范性和影响力,身在魏阙者心在江湖,远贬江湖者更是以隐士自居。陶渊明成为晚年苏轼的膜拜对象,其心态及生活方式已逐渐远离了现实政治,呈现出浓厚的隐士气和文人趣味。由早年崇拜范仲淹到晚年膜拜陶渊明,苏轼的转变代表了宋代士大夫心态的衰变历程。这种衰变不仅源于专制权力对士人的打压与摧残,更出于士人群体信仰的日渐迷失,李泽厚对此曾有深刻的剖析:"(苏轼)通过诗文所表达出来的那种人生空漠之感,却比前人任何口头上或事实上的'退隐'、'归田'、'遁世'要更深刻更沉重。因为,苏轼诗文中所表达出来的这种'退隐'心绪,已不只是对政治的退避,而是一种对社会的退避;它不是对政治杀戮的恐惧哀伤,已不是'一为黄雀哀,涕下谁能禁'(阮籍)、'荣华诚足贵,亦复可怜伤'(陶潜)那种具体的政治哀伤(尽管苏也有这种哀伤),而是对整个人生、世上的纷纷扰扰究竟有何目的和意义这个根本问题的怀疑、厌倦和企求解脱与舍弃。"②这不仅是对苏轼,也是对北宋士大夫群体信仰迷失及心态衰变的高度概括,背后则是儒学复兴的失败及三代理想的破灭。由前期的胸怀天下转为后期的苟且自保,由对儒学的坚定信念转而以释道消解苦痛,这对北宋士人而言,无论如何都是一种悲剧的转型。

---

① 《朱熹的历史世界》(上),第51页。
② 李泽厚:《美的历程》,《美学三书》,天津社会科学院出版社,2003年,第146页。

第二章 熙丰间的贬谪与文学

第一节 从"道尊于势"到"人君之道"

——"道"向"势"的转化及重新对峙

王安石在《虔州学记》中说:"若夫道隆而德骏者,又不止此,虽天子,北面而问焉,而与之迭为宾主,此舜所谓承之者也。"①君臣"迭为宾主"观念所表现的是宋代士人强烈的政治主体意识及"道尊于势"的先秦精神,这与宋初以来的儒学复兴及庶民文化的崛起有着深刻的渊源关系。

唐末五代最为重要的变化是士庶界限的消失及贵族文化向平民文化的转向。在晚唐五代空前的黑暗与变乱中,衣冠之家或遭杀戮,或逃难到远方,士族门第遭到几乎彻底的破坏。明人胡应麟指出:"五代以还,不崇门阀;谱牒之学,遂绝不传。"②自六朝以来的世家大族作为一种社会文化现象趋于没落。士族的消亡使得士族大姓世代维系的文化传统绝灭不传,士族作为主流文化主要承担者的地位与功能沦丧殆尽。士族的消亡自然泯合了士庶界限,并为庶民文化的兴起创造了条件。

随着士族的消失及大批士人屈仕伪朝,士族文化也逐渐湮没于暴力与战乱的阴影中,出身游民、掌握政权的各类军阀那种以富贵享乐为核心的价值观便在事实上填充了文化真空。在五代短暂的五十四年中,这种原本沉潜的底层价值被走马灯式的政权更迭一次次疯狂地强化着,以致如刘知远、郭威等人发迹变泰、暴得富贵的传奇故事成为宋人津津乐道的话题③。宋太祖在"杯酒释兵权"时便露骨地对石守信等人说:"人生如白驹过隙耳,所谓富贵者,不过欲多积金钱,厚自娱乐,使子孙显荣耳。汝曹何不释去兵

---

① 《王文公文集》卷34,第402页。

② [明]胡应麟:《少室山房笔丛》卷23,景印《文渊阁四库全书》,第886册第409页。

③ 苏辙《龙川别志》(卷上)、张舜民《画墁录》生动叙述了周高祖柴后"慧眼"识贵人及郭威发迹故事,字里行间充满艳羡意味。

权,择便好田宅市之,为子孙立永久之业,多置歌儿舞女,日饮食相欢以终天命。"①赵匡胤以富贵享乐劝导臣下的一番话正与五代以来流行的价值观一脉相承。它表明经过五代战乱,随着赵匡胤这类底层游民出身的人物上升为统治者及士庶分立局面的结束,下层民众富贵功利的价值观随之迅速渗透到上流社会,并深刻影响到社会整体的价值走向。在这种功利至上的背景下,士人变节求荣与庶民发迹变泰一样得到了整个社会的认可。冯道在其《长乐老自叙》中,毫不讳言自己历仕四朝的经历,不仅不以为耻,而且认为"上显祖宗,下光亲戚"②,并将所任官职所享爵禄一一列出,为自己能在纷纭乱世独享荣宠深感得意。《旧五代史》编者虽对其历仕四朝颇有微辞,仍然赞赏他"郁有古人之风","深得大臣之体"③。可见五代以至宋初漠视道德操守而崇尚现实功利的价值取向,而这种取向显然打上了深深的庶民文化烙印。

作为底层文化,庶民文化更少传统儒学观念的渗透与束缚,更易培养起不依附王权的独立人格,余英时认为,"士的主体意识觉醒是通贯宋代政治文化三大阶段的一条主要线索"④。宋代儒学复兴不仅恢复了儒学的正统地位,一定意义上也使先秦时代"道尊于势""士可以为君师"的先秦精神得以复活,王安石君臣"迭为宾主"的观念实则这一精神的集中反映。在儒家观念与庶民文化的双重影响下,士人以天下为己任,同时又保持自己的独立人格,范仲淹三次被贬却毫不为意,被同僚敬称为"三光",其人格风范深深影响到当世士大夫的价值取向。韩琦赞美范仲淹说:"身虽可绌,义则难夺,天下正人之路,始公辟之。"⑤

在"道"与"势"的关系中,士人普遍守"道"而不屈从于"势",当士人无法认同朝廷的决策时,宁可退出政治也不肯屈从于当权者。司马光变法期间拒绝接受枢密副使一职,避居洛阳十五年专心修史,正是对范仲淹高风亮节的追蹑,熙丰变法期间大批朝廷官员自请外放具有同一性质。"道尊于势"成为宋初以来士人极为普遍的文化信念。

---

① 《邵氏闻见录》卷1,第3页。
② 《旧五代史》卷126,中华书局,1976年,第1661页。
③ 《旧五代史》卷126,第1666页。
④ 《朱熹的历史世界》自序二,第10页。
⑤ [宋]韩琦:《文正范公奏议集序》,《全宋文》,第40册第20页。

　　可以认为,宋代儒学复兴大体存在两条线索,其一是中唐以来的尊君取向,以此作为收束人心、实现中央集权的理论依据。其二则是儒学复兴所形成的士人主体意识的觉醒。儒家文化的入世精神及敢为天下先的救世意识激发出宋代士大夫类似于先秦士人挽狂澜于既倒的责任感,在以疑经为主调的儒学复兴思潮的激荡下,宋人敢于怀疑一切权威,表现出决不迷信盲从的理性精神,这种理性精神从理论层面蔓延到实践层面,从历史延伸到现实,从对先儒圣人的怀疑逻辑地指向对君主权威的挑战,王安石乃至提出君臣"迭为宾主"的思想。沈括《孟子解》云:"君危社稷则去,社稷不幸则死之。天之所在者与之,天之所弃者弃之,不为一姓存亡,视天而已,天民也。"①这无疑是《尚书》"天听自我民听,天视自我民视"的观念的翻版,与孟子"民为贵,社稷次之,君为轻"的民本思想一脉相承。彭汝砺《论变法奏》更是直接引用孟子的原话论述朝廷决策"与众共之"的必要性:"左右皆曰可为,未可也;诸大夫皆曰可为,未可也;国人皆曰可为,然后察之,见可为焉,然后为之……夫所废兴者与众共之,虽更万世之久,尽天下议论,不可夺矣。"②上述言论表现出士大夫尤其是新党人物对孟子思想的认同,是道尊于势的先秦精神的复活。正是以疑经为特质的怀疑精神消解了君礼臣忠的传统儒家观念,使士大夫的独立意识得到空前的彰显。同时,五代时期走马灯式的政权变换,底层游民一夜之间发迹变泰的历史传奇,不能不使宋人对君主权力的合法性表现出某种程度的怀疑,所谓君权神授、顺天应人的权力神话因为这种篡变无常的政权更迭而受到极大的削弱。而庶民出身的士大夫往往缺少诗礼传家的文化背景,许多人怀着强烈的功利之心修习儒学,他们对儒家道德原则及整个儒文化价值并没有传统士族那样强烈的精神皈依,常常表现出突破儒家价值的叛逆性。因而,晚唐以迄五代以来篡变相替的历史一方面打破着君权神授的传统神话及君君臣臣的儒道秩序,同时混乱失序的时代又对尊王攘夷、恢复秩序提出了强烈要求;儒学既渴望恢复自己的本来面目与正统地位,而庶民文化则又借助于儒学的外壳争取自身的空间;士人既继承了儒学的礼法规范,同时又以庶民文化的自由精神挣脱着这种规范的束缚,儒学便在这种历史的二

---

① 〔宋〕沈括:《孟子解》,《全宋文》,第77册第324页。
② 〔宋〕彭汝砺:《论变法奏》,《全宋文》,第101册第57页。

律背反中以疑经的方式实现了"复兴"。这种复兴呼应了加强秩序的时代需求,而"疑经"则又是对中晚唐以迄五代"君权神授"神话破灭的呼应,两方面的矛盾与统一就使得宋代儒学复兴夹杂着复杂的历史与现实因素。在这一过程中,士人"道尊于势"的独立人格与不断强化的专制权力成为主要矛盾,不断加强的中央集权及君主专制的历史趋势不断挤压着"道尊于势"的文化精神,宋太祖撤掉宰相座位的举动极具象征意义地表现了"势"对"道"的排斥,而儒学复兴的不断发展及儒家道德对士大夫的不断渗透则又不断驱除着士人人格中的庶民文化因素。于是,专制权力的不断强化与儒学对权力的不断迎合迫使士人不断放弃自由精神,尤其是士大夫进入到权力阶层后便身不由己地适应并认同权力话语体系,乃至要以专制权力压制、清除异在力量,最终形成权力的高度集中。

　　王安石实则对士人与权力之间的关系深有识察,《乞退第四表》云:"臣闻周之士也贵,秦之士也贱,周之士也肆,秦之士也拘。其纵之为贵,其拘之为贱。贱故尚势利而忘善恶,贵故尊行义而矜廉耻。士知尊行义而矜廉耻,宗庙社稷之安而天下之治也。"①士人唯有得到权力的认可与尊重,其道德意识才能得到激发与张扬,才能正身谨行,安定天下。反之,如果士人受到权力的凌虐,为求得自保,必然百般讨好权力而无所不至,背善从恶,最终丧失人格尊严与道德底线,为害天下。王安石因而认为士人与权力的关系关乎国家的兴衰存亡,必须要使之贵而肆,不可使之贱而拘。然而专制的内在逻辑并不以人的意志为转移,专制权力为达到自己的目的必然会毫不留情地清除任何阻力,从而造成权力与士人关系的紧张,并必然造成士人"贱而拘"的结果。为清除变法阻力,神宗与安石不次擢用新人以充台谏。秀州军事判官李定因曲意迎合安石而受赏识,特擢为御史里行。按宋朝旧制,"进补台官皆诏中丞、知杂与翰林学士于太常博士以上、中行员外郎以下,互举曾任通判者,其未历通判者,即须特旨,方许荐为里行"②。李定本是远州幕职官,"官未终,更非时召对,不由铨考,擢受朝列;不缘御史之荐,直置宪台",超越资序,大违惯例,且李定"素无声称,偶因谏官论荐,一赐召对,便蒙拔授"③,难以厌服公议,故遭到知制诰苏颂、李大临的坚决

　　　① 《王文公文集》卷16,第184页。
　　　② 《长编》卷211,第5124页。
　　　③ 《长编》卷211,第5127页。

抵制,一定程度上表现出中书舍人对君权的制约功能。但神宗无视祖制,一再强迫苏颂草制,"里行本不计官资,故令于御史里行,欲令止以判官出敕为之"。王安石的态度更是强横:"已令改官,于义有何不可,而乃封还词头? 若遂从之,即陛下威福为私议所夺,失人君之道矣。"

安石将苏颂等人循守祖制指为"私议",以赤裸裸的相权强迫苏颂等就范,并试图以君主权威为私议所夺、失人君之道的后果激怒神宗,借助君权压制中书舍人封还词头的自主权,是以"势"打压"道",这便与安石早期"道高于势"的价值理念产生了矛盾。王安石在这里提出"人君之道"的概念,所谓"人君之道"即是完全摆脱任何约束的君主专制,王安石由奉行"道尊于势"转而独尊君权,既与其自身地位发生变化、急于借助君权推行新法有关,更表现出君权不断强化、儒学的理想性不断丧失的历史走势。苏颂、李大临终因拒草诏旨而被逐出学士院,标志着用人制度的重要变化。自此以后,大量新人被不次拔擢到要害部门,新党力量大大加强,这既为新法推行开辟了道路,也为权相排斥异己大开方便之门。君主专制便以权力集中于宰相的方式得以呈现,这种专制性在机制上排斥了不同政见共存的可能性,使新旧党的斗争难以再有调和通融的空间,新旧党争从而呈现出非此即彼、誓不两立的状态①。因而,随着历史的演进,这种随着儒学复兴而重新泛起的"道尊于势"的先秦精神必然会因专制的强化而被逐出政治,儒学的理想性终将屈服于现实政治的专制刚性。君主专制的不断强化使得士人不断调整着儒学复兴以来的自由思想与独立人格,王安石由对"道尊于势"的坚守到对"人君之道"的尊崇代表了思想对权力的臣服,这未必是王安石的本意,却必然是儒学的内在逻辑与专制的现实逻辑相互为用、相互强化的结果,复兴的儒学也逐渐变质异化,沦为王权专制的工具。自王氏新学上升为官学,士人为求取功名,只能卑伏于新学之下,放弃了庆历以来追根溯源、创新求变的学术精神,学术被置于专制王权的笼罩之下,造成

---

① 沈松勤先生认为士大夫的党同伐异"来自传统文化中的线性思维方式","根植于传统文化中的排他性心理和性格"。见其《北宋文人与党争》,人民出版社,1998年,第58—60页。笔者以为这更与君主专制的政治体制有关,不同的学术及政治观念无法在这一体制下共存,只能借助专制力量打击异己,以确保自身的合法性及政治利益。党同伐异是人类的共性,但党同伐异既可以止于思想的交锋,也可以表现为消灭异己的专制倾轧,专制政治取消了文化的兼容性,而文化的狭隘反过来强化着政治的专制属性,制度与文化的相互作用最终造成士大夫根深蒂固的排他性思维方式,从而使得观点的歧异激化为你死我活的政治斗争。

"四望皆是黄茅白苇"的可悲局面。

王安石入主大政,实现了儒家士人梦寐以求的理想,同时又以王安石入相为标志,王氏新学随之上升为文化权力,"道"转为"势",反噬思想自由,道尊于势的先秦精神也便逐渐消失于君权独尊的专制阴影中。

第二节　洛阳与开封——道与势的对抗

以王安石入主大政为标志,王氏新学随之上升为占统治地位的意识形态。但新学上升为文化权力并不等于自然拥有了"道"的合法性,权力赋予的统治地位并不等于文化的正统地位,如果它无法得到士大夫的认可,必然会重新形成道、势对峙的局面。熙宁初年的士大夫仍然秉承庆历以来"道尊于势"的文化理想,反对新法的士人主动退出朝廷,自请外放,形成以洛阳为中心的反新法阵营,以文化的批判姿态形成与新党"政统"相对立的"道统"。葛兆光先生在《中国思想史》(第二卷)中对洛阳作为文化中心与开封的对峙局面已有深刻论析,葛先生认为这里的本质问题便是"道统"与"政统"的分离。王安石变法所造成的吏治盛行排斥了超越性的文化理想,而政术"失去了文化的支持,这意味着它同时失去了合理性"[1],于是以道学自命的士大夫便以更为优越的文化立场转而对现实政术采取批判立场,"以知识与思想与国家分庭抗礼,以文化权力抵消着政治权力,试图以文化重心与政治中心取得平衡"[2]。葛先生从文化角度对变法之后洛阳与开封两地的文化性质进行了定位,揭示了双方关系的实质。但洛阳士大夫具体采取怎样的视角批判现实政治则需要作进一步的清理与探究。

熙丰间聚集洛阳的士人主要是由司马光、吕公著、富弼、文彦博这样因不满新法而被贬放的赋闲官员及二程、邵雍这样的政治立场保守的学者构成的士大夫群体。作为政治边缘化的群体,他们难以再左右政治走向,只能以文化批判来表明自己的立场与态度,其中最应关注的是司马光的历史批判与二程的哲学批判。

---

① 葛兆光:《中国思想史》(第二卷),复旦大学出版社,2005年,第190页。
② 《中国思想史》(第二卷),第191页。

一、司马光的历史批判

熙丰期间，司马光赋闲洛阳十五年，主要工作便是编纂《资治通鉴》。司马光的政治保守立场自然会影响到他的历史观念，现实政治斗争也必然会在其历史叙述中留下痕迹，政治人物及历史编纂者的双重身份决定了司马光对历史的叙述与反思必然成为司马光现实批判的重要维度。

《通鉴》一书完全遵行《春秋》的儒家正统思想，强调君臣上下的纲纪名分，《春秋》的经学思想及史学原则成为司马光编撰《通鉴》严格遵循的准则，这与王安石对《春秋》的态度可谓大相径庭。王安石怀疑《春秋》三传的可靠性，乃至因《春秋》记事疏略而称之为"断烂朝报"。基于对经典的严肃态度，王安石并不认可《春秋》对历史记述的准确性、可靠性，这与传统儒家对《春秋》的态度判然有别，一定意义上表现出对传统经学及儒家尊君原则的叛逆立场。对《春秋》态度的不同也成为司马光与王安石政治观点发生冲突的文化原因。

《通鉴》开篇即称："臣闻天子之职莫大于礼，礼莫大于分，分莫大于名。何谓礼？纪纲是也。何谓分？君、臣是也。何谓名？公、侯、卿、大夫是也……上之使下犹心腹之运手足，根本之制支叶，下之事上犹手足之卫心腹，支叶之庇本根，然后能上下相保而国家治安。故曰天子之职莫大于礼也。文王序《易》，以乾坤为首，孔子系之曰：'天尊地卑，乾坤定矣。卑高以陈，贵贱位矣，言君臣之位犹天地之不可易也。《春秋》抑诸侯，尊王室，王人虽微，序于诸侯之上，以是见圣人于君臣之际未尝不惓惓也。'"①司马光对圣人作《春秋》的理解决定了《通鉴》捍卫君尊臣卑、上下有差的基本价值取向，同时衍生出拒绝变革、坚守祖宗法制的政治保守立场。《通鉴》卷七十九便称颂晋武帝遵古礼守丧制，云："三年之丧，自天子达于庶人，此先王礼经，百世不易者也。汉文师心不学，变古坏礼，绝父子之恩，亏君臣之义，后世帝王不能笃于哀戚之情，而群臣诏谀，莫肯厘正。至于晋武独以天性矫而行之，可谓不世之贤君。"②晋武帝司马炎虽然完成了统一大业，但其后骄奢淫逸，无足称道，以致西晋很快灭亡，仅因恪守旧制便得到了司马光

---

①　《资治通鉴》卷1，中华书局，1956年，第2—3页。
②　《资治通鉴》卷79，第2498页。

的称赞,乃至称之为"不世之贤君",同时却贬斥励精图治的汉文帝"师心不学,变古坏礼。绝父子之恩,亏君臣之义"。能否遵循旧制竟然成为评判君主贤否的标准,这突出地表现出司马光的保守主义立场。基于这种立场,司马光对历史上两次著名的政治变革——商鞅变法与王莽改制表现出明显的批评态度。

对使秦国崛起西方、虎视天下的商鞅变法,司马光无法否认其历史功绩,因而《通鉴》对变法过程及其成效的描述基本尊重了历史事实,但在材料的选择、叙述的侧重方面仍然流露出排斥变法的基本态度。《通鉴》对商鞅变法的记述基本取材于《史记》,而如果与《史记》相关章节进行比较就会发现,司马光对商鞅变法的言论进行了有意的删改,需要注意者有两处,其一,商鞅在反驳甘龙之言时说,"龙之所言,世俗之言也"。将反变法者的言论及学术斥为"俗"亦是王安石的常用词汇,《二程集》载:"熙宁初,王介甫行新法,并用君子小人,君子正直不合,介甫以为俗学,不通世务,斥去。"①司马光将"世俗"这类敏感字眼删除不用,隐约透露出对新法的拒斥心理。其二,司马光将商鞅驳斥甘龙、杜挚等人时用作论据的"三代不同礼而王,王伯不同法而霸""汤、武不循古而王,夏、殷不易礼而亡"一概摒弃,同样透露出守旧拒变的微妙心理。三代之世及汤武事迹因年代久远,极难考证,究竟是屡有代变还是旧制相沿已难以充分证明,往往会被双方拿去作出有利于自己的解释,形成各执一词的局面。王安石在回应司马光的指责时,即以先王之政作为变革的挡箭牌,"举先王之政,以兴利除弊,不为生事"②,王安石以《周礼》作为变法的理论依据,以回向三代作为政治理想,这自然让鼓吹持守先王之制的守旧派难以反驳,于是,司马光干脆删掉了这类于己未必有利的论据③。司马光对商鞅变法材料的重新处理隐隐映现出其对新法的态度及王安石变法的现实背景。

在对此类历史事实的叙述和评论中,司马光往往借机发挥,影射现实。在记述商鞅徙木之赏后,司马光大发议论说:"夫信者,人君之大宝也。国保于民,民保于信。非信无以使民,非民无以守国。是故古之王者不欺四海,霸者不欺四邻,善为国者不欺其民,善为家者不欺其亲。不善者反之:

---

① 《河南程氏外书》卷12,《二程集》,第423页。
② 《王文公文集》卷8,第96页。
③ 参见王德保《司马光与〈资治通鉴〉》,中国社会科学出版社,2001年,第109—111页。

欺其邻国,欺其百姓,甚者欺其兄弟,欺其父子。上不信下,下不信上,上下离心,以至于败。所利不能药其所伤,所获不能补其所亡,岂不哀哉!昔齐桓公不背曹沫之盟,晋文公不贪伐原之利,魏文侯不弃虞人之期,秦孝公不废徙木之赏。此四君者,道非粹白,而商君尤称刻薄,又处战攻之世,天下趋于诈力,犹且不敢忘信以畜其民,况为四海治平之政者哉!"①司马光上述议论固然表达了他取信于民的政治诉求,同时也是借对商鞅的肯定表达对现实的批判,大要有二,其一,批判新党失信于民。王安石变法之后,变法之初的美好诺言并未兑现,尤其是青苗法,王安石起初提出只收二分之息,但在实际操作中取息要远高于大户放贷之息,司马光对此批评说:"窃惟朝廷从初散青苗钱之意,本以兼并之家放债取利,侵渔细民,故设此法,抑其豪夺,官自借贷,薄收其利。今以一斗陈米散与饥民,却令纳小麦一斗八升七合五勺,或纳粟三斗,所取利约近一倍。向去物价转贵,则取利转多,虽兼并之家,乘此饥馑取民利息,亦不至如此之重。国家为民父母,置此二仓,名为常平、广惠,岂当如此?"②青苗法本为利民,最终取息却远高于政府许诺的二分之息,尚不如百姓直接借贷于富家大户更为合算。这不仅未能施惠于民,而且加重了百姓负担;这不仅是失信于民,而且是"欺其民"了。其二,批评新党"穷兵黩武"。神宗登基伊始便立下了收复燕云、洗雪国耻、恢复汉唐故境的宏图大志,王安石变法期间对西夏采取了积极的进攻态势,并取得了熙河之役的巨大胜利。但在崇尚文德的儒文化环境中,无论如何辉煌的武功总是难以得到舆论的强力支持,并会随时受到质疑和批判。汉宣帝欲为武帝立庙乐时,长信少府夏侯胜说:"武帝虽有攘四夷、广土境之功,然多杀士众,竭民财力,奢泰无度,天下虚耗,百姓流离,物故者半,蝗虫大起,赤地数千里,或人民相食,畜积至今未复;无德泽于民,不宜为立庙乐。"③夏侯氏所谓"德"乃是孔子所谓的"文德",即所谓"远人不服则修文德以来之"。在夏侯氏看来,武帝应继续以和亲政策取悦于匈奴,不宜轻启边衅,祸害百姓。而对武帝批评最烈者似无过司马光,他在武帝传后评论说:"孝武穷奢极欲,繁刑重敛,内侈宫室,外事四夷,信惑神怪,

---

① 《资治通鉴》卷 2,第 48 页。
② 《奏为乞不将米折青苗钱状》,《司马温公集编年笺注》卷 44,第 4 册第 99 页。
③ 《资治通鉴》卷 24,第 796 页。

巡游无度,使百姓疲敝,起为盗贼,其所以异于秦始皇者无几矣。"①司马光将汉武与始皇相提并论,几乎是全面否定。这些批评者都从儒家仁民爱物的角度立论,似不无道理,但往往略去"夷人"的现实威胁,而将反击"夷人"的侵略歪曲为"欺其邻国",从而抹杀了反击"夷人"的正当性。于是,征伐四夷的行为在中国儒文化坐标系中始终处于被批判被声讨的道德劣势,在北宋偃武修文的社会环境中更是千夫所指②。元祐更化之后,旧党不仅一改神宗朝主动出击的对敌政策,而且将西部边境的葭芦四寨拱手送还西夏,对士气国威造成沉重打击。而在司马光看来,此正所谓"古之王者不欺四海,霸者不欺四邻"。因此,司马光在《资治通鉴》中的一番议论显然是有感而发,其矛头所向正是王安石主动出击的对敌策略。故宋之弱固然是国力兵力之弱,更是精气胆气之弱,士大夫秉承儒文化"远人不服则修文德以来之"的迂腐之见,屈服于敌人的淫威,处处以和为贵,不断打击戍边将士的抗敌热情,致使宋人逐渐丧失了对敌斗争的信心和决心,形成畏敌如虎的怯弱心态,最终为金人所乘,造成靖康之变的千古悲剧。

借助对历史人物的批评,司马光对变法谋主王安石旁敲侧击。在评论商君事迹时,司马光特别批评商鞅居功自傲,刚愎自用,不听赵良谏言,因而"为相十年,人多怨之"。在熙宁三年(1070)二月给王安石的信中,司马光曾直言不讳地说:"今介甫从政始期年,而士大夫在朝廷及自四方来者,莫不非议介甫,如出一口;下至闾阎细民,小吏走卒,亦窃窃怨叹,人人归咎于介甫。"③两相对照,《通鉴》历史评论的现实指向极为明显。在司马光看来,王安石之独断专行、拒谏饰非与商鞅如出一辙,在同一封信中,司马光毫不留情地批评说:"或所见小异,微言新令之不便者,介甫辄艴然加怒,或诟詈以辱之,或言于上而逐之,不待其辞之毕也。"熙宁七年,司马光在《应诏言朝政阙失事状》的奏议中,再次批评王安石排斥异己的做法:"所谓未得其道者,在于好人同己,而恶人异己是也……群臣有与之同者,则擢用不

---

①　《资治通鉴》卷22,第747页。

②　宋人虽有肯定武帝的言论,但寥寥可数,几为空谷足音,何去非《汉武帝论》曰:"使微孝武,则汉之所以世被胡患,其成役转饷以忧累是官者,可得而预计哉！甚矣,眛者之议不知求夫天下之势、强弱之任所当然者,而猥曰文、景是慈俭爱民,而武帝黩于兵师祈祝,至与秦皇同日而非诋之,岂不痛哉！"以上似是针对司马光《资治通鉴》而发,表现出宋代士大夫难得的清醒。

③　《与王介甫书》,《司马温公集编年笺注》卷60,第4册第555页。

次；与之异者，则祸辱随之。"①这其中难免有夸大其词的地方，但基本上能反映出王安石为推行新法力排众议的强硬手腕。为此，司马光将是否顺应众心民意当作政治能否成功的重要条件："自古立功立事，未有专欲违众而能有济者也。"②在叙述王莽改制这一历史事件时，《通鉴》云："莽辅政，多改汉制，咸心非之；及何武、鲍宣死，咸叹曰：'易称"见机而作，不俟终日"，吾可以逝矣！'即乞骸骨去职。"③联系王安石变法后旧党人物纷纷托故去朝的现实，司马光的叙述可谓大有深意。熙宁三年(1070)，神宗欲大用司马光，以光为枢密副使，司马光连上六札力辞，曰："陛下诚能昭然觉悟，采纳臣言，罢制置三司条例司，及追还诸路提举勾当常平使者，臣虽尽纳官爵，但得为太平之民以终余年，其幸多矣。"④司马光力辞不就的行为与历史人物的守节不移可谓一脉相承。由此，司马光对商鞅、王莽的批判就不仅针对历史人物而言，同时有着强烈的现实意味。

　　商鞅变法之成功乃在于施惠于民，取信于民，如果逆情悖理，丧失人心，必然遭到失败，王莽改制的最终失败无疑是对这一历史铁律的反面验证。王莽参照《周礼》及《礼记·王制》所载先王典则，进行了一场彻头彻尾的复古运动，但《周礼》的成书年代模糊不清，很难考证，其中所载无法断定即为圣世之制。王莽却将《周礼》所载的所谓"先王制度"分毫不差地移植到现实中来，尤其是井田制的改革可谓亦步亦趋，这种照猫画虎、生搬硬套、脱离现实的改制，遭到失败是必然的。王安石变法同样以《周礼》作为理论依据，虽然王安石预先声明并非照搬古制，而是"师其意"而已，但具体的变法举措仍然不能完全照顾现实情况，加以用人不当，在施行过程中变形走样，以致新法害民现象层出不穷，造成从上到下的反对浪潮。《通鉴》对王莽改制措施的叙述极为详尽，比对现实的用意极为明显。司马光评论王莽改制说："莽性躁扰，不能无为，每有所兴造，动欲慕古，不度时宜，制度又不定，吏缘为奸，天下嗷嗷，陷刑者众。"⑤青苗法推行之后，地方官吏为俵钱邀功而大搞抑配，许多富户也被摊派青苗数额，以致"士夫沸腾，黎民

①　《司马温公集编年笺注》卷45，第4册第105页。

②　《与王介甫书》，《司马温公集编年笺注》卷60，第4册第561页。

③　《资治通鉴》卷37，第1196页。

④　《拾补》卷7，第312页。

⑤　《资治通鉴》卷37，第1197—1198页。

骚动"①。司马光在《通鉴》中虽然无法直接批判现实，但他撰著《通鉴》期间正是新法推行如火如荼之时，则其对史实的叙述很难独立于对现实的观察与反思。《通鉴》对王莽所谓"改制"进行了详细的叙述，并着力突出了改制造成的严重后果，"及坐卖买田宅、奴婢、铸钱，自诸侯、卿大夫至于庶民，抵罪者不可胜数。于是农商失业，食货俱废，民人至涕泣于市道"②。"莽制度琐碎如此，课计不可理，吏终不得禄，各因官职为奸，受取赇赂以自共给焉"③。"法令烦苛，民摇手触禁，不得耕桑，徭役烦剧，而枯旱、蝗虫相因，狱讼不决。吏用苛暴立威，旁缘莽禁，侵刻小民，富者不能自存，于是并起为盗贼"④。联系司马光对新法的反对立场及新党中人因缘为奸的事实，这样的叙述就不完全是一种纯粹的历史表述，其中寄寓了司马光对王安石变法的悲观态度，同时也是以历史教训警示神宗。

熙宁七年（1074），久旱不雨，神宗降诏征求天下士夫意见，司马光怀着激切的心情上书神宗，请求罢废新法。熙宁十年，吴充继任宰相，司马光又致书吴充，表达对国事的忧虑及渴望矫正新法的态度。司马光在信中说："窃见国家自行新法以来，中外汹汹，人无愚智，咸知其非。州县之吏，困于烦苛，以夜继昼，弃置实务，崇饰空文，以刻急为能，以欺诬为才。闾阎之民，迫于诛敛，人无贫富，咸失作业，愁怨流移，转死沟壑，聚为盗贼……今府库之实，耗费殆竭；仓廪之储，仅支数月；民间赀产，朝不谋夕，而用度日广，掊敛日急。河北、京东、淮南蜂起之盗，攻剽城邑，杀掠官吏，官军已不能制矣。若不幸复有方二、三千里之水旱霜蝗，所在如是，其为忧患，岂可胜讳哉？"⑤司马光所述虽不免危言耸听，但其将变法以来的负面结果与王莽改制后的灾难结局两相对照，不难看到其以历史警诫现实的用意。基于对现实的忧惧及对历史的反思，司马光在信中再次请求罢废新法："救急保安之道，苟不罢青苗、免役、保甲、市易之法，息征伐之谋，而偏听偏信求其成效，是犹恶汤之沸而益薪鼓橐，欲适鄢郢而北辕疾驱也，所求必不果矣。"司马光一边修史，一边密切关注现实政治，是以历史话语批判现实。但他

---

① 《赐参知政事王安石不允断来章批答》，《司马温公集编年笺注》卷56，第4册第403页。

② 《资治通鉴》卷37，第1189页。

③ 《资治通鉴》卷38，第1208页。

④ 《资治通鉴》卷38，第1214页。

⑤ 《与吴丞相充书》，《司马温公集编年笺注》卷61，第5册第6页。

的赋闲之身难以影响现实政治走向，只能将强烈的忧患意识与批判精神灌注于历史叙述，从而使得现实批判成为《通鉴》历史叙述的重要维度。

二、二程的哲学批判

如果说司马光撰著《通鉴》是对新法及现实政治进行一种历史性的批判，那么，二程则企图通过构建道学体系与王氏新学分庭抗礼，进而对支撑新法的王氏新学进行根本的理论颠覆。

变法伊始，二程并未像司马光一样坚决反对新法，程颢甚至还参与了变法工作，初任制置三司条例司属官，后又被吕公著荐为太子中允权监察御史里行。但程颢始终对新法持保留态度，进见神宗时，"必为神宗陈君道以至诚仁爱为本，未尝及功利"[①]。随着新法弊端的不断呈现及反对声浪的日益高涨，程颢反对新法的态度愈益鲜明，"荆公浸行其说，先生意多不合，事出必论列，数月之间，章数十上"。熙宁三年（1070）三月上《谏新法疏》，四月再上疏，公然与新党决裂，由此被贬出朝廷。

与其他旧党人物不同的是，作为道学家的二程并不仅限于在现实层面观察新法的利弊优劣，而更着眼于王氏新学对世道人心的影响。新法易改，新学难除，而新学不除，为患兹大，"今天下新法害事处但只消一日除了便没事，其学化革了人心，为害最甚，其如之何！"[②]因而，二程便不可能满足于对新法的表层批判，而必然要上升到对新法赖以存在的新学的批判。且在二程看来，新学混杂释、道，并非纯正的儒学，流布天下，只能蠹坏人心，如程门弟子张栻所论："王氏之说皆出于私意之凿，而其高谈性命，特窃释氏之近似者而已。夫窃取释氏之近似而济之以私意之凿，故其横流蠹坏士心，以乱国事。"[③]因此二程才将新学称为"莫大之患"[④]，把"整顿介甫之学"[⑤]视为当务之急。因新学的核心乃是推究道德性命之理，这也自然成为二程批判新学的着力所在。程颢被贬后，"居洛几十年，玩心于道德性命之际"[⑥]，以此为核心构建起道学体系。因此，二程对新学的批判过程同时

----

① ［宋］程颐：《明道先生行状》，《河南程氏文集》卷 11，《二程集》，第 634 页。

② 《河南程氏遗书》卷 2 下，《二程集》，第 50 页。

③ ［宋］张栻：《与颜主簿书》，《南轩集》卷 19，景印《文渊阁四库全书》，第 1167 册第 580 页。

④ 《程氏粹言》卷 1《论政篇》，《二程集》，第 1217 页。

⑤ 《河南程氏遗书》卷 2 上，《二程集》，第 38 页。

⑥ 《河南程氏遗书》附录，《二程集》，第 332 页。

成为洛学的形成过程,诚如余英时所说,"二程道学是在与安石'新学'长期奋斗中逐渐定型的"①。洛学内容丰富,涉及面广,限于本书论题,主要抽绎其批判新法新学的相关信息,并概括为以下三个方面:

1. 义利之辨

"利"在儒文化系统中历来是被攻伐的对象,"利"与"义"是水火不容的道德两极,故孟子直截了当地说"何必曰利"。王安石公然求利的变法举措无疑触动了儒家的道德底线,求取食货之利成为不可饶恕的罪证,因而遭到士大夫阶层的猛烈攻击。程颢在其《谏新法再上疏》中便将"利"与"德"对立起来,把兴利视为道德衰败的祸根:"兴利之臣日进,尚德之风浸衰,尤非朝廷之福。"②王安石尽管用"一部《周礼》,食货居其半"及"利者义之和"为自己辩护,但仍然不能遏阻汹汹而来的批判势头。二程不仅对食货之利深恶痛绝,对任何带有功利目的的事务都加以否定,只要有利心充斥其中,便不为道德所容:"不独财利之利,凡有利心,便不可。如作一事,须寻自家稳便处,皆利心也。"③

而如果搜检二程语录,就会发现二程对"利"并非讳莫如深,二程说:"天下只是一个利,孟子与周易所言一般。只为后人趋著利便有弊,故孟子拔本塞源,不肯言利。其不信孟子者,却道不合非利,李觏是也。其信者,又直道不得近利。人无利,直是生不得,安得无利?"④问题是求利之心一开,则欲壑难填,得寸进尺,迷而不返,丧失善性。故程氏说:"且譬如倚子,人坐此便安,是利也。如求安不已,又要褥子,以求温暖,无所不为,然后夺之于君,夺之于父,此是趋利之弊也。"⑤程氏之譬固然不无道理,但又因噎废食,为防止恶性泛滥,彻底禁绝私欲,便企图将人导向"存天理"的道学一途:"凡顺理无害处便是利,君子未尝不欲利。然孟子言'何必曰利'者,盖只以利为心,则有害,如'上下交征利而国危',便是有害。'未有仁而遗其亲,未有义而后其君'。不遗其亲,不后其君,便是利。仁义未尝不利。"⑥

---

① 《朱熹的历史世界》(上),第54页。
② 《河南程氏文集》卷1,《二程集》,第458页。
③ 《河南程氏遗书》卷16,《二程集》,第173页。
④ 《河南程氏遗书》卷18,《二程集》,第215页。
⑤ 《河南程氏遗书》卷18,《二程集》,第215页。
⑥ 《河南程氏遗书》卷19,《二程集》,第249页。

又曰:"圣人以义为利,义安处便为利。"①二程以为利就在仁义之中,只要人人恪守儒家之道,自然会实现"利"的目的。他们显然忽视了人类欲望的强大,而抬高了道德对欲望的约束功能及人类恪守道德的自觉性,企图以道德教化实现功利目的,以道德手段解决一切社会问题,这正是儒家历来的通病。其本质乃是将义与利相混淆,以精神价值取代功利价值,以精神满足代替物质满足,最终回到所谓以德治国、因循守旧的老路。

事实上,现实功利无法回避,仁义道德又不可放弃,二程往往面临着利与义难以取舍的困境。如,"问:'宋襄公不鼓不成列,如何?'曰:'此愚也,既与他战,又却不鼓不成列,必待他成列,图个甚?'又问:'用兵,掩其不备,出其不意之事,使王者之师,当如此否?'曰:'固是。用兵须要胜,不成要败! 既要胜,须求所以胜之之道'"②。可见,二程尚未迂腐到像宋襄公那样以生命徇仁义的程度,但二程仍然尽可能地屈就所谓的仁义道德,如,"又问:'间谍之事如何?'曰:'这个不可也。'"程氏既然肯定了"胜之之道",自然包括所有可以取胜的手段,却又要在其中强行取舍,其标准自然会模糊混乱。

逐利乃是人之本性,现实社会中人们的逐利行为无可辩驳地证明了这一点,但道德至上的心理定势使二程之类道学家不由自主地为"利"涂抹上原罪色彩,即便理智上难以否定人们逐利的合理性,也难以在道德层面认可其正当性,从而拒绝为其贴上道德标签放行。这种价值层面的内在矛盾注定了二程道学对新学"兴利"批判的软弱无力。

2. 儒佛之辨

二程批判王氏新学的重要原因即是王氏新学夹杂佛禅,使得佛禅假借儒家外衣堂而皇之地登堂入室,从根本上架空了儒学。入宋之后,儒释合流的趋势越发明显,士大夫阶层好佛论禅,即便最高统治者也乐此不疲,禅风因之大盛。且佛禅的盛行使得内圣逐渐成为佛禅的专利,儒学似乎只能负责外在事功,如赵普便称宋太宗"以尧、舜之道治世,以如来之行修心"③,但以如来之行修心不可避免地会使得佛禅的价值观念及思维方式逐步渗入儒家的价值体系,甚至可能反客为主,儒家反而沦为佛禅的臣仆,

①　《河南程氏遗书》卷16,《二程集》,第173页。
②　《河南程氏遗书》卷19,《二程集》,第217页。
③　《长编》卷24,第554页。

这对倡言复兴儒学的道学家而言无疑是一种讽刺。这是道学坚决反对佛禅的根本原因。但王安石却公然将儒释道合而为一,尤其以佛禅作为儒家内圣的理论资源,这毋宁公开表明了儒学的黔驴技穷。释道作为民间学术,尚且不过以其思想力量影响社会观念的走向,而王氏新学作为官方意识形态,其影响显然远大于以往作为民间学术的释道二教,这样不仅难以复兴儒学,反而会使佛禅大行其道,这显然是二程之类道学家无法容忍的。因此,在二程眼中,王氏新学是比佛禅危害更甚的大患,必欲除之而后快。

在二程看来,禅与王氏之道德性命已然合流。《二程集》载王安石与程颢之间的争辩说:"荆公尝与明道论事不合,因谓明道曰:'公之学如上壁。'言难行也。明道曰:'参政之学如捉风。'"这大体可以见出双方的学术分歧。所谓"上壁"虽然难行,但毕竟有依循处,可以沿壁而上,并可能到达终点。程颢称王学如"捉风",则完全捉拿不住,这正是王氏新学探究道德性命的玄辩特征。二程对此评论说:"学者之流,必谈禅者,只是为无处捞摸,故须入此。"①亦即王氏新学深受禅学浸淫,其致思方式近似于禅宗之玄辩,因此"无处捞摸"。

相对于王氏新学的"捉风",二程则由儒家修养功夫出发提出了以诚、敬为核心的修养之道,最终目的即是要体悟无所不在的天理,并使自身因对天理的服膺而达到道德的完善境界,"如天理底的意思,诚只是诚此者也,敬只是敬此者也"②。而所谓的天理并非遥远的彼岸世界,而内在于人的心中,因为人性原本即有天理的内涵。二程说:"寂然不动,感而遂通者,天理具备,元无欠少,不为尧存,不为桀亡。父子君臣,常理不易,何曾动来? 因不动,故言'寂然',虽不动,感便通,感非自外也。"③可见,这种父子君臣的天下定理内在自足于人的内心深处,是感而遂通的人之本性。因此,人对儒家道德的恪守乃是人之本性使然,这样就使个体对儒家伦理的践履由外在强迫转化为道德自觉,"人皆有是道,唯君子为能体而用之,不能体而用之者,皆自弃也"④。天理不仅内在自足于人的内心深处,而且外化于人的日常生活的各个方面,"(尹焞)先生尝问于伊川:'如何是道?'伊

① 《河南程氏遗书》卷15,《二程集》,第151页。
② 《河南程氏遗书》卷2上,《二程集》,第31页。
③ 《河南程氏遗书》卷2上,《二程集》,第43页。
④ 《河南程氏遗书》卷25,《二程集》,第321页。

川曰：'行处是。'"即行处坐卧莫不是道。这与禅宗挑水担柴莫不是道之语别无二致。可见，二程虽对佛禅极力排斥，并对堕入其中高度警惕，曾提醒说："今穷其说（释教）未必能穷得他，比至穷得，自家已化而为释氏矣。"①终于还是不幸被言中。诚如赵秉文所论："自王氏之学兴，士大夫非道德性命不谈，而不知笃厚力行之实，其蔽至于以世教为'俗学'。而道学之蔽，亦有以中为正位，仁为种姓，流为佛老而不自知，其蔽又有甚于传注之学，此又不可不知也。"②

二程以儒学正统自命，以清算王氏新学之道德性命为己任，最终却不自觉地陷于"异端"之学而不自知，这不仅是历史的反讽，更表明儒释道的合流乃是不以人的意志为转移的历史趋势。

3. 人道与天道

"道"在洛学与新学中都具有最高的本体意义，但双方对"道"的理解却有不同，分歧主要在两方面，其一是二程认为"道"是统一的无所不在的，王安石则认为天人二分，有天道亦有人道。《二程集》载，"又问：'介甫"尧行天道以治人，舜行人道以事天"，如何？'曰：'介甫自不识道字。道未始有天人之别，但在天则为天道，在地则为地道，在人则为人道。'"③其二则是"道"的属性，二程之"道"的内核乃是儒家伦理道德秩序，王氏新学所谓道乃是自然④，双方对"道"的属性不同认定最终表现为对人性的不同认定。

二程认为"天理"（道）无所不在，人也完全被置于天理的笼置之下，个体的人无法挣脱天理而必然遵循天理的规定性，从这个意义上说，天道即人道。二程认为，"道之外无物，物之外无道，是天地之间无适而非道也"⑤。既然如此，人的言行举止必然体现出天道的性质，而所谓"天道"无非是君臣父子的纲常名分，因此，人对天道的体现只能是对这类伦理纲常的恪守。王安石则认为天人二分，天道、人道分立并行，主体性的人完全可以不受天道的拘束而依照人道立身行事，"人道"质性自然，依循自然天性立身行事即是人道。二程以道为本位，道高于人；安石则以人为本位，道附

① 《河南程氏遗书》卷15，《二程集》，第149页。
② 《滏水集》卷1，景印《文渊阁四库全书》，第1190册第80—81页。
③ 《河南程氏遗书》卷22上，《二程集》，第281页。
④ 见第一章第一节相关内容。
⑤ 《河南程氏遗书》卷4，《二程集》，第73页。

属于人,新法的基本价值取向实则都由这一自然性的"道"推衍出来,因而,二程对新学的攻击最终落在对其持守的"道"的批判。《二程集》载:"先生尝语介甫曰:'公之谈道,正如说十三级塔上相轮,对望而谈曰,相轮如此如此,极是分明。如某则戆直,不能如此,直入塔中,上寻相轮,辛勤登攀,迤逦而上,直至十三级时,虽犹未见相轮,能如公之言,然某却实在塔中,去相轮渐近,要之须可以至也。至相轮中坐时,依旧见公对塔谈说此相轮如此如此。'介甫只是说道,云我知有个道,如此如此。只他说道时,已与道离。他不知道,只说道时,便不是道也。有道者亦自分明,只作寻常本分事说了。孟子言尧、舜性之,舜由仁义行,岂不是寻常说话? 至于易,只道个'立人之道曰仁与义',则和性字由字,也不消遣,自已分明。阴阳、刚柔、仁义,只是此一个道理。"①以上这段话体现了两方面的重要信息,第一,程氏所谓"道"乃是具体的可以探摸的原则,本质上即是儒家的仁义道德及伦理规范,只要精心体悟,严格践履,自然能够到达从心所欲不逾矩的境界。王氏之道则是形而上的抽象玄谈,是迹近老庄且掺杂佛禅成分的悠邈之说,在程氏看来便是可望而不可及的虚无之境,永远无法实现。第二,程氏认为自己所追求的"道"并不脱离现实人生,圣人的寻常说话即是"道"的体现。而王氏之"道"则远离现实,是彼岸世界,与现实人生分而为二。上述引文自然是程氏对新学的批评。

事实上,新学之道的本质乃是自然,它不过是人的天性的外在流露,并不需要刻意修炼。貌似玄虚的道德性命之说到底不过是依循自然的哲学观念而已,并不比程氏之道更加神秘莫测。倒是二程之道高悬于现实人生之上,是与自然人性相对抗的外在道德规范,并不易于实现。虽然二程鼓吹人的本性便是天理,在行处坐卧、洒埽应对中便可解悟,一如禅宗于不经意间明心见性。但禅宗修习之关键在于摆脱拘执,一任自然,而在禅宗看来,儒家的道德规范便是拘执。因而,二程道学虽然流入佛禅而不自知,终究与禅宗貌合神离,是伦理而非宗教,需要恪守而非顿悟。王氏之道质性自然,个体的人可以摆脱约束信马由缰地高谈道德性命,进入广阔的抽象玄辩的领域,迹近于禅。所以,赵秉文评论说:"学韩而不至,不失为儒者;

---

① 《河南程氏遗书》卷1,《二程集》,第6页。

学王而不至,其蔽必至于佛老。"①这深刻揭示出王氏新学与佛老之间的相通性及渊源关系。说到底,二程道学本质上是道德伦理学,王氏性理之学更接近于思辩性的哲学,它使人的思维得到极大的解放,并在很大程度上摆脱了儒学的道德约束,从而使王安石的政治探索更能从人出发,按照人的需求提出相应的理论及政治主张。王安石变法公然提出追求食货之利,一定意义上背离了道学的"天理",而体现了"人道"。王安石又提出"三不足"说,更表现出对"人"的肯定及对儒家道德的背叛。

因此,二程的道学无非是要将个体的人置于天理的威慑之下,以人对天理的服从构建符合儒道理想的社会秩序。而王氏新学则企图将人从对天理的服从中解放出来,肯定人的价值,实现人的价值,从人出发构建社会治理体系。二程道学以对人欲的灭除将天理推到极致,造成对正常人性长期的压抑与桎梏,则二程对王氏新学的批判就不仅是一种学术论争,更是一种历史的反动。

第三节　赋闲重臣的心态与文学

新法推行之后,反对新法的士大夫渐次被清理出朝廷。至熙宁六年(1073),被杨绘称为"老成之人"的范镇、吕海、欧阳修、富弼、司马光、王陶以及韩琦、文彦博、张方平等人或"引疾",或"致仕",或"求散地",先后离开京城。这些人大体可分两部分,其一是文彦博、司马光、吕公著、韩维等元老重臣聚集于洛阳、许昌这类围绕京城的次级政治文化中心,其次则是中下级官员被外放地方长官或贬为更低级的监当官。

洛阳、许昌聚居者多为政坛耆宿而非文坛巨匠,虽然诗文创作兴盛,却并没有很高的水准,且其创作以唱和为主,主要是酒席宴上的佐酒助兴之作,不乏相互恭维的客套,内容庸俗浅薄,艺术也较为粗糙,少有佳作。从贬放角度来看,这些元老重臣普遍表现出备蒙"帝眷"而一朝被弃的失落感及怨怅情绪,他们无法再左右政局,便以肆意的欢宴游乐来与执政新党进行消极对抗。仔细辨析其构成,又可以将这些赋闲的元老分为两类,其一是颐养天年、优游岁月、不问世务型,以文彦博、韩维为代表;其二则是守道

---

① 《滏水集》卷1,景印《文渊阁四库全书》,第1190册第79页。

不屈、忧患黎元、待机而起型,以司马光、范纯仁为代表。两个团体的不同性质一定程度上由其所组织的耆英会与真率会得到表现。文彦博等人组织的耆英会不过是高级赋闲官僚俱乐部,除了诗酒唱和,相互吹捧,别无深意。司马光为矫正这些耆宿元老一味享乐的风气,别创真率会,设立规约,对酒食数量加以限制,以突出返朴归真、弘扬儒道的用意,也体现了司马光鄙视荣禄、以道自任的品节,所谓"轩冕荣何在? 箪瓢乐最真"①。真率会主动邀请刚由安邑迁到洛阳的张子贱,同时婉拒文彦博,正表明了真率会"简章任真性"的宗旨。然而这类集会并非严格的政治团体,其规约也不具有强制力,它主要表达了一种以道自守、拒斥权势的姿态,隐含着以纯正的儒道相标榜以俯视新党的用意,其文化意义大于文学意义。耆英会与真率会代表了元老重臣庸俗逸乐与守道不屈两种不同的价值追求,与这两种不同的心态相对应,其诗文创作也呈现出不同的面貌。

一、旧党显贵的没落与感伤

新党的上台不仅打破了表面的太平景象,而且也使类似文彦博这类元老重臣的心理受到极大冲击。文彦博是三朝元老,历任枢要,因循旧习不喜变革,熙宁二年(1069)因与王安石不和,出知大名府。熙宁七年,文彦博作《即事偶书》,诗云:"世道逢消长,人情徇爱憎。光华如石火,明灭似风灯。巢幕堪忧燕,垂天不羡鹏。危心戒行险,视履益兢兢。"②在这首诗中,文彦博对世道消长的现实冷眼旁观,表现出对富贵荣华瞬息变灭的忧惧之情以及更加谨慎处世的自保心理,并隐约透露出对新党突然得势而类似自身一样的旧党黯然退场的怨恨情绪。该诗作于熙宁七年,新法推行已有五年之久。五年间,大批对抗新法的官员被逐出朝廷,文彦博虽是元老重臣,对此也不可能心如止水。正因为看到政治势力消长无常,一贯因循守旧的文彦博告诫自己以更谨慎的态度应对仕途的变幻莫测,表现于日常行为便是不谈政治,优游岁月。其间或有诗作,则或是歌功颂德,或是随声附和,或是抒写闲情,这些作品内容庸浅,几乎看不到现实的影子,更谈不上对现实的批判。《次韵留守相公佳雪应对》诗云:"同去瑞雪符丘祷,喜气欢声动

---

① 《逍遥四章呈钦之尧夫》,《司马温公集编年笺注》卷14,第2册第470页。
② 《全宋诗》,第6册第3519页。

洛师。农事迎知春后望,时寒顺应腊前期。抽毫未见三英赋,贵纸先传六义诗。贤者与民同此乐,下民无复共嗟咨。"①诗中营造的是天下无事、国泰民安的太平景象,对现实中如火如荼的变法运动一无触及,这既间接表明对新法的不满,也是出于避免是非的自保心态。

赋闲洛阳期间,文彦博等人模仿白居易的怡老会组织耆英会,将七十以上的废放或致仕官员聚集起来,诗酒唱和,附庸风雅。诗歌内容多是吟风弄月,忧生叹老,及对彼此德业福寿的吹捧,总体内容庸俗无聊,如富弼赠文彦博诗云:"顾我年龄虽第一,在公勋德自无双。"②文彦博答诗云:"惟公福禄并功德,合是人间第一流。"③其他诸人也纷纷附和,赞颂二人功高德劭,如席汝言《耆英会》诗云:"系国安危唐上宰,功成身退汉留侯。二公闲暇开高会,九老雍容奉胜流。"④如此等等不一而足。厕身其间的清客式学者邵雍淡泊自守,在显贵云集的洛阳左右逢源,成为被竞相推崇的道德标杆,其《安乐窝中好打乖吟》一诗集中表达了赋闲官员的人生观:"安乐窝中好打乖,打乖年纪合挨排。重寒盛暑多闭户,轻暖初凉时出街。风月煎催亲笔砚,莺花引惹傍樽罍。问君何故能如此,祇被才能养不才。"⑤该诗虽然可能含"有一点待价而沽,跃跃欲试"⑥的意思,但与其创作的大量吟咏闲情的诗作相比,未免过于微不足道。诗成之后,许多官员纷纷唱和,表现出群体性的追求安闲逸乐的人生态度,这就注定了创作内容的空洞无聊,不可能对诗坛产生积极影响。司马光因文彦博的耆英会过于奢华而又组织真率会,但在洛阳这一衣冠云集之地,并不可能引导新的风气,也难以赋予诗歌创作以更具价值的现实内容。对这些元老重臣而言,唱和本身并不是着意所在,重要的是彼此沟通政见,交流感情,整合力量,影响舆论,以与新党分庭抗礼,这就吸引了许多对新法新党不满的旧党人物循迹而来,以唱和方式加强与赋闲官员的联系,壮大反对派的声势,从而在与新党的斗争中处于更有利的地位。正因为出于纯粹的政治动机,这类唱和诗往往

---

① 《全宋诗》,第 6 册第 3527 页。

② [宋]富弼:《弼窃览长篇断章有十二人中第二人之句又赋一绝上呈》,《全宋诗》,第 5 册第 3370 页。

③ [宋]文彦博:《再酬富公一绝》,《全宋诗》,第 6 册第 3538 页。

④ 《全宋诗》,第 5 册第 3466 页。

⑤ [宋]邵雍:《安乐窝中好打乖吟》,《全宋诗》,第 7 册第 4544 页。

⑥ 葛兆光:《中国思想史》(第二卷),第 195 页。

是一方追捧附和,一方虚与委蛇,内容少有可取,成就亦无足论。

　　除司马光之外,与上述元老重臣有所不同的是韩维、韩琦的诗歌创作。韩维自熙宁间远离朝廷后,基本上对现实政治采取淡漠态度。纵观韩维诗作,鲜有不能用世的愤郁不平,反而充满放情山水、优游林泉的惬意与闲适,《和谢主簿游西湖》诗云:"云阴开剥日光穿,和气随风近酒船。湖面波清浑见底,楼头山碧自生烟。兴长不忍回孤棹,歌懒才能逐缓弦。因子樽前话归计,醉魂先到岘山边。"[①]无论饮宴、游玩、怀古还是赠答,其感情倾向都是消尽世虑的冲和平淡,即使有些诗表现出对人生平淡境界的追求,也仍然无法逃脱享乐态度,如《陶潜》诗云:"众鸟依嘉树,想象先生居。口哦高简篇,浊酒自为娱。世事不挂口,方且爱吾庐。"[②]该诗虽是仿效陶潜,却与之有着不同的情趣。陶潜归隐田园乃是对黑暗官场的坚决拒绝,以捍卫心性的纯净。赋闲的韩维对陶潜仅是表示景仰而已,所仿效者乃是陶潜"浊酒自为娱"的悠闲,目的在于消除世虑,明哲保身。陶潜虽则归隐,实则用世之志始终不曾消泯,晚年诗云"日月掷人去,有志不获骋",《读〈山海经〉》对精卫、刑天的讴歌更间接表现出用世无门的悲愤。韩维对陶潜的模仿有形而无神,即便是对"形"的模仿也是一点皮毛。陶潜饮酒乃是麻醉精神痛苦,韩维则显然将陶潜之饮酒看作纯粹的娱乐了。双方显宦与隐士的不同身份,决定了庸俗与高洁的不同境界。《苕溪渔隐丛话》引《石林诗话》云:"韩持国虽刚果特立,风节凛然,而情致风流,绝出时辈。许昌崔象之侍郎旧第,今为杜君章所有,厅后小亭仅丈余,有海棠两株,持国每花开,辄载酒日饮其下,竟谢而去,岁以为常。"[③]则韩维的赏花饮酒与渊明之绕菊篱下自然有着不同的感情内涵与精神趣味。与文彦博一样,韩维也竭力将自己隔绝于现实政治之外,《官舍书事》云:"官曹本自冷,况值秋风后。落叶频委阶,斜光半穿牖。幽闲夙所尚,默静颇能久。门外声利喧,于吾竟何有。"[④]此诗虽然表现出对名利的疏远之情,但更流露出对政治的冷漠,折射出懒于抗争、随波逐流的官场哲学。

　　与韩维有所不同的是韩琦。熙宁六年(1073),韩琦因与王安石政见不

---

①　《全宋诗》,第 8 册第 5233 页。

②　《全宋诗》,第 8 册第 5127 页。

③　[宋]胡仔:《苕溪渔隐丛话前集》卷第 28,人民文学出版社,1962 年,第 196 页。

④　《全宋诗》,第 8 册第 5149 页。

合,重归相州。经此打击,韩琦仕情日渐冷落,其《悲二木》诗序云:"相之州廨,有老松一,在廨事之后,耸直数丈,其上偃如龙形;古柏二,对植于寝户之前,阴覆一庭。松之东有大槐,枯而中空,庖人误投灰烬于其间,因而火发。前人以为留松,异日必如槐之招火,遂伐之。视柏之森然,曰:'吾欲旷快其心,不欲其翳其前也。'乃命悉去繁枝,几秃而后止。是二物皆百余年物也,余再来而悲之,因为诗以志之。"①韩琦由两棵百年老树因枯被伐兴发感慨,寄托了自己新法行后弃置不用的悲愤之情。该诗借物寄慨,情感便显得格外深沉,其诗云:"偃盖孤松挺北轩,亭亭双柏寝堂前。干霄夭矫苍龙上,当户阴森翠幄圆。百岁生成犹易栋,近时栽葺欲谁怜。居官好恶宜加谨,诗拙徒思警后贤。"长期身为重臣尚且一朝弃置不用,那些骤然拔擢的新进后生却得意忘形,小心不慎而遭到被贬黜的命运。韩琦此诗固然是警戒后贤,也不免感慨系之,既有对自己辉煌往日的追忆,亦有对自己刚傲不苟的肯定,寓含着复杂的感情。《苕溪渔隐丛话》引《迂叟诗话》云:"韩魏公罢相,守北京,新进多陵慢之。魏公郁郁不得志,尝为诗云:'风定晓枝蝴蝶闹,雨匀春圃桔槔闲。'时人称其微婉。"②两句诗托物寄慨,隐寓不平之意。熙宁六年(1073)回到相州后,韩琦的宦情更加冷淡,对眼前风物也更增眷恋之情,《再题狎鸥亭》云:"危亭初起俯清浔,只得当轩几醉吟。一日乡园伤骤别,四年宫阙动归心。篁前好竹今成篠,波下修鳞旧种针。鸥识再来尤不惧,向人驯狎似家禽。"③诗人面对高耸的狎鸥亭俯临碧波的动人景象,感叹自己仅仅在这里醉吟过少数几次,当年伤感地离去,如今仕途失意毅然归来,离去时稀疏的竹子如今已长成密密的竹林,湖中的鱼儿仍然是旧时的种针鱼。如今已离开了官场,全然脱去了机心,黠慧的鸥鸟也不再防范,对诗人像驯顺的家禽。本诗由眼前景想到别后情,由官场机心联想到鸥鸟无猜,处处对照,表达了对故园的深切眷恋。实则"一日乡园伤骤别"之"伤"已为"四年宫阙动归心"埋下伏笔,正因当年不舍离去,所以才有今日决然归来,才会对故园亭台表现出不可遏止的深情。全诗感情深醇,章法细密,颇能见出诗人的功力,相比文彦博等人的庸浅之作,无疑更有感情的深度与艺术的高度。确乎如《苕溪渔隐丛话》所云:"公为诗用意

---

① 《全宋诗》,第 6 册第 4067 页。
② 《苕溪渔隐丛话前集》卷 27,第 184 页。
③ 《全宋诗》,第 6 册第 4098 页。

深，非详味之，莫见其指，皆此类也。"①

　　韩琦之诗不仅具有较高的艺术性，较其他元老重臣也更为关注民众的饥寒，其《苦雨》诗云："直疑天际裂银潢，大雨连倾特异常。数里河声轰阵鼓，万条簷溜卓戎枪。雷霆势恶掀人脑，蛟鼍朋凶碎客航。正熟民田多没穗，几时仁侧动苍苍。"②又有《悯农》诗对百姓春天陷于饥荒，"人无粒食何堪命""煮叶不遑为木酪"的遭遇表示出深切的同情。这类诗虽然数量不多，却颇能见出仁民爱物的儒家情怀。韩琦曾作喜雪诗一联云："危石盖深盐虎陷，老枝擎重玉龙寒。"笔力老健，风骨凛然，颇能见出虽遭贬谪仍然心系天下的忧患意识，如《苕溪渔隐丛话》引《类苑》云："人谓公身虽在此，自任以天下之重如此。"③朱熹也称赞说："韩公真难得，广大深沉。"④

　　韩琦诗虽然感情内容较为强健硬朗，更贴近现实，但遭到冷落后大量诗作仍然是流连诗酒、优游岁月的庸俗之作，与文彦博、韩维等人作品并无太大区别。可以说，文彦博及二韩的诗作代表了宋王朝元老重臣在变法开始后的抵触心理及失落情绪。他们由蒙"帝眷"到遭冷遇，心理落差很大，因而对自身地位跌落的敏感超过了庆历以来士大夫对"道"的持守。他们反对新法并不完全出于对其弊害的深入了解，还有出于"老成"官僚对变法革新近乎本能的排斥。吕诲为御史中丞时，弹劾王安石无所不至，神宗极为不满地说："诲殊不晓事，诘问又都无可说。"⑤极能见出台谏官论劾大臣往往不以事实为据，随心所欲、妄加诋诬的作风。这些元老重臣长期蒙受隆遇，一旦被冷落便以诗酒宴乐方式消极对抗，以宣泄不满。张方平《熙宁壬子岁寄丁未同甲诸公秦亭吕宣徽宝臣汝阴欧阳少师永叔京下王尚书仲仪》诗云，"酒量虽衰犹未醉，尘中人事自纷纷"⑥，对变法之后的人事纷纭冷眼旁观，含蓄地表达了对新法的抗拒及对新党的鄙视。正因为这种心态，放废赋闲的元老重臣的诗作才呈现出整体性的庸俗，谈不上对诗坛有多少影响。真正对现实有着强烈关怀、具有文化影响力并且诗歌创作因放

---

①　《苕溪渔隐丛话前集》卷 27，第 184 页。

②　[宋]韩琦：《苦雨》，《全宋诗》，第 6 册第 4036 页。

③　《苕溪渔隐丛话前集》卷第 27，第 184 页。

④　《朱子语类》卷 130，第 3103 页。

⑤　《拾补》卷 4，第 181 页。

⑥　[宋]张方平：《熙宁壬子岁寄丁未同甲诸公秦亭吕宣徽宝臣汝阴欧阳少师永叔京下王尚书仲仪》，《全宋诗》，第 6 册第 3846 页。

废际遇而有一定成就的是元老重臣司马光。

二、司马光洛阳期间的诗文创作

因反对新法，与王安石不和，从熙宁四年（1071）四月至元丰八年（1085）三月，司马光凡居洛十五年。《司马光年谱》载，熙宁四年辛亥，"夏四月癸酉，公判西京留司御史台……始卜居洛阳。自是绝口不复论事"①。所谓"闭口不复论事"并非实情，熙宁七年（1074），司马光因旱灾上疏神宗，熙宁十年又上书宰相吴充，罢废新法的立场始终不变，且越发迫切。可见，司马光退居洛阳并非忘情世务，而是时刻寻找机会，以实现其罢废新法以解民困的志向。正因为这样，司马光退居洛阳与文彦博等人之颐养天年有着根本的不同。

熙宁七年（1074），司马光作《读书堂》诗："吾爱董仲舒，穷经守幽独。所居虽有园，三年不游目。邪说远去耳，圣言饱充腹。发策登汉庭，百家始消伏。"②司马光对董仲舒穷经治学三年不窥园，一朝为官而邪说消伏的事迹表现出由衷的敬意，借史喻志，含蓄地表达了追蹑古人、消除邪说的志向，而现实的邪说当然是新法及新学。又《钓鱼庵》诗云："吾爱严子陵，羊裘钓石濑。万乘虽故人，该求失所在。三旌岂非贵，不足易其介。奈何夸毗子，斗禄空百态。"③该诗赞颂严子陵守道不屈、不为名利所动的高风，亦是以古人自励，表达决不以道徇势的决心。熙宁二年司马光拒受枢密副使一职即是对古人的追践，如今赋闲洛阳埋头著书亦无愧古人。司马光始终怀有济世之志，等待时机，以求大用，进不能行道，则退而守道。如果说文彦博等元老重臣是政治性的退出，那么司马光则是文化性的退出。元丰三年（1080），文彦博出为太尉，复判河南，司马光则坚守洛阳。吕公著后起知河阳，受到司马光的批评，可见司马光退居洛阳所具有的守道不屈的文化意义。《和白都官见赠》诗云："直缘迂僻求闲地，岂是孤高慕古人。英俊满朝皆稷契，太山何少一飞尘。"④该诗将新党人物称为稷契，而谦称自己为太山一飞尘，其讽刺之意与不平之情昭然可见，同时透露出不与新党合作

---

①　［清］顾栋高辑：《司马温公年谱》，中华书局，1990年，第167—168页。

②　《司马温公集编年笺注》卷4，第1册第244页。

③　《司马温公集编年笺注》卷4，第1册第245页。

④　《司马温公集编年笺注》卷12，第2册第378页。

的态度。《酬赵少卿药园见赠》诗云："鄙性苦迂僻,有园名独乐。满城争种花,治地惟种药。栽培亲荷锸,购买屡倾囊。纵横百余区,所恨识不博。身病尚未攻,何论疗民瘼。"①该诗用语含蓄,意味深长。王安石等新党号称与民同乐,司马光则以"独乐"命名小园,暗含讥讽之意。满城争种花,自己却倾力种药,暗示不趋时流。这并非出于意气性的对抗,实在是因为道不同,不相为谋。最后两句以反语出之,流露出不能用世的愤愤不平,反更折射出用世之心的强烈。

　　基于坚定的守道立场,司马光对现实政治密切关注并坚持始终如一的批判态度,无论埋头著书还是诗酒唱和,都在用一只眼睛盯着现实状况及政局变动,其诗歌便不拘于个人享乐,而具有明确的现实指向,忧患黎元与批判新法新党成为其诗文创作的两个重要方面。司马光此期作有许多悯农诗,其《苦雨》诗云:

　　　　今春忧亢阳,引领望云族。首夏忽滂沲,意为苍生福。自尔无虚日,高原亦沾足。连年困饥馑,此际庶和熟。如何涉秋序,沉阴仍惨黩。长檐泻潺湲,昼夜浩相续。喧豗流潦怒,突兀坏垣秃。驾牛泥没鼻,跨马水平腹。瓦敧松漫白,道废草浓绿。污莱闵下田,漏湿怜破屋,纵横委地麻,狼藉卧陇谷。怯闻饥婴啼,愁听寡妇哭。闲官虽无责,饱食愧有禄。世纷久去心,物役奈经目。郁陶聊秉笔,狂简已盈幅。②

　　春天久旱不雨,诗人忧患庄稼无成而"引领望云族",不料入夏后雨却下个不停,以致耕稼无成,百姓遭殃。诗人以较大篇幅描绘了雨水昼夜不息的情形及给百姓带来的苦难,暗写出无能为力的沉重心情,表现出深沉的儒者情怀。作为赋闲之身,诗人虽然"世纷久去心",然而眼前的悲惨景象令人无法释怀,所以才会狂简盈幅以抒写心中的郁陶。在《久雨效乐天体》一诗中,作者写道:"雨多虽可厌,气凉还可喜。欲语言慵开,无眠身懒起。一榻有余宽,一饭有余美。想彼庙堂人,正应忧燮理。"③司马光虽然衣食无忧,似乎悠然自得,却并不以此为乐,而始终无法放弃对国事的忧

---

① 《司马温公集编年笺注》卷5,第1册第282页。
② 《司马温公集编年笺注》卷5,第1册第273页。
③ 《司马温公集编年笺注》卷5,第1册第287页。

虑,与其说是庙堂人"正应忧燮理",不如说自己对执政新党处理国政放心不下,正所谓"处江湖之远则忧其君"。远离朝廷并不等于脱离了政治,无力过问政治的赋闲处境使司马光对现实更为关切,并因而生发出对新法"害民"的强烈愤恨情绪。司马光洛阳期间曾作有《稷下赋》①,该赋以问答方式批评齐王虽然好道重士,却仍然"诸侯未服,四邻交侵,士有行役之怨,民有愁痛之苦"②。原因在于齐王所好之道并非可以治国平天下的先王之道,而是乱玉的珷玞、混珠的鱼目而已,所用之士也不过是"凤藻鸱义,豹文麇质,诵无用之言,费难得之日"的沽名钓誉之徒,其矛头所向直指新学及新党。如前章所述,王氏新学已不再沿袭传统儒学对外在道德规范的强调,而转入对道德性命的形上探讨,这在司马光看来是无用空言,异端邪说。正因为异端角进,所以"大道羁孤",不能"齐踪于夏商,继轸于唐虞"。作者借荀卿之口感叹:"臣窃以为大王为徒慕养贤之名,而未睹用贤之实也已。"作者讥讽王氏新学不能救世,暗示神宗应废弃新法,驱逐新党,改弦易辙,方能重建三代盛世。而重建盛世的大道当然掌握在司马光这类旧党手中,所以此赋不仅攻击新党,也暗含着汲汲用世之意。

　　除去这些政治性、现实性较强的作品,司马光亦有不少留连风物之作,这些作品写景明丽,情味隽永,表现出诗人赋闲之后寄情自然的感情侧面,具有较高的艺术价值。如《园中书事二绝》其一云:"芳洲晚日鲜,曲岸新雨好。红薇点圆荷,金篹出幽草。"③写景生动,用语自然,清新可爱。又如《夏日西斋书事》云:"榴花映叶未全开,槐影沉沉雨势来。小院地偏人不到,满庭鸟迹印苍苔。"④以环境的清幽映衬心灵的宁静,诗语浅切,趣味不凡。司马光这类小诗偶见雕琢之功,颇有独得之妙,如写萤:"随风疑落烬,过水乱疏星。"⑤一个"乱"字便将萤火虫穿梭往来而与疏星交映的景象写得栩栩如生,但此类诗语并不多见。

　　总体来看,司马光退居洛阳的诗作质木无文,成就不高。尽管司马光继承了庆历以来的诗学观念,追求诗之"意",而在具体的创作中并未真正

---

①　该赋应作于新经义颁行之后。李之亮将其系于元丰三、四年间,姑从其说。
②　《司马温公集编年笺注》卷1,第1册第16页。
③　《司马温公集编年笺注》卷5,第1册第268页。
④　《司马温公集编年笺注》卷6,第1册第306页。
⑤　《司马温公集编年笺注》卷5,第1册第271页。

将这一艺术理念贯彻到底,司马光说:"古人为诗,贵于意在言外,使人思而得之,故言之者无罪,闻之者足以戒也。近世诗人,惟杜子美最得诗人之体,如'国破山河在,城春草木深。感时花溅泪,恨别鸟惊心'。山河在,明无余物矣;草木深,明无人矣;花鸟,平时可娱之物,见之而泣,闻之而悲,则是可知矣。他皆类此,不可遍举。"①上述司马光的一段话似乎表现了他对梅尧臣、欧阳修等人"意在言外"的诗学观的认可,实则双方对"意"的理解有着根本的不同。梅尧臣之"意"等同于"意境",即以有限的形象引发读者丰富的联想,以补充、扩大、延伸有限的形象所不曾表达出来的形象、情感、意韵等感性内容,并因此使欣赏者获得更充分的审美感受,因此,梅氏之"意"乃是一个审美概念。而司马光既以"言之者无罪,闻之者足以戒"来限定"意"的功能,则他之所谓"意"应是一个道德概念,实乃儒家诗教的"风雅之意"。程门弟子杨时对此曾有清晰的表述:"作诗不知风雅之意,可以不作。诗尚谲谏,言之者无罪,闻之者足戒,乃为有补。"②可见,司马光所谓"意在言外"是指用温柔敦厚之语传达有补于世的风雅之意,使闻者通过温和冲淡的语言有所领悟和鉴诫,这一主张与司马光的"中和"观念密切相关。司马光认为万物的存在乃是因为矛盾双方的对抗达到了一种平衡,也就是中和,中和既是万物的存在状态,也是万物存在的条件,"故阴阳者,弓矢也,中和者,质的也。弓矢不可偏废,而质的不可远离"③。作为万物的根本性质及必须遵循的规律,中和表现在天地之间的一切方面,"夫和者,大则天地,中则帝王,下则匹夫,细则昆虫草木,皆不可须臾离者也"④。具体到诗文创作,则需要把握道与文、情与礼的平衡,尤其要以"中和"原则治心养气,不能心乖气乱,怨怒悖礼,"夫治心以中,此舜禹所以相戒也;治气以和,此孟子所以养浩然之气也"⑤。以此为诗作文自然就能契合"怨而不怒、哀而不伤、温柔敦厚"的儒家诗教,传达出让人可以心领神会的弦外之音。司马光"意在言外"的诗学观的本质乃是磨去语言的锋芒以求获得统治者的容忍,避免因语言的张扬刻露挑动当权者的神经。司马光本质上是

---

①　《苕溪渔隐丛话》卷6,第33页。

②　[宋]杨时:《龟山先生语录》卷1,景印《文渊阁四库全书》,第1125册第204页。

③　《答李大卿孝基书》,《司马温公集编年笺注》卷61,第5册第3页。

④　《与范景仁论中和书》,《司马温公集编年笺注》卷62,第5册第71页。

⑤　《与范景仁第五书》,《司马温公集编年笺注》卷62,第5册第58页。

一个政治家而非文人,所以对"意"的理解侧重于道德性的弦外之音而非审美性的"意在言外",其具体的创作便不大容易营造出言近意远的审美效果,道德性的教化主旨往往会突破先在设定的言外之意而直接呈现出来,从而造成诗作的质木无文,缺少余韵。当然,道德性的"意"与艺术性的"意"之间亦有重叠交叉,当司马光并不刻意追求道德内容而表达自然感情时,其诗作亦表现出情致宛然、清新可喜的面貌。

总体而言,司马光等赋闲洛阳的士大夫群体是一个政治性、学术性群体而非文人群体,坚守醇正的儒家立场,排斥感情的放纵和辞章的修饰,受制于这种政治文化身份,其诗文创作很难呈现出纯粹的文学面貌。因而,从内容来讲,"不过反映了这些享高官厚禄的退休老人养尊处优,悠哉游哉的生活情趣罢了"①。同时,废放赋闲的际遇更激发了这一群体坚守儒道的文化自觉,强化了与新党新学的对抗意识,表现于诗文创作便是政治性、道德性的增强,则其创作的文学色彩无疑会受到进一步的稀释,这就决定了这一群体的创作整体而言不可能达到更高的水平。

第四节　贬放地方的文人创作

熙宁变法开始后,除去一些元老重臣被放废外,更有大批中下级京朝官被逐出朝廷,贬放地方②。这些人的心理落差更大,对现实政治有着更强烈的抵触情绪及倾诉感情、抒写怨愤的渴求,其创作也因而发生了复杂的变化,呈现出不同的主题走向。

一、守道与忧民

熙宁二年(1069),吕陶迁知彭州,因反对榷茶而贬监怀安商税。在《送范尧夫》诗序中,吕陶写道:"自改作之议兴,士大夫有以言获罪者,罪之愈多,而言之愈不已,天下之事,其是其非乎?公由谏员谪守蒲津,领漕于蜀,察民重困,不忍以厚敛加之。凡朝廷询问可否,则述利病以对,毅然不可少

---

① 欧阳光:《宋元诗社研究丛稿》,广东高等教育出版社,1996年,第176页。
② 亦有不少自请外放者。尽管这两类人员离开朝廷的原因及程序不同,却具有反新法的相同本质,故而列为一类对象加以考察。

夺。其于天下国家,始终无毫发愧负也。"①吕陶对范纯仁的评价大体可以反映熙丰间因反对新法而被贬士大夫守道不屈的精神品格。

熙宁三年(1070),陈舜俞以屯田员外郎知山阴县,以不奉行青苗法责监南康军盐酒税。陈氏并不因此改变自己反对新法的立场,在其《南康军到任谢表》中,仍顽强地坚持自己的观点:"若乃怀异议而奉行,张空文而布告,讽止民利,欺罔朝廷,人或有然,臣则不敢。"②谢上表作为官样文章一般要以违心之语称谢朝廷的宽宏之恩,而陈舜俞在谢表中直截了当地为自己拒行青苗法进行申辩,这种独立不羁的政治品格在政治环境较为宽松的熙丰时期也是极为罕见的。"既抵郡,赋十绝,其中一绝云:'石磴梯口一里高,荒烟源处税渔樵。官粗事冷人应笑,免对青苗免折腰。'"③陈舜俞暗引陶渊明的典故,表达自己宁可降为闲冷之地的小官也不迎合新法的坚定态度。不仅如此,陈氏对整个变法行为都表现出讽刺之意,《送南康刘道纯秀才起应新诏》诗云:"太平天子厌弊旧,尽解纲条重结纽。一朝进士各名经,五百年来病声偶。弟子增员岩穴空,博士献书车马走。"④诗中对神宗变法之举语含揶揄,且对朝廷以经义策论取代诗赋取士隐含讥讽,在新政的诱惑之下,为求功名利禄的弟子博士来往奔走,岩穴为之一空,其讽谕之意是显而易见的。

宋人已将仕隐行藏看成政治生活的常态,进而不喜,退而不忧,因而对自己被贬黜的际遇不以为意,支撑其进退的精神力量便是"道"与"义"。熙宁二年,御史中丞吕诲因劾奏王安石,以右谏议大夫出知邓州。吕陶作《三黜诗》为之送行,诗中云:"仕也固不喜,黜之何尝愠。直道宜少合,高风谅难泯。大抵君子心,惟义素藏韫。进非为私谋,退亦为道隐。顾彼荣与辱,于吾不加损。"⑤可见立于"道"、忠于"义"已成为士大夫引以为高的道德准则,也是宋初以来儒学复兴对士大夫的精神品格培植熔冶的结果。吕陶在该诗小序中说:"公之黜也,视古人何愧耶!"所谓"古人"既指柳下惠,亦应包括相隔不远的范仲淹。范仲淹亦曾三遭贬黜,却自豪地称为"三光",梅

---

① [宋]吕陶:《送范尧夫》(并序),《全宋诗》,第 12 册第 7781 页。
② [宋]陈舜俞:《南康军到任谢表》,《全宋文》,第 70 册第 323 页。
③ [宋]陈舜俞:《诗二首》其一,《全宋诗》,第 8 册第 4979 页。
④ [宋]陈舜俞:《送南康刘道纯秀才起应新诏》,《全宋诗》,第 8 册第 4955 页。
⑤ [宋]吕陶:《三黜诗》,《全宋诗》,第 12 册第 7748 页。

圣俞作《灵乌赋》以歌之,范仲淹又作《灵乌赋》以和之,其中"宁鸣而死,不默而生"的表白成为激励士大夫守道不屈的精神力量,而其先忧后乐的崇高人格风范也成为士大夫景行行止的楷模。《宋史》本传云,仲淹"每感激论天下事,奋不顾身,一时士大夫矫厉尚风节,自仲淹倡之"①。范仲淹正道直行的风范极大地影响了后来士大夫的立身行事,卫道成为士人坚守的第一原则,去官而卫道不仅不是痛苦的抉择,反而成为士人引以为荣的自觉行为,进而更激起捍卫道义的勇气与责任感,所谓"壮心摧更激,高节困尤坚"②。《舆地纪胜》引《五朝言行录》载:"范公仲淹以进士解褐,为广德军司理参军,日抱具狱与太守争是非。守盛怒临之,公不为屈。归必记其往复辩论之语于屏上。比去,至字无所容。贫止一马,鬻马徒步而归。"③范仲淹公忠体国、正直不屈的品格极大地感召着后来者,成为他们坚持道义、守节不移而竞相效仿的楷模。熙宁二年(1069),孙觉因忤王安石,出知广德军,作《题范公堂》诗记其事,并赞颂说:"三黜坐正谏,流离成老翁。我欲绘公像,置祠狱官中。公名塞天地,文字未易工。不若揭以榜,因之晓愚蒙。后来仰高山,相与传无穷。"④孙觉被贬广德军,置身范公堂,自然会把自己的遭遇与当年范仲淹的三黜相比,并从范氏的事迹中汲取力量。孙觉以此诗歌颂仲淹,表达了不肯屈服的斗争意志。

不只旧党,即便新党人物对范仲淹也是高山仰止,熙宁年间曾作三司条例删定官的李深即作有《题范文正公祠堂二首》,其二云:"危言迁谪向江湖,放意云山道岂孤。忠信平生心自许,吉凶何恤赋灵乌。"⑤基于这种守道不屈的信念,即使被贬放地方,士人也仍然毫不气馁地同新党进行斗争。陈襄熙宁四年(1071)因与王安石不和出知陈州,在《送李惟肖尉尤溪》诗中对伍保法给予了尖锐的批评:"尝闻伍保法,慎置理宜妙。(自注:议者多善伍保之法,可以纠察奸盗,然行之有利害,在得人,不慎则为扰。)法至奸可革,无事省巡徼。(自注:尉司多差弓手下里,巡盗捕禁,以搔平民。)勿嗟厌位淹,十室聊歌笑。往矣有吾民,疮痍方尔疗。"⑥刘攽熙宁中因反对青苗

---

① 《宋史》卷314,第10268页。
② [宋]吕陶:《送范尧夫》,《全宋诗》,第12册第7782页。
③ [宋]王象之:《舆地纪胜》卷24,中华书局,1992年,第1079页。
④ [宋]孙觉:《题范公堂》,《全宋诗》,第11册第7546页。
⑤ [宋]李深:《题范文正公祠堂》,《全宋诗》,第15册第10190页。
⑥ [宋]陈襄:《送李惟肖尉尤溪》,《全宋诗》,第8册第5071页。

法,贬泰州通判,后又被追咎在职废弛,贬监衡州盐仓。其《寄荆公诗》云:"青苗助役两妨农,天下嗷嗷怨相公。惟有蝗虫偏感德,又随台旆过江东。"①对王安石及新法的讽刺之辛辣大胆几无出其右者。文同熙宁二年(1069)知太常礼院,因议新法不合,于熙宁四年出知陵州,在《二年陵阳不见中秋月》中写道:"陵阳乱山中,阴雾日夕发。晴光尚稀见,况复求夜月。二年逢中秋,曾不识皎洁。烟云尔何事,常此作蓬勃。才令薄中明,已遣浓处没。群邪利幽暗,左右觉窸窣。清光若蒙蔽,谁为我磨拂。庭下倚高株,露华沾鬓发。"②本诗乃是熙宁四年后被贬陵州之作。文同在诗中托物言志,以浓云对中秋明月的遮蔽含蓄表达了对新党变法"乱政"的不满,"烟云尔何事,常此作蓬勃"即生动而强烈地表达了对新党势力的贬斥,而"才令薄中明,已遣浓处没"则更以象征手法描写了新党人物上下其手、左右政局的嚣张跋扈。如果这些意象尚且隐晦不明的话,那么"群邪利幽暗,左右觉窸窣"两句便极为明白了。"群邪"乃是一个特定的政治用语,专门用来指称政治邪恶势力,作者在托物兴讽的诗中直接运用这一词语,则其锋芒所向是极为显豁的。诗人将新党描述为老鼠之类昼伏夜出的阴邪之物,在黑暗中东闻西嗅,上下跳梁,伺机作恶,表达了强烈的厌恶之情。在《遣兴效乐天》一诗中,文同以史述怀,借对历史的咏讽,告诫依附新党而得势的人物不要一味攀附权贵而不顾道义,世事无常,风流水转,得势必有失势,一旦树倒猢狲散,下场便极为悲惨。作者引用历史的教训说:"君不见虞卿须遇李固言,君不见栖楚终遭韦处厚,一朝摧折灵气尽,龙如蛇兮虎如狗。"③作者因此谆谆告诫说:"劝君圣贤术内好潜心,劝君邪佞党中休入手。"这显然是对变法初起,见风使舵之徒以为有机可乘,纷纷改换门庭而趋炎附势的严厉警告。虽然心怀义愤,但面对新党恃宠而骄的政治局面,诗人无能为力,只能以"清光若蒙蔽,谁为我磨拂"表达无奈的感叹。

这些士人虽遭贬黜,毕竟并未退出政治,身为地方官仍要奉行新法,"守道"与"附势"的矛盾依然存在,他们仍然无法摆脱心灵的煎熬。文同《将赴洋州书东谷旧隐》便对自己新法推行之后的心理矛盾作了极为生动

---

① 〔宋〕刘攽:《寄荆公诗》,《全宋诗》,第 11 册第 7318 页。王安石熙宁九年再度辞相归金陵,熙宁十年封荆国公,则此诗应作于熙宁十年退居金陵后。

② 《全宋诗》,第 9 册第 5375 页。

③ 〔宋〕文同:《遣兴效乐天》,《全宋诗》,第 8 册第 5736 页。

的刻画,代表了此期被贬士人的心理矛盾,诗云:

> 无状陪俊游,俯首常自恶。连章乞外补,得郡悉乡曲。虽名二千石,敢自辞碌碌。朝廷设新法,布作天下福。或虑多垢玩,训戒稍严肃。刺史当是时,能不为驱督。行之以中道,勉副议者欲。刻薄素所憎,忍复用刑狱。进身岂不愿,实惧有阴戮。昨从汉中归,于此度炎燠。亲朋日相会,分义愈敦笃。便欲从之游,投簪解朝服。退自数年计,伏腊殊未足。还当武康去,就养若鸡鹜。贫虽士之常,于我何迫蹙。箪瓢若自具,尚可继前躅。奈何食口众,不比回也独。东方千余骑,导从催我速。行复登长途,貌展心甚缩。渊明岂俗士,幸此有松菊。①

诗人因不赞同新法,无法陪侍新党"俊游",于是连章乞请补外,得允故乡任职。然而这并不等于可以不履行推行新法的职责,"刺史当是时,能不为驱督"。无奈之下只能行之以"中道",即打些折扣,采取应付态度,尽可能减轻新法的弊害,以"勉副议者欲",同时求得心灵的安宁。《宋史》本传载文同"方口秀眉,以学名世,操韵高洁"②。文彦博称赞他"襟抱洒落,如晴云秋月,尘埃不到"。文同则以"贱禀迂且介,于时信无庸"③自嘲。让这样一个操行端方、品性高洁的书生去鞭挞黎庶以推行新法是难以想象的,故文同称"刻薄素所憎,忍复用刑狱"。而不用刑狱手段,新法便难以推行,这对诗人的良知无疑是一种煎熬,诗人说,"进身岂不愿,实惧有阴戮"。实际上许多地方官在推行青苗法过程中大搞抑配,强行摊派,以致怨声载道,群议汹汹,大臣攻击青苗的奏章接连不断。司马光在拒绝枢密副使之命时便揭露说,"今出钱贷民而敛其息,富者不愿取,使者以多散为功,一切抑配"④。"曾公亮言畿县散常平钱,有追呼抑配之扰"⑤。而一些善于投机者正是借此机会迎合新党而飞黄腾达。《宋史》王广渊本传载:"广渊以方春农事兴而民苦乏,兼并之家得以乘急要利,乞留本道钱帛五十万,贷之贫民,岁可获息二十五万,从之。其事与青苗钱法合,安石始以为可用,召至

---

① 《全宋诗》,第 8 册第 5411 页。
② 《宋史》卷 443,第 13101 页。
③ [宋]文同:《遣兴三首》其一,《全宋诗》,第 8 册第 5377 页。
④ 《宋史》卷 336,第 10766 页。
⑤ 《宋史》卷 344,第 10927 页。

京师……徙使河东,擢宝文阁待制知庆州。"①而文同对这种进身之术极为鄙视,讽刺说,"进身岂不愿,实惧有阴戮"。践行新法而又欲维护良知,坚守正道而又必须屈从权势,这对品行正直的诗人无疑是严酷的折磨。诗人动情地叙述亲朋关系的融洽与感情的深厚,真想"投簪解朝服"而与之倾情交游,但养家糊口的压力又使诗人难以下定辞官的决心,"贫虽士之常,于我何迫蹙。箪瓢若自具,尚可继前躅。奈何口食众,不比回也独"。生存压力最终使诗人屈从,尽管"貌展心甚缩",还是"行复登长途",继续其违心的仕宦生涯。诗人最后提及陶渊明,表示自己虽然出仕,但实际上怀有与陶氏相同的归隐之情,并有松菊一样的高洁品格。诗人以古人自警自励,正折射出欲隐而不能的心灵痛苦。进退出处的矛盾时时拷问着被贬者的良知,由此形成了沉重的心理压力,于是向往归隐、优游山水便成为这些被贬者萦绕不散的梦想。

二、归隐之想与林泉之乐

历经盛唐的繁花似锦及晚唐五代的长期战乱,士大夫入世立功的热情渐趋消颓,儒道释的合流使得释道的空无观念不断消解着"三不朽"的传统价值,士人的人生追求呈现出多元化格局,归隐山林不再是天下无道、入世无门后的无奈选择,而成为与入世相并列的价值取向。张毅说:"宋代文人的心理一开始就往细腻、敏感、深微处发展,失去了唐人的豪放、自信和开朗,有一种回避现实反归内心的倾向。"②宋前期,林逋便隐居西湖,以"梅妻鹤子"饮誉天下,这种示范效应无疑会潜移默化地影响到士人的价值取向与人生选择。同时,士大夫与僧徒道士的密切交往进一步强化着释道的吸引力,超尘出世、退隐山林成为一种隐性价值深刻融入士大夫的心灵世界,它潜藏在士人入世精神的背后,是一种招之即来的人生意趣。因而,宋人在诗文中表露的归隐之想未必会付诸实践,更多是寄托了一种超然出世的人生理想,士大夫不甘心被世俗的劳碌所淹没,便以这种理想的表白实现虚幻的精神超越。嘉祐元年(1056),陈襄四十岁,作《白头》一诗,诗云:"白头四十未逢知,锻石禅天已后时。正好中行求独复,岂能上施学颠颐。

---

① 《宋史》卷329,第10608页。

② 张毅:《宋代文学思想史》,中华书局,1995年,第31页。。

生荣死辱如观火,吉去凶来莫问龟。若有名山便归隐,一编周易是吾师。"①年刚四十即萌生退意,可见归隐已成为宋人的一种寻常心态,实际上陈襄终身出仕,并未真正弃官归隐,而且陈襄从最初为官直到熙宁四年(1071),官运还算亨通,且嘉祐号称太平盛世,正可有所作为,而陈襄生出归隐之想正表明归隐不过是士大夫一种虚拟的精神抚慰方式罢了。

如果说这种归隐之想在熙宁以前还有些无病呻吟的做作味道的话,那么,随着熙宁之后新旧党争的激化及大量官员被贬外放,归隐便具有了消解苦痛、安放心灵的现实意义。熙宁二年(1069),吕诲贬知邓州,作《和邵尧夫见寄》诗云:"冥冥鸿羽在云天,邈阻风音已十年。不谓圣朝求治理,尚容遗逸卧林泉。羡君自有随时乐,顾我官闲饱昼眠。应笑无成三黜后,病衰方始赋归田。"②该诗抒写忠而被黜、用世无门的愤郁之情,同时表达归隐田园的愿望。周谓熙宁六年因不愿推行新法,弃官归田,在官作《寄子弟》诗云:"浪有虚名落世间,自惭无实骨毛寒。未年三十身先倦,才得一官心已阑。卜宅拟寻栽药圃,买田宜还钓鱼滩。他年子弟重相见,藜杖蓑衣筠籊冠。"③同样表达了厌倦官场、归隐田园的愿望。事实上,基于捍卫正道的政治理想及养家糊口的客观需要,辞官归隐对大多数人而言并不现实,因而,亦官亦隐、优游林泉便成为被贬官员消解苦闷的不二选择。祖无择早在皇祐五年(1053)知袁州时便作有《吏隐宜春郡诗十首》,尽情抒写吏隐之乐,这对后来的被贬者无疑具有极大的示范效应,使得后来者不再因离开朝廷而痛苦,相反却为摆脱官场的不虞之祸而欣慰,所谓"遂令迁客意,不复赋《离骚》"④。熙宁三年,陈舜俞责监南康军酒税后,庐山便成为他经常游赏的地方,《骑牛歌》诗序云:"舜俞谪官庐山之下,常陪太博刘公乘犊往来山中。"⑤《和部使者骑牛歌》:"君平山前白云老,五十休官何太早。咄嗟官卑莫行道,鸾凤岂有争粱稻。爱山爱水去无时,渐老更买黄牛骑。长髯老奴挈榼随,白纻皎皎山人衣。"释契嵩对陈氏贬居庐山而超然自乐的风情神韵有着生动的描述:"仲秋时接所示书,乃知令举至官,甚善。

----

① 《全宋诗》,第8册第5089页。
② 《全宋诗》,第7册第4896页。
③ 《全宋诗》,第17册第11303页。
④ 〔宋〕祖无择:《吏隐宜春郡诗十首》其六,《全宋诗》,第7册第4421页。
⑤ 《全宋诗》,第8册第4955页。

不以迁谪介意,公余揭窗对云而坐,道情清胜,乃下视尘俗,超然自乐,虽白乐天九江之时,何以过之? 风闻人但景服不暇。令举当世贤豪,更以外物自如此,其清规素德,益绝人远矣。"①这些被贬官员在山林中得到极大的快慰,暂时忘却了现实的苦痛,游览过程中所作诗歌色彩明丽,格调轻松畅快,成为贬谪文人最为典型的创作题材,而刘挚熙宁四年(1071)贬监衡州盐仓的诗歌代表了此期贬放文人山水诗创作的基本形态。

熙宁四年,刘挚坐论役法不当,落职监衡州盐仓,在前往衡州途中及到衡州之后写下许多山水景物诗,这些诗不仅描绘出山川之雄奇壮丽,更表现出诗人遭贬而毫不气馁、相反却意兴激扬的情绪。刘挚携家到江州时作有《连年往返,水陆万余里,今自家中挈家南来,已至江州,行彻险阻,喜而作诗寄之》一诗。诗人赴任远地,不仅并未悲观沉沦,相反却以"喜"表达历尽险阻的欢悦之情,与白居易当年贬为江州司马的愁苦惨恻不可同日而语。途中作有两诗,《舟次再寄》云:

> 小孤风顺水安流,溢浦欣闻已系舟。几日亭中折奇树,从今江上解离忧。客心岁晚惊催橹,雪意天寒入倚楼。东圃梅开酒更美,团圆无复越乡愁。②

《岸次见梅花不果折》云:

> 武昌江口见江梅,紫萼瑶芳取次开。穷腊雪寒新霁后,满枝春色为谁来。坐嗟陇首无人寄,莫使城楼有角哀。犹喜东风慰岑寂,暗香时许度蒿莱。③

两诗俱为即景抒怀之作,诗人不仅没有离家万里的乡愁,反而满怀春到人间的欣喜,从而使两诗充满令人感奋的春天气息。前诗写舟次溢浦的活动及心情,"风顺水安流"不仅写旅行的顺利,而且透出心情的畅适,"欣"字点出了全诗的感情基调。此后诗人泊舟上岸,留连江亭,攀折奇树,意兴盎然,远离故土的忧愁一扫而光。但诗人毕竟远贬南方,在初见南方风物的兴奋落潮后,忧郁之情又潜滋暗长,一个"惊"字便透露个中消息。最后两句则又由忧郁转为欣慰:东园梅花盛开,把酒赏梅,是何等乐事啊! 更何

---

① [宋]释契嵩:《与陈令举贤良启》,《全宋文》,第36册第152页。
② 《忠肃集》卷17,第394页。
③ 《忠肃集》卷17,第394页。

况诗人携家南来,不再有独居异地的离愁,自然更加令人欣慰。下一首诗则写舟行至武昌,见到梅花竞放的动人情景,诗人逸兴横飞,不禁动情地追问在这大雪初霁的严寒中,江梅竞相怒放,究竟为谁报告春天的消息啊!由上面两诗"东圃梅开酒更美"的美丽想象及"满枝春色为谁来"的动情追问,可见诗人虽遭贬谪,却仍然在满眼春色中体会追寻人生的乐趣,远没有白居易贬为江州司马的郁郁无聊。它不仅是刘挚的个体情感,一定意义上也表现了此期士人群体的价值取向:进可以入世立功,退可以纵情山水,由仕而隐的心态转换并不需要痛苦的感情历程。因而,山水之美完全可以抵消贬黜的愤懑情绪,更何况被贬者将被贬视为"守道不屈"呢。此期士大夫主要是因政见不同而被贬外放,一般而言,并不含有权力斗争与政治迫害的因素,被贬者仍然对时代抱有信心,他们分明感到新法推行者富国强兵的勃勃雄心,时代仍然充满朝气与希望,因而,刘挚南迁途中所表现出的兴奋之情一定意义上也是时代精神的折射。

到达衡州后,刘挚经常到寺庙中去。在衡州有《自衡岳至福严寺二首》《福严寺呈贯之少卿并诸禅老》等诗,可以看出诗人与僧徒交往之密切及求禅悟道之心切。而由《至福严寺得邹朿阳书因寄》来看,诗人此时的兴趣并不在探究佛理,而更热衷于游览深山古刹与山水林泉,诗云:

> 尽室攀萝入五峰,峰前金碧寺飞空。山当星鸟离方镇,地辟天龙海上宫。喜我徜徉泉石外,忆君辛苦簿书中。登临樽酒无因共,半夜题诗寄北风。[1]

金碧辉煌的佛寺依山而建,似大鸟展翅欲飞,山是那样的高峻,因寄生着星星一样高飞的鸟而远离世俗,又像特意为天龙开辟了宫殿。这种佛寺建筑的宏伟及远离尘寰的地势让诗人欣喜不已,他留连于古刹泉石之间自得其乐,反而对忙于公务的朋友充满同情,诗人以诙谐的口吻将两人生活进行对比,"喜我徜徉泉石外,忆君辛苦簿书中"。诗人对因被贬而能到这深山古寺游玩正中下怀,山林似乎正是诗人的精神归宿,《欲登祝融峰阻雨呈少卿》一诗对自己因雨未能登上祝融峰懊恼不已,乃至恳求掌管南岳庙的董少卿为自己祈祷,"暂借扶桑白日升"[2],驱散阴云,好让自己踏上顶

----

① 《忠肃集》卷17,第395页。

② 《忠肃集》卷17,第396页。

峰。诗人终于如愿以偿,《登祝融峰题上封寺二首》描述登上祝融峰所见到的奇幻景象,引发诗人丰富的联想:"九千丈外云间寺,一万年余石上松。引手莫高疑触斗,临池毋久恐兴龙。"①诗人以夸张之语极力突出山寺之高,松树之老,甚至想象举手过高会触到星斗,临池过久会惹出神龙。诗人意兴遄飞,以飘逸的想象放纵心灵,表现出强烈的出世之情,"下见人间又成海,恍惊身世此何天","我亦淮南宗姓后,举家应合到神仙"②。此时此刻,尘世间的一切烦恼已经被诗人彻底抛却了。尽管从这类诗中可以感到诗人的出世之想,但其本质乃是诗人难以消泯的进取精神及生活热情的反向表达。诗人登高四望,胸襟开张,就其风格而言,并不逊于李白《庐山谣》之豪情激荡。因此,衡阳之贬并未造成刘挚精神的消极颓丧,根本原因在于熙丰仍然是一个充满理想的时代。

但优游林泉毕竟不是贬放生活的全部,作为地方官吏,他们近距离地接触到百姓生活,更真切地了解到民生疾苦,儒文化培养起来的忧患意识使他们难以忘怀世事,即便纵情于山水之中,游山玩水的雅兴也时常会被对现实的焦虑所打破,从而造成摆脱世虑与忧患黎元的矛盾。陈襄外放杭州期间作有《和子瞻沿牒京口忆西湖寒食出游见寄二首》,自注云:"时子瞻沿漕檄赈济常、润之民。"诗云:

　　　乞得湖山养病身,花时曾共忆行春。嘤鸣幽鸟还迁木,矕沸清泉复采芹。皂盖寻芳丘有李,彩楼观戏巷无人。锦袍公子归何晚,独念沟中菜色民。③

即使在游春玩乐中,陈襄这类士大夫也难以尽情投入其中,仍然不忘受困的饥民,寄情山水与救解民困并置杂陈,成为士大夫心灵冲突的外在表征。他们因反对新法而欲转向山林消解苦闷,"乞得湖山养病身",而现实苦难又使他们回过头来,"独念沟中菜色民"。入世精神并不能完全消融于山光水色之中,这就使其山水诗并不成为纯粹的山水诗,这种诗歌的矛盾形态恰恰折射出熙丰贬放士大夫难以释怀的忧患民瘼之情。如果说因反对新法而形成的出仕与退隐构成被贬者的第一重矛盾,那么寄情山水与

---

①　《忠肃集》卷 17,第 398 页。
②　《忠肃集》卷 17,第 399 页。
③　《全宋诗》,第 9 册第 5097 页。

忧患民瘼便构成第二重矛盾,真可谓进亦忧,退亦忧了。这双重的情累造成了此期被贬士大夫复杂的人生意绪,但总体看来,贬放并未使他们消极沉沦,入世立功有所作为仍然是其主导精神,诚如熙宁三年(1070)外放颍州的吕公著在《和王常侍登郡楼望山》诗所云:"事观今古兴亡后,道在君臣进退间,若蕴奇才必奇用,不然须负一生间。"①道出了此期被贬者不甘沉沦、待机一用的文化心理。

三、对儒家价值的疏离及对湖山的精神皈依

被贬士人所以会有上述进退皆忧的感情负累,根本原因在于对儒学道统的执著,尤其是对君礼臣忠的观念恋恋不舍,因而不能从心所欲,率然自适,难以在山水自然中获取放纵身心的乐趣。与此同时,专制权力对士大夫的凌虐不断破坏着忠君观念的基础,使与正统观念相悖离的价值诉求潜滋暗长。随着党争的激化,这种异质观念如裂缝一样不断扩大,并悄悄地影响着诗歌的面貌。此期能够较明确地表达这种异质观念的是沈辽《屈平》一诗:

> 屈平已放逐,行吟成九歌。孤心抱幽恨,君王将若何。才调固洒落,胡为情虑多。哀哀抚长铗,轧轧感女萝。彼已不我待,吾将怀彼那。空令汨罗水,子客泣清波。②

《宋史》沈辽本传载:"辽字睿达,幼挺拔不群,长而好学尚友,傲睨一世……趣操高爽,缥缥然有物外意,绝不喜进取……辽故受知于王安石,安石尝与诗,有'风流谢安石,潇洒陶渊明'之称。至是当国,更张法令,辽与之议论,浸咈意,日益见疏,于是坐与其长不相能,罢去。久之,以太常寺奉礼郎监杭州军资库,转运使使摄华亭县。他使者适有凤憾,思中以文法,因县民忿争相牵告,辞语连及,遂文致其罪。下狱引服,夺官流永州,遭父忧不得释。更赦,始徙池州。留连江湖间累年,益偓寨傲世。既至池,得九华、秋浦间,玩其林泉,喜曰:'使我自择,不过尔耳。'既筑室于齐山之上,名曰'云巢',好事者多往游。辽追悔平生不自贵重,悉谢弃少习,杜门隐几,虽笔砚亦埃尘竟日。间作为文章,雄奇峭丽,尤长于歌诗,曾巩、苏轼、黄庭

---

① 《全宋诗》,第9册第5470页。
② 《全宋诗》,第12册第8252页。

坚皆与唱酬相往来,然竟不复起。元丰末,卒,年五十四。"①

本传简要介绍了沈辽的志趣、交游、贬谪及创作情况,其中对被贬原委语焉不详,又《挥麈录·挥麈余话》卷一载,沈辽"登科后,游京师,偶为人书裙带,词颇不典。流转鬻于相蓝,内侍买得之,达于九禁近幸,嫔御服之,遂尘乙览。时裕陵初嗣位,励精求治,一见不悦。会遣监察御史王子韶察访两浙,临遣之际,上喻之曰:'近日士大夫全无顾藉。有沈辽者,为倡优书淫冶之辞于裙带,遂达朕听。如此等人,岂可不治。'子韶抵浙中,适睿达为吴县令,子韶希旨,以它罪劾奏。时荆公当国,为申解之,上复伸前说,竟不能释疑,遂坐深文,削籍为民。其后卜居池阳之齐山,有集号《云巢编》行于世"②。

《挥麈录》作者王明清为南宋人,文中对沈辽遭贬的来龙去脉叙述详尽,应属可信。王安石将沈辽比作"风流谢安石",而谢安当年挟妓冶游,风流一时,可见二人行迹相近。《宋史》本传末称"辽追悔平生不自贵重,悉谢弃少习,杜门隐几,虽笔砚亦埃尘竟日"。"不自贵重"盖指行为轻浮放荡,不合礼教,故而晚年追悔,杜门深居,笔砚蒙尘,这似乎亦可证明沈辽少时书淫冶之辞于娼优裙带之事应属不虚。

由上述材料可见,被贬乃是沈辽重要的人生经历,被贬原因则是行为轻浮而受到神宗嫌恶,下官承望风旨将其削籍为民,流放永州。沈辽原本"趣操高爽,缥缥然有物外意,绝不喜进取",在遭到这种无理的处罚之后,倾心于归隐是可以理解的事情。但值得注意的是,沈辽被贬之后对君臣关系作了新的思考与定位,"彼已不我待,吾将怀彼那"可谓对君臣关系的一种极具叛逆性的认识。如前所述,宋代自儒学复兴以来,"尊王"成为彼时思想的主调,而与此同时,与儒学复兴相伴生的"道尊于势"的先秦精神也随之而起,并因庶民文化的崛起而得以强化,王安石乃至提出君臣"迭为宾主"观念,是对秦汉以来君臣关系的重新定位。沈辽在诗中以对屈原命运的反思从反面表达了这样的观念:既然臣子已被君主抛弃了,"彼已不我待",那么,臣子又有什么必要对君主眷眷不舍呢?沈辽仅因书"淫辞"于裙带便在君主的授意下被削职为民,放归田里,君权的专横无疑对他造成了强烈的刺激,其原本的"物外意"进而转化为对忠君观念的叛逆。在君臣双

①　《宋史》卷331,第10652—10653页。
②　[宋]王明清:《挥麈录》,上海书店出版社,2001年,第230页。

方关系中,儒家的伦理道德单方面规定了臣子对君主的义务,而没有给予臣子多少捍卫自己尊严的权利,臣子实际上处于被摆布、被剥夺的地位。沈辽"彼已不我待,吾将怀彼那"则从君臣之间权利与义务对等的角度表达了对君臣关系的新的思考。臣子对君主的效忠应以君主对臣子的尊重与信任为前提,丧失了这一前提,效忠就失去了理由,如孟子所说,"君之视臣如手足,则臣视君如腹心","君之视臣如土芥,则臣视君如寇雠①"。沈辽对这一前提的坚守实际上是对士人尊严的追求与捍卫。宋代以来,这种对君臣关系平等的诉求不绝如缕,王安石"君臣迭为宾主"观念首次将这一诉求明确化。熙宁变法期间,文彦博提出君主与士大夫共治天下,其中蕴含着君臣平等的思想。元祐初程颐被擢为崇政殿说书,要求君主赐坐,亦是追求臣子的地位与尊严,隐含着"道尊于势"的先秦理念。这类观念尽管并未成为主流,并不断遭到正统儒家伦理的批判,然而它实际上成为与儒家正统价值观念相对抗的另一种潜在力量,形成一种隐形的价值支配着士大夫的言行,因此,北宋士大夫一方面有着强烈的参政热情及入世精神,同时却又对退出朝廷不以为意。熙宁变法开始后,许多士人拒绝与新党合作,自请外放,这在一定意义上也是对君主权威的挑战。沈辽在该诗中所表达的思想与上述观念一脉相承。而正因为这样,也就完全可以想象,沈辽被削职为民、放归田里之后,不仅不会再有沉重的感情负累,反倒可能以轻松的心态面对自己的贬谪际遇,诚如陈师道所说:"夫妇之恩穷,君臣之义尽,然后为路人,路人则不怨。"②既然无须再对君主承担责任,自然会更惬意于山水林泉,《杂诗六首》其三云:"身世日泯没,譬彼一毫轻。胡为饿首阳,不必造承明。达人不言命,耻向宠辱惊。不为槛下虎,即作林中麢。"③该诗不同意伯夷、叔齐饿死首阳以尽愚忠的选择,既然疏离于君礼臣忠的伦理框架,自然也就对来自君主的或宠或辱心如止水,诗人以"不为槛下虎,即作林中麢"明确表达了摆脱儒家伦理价值的人生追求,而唯有寄身林野,才能真正获得人生的快乐。《有感》一诗云:"我身如断蓬,我性如孤鹤。飘摇寄林野,不复人间乐。岂如鸡与犬,朱门肆依托。虽沐稻粱恩,安能远嫌

---

① 《四书章句集注》,第290页。

② [宋]陈师道:《颜长道诗序》,《全宋文》,第123册第328页。

③ 《全宋诗》,第12册第8252页。

薄。"①诗人将自己比作"断蓬孤鹤",寄身林野,逍遥自适,同时将依傍权力谋生者比作"鸡与犬",表现出强烈的鄙夷之情,诗人因此明确地表示,"阳狂长鄙向子平②,弦歌偶似陶渊明。无事长甘数斗粟,终不苟就五鼎烹"③。由对儒家伦理观念的逃离,诗人同时削弱了相应的责任意识,甚至对士大夫关心的民生疾苦也表现出充耳不闻的淡泊,《龙居观泉》云:

> 泉声泠泠山间落,山下有田朝夕作。东泾西渎久已涸,夜来暴雨溪声恶。我欲浮舟到西郭,山前滩濑石凿凿。坐看横流出林薄,欲行未行翻不乐。朝市权利方相搏,民声愁叹入沟壑。不如曲几安寂寞,我享赵子清都乐。

诗人如陶渊明一样躬耕自食,生活艰辛,并由己及人地感到了下民的疾苦,而朝廷中的官员热衷于权力争夺而无暇顾及,"朝市权利方相搏,民声愁叹入沟壑",虽然流露出对官员不恤民瘼的怨愤,但诗人却又将这种愤激之情压抑下去,"不如曲几安寂寞,我享赵子清都乐"。正因为诗人淡化了责任意识,也便在很大程度上摆脱了一般士人进退出处的矛盾,而可能以更轻松的心态放情于山水之间,事实也正是如此,《愚溪》诗云:

> 榜舟下潇江,泛泛入愚溪。昔人不复见,秋草空凄凄。委蛇望僧园,云屋倦跻攀。林高日气薄,磔磔鸣山鸡。倒景相吐吞,清明合致睽。昔人怅投裔,感事多悲悽。北邙一抔土,荣辱今方齐。人生无百年,外物安可迷。谿水泻石间,喧喧如鼓鼙。了无人世想,粗可休天倪。④

沈辽被贬永州之后,追蹑柳宗元的足迹,写有多首山水诗,表现出超越唐人的旷达情怀。柳宗元当年被贬放永州,忧愤满腔,"感事多悲悽",而沈辽作为后来者对此更有庄子式的齐一万物、超越生死荣辱的旷达之论,"北邙一抔土,荣辱今方齐"。无论生前曾有怎样的辉煌与屈辱,都将随着生命的消逝而整齐为一,无论何种人生价值都将随着生命的消逝沦为虚无,既然如此,在短暂的人生中就不必执著于特定的价值不可自拔,"人生无百

---

① 《全宋诗》,第12册第8286页。

② "向子平"疑"向子期"之误。

③ 《次韵奉酬文翁》,《全宋诗》,第12册第8262页。

④ 《全宋诗》,第12册第8300页。

年,外物安可迷",最好的选择便是心与物游,率然自适,将心灵安放于山水之间,以求生命的快慰,"谿水泻石间,喧喧如鼓鼙。了无人世想,粗可休天倪"。因此,诗人并不赞同屈原与柳宗元对宇宙生命奥秘的追问与思索,《杂诗四首》(其三)云:"屈平作天问,委骸穷不悔。寥寥千载还,柳子强复对。二子诚多材,无乃振憔悴。区区亦何为,吾方游物外。"在超然物外的诗人看来,既然现实的名利俱属虚无,那么探究玄渺的天命又有什么意义呢?正因为对世俗功利的坚决否定,诗人才能更为深入地投身于山水林泉之间,获得真正的林泉之乐,《东岭》云:

> 东岭寄吾庐,西崦多屡齿。何为不惮陟,下视湘川水。此水不涌激,朝莫流未已。烟云媚幽趣,落日更清泚。徙倚有高木,独往每自喜。山猿助我啸,幽鸟司我跂。山僧忽吾怪,使汝识善逝。①

诗人寄庐东岭,朝暮游玩其间,所以不辞劳苦,因为喜欢湘水之温静不息。烟云缭绕正契合诗人的幽趣,在温暖的落日余晖中,湘江更显得清澈明丽。游览劳累时可以倚靠着参天古木,独自一人穿行于人迹罕至的山林中时时欣喜不已。有山猿助我引颈长啸,有幽鸟引导我独辟蹊径。山僧惊奇于我留连于自然的执着,使我懂得万物皆逝的道理。这里的一切完全是自然万物的跃动与吟唱,而寻觅幽境的诗人也与这里的山水烟云相应相和,自然于是成为诗人心灵的归宿。

离开永州徙居池州后,沈辽彻底断绝了入世之想,构"云巢"以寄余生,其《居云巢》诗云:

> 迤来齐山下,乃在青溪边。一径虽甚微,松竹上参天。白云本无迹,作巢类乌鸢。上下绝人籁,由来在山巅。朝炊一盂饭,夕寄一榻眠。委赢岂无事,亦爇炉中烟。久已净诸业,自然忘盖缠。此身与此世,影响寄余年。时有佳客至,相与傲林泉。客去后孤坐,隐隐风中弦。②

诗人构庐于齐山之下,青溪之边,几乎与世隔绝,即便有佳客到访,也不谈市朝俗务,而是"相与傲林泉"。诗人既不汲汲于名利,自然不会戚戚

---

① 《全宋诗》,第12册第8280页。
② 《全宋诗》,第12册第8281页。

于贫贱,如闲云野鹤,逍遥自适。这种寄身林泉的隐士生活代表了被贬士大夫的另一种人生选择,它不仅是随缘任运、自然无为的佛禅老庄观念长期浸淫的结果,更是士大夫主体人格的增强及君尊臣卑的传统观念弱化的结果。当然,沈辽这类士人永远不可能真正做到逍遥物外,他们只能以山水林泉抚慰被贬的心灵创痛,而不可能彻底清除创伤的疤痕。他们虽然不大会像其他被贬者一样有着复杂沉重的心灵负累,但心灵的隐痛也会时常因外物的激发涌上心头,从而使得一些山水诗呈现出如烟似雾的人生愁绪,如《春林》诗云:

> 春林日已繁,隔我遥山青。下簾成幽卧,野鸟鸣嘤嘤。鸟鸣有时息,春林亦衰寂。生物自环转,何心翻戚戚。①

春天到来,对面远山郁郁青青,诗人幽卧簾下,听野鸟鸣嘤,好不惬意。而当诗人想到宛转的鸟鸣有停息之时,烂漫的春林有衰寂之日,便不觉生出哀戚之感。尽管这是自然运行的规律,但毕竟意味着美的消逝。这种哀感并不仅是由物及人的逻辑延伸,更是基于诗人长期积郁的生命隐痛。如果说熙丰朝的变革精神给被贬者的诗作平添了亮色,那么被贬经历及由此造成的创痛则是被贬者的感情底色,它必然会因各种刺激,突破各种障碍表现出来,构成更能反映被贬者感情本质及心灵面貌的另一重维度。

---

① 《全宋诗》,第 12 册第 8308 页。

第三章　乌台诗案与二苏之贬

第一节　文化专制与《春秋》笔法的合谋

元丰二年（1079）的乌台诗案，标志着专制权力逐渐由政治层面蔓延到文化层面，由对旧党的一般压制上升为赤裸裸的政治迫害。

乌台诗案的本质是士大夫政治观念的冲突在文学层面的表现，苏轼继承诗骚传统，反对新法，托诗兴讽，几至肆无忌惮，终于为新党无法容忍。宋代中央集权不断加重的历史趋势决定了专制权力必将覆盖到每一个可能的角落，而宋人政治、学术、文学三位一体的文化身份使其对文学作品的政治倾向、感情倾向乃至词语的微意都有格外的敏感，而党争的加剧自然会将文学纳入斗争的范围，《长编》载："曾孝宽以修起居注侍上，因言民间往往有怨语，不可不禁。安石乃使皇城司遣人密伺于道，有语言戏笑及时事者，皆付之狱。"①这表明专制的魔爪已不容置疑地伸向士大夫，并延伸到诗歌这样原本并不受政治关注的领域。

一、"道""势"合一与文化专制

王安石在《虔州学记》中说："若夫道隆而德骏者，又不止此，虽天子，北面而问焉，而与之迭为宾主，此舜所谓承之者也。"②王安石君臣"迭为宾主"观念实则先秦"道尊于势"的文化理念的复活，而恰恰是"道尊于势"的文化理念内在包涵着吞噬自由的专制逻辑。从现实层面而言，乌台诗案无疑源于专制权力向文化领域的蔓延；从文化层面而言，则与春秋以后"道术为天下裂"以来"道""势"之间的复杂关系有着深刻的历史渊源。

"道尊于势"的理念并不止于追求"道"对"势"的优先地位，最终目的在

---

① 《长编》卷229，第5581页。
② 《王文公文集》卷34，第401页。

于以"道"整合统领分散的"势",使之重新合一,而这种重新合一的过程事实上也是分裂的"道"重新合一及"道""势"合一的过程。"道尊于势"的观念产生于春秋以后因"天下裂"而导致的"道""势"分裂的社会背景。"春秋以前,礼乐是所谓官师政教合一的王官之学,个别的'士'并不能据之为私有的知识技能,也就不能各就己见对礼乐传统加以发挥"①。也就是说,春秋以前"道"与"势"原本合一,自然也就谈不上"道高于势"的问题,所谓"道高于势"的命题出现于道术为天下裂之后。进入春秋,周室衰微,诸侯分据,秉承先王之道的王官之学随之流入民间,依附于不同的势,从而形成不同的"道"。这些"道"的拥有者各以正道自命,而将他人之道斥为异端,彼此攻讦不已,由此开启百家争鸣局面。如章学诚所言,"官师治教分,而聪明才智,不入于范围,则一阴一阳,入于受性之偏,而各以所见为固然","诸子纷纷,则已言道矣……皆自以为至极,而思以其道易天下者也"②。任何"道"都以实现"道""势"合一为救治天下的必要途径。在这些"道"的持有者看来,"势"的分裂乃是因为脱离了"道"的指导与规范,"道"欲救治天下,就必须要指导"势"的运行,即以先王之道指导与规范现实政治,从而重新实现"道""势"合一。"道"追求与"势"合一的冲动自春秋战国以来一以贯之,诸子百家中的代表人物多以所持之道游说诸侯,孔子、墨子、孟子、荀子、苏秦、张仪等人周游列国,企图以其"道"倾动人主,获致大用,从而能够以"道"统"势",重建先王之政。老、庄虽然未见游说举动,但对天下分崩、世风沦落的现实同样痛心疾首,其返归自然以弥合"道""势"分裂的思想与其他学派追求"道""势"合一的入世取向具有内在的一致性。可以说,自周室衰微、礼崩乐坏、"道""势"分立以来,"道"一直寻求与势合一,同时整合分裂的大道。而事实上,自春秋以后,在诸侯争霸称雄的历史背景下,由王官之学演化而来的以儒家为代表的所谓先王之道已不具备对陷于分裂的"势"的指导功能,"势"的统一也不再依靠儒家的文德之教,而必须借助于强横的武力征伐,"势"所追求者也不再是以德服人而是以"势"压人,应运而生的法家由此成为秦国的指导思想而实现了"道""势"合一。秦国最终以强大的武力统一天下,并在统一之后以严刑峻法排斥了仁义礼乐的先王

---

① 余英时:《士与中国文化》(上),上海人民出版社,2003年,第81页。

② [清]章学诚撰,叶瑛校注:《文史通义校注》卷2,中华书局,2014年,第124页。

之道。因此，秦王朝以武力手段重新实现了"势"的统一，却并未实现与先王之"道"的合一，法家思想作为新生之道虽然成为秦王朝的统治思想，却并未得到以先王之道自命的儒家之道的认可，秦王朝以专制暴力为特征的"势"与仁义礼乐的先王之"道"形成水火不容的局面。因而，春秋以来四分五裂的"道"不仅未随"势"的统一而实现统一，相反却在分裂的道路上越走越远。事实上，秉承王官之学的先秦士人"道""势"合一的理想再也不曾实现，诸子百家各持己见，相互攻伐，再没有终结"道术为天下裂"的局面，不同思想流派的分歧持续存在并日益扩大，"道术为天下裂"成为一种文化常态。然而"道"追求与"势"合一及实现自身统一的冲动始终存在，但显而易见的是，在大一统背景下，任何一种"道"想要实现与"势"合一不仅必须要争取"势"的支持，同时必须要打压其他学说，而专制制度同样需要排斥正统之外的异端思想，以维护统治的稳定。于是，一旦某一学派被王权确立为官学，便会借助专制权力排斥、挤压其他学说的生存空间，乃至消灭其存在，秦代焚书坑儒及汉代罢黜百家即是如此。于是，"道""势"合一的过程同时成为不同学术流派相互斗争的过程，所谓"道"的统一也不再是对春秋以后分裂之"道"的重新整合，而表现为官学对民间学术的防范、排斥、打压与消灭。当然，非主流学派并不甘心于边缘化的命运，同样抱有乘时而起、与势合一、弥合大道的文化理想。汉武帝罢黜百家、独尊儒术之后，先秦其他学派蛰伏于专制权力的阴影中，时刻寻找着复兴的机会。汉末王室衰微，经学随之衰落，武帝之后湮没不彰的老庄之学乘时而起，渐变成绵延两晋的玄学。然而老、庄毕竟不是正道，以正统自任的儒学又重新在历史的暗流中寻求复兴。中唐韩愈等人大声疾呼排斥佛老，正式揭开儒学复兴的序幕。直至宋代，基于对历史的反思与加强中央集权的需要，儒学复兴才逐渐成为现实。

可见，从政治角度而言，中国历史的发展过程表现为专制政治建立并不断强化的过程；从"道""势"关系角度而言，则表现为不同的"道"寻求与"势"合一的过程，这一过程也是"道"追求自身统一的过程，庄子在《天下》篇中所发出的"道术将为天下裂"而不能见"天地之纯，古人之大体"[①]的沉重喟叹成为中国士人的文化隐痛，追求"道"重新合一成为中国学术发展的

---

① 〔清〕郭庆藩：《庄子集释》卷10下，中华书局，1961年，第1069页。

内在动力,也成为士人的文化使命。

　　随着"道术为天下裂"的常态化,依靠"道"本身的力量已难以实现自身统一,获得政治支持的新的王官之学借助"势"打压"异端邪说"便成为实现"道"统一的唯一选择。王安石受神宗重用、入主大政的本质,即是"道""势"的合一。在《涟水军淳化院经藏记》中,王安石写道:"道之不一久矣。人善其所见,以为教于天下,而传之后世。后世学者,或徇乎身之所然,或诱乎世之所趋,或得乎心之所好,于是圣人之大体,分裂而为八九,博闻该见有志之士,补苴调胹,冀以就完而力不足,又无可为之地,故终不得。"①这与庄子的喟叹如出一辙。如果说前代的有志之士"冀以就完而力不足",那么身处相位、大权在握的王安石已经拥有足够的政治资源对分裂之"道"进行整合统一了。

　　自熙宁变法开始之后,面对反对新法的浪潮,王安石主张将"道"致于一,"今人材乏少,且其学术不一,一人一义,十人十义,朝廷欲有所为,异论纷然,莫肯承听。此盖朝廷不能一道德故也"②。神宗亦主此议,要求王安石尽快将三经新义修订颁布,以统一舆论,并为科举考试提供教材,神宗对王安石说:"经术,今人人乖异,何以一道德?卿有所著可以颁行,令学者定于一。"③熙宁四年(1071)二月,科举改制诏书下达,正式将王氏新学著作列为科举参考用书,熙宁六年设立经义局,熙宁八年正式颁布三经新义。三经新义的颁布标志着王氏新学官学地位的正式确立,进一步巩固了新党地位,一定意义上也实现了"道"的统一。王安石的门人陆佃正是在"圣人之道复明于世"的意义上评价王氏新学的:

　　　　自王者之迹熄而诗亡,夫子没而大义乖。道德之体分裂,而天下多得一体,诸子杂家各自为书,而圣人之大体始乱矣。故言体者迷于一方,言用者滞于一体。其为志虽笃,其为力虽勤,而不幸不见古人之大体,长见笑于大方之家者,由此也。嗟乎,道之不一久矣!而临川先生起于弊学之后,不向于末伪,不背于本真,度之以道撰,持之以德操,而天下莫能囿,莫能移。故奇言异行无所遁逃,而圣人之道复明

----

① 《王文公文集》卷35,第422页。
② [元]马端临:《文献通考》卷31,中华书局,1986年,第293页。
③ 《长编》卷229,第5570页。

于世。①

这与王安石同一口吻,可以看到王氏新学复明圣人之道的文化雄心。然而在旧党士人看来,"道"的统一压缩了其他学术的生存空间,乃是对学术自由的侵害,正如秦观所论:"自熙宁初王氏父子以经术得幸,下其说于太学,凡置博士,试诸生,皆以新书从事,不合者黜罢之,而诸儒之论废矣。"②马端临更是一针见血地指出:"介甫之所谓一道德者,乃是欲以其学使天下比而同之","所谓学术不一,十人十义,朝廷欲有所为,异论纷然,莫肯承听,此则李斯所以建焚书之议也,是何言欤!"③马氏将王安石"一道德"与秦焚书坑儒相提并论,尖锐地揭示了其文化专制的本质。王安石并非不知文化专制的危害,早在治平间所作的《虔州学记》中,王安石写道:"周道微,不幸而有秦,君臣莫知屈己以学,而乐于自用,其所建立悖矣,而恶夫非之者。乃烧诗、书,杀学士,扫除天下之庠、序,然后非之者愈多,而终于不胜。"④以专制暴力燔灭文化虽可得逞一时,终究会自取灭亡。王安石当然不认为以《三经新义》"一道德"等同于焚书坑儒,相反,他认为对经义的新注恰恰是对先王之道的恢复,因为"先王之道德,出于性命之理,而性命之理出于人心"⑤,《三经新义》的意义正在于揭示出了儒家道德出于人心的奥秘,从而可以引导众人返识本心,归于大道,结束春秋以来纷争不已的局面。但王安石片面强调"道"的统一性,而无视人心的多样性;片面强调学术为政治服务,而忽视学术的独立性,本欲弘道,终于灭道,形成文化专制。这并非王安石的初衷与本意,但却是专制政治的必然逻辑。

至元丰年间,新党完全控制了权力,学术上也形成新学一统天下的局面。虽然之外的洛、蜀、朔学仍在生长,但在新学的巨大阴影下,很难发展壮大。司马光在元丰八年(1085)所上《论风俗札子》中说:"性者,子贡之所不及,命者,孔子之所罕言。今之举人,发言秉笔,先论性命,乃至流荡忘返,遂入老庄。纵虚无之谈,骋荒唐之辞,以此欺惑考官,猎取名第。"⑥批

①　[宋]陆佃:《答李贲书》,《全宋文》,第 101 册第 185 页。
②　[宋]秦观:《王定国注〈论语〉序》,徐培均笺注《淮海集笺注》卷 39,上海古籍出版社,2000 年,第 1272 页。
③　《文献通考》卷 31,第 293 页。
④　《王文公文集》卷 34,第 402 页。
⑤　《王文公文集》卷 34,第 402 页。
⑥　《司马温公集编年笺注》卷 45,第 4 册 122 页。

判矛头直指王氏道德性命之学,甚至将新学比作魏晋误国之清谈。由司马光的批判,间接可见新学巨大的社会影响。新学一统天下的代价便是文化多样性及学术活力的丧失,苏轼在《答张文潜书》中感叹说:"王氏欲以其学同天下!地之美者,同于生物,不同于所生。惟荒瘠斥卤之地,弥望皆黄茅白苇,此则王氏之同也。"①随着新党权力的巩固,新旧党的斗争也便由政治领域转移到学术文化领域,类似苏轼讥评新法乃至"讪谤"君亲的诗作便日益引起当权者的注意。早在乌台诗案之前,便已出现以言得罪的案例,据《挥麈录·后录》,汪辅之"熙宁中为职方郎中、广南转运使,蔡持正为御史知杂,摭其谢上表,有'清时有味,白首无能',以谓言涉讥讪,坐降知虔州以卒。有文集三十卷行于世。后数年,兴东坡之狱,盖始于此"②。一些士人也已经嗅到越发浓重的文化专制气息,熙宁新法推行之后,苏轼因反对新法而自请通判杭州,文同即在离京时劝他"北客若来休问事,西湖虽好莫吟诗"③。章惇、苏辙在乌台诗案前也劝导苏轼谨言慎行,"反覆甚苦"④,而苏轼"强狠自用,不以为然",终于获罪。当权新党不仅通过诗文搜寻罪证,而且刑上大夫,大搞刑讯逼供。乌台诗案之前,已有祖无择被逮治下狱,陈襄在《论祖无择下狱状》中揭露说:"监察御史里行王子韶察访过实,遂兴大狱……访闻勘官惨礉,百端锻炼,天子近臣既为狱吏耻辱,刻木画地,莫不招承,窃虑讯鞫之间未免冤滥。"⑤乌台诗案中,如果不是神宗"遣使就狱,有所约敕"⑥,苏轼大概也会遭到"百端锻炼""莫不招承"的命运。毕仲游在《上苏子瞻学士书》中总结说:"夫言语之累,不特出口者为言,形于诗歌者亦言,赞于赋颂者亦言,托于碑铭者亦言,著于序记者亦言。足下读书学礼,凡朝廷议论,宾客应对,必思其当而后发,则岂至以口得罪于人哉?而又何所惜耶?所可惜者,足下知畏于口,而未畏于文。夫人文字虽无有是非之辞,而亦有不免是非者。"⑦被贬黄州后,苏轼"深自感悔,一日百省"⑧,

① [宋]苏轼撰,[明]茅维编:《苏轼文集》卷49,中华书局,1986年,第1427页。
② 《挥麈录·后录》卷6,第119页。
③ [宋]叶梦得:《石林诗话》,[清]何文焕辑《历代诗话》,中华书局,2004年,第417页。
④ 《与章子厚参政书二首》第一首,《苏轼文集》卷49,第1411页。
⑤ [宋]陈襄:《论祖无择下狱状》,《全宋文》,第50册第29页。
⑥ 《杭州召还乞郡状》,《苏轼文集》卷32,第912页。
⑦ [宋]毕仲游:《上苏子瞻学士书》,《全宋文》,第110册第301页。
⑧ 《与章子厚参政书二首》第一首,《苏轼文集》卷49,第1411页。

再不敢轻易为文,在与亲朋的书信中反复声称,"但得罪以来,未尝敢作文字"①。"但得罪以来,不复作文字"②。可见苏轼在乌台诗案中之创巨痛深。

从具体的历史事实来看,乌台诗案的发生亦非偶然,它出于新党打击旧党以推行新法的政治需要,而王安石与乌台诗案则有着不可忽视的关系。神宗多次欲重用苏轼,都遭到王安石的阻挠,重要原因即在于安石所说"轼与臣所学及议论皆异",即苏轼学术与政见都与王氏不同,如果重用苏轼,则苏轼极有可能如司马光一样成为旧党主谋而成为推行新法的巨大障碍。神宗曾欲用苏轼修中书条例,安石曰:"恐却为异论,沮坏此事。"神宗又欲让苏轼进入制置三司条例司,安石曰,"轼兄弟大抵以飞箝卑阖为事"。神宗又欲以苏轼修起居注,安石又指苏轼为"邪险之人"。"上数欲用轼,安石必诅毁之"。神宗曾以苏轼所作《拟进士对御试策》示王安石,安石曰:"轼材亦高,但所学不正,今又以不得逞之故,其言遂侠荡如此,请黜之。"其后又对神宗说:"陛下何以不黜苏轼?岂为其材可惜乎?譬如调恶马,须减刍秣,加箠朴,使其贴服,乃可用。如轼者,不困之使自悔,而黜其不逞之心,安肯为陛下用?且如轼辈,其才为世用甚少,为世患甚大,陛下不可不察也!"③由上可见,王安石反对重用苏轼的立场是明确而坚定的,这无疑深刻影响到神宗对苏轼的态度,而苏轼以诗"谤讪"新法的行为似乎更加验证了王安石的判断,于是贬黜苏轼以"使其贴服",同时打击旧党便成为乌台诗案的直接诱因。

因此,乌台诗案政治上表现为专制的严酷,而深层次上则出于作为官学的王氏新学追求"道""势合一"的文化动机,这一动机与排斥异己的专制体制高度同构,从这个意义上说,"道尊于势"的命题便因"道"对自身统一的追求及对专制权力的凭借而具有了吞噬自由的专制内核,而"道""势合一"的文化理想也最终沦为专制体制不断强化的幕后动力。

二、《春秋》笔法与专制思维的合流

乌台诗案一方面源于专制权力向文化领域的蔓延,另一方面又源于宋

---

①　《与滕达道六十八首》第十五首,《苏轼文集》卷51,第1480页。
②　《答秦太虚七首》第四首,《苏轼文集》卷52,第1536页。
③　以上材料见杨仲良编《续资治通鉴长编纪事本末》,第2040—2044页。

代《春秋》学的发达及所由形成的"微言大义"的思维方式的政治化。

宋代儒学复兴几乎是以注释《春秋》拉开序幕的。基于对藩镇割据的历史反思,赵宋王朝建立之后即着手道德文化秩序的重建,"尊王"成为道德及文化重建的第一义,《春秋》所蕴含的"尊王攘夷"思想由此受到高度重视,并受到众多学者的深入研究和反复阐发。唐代赵匡已明确提出"尊王室,正陵僭"①的口号,直接启导了入宋后《春秋》学的"尊王"主题。宋初孙复《春秋尊王发微》开宗明义地标榜"尊王"宗旨,从字里行间发掘《春秋》"尊王"大义。孙复突破了两汉以来的章句传统,不惑传注,自出己义,基本确立了《春秋》学的主题及研究范式。孙复之后,王皙、胡瑗、石介、刘敞、欧阳修、程颐、孙觉、苏辙等人俱有《春秋》学著作,《春秋》学随之成为宋代显学。据张高评先生统计,"《宋史·艺文志》著录《春秋》学专著在二百四十种以上,朱彝尊《经义考》所录,亦在四百种以上。《四库全书》共著录《春秋》类一一四部,一八三八卷,其中宋人著作占三八部,六八九卷;居三分之一部,卷数亦占三分之一强。欧阳修《春秋论》、程颐《春秋传》等尚不包含在内。《四库全书总目》卷二十九《日讲春秋解义》称:'说《春秋》者,莫夥于两宋。'诚哉斯言!"②《春秋》学的兴盛一方面适应了加强中央集权的时代需求,使得"尊王"思想深入人心,同时也使微言大义成为一种常态化的思维方式渗透到政治及文学的诸多方面,并在激烈的党争中沦为政治斗争的工具。乌台诗案一定意义上正是《春秋》文化兴盛背景下,政治介入学术与文学并以后者服务于政治的典型个案。

《汉书·艺文志》称,"昔仲尼没而微言绝,七十子丧而大义乖",李奇注"微言"为"隐微不显之言也",颜师古注为"精微要妙之言耳"③。皮锡瑞则将"微言"解为"改立法制",将"大义"解为"诛讨乱贼"④,完全从政治角度着眼,虽然有些偏狭,但大体合乎两汉以来经学的传统认识。概而言之,所谓"微言大义"是以隐晦含蓄的语言暗寓讽谕劝惩之意,实际上就是一种政治性的暗示或隐喻。在学而优则仕的背景下,微言大义的《春秋》笔法不可避免地会侵入到文学创作中去,与《诗经》的比兴传统合流,共同构成强调

① [唐]陆淳:《春秋集传纂例》,景印《文渊阁四库全书》,第 146 册第 383 页。
② 张高评:《春秋书法与左传学史》,上海古籍出版社,2005 年,第 131 页。
③ 陈国庆:《〈汉书·艺文志〉注释汇编》,中华书局,1983 年,第 1 页。
④ [清]皮锡瑞:《经学通论》,中华书局,1954 年,第 11 页。

含蓄蕴藉的文学观念。王应麟云:"《诗》亡然后《春秋》作,《诗》《春秋》相表里,《诗》之所刺,《春秋》之所贬也。"①指出了《春秋》对《诗》的继承关系及二者相同的政治批判功能。章学诚对二者关系进行了更明确的揭示:"必通六艺比兴之旨,而后可以讲春王正月之书。"②所谓"六艺比兴之旨"既包括政治批判,也包括委婉曲折的修辞特征,而《春秋》之微言大义一定意义上正是对《诗》比兴的继承与发展。郑玄注"比兴"说:"比,见今之失,不敢斥言,取比类以言之。兴,见今之美,嫌于媚谀,取善事以喻劝之。"③郑玄从政治角度解释比兴的功用,指出比兴的基本目的乃是借助譬喻手段消隐语言的锋芒,这与《春秋》"微言"异曲同工。《左传》将"微言大义"的《春秋》笔法概括为"微而显,志而晦,婉而成章,尽而不汙,惩恶而劝善",杜预称之为"为例之情有五"④。钱锺书先生指出:"五例之一、二、三、四示载笔之体,而其五示载笔之用。"⑤而前四例载笔之体又可分两类,前三例为曲笔,第四例为直笔。如与《诗》法相比照,则前三例大体与"比兴"相对应。不过《诗经》比兴更强调修辞属性,《春秋》微言更具有政治色彩,二者的融通无疑使得文学观念的政治性得到强化,这在儒学复兴的宋代就更是如此了。

《春秋》学的兴盛牢固树立了宋人的尊王观念,同时使得微言大义成为一种思维习惯,并渗入文学尤其是诗学观念,宋人的诗话、笔记多以《春秋》笔法评价前人作品,如《彦周诗话》称赞杜甫《丹青引》云:"将军下笔开生面……此语微而显,《春秋》法也。"⑥又如《梁溪漫志》卷七云:"陈子高观《宁王进史图》,作诗云:'汗简不知天上事,至尊新纳寿王妃。'世称其工,然太露筋骨矣。李义山《骊山》诗云:'平明每幸长生殿,不从金舆只寿王。'此则婉而有味,《春秋》之称也。"⑦张高评先生认为:"宋代诗学评论中,受传统儒家诗教影响,加上宋代《春秋》学昌明衍生之推波助澜,孕育而成以《春

① 〔宋〕王应麟:《困学纪闻》,第718页。

② 《文史通义校注》卷3,第208页。

③ 《周礼·春官》,《十三经注疏》,中华书局,1980年,第796页。

④ 〔晋〕杜预:《春秋左传正义》,《十三经注疏》,第1706页。

⑤ 钱锺书:《管锥编》,中华书局,1986年,第162页。

⑥ 〔宋〕许𫖮:《彦周诗话》,《历代诗话》,第381页。

⑦ 〔宋〕费衮:《梁溪漫志》卷7,《宋元笔记小说大观》,上海古籍出版社,2001年,第3411页。

秋》书法论诗。"①但《诗经》"比兴"与《春秋》"微言"的融通并不仅限于诗学层面,宋代《春秋》学的兴盛赋予了诗论强烈的政治伦理色彩,对诗什的判断便不仅看其是否具有言约意远的艺术意蕴,而且也注意是否以比兴之法传达出儒学大义。周煇《清波杂志》卷十载:"煇复考少陵诗史,专赋梅才二篇……叩于汝阴李退年,李曰:'诗史犹国史也,春秋之法,褒贬于一字,则少陵一联一语及梅,正《春秋》法也。'"②李退年以《春秋》评杜诗,所关注者乃是其"一字寓褒贬"的《春秋》大义,正可见出《春秋》的经学内涵及思维方式对宋人诗学观念的深刻影响。

虽然《诗经》"比兴"具有一定的政治讽谕功能,但这种功能是借助婉曲的修辞手段实现的,其文学性往往压倒了政治性,使得"比兴"的文学色彩更加浓厚。而《春秋》"微言"则具有明确的政治导向,"大义"的政治性无可置疑地将"微言"潜在的多义指向限定在儒家的伦理道德范畴。如果说"比兴"的运用为解诗提供了多向度的阐释空间,那么"微言大义"的《春秋》笔法则将这种阐释导向了政治领域。在实际的政治操作中,往往并非从"微言"中挖掘"大义",而是以"大义"解释"微言",任何捕风捉影的言论都可能在"大义"面前被人为赋予某种难以分辨的政治动机,而宋代党争因素的介入更将"微言"的多样化阐释导向人身攻击与政治诬陷。董仲舒说:"《诗》无达诂,《易》无达占,《春秋》无达辞。"③这种观念既为思想家发挥能动性进行理论创造提供了依据,同时也为特定背景下对语义的歪曲大开了方便之门,宋代乌台诗案这样的文字狱很大程度上也正是"微言大义"的话语模式的畸形产物。在党争背景下,对诗什的评判自然不可能依照纯粹的艺术审美标准,当权者往往出于政治目的对政敌的作品进行穿凿附会乃至随心所欲的索解,力图从中发掘出居心叵测的"罪证",即便寻常话语也变成了含蕴丰富的"微言"。这种微言大义的解经传统随着诗歌创作的兴盛及诗歌评论的成熟日渐沉淀为一种烛幽照微的思维方式,并因党争背景而异化为政治斗争的工具。实际上,其思维逻辑已不再是由"微言"索解"大义",而已倒置为由"大义"到"微言"的有罪推定。党争双方相互弹劾的奏疏大都从尊王立场对政敌进行有罪推定的诋毁与诬陷,熙宁二年(1069)六月,

① 《春秋书法与左传学史》,第 134 页。

② [宋]周煇撰,刘永翔校注:《清波杂志校注》,中华书局,1994 年,第 455 页。

③ [汉]董仲舒撰,[清]苏舆义证:《春秋繁露义证》,中华书局,1992 年,第 94—95 页。

吕诲《论王安石奸诈十事状》便典型地体现出上述逻辑。吕诲在奏状中开宗明义，直称王安石"大奸似忠，大诈似信……言伪而辩，行僻而坚"。"外示朴野，中藏巧诈，骄蹇慢上，阴贼害物"①。为证明上述指控，吕诲指出王安石在英宗朝"托疾坚卧，累诏不起，终英宗朝不臣"。"就如有疾，陛下即位，亦合赴阙一见，稍存人臣之礼。及就除知江宁府，于私计安便，然后从命"。吕诲从有罪推定的逻辑出发，在将王安石定性为奸诈伪僻之后，王氏的一切行为便统统成为奸诈伪僻的证据，这里不需要严密的逻辑链条，只需要指控者发挥恶意猜测的想象力。

在乌台诗案中，何正臣、李定、舒亶、李宜之四人劾奏苏轼同样是有罪推定。苏轼之罪不过是反对新法，既然以之为罪，则任何与之相关的言行都可以肆意索解，纵言夸张，以坐成其罪，其中难以证实的有罪推定在在皆是。苏轼批评新法是有目共睹的事实，且许多诗什用语露骨，直指现实弊害，谈不上什么微言大义。但这种批评针对的是新法之弊，而非对新法不分青红皂白的盲目否定；是出于关心民瘼的责任感，而非发泄私愤，肆行嘲讽。李定、舒亶等人对苏轼在诗中所涉及的新法之弊视而不见，而是在坚持新法合理这一政治正确的前提下，对苏轼讽刺新法的动机进行恶意的揣测，如李定云，"轼自度终不为朝廷奖用，衔怨怀怒，恣行丑诋"。并由此上升为对其政治品格的恶意攻击，舒亶指斥苏轼"包藏祸心，怨望其上，讪讟慢骂而无复人臣之节"。这种审讯不是就诗论诗，而是由诗而人，由对诗歌内容的索解导入对其政治品格的怀疑，完全是欲加之罪的猜测与诬陷。舒亶又对苏轼涉嫌"讥谤"的诗作深入索解，挖掘"微言"外的深旨，最后得出结论说，"应口所言，无一不以讥谤为主"。在取得苏轼"讪上骂下"的诸多"罪证"后，李定、舒亶等人上纲上线，指控苏轼"指斥乘舆，盖可谓大不恭矣"，"且人道之所自立者以有义，而无逃于天地之间者，义莫如君臣。轼之所为，忍出于此，其能知有君臣之义乎！"放弃君臣之义自然是十恶不赦，"虽万死不足以谢圣时"②了。这既可见出李、舒等人欲置苏轼于死地的险恶用心，同时又映现出《春秋》大义及《春秋》笔法的魔影。

所谓的"讥谤"之词正是继承了有为而作的风骚传统，苏轼在《题柳子

---

①　[宋]吕诲：《论王安石奸诈十事状》，《全宋文》，第 48 册第 140 页。

②　以上材料俱见《苏轼资料汇编》，中华书局，2004 年，第 580—582 页。

厚》诗中说："诗须要有为而作。"①《凫绎先生诗集叙》对所谓"有为而作"作了清晰的说明："先生之诗文,皆有为而作。精悍确苦,言必中当世之过。凿凿乎如五谷必可以疗饥,断断乎如药石必可以伐病。"②"言必中当世之过"成为苏轼诗案之前的创作原则,早年《骊山三绝句》《郿邬》等即已揭露社会流弊。熙宁之后,苏轼因不满新法而遭排斥,在通判杭州到知湖州的八九年间,创作过相当数量针砭新法的诗作,如《汤村开运盐河雨中督役》《山村五绝》《吴中田妇叹》等。苏轼说这类政治讽刺诗的创作乃是"杂以嘲讽穷诗骚"③,可见这类诗作正是对诗、骚传统的继承,但具有讽刺意味的是,当权新党对苏轼打击背后却映现着《春秋》大义的阴影,大义对尊王的片面强调剥离了其原本应有的爱民忧国的内涵,从而成为专制权力打击异己、压制舆论的帮凶。专制权力通过乌台诗案昭示了自身的至高无上,并为文学的现实批判功能划定了界限,自然也对士大夫群体进行了有力的恫吓。

乌台诗案在士大夫中造成了极大震动,张方平在论救苏轼的奏疏中说："自夫子删诗,取诸讽刺,以为言之者足以戒。故诗人之作,其甚者以至指斥当世之事,语涉谤黩不恭,亦未闻见收而下狱也。"④张方平并且举韩愈谏迎佛骨用语尖刻而仅受贬谪的例子说明苏轼不当下狱,表明此期士大夫仍然秉承先秦以来托诗兴讽的传统,他们并未将这类诗作上升到谤讪君父、摇惑众听的政治高度,更不会想到作诗也可以招致陷身囹圄的无妄之灾。吕陶《答任师中》诗曰："顷闻湖州祸,文字倦且废。朝廷极仁恕,风俗当训厉。终令服宽典,不忍投四裔。吾侪今唱酬,正可颂治世。况当导情性,无自取罪戾。敢于韶濩前,率尔献郑卫。"诗尾自注曰："时苏子瞻以诗得罪,贬黄州。责词云:'黜置方州,以励风俗,往服宽典,勿忘自新。'故及之。"⑤新党以诗文构祸于苏轼,不仅使苏轼的身心与人格遭到极大的伤害与折辱,而且株连甚众,然而责词却以"宽典"自称,可见权力的傲慢。吕陶在诗中故意以"仁恕""治世"称扬朝廷,讽刺之意不言自明。而"顷闻湖州

①　《苏轼文集》卷67,第2109页。
②　《苏轼文集》卷10,第313页。
③　[宋]苏轼撰、[清]王文诰辑注：《苏轼诗集》卷16,中华书局,1982年,第788页。
④　《长编》卷301,第7335页。
⑤　《全宋诗》,第12册第7758页。

祸,文字倦且废"正描述了乌台诗案对士大夫心理的强烈冲击及一时间人
人噤声的局面,这就逼迫诗人收敛锋芒,重归"主文谲谏、温柔敦厚"的儒家
诗教。杨时云:"诗尚谲谏,言之者无罪,闻之者足戒,乃为有补。若谏者涉
于毁谤,闻者怒之,何补之有? 观东坡之诗,只是讥诮朝廷,殊无温柔敦厚
之气,以此人故得而罪之。若是伯淳诗,则闻之者自然感动矣。因举伯淳
《和温公诸人禊饮》诗云,'未须愁日暮,天际乍轻阴'。又《泛舟》诗云,'只
恐风花一片飞',何其温厚也。"①由乌台诗案开始,宋人诗论便逐渐由前期
的踔厉风发、有为而作过渡到后期的主文谲谏、温柔敦厚的儒家诗教,崇尚
平淡有味的诗风。就苏轼而言,经过乌台诗案及黄州之贬后,其创作便由
早期的豪横不羁渐变为中后期的淡然平易,尤其是远贬岭南后,更是崇尚
陶渊明"癯而实腴"的风格,追和陶诗殆遍。黄庭坚批评苏轼诗文"短处在
好骂"②,而欣赏其波澜不惊的平淡之作,并将远贬岭海的苏轼与陶渊明相
提并论,称赞二人"出处虽不同,风味乃相似"③,正着眼于双方感情的内敛
及风格的相近。宋人这种创作风格的转变表面是审美情趣的变化,实则畏
祸及身心理的文学呈现,与乌台诗案后文化专制不断强化及微言大义的
《春秋》文化盛行的历史背景有着深厚的渊源。

　　所谓"微言大义"原本不过是著史或解经方式,但在专制背景及党争环
境中,这种"微言大义"不可能独立存在,必然要依附于党争,并被党争利
用,成为士大夫攻击政敌、欲加之罪的利器,从乌台诗案到元祐年间的车盖
亭诗案及苏轼策题之谤,无不映现出《春秋》文化的影子。它遮蔽了儒文化
的正面意义,使得士大夫不是培养积极健全的君子人格,而是历练出敏锐
的政治嗅觉及迎合巧变的生存本领,成为如鱼得水的官场政客。归根结
底,政治体制的专制特征在根本上造成了儒文化的异化及士大夫人格的
畸变。

第二节　苏轼人格的自由内核

　　自由乃是苏轼文化人格的核心,乌台诗案本质上是其自由人格与专制

①　[宋]杨时:《龟山集》卷10,景印《文渊阁四库全书》,第1125册第204页。
②　《答洪驹父书》,《宋黄文节公全集·正集》卷18,《黄庭坚全集》,第474页。
③　[宋]黄庭坚著,任渊等注:《山谷诗集注》卷17,上海古籍出版社,2003年,第416页。

权力激烈冲突的结果。学界一般认为,苏轼思想以儒为主,兼以释、道、纵横,从苏轼一生行迹来看,这一观点是符合事实的。而需要指出的是,苏轼的儒家观念主要表现为以入世立功为核心的现世价值,而不是对儒家伦理秩序的恪守,苏轼横放不羁的行为方式常常形成与儒家伦理规范之间的冲突。

　　学界一般注意到苏轼儒家思想的主体地位,而没有注意到苏轼对儒家价值的践行方式,事实上苏轼注重的是儒家思想的本质而非外在形式。苏轼在《东坡易传》中以水为喻,论述了表象与本质间的关系,其释《坎卦》说:"万物皆有常形,惟水不然。因物以为形而已。世以有常形者为信,而以无常形者为不信。然而方者可斫以为圆,曲者可矫以为直,常形之不可恃以为信也如此。"①东坡虽然在谈"常形"问题,实则也可以引伸到对礼法秩序的态度,重要的不是规行矩步,而是保持本心。东坡并不认为固守礼法的外在形式就可以为正人君子,物之常形未必能反映事物的内在品质,也未必能保证这种品质的实现,因而,专注于形式的恪守而无视本质的实现是"不可恃以为信"的。反之,如果保有与物相应之心,"忤物而无伤",则可以"行险而不失其信"。在《无妄》卦中,苏轼又说:"为过正之行者,皆内不足而外慕者也;夫内足者恃内而略外,不足者反之。"②"内足者"往往忽略外在形迹,而反倒是内不足者处处规检,谨言慎行。对儒家价值的皈依并不必然表现为对礼法秩序的恪守,保持内在的对儒家价值的忠诚而忽略外在形式才是苏轼所赞同的。而问题在于,儒家所需要的首先是对礼法形式的遵从,苏轼讥评新法终致获罪正是专制秩序对其不羁个性的否定,苏轼由此深切地体会到儒家伦理道德规则的难以逾越,故在释《坎卦》时深有感触地说:"朝廷之仪,上下之分,虽有强暴而莫敢犯,此王公之险也。"③

　　然而这种外在的专制强力并不能消泯苏轼的自由个性,不能强化苏轼对儒家伦理秩序的遵从,而仅仅是造成了对专制力量的畏惧,并因此造成苏轼自由心性与儒家伦理规则之间更激烈的冲突,只是这种冲突由外在转入了内在,由政治层面转到了精神层面。苏轼在与亲友的书信中多次谈到

---

① ［宋］苏轼:《东坡易传》卷3,上海古籍出版社,1989年,第54页。

② 《东坡易传》卷3,第47页。

③ 《东坡易传》卷3,第54页。

自己不敢复为诗文以避祸，这就逼迫苏轼变换方式在其他领域寻求心性自由的出路。而水的特性给予了苏轼极大的启发："今夫水，虽无常形，而因物以为形者，可以前定也。是故工取平焉，君子取法焉。惟无常形，是以忤物而无伤。"①所谓"忤物而无伤"自然不可能像以往那样锋芒毕露地批评政治，而只能似水遇物顺势而过，实即向现实作出妥协。尽管如此，苏轼的自由心性并未改变，慑于专制的威压，这种自由心性转而为对山水自然的鉴赏、流连与哲思，且随着释道思想的渗入，苏轼的自由观上升为超越现实人生、包举天地万物的宇宙观，苏轼因而以更为宏阔的哲学视野观照现实人生，获得了更为深广的精神自由。

如果追根溯源，就会发现，苏轼毫不拘检的行为方式与其纵横思想之间存在深刻的渊源关系。同期士大夫对苏轼的学术背景有着相似的认识，即苏轼所学乃先秦纵横捭阖之术，而非先王的道德性命之理。元祐二年（1087）十二月，赵挺之在《劾苏轼奏》中谈到苏轼学术源出于《战国策》苏秦、张仪纵横揣摩之说②。元祐三年正月，王觌在《乞勿大用苏轼奏》中称："轼习为轻浮，贪好权利，不通先王性命道德之意，专慕战国纵横捭阖之术。是故见于行事者，多非理义之中；发为文章者，多出法度之外。"③元祐六年二月，杨康国在《再弹苏辙奏》中称："若谓辙兄弟无文学则非也，蹈道则未也。其学乃学为仪、秦者也，其文率务驰骋，好作为纵横捭阖，无安静理致，亦类其为人也。"④元祐六年八月，贾易在《弹劾苏辙苏轼奏》中称："其学本于战国纵横之术，真倾危之士也。"⑤上述诸人主要从学术、文章、行为三个方面指出了苏轼与纵横家之间的关系，即学为仪、秦，文务驰骋，习为轻浮，斥之为"倾危之士"，对其作出了全然否定性的判断。

纵横之说作为"乱世学术"，重利而不重道，尚权变而不守原则，向来遭到正统儒家的鄙弃，桓宽在《盐铁论·论诽》即批评说："夫苏秦、张仪，荧惑诸侯，倾覆万乘，使人主失其所持，非不辩，然乱之道也。"⑥曾巩在其《战国

①　《东坡易传》卷 3，第 54 页。
②　《全宋文》，第 97 册第 6 页。
③　《全宋文》，第 84 册第 66 页。
④　《全宋文》，第 104 册第 26 页。
⑤　《全宋文》，第 119 册第 238 页。
⑥　[汉]桓宽著，王利器校注：《盐铁论校注》卷 5，中华书局，1992 年，第 300—301 页。

策目录序》中更是将"纵横"称为亡国灭身的"世之大祸",直斥其言论为"邪说",主张将《战国策》"放而绝之"①。在宋代儒学复兴的背景下,纵横家自然更遭到儒家人物的口诛笔伐。作为苏轼的政敌,赵挺之等人将苏学追溯到纵横家自是别有用心,但从学术角度而言,苏学与纵横家确有渊源。

蜀地僻居内陆,历史上与中央政府之间始终无法形成紧密的关系,极易在天下分崩的乱世形成割据局面,进而形成强烈的区域意识和抗衡中原意识,这两种意识根深蒂固,尤在一些文人中代相传承,积为心态,虽经秦汉大一统的改造和抑制,也没有完全扑灭。文翁治蜀之后,蜀人依然"未能笃信道德,反以好文刺讥"②,"淫失枝柱"③。这种区域意识阻碍着大一统观念的形成,同时也为纵横家等不为儒家正统所容的"异端邪说"提供了生存滋长的空间。直到唐代,赵蕤仍然以其《长短经》宣扬王霸大略及纵横捭阖之术。李白与之过从甚密,沾染了浓厚的纵横家习气。由唐入宋,纵横传统依然袅袅不绝,三苏父子便明显体现出纵横家积习,苏洵《几策》《衡论》《权书》等侈言天下大势、王霸大略,并以纵横家的权变立场剖判形势,即便其语言句式也呈现出类似《战国策》的纵恣风格。王安石曾直斥苏洵学术乃是"战国纵横之学",曾巩在《苏明允哀词》中称苏洵"好为策谋","颇喜言兵"④,而好为策谋兵机正是纵横家的本色,西汉刘向即称赞纵横游士善"出奇策异智"⑤,由此不难看出苏洵学术与纵横之学的继承关系。从内容来看,苏洵所论颇近于法家与纵横,而与儒家若即若离,如其《审势》云:"用刑不必霸,而用德不必王,各观其势之何所宜用而已。"⑥其《权书叙》则云:"故仁义不得已,而后吾权书用焉。然则权者,为仁义之穷而作也。"⑦在苏洵看来,德与刑一样不过是达到某种政治目的的手段,相对于"刑"这类传统意义上的法家概念,儒家之"德"并不具有更高的地位。事实上儒家鼓吹的仁义道德往往华而不实,无济世用,苏秦即贬斥儒家的孝、廉、信不

---

①　[宋]曾巩:《战国策目录序》,《曾巩集》卷11,中华书局,1984年,第183页。

②　《汉书·地理志》卷28下,第1645页。

③　《汉书·地理志》卷28下,第1666页。颜师古注曰,"枝柱,言意相节却,不顺从也"。

④　《曾巩集》卷41,第560页。

⑤　[汉]刘向:《战国策书录》,[清]严可均编《全上古三代秦汉三国六朝文》卷37,中华书局,1958,第331页。

⑥　[宋]苏洵:《权书叙》,曾枣庄等《嘉祐集笺注》卷1,上海古籍出版社,1993年,第5页。

⑦　《嘉祐集笺注》卷2,第26页。

过是明哲保身的"自覆之术"①。当仁义困窘之时,正可用"权"加以补救,苏洵所谓"仁义不得已,而后吾权书用焉",既指出了仁义的局限性,也表明其《权书》乃是儒家之外的权变之术。

　　如果说苏洵之权变主要表现为政治策略的灵活性,那么苏轼之权变则主要表现为政治立场的多变性。苏轼早年应直言极谏科试时曾上《进策》二十五篇,不仅分析了宋王朝积贫积弱的现状,而且提出了革除积弊、富国强兵的政治主张,并具体阐述了一系列改革举措。但其后王安石力倡变法时,苏轼却又成为反对派,作诗讥评新法。朱熹说:"东坡当初议论,亦要变法,后来皆改了。"②所以改变,是因为"后来见得荆公狼狈,所以都自改了。"这里虽然有朱熹作为道学家对苏轼的偏见,但也不失为事实。朱熹对苏轼对变法态度的前后变化评论说:"初年论甚生财,后来见青苗之法行得狼狈,便不言生财。初年论甚用兵,如曰'用臣之言,虽北取契丹可也'。后来见荆公用兵用得狼狈,更不复言兵。他分明有两截底议论……如东坡以前进说许多,如均户口、较赋役、教战守、定军制、倡勇敢之类,是煞要出来整理弊坏处。后来荆公做出,东坡又却尽底翻转,云也无一事可做。"③又说:"东坡议论大率前后不同,如介甫未当国时是一样议论,及后来又是一样议论。"④朱熹认为,东坡之所以立场多变,前后不一,与其学术冗杂不纯大有关系,学术不正因此立场不坚,"然语道学则迷大本,论事实则尚权谋"⑤,这就含蓄指出了东坡政治态度之多变与其学术源于纵横之学的关联。

　　崇尚权变而不泥原则可谓纵横家立身处世而能左右逢源的不二法门,苏秦早年曾以连横之策游说秦王,遭到冷遇后又转而向六国兜售合纵之术,终于获致大用。苏秦、张仪等纵横之徒既没有固定的效忠对象,也没有一成不变的超越功利的价值准则,完全以自我为核心,以功利为旨归,将崇尚权变的灵活性发挥到极致。这种注重目的而疏于原则的纵横传统与多元化的蜀文化一起,共同培养起蜀地士人无所拘束、疏狂放纵的自由人格,

---

①　《战国策》卷29《燕策一》,上海古籍出版社,1985年,第1047页。
②　《朱子语类》卷130,第3096页。
③　《朱子语类》卷130,第3100页。
④　《朱子语类》卷130,第3112页。
⑤　《朱子语类》卷30,第1272页。

从司马相如到李白到苏轼,这种人格一脉相承。虽然纵横之学有其崇尚权变的道德劣势,但一定意义上也使士人获得了摆脱拘束的自由心性,苏轼在《与刘宜翁使君书》中说:"轼龆龀好道,本不欲婚宦,为父兄所强,一落世网,不能自道。然未尝一念忘此心也。"①在《与王庠五首》其一中说:"轼少时本欲逃窜山林,父兄不许,迫以婚宦,故汩没至今。"②由此可见,苏轼少年时即已形成对世俗价值的反叛态度,其所求者乃是归依自然的心灵自由。

如果说纵横家思想对道德原则的否弃一定程度上造成了苏轼对现实秩序的反叛态度,那么庄子的自然观则为这种叛逆性提供了思想支点,纵横与庄子在苏轼的思想体系中因而具有逻辑的统一。但在儒学复兴的背景下,苏轼又不可能不受到儒家价值的深刻影响,苏轼自述少时读《后汉书》而欲成范滂,并对范仲淹、欧阳修等人的高风亮节表示钦慕,然而纵横家摆脱秩序与约束的功利性及庄子否弃道德文明的自然观事实上对苏轼的儒家价值造成了暗中的解构,思想构成的驳杂及内在冲突使得苏轼不可能成为北方文化圈中类似司马光、二程、邵雍、张载那样的醇儒,而只能成为醇儒眼中的另类,即便思想庞杂的王安石也不认同苏轼的学术文章,将苏轼的制策斥为"全类战国文章",并说,"若安石为考官,必黜之"③。元祐间苏轼又陷入洛蜀党争,朱熹认为苏轼所以遭到程颐洛党的排击在于"好放肆","道夫问:'坡公苦与伊洛相排,不知何故?'曰:'他好放肆,端人正士以礼自持,却恐他来检点,故恁诋訾。'"④"好放肆"而不守儒家礼法自然成为"端人正士"的攻击对象。

无论讥评新法不为新党所容,还是学术歧异而为洛党排斥,本质上都源于苏轼率真不羁的个性及其背后鄙弃秩序约束的自由人格,由此注定了苏轼与专制政治及儒家伦理秩序间的冲突,最终造成乌台诗案及一贬再贬的人生悲剧。

---

① 《苏轼文集》卷 49,第 1415 页。
② 《苏轼文集》卷 60,第 1820 页。
③ [宋]邵博:《邵氏闻见后录》卷 14,中华书局,1983 年,第 111 页。
④ 《朱子语类》卷 130,第 3109 页。

第三节　苏轼黄州期间的文化心态与创作演变

一、苏轼黄州期间的心态演变

贬谪黄州后,苏轼的自由人格虽然受到打击,却并没有改变,苏轼始终在为其自由心性寻找着突围的出口,它表现为优游山水、诗酒唱和、书画赏鉴等外在形式,贯穿于感情演变及终极价值的探寻历程,这也成为苏轼黄州贬放生涯的生命主题。为便于分析,根据苏轼黄州期间诗文作品及相关笔记所提供的信息,可以将苏轼的心态演变划为苦闷、超旷、幻灭与归真四个阶段,以下逐一考述。

1. 初至黄州的苦闷与借景消愁

苏轼初到黄州,虽是远贬外放,却大有逃离魔窟之感,《初到黄州》诗云:"长江绕郭知鱼美,好竹连山觉笋香。逐客不妨员外置,诗人例作水曹郎。"[①]"知鱼美""觉笋香"以对贬地风物的新鲜感知表达了死里逃生后的快慰与轻松,后两句则以历史上的被贬者自我解嘲,隐隐流露出无端被贬的抑郁不平。但诗人的轻松心态转瞬即逝,乌台诗案的痛苦记忆及所造成的惊痛很快浮泛上来,成为诗人挥之不去的噩梦,"去年御史府,举动触四壁。幽幽百尺井,仰天无一席。隔墙闻歌呼,自恨计之失。留诗不忍写,苦泪渍纸笔"[②]。乌台诗案让诗人心有余悸,醉中可以狂言大呼,无所顾忌,一醉醒来,却不免对自己的狂言感到后怕。《定惠院寓居月夜偶出》诗云,"饮中真味老更浓,醉里狂言醒可怕"[③]。《次韵前篇》中又说,"忧患已空犹梦怕"[④]。由此不难看出乌台诗案对诗人心灵的摧残。苏轼被逮赴御史台讯问期间,衔冤被捕与之相隔一垣的苏颂曾作诗记述当时情形,其中有云"遥怜北户吴兴守,诟辱通宵不忍闻"[⑤],极可见狱吏通宵讯问、诟辱逼供的嚣张气焰。《孔氏谈苑》载:"李定、舒亶、何正臣杂治之,侵之甚急,欲加以

①　《苏轼诗集》卷20,第1031页。
②　《晓至巴河口迎子由》,《苏轼诗集》卷20,第1053页。
③　《苏轼诗集》卷20,第1032页。
④　《苏轼诗集》卷20,第1034页。
⑤　[宋]周必大:《二老堂诗话·记东坡乌台诗案》,《历代诗话》,第667—668页。

指斥之罪,子瞻忧在必死,尝服青金丹,即收其余,窖之土中,以备一旦当死,则并服以自杀。"①苏轼此时万念俱灰,只求一死。后虽"蒙恩"出狱,但其间对尊严的凌辱及对心灵的摧残可以想见,孔子曰"士可杀而不可辱",具有强烈个体自觉的宋代士人对此无疑有着更深切的认同,也必然会产生更其长久的心灵余痛,苏轼因而借酒浇愁,以求解脱,"万斛羁愁都似雪,一壶春酒若为汤"②。然而酒易饮,愁难消,诗人索性由醉入梦,在沉沉睡意中忘却苦痛,"卯酒困三杯,午餐便一肉。昏昏觉还卧,辗转无由足"③。无论饮酒还是睡梦都无法拂去乌台诗案的浓重阴影,即便留连风物,也能感到诗人深藏的忧郁,《雨晴后,步至四望亭下鱼池上,遂自乾明寺前东冈上归,二首》其一云:

　　　雨过浮萍合,蛙声满四邻。海棠真一梦,梅子欲尝新。拄杖闲挑菜,秋千不见人。殷勤木芍药,独自殿余春。④

诗写暮春景象,虽然万物萌发,春光满眼,然而诗人所看到的却是春尽的寂寞。海棠花凋谢了,虽曾明媚鲜妍,又怎奈风吹雨打,最终的一地凋零真像一场梦幻。诗人拄杖前行,所看到的是空荡荡的秋千,差可慰人者,只有众芳摇落后的木芍药在寂寞春光中独自开放,似乎要给远去的春天以最后的装饰,却只能引发诗人无可奈何花落去的伤感之情。

其二云:

　　　高亭废已久,下有种鱼塘。暮色千山入,春风百草香。市桥人寂寂,古寺竹苍苍。鹳鹤来何处,号鸣满夕阳。

本诗以废弃的高亭起笔,点染出荒寂的气息。正是傍晚时分,诗人举目四望,感到千山万壑暮色奔涌而来,尽管春风吹来百草的香气,却似乎并不能驱散诗人心头的忧郁。市桥人声寂寂,古寺竹色苍苍,萧条冷落的景象很快激发起诗人积郁的哀感,于是,在诗人听来,鹳鹤的叫声也变得那样凄楚悲凉,弥漫于夕阳的余晖中。

这两首诗以晚春的木芍药以及鹳鹤的鸣声飘满夕阳的意象传达出劫

① [宋]孔平仲:《孔氏谈苑》卷1,《宋元笔记小说大观》,第2236页。
② 《苏轼诗集》卷20,第1043页。
③ 《苏轼诗集》卷20,第1040页。
④ 《苏轼诗集》卷20,第1040页。

难后无法消释的愁绪。诗人毫不掩饰自己的感情,而完全为愁绪所驱遣,信笔所至,情景相生,表现出强烈的主观色彩。诗人本欲在与自然的对话中借景遣情,然而被贬的愤郁凄楚却似因景物的晦暗而越发强烈,欲遣情却反为情所累。因而,从初到黄州的诗作中,我们所能感到的仍然是诗人难以排遣的心灵伤痛。

2.痛定后的反思与超越

如何消解诗案造成的深愁重恨,以全新姿态面对以后的人生,成为苏轼所要面对并必须解决的重要课题。苏轼的这种心态调整是从对以往讥评时政的忏悔与反思开始的。

此期在与友人的往来书信中,苏轼反复表达对文祸的畏惧,在《与王定国书》其八中说:"文字与诗,皆不复作。"①《与陈朝请》第二简云:"某自窜逐以来,不复作诗与文字。"②《与章子厚参政书二首》其一云:"轼自得罪以来,不敢复与人事,虽骨肉至亲,未肯有一字往来。"③《答李端叔书》中也说:"自得罪后,不敢作文字。此书虽非文,然信笔书意,不觉累幅,亦不须示人。"④这类充满惊悸的表白与叮嘱在与朋友的往来书信中比比皆是,极见苏轼黄州期间警觉戒慎的心理,更折射出乌台诗案所给诗人之创巨痛深。但凡友人请作序记之类往往遭到苏轼的拒绝,沈辽尝从苏轼为其诗作序,被婉拒,其后沈辽又来简请苏轼作记,再遭拒绝,苏轼云:"某自得罪,不复作诗文,公所知也。不惟笔砚荒废,实以多难畏人,虽知无所寄意,然好事者不肯见置,开口得罪,不如且已,不惟自守如此,亦愿公已之。"⑤身经乌台诗案,苏轼深知文字狱的厉害,只要为诗作文,即易授人以柄,谨慎为文乃至缄口不言成为避祸的最好手段。《答秦太虚七首》其四云:"但得罪以来,不复作文字,自持颇严,若复一作,则决坏藩墙,今后仍复衮衮多言矣。"⑥黄州期间,苏轼只为受到乌台诗案牵累的好友王巩的诗集作序,算是一个难以推却的例外。

除去谨慎为文之外,苏轼进而反思并决心矫正自己"迂阔"及"强狠自

① 《苏轼文集》卷52,第1517页。
② 《苏轼文集》卷57,第1709页。
③ 《苏轼文集》卷49,第1411页。
④ 《苏轼文集》卷49,第1433页。
⑤ 《苏轼文集》卷58,第1745页。
⑥ 《苏轼文集》卷52,第1536页。

用"的个性,在《与子由同游寒溪西山》诗中,苏轼写道:"吾侪流落岂天意,自坐迂阔非人挤。"①将流贬黄州归咎于自己的"迂阔"。《与章子厚参政书二首》其一中说:"轼所以得罪,其过恶未易以一二数也。平时惟子厚与子由极口见戒,反覆甚苦,而轼强狠自用,不以为然。"其后痛自追悔说:"轼昔年粗亦受知于圣主,使少循理安分,岂有今日。追思所犯,真无义理,与病狂之人蹈河入海者无异。"②苏轼由亲身经历深切感受到专制的严酷和个性的"迂阔",在强大的政治威压下,矫正"迂阔",顺应流俗,便成为苏轼的唯一选择。这种强制性的主观屈从既打击了苏轼早年"致君尧舜"的政治热情,也磨折了肆意直言的个性,缄口不言易于做到,而违拗个性则极为痛苦。专制强力与率真个性的双向撕扯使苏轼陷于无所适从、茫然无依的痛苦境地,《迁居临皋亭》诗云:"我生天地间,一蚁寄大磨。区区欲右行,不救风轮左。"③苏轼痛感自己如渺小的蚁虫寄身于庞大的磨盘之上,欲右反左,每每事与愿违,无法掌握自己的命运。在《次韵答子由》中又说:"平生弱羽寄冲风,此去归飞识所从。"④同样慨叹如羽寄风、身不由己的命运。

在专制的压迫之下,苏轼只能将其率真个性与自由精神寄托于山水,以自然景物之优美化解痛苦,"青山自是绝色,无人谁与为容"⑤。《游武昌寒溪西山寺》诗云,"风泉两部乐,松竹三益友"⑥。苏轼以天籁为音乐,以自然风物为良友,既表达了高洁的志趣,也见出无人与语的孤独。王文诰引施注曰:"元次山《丐论》:'古人乡无君子,则与云山为友;里无君子,则与松竹为友;坐无君子,则与琴酒为友。'"苏轼以戴罪之身贬居黄州,人人避之唯恐不及,只能与云山松竹为友了。苏轼并且在诗中表示:"买田吾已决,乳水况宜酒。所须修竹林,深处安井臼。相将踏胜绝,更裹三日糇。"⑦买田隐居,躬耕自食,与山水为伴,寻幽访胜,成为苏轼的人生理想。

然而,山水竹树的优美只能缓解一时的心灵之痛,却不能彻底解脱人生困境,如果不能从根本上对现实的人生磨难及持守的儒家价值进行更高

---

① 《苏轼诗集》卷 21,第 1101 页。
② 《苏轼文集》卷 49,第 1411 页。
③ 《苏轼诗集》卷 20,第 1053 页。
④ 《苏轼诗集》卷 20,第 1056 页。
⑤ 《苏轼诗集》卷 20,第 1060 页。
⑥ 《苏轼诗集》卷 20,第 1049 页。
⑦ 《苏轼诗集》卷 20,第 1050 页。

的观照及根本的解释，那么苏轼只能永远在现实与自我的冲突中延捱痛苦。从根本上说，苏轼的痛苦乃是难以放弃的儒家价值所造成的，虽然苏轼被排斥于政治之外，然而他并未放弃现实关怀，当苏轼听到"种谔领兵深入，破杀西夏六万余人，获马五千匹"的捷报时，兴奋异常，连赋两诗表达喜悦之情，其中《闻洮西捷报》云，"放臣不见天颜喜，但惊草木回春容"①。身为放臣而系心国事，足见苏轼难以消泯的入世精神。然而乌台诗案分明暴露出专制的残酷与仕途的凶险，这又耗减着苏轼的入世热情。苏轼在黄州期间多次表达买地躬耕以终老此生的念头，此后这一念头亦多次流露。随着政治热情的衰减及对儒家价值的疏离，苏轼的精神事实上逐渐陷于无所依归的境地，而生存环境的恶劣及政治的长期边缘化则使苏轼的困境逐渐由纯粹的生存困境、政治困境上升为更为深刻的存在意义上的终极困境，这就要求必须有一种信仰为苏轼提供精神支点，并对其苦难际遇作出解释，从而在根本上消解痛苦，实现人生境界的升华。儒家价值显然无法承担这一任务，于是，原已存在的释道思想滋长起来，重新构建起苏轼的价值系统。

3. 对儒学的疏离及对释道的归依

学界对苏轼贬谪黄州之后的文化心态论述已多，主要关注点在于佛禅及老庄对苏轼的深刻影响，而对苏轼此期儒家思想的变化及与释道间的消长关系缺少深入的辨析，故仍有探讨的必要。学界一般认为，苏轼黄州期间虽受释道观念的深厚影响，但并未脱离儒学本位，主要论据便是，黄州期间，苏轼作《喜王定国北归第五桥》云："世事饱谙思缩手，主恩未报耻归田。"②在作于同期的《王定国诗集叙》中则称赞杜甫"一饭未尝忘君"③。元丰八年（1085）量移汝州时所作《满庭芳》词中写道："老去君恩未报，空回首，弹铗悲歌！"④笔者以为，忠君固然是儒家伦理思想的核心，但将忠君观念等同于儒家思想似有不妥，且泛举以上例证亦不足以揭示苏轼被贬期间儒家思想的变化。兹就忠君观念入手，探讨苏轼儒家思想的变化及与释道间的消长关系。

---

① 《苏轼诗集》卷 21，第 1089 页。
② 《苏轼诗集》卷 22，第 1180 页。
③ 《苏轼文集》卷 10，第 318 页。
④ ［宋］苏轼著，邹同庆等校注：《苏轼词编年校注》，中华书局，2007 年，第 568 页。

　　自孙复以《春秋尊王发微》阐发"尊王"以来,后起学者纷纷对此加以疏解,从不同角度反复强化"尊王"大义,从而使得这一儒家的核心观念得到空前的强化而深入人心。苏轼嘉祐间所作《上韩枢密书》云:"君子之忠孝,莫大于爱君。"①签判凤翔时期所作《秦穆公墓》诗云:"昔公生不诛孟明,岂有死之日而忍用其良。乃知三子徇公意,亦如齐之二子从田横。古人感一饭,尚能杀其身,今人不复见此等,乃以所见疑古人。"②苏轼在诗中一反传统观念,认为子车氏之三子乃是自愿为穆公殉葬。既然战败的孟明视尚且被穆公宽囿,又怎么可能让子车氏三子殉葬呢? 姑且不论苏轼的推论是否合乎逻辑,也不论事实真相究竟如何,苏轼在这首诗中明确无误地表现出无条件的忠君观念。"古人感一饭,尚能杀其身",秦穆公厚待三子,则三子为穆公殉葬亦是天经地义。此期的苏轼尚未经历政治斗争的险风恶浪,其忠君观念明显带有理想主义色彩,《沁园春》词云:"有笔头千字,胸中万卷,致君尧舜,此事何难。"③表现了苏轼单纯的心性及其高涨的政治热情。然而经过熙丰变法的新旧党争,尤其乌台诗案的沉重打击,苏轼逐渐意识到类似三良那样的无条件的忠君事实上是很难做到的。君主并不仅指其个人,而且代表着国家意志及具体的方针政策,即便君主一心为公,正而不邪,也未必完全与臣子立场相一致。熙丰变法遭到诸多保守派的反对,即是君主意志与臣子意志的冲突,此时的忠君即等于放弃"道高于势"的卫道立场及独立人格,而完全沦为君主的附庸,这对自主意识极强的宋代士大夫而言是极难做到的,因而大批的旧党人物宁肯自请外放也不肯屈从新党,一定意义上也是对君权的疏离与对抗,这种政治态度不可能使苏轼无动于衷。

　　苏轼被贬乃是因公而非为私,其讥评新法乃是出于忠君爱民的一片赤诚,却仍然遭到残酷迫害,则君权所需要的并非纯然的公忠体国,而是对君主意志的绝对服从,这就取消了士的独立人格,强迫士人成为谋求盖帷的犬马,忠君观念的公私之分事实上成为无条件地效忠君主与保持人格独立两极价值间的对立。苏轼无疑选择了后者,即便被贬废地方,形同庶人,也仍然倔强地保持自己的独立人格而不肯迎合权势,黄州期间次韵孔毅父

①　《苏轼文集》卷48,第1383页。
②　《苏轼诗集》卷3,第118页。
③　《沁园春·孤馆灯青》,《苏轼词编年校注》,第134页。

诗云，"形容可似丧家狗，未肯聑耳争投骨"①，便是其坚守独立人格的表白。"丧家狗"典本出孔子②，孔子周游列国，处处碰壁，颇像一个四处流浪而无所依归的丧家狗。但孔子并不灰心丧气，曾决绝地表示："道不行，乘桴浮于海。"即便远走他乡，也决不放弃自己的理想。李零先生说："任何怀抱理想，在现实世界找不到精神家园的人，都是丧家狗。"③苏轼在这里以丧家狗自喻，既描述了被排斥于政治权力之外的落魄处境④，同时也渴望从圣人那里汲取精神力量，用以支撑自己决不屈服的人格与风骨。这一比喻表明苏轼并未陷于对君主的愚忠，而是很有尊严地保持着与君权的距离。

　　亦有论者以苏轼称扬杜甫"一餐未尝忘君"而认为黄州期间苏轼的忠君观念未曾变化，而问题在于，杜甫的"未尝忘君"是否便是三良式的愚忠呢？实际上杜甫之不忘君并非仅是忠于君主，更有忧心国事和关心民瘼的内涵。在《自京奉先县咏怀五百字》中，杜甫说自己"葵霍倾太阳，物性固难夺"，无疑是忠君，后面却抨击玄宗的荒淫作乐，同时对大众疾苦表示深切的同情，诗人更将统治者的穷奢极侈与贫民的饥寒交迫进行对比，写下震铄千古的名句"朱门酒肉臭，路有冻死骨"。可见，杜甫之忠君并非愚忠，而是将忠君与忧国爱民联系起来，并由忧国爱民转而对君主之荒淫加以针砭，忠君而出于公心，这才是忠君的应有之义，也是苏轼称扬杜甫的根本原因。苏轼黄州期间虽然慑于专制淫威而不敢再肆意讥评新法，但间或仍有批判性的诗句，初到黄州所作《陈季常所蓄〈朱陈村嫁娶图〉二首》其二云："我是朱陈旧使君，劝农曾入杏花村。而今风物那堪画，县吏催租夜打门。"⑤又《五禽言五首》其二云："不辞脱裤溪水寒，水中照见催租斑。"⑥《鱼蛮子》更对农民租赋之重加以揭露，对新法给予辛辣的讽刺："人间行路难，

----

①　《次韵孔毅父久旱已而甚雨三首》其一，《苏轼诗集》卷21，第 4 册第 1122 页。

②　《史记·孔子世家》载："孔子适郑，与弟子相失，孔子独立郭东门。郑人或谓子贡曰：'东门有人，其颡似尧，其项类皋陶，其肩类子产，然自要以下不及禹三寸。累累若丧家之狗。'子贡以实告孔子。孔子欣然笑曰：'形状，末也。而谓似丧家之狗，然哉！然哉！'"《史记》卷 47，中华书局 1985 年，第 1921—1922 页。

③　李零：《丧家狗——我读论语》（修订版）自序，山西人民出版社，2007 年，第 2 页。

④　《与子由同游寒溪西山》诗云："我今漂泊等鸿雁，江南江北无常栖。"《苏轼诗集》卷 20，第 1055 页。

⑤　《苏轼诗集》卷 20，第 1031 页。

⑥　《苏轼诗集》卷 20，第 1045 页。

踏地出赋租。不如鱼蛮子,驾浪浮空虚。空虚未可知,会当算舟车。蛮子
叩头泣,勿语桑大夫。"①纪昀评曰:"香山一派,读之宛然《秦中吟》也。"可
见,苏轼尽管被贬,却并未放弃对现实的批判,他对杜甫的称扬也决不仅着
眼于其"不忘君主"的愚忠。苏轼忠君观念的改变无疑是对自身的政治经
历深入反思的结果,一定意义上也标志着对儒家价值的疏离,与此同时,佛
道思想对苏轼的影响则不断强化,其空无观念不断消解着苏轼固有的儒家
信仰,使身处贬谪的苏轼构建起全新的价值系统。

苏辙在《亡兄子瞻端明墓志铭》中说:"既而谪居于黄,杜门深居……后
读释氏书,深悟实相,参之孔、老,博辩无碍,浩然不见其涯也。"②这段话概
括了苏轼黄州期间的思想演变,即在阅读佛典、深悟佛法真如的基础上,融
通三教,终成浩渺阔大的境界。苏轼少年即开始接触佛教,出仕后任凤翔
通判时始习佛③,后与佛门中人多有交往,逐渐对佛法有更深的领悟。但
此期无论研读佛经还是交结僧侣,都不过是在时代风气影响下士大夫共有
的高风逸趣。经过乌台诗案的打击,苏轼顿然陷于苦闷困顿之中,佛法便
成为解脱的法门,故在到达黄州不久,在其《游净居寺》诗中即表达了习佛
的心愿:"灵山会未散,八部犹光辉。愿从二圣往,一洗千劫非。"④所谓"二
圣"指天台宗惠思大师和智者大师。此前苏轼通判杭州时,便与天台宗名
僧惠辩、辩才、梵臻等来往甚密,天台宗"一念三千""圆融三谛"的思想精髓
对其当有相当影响。至黄州后又结识了了元和道潜,遂成密友。

在与佛门中人的密切交往中,苏轼深研佛法,从中提取摆脱困境的资
源,其中华严宗是其较为深入研究的对象。早在熙宁末年权知密州任时,
苏轼曾研究过华严思想,其时所作《和子由四首·送春》中有句云:"芍药樱
桃俱扫地,鬓丝禅榻两忘机。凭君借取法界观,一洗人间万事非。"⑤《法界
观》是阐述华严宗正修圆融法界无尽缘起的观法的,"其主要内容是依理法
界、理事无碍法界、事事无碍法界三种法界(又立'事法界'合为'四法界'),
以构成真空观、理事无碍观、周遍含容观三重观法"⑥。法界观提出了宇宙

----

① 《苏轼诗集》卷21,第1125页。
② 《栾城后集》卷22,《苏辙集》,中华书局,1990年,第1127页。
③ 《王大年哀辞》云:"予之喜佛书,盖自君发之。"《苏轼文集》卷63,第1965页。
④ 《苏轼诗集》卷20,第1025—1026页。
⑤ 《苏轼诗集》卷13,第628页。
⑥ 孙昌武:《苏轼与佛教》,《文学遗产》1994年第1期。

间森罗万象相即相入、圆融无碍的观法。依这种观法，万法都是一真法界的体现，诸缘依恃，相互具足，平等无二。以此观照万物，自然没有大小贵贱之别，苏轼黄州所作《怪石供》即体现了华严思想，中云："禅师尝以道眼观一切世间，混沦空洞，了无一物，虽夜光、尺璧与瓦砾等，而况此石？"①以此观照人生，自然便没有了是非荣辱之别。华严宗这种平等观念与庄子的齐物论异曲同工，《庄子·秋水》云："以道观之，物无贵贱。"②庄子否定了世间万类大小、物我、是非、荣辱乃至生死的差别，以彻底混一的道的眼光观照人生，便获得了无所不可的大自在。苏轼实则将佛之平等与庄之齐物、禅之随缘任运与庄之安时处顺混通为一，因而获得了"浩然不见其涯"的高阔境界。自然，佛教不仅有平等观法，更有大乘空观，万象不仅平等无二，实则又是空幻不实的，以此观照人生，更会将穷达荣辱蔑然视之。在同样作于黄州的《后怪石供》中，苏轼指出了"佛印以其言刻诸石"的空幻性，进而借参寥子之口指出："供者，幻也。受者，亦幻也。刻其言者，亦幻也。夫幻何适而不可。"③既然一切皆幻，则人生自然无适而不可，故而苏轼在黄州与友人的书信中说："某谪居既久，安土忘怀，一如本是黄州人，元不出仕而已。"④初步表现出随缘任运的旷放姿态。

　　华严宗的虚空观及由此衍生出来的平等观深刻消解了苏轼青年时期形成的忠君思想及致君尧舜的儒家价值，苏轼于绍圣三年（1096）写出《和陶咏三良》那样带有一定叛逆色彩的诗作便不是偶然的了。苏轼由此开始游离于儒家思想体系之外，追求主体心性的自由。主张自性清净、随缘任运的禅宗思想更深地渗入到苏轼的价值体系，并与老庄思想浑合交融，成为苏轼晚年思想的主流。

　　4. 从幻灭到归真

　　如果说华严宗的平等空观主要消解了苏轼的等级观念，弱化了忠君思想，使其日益远离政治功利及儒家伦理道德秩序，那么禅宗对自性的证悟则使苏轼转而追求心性的自由，而庄子的齐物论及自然观则使苏轼以更为宏大的视野及超越性的视角观照天地万物，从而将其随遇而安、逍遥自适

---

①　《苏轼文集》卷64，第1986—1987页。

②　《庄子集释》卷6下，第577页。

③　《苏轼文集》卷64，第1987页。

④　《与赵晦之四首》其三，《苏轼文集》卷57，第1710页。

的人生追求推向极致。佛禅思想使苏轼以空幻观看待万物及现实人生,而庄子齐物论则使苏轼将个体置于漫长的时间之流而消泯自我的存在,无论是佛禅还是老庄,其基本指向都是否定现世价值。这种哲学观念虽然使苏轼不再以事功为意,削弱了贬谪的痛苦,但同时也在一定意义上消解了存在的意义,使其在超越现世功利的同时,陷于精神无所依归的空无,苏轼黄州期间的诗文创作便更多地表现出价值沦丧的幻灭感。

元丰三年(1080)重九,苏轼与新任黄州太守徐君猷同登栖霞楼,忆及昔日杜牧携张祜登高,遂檃括杜诗而成《定风波》词:

> 与客携壶上翠微,江涵秋影雁初飞。尘世难逢开口笑,年少,菊花须插满头归。　　酩酊但酬佳节了,云峤,登临不用怨斜晖。古往今来谁不老,多少,牛山何必独沾衣。①

该词着力表现面对人生苦境的超旷心态,流露出以道家自然观观照人生的价值视角。生老病死乃是不可抗拒的规律,无数生命就这样周而复始地轮回,既然个体意志无法抗拒死亡的到来,不如知其无可如何而安之若命。限于原诗内容,该词并未完全反映苏轼的思想状态,实际上,苏轼对旷达的追求又让他常常陷于人生如梦的幻灭中。元丰四年(1081)重阳,苏轼再与徐君猷登栖霞楼,填《南乡子》词,中云“万事到头都是梦,休休,明日黄花蝶也愁”②。“如梦”是大乘十喻之一,以空无观照人生,人生便是梦幻。但梦幻之喻虽似超旷,却不可能全然覆盖现实的创痛,政治的挫败、被贬的感伤往往容易突破超旷的刻意追求,形成更其浓重的愁绪。明人张綖《草堂诗余后集别录》云:“《南乡子》尾句:‘休休,明日黄花蝶也愁。’翻案郑谷诗句,而意殊衰飒。”③正指出本词的感伤本色。苏轼不仅以梦幻看待现实,并且以梦幻看待历史,《满江红》词下片云:

> 江表传,君休读。狂处士,真堪惜。空洲对鹦鹉,苇花萧瑟,不独笑书生争底事,曹公黄祖俱飘忽。愿使君、还赋谪仙诗,追黄鹤。④

此片内容虽是反思历史,实则也是对自我政治态度的反思。祢衡当年

---

① 《苏轼词编年校注》,第 295 页。
② 《苏轼词编年校注》,第 331 页。
③ 转引自《苏轼词编年校注》,第 334 页。
④ 《苏轼词编年校注》,第 335 页。

"尚气刚傲","矫时慢物",终于被杀,则祢衡的"尚气刚傲"究竟意义何在?苏轼固执己见讥评新法,在乌台诗案中魂惊汤火,被贬黄州,则其守道不屈又是否值得?"笑书生争底事"既是对祢衡的否定,也未尝不是对自身的否定。不仅祢衡,当年的杀人者曹操、黄祖也都已消失于历史的长河中,时间化解了彼此间的怨恨,则个体对某种价值及人格的坚守又显得多么荒唐可笑。与其争是争非,何如像李白那样以《黄鹤楼》诗名垂千古。

苏轼的幻灭感由历史人物蔓延到功业本身,《念奴娇·赤壁怀古》集中表现了苏轼复杂矛盾而充满幻灭感的思想情绪。词人由"故垒"发思古之幽情,暗寓功业的虚无,周瑜当年雄姿英发,风光无限,如今又何处寻觅?当年的古战场连同英雄的风流业绩一同没入了萋萋荒草,变成了一片废墟,后人只能通过锈迹斑斑的折戟断剑遥想当年浴血鏖战的英雄们。词人对周瑜的追慕并不等于对其功业价值的肯定,不过是往日幻梦的回光返照,真实的心态则是繁华不再,逝梦难寻。相比对周瑜奇勋伟业的神往,词人更表现出对功业必将陨没于历史长河的无奈喟叹。功成名就不过尔尔,则立功无门也便无须伤感,因而,苏轼对历史的反思虽然消解了贬谪之痛,却也同时消泯了入世立功的现世热情,"人生如梦"的喟叹集中表达了这种无所依归的茫然情绪。在其他词作中,东坡同样屡屡以"梦"慨叹人生的虚幻,"世事一场大梦","未转头时皆梦","古今如梦,何曾梦觉","君臣一梦,今古虚名"等等。即便向称旷达的《赤壁二赋》也流露出幻灭空茫的人生意绪。宋人俞文豹《清夜录》云:"赤壁之游,乐则乐矣,转眼之间,其乐安在?以是观之,则我与二客,崔与道士,皆一梦也。"[①]因而,苏轼以佛道理论观照现实与历史,追求旷放的人生态度,同时消解了儒家价值,最终丧失了有力的精神支点。所谓的随缘任运似乎可以让苏轼随意安放自己的心灵,实则丧失了方向感与依托感,极易陷于空虚与茫然。但主体精神本质上仍然渴求实在的价值支撑,于是陶渊明以其率真的性情成为苏轼的精神归宿。

苏轼认同陶氏者首先在其肯定现世的生活态度。渊明以其朴素的唯物哲学肯定人类生活,尤其肯定劳动的价值,"人生归有道,衣食固其端。孰是都不营,而以求自安?"[②]并且身体力行,躬耕自食,披星戴月,备尝劳

---

①　[宋]俞文豹:《清夜录》,《历代小史》卷50,中华书局,1991年,第1页。

②　《庚戌岁九月中于西田获早稻》,[晋]陶潜著,龚斌校笺:《陶渊明集校笺》卷3,上海古籍出版社,1996年,第205页。

苦,在劳作中得到四体不勤的士大夫无法体会的乐趣,"有风自南,翼彼新苗"①。"鸟哢欢时节,泠风送余善"②。"平畴交远风,良苗亦怀新"③。"微雨从东来,好风与之俱"④。这清淡自然的田园风物洋溢着诗人的生活热情,这是诗人将生命与大地紧密联系在一起时,依靠自己的劳动养活自己所生发出的极其朴素而崇高的情感。东坡在黄州亦有相似的经历与体验,《东坡八首》序云:"余至黄州二年,日以困匮。故人马正卿哀余乏食,为于郡中请故营地数十亩,使得躬耕其中。地既久荒为茨棘瓦砾之场,而岁又大旱,垦辟之劳,筋力殆尽。"⑤正因为辛劳,诗人才更能体味收获的快乐,《东坡八首》其四云:

> 种稻清明前,乐事我能数。毛空暗春泽,针水闻好语。分秧及初夏,渐喜风叶举。月明看露上,一一珠垂缕。秋来霜穗重,颠倒相撑拄。但闻畦陇间,蚱蜢如风雨。新春便入甑,玉粒照筐筥。我久食官仓,红腐等泥土。行当知此味,口腹吾已许。⑥

诗人从春到秋辛勤劳作,精心护理,看着秧苗一天天长大。清明前刚种下的秧苗沐浴霏霏细雨;初夏时分,叶子已然密密地挺举起来;月光之下,晶莹的露珠在叶片上垂垂欲滴。这对长年生活于书斋、周旋于官场的诗人而言,真正是难得的赏心乐事。更让诗人喜悦而自豪的无疑是收获时节,"新春便入甑,玉粒照筐筥",诗人久食红腐如泥土的官粮,味同嚼蜡,如今即将品尝自己收成的果实,那一定是香甜可口。《与李公择十七首》之九云:"某见在东坡,作陂种稻,劳苦之中,亦自有乐事。"⑦《与王定国四十一首》之十三更云:"虽劳苦,却亦有味。邻曲相逢欣欣,欲自号鏖糟陂里陶靖节。"⑧可见东坡与陶渊明之心息相通。

本质而言,东坡田园之乐来自对"真"的体悟与执守,虽然类似于禅宗之悟得自性,但东坡将对"真"的体悟置于现实生活,而非脱离现实的凭空

---

① 《时运》其一,《陶渊明集校笺》卷1,第7页。
② 《癸卯岁始春怀古田舍二首》其一,《陶渊明集校笺》卷3,第177页。
③ 《癸卯岁始春怀古田舍二首》其二,《陶渊明集校笺》卷3,第181页。
④ 《读〈山海经首〉十三》其一,《陶渊明集校笺》卷4,第335页。
⑤ 《苏轼诗集》卷21,第1079页。
⑥ 《苏轼诗集》卷21,第1081页。
⑦ 《苏轼文集》卷51,第1499页。
⑧ 《苏轼文集》卷52,第1521页。

冥想。禅宗虽亦宣称行处坐卧、挑水担柴莫不是道,但毕竟禅房古刹,黄卷青灯,缺少人间烟火气。与之不同,陶渊明之躬耕田园既享受生活乐趣而又超然脱俗,既置身现实之中而不废弃对真性的体悟,契合了苏轼的生活情趣。东坡在《答毕仲举二首》其一中云:"若世之君子,所谓超然玄悟者,仆不识也。往时陈述古好论禅,自以为至矣,而鄙仆所言为浅陋。仆尝语述古,公之所谈,譬之饮食龙肉也,而仆之所学,猪肉也,猪之与龙,则有间矣,然公终日说龙肉,不如仆之食猪肉实美而真饱也。"①元丰六年(1083),苏轼在给苏辙的信中写道:"任性逍遥,随缘放旷,但尽凡心,无别胜解。"②所谓胜解并非不食人间烟火的超然玄悟与神秘体验,而是对自我心性的握捉与感悟,是立足于人世、不脱离生活的从容与超然。渊明不废躬耕,而又能从中品悟自然妙趣及人生愉悦,东坡乘而上之,更以随心任运、循任自然的庄禅之道洞见现实人生的无限妙趣,面对苦难而不为苦难所困,享受生活而不为生活所累,如庖丁解牛,在纵横交错的筋肉骨缝间穿梭往来而能游刃有余,臻于随心所欲、无施不可的化境。

东坡将生活化为了艺术,奥秘即在于秉持了"真"的精神。元祐六年(1091)十二月,苏轼在颍州任尝云:"陶渊明欲仕则仕,不以求之为嫌;欲隐则隐,不以去之为高。饥则扣门而乞食,饱则鸡黍以延客,古今贤之,贵其真也。"③"真"可谓陶渊明文化人格的核心,其哲学基础即为老庄道家思想,陈寅恪先生称之为"新自然说"。所谓"真"既是"道"的性质,亦是主体对"道"的体认,即"任凭那无意识无目的而又合规律的客观过程自然运行"④,表现于主体行为即是要发诸本性,自然而然,安时处顺,不假造作。"古之真人,不知说生,不知恶死;其出不䜣,其入不距;翛然而往,翛然而来而已矣。不忘其所始,不求其所终;受而喜之,忘而复之。是之谓不以心捐道,不以人助天,是之谓真人"⑤。陶渊明鄙弃名利,躬耕自食,任性而行,率性而为,不以物喜,不以己悲,乃至对死亡亦以自然视之,所谓"纵浪大化中,不喜亦不惧。应尽便须尽,无复独多虑"⑥,其纵心自适的行为举止正

---

① 《苏轼文集》卷56,第1671页。
② 《苏轼文集》卷60,第1834页。
③ 《苏轼文集》卷68,第2148页。
④ 李泽厚:《中国古代思想史论》,天津社会科学院出版社,2003年,第176页。
⑤ 《庄子集释》卷3上,第229页。
⑥ 《神释》,《陶渊明集校笺》卷2,第65页。

是庄子所谓"真人"的表现。道家对"真"的体认颇类似于禅宗的"自性"顿悟,在禅宗看来,"世界""佛"和"我"都包括在"自性"中,向外追逐,徒劳无功,只有反身而求,方能"见自性自净,自修自作自性法身,自行佛行,自作自成佛道"①。于是习禅更体现为一种随缘任运的生活态度和生活方式,这与老庄自然无为的人生哲学别无二致。所以陶渊明的纵浪大化虽然是道家哲学的反映,却颇符合禅宗的体道方式,苏轼受到庄、禅的双重影响,庄、禅的相通正是苏轼亲近陶渊明的深刻的哲学基础。因此,东坡崇尚陶渊明者在于其"旷而且真"的个性,仅仅"旷"易于放纵不收,往而不返,必要有一内在精神加以控驭和引导,这便是"真"。既"旷"且"真",才能使主体的言行举止一任纯真本性,随心所欲不逾矩。而且,苏轼对"真"的归依并非停留于精神层面,而是见之于躬耕自食的劳动实践,唯此才可以使东坡摆脱万法皆空的困惑与茫然而进入依托现实的本真境界,使心灵得到切实的安顿。

如果说华严宗的平等空观主要消解了苏轼的等级观念,使其日益远离政治功利及儒家伦理秩序,那么禅宗对自性的证悟使苏轼转而追求心性的自由,追求随遇而安、逍遥自适的生存状态。陶氏田园诗充分表达了以自然本真为核心的老庄哲学,表现出从心所欲、无拘无碍的人生态度,契合了苏轼后期趋向佛禅的价值观,满足了苏轼屡遭贬谪之后消解人生苦难的心理渴求,从而受到苏轼的心仪与追慕。

二、随物赋形——贬谪际遇下的生存哲学与文学观念

如前所论,苏轼的人格乃是并不斤斤于规则与秩序的自由人格,这也是与专制权力及儒道秩序发生冲突的根本原因。经历乌台诗案及黄州之贬的打击,苏轼进行了痛切的反思,其文化心态经历了由苦闷、超旷、幻灭到归真的变化,而其生存哲学也由以自我为中心与外界的主动碰撞转化为"随物赋形"。"随物赋形"首先是苏轼的生存哲学,并由此衍化为文学观念。

"随(因)物赋形"的概念在《苏轼文集》中正式出现过四次,所出篇章分别是《滟滪堆赋》《画水记》《仁宗皇帝御书颂》《自评文》。《滟滪堆赋》中有

----

① 　[唐]慧能著,郭朋校释:《坛经》,中华书局,1983年,第38页。

"余泊舟乎瞿塘之口"字样,当作于早年出峡时。《画水记》自注作于"元丰三年(1080)十二月十八日夜",贬黄州期间。《仁宗皇帝御书颂》中自称"翰林学士",当作于元祐初年。《自评文》作年不详,但文中有"但常行于所当行,常止于所不可不止"的文字,它亦在《与谢民师推官书》中原封不动地出现,而后者作于元符三年(1100)十一月,则《自评文》似与之大体作于同一时期。除上述四篇外,苏轼黄州期间作《东坡易传》,其中《坎卦》云,"万物皆有常形,惟水不然,因物以为形而已",也是"随物赋形"的意思。由上可以基本断定,"随物赋形"的概念出于早年,而正式形成于黄州时期,并在以后被不断完善,成为苏轼重要的哲学观及文艺观。

1. 生存哲学

学界一般从文艺创作角度来探讨"随物赋形",实则"随物赋形"并不仅是文艺观念,而首先是一种生存哲学,这一哲学观的确立与苏轼的黄州之贬有密切关系,它借鉴汲取了老庄佛禅的思想观念,在《东坡易传》中得到了深刻的表达。

"随物赋形"的观念最早可追溯到早年所作的《滟滪堆赋》,其中说:"天下之至信者,唯水而已……唯其不自形,而因物以赋形,是故千变万化而有必然之理。"①该赋将雷霆万钧的三峡激流比作千军万马,将滟滪堆喻为不可摧陷的坚城,而将激流奔向滟滪堆喻为惊心动魄的战斗。水流"尽力以与石斗,勃乎若万骑之西来",而"城坚而不可取,矢尽剑折兮,迤丽绕城而东去。于是滔滔汩汩,相与入峡,安行而不敢怒"。虽然作者最后归结出"以用危而求安"的哲理,但赋中对三峡激流暗鸣叱咤、呼啸前行的描述更多表现出苏轼早年奋发有为的理想与奋迅激烈的热情,这种理想与热情很大程度上淹没了最后的哲理感悟。显然,"随物赋形"尚不是作者志趣所在。而在乌台诗案后,苏轼对水"因物赋形"的特性进行了更深入的思考,并获得了更丰富的启迪,《东坡易传·坎卦》云:

> 万物皆有常形,惟水不然,因物以为形而已。世以有常形者为信,而以无常形者为不信。然而方者可斫以为圆,曲者可矫以为直,常形之不可恃以为信也如此。今夫水,虽无常形,而因物以为形者,可以前定也。是故工取平焉,君子取法焉,惟无常形,是以迩物而无伤;惟莫

---

① 《苏轼文集》卷1,第1页。

之伤也,故行险而不失其信。由此观之,天下之信,未有若水者也。①

东坡此处将有形之物与无形之水进行对比,指出有形者未必有信,方者可斫以为圆,曲者可以矫直,往往不会一成不变。水则不然,虽无常形,却可以因物为形,连物无伤,唯此才可以在险恶的地势中前行无碍而保持信誉。东坡与其说在这里揭示"随物赋形"的水的智慧,不如说在表达一种人生理想。在专制体制下,士人欲求安自保必须与皇权意志保持一致。新法推行后,政见之争表现为支持新法与反对新法的斗争,非此即彼,难以违其间,既欲守道不屈,又欲不被排斥,实在是戞戞乎其难哉!东坡不仅反对新法,而且将对新法的反对态度诉诸诗文,公然对抗,终于酿成诗案。在专制体制下,想要连物而无伤几乎是不可能的。尽管如此,苏轼对"随物赋形"的首肯表明苏轼意欲对自己的生存哲学进行调整,那就是要"水无常形,连物无伤"。无常形必然是磨去棱角,不与外物作硬性对抗,但如果仅仅强调避祸自保,则"随物赋形"的生存哲学只能沦为丧失原则、苟且偷生的庸人哲学。实则苏轼对"水无常形"的阐发并非仅强调毫无原则的变化,在解释"维心,亨,乃以刚中"时说:"所遇有难易,然而未尝不志于行者,是水之心也。"②即无论所遇难易如何,应始终保持"志于行"之心,锲而不舍,坚持不懈,"物之窒我者有尽,而是心无已,则终必胜之。故水之所以至柔而能胜物者,维不以力争而以心通也"。苏轼以"志于行"之心对"水无常形"加以限定,指出既要讲究斗争艺术,又要保持斗争的韧性,即使处于劣势也要坚持下去,最终必能依靠"心通"赢得胜利。苏轼在这里实际上假定最终的胜利者必然是正义的化身,现实矛盾无论怎样复杂都必将遵循正义必胜的逻辑,关键在于斗争主体必须要有必胜的信念和坚韧的意志,苏轼最后总结说:"不以力争,故柔外;以心通,故刚中。"从哲学角度讲这自然是不错的,而专制背景下的政治斗争遵循的乃是强权逻辑,斗争的胜败最终都将取决于皇权的意志与立场,而皇权的刚性并没有为"正义"留下多少转圜的余地,因而,苏轼柔外刚中的哲学信条也难以成为"终必胜之"的法宝。

以上是就政治层面而言,如果将"随物赋形"放诸苏轼被贬后的生活层面来看,则苏轼的确表现出"随物赋形"的高妙生活艺术。在《答秦太虚七

---

① 《东坡易传》卷 3,第 54 页。
② 《东坡易传》卷 3,第 54 页。

首》其四中,苏轼详细叙述了自己的黄州生活:为应对物质的困匮,计钱度日;为对抗恶劣的环境,厚自养炼;且又苦中作乐,游览武昌佳山水,在乡人处逗留,畅饮村店醇酒,享用瓜果野味,更得意处在有书可借观,偶有美食可以品尝。这些寻常细事经东坡一一道来,似乎突然成为人间无上美事。苏轼在信末以得意的口吻说:"太虚视此数事,吾事岂不既济乎!"①极见苏轼善于处穷的达观心态与诙谐性情。东坡之随缘任运、随遇而安正是其"随物赋形"的生存哲学的体现,这一哲学观又与老庄佛禅的渗入有着密切的关联。被贬黄州的打击无疑是个体与专制体制之间的猛烈碰撞,险遭杀身之祸的经历使苏轼"魂惊汤火",不由得转过头去重温本已熟悉的老庄释禅哲学的真谛。

　　老子哲学的精髓在于以柔克刚,故老子常以水为喻加以阐发,老子曰:"上善若水,水善利万物而不争。"②苏轼性情率真,肆口直言,多招人嫌忌,黄庭坚称"东坡短处在好骂",骂即"争",老子曰,"夫惟不争,故天下莫能与之争"③。而"不争"正是水之性,"天下柔弱莫过于水,而攻坚,强莫之能先"④。苏轼以激烈的态度反对新法,终于招祸,老子"不为天下先"的柔性哲学便重新引起了苏轼的关注与思索。东坡在其《易传》中强调,"水之所以至柔而能胜物者,维不以力争而以心通也",正表现出对老子哲学的认同。"随物赋形"表现为老子哲学便是主体对自身的主动改变及对对方的容让,以暂时的妥协与屈从避免矛盾的激化,从而保护自身,并可能等待时机改变对方,如老子所云:"将欲弱之,必固强之;将欲废之,必固兴之。"⑤"随物赋形"并不仅是保护自身,也是改变对手及战胜对手的策略,因此,老子哲学以退为进,后发制人,本质上乃是积极的斗争哲学,相比而言,庄子哲学则是消极的退避哲学,不讲斗争,而主张屈从与逃避,所谓"安时而处顺"⑥,"知其不可奈何而安之若命,德之至也"⑦。慑于专制淫威,苏轼"随物赋形"的生存哲学更多倾向于庄子明哲保身的一面。老庄之外,禅宗随

---

①　《苏轼文集》卷52,第1535—1536页。
②　朱谦之:《老子校释》第8章,中华书局,1984年,第31页。
③　《老子校释》第22章,第93页。
④　《老子校释》第78章,第301页。
⑤　《老子校释》第36章,第143页。
⑥　《庄子集释》卷2上,第128页。
⑦　《庄子集释》卷2上,第155页。

缘任运、于行处坐卧中体悟生命本然的观念则与"随物赋形"的生存哲学有着更深切的相通性。

禅宗认为佛性并非抽象本体,并不需要刻意索求,众生皆有佛性,众生与佛的差别仅在于自性迷悟的不同,"故知不悟,即佛是众生;一念若悟,即众生是佛"①,悟得自性乃是成佛解脱之道。而且禅宗之自性亦非抽象人性,而是活生生的当下本心,亦即表现于行处坐卧的现实生活,这就要求修行者不拘执于万法,不执著于一念,随缘任运,随俗为变。惠能说:"心不住法即通流,住即被缚。"②东坡之"随物赋形"正与禅宗之自然任运相通。"随物赋形"不执着于固有形态,而是因物以为形,流动不息,变化不止,与理相契,与道相通,相接于随心任运、来去自由的禅境。因而,"随物赋形"乃是高妙的生存智慧,苏轼面对黄州的困匮生活安之若素,自得其乐,正是对"随物赋形"的生存哲学的生动诠释。

当然,苏轼也并未完全在这种安时处顺、随缘任运的庄禅哲学中消泯人格的刚性,仍然保持着"未尝不至于行"的儒家色彩。随着阅历的增加、人生的磨砺,苏轼培养起更为深厚的文化自信,元丰七年(1084),苏轼作《如梦令》词:"水垢何曾相受,细看两俱无有。寄语揩背人,尽日劳君挥肘。轻手,轻手,居士本来无垢。"③此处之"垢"喻指佛教所称人之六种恶性,《大乘义章》卷五云:"六垢之义,如毗昙说,所谓害恨诳高谄恼。……此六皆能污秽净心,名之为垢。"④既是染心之垢,故需以净水洗之。《无量寿经》亦有类似说法,吉藏《无量寿经义疏》云:"洗濯垢污者,执相之惑,皆沾污慧身,使习忘解,遣除迷垢,故云洗濯也。"⑤慧能南禅宗以般若实相说对传统佛性论加以改造,发挥般若无所得、无可执著思想,否定佛性作为绝对清净物的存在,认为"佛性即体现于人们自心的念念不断、念念无著之中"⑥,因此,慧能得法偈云,"本来无一物,何得染尘埃"。苏轼显然接受了这种思想,《黄州安国寺记》云,"一念清净,染污自落"⑦,词中"居士本来无

---

①　《坛经校释》,第 58 页。
②　《坛经校释》,第 28 页。
③　《苏轼词编年校注》,第 547 页。
④　《大乘义章》卷 5,《大正新修大藏经》第 44 册,第 573 页。
⑤　《无量寿经义疏》,《大正新修大藏经》第 37 册,第 119 页。
⑥　洪修平:《中国禅学思想史》,中国人民大学出版社,2007 年,第 176 页。
⑦　《苏轼文集》卷 12,第 392 页。

垢"正与慧能偈语相通。从现实层面来看,"居士本来无垢"表达了苏轼对自己政治处境的磊落与坦然,隐含着对自己"罪过"的否定及无罪被贬的抗议;从文化层面看,这句话又透露出苏轼对率真人格的执着与坚守,洋溢着自信与乐观精神。所以,苏轼之"随物赋形"虽有屈己从俗的转变,却并未放弃守道不屈的价值立场,"随物赋形"而柔外刚中便成为苏轼黄州期间文化人格的基本内涵。

2. 文学观念

由"随物赋形"的哲学观念出发,苏轼对外物的观察便不再抱持主客二分的心态,而是庄子式的"天地与我并生,而万物与我为一",将自身消泯于天地万物,并在这种精神交合中更深切地体悟万物自然存在的合理性,从而消解自我的偏执。自我不再是独立于外物的观察者,而成为外物的适应者、伴生者乃至参与者而与外物相应相和,并融入到天地运化中去,在物我泯合中获得自由。在这一过程中,主体精神如水而流,随客体的千变万化顺适无碍,连物不伤,表现于艺术创作便是"随物赋形"。苏轼云:"吾文如万斛泉源,不择地而出,在平地滔滔汩汩,虽一日千里无难;及其与山石曲折,随物赋形而不可知也,所可知者,常行于所当行,常止于不可不止,如是而已。"①唯有在这种自由状态中,主体才会突破自我的局限,进入主客交融、物我合一的浑融境界,诗人之心才能流转自如,了无挂碍,创造出浑美的艺术境界。

苏辙在评其兄黄州期间的创作转变时说:"杜门深居,驰骋翰墨,其文一变,如川之方至,而辙瞠然不能及矣。后读释氏书,深悟实相,参之孔、老,博辩无碍,浩然不见其涯也。"②其说将东坡黄州期间的创作分作两个阶段,初至黄州,"其文一变,如川之方至",喻指其文如大河奔流,气势雄浑。其后泛览百家,博观约取,其文"博辩无碍,浩然不见其涯也",则指东坡之文精深华妙,意境浑茫,难以句摘。如果说初期之文主要表现为"势之大",那么后期之文则主要表现为"境之深"。值得注意的是,苏辙始终以"川"喻其兄之文,指出了苏文舒展流畅、前行无碍的审美特征,实即"随物赋形"。李格非尝论文章之"横"云:"余尝与宋遐叔言孟子之言道,如项羽之用兵,直行曲施,逆见错出,皆当大败而举世莫能当者,何其横也。左丘

---

① 《自评文》,《苏轼文集》卷 66,第 2069 页。
② 《栾城后集》卷 22,《苏辙集》,第 1117 页。

明之于辞令亦甚横。自汉后千年,唯韩退之之于文,李太白之于诗,亦皆横者。近得眉山《筼筜谷记》《经藏记》,又今世横文章也。"①李格非以"直行曲施,逆见错出"对"横"加以形象性的概括,主要强调文章形式上的怪变百出、摇曳生姿,这种形式实则有赖于内在精神的率意独驾而无所不可。《筼筜谷记》当指苏轼《文与可画筼筜谷偃竹记》,《经藏记》有两篇,一为作于元丰三年(1080)的《胜相院经藏记》,一为作于绍圣二年(1095)的《虔州崇庆禅院新经藏记》,前者全篇主体采用四言句式,最后一段是五言偈语。以"横"验之,当指后者。

　　《文与可画筼筜谷偃竹记》作于元丰二年七月知湖州时,本为悼念好友文与可所作。该文并未像一般悼文那样平铺直叙,而由画竹谈起,由庸俗画师的拙劣画工引出文与可"胸有成竹"的画竹理论,赞叹文氏高妙的画竹艺术。作者由此引伸开去,阐发心手不应,"临事忽焉而丧"的哲理,深化了文章主旨。由画竹艺术之高妙,文章又进而赞叹其人品德之高洁,以文与可将请托者之缣素"投诸地而骂"的细节描写,生动勾画出其人狷介不俗的个性。其后又通过回忆二人的诗文笑语,展现了文与可笃实淳朴的性情,抒发了深厚的怀念之情。最后交代写作缘起,"以废卷而哭失声"表达对亡友的痛悼,将怀念之情推向极致。全文不拘格套,由竹而人,由艺而德,既有叙事抒情,又有哲理生发,中间穿插苏辙的相关议论,文笔如行云流水,姿态横生,而又紧密围绕悼念亡友的主旨,确是"直行曲施,逆见错出"的"横"文。《虔州崇庆禅院新经藏记》亦有类似特征,该文由如来与舍利弗的"以无所得故而得"的偈语生发熟能生巧的道理,进而联想如何破解"使有思而无邪,无思而非土木"的人性困局,暗寓不平之气。随后交代写作缘起,赞叹三个僧人前赴后继终于建成崇庆院的执着精神,并对俞括的去世表示悲悼。全文不是循规蹈矩,平铺直叙,而是率意独驾,任意驱驰,却又决不横冲直撞,鲁莽灭裂,而如前行之水流"随物赋形",千回百转而连物无伤,表现出擒纵自如的结构艺术。

　　由此可见,苏文之"横"主要指其不拘格套的章法,而这一章法实与作者率意独驾的个性密切相关。前面两文分别作于将贬黄州的元丰二年(1079)七月及已贬惠州后的绍圣二年(1095)五月,而苏轼诸多黄州所作的

---

① ［宋］张邦基:《墨庄漫录》卷6,中华书局,2002年,第180页。

名篇如《答秦太虚书》《方山子传》《游定惠院》、前后《赤壁赋》等同样体现出类似特点。经过乌台诗案的打击与黄州期间的痛苦反思，苏轼渐渐消磨掉了先前的豪横之气，以更平和的心态面对现实人生，以更通达的眼光看待物我关系，主体精神因此更能从容不迫地游转于天地万象之间，对佛禅老庄诸子百家的广泛汲取无疑为其精神的自由游转提供了丰厚的资源储备，苏轼之文思更加左右逢源，摇曳多姿，诚如清人张道所云："东坡博极群籍，左抽右取，纵横恣肆，隶事精切，如不著力；尤熟于史汉、六朝、唐史，《庄》《列》《楞严》《黄庭》诸经，及李、杜、韩、白诗；故如万斛泉源，随地喷涌，未有芜无故实者。"①因此，苏文之"横"乃是其自由的精神及丰厚的学养相互生发的结果，因其精神之自由，故能在广量的信息间任意驰骋；因其学养之深厚，故能为其精神的跳跃提供更多的支点。如前所述，"随物赋形"乃是物我合一的自由创作状态，是对思想及感情之流自由前行的形象描述，一定意义上说，"横"正是"随物赋形"的自由创作的外在表现。其"横"不仅表现为感情的活跃、想象的灵动及结构的变态百出，而且表现为对各种文体形式的杂取合用，前后《赤壁赋》正是杂取合用的典范之作，郭预衡先生说："两篇《赤壁赋》打破了赋之常体，是游记，也可以说是杂文。而且或韵，或散，不拘格套，既不同于骚体，也不同于俳体……至于苏轼之赋，有人更断言：'直文耳。'此赋不仅是文，而且近于杂文小品。"②确是真正的"横"文。

　　苏文如此，验之以诗，仍可成立。不同在于，"随物赋形"于文主要表现为篇章结构的层见错出，姿态横生；于诗主要表现为写景状物的变态百出及思想感情的起伏跌宕。苏轼前期诗词多呈豪横风格，这已为学界公认，如《有美堂暴雨》《密州出猎》都为这类风格的代表作。被贬黄州后，苏轼收敛锋芒，以优游不迫的精神遨游于天地之间，其诗词更为从容自得，舒展流畅，体现出"与山石曲折，随物赋形"的艺术风貌。元丰三年（1080）作于黄州的《寓居定惠院之东，杂花满山，有海棠一株，土人不知贵也》一诗正是"随物赋形"的典范之作。该诗首先点出江城地瘴、草木蕃多的背景，而后引出幽独寂寞而又气质脱俗的海棠，以人喻物，展开丰富的联想，层层渲染其高雅不俗的气质及其娇美多情的姿态。虽写海棠，兼以

---

①　[清]张道：《苏亭诗话》卷 1，清光绪十九年（1893）刻本。

②　郭预衡：《中国散文史》中册，上海古籍出版社，1993 年，第 520 页。

写人，花与人重合叠映，意味深长，为后面的相逢感叹张本。"先生"以下笔锋一转，写诗人与海棠相遇后的感情活动，悲欣交集，感慨无穷。诗人当年雄姿英发离开故乡，本欲致君尧舜，大展宏图，岂知今日遭贬处穷，流落黄州，正与故乡的海棠彼此相对，同是流落天涯，感慨何止万千。诗人只能以狂饮长醉消弭深愁，只是明朝酒醒时分，是否还有勇气来看如雪片般飘零的花朵。全诗以人喻物，因物寓感，惝恍迷离，兴寄深微，抒发了强烈的不遇之感与贬谪之痛。该诗状物运用拟人、对比、比喻等多种手法，多角度、多侧面层层渲染；写人则由开始的萧散闲放到后面的感慨叹息，直到最后的愁深似海，逐步推进，层层加重，最终人物合一，将感情推向顶点。该诗无论状物写人都表现出很强的层次性，写花是空间性，写人是历时性，但都率意独至，意到笔随，"随物赋形"，从容自然，表现出超妙的艺术本领。据说苏轼自己也对此诗颇感得意，每每写以赠人，自称"吾平生最得意诗也"①。

　　古诗如此，"苏轼此时的近体诗也追求一气呵成的浑然自然之趣"，"设景、抒慨、叙事，无所不可，清幽新颖熨帖，毫无为韵牵拘之迹"②，亦可视为"随物赋形"的别种表现，如《红梅三首》其二云：

　　　　怕愁贪睡独开迟，自恐冰容不入时。故作小红桃杏色，尚余孤瘦雪霜姿。寒心未肯随春态，酒晕无端上玉肌。诗老不知梅格在，更看绿叶与青枝。③

　　该诗以"怕愁贪睡"起笔，写出红梅迟开的原因，并以"自恐冰容不入时"引起下联。"故作小红桃杏色"承接上句，同时又与"尚余孤瘦雪霜姿"形成对比，揭示出红梅之可贵恰在其敢于傲霜斗雪的品格。下句"寒心未肯随春态"一方面承上句之"雪霜姿"，进一步揭示其未泯的寒心，又以拟人笔法写其娇媚可人的姿态，"酒晕无端上玉肌"。最后感叹"诗老不知梅格在，更看绿叶与青枝"，反衬红梅傲霜斗雪的精神品质。全诗紧扣"梅格"层层生发，以人拟物，虚实相映，上下勾连，流转自如，极见诗人运思之高妙疏畅。其他如《东坡》《南堂》《海棠》等小诗，更以精致流利的诗笔，臻于清旷

---

① 《王直方诗话》，郭绍虞辑《宋诗话辑佚》，中华书局，1980年，第74页。
② 王水照、朱刚：《苏轼评传》，南京大学出版社，2004年，第429页。
③ 《苏轼诗集》卷21，第1107页。

简远的妙境。

苏轼黄州期间"随物赋形"、运思无碍的诗文创作根本上源于其文化心态由功利到审美的转变。经过初到黄州的阵痛,苏轼以佛禅老庄消解痛苦,将天地万物进退荣辱等量齐观,而不再将被贬际遇看作挂碍精神的魔障。于是,苏轼渐从世俗的价值中超离出来,更以宠辱不惊的自然心态应对现实人生,世俗的功名利禄在自然思想的刀锋下霍然瓦解,此时呈在苏轼面前的便不再是追名逐利的世俗画面,而是脱离世俗价值的审美世界。《西江月》词自序云:"春夜行蕲山水中过酒家,饮酒醉,乘月至一溪桥上,解鞍屈肱少休。及觉已晓,乱山葱茏,不谓人世也,书此词桥柱上。"①可见,苏轼摆脱世俗价值之后,转而以审美眼光观照外物,天地自然似乎顿然呈现出无言之大美,而苏轼也情不自禁地陶醉其中,以清奇之语抒写超旷之意,自然之美亦如天外精灵翩然而来,成为诗人随意驱遣的对象,而诗人也似乎在对自然的审美观照中浑然忘我,与天地为一。因而,黄州之贬,苏轼实现了观照对象与观照视角的双重转变:由社会转向自然,由功利转向审美。正因为这种转变,苏轼摆脱了被贬黄州的世俗情累,以超旷的审美心态与物同游,呈现出洞达天机的超然。

第四节　苏辙被贬筠州的文化心态与文学创作

受乌台诗案牵连,苏辙贬监筠州酒税务,从元丰三年(1080)七月到元丰七年十一月计五年。贬筠期间,默然自守的老子哲学及安贫乐处的颜回人格成为苏辙文化心态的核心内容,而湖山之想与归乡之念也不时涌上心头,成为对抗贬谪际遇的文化想象。出于畏祸自保心理,苏辙的诗文创作远离政治,并以次韵唱和为主要形式,题材更为生活化。而此期悟道复性的哲学追求则又使其诗文创作以性抑情,表现出质木淡泊的总体风格。虽然此期创作的记体文更为纵横跌宕,接近苏轼文风,但其复性观念又深刻制约着精神的自由、终极的思索与灵动的想象,其代表性的记体文也未能达到苏轼《赤壁赋》那样的高妙境界。

---

① 《苏轼词编年校注》,第360页。

一、"省之又省"与苏辙之"道"

《宋史》苏辙本传评论说,"辙性沉静简洁","寡言鲜欲"①。因其严肃静默而又有些拘谨的性格特征,苏辙对文化的汲取便带有一定的选择性,对旷放的庄禅哲学较为疏远,而偏重于刚毅严正的儒学及渊静沉默的老子哲学。

苏辙原本处世谨慎,乌台诗案前,苏辙即劝诫其兄不要肆意讥评时政。贬筠后,苏辙对专制政治的严酷与人生磨难有更深的体验,《次韵子瞻赠张憨子》云:"得罪南来正坐言,道人闭口意深全。"②正因为遭人诋毁而被贬,那么闭口无言自然是最好的全身之道。经此打击,苏辙原本敏感的心灵对此作出了强烈反应,"此心此去如灰冷,肯更逢人问复然?"世态变迁、人情冷暖每每引发其沉重的喟叹,"愆尤未见雪,世俗多相鄙"③。乃至舟行阻风也不自觉地联想到人生的不顺,"我生足忧患,十载不安处"④。《过龟山》云:"再涉长淮水,惊呼十四年……龟山老僧在,想见一茫然。僧老不自知,我老私自怜。驱驰竟何获,少壮空已捐。掉头不见答,笑指岸下船。人生何足云,陵谷自变迁。"⑤十四年前,苏氏兄弟扶父柩还乡曾路经此地,如今兄弟二人获罪被贬,重经此处,感慨何多。但陵谷既可变成河流,人生一点变故又算得了什么呢。"何况七尺躯,不为物所旋。从形要同尽,独有无生全"。万物终将销尽,唯有以佛教"无生"观照世事,将一切视为虚妄,才能化解人生悲哀。而佛教"无生"的虚幻理论毕竟无法解脱现实人生的困境,也难以解释冥冥中的天命,苏辙虽强以"无生"之类佛禅观念去除人生情累,最终仍然陷于天命无常的困惑,《舟次磁湖次韵子瞻》诗云,"黄州不到六十里,白浪俄生百万重。自笑一生浑类此,可怜万事不由侬"⑥。该诗集中反映了苏辙对天命的无奈。天命不可知又不可违,唯一能做的便是顺应天命,全身自保,自保之道便是缄口不言,"从此莫言身外事,功名毕竟不如休",老子渊默自守的哲学观于是成为苏辙筠州期间全身自保的理论

---

① 《宋史》卷 339,第 10835—10837 页。
② 《栾城集》卷 9,《苏辙集》,第 170 页。
③ 《栾城集》卷 10,《苏辙集》,第 181 页。
④ 《栾城集》卷 10,《苏辙集》,第 185 页。
⑤ 《栾城集》卷 9,《苏辙集》,第 170 页。
⑥ 《栾城集》卷 10,《苏辙集》,第 180 页。

依据。

苏轼《与滕达道》第二十二简云："近得筠州内舍弟书,教以省事,若能省之又省,使终日无一语一事,则其中自有至乐,殆不可名。"①《老子》第四十八章云："为学日益,为道日损,损之又损,以至于无为,无为无不为。"②所谓"省之又省"几乎就是"损之又损"的同义语,实即要消损情欲,使心思回归到"玄觉"与"静观"状态,以心灵的寂灭而臻于清净澄明之境,从而与大道相通。苏辙《老子解》四十八章云："苟一日知道,顾视万物无一非妄,去妄以求复性,是谓之损。"苏辙的注解虽然基本上反映了《老子》的本意,但又明显打上了佛教烙印,《大方广佛华严经 · 如来出现品》云,"但诸凡愚,妄想执著,不知不觉,不得利益"。"若离妄想,一切智、自然智、无碍智,则得见前"③。远离妄想,才能习得圣道,视万物皆妄,从而证得如来无量智慧,这与绝圣弃智以求大道的老子哲学具有相似的理路。因此,佛教理论的介入为苏辙损之又损的老子哲学提供了更为坚强的理论支持,自然也使其返本复性的信念更其坚定。

苏辙之"省之又省"一方面是避祸自保之道,同时又是返道复性的途径,对遭贬处穷的苏辙而言也是排斥物欲、安贫乐道的生存状态,苏辙称这种状态"其中有至乐",所谓"至乐"实则安贫乐道的颜回之乐。苏辙在《武昌九曲亭记》中写道："盖天下之乐无穷,而以适意为悦,方其得意,万物无以易之。……惟其无愧于中,无责于外,而姑寓焉。"④"无愧于中,无责于外"方能澄净物欲,返道归真,与物相游,得天地之大乐,即所谓"适意"。《答黄庭坚书》云："盖古之君子不用于世,必寄于物以自遣,阮籍以酒,嵇康以琴。阮无酒,嵇无琴,则其食草木而友麋鹿,有不安者矣。独颜氏子饮水啜菽,居于陋巷,无假于外,而不改其乐,此孔子所以叹其不可及也。"⑤如颜回一样默然自处,不假外物而自得其乐,乃是士人守道处穷的最高境界。虽然颜氏之乐未必源于对"道"的体悟,却未必不能被苏辙赋予老庄哲学体悟天道的文化内涵,事实上,庄子的"坐忘论"一定意义上正是对"颜回乐

---

① 《苏轼文集》卷 51,第 1482 页。

② 《老子校释》第 48 章,第 192 页。

③ 《大方广佛华严经》卷 51,《大正新修大藏经》第 10 册,第 272 页。

④ 《栾城集》卷 24,《苏辙集》,第 406 页。

⑤ 《栾城集》卷 22,《苏辙集》,第 391 页。

处"精神内涵的揭示,《庄子·大宗师》云:"(颜回)曰:'回坐忘矣。'仲尼蹴
然曰:'何谓坐忘?'颜回曰:'堕肢体,黜聪明,离形去知,同于大通,此所谓
坐忘。'"①所谓"同于大通"即同于大道,同于大道故其中有至乐。在其他
许多篇章中,苏辙亦一再称赞所谓的"有道者",《孟德传》在叙述孟德面对
猛虎"未尝为动",虎"逡巡弭耳而去"的轶事后说:"夫孟德可谓有道者也。
世之君子皆有所顾,故有所慕,有所畏。慕与畏交于胸中,未必用也,而其
色见于面颜,人望而知之。故弱者见侮,强者见笑,未有特立于世者也。今
孟德其中无所顾,其浩然之气,发越于外,不自见而物见之矣。推此道也,
虽列于天地可也,曾何猛兽之足道哉!"②"慕"与"畏"都出于世俗欲望,是
对纯朴人性的破坏因素,不慕不畏方能趋道归真,养其浩然之气。作于筠
州期间的《丐者赵生传》叙述了赵生与地狱相通的神异本领后叹曰:"此亦
邪术,非正道也。君能自养使气与性俱全,则出入之际,将不学而能,然后
为正也。"③苏辙此处指出了趋"道"的途径,那就是"使气与性俱全"。气乃
是排斥世俗之念后的浩然之气,而性则无疑是人的原始本性,复归本性自
有浩然之气,浩然之气正是原始本性的外在表现,因此,复性即是体道。在
《老子解》中,苏辙将"道"置换为"性",《老子解》第四十七章云:"性之为体,
充遍宇宙,无远近古今之异。古之圣人,其所以不出户牖而无所不知者,特
其性全故耳。世之人为物所蔽,性分于耳目,内为身心之所纷乱,外为山河
之所障塞,见不出视,闻不出听。户牖之微,能蔽而绝之。不知圣人复性而
足,乃欲出而求之,是以弥远而弥少也。"④排斥耳目感官的一偏之见,去除
障蔽,方能复性,此处的"性"显然是一个本体概念,类似《老子》之"道"。苏
辙的复性理论既与老子哲学"损之又损"以趋道的观念相通,又直接继承了
中唐李翱儒学的复性说⑤,李翱《复性书》上篇云:"人之所以为圣人者,性
也,人之所以惑其性者,情也。喜怒哀乐爱恶欲,七者皆情之所为也,情既
昏性,斯匿矣,非性之过也。"⑥只有灭情,方能复性,才能达到心灵的澄净

---

① 《庄子集释》卷 3 上,第 284 页。
② 《栾城集》卷 25,《苏辙集》,第 424 页。
③ 《栾城集》卷 25,《苏辙集》,第 425 页。
④ [宋]苏辙:《老子解》,景印《文渊阁四库全书》,1055 册第 218—219 页。
⑤ 《栾城遗言》载,苏辙称"唐士大夫少知道,知道惟李习之、白乐天","喜《复性书》三篇"。
则苏辙屡用"复性"一词良有以也。
⑥ 李翱《复性书》,[清]董诰等编《全唐文》卷 637,中华书局,1983 年,第 6433—6435 页。

状态而与道相通。苏辙实则将性与道绾合为一,复性即体道,则苏辙之道又不免带有儒家内涵,《答李昭玘书》云:"夫古之所谓知道者,富贵不能淫,贫贱不能忧……收其精以治身,而斥其七苴以惠天下。"①为实现复性的目标,苏辙认为应该"士居尘垢之中,纷纭之变,日构于前,而中心未始一日忘道"②。也正是在"道"的归趋与对"性"的回复中,苏辙体味到"不可名"的"至乐"。苏轼在《答李昭玘书》中说:"舍弟子由……学道三十余年,今始粗闻道,考其言行,则信与昔者有间矣。"③苏轼所据大概包括苏辙的《黄州快哉亭记》,其中云:"士生于世,使其中不自得,将何往而非病;使其中超然,不以物伤性,将何适而非快!"不以物伤性方可复性,方能无适而非快,即使遭贬处穷也可以获得颜回一样的穷巷之乐,苏辙称"颜子箪瓢陋巷,我是谓矣"④,其安贫乐道与苏轼之随缘任运颇为接近,故而受到苏轼的赞赏。

苏辙虽然偏好老子哲学,但在筠州期间与不少禅僧有着密切的交往,佛禅观念对苏辙此期的文化构成及文化心态也有不可忽视的影响。苏辙至筠州后,从道全禅师、克文(云庵)禅师、圣寿省聪禅师游,《逍遥聪禅师塔碑》云:"予元丰中,以罪谪高安,既涉世多难,知佛法之可以为归也。是时洞山有文、黄檗有全、圣寿有聪,是三老人皆具正法眼,超然无累于物。予稍从之游,既久而有见也。"⑤"超然无累于物"与"既久而有见"乃是两个重要信息。就前者而言,乃是以佛教空观观照万物,认识到"万法皆空,惟有此心不生不灭"⑥,将诸种磨难视为虚妄,以消除遭贬处穷的人生苦痛。所谓"久而有见",则是苏辙认识到禅宗之明心见性的禅法实与其复性论相通,这在《筠州圣寿院法堂记》得到清晰的说明,"夫多病则与学道者宜,多难则与学禅者宜。既与其徒出入相从,于是吐故纳新,引挽屈伸,而病以少安。照了诸妄,还复本性;而忧以自去,洒然不知网罟之在前与桎梏之在身,孰知夫险远之不为予安,而流徙之不为予幸也哉!"⑦"照了诸妄,还复本性"实即将佛教空观、禅宗之明心见性与其复性论统一起来,或者说是将

① 《栾城集》卷22,《苏辙集》,第392页。
② 《庐山栖贤寺新修僧堂记》,《栾城集》卷23,《苏辙集》,第402页。
③ 《苏轼文集》卷49,第1439页。
④ 《栾城遗言》,景印《文渊阁四库全书》,第864册第177页。
⑤ 《栾城后集》卷24,《苏辙集》,第1145页。
⑥ 《颍滨遗老传》,《栾城后集》卷13,《苏辙集》,第1041页。
⑦ 《栾城集》卷23,《苏辙集》,第401页。

儒释道统一起来,初步构成了苏辙筠州期间三教合一、以悟道复性为核心的文化理念。

　　尽管苏辙筠州期间的思想庞杂,与苏轼相类,然而总体看来,苏辙却并未如苏轼一样形成"任性逍遥,随缘放旷"的文化性格,而是戒惧谨慎,小心度日。贬筠之后,苏辙闭口不谈政治,唯有《和子瞻蜜酒歌》中有对新法的含蓄批判,"城中禁酒如禁盗,三百青钱愁杜老"①,真可谓"省之又省"了。不仅如此,苏辙并且倡导忍让哲学,《次韵子瞻夜字韵作中秋对月》诗云:"娄公见唾行自干,冯老尚多谁定骂。"②诗以唐代唾面自干的娄师德典故劝导苏轼忍辱苟且,甚至劝导乃兄不妨学习冯道随波逐流。苏轼量移汝州经筠州过访苏辙时,苏辙又叮咛乃兄慎言慎行,《悦生随抄》载:"子由监筠州酒税,子瞻尝就见之,子由戒以口舌之祸。及饯之郊外,不交一谈,唯指口以示之。"③苏辙之戒惧谨慎不仅与其个性及专制环境有关,更内在决定于他的"复性论"。

　　"道"或"性"在苏辙的思想体系中乃是最高本体,主体精神的最终追求乃是归趋于"道"或"性","道"或"性"作为最高本体形成了对主体精神的束缚,客观上限制了主体精神的自由性与灵活性。如果说苏轼之庄禅观念形成了对外在秩序的消解,那么苏辙之"道"或"性"则恰恰形成了对主体精神的束缚与压抑,成为凌驾于主体之上的支配力量,于是,"道"在苏辙的观念中有时会转化为不可把握、难以逃脱的"天命",《老子解》云:"命者,性之妙也,性可言,至于命则不可言矣。"④《次韵知郡贾蕃大夫思归》云:"得坎浮槎应有命,投林惊鹊且安枝。"⑤《答王定国问疾》云:"南迁昔所同,卧疾今亦并。远行信由天,未死庸非命。"⑥受这种哲学观的支配,主体表现于外便是默照静观,缄默不言,正如《老子》所言:"我愚人之心也哉!俗人昭昭,我独昏昏;俗人察察,我独闷闷。"苏辙注曰:"世俗以分别为智,圣人知群妄之不足辩也,故其外若昏,其中若闷。"⑦所谓"愚人"乃是主体返朴归真的

---

①　《栾城集》卷 12,《苏辙集》,第 230 页。

②　《栾城集》卷 10,《苏辙集》,第 187 页。

③　[宋]贾似道:《悦生随抄》,[元]陶宗仪《说郛》卷 12,涵芬楼本。

④　《老子解》,景印《文渊阁四库全书》,第 1055 册 198 页。

⑤　《栾城集》卷 12,《苏辙集》,第 234 页。

⑥　《栾城集》卷 14,《苏辙集》,第 272 页。

⑦　《老子解》,景印《文渊阁四库全书》,第 1055 册第 202 页。

状态,面对外部环境的压迫,无须进行任何分辩,以"昏昏""闷闷"应之方可保身。因此,苏辙贬筠期间的缄默拘谨并不仅是性格及专制环境使然,在深层次上更决定于其求道复性的哲学观。

二、贬谪与抗拒——苏辙贬筠期间的文化心理

贬谪对二苏造成了沉重打击,贬谪所带来的并不只有肉体上的折磨,更有文化心理上的折磨,因其拘谨内敛的个性,这种折磨在苏辙那里表现得更为强烈而持久。与之相应,苏辙贬筠期间的行为也便表现为双重的对应,即以谨言慎行防范专制权力的进一步迫害,其次则是以归隐的想象对抗贬谪的文化隐痛。

据笔者统计,苏辙贬筠期间作诗 274 首,几无一言涉及政治,现实的重大事件在其诗文中完全找不到影子,既不讴歌,更不讥评,这与苏轼欢呼西河大捷及时而讥刺新法的言行形成了鲜明对照。在其 274 首诗中,次韵唱和诗有 191 首,占全部作品的近 70%,其中与筠守毛国镇的次韵诗即有整整 100 首,次和子瞻及其婿王适诗共计 46 首,次韵朋友 33 首,次和同事 12 首。与毛国镇唱和诗不乏客套的赞叹乃至肉麻的吹捧,《次韵毛国镇赵景仁唱和三首一赠毛一赠赵一自咏》云:"治剧从容缓策衔,铃轩无事日清谈。隼旗画戟明千里,纸帐绳床自一庵。金奏屡陈容客和,玉山不动看宾酣。我来邂逅逢宽政,忘却漂流身在南。"①诗对毛国镇治理有方极加赞叹,同时对自己托身于毛国镇的治下深感欣慰,"我来邂逅逢宽政,忘却漂流身在南",似流露出自适之意,其实不过强作欢颜。同韵《自咏》开首即说,"远谪江湖舻尾衔,到来辛苦向谁谈?"表达了无可倾诉的寂寞,末尾"疏顽近日尤堪笑,坐任飘风去自南"则又故作旷达。由此可见,苏辙与毛国镇次韵诗多是言不由衷的应付,并非推心置腹的交流。其后次韵毛氏诗亦多夸赞其治绩与文采,明显属于下级对上司的客套,《次韵毛君感事书怀》云,"才力有余嫌事少,风情无限觉诗多"②。且赞美其品节之正直,气度之从容,"长松更老仍添节,古井虽深自不波"。《次韵毛君见督和诗》亦赞美毛氏诗才,"新诗落纸一城传",谦称自己"顾我疏芜岂足编"③。《次韵毛君经旬不用

---

① 《栾城集》卷 10,《苏辙集》,第 188 页。
② 《栾城集》卷 10,《苏辙集》,第 189 页。
③ 《栾城集》卷 10,《苏辙集》,第 190 页。

鞭扑》赞美其治绩云,"岁终谁为公书考,岂止江西第一人"①,则不免有些肉麻了。这类诗比比皆是,作为下属,且是被贬谪的戴罪之身,自不能不谦卑恭顺,自然也就不易表露真情实感。随着时间的推移,关系的密切,苏辙次韵毛氏之作的个体感情逐渐展现,如《次韵毛君见赠》云,"南迁尚有君知我,人事何须共预谋?"②《次韵毛君清居探菊》云,"今日共君拼一醉,从教人道亦高阳"③。

但下属的地位及被贬官员的自卑心理使其不可能完全向毛国镇敞开心扉,因而苏辙一方面交结毛氏,同时更渴望从亲朋那里得到真情的慰藉,与亲人友朋的往来唱和便成为苏辙消解苦痛的重要渠道。《次韵子瞻与安节夜坐三首》其二云:"少年高论苦峥嵘,老学寒蝉不复声。目断家山空记路,手披禅册渐忘情。功名久已知前错,婚嫁犹须毕此生。家世读书难便废,漫留案上铁灯檠。"④该诗将少年的热望与今日的凄凉加以对比,表达了沉重的失意之情。《次韵子瞻感旧见寄》追忆往事,"结发皆读书,明月入我牖"⑤,在对细节的回忆中寻找可以抚慰不幸的温情。而更多的内容则是对人生的反思与怨叹,同一诗中,苏辙云:"纵横万余卷,临纸但挥手。学成竟无用,掩卷空自疑。却寻故山友,重赴幽居期。"诗人所求者并非仅是兄弟之间的脉脉温情,而是兄弟间毫不设防的感情交流及对命运的深度思考,只有这种深层次的交流才可以使苏辙获得真切的感情抚慰与心灵共鸣。苏辙此期次和苏轼诗计 18 首,多为这类叹往伤今、追问人生之作。与唱和子瞻诗不同,苏辙与其婿王适的唱和则较为轻松,或体现出长辈的关切与希望,如《和王适寒夜读书》云:"感君读书篇,惜此寒夜暑。殷勤附灯烛,黾勉就图史。"⑥或与之吟咏风物而自得其乐,如《次韵王适落日江上二首》《次韵王适春雨》《次韵王适游陈氏园》等便以轻松笔触写出慵懒闲情。苏辙甚至与之如朋友一样倾心交谈,《久不作诗呈王适》云:"怜君多病仍经暑,笑我微官长坐曹。落日东轩谈不足,秋风北棹意空劳。"⑦乃至有的诗

---

① 《栾城集》卷 10,《苏辙集》,第 192 页。
② 《栾城集》卷 11,《苏辙集》,第 210 页。
③ 《栾城集》卷 11,《苏辙集》,第 210 页。
④ 《栾城集》卷 11,《苏辙集》,第 213 页。
⑤ 《栾城集》卷 12,《苏辙集》,第 221 页。
⑥ 《栾城集》卷 12,《苏辙集》,第 237 页。
⑦ 《栾城集》卷 12,《苏辙集》,第 235 页。

作尚有争才斗胜之意,如《同王适赋雪》,由此可见二人深厚的翁婿之情。他们之间丰富多样的交流无疑给苏辙寂寞劳碌的生活增添了不少乐趣,极大地缓解了苏辙的贬谪之痛。

除去与亲朋的交流唱和,苏辙尚有一些自拟题之作,题材涉及饮酒、食菱、时令、节侯、赏花、咏物等日常生活的许多方面,往往在其中抒写一己愁怀,或表达人生感悟,如《江涨》云:"流窜非择地,艰难理宜遭。胡为苦戚戚,一夕生二毛。"①写出了流贬远地勉力解脱的无奈心理。《咏霜二首》其二云:"清霜欺客病,乘夜逼窗扉。坐睡依炉暖,细声闻叶飞。"②则又表达了困窘生活中的惬意与闲适。《除夜》诗云:"老去不自觉,岁除空一惊。深知无得丧,久已罢经营。"③又表现出洞彻人生的超然。《新种芭蕉》诗则由芭蕉的生长荣枯悟出人生的虚幻,"堂上幽人观幻久,逢人指示此身非"④。总之,这类诗作以个人为中心展开,呈现自我感情的诸多侧面,对现实政治则着力回避,不置一词。实际上,上述诗作只是对诗人心灵的表层抚慰,并不足以消除被贬的文化隐痛。

所谓贬谪的文化隐痛乃是贬谪本身超越肉体折磨及生活困窘,以对士人否定性的文化评判所造成的心灵伤痛。自尧帝流放四凶的历史记载以来,贬谪流放便成为罪孽的认定标志,几乎成为罪孽的标签,自屈原至贾谊再到中唐的蒙冤被贬者,心中都回荡着悲怨无诉的哀歌,屈原之《离骚》《九章》,贾谊之《鹏鸟赋》《吊屈原赋》,中唐柳宗元、刘禹锡、韩愈等人被贬后的诗文无不以沉痛的吟唱对抗着流放的罪孽认定。入宋后,流放仍然是惩诫犯罪官员的重要形式。经过长期开发,南瘴之地的生存环境已得到极大改善,北方士人对南方包括岭南的了解逐渐加深⑤,汉唐以来流放南瘴的恐惧心理逐渐减弱,以自然环境的恶劣折磨罪臣的功能逐渐消失。苏辙被贬筠州后,在《筠州圣寿院法堂记》中写道:"元丰三年(1080),余以罪迁焉。

---

① 《栾城集》卷11,《苏辙集》,第204页。
② 《栾城集》卷12,《苏辙集》,第225页。
③ 《栾城集》卷13,《苏辙集》,第240页。
④ 《栾城集》卷12,《苏辙集》和,第219页。
⑤ 曾巩《送李材叔知柳州序》云:"其风气吾所谓之,与中州亦不甚异。起居不违其节,未尝有疾。苟违节,虽中州宁能不生疾邪?其物产之美,果有荔子、龙眼、蕉、柑、橄榄,花有素馨、山丹、含笑之属,食有海之百物,累岁之酒醋,皆绝于天下。人少斗讼,喜嬉乐。吏者唯其无久居之心,故谓之不可。"见《曾巩集》卷14,中华书局,1984年,第223页。

既至,幸其风气之和,饮食之良,饱食而安居,忽焉不知险之为患。"①由此,贬谪与流放主要成为一种文化意义上的惩诫,流放的文化内涵与历史记忆在被贬者的心中若隐若现,成为折磨其心灵的更深层的文化隐痛,"信非吾罪而弃逐兮,何日夜而忘之!"②因此,被流放者对自己的贬放际遇有着强烈的屈辱感,并沿袭着传统的抗拒心理,渴望洗雪冤狱,清除流放这一特定的文化符号给他们打上的罪孽的印记。苏辙《将还江州子瞻相送至刘郎洑王生家饮别》诗云:"愆尤未见雪,世俗多相鄙。"③《次韵孔平仲著作见寄四首》其一云:"但愿洗余衍,躬耕江一曲。"④然而苏辙无力改变这一现状,唯一能与贬谪相对抗以保持人格尊严的形式便是辞官归隐。

在苏辙贬筠期间的诗歌中,表达归隐与思乡的诗句比比皆是,《蜀井》云:"早知乡味胜为客,游宦何须更着鞭。"⑤《此君亭》云:"故山多此物,长恨未归休。"⑥《再和毛君山房即事十首》其七云:"高情日与故山期,鸿鹄谁言也倦飞。"⑦《次韵吴秀才见赠三首》其二云:"隐居便作江南计,为觅佳山早寄声。"⑧《试院唱酬十一首》其四云:"自恨寻山计苦迟,年过四十始知非。"⑨《次韵子瞻感旧见寄》云:"衣裘当及时,田庐亦须早。"⑩《阴晴不定简唐覯秘校并敖吴二君五首》其三云:"一官终窃食,何计早归耕。"⑪《次韵王适元日并示曹焕二首》其一云:"江南留滞归何日,万里逢春思故乡。"⑫

尽管苏辙在诗中反复表达归隐之念,但始终未曾付诸实施,原因在于宋人强烈的政治主体意识及责任意识使其难以轻易放弃官员身份,而养家糊口的压力也使其难以下定辞官归隐的决心。苏辙《次韵孔平仲著作见寄四首》其一云:"罪重惭故人,囊空仰微禄。"其四云:"治生非所长,儿女惊满

---

① 《栾城集》卷23,《苏辙集》,第401页。
② 《楚辞·哀郢》,洪兴祖《楚辞补注》,中华书局,1983年,第136页。
③ 《栾城集》卷10,《苏辙集》,第181页。
④ 《栾城集》卷11,《苏辙集》,第215页。
⑤ 《栾城集》卷9,《苏辙集》,第173页。
⑥ 《栾城集》卷9,《苏辙集》,第176页。
⑦ 《栾城集》卷10,《苏辙集》,第196页。
⑧ 《栾城集》卷10,《苏辙集》,第199页。
⑨ 《栾城集》卷11,《苏辙集》,第207页。
⑩ 《栾城集》卷11,《苏辙集》,第212页。
⑪ 《栾城集》卷11,《苏辙集》,第216页。
⑫ 《栾城集》卷12,《苏辙集》,第226页。

屋。"①而更重要的原因在于宋人已解决了亦官亦隐的文化矛盾,归隐不再必然表现为寄居山林的外在形式,而更是一种超尘出世的文化心态,只要与世无争,不求功利,即便身居庙堂仍不失为隐士。唐代白居易的中隐观念与实践成为宋人解决仕隐矛盾的理论依据与最佳途径,亦官亦隐成为宋代许多士人的选择。筠州虽然偏僻,但山青水碧,禅刹众多,各色人物亦常经行此地,完全可以寄养身心,除去公务之累,苏辙在这里的生活其实与隐居相差无几,正如苏辙所云,"身为江城吏,心似野田叟"②,因此,辞官而一意归隐似乎成为不必要的举动。苏辙在《东轩记》中说:"若夫孔子周行天下,高为鲁司寇,下为乘田委吏,惟其所遇,无所不可,彼盖达者之事而非学者之所望也。余既以谴来此,虽知桎梏之害而势不得去,独幸岁月之久,世或哀而怜之,使得归伏田里,治先人之敝庐,为环堵之室而居之,然后追求颜氏之乐,怀思东轩,优游以忘其老,然而非所敢望也。"③苏辙在这里指出自己并非孔子那样的达者,难以面对困境淡然处之并保持颜回那样的穷居之乐。对自己这样的凡庸者而言,欲得颜氏之乐,必须要弃去官禄的桎梏,不为外物所扰,但苏辙说,"虽知桎梏之害而势不得去",则其"势"何所指呢?除去上述谋生原因,恐怕还包括潜藏于内心深处的意欲有所作为的念头。《次韵陈师仲主簿见寄》云:"朽株难刻画,枯叶任凋零。"④诗以"朽株""枯叶"自喻,对自己长期被贬深致不满。"颇似申屠子,都忘足被刑",则以反语出之,不平之情尤见激烈。随着时间的流逝,这种还朝思归之情越发强烈,《次韵王适元日并示曹焕二首》其一云:"江南留滞归何日,万里逢春思故乡。"⑤其二云:"放逐三年未遣回,复惊爆竹起春雷。"可见,苏辙始终不曾真正放弃还朝念头,这才是"势不得去"的根本原因。贬放与归隐事实上成为专制与士人相互对峙与对抗的手段,当权者以贬谪打压士人,士人则以辞官归隐鄙视权力。流放显示出专制的蛮横,而辞官归隐则是捍卫士人人格尊严、降解贬谪之痛的手段。而问题是苏辙并不想真正归隐,难以消泯的用世之志与久贬不归的现实遭际无情地折磨着他,于是,归隐湖山

---

①　《栾城集》卷11,《苏辙集》,第215页。
②　《同王适曹焕游清居院步还所居》,《栾城集》卷12,《苏辙集》,第230页。
③　《栾城集》卷24,《苏辙集》,第406页。
④　《栾城集》卷12,《苏辙集》,第225页。
⑤　《栾城集》卷12,《苏辙集》,第226页。

的文化想象便以折中的形式满足了苏辙用世不得而又欲捍卫自己人格尊严、消除贬谪之痛的心理需要,从而成为苏辙诗作中反复表达的主题。显然,归隐在苏辙这里不再是一种必须付诸实施的人生理想,而成为一种文化想象,一种与贬谪际遇相对抗的精神力量。

三、复性论与苏辙贬筠期间的诗文特征

适应畏祸自保的现实需求,苏辙筠州期间在《老子解》中正式提出复性论,这一观念不仅使谨言慎行成为自觉,而且进一步影响到其诗文创作。

1. 复性论与诗的创作

由复性论出发,苏辙往往有意抑制感情的扩张,用以表达情感的各类因素便处于僵滞状态,各种意象之间难以沟通碰撞而激扬飞动,造成想象力的贫弱。反映在诗中便多为平板的叙事与质木的语言,而缺少修辞运用的生动与鲜活,这与苏轼的创作形态形成了鲜明对比。苏辙对二人风格之不同也有着清楚的认识,称“子瞻之文奇,予文但稳耳”①。苏轼主情②,情感的强大驱动有效地整合起各类信息,形成四通八达、纵横交错的信息通道,构建起随心所欲、无施不可的形象思维机制,表现为诗,便是想象力的奇变百出与情感表达的奔腾跌宕。将苏轼《铁拄杖》与苏辙的次韵诗比较,即可看到二人创作特征的明显差异。苏轼《铁拄杖》诗云:

> 柳公手中黑蛇滑,千年老根生乳节。忽闻铿然爪甲声,四坐惊顾知是铁。含簧腹中细泉语,迸火石上飞星裂。公言此物老有神,自昔闽王饷吴越。不知流落几人手,坐看变灭如春雪。忽然赠我意安在,两脚未许甘衰歇。便寻辙迹访崆峒,径渡洞庭探禹穴。披榛觅药采芝菌,刺虎钐蛟擉蛇蝎。会教化作两钱锥,归来见公未华发。问我铁君无恙不,取出摩挲为君说。③

该诗前四句描绘铁拄杖的色泽、形态、声音,将其比作滑溜的黑蛇,起笔不凡,惊神骇目。次句则将杖间的凸起比作千年老树的乳节,继写铁杖

---

① 《栾城遗言》,景印《文渊阁四库全书》,第864册第174页。
② 苏轼在《中庸论》中说:“夫圣人之道,自本而观之,则皆出于人情,不循其本,而逆观之于其末,则以为圣人有所勉强力行,而非人情之所乐者。夫如是,则虽欲诚之,其道无由。”《苏轼文集》卷2,第61页。这构成苏轼主情论的基础。
③ 《苏轼诗集》卷20,第1064页。

接地之声如爪甲铿然作响,并以"四坐惊顾"的神态烘托铁杖音声的铿锵有力。以上四句连用黑蛇、老树、爪甲的比喻,精彩迭出,将一支乌黑发亮、骨节凸起、落地铿然的铁拄杖活生生地呈现出人们面前。而后诗人又追溯其不平凡的来历,曾经吴越王钱镠之手,其间几经转折,这只神奇的铁杖随之目睹人间几多风云变幻,历史的追溯为铁杖涂抹上了神奇色彩。此后诗人笔锋一转,开始发挥想象,揣想自己得到铁杖后的打算,"便寻辙迹访崆峒,径渡洞庭探禹穴。披榛觅药采芝菌,刺虎钑蛟撅蛇蝎"。真可谓翻空出奇,神飞天外,与铁柱杖奇异的形态、不凡的经历遥相呼应,借物言志,抒写了诗人壮浪豪迈的情怀。全诗由物而人,由实而虚,层层递进,愈翻愈奇,充满飘然欲飞的气势,堪称独出机杼的神妙之作。黄庭坚《跋东坡〈铁柱杖〉诗》云:"《铁柱杖》诗雄奇,使李太白复生,所作不过如此。平时士大夫作诗送物,诗常不及物。此诗及铁柱杖均为瑰玮惊人也。"[1]反观苏辙的次韵之作《和子瞻铁拄杖》,则不免意象板滞,兴味索然。诗云:

> 截竹为杖瘦且轻,石坚竹破误汝行。削木为杖轻且好,道远木折恐不到。闽君铁杖七尺长,色如黑蛇气如霜。提携但恐汝无力,撞坚过崄安能伤。柳公虽老尚强健,闭门却扫不复将。知公足力无险阻,怜公未有登山侣。回生四海惟一身,袖中长剑为两人。洞庭漫天不觉过,半酣起舞惊鬼神。愿公此杖亦如此,适意遨游日千里。归来倚壁示时人,海外苍茫空自记。[2]

该诗前四句设想竹杖、木杖之不足,用笔质实,其后切入对铁拄杖的形态描写,中间虽以"色如黑蛇气如霜"写其形神,但夹杂于前后质实的叙述与平直的议论中,这难得的灵动之气便被迅速泯没了。继而交代柳公赠铁杖于东坡的原因,诗人本可借此机会发挥想象大做文章,但却从现实的人情逻辑出发进行推测性的平铺直叙,延续着板滞的格局。后面似欲模仿乃兄以翻空出奇之笔打破沉闷局面,"洞庭漫天不觉过,半酣起舞惊鬼神"两句似乎颇有起色,但既难以衔接前面内容,又与下面的平直的议论叙述不相协调,最终只能无力地煞尾。两相对照,苏辙此诗缺少飞扬的激情与灵动的想象,难以造成类似前诗那样的飞动之势,也便不能营造深远浑茫的

---

① 《宋黄文节公全集·别集》卷7,《黄庭坚全集》,第1612页。
② 《栾城集》卷11,《苏辙集》,第205页。

诗境。又如东坡《侄安节远来夜坐三首》其一与苏辙《次韵子瞻与安节夜坐三首》其一同样表现出艺术高下之别,东坡诗云:

> 南来不觉岁峥嵘,坐拨寒灰听雨声。遮眼文书原不读,伴人灯火亦多情。嗟予潦倒无归日,今汝蹉跎已半生。免使韩公悲世事,白头还对短灯檠。①

此诗注重细节描写,以突出人物的心理活动,尤其"坐拨寒灰听雨声"一句,写出了诗人被贬后的沉重心情及难以排遣的愁绪,也暗写出神态的凝重,可谓"此时无声胜有声"的传神之笔。其间以"伴人灯火亦多情"烘托气氛,反衬诗人的孤独寂寞,最后又以"白头还对短灯檠"的对比突出诗人人生老去而遭贬处穷的无奈与悲凉,形象鲜明,感情强烈,极具感染力。再看苏辙次韵诗:

> 前山积雪暮峥嵘,燕坐微闻落瓦声。共对一尊通夜语,相看万里故乡情。信归岭上寒梅远,恨极江南春草生。明日青铜添白发,且须醉睡倒灯檠。②

该诗前两句勾勒前山积雪、暮色茫茫的背景,而后以雪花飘落于屋瓦之上发出簌簌声响的细节烘托人物心情,但"燕坐"一词冲淡了心情之沉重寂寥,因而"微闻落瓦声"便无法与人物的心境紧密贴合。后两句又以"共对一尊通夜语"概述二人活动,过于空泛,显然不如"坐拨寒灰听雨声"的细节更为含蓄有味。颈联较具形象性,但主要是一种想象化的背景,与人物心情相隔较远。尾联以想象出之,仍嫌苍白,整体的感染力与东坡诗相比不免黯然失色。

如果说次韵束缚了其思维与创造,那么将二人同题材诗相较基本呈现出同样的情况,东坡《寒食雨二首》其二云:

> 春江欲入户,雨势来不已。小屋如渔舟,濛濛水云里。空庖煮寒菜,破灶烧湿苇。那知是寒食,但见乌衔纸。君门深九重,坟墓在万里。也拟哭途穷,死灰吹不起。③

---

① 《苏轼诗集》卷21,第1094页。
② 《栾城集》卷11,《苏辙集》,第212页。
③ 《苏轼诗集》卷21,第1113页。

　　东坡此诗主要描述生活的贫困艰难及内心的悲凉情绪，又隐隐流露出重返朝廷的念头，感情深沉强烈，极重形象创造。首联整体描述雨大江涨、直逼门户的形势，下联以比喻描写小屋在大水中岌岌可危的情态，"小屋如渔舟，濛濛水云里"，并写出生活的困窘，"空庖煮寒菜，破灶烧湿苇"，后面更以"但见乌衔纸"的形象渲染寒食节的悲凉情绪，动人心魄。下一联又将"君门"与"坟墓"对比，强烈表达了报国无门的绝望及归乡无望的悲哀。最后引入阮籍穷途而哭的典故，将这种绝望与悲哀上升为无路可走的人生困境，且以"死灰吹不起"的形象描写将这种生命哀感推向极致，一唱三叹，荡气回肠。全诗成功处在于将深沉的情感转化为形象与细节，并辅以恰当的修辞手段，故而产生强烈的感染力。苏辙《积雨二首》其一云：

　　　　山雨无时歇，江波上岸流。泥深未免出，桥断更堪忧。房浅邻糟瓮，宵寒揽絮裘。朝来势未已，归路恐操舟。①

　　全诗同样写生活的困窘，流露出忧郁悲凉的情绪。诗由雨势不已写到江流上涨，泥深桥断。因办公地邻近酒池而担心发生意外，因夜气寒凉而要揽紧絮裘。早晨雨势未停，诗人担心回家恐怕要驾船了。全诗直陈雨大之愁，语言平直，了无深意。最大不足在于主要运用叙述手段，形象性不足，缺少运用各类修辞手段的艺术自觉，造成了诗歌的平淡寡味。

　　双方诗作艺术水准的差异不仅是才力高下问题，而且取决于苏辙对议论、叙述这类表达手段的偏好，深层次上则受制于其感情的沉静及其抑情复性的哲学观。当然，诗味的隽永并不完全依靠修辞手段，而取决于诗歌能否创造出想象性空间，苏辙诗虽然偏重质实的记述，但亦可通过内容的裁剪造成参差错落的想象空间，醇化诗歌的情味与意蕴，如《竞渡》诗云：

　　　　史君欲听榜人讴，一夜江波拍岸流。父老不知招屈恨，少年争作弄潮游。长鲸破浪聊堪比，小舟逆风殊未收。角胜争先非老事，凭栏寓目思悠悠。②

　　诗写端午赛龙舟情事，父老与少年置身于热闹的赛事中，全然忘记了纪念屈原的原始意义。诗人已过中年，自然不可能再与少年辈角力争胜，

　　————————————

　　① 《栾城集》卷11，《苏辙集》，第198页。
　　② 《栾城集》卷11，第205页。

尾联"角胜争先非老事,凭栏寓目思悠悠"一语双关,既指眼前的赛事,亦暗写宦情的冷漠。诗人被贬筠州,热情消颓,不再以奋勇争先为意,故而凭栏寓目,心境超然,而"思悠悠"并不仅指心境的超然,似亦有对屈原及自身命运的深思。屈原信而见疑,忠而被谤,最后落得自沉汨罗的千古悲剧,如今诗人被贬筠州虽不足与古人并提,亦足以引发感慨。因此,最后的"思悠悠"可谓情思无尽,意味无穷。此外《次韵看花二绝》《次韵秦观梅花》等诗亦清新流丽,诗味深永。

　　另需注意的是,苏辙贬筠期间竟然一无词作①。一般而言,贬谪官员因受到专制权力的恫吓,不敢轻易为诗作文,而词作为等而下之的艺术形式一般不为当权者认真对待,故而受到被贬者的青睐,苏轼黄州期间诗少词多便可说明这个问题,黄庭坚被贬黔戎后亦有为数不少的词作。显然,苏辙不作词并非才力不足,而应与其抑情复性的观念有关。词一般多表达婉约之情,自产生以来,多涉及男女艳情,易于诱发人的情欲。虽然苏轼以诗为词,创立豪放一派,而温丽香软的总体格调无法改变,这便与苏辙以性约情、抑情复性的追求发生了冲突。苏辙对词敬而远之便不难理解,这同样可以解释苏辙诗作的质木寡味。

　　2. 复性论与文的创作

　　苏辙贬筠期间共作文 20 篇②,其中一些记体文结构纵横变化,议论深远,境界高迈,总体成就超过其诗,但以性约情的哲学观同样影响到文章的结构安排及意境创造。

　　记体文就题材而言大体可分两类:其一为僧堂佛殿记,如《筠州圣寿院法堂记》《筠州圣祖殿记》;其二则是亭堂记,如《黄州快哉亭记》《吴氏浩然堂记》。后者的成就明显高于前者。僧堂佛殿记一般而言是循事理顺序依次记叙,尔后生发议论,深化主题,如《筠州圣寿院法堂记》先介绍高安郡的环境特产风俗人情,及自己被贬筠州而自得其乐的经历,尔后叙述高安之地由道教到佛教的转变及对当地风俗的影响,由此而叙及自己学禅之所得,及喜而居之的心理,最后交代写作缘起。其他此类文章或详或略,大体相同,多不出先记后议的窠臼,较为平板,缺少结构安排的创造性。而亭堂

---

①　《全宋词》共收苏辙词四首,即《调啸词》二首、《水调歌头》一首、《渔家傲》一首。

②　其中一篇作年不详,孔凡礼《苏辙年谱》系于此期,姑且存疑。

记相比而言结构更为灵活,表达更为多样,意境更为超旷高远,个别篇章甚至接近苏轼之文的高妙境界。所以如此,乃在于亭堂记所写对象依山临水,地势开阔,竹树环合,环境清幽,置身于青山碧水间,作者心灵易于为自然物象激发感荡,思绪更易飞腾跳跃,从而突破固有物象的拘束,造成结构的灵动多变。

自然山水不仅以其千姿百态的物象特征与主体的感情相应和,而且以其深远博大的气象涵容宇宙万物之理,情与理幽隐于大千世界而不言,则作者对自然物象的描写不仅是借景抒情,一定意义上也是对哲理的传达,或感叹人生之有限,或体悟宇宙之无穷,对自然景物的描写便不仅动人以情,而且引人以思,从而构造出幽远的意境。作者又往往在其间穿插描述人的活动,或结伴而游啸傲山林,或饮酒品茗赋诗唱和,种种文人雅事与自然景观相映成趣,相得益彰,引发超尘出世、与物合一、探寻宇宙奥秘与人之命运的终极之思。故而这类记体文多以意境之高远超迈取胜,《武昌九曲亭记》及《黄州快哉亭记》可为代表。前篇首先交代子瞻好游山水佛寺的雅趣,然后即以简练的笔墨勾勒南昌诸山之陂陁蔓延、涧谷深密,继写山中二精舍之依山临壑、隐蔽松枥的环境位置,在此背景上叙述子瞻与寺僧的游玩活动及情态,"每风止日出,江水伏息,子瞻杖策载酒,乘渔舟乱流而南",写出其潇洒旷放的生活。然后叙述九曲亭的由来,间以情趣盎然的描写,颇见文笔摇曳之妙。"将适西山,行于松柏之间。羊肠九曲而获少平。游者至上必息,倚怪石,荫茂松,俯视大江,仰瞻陵阜,旁瞩溪谷,风云变化,林麓向背,皆效于左右"。正因为此地环境优美,视野开阔,可以观览江山风云、悦目怡情,子瞻才着意建亭于此。而作者对建亭过程的叙述又颇具神异色彩,"有废亭焉,其遗址甚狭,不足以席众客,其旁古木数十,其大皆百围千尺,不可加以斤斧。子瞻每至其下,辄睥睨终日。一旦大风雷雨,拔去其一,斥其所据,亭得以广"。似是老天有意成全子瞻,故作神力扩广其址,天人之相契更将本文前面创造的美妙意境推衍开去,引人无限遐想。作者于此宕开一笔,插入子瞻年轻时的往事,揭示其亲近自然、乐游山水的情怀,指出子瞻今日之热衷此亭实则渊源有自,在此基础上,作者生发议论,认为真正的乐乃在于"适意","盖天下之乐无穷,而以适意为悦",而所以乐之道则在于"无愧于中,无责于外"。全文以"乐"为中心层层展开,因游而乐,因乐而建亭,进而生发议论,深化主题,结构多变,意境幽远。《黄州快哉亭记》更进一层。全文以江流之奔放肆大振起全篇,围绕"快哉"生发议论,将写景、抒情、议论融合为一,揭示出深刻的人生哲理,创造出宏深的意境。清人过珙评论说:"因快哉二字发一段议论,寻说到张梦得身上,若断若续,无限烟波。前半极力叙写快字,后半即谪居寻出快字意来,首尾神机一片。文致汪洋,笔力雄劲,自足与长公相雁行。"①

　　尽管上述篇章在运思、结构、表达、主题等方面都直追乃兄之文,实则并不能与苏轼之《赤壁赋》相提并论,差别在于,《赤壁赋》对人的生存意义进行了终极的思索与探寻,以佛禅理念及庄子齐物论消解人生有限的悲哀,表达了抹杀有限无限的差别、以求获得永恒解脱的深刻主题。庄禅思想的合流使苏轼摆脱了外在拘束而进入一种随缘放旷的自由境界,其文思因而摇曳多变,变态百出,达到随物赋形、无施不可的化境,正缘于此,《赤壁赋》等文便以其深刻的主题、精妙的议论、玄远的境界及其精美的语言成为中国散文中的神品。而苏辙则不仅没有摆脱拘束,相反却为自己设置了一个终极意义的"性",并以对"性"的归趋作为主体精神的最终归宿,这就使苏辙始终处于"性"的统摄之下,难以神游天外,出入自在,创造出摆脱约束、与物合一的超妙境界。统观苏辙筠州期间的文章,其最后的议论都或隐或显地流露出儒家价值的影子。《答黄庭坚书》赞叹颜子"居于陋巷,无假于外"的自得之乐,《东轩记》中再加标榜。《答徐州教授李昭玘书》鼓吹孟子"富贵不能淫,贫贱不能忧"的大丈夫人格,《吴氏浩然堂记》再加引用。《庐山栖贤寺新修僧堂记》则引用孔子"朝闻道,夕死可矣"。《武昌九曲亭记》中所谓"无愧于中,无责于外"及《黄州快哉亭记》中所谓"其中坦然,不以物伤性"实则都是对其"复性"论的表达。而所谓"性"尽管指原始人性的澄净状态,实则带有儒文化价值的深刻烙印,这种儒文化的内在制约注定了苏辙之文虽似超旷,而终究不能达到乃兄之随心所欲的旷放境界。其文与东坡之《赤壁赋》等名篇相比,只能近之,似之,却是等而下之,并不足以等量齐观。这自然与双方的才力、天分有关,更是双方不同的人格特质、精神志趣的外在表现,自然也是双方不同的哲学观念各自展开的结果。

　　贬谪对苏氏兄弟造成了沉重打击,他们痛定思痛,反思人生,生命精神因之升华到更高境界,发为诗文,便是神韵高迈,飘然不群。尤其是苏轼经

---

　　① [清]过珙:《详订古文评注全集》卷10,上海会文堂书局,1920年。

历乌台诗案九死一生的劫难后,更对生命意义豁然开悟,其文学的天纵之才更加纵横驰骋,不可羁勒,创作出《念奴娇》《赤壁赋》等千古绝唱,使黄州时期不仅成为自身的创作高峰,也将熙丰时期乃至整个宋代文学推向辉煌的顶点,诚然是诗穷而后工了。

第四章　元祐贬谪与文学

第一节　元祐更化的历史文化内蕴

一、元祐更化与南北文化冲突

儒学复兴并不仅是一场纯粹的文化复兴运动,而且与宋代士大夫振衰起弊的政治理想联系在一起,并最终演变为庆历新政及熙丰变法的政治改革运动,而元祐更化中止了这一进程,旧党全面恢复旧法,实现了政治复辟。这种政治的反复内在取决于新旧党不同的学术理念乃至南北儒学不同的地域文化背景。

如前所述,宋代儒学复兴运动的重要特征乃是疑经复古,直探圣人之道,而南北儒者因其地域文化的不同,疑经程度亦有不同。程民生先生在《宋代地域文化》一书中认为:"北方学术积累深厚,知其深奥,不敢轻举妄动;南方学术积累较浅,没有负担,少受约束。"①北方学者在疑经问题上远比南方学者保守,掀起疑经之风者多为南方人,如刘敞、欧阳修、王安石等乃是疑经运动的巨擘。上述三人俱为江西人,而王安石又突出地体现出江西士风,朱子云:"大率江西人都是硬执他的横说,如王介甫、陆子静。"②其咏史诗每作翻案文章,如《子贡》《商鞅》《汉文帝》《叔孙通》《贾生》《王昭君》《题乌江亭诗》等,俱是自出新意、发唱惊挺之作,表现出无复依傍、求新求变的文化性格。晁说之云:"师先儒者,北方之学也;主新说者,南方之学也。"③同是疑经,北方以疑传派为多,而南方学者则以疑经派为多④。疑传乃是祛除前代学者对经典的误解与歪曲,正本清源,恢复儒家经典的本来

---

① 程民生:《宋代地域文化》,河南大学出版社,1997 年,第 317 页。
② 《朱子语类》卷 139,第 3302 页。
③ 《儒言》,景印《文渊阁四库全书》,第 698 册第 506 页。
④ 《宋代地域文化》,第 318 页。

面目；疑经则是怀疑经典本身的真实性，认为经典本文乃是圣人之绪余，解读经典本意乃是要直探圣人本心，以获取圣人之道。因此，如果说北方学者之疑传目的是维护儒家经典，那么南方儒者则是入室操戈，对传统儒学加以改造，重构儒家理论体系，这种重构在很大程度上偏离了传统儒家的价值，皮锡瑞云："宋人尽反先儒，一切武断；改古人之事实，以就我之义理；变三代之典礼，以合今之制度。"①这主要是就南方学术尤其是王氏新学而言。北方学者因此对南方学者激烈的疑经行为深表不满，《经义考》引施德操语云："欧阳公论易谓《文言》《大系》，皆非孔子所作，乃当时易师为之。韩魏公心知其非，然未尝与辨，但对欧阳公终身不言易。"②司马光虽曾疑孟，但在王安石变法之后，对当时科场疑传、疑经的风气大加批评，其《论风俗札子》云：

> 新进后生，未知臧否，口传耳剽，翕然成风。至有读《易》未识卦爻，已谓《十翼》非孔子之言；读《礼》未知篇数，已谓《周官》为战国之书；读《诗》未尽《周南》《召南》，已谓毛、郑为章句之学；读《春秋》未知十二公，已谓《三传》可束之高阁。循守注疏者，谓之腐儒；穿凿臆说者，谓之精义。③

可见双方的学术分歧始终存在。但在儒学复兴思潮的激荡下，士大夫的政治主体意识空前高涨，而内忧外患的现实进一步刺激了士大夫的变革欲望，于是共同的变革意愿暂时掩盖了双方的学术分歧，追求三代之治成为士大夫群体共同的政治理想。但新法的逐利性及用人不当等因素所带来的弊端很快造成士大夫间的矛盾，而学术分歧及地域性的成见则使这种矛盾不断加剧并牢不可破，从而使得元祐更化成为难以避免的结局。

元祐更化既是政治复辟，文化上也是北方儒学对南方儒学的反击，传统的北方儒学已无法容忍南方儒学的"异端"价值，终以激烈的政治斗争形式加以驱除。元祐更化后，朝廷要求应举者不能在考试中引用释老申商之言，且对经义的阐释亦不限于王氏新学一家之说，元祐二年（1086）戊辰诏："自今举人程试，并许用古今诸儒之说，或出己见，勿引申、韩、释氏之书。

---

① ［清］皮锡瑞：《经学历史》，中华书局，2004年，第184页。
② ［清］朱彝尊：《经义考》卷18，景印《文渊阁四库全书》，第677册第192页。
③ 《司马温公集编年笺注》卷45，第4册第122页。

考试官于经义、论、策通定去留,毋于老、列、庄子出题。"①这一诏令恰恰反映出新学的驳杂及其多元化的文化追求。元祐更化的本质即是要恢复祖宗之法,将王氏新学及由其衍生的法令制度重新拉回到传统儒学设定的框架中去,以实现对以新学为代表的南方儒学的拨乱反正。所谓"乱"不仅表现为价值追求的功利性,而且表现为学术构成的多元性,《宋元学案》云:"荆公欲明圣学而杂于禅,苏氏出于纵横之学而亦杂于禅。"②南北地域文化的差异最终造成北方儒学无法认同与接纳南方新兴儒学,共同的政治追求并不足以将南北士大夫群体绾合为一,可见学术文化的同质性乃是士人相互认同的根本因素。虽然刘挚等人企图将新学新法区别对待,废弃新法而保存新学③,但新学与新法毕竟不能隔绝开来,新法乃是新学的逻辑展开,对新法的否定逻辑地指向对新学的否定。旧党所以难以断然废弃新学,不仅在于新学"阐先儒之说亦多",而且在于三经新义已成为科举教材,士子习用已久,一朝废弃无疑将造成科考的混乱。且刘挚这类对新学持客观立场者并非多数,旧党总体上表现出废弃新学的态度,太学官吏黄隐甚至不允许太学生有一语涉及王氏新学,这就使得元祐更化最终成为对新法及新学一同废弃的政治文化复辟。

　　儒学复兴起源于北方学者孙复、石介、胡瑗④等人的鼓吹与倡导,其本意乃在于重建失范的伦理道德秩序,恢复儒学的正统地位。而南方儒学的兴起则远远超过了这一目标,它借儒学复兴之机疑传疑经,并将释道之教注入儒家经典,重构新的开放性、兼容性的学术体系。对南方学者而言,儒学复兴本质上已成为文化重建,无论新学还是蜀学,无论是其学术理念还是政治理念,都已超越了传统儒学的范畴而具有了新的内涵。元祐更化不仅是对新法的否定,而且也是北方儒学对南方儒学的否定,是传统儒学对学术重建的否定,隐藏在背后的乃是南北地域文化的深刻不同。在这一过程中,代表北方学术的洛学虽然也实现了对自身的重建,却是在对新学及蜀学的斗争中因应佛老挑战的被动行为,洛学最终渗入更多的佛老因素并

---

　　① 《长编》卷 394,第 9593 页。

　　② 《宋元学案》卷 98,第 3237 页。

　　③ 刘挚说:"挚在言路及主政府,论安石政事有所更者固不一,而未尝诋其学。虽有穿凿,而阐先儒之说亦多,天下公议不可诬也,但晚年过在溺于释老、字说尔。"见《长编》第 10866 页。

　　④ 胡瑗虽为泰州海陵(今江苏如皋)人,但其学术成长在北方,亦可归入北方学者之列。

非洛学的本意,而是一种历史的不自觉,即所谓"流入佛老而不自知"①。

二、旧党对新党批判的泛道德化

元祐初,新党蔡确、章惇等人尚且希望旧党能对新法加以补充完善,继续推行,但以司马光为首的旧党却在根本上给予否定,并不在于新法无补于世,根本上在于新法与儒家的尚"德"弃"利"的价值存在根本冲突。因此,无论新党如何修补,都不可能为旧党所接受,即便是新法中较为合理并为朝野广泛认可并接受的免役法也受到司马光的猛烈攻击,被视为害民之政,六次上疏论及免役之弊,请朝廷废止,其中《乞旱免役钱依旧差役札子》一文在论及差、免优劣时说:"旧日差役之时,上户虽差充役,今则年年出钱,无有休息,或有所出钱数,多于往日充役陪备之钱者。"认为免役损害上户利益,而同时在另一奏议中却说,"彼免役钱虽于下户困苦,上户优便"。章惇则对司马光所上奏疏给予了严厉的批驳:"臣年详司马光初三日札子内,竭言上户以差役为便,以出免役钱为害,至十七日札子内,却言免役钱虽于下户困苦而上户优便。旬日之间两入札子,而所言上户利害正相反,未审因何违戾乃尔!"②司马光熙丰间居洛十五年,专心著史,虽亦关注现实政治,但并不真正了解新法的利害得失。他从以道德为内核的儒家观念出发,对新法充满先入为主的偏见,对新法求取财货之利持完全否定态度,他的一切分析判断不过是为了论证既定的结论而已,故其对新法之弊不仅缺乏深察细究,而且往往夸大其词,肆意诋毁。如司马光论免役钱"驱迫贫民,剥肤椎髓,弱者转死沟壑,强者聚为盗贼,及言民间求钱纳官,至于拆屋伐桑以卖薪,杀牛以卖肉"未免危言耸听,章惇对此驳斥说:"自行法以来十五余年,未闻民间因纳免役钱有如此事,访闻中间西事军兴,科率及科买军器、物料、牛皮、筋角,极为骚扰,民间往往杀牛,取皮、筋角纳官,并田产、牛具,伐桑、柘,毁屋以应军期,即非役法所致。"③章惇注重事实,就法论法,实事求是地谈论新法利弊,并希望对新法加以改进。司马光则心怀成见,无视事实,必欲废弃新法而后快,而且往往上纲上线,动辄指斥新党奸邪憸刻,强词夺理,咄咄逼人,充满脱离实际的道德说教与人身攻击,表现出道

---

① 《宋元学案》卷98,第3237页。
② 《长编》卷367,第8822页。
③ 《长编》卷367,第8828页。

德至上的价值观及妄分邪正的狭隘眼光。因此,司马光奏疏前后矛盾,表明司马光并不真正关心免役利弊究在何处,其心思乃在于全面否定新法而复祖宗之法。王安石感叹说:"终始谓新法为不便者,独司马君实耳。"①朱熹对此评论说:"后来元祐诸公治得此党太峻,亦不待其服罪。温公论役法疏略,悉为章子厚所驳,只一向罢逐,不问所论是非,却是太峻急。"②

在旧党以道德坐标判断新法价值的背景下,新法于上户有利还是下户有利并不重要,重要的是要证明新法害民,应恢复祖制,而祖制的核心在人不在法。"光以为治之机在于用人"③,而人有邪正,德有优劣,"邪正一分,则消长之势自定,每论事,必以人物为先"④。洛党亦持此论,程子曾说:"善言治者,必以成就人才为务,人才不足,虽有良法,无与行之矣。"⑤司马光对法令制度的技术层面的探讨不感兴趣,他所着意处在人,而人之要害在其德。新法弊端重重一方面标志着新法的失败,同时也昭示出人之德行的低劣,尤其是吕惠卿对王安石的背叛似乎更加证实了旧党的判断,于是旧党由对新法的否定自然过渡到对新党品质的批判,且着重指出其品质的卑下,旧党攻击蔡确、章惇"无礼不恭,朋邪怀贰;无廉耻之节,昧进退之义"⑥。苏辙奏劾蔡确"憸佞刻深"⑦。朱光庭奏劾蔡确"怀私挟邪,观望逢迎"⑧,王岩叟奏劾蔡确"阴邪巧佞,深阻难知"⑨。这类刻毒的形同詈骂的文字比比皆是。正因为在旧党看来新党全是奸邪小人,其言自不足信,因此,旧党并不认同新党对新法的辩护,反而认为别有用心。针对司马光批评免役法前后矛盾的言论,章惇说:"以此推之,措置变法之方,必恐未能尽善。"⑩吕公著对此回应说:"司马光建明役法大意已善,其间不无疏略。若博采众论,更加公心,申明行下,必为良法。今章惇所上文字,虽其言有可

---

①　《宋宰辅编年录校补》卷9,第544页。
②　《朱子语类》卷130,第3105页。
③　《宋宰辅编年录校补》卷9,第543页。
④　《宋宰辅编年录校补》卷9,第543页。
⑤　《河南程氏粹言》卷1《论政篇》,《二程集》,第1210页。
⑥　《长编》卷366,第8809页。
⑦　《长编》卷367,第8819页。
⑧　《长编》卷367,第8841页。
⑨　《长编》卷368,第8852页。
⑩　《长编》卷367,第8823页。

取,大率出于不平,专欲求胜,不顾朝廷大体。"①由新法之弊进而指斥新党之恶便成为旧党排击新法新党的基本逻辑;驱除新党小人,而代以旧党君子便成为振衰救弊的唯一选择。王岩叟奏疏中说:"今天下之害,莫如青苗、免役之法,阴困生民,莫如茶盐之法……朝中大奸,莫如蔡确阴邪险刻,章惇之谗贼狠戾,相为朋比,以蔽天聪,虐下罔上,不忠之迹,著于两朝。"②刘挚奏疏中说:"蔡确不恭不忠,贪权罔上,无廉耻之节,失进退之义,营私立党,阴害政事,皆公议所不容,而朝廷安危大体之所系,天示谴告,旱暵成灾,无燮理阴阳之德,无厌服中外之望也。"③吕惠卿在高太后大赦天下时进攻西夏,也被旧党认为失信于敌国,侮玩朝廷,最终将吕氏安置扬州。主动进攻敌人在旧党看来也成为罪状,而放弃葭芦四寨则是旧党维护和平的法宝。既然大奸大害乃是生灵涂炭、灾异频仍的根源,去除奸恶自然可以感召和气,消灾弭患,"一革大害,一去大奸,以为社稷无穷之休,以为生灵莫大之福"④。

　　旧党排击新党的理论依据便是司马光所谓"君子小人如冰炭不可同器"及儒文化非此即彼的排他性思维方式⑤。君子小人乃是儒文化话语中终极性的道德认定,是全面的肯定与彻底的否定,道德的至上性与神圣性使得任何一方也不可能接受"小人"的负面判断,宋人罗从彦认为:"天下之士未有甘自为小人者也,御之得其道则谁不可使者,今皆指为党人,使不得自新,人情天理岂其然乎!"⑥所谓的小人也总要以君子自居而以对方为小人,所谓的君子小人一旦分群,则双方的斗争将不可调和。元祐旧党上台后,将新党一概列为小人之党而加驱逐,蔡确、章惇、韩缜、李清臣、安焘、黄履、吕惠卿等人分批次地遭到旧党势力的持续围攻,且不达目的决不罢休,完全是势不两立的架势,正是对司马光"君子小人不可同器"理念的实践。可见,儒文化君子小人的二元划分严重束缚了士人价值转圜的空间,直接

---

① 《长编》卷367,第8837页。

② 《长编》卷364,第8712页。

③ 《长编》卷364,第8716页。

④ 《长编》卷364,第8712页。

⑤ 沈松勤先生在其《北宋文人与党争》一书中对此曾有深入剖析,从君子小人之辨与朋党理论的形成、传统二元思维方式及非此即彼的排他性的文化心理及新旧党学术立场不同三个方面揭示了新旧党争的文化心理渊源。

⑥ [宋]罗从彦:《遵尧录》,《豫章文集》卷8,景印《文渊阁四库全书》,第1135册第716页。

造成了士大夫集团的对立和斗争。且因君子小人的道德属性,彼此只能相互排斥而不可能安然共处,或依靠权力将对方逐出政治中心,或以权力迫使对方屈服,因此,君子小人的二元划分背后潜藏着"非我族类,其心必异"的狭隘观念与专制逻辑,当权的"君子"总是习惯于借助专制权力确立自身的道德优势,同时取消对方的道德合法性,无论新旧党争还是洛蜀党争,斗争双方都企图借助君主权威打压对方,由此,党派矛盾最终往往演变为政治斗争,而政治斗争又夹杂着相互的道德贬低与否定。因为只有道德性否定才会最大限度地取消其生存的合法性,于是这种斗争便难以调和与妥协,并必然以一方被逐出权力中心而告终。

在这类君子小人的斗争中,任何矛盾斗争都将被纳入道德范畴,贴上道德标签,受到道德的最终裁定,在以儒道立身的元祐党人那里,道德作为最高权威同时成为打击政敌的有力工具,旧党炮制的车盖亭诗案便成为旧党打击新党的典范之作。

第二节　车盖亭诗案的历史还原

元祐三年(1088),前宰相蔡确徙知安州,其间游车盖亭,作《夏日登车盖亭十绝》。时知汉阳军吴处厚对其中五首加以笺注,并缴进朝廷,称蔡确谤讪太后,阴怀异志。其后蔡确被贬知英州别驾,新州安置,并死于贬所。是为车盖亭诗案。尽管学界对该诗案的缘起、原因有所探讨①,但对诗案的核心,即蔡确所谓"定策"一事缺乏应有的辨析,而高太后与旧党士人在促成诗案过程中的不同动机、旧党就贬谪蔡确一事的内部矛盾及旧党心态在诗案之后的复杂变化等重要方面也未能给予必要的分析,以上内容对认识元祐年间的新旧党争、党人心态及政治走向有着重要意义,有鉴于此,该诗案仍有重新考察的必要。

一、车盖亭诗案的再考察

车盖亭诗案始于蔡确与吴处厚之间的恩怨,《挥麈三录》对此记述颇

---

① 迄今相关论文只有两篇,即萧庆伟《车盖亭诗案平议》,《河北大学学报》1995年第1期。詹卫《关于车盖亭诗案》,《中国文化与典籍》1997年第4期。詹文只是常识性介绍,萧文相对详赡,但对车盖亭诗案的相关事实仍然缺乏细致的梳理。沈松勤《北宋文人与党争》一书亦有论及,但偏于诗案对文学的影响。

详,归纳起来主要有四事:1.元丰年间,蔡确作相,吴处厚恳请蔡氏汲引,遭到拒绝。后王和甫与舒亶争讼不已,吴氏在大理,蔡确致意吴氏救亶,处厚不从,蔡确指其为反复小人,不可用。2.哲宗即位,王珪为山陵使,辟处厚掌笺表。王珪死后,蔡确接任山陵使,首罢处厚。山陵事毕,处厚乞以众例迁官,不许,出知通利军,又易知汉阳军。吴氏积怨日深。3.蔡确罢相守陈,又移安州,有静江军指挥卒当戍汉阳,蔡确固留不遣,惹怒吴处厚。4.处厚作诗,被蔡确嘲笑,此后,蔡确作车盖亭绝句,辗转为吴处厚所知,遂加笺注缴进朝廷①。

　　蔡确车盖亭诗十首,其中五首为吴处厚笺释,最为重要的是第八首和第十首,吴处厚认为两诗“讥讪尤甚,上及君亲,非所宜言,实大不恭”②。对第八首诗,吴处厚引唐郝处俊谏高宗不应传帝位于武后的历史,指蔡确此诗乃是以武后影射高后。对第十首诗则曰,“言海会有扬尘时,人寿几何,尤非佳语”,并进而附会说,“沧海扬尘”“乃时运之大变”,暗指新党不甘失势,始终待机而动,以便卷土重来。

　　在吴处厚缴进上述笺释后的次日,右司谏吴安诗即上疏论蔡确讥讪。随后左谏议大夫梁焘,右正言刘安世分别连续上疏劾奏蔡确“包藏祸心,合党诞妄,上欲离间两宫,下欲破灭忠义”③。尽管吴氏之笺释及言官的疏奏用语激烈,充满危言耸听的指摘,然而高太后对此反应冷淡,《长编》引王巩《随手杂录》云:“明日进呈,殊不怒,但云:‘执政自商量。’”④可见高后并不认为蔡确作诗一事有多么严重。高后态度发生根本转变乃是在听到邢恕极论蔡确有策立功之后。据《随手杂录》,“会梁焘自潞州召为谏议大夫,至京日,北过河阳,邢恕极论蔡确有策立勋,社稷臣也。谏官以恕之言论之,日益切,宣仁始怒焉,泣谕执政曰:‘当时谁曾有异议?官家岂不记得?但问太妃。’遂促蔡相谪命”。其后蔡确被分司南京,继而安置新州。行遣制词对其自炫定策之功大加挞伐,责授光禄卿分司南京的制词严斥蔡确“奸回无惮,险诐不疑,以舞文巧诋为身谋,以附下罔上为相业,先帝与子,何云

---

①　王明清:《挥麈录》,上海书店出版社,2001年,第184—186页。王氏所记有可疑之处,如写吴处厚在遭到其子责备后,良心发现,“遣数健步追之”。实则吴处厚在缴进笺释后,再上奏章补充说明,如果悔悟,此举便无法解释。这一情节盖为后来小说家言,但诗案源于双方私怨则属可信。

②　《长编》卷425,第10270页。

③　《长编》卷425,第10274页。

④　《长编》卷425,第10273页。

定策之功,太母立孙,乃敢贪天之力,阴结朋党之助,显为众正之仇"①。其后才又重复其弟蔡硕贪黩之罪及车盖亭诗中的内容,所谓"味思人之作,见切愤于权宜;览观水之章,和乐逢于变故"。责授新州的措词更加严厉,再次批判其自炫定策之功的言行,"阴遣腹心之党,自称社稷之臣。欺惑众人,邀求后福"。随后才重提车盖亭诗中所谓的讥讪内容,"险意潜惊于群听,丑词明诋于慈闱"②。可见,真正触痛高后的并不是车盖亭诗,而是邢恕关于蔡确有所谓策立大功及其高后"有异议"的议论;如果说吴处厚是车盖亭诗案的始作俑者,那么邢恕最终促成了这一诗案。

而问题是蔡确在担任神宗山陵使回朝以后,便使其门下宣扬"确有定策大功",且邓润甫所撰由山陵使转官的制词中亦有"独高定策之功"③的话。对此,高太后不可能一无所知,为何没有作出激烈反应呢?原因在于蔡确等人称扬自己有定策功并未涉及高后有异议,只是自我吹嘘而已,因此没有刺痛高后的神经。对于策立之功,刘挚曾发表见解说:"臣窃以为昔之所谓定策者,盖国有变故,未知所立,方艰难之时,大臣能奋不顾身,议于危疑不可知之中,择贤而立,以扶颠定倾,则大策由此人定。古之人则霍光,今之人若韩琦是也。"④由此可知,所谓"定策"乃是顾命大臣面对危疑局面作出决断,确立皇储。如果蔡确果真有定策之功,那么必然是高后曾有"异见"。《朱子语类》卷 130 载:"邢恕令王直方父为高(忘其名)做一脱宣仁欲废哲宗事由文字,令高上之,人初不知。直方临死,以文字笼分人,笼中有其文字在,其说谓宣仁欲立其所生神宗弟。"⑤该则材料如果属实,当可证明高后当初确有"异见",而邢恕似乎也不致胆大妄为到伪造罪证以诬谤高后的地步,其说当有所据。

由于新旧两党的激烈斗争,时政记、实录等第一手材料随着权力的易主而被反复改窜,神宗去世前的历史事实也已模糊不清,现在流传的资料庞杂混乱,真伪难辨,很难复原历史面目,然而从既有材料来看,有一点是确定的,那就是神宗去世前夕并未完成建储一事,立延安郡王为太子乃是

---

① 《宋宰辅编年录校补》卷 9,第 534 页。
② 《宋宰辅编年录校补》卷 9,第 535 页。
③ 《宋宰辅编年录校补》卷 9,第 532 页。
④ 《长编》卷 362,第 8671 页。
⑤ 《朱子语类》卷 130,第 3108 页。

极短时间内确定的,并不排除其中曾有高后与朝臣间的明争暗斗。而神宗之所以迟迟未立太子,当与曹后、高后等外戚势力反对新法的立场有关。熙宁七年(1074)大旱,农民流离失所,天下骚动,群情汹汹,曹后、高后"流涕为上言新法之不便者,且曰'王安石变乱天下'"①。其反对新法的态度是明确而坚定的。哲宗幼冲,难以独政,如果立为太子,则一朝神宗驾崩,太后临朝,极可能废弃新法,使神宗多年的苦心经营毁于一旦。而如果仿照太祖传位太宗之旧例将皇位传之皇弟,则同样难免新法被废的命运。熙宁七年曹太后提出废除青苗法、助役法并罢免王安石时,雍王赵颢即附和说:"太皇太后之言,至言也。陛下不可不思。"神宗发怒说:"是我败坏天下耶? 汝自为之。"②赵颢反对新法的立场决定了神宗不可能传位于他,这应是神宗一直犹豫不决、未立皇嗣的根本原因。直到临终时,神宗才在宰执大臣的一再奏请下无可奈何地勉强作出了决断③,大概因为传位于弟,必废新法;传之于子,即便暂时毁弃,将来可能会有绍述的一天。

高后曾说:"皇帝(哲宗)为先帝长子,嗣位乃从来常事,孰有间言? 蔡确班在珪下,何以独更有定策功耶?"高后所言不过是重复长子继位的历史定制,仍然不过表明哲宗嗣位乃是因其长子④地位,而不是因为早已被立为太子之故。且高后所举事实也主要是神宗曾命延安郡王侍宴群臣一事,但神宗始终没有正式发布立延安为太子的诏命。正因为太子未定,蔡确等人才可能上下其手,谋取自己的政治利益,并可能与高后产生矛盾。高后追述与宰执大臣建储情形说:"其时众中只是首相王珪曾奏乞立延安郡王为皇太子,其余人别无言语,今安焘其时亦在,尽见仔细。确有何策,立功劳若是?"元祐四年(1089)九月戊辰,右谏议大夫范祖禹以收藏圣语不出之罪弹劾安焘。安焘亲闻神宗临终之语,却收藏不出,颇耐寻味。"累次取

---

① 《长编》卷252,第6169页。

② 《长编》卷252,第6169页。又《宋史·赵德昭传》:"四年,从征幽州。军中尝夜惊,不知上(太宗)所在,有谋立德昭者,上闻不悦。及归,以北征不利,久不行太原之赏。德昭以为言,上大怒曰:'待汝自为之,赏未晚也!'德昭退而自刭。"可见"汝自为之"一语渊源有自且有特定内涵,神宗此时以"汝自为之"指斥赵颢,似有同样的用意。

③ 《长编》引相关材料云,神宗弥留之际,韩缜、张璪、章惇、王珪等人奏请欲立延安郡王为皇太子。"时神宗风暗不能语,但惨怛久之。众人皆拱立,未敢复言。时太妃亦在帐中露半面,国婆婆抱上坐。顷之,再奏,国婆婆云:'圣意已允。'"见《长编》卷351,第8414页。

④ 哲宗实为神宗第六子,神宗前五子夭折。

索,方肯将出"①。这不大可能如范氏所言"包藏奸慝,别有所任",更可能是其中圣语与高后所谓神宗传位延安的话存在冲突,或表达了神宗的种种顾虑,否则安焘大可不必收藏不出。果真如此,则安焘并非不想出示,而是不敢。此则材料似可旁证当时事实未必如高太后所言那样简单,不能排除高后有谋立神宗之弟为皇嗣的念头。而神宗弥留之际立延安郡王为嗣,与蔡确等人的积极运作不无关系。

《长编》载:"是日,三省、枢密俱入问疾,初亦未敢及建储事。既退,乃于枢密院南厅共议之。确、惇屡以语迫珪,幸其应对或有差误,即以珪为首诛。珪口吃,连称是字数声,徐曰:'上自有子,复何议!'盖珪实无他志,但蓄缩不能先事纳说,所以致疑,及是出语,确、惇顾无如珪何。寻复入奏,得请,俱出②。逢雍王颢及曹王頵于殿门外,惇更厉声曰:'已得旨,立延安郡王为后太子矣!奈何?'颢曰:'天下幸甚。'已而禁中安堵如故。辅臣等各罢归。翌日,遂立皇太子。"③章惇对二人的厉声之言也似是对所谓"异议"的警告,而据史料,雍王赵颢确有觊觎之意。《长编》引蔡确子蔡懋上殿札子云:"二王每问神宗圣体,多不避宫人,直诣宣仁圣烈皇后左右,屏人语,移时不出。神宗疾不能言,但怒目之而已。"④《长编》又引赵颢列传云:"元丰末,神宗疾弥月,太子未建,中外汹汹。颢有觊幸意,每问疾,辄穿帷径至皇太后所语,见宫嫱不避,神宗数怒目视之,颢无忌惮。二月,神宗疾甚,辅臣入问,至紫宸殿,颢乃邀于廊,请曰:'上疾如此,军国事当请皇太后垂帘。'又奏乞止宿侍疾,皇后力争,荆王頵亦奏止之,得不宿。……居两日,太子立,是日颢牵幕欲入,頵挽止之,意不满。宣仁遇颢朝,不使见上。"⑤赵颢"无忌惮"的背后显然有高太后的影子。尽管赵颢心存觊幸,但在王珪、蔡确、章惇等宰执大臣的一再奏请下,神宗最终立延安郡王为皇嗣。面对这一结果,高后从大局出发,当然要顺水推舟,以避免政局的混乱,由此

————————

① 《长编》卷433,第10440页。
② 《长编》所引其他各类材料亦记述了相关事实,见《长编》卷351,第8414页。虽谋主及经过与上述有所出入,但大体不差。
③ 《长编》卷351,第8411页。
④ 《长编》卷352,第8435页。
⑤ 《长编》卷352,第8443—8444页。以上两则材料虽出自新党人物,不免有自我修饰的嫌疑,但却是当事人的叙述,更加接近历史事实。其后元祐党人出于特定的政治目的为高后辩诬,对原始材料妄加改窜,凡有害于高后"圣慈"的内容一概删去,所述事实已非原始面貌,难称信史。

大概可以凸显蔡、章等人"策立"的意义。《长编》载："王文恭公薨时，举朝名士挽诗，皆以立子之功归之，当时无异论也。"①邓绾所草王珪的麻词中亦有"预定议于禁涂"之语，而为蔡确的制词中则曰"尤嘉定策之功"。细味文意，"定策"相较"定议"似更具决定作用，邓绾代朝廷草制不可能凭空妄语，必有所据。其时高后亦未提出异议，显然是默认了这一事实。可见，即便当时建言者是王珪，也不能抹杀蔡确的作用。对于立储这样的重大决定，不大可能只有王珪一人临时表态，必然要经过宰执官的集体讨论程序，至少应曾互通声气。其实对高后而言，无论立谁为嗣，都不妨碍既定的更化计划，她没有必要在这一问题上与朝臣作对，就此而言，王珪、蔡确等人的"立子之功"的确没有多少意义。

综上所述，尽管高太后在神宗立嗣的过程中并不能脱掉另有所图的嫌疑，但蔡确等人只是对所谓"定策"之功自吹自擂，并没有将矛头对准高后，双方因此心照不宣，相安无事。而邢恕却打破默契，以"有异议"攻击高后，这显然对高太后的权威造成了极大的损害，它的确会"离间两宫"，造成难以预料的后果，因此为高太后所无法容忍，这正是车盖亭诗案发生的根本原因。

二、高后及旧党在诗案中的不同心理

高后由邢恕的"诽谤"联想到蔡确车盖亭诗，迅速作出"确党多在朝"的判断，它表明邢恕的言论及蔡确的车盖亭诗引起了高后的警觉。在她看来，蔡确、邢恕等人的活动并不是孤立事件，而是针对整个旧党的政治阴谋，如果蔡确等人与朝中新党残余势力相互勾结，摇惑众听，将会造成难以预料的后果。因而，严厉打击新党便成为维持更化的重要举措，而擒贼擒王，借车盖亭诗案严贬蔡确便成为关键一步。蔡确被贬新州后，高后明确表示："蔡确不为渠吟诗谤讟之，只为此人于社稷不利，若社稷之福，确便当死。"②由蔡确元丰年间的所作所为及邢恕"造谤"事件，高后更加认定蔡确奸诈难治，对其严贬重责以防其挟持哲宗便成为诗案的重要动机，高后说："此人他时若会再来，皇帝年少，如何制他？"可见，重贬蔡确乃是防患未然。

---

① 《长编》卷351，第8413页。

② 《宋宰辅编年录校补》卷9，第540页。

诗案结案后,高后宣谕说:"近日行遣蔡确,只为官家及社稷,不为自家。"①
遵循这一原则,高后对任何与邢恕、章惇等新党有串通嫌疑者也采取毫不
客气的打击手段,《宋史全文》载:"初,邢恕赴贬所,舟行过京师。挚与恕故
相善,因以简别挚,挚答简,其末云:'为国自爱,以俟休复。'监东排岸官茹
东济数有求于挚,弗得,怨之,亟取挚简,录其本送郑雍、杨畏,二人者方弹
劾挚,乃解释简语,以休复为复子明辟之复,谓挚劝恕俟皇太后他日复辟
也。又言挚尝馆章惇之子于府第,故太皇太后怒。"②高太后对吕大防表达
了对刘挚的不满:"论刘挚者已十八章,乃邢恕过京师,挚与通简,又延接章
惇之子,牢笼为他日计。"于是,在元祐更化过程中功不可没的刘挚终以观
文殿学士知郓州,这里固然有刘挚与吕大防矛盾斗争的原因,但高太后严
厉打击新党的坚定意志无疑是决定性的因素。

　　如果说高后打击蔡确是为官家及社稷,那么刘挚、吕大防、梁焘、刘安
世等旧党打击蔡确很大程度上则是顾及自身的政治命运。实际上,这些元
祐后得势的言官或宰执对神宗去世前后立嗣的具体事实并不清楚,孙升、
贾易围绕邓绾所撰蔡确制词质疑说:"邓温伯所为制命独称蔡确有定议之
功,比方周勃诛诸吕、立孝文,当时有无如此危疑之事?"孙升又说:"审如温
伯之言,则当时必有危疑不决之议,赖确而后定。"③孙升等人的话代表了
臣僚的疑惑,然而高后当权的现实使他们不可能继续追问下去,只能认可
这一事实,并转而指责蔡确等人贪天之功。对梁焘、刘挚等人而言,历史真
相究竟如何并不重要,他们追求的是坚定地捍卫高太后的权威,以维护自
己的政治利益。只有捍卫高太后的权威,才能保证元祐更化的顺利实施;
只有严厉打击新党,才能最大限度地保证自身的利益与安全,因此,旧党对
蔡确车盖亭诗解读的重心在其变乱天下、卷土重来的图谋,"沧海扬尘"成
为他们关注的焦点,梁焘劾奏蔡确说:"有举沧海扬尘之志……夫为人臣幸
国家之变,以逞其念,而不顾四海生灵之患,其为悖逆,无甚于此。"④针对
"沧海扬尘"之语,梁焘大加发挥,上纲上线,其貌似义正辞严的言论与其说
是出于爱护黎元的热忱,倒不如说是出于对新党卷土重来的恐惧,打压新

---

①　《长编》卷 427,第 10335 页。

②　《宋史全文》卷 13 下,李之亮点校,黑龙江人民出版社,2005 年,第 732 页。

③　《长编》卷 439,第 10580 页。

④　《长编》卷 425,第 10275 页。

党以绝后患便成为旧党人物不约而同的选择,梁焘在奏折中说:"伏望圣慈以其事下有司,议正其罪,以尊主威,以严国典,为今日戒,为后日训。"为坚定高后严治蔡确的决心,梁焘并且别有用心地引用汉代杨恽失位之语:"有诗曰:'曰彼南山'诗……宣帝见而恶之,抵恽显戮。陛下考恽之词,味确之语,抱恨孰深?寓意孰切?可以断之而无疑也。"其暗示高后除掉蔡确的用意昭然若揭。刘安世亦抓住"沧海扬尘"一语大做文章,称蔡确"借唐为谕,谤讪君亲,至于沧海扬尘之语,其所包藏,尤为悖逆"。并大胆揣测蔡确的图谋:"确自谓齿发方盛,足以有为,意在他日时事变易,徼倖复用,撼泄祸心,跋扈梁冀之奸,睥睨魏其之志。"①可以看到,旧党人物对车盖亭诗所关注者是其中的"沧海扬尘"之语,极力挖掘其微意,而对所谓以武则天影射高后、谤讪君亲之意则着墨不多,可见其着意所在。

除以上高后与旧党就处理蔡确一事的不同动机,更存在着旧党内部的尖锐斗争。御史中丞李常及侍御史盛陶首先反对责贬蔡确,由此被梁焘、吴安诗、刘安世斥为"挟邪不忠,党恶无惮",请求将二人"特行窜逐,庶使邪正有辨,不败国事"②。范纯仁针对高后"确党多在朝"的论断针锋相对地说"确无党"。基于庆历以至熙丰变法以来的历史教训,范纯仁反对以朋党观念划分士人群体,反对株连,要求严格限制打击范围,"今来蔡确之罪,自有国家典刑,不必推治党人,旁及枝叶",并同时指出了朋党政治的严重危害,"窃以朋党之起,盖因趣向异同,同我者谓之正人,异我者疑为邪党,既恶其异我,则逆耳之言难至,既喜其同我,则迎合之佞日亲。以至真伪莫知,贤愚倒置,国家之患,何莫由斯?"③表现出较为清醒的政治头脑。彭汝砺也反对以车盖亭诗为依据穷治蔡确:"今缘小人之告讦,遂听而是之,又从而行之,其源一开,恐不可塞。人有一言,且将文饰之,以为是讥谤时政者,有一笑,且将揣度之,以为包藏祸心者,疑惑自此日深,刑狱自此日作,风俗自此日败坏,却视四顾,未知其所止也。"④蔡确在为其诗作辩诬的奏疏中说:"如此,则是凡人开口落笔,虽不及某事,而皆可以某事罪之曰'有

①　《长编》卷 425,第 10276 页。
②　《长编》卷 425,第 10283 页。
③　《长编》卷 427,第 10325 页。
④　《长编》卷 426,第 10278 页。

微意'也。"①苏轼从乌台诗案的阴影中挣脱未久,对这一事件采取折中立场,既主张肯定蔡确之罪,又主张朝廷宽大处理,示天下以怀柔,方能救治人心,淳化世风。这种温和态度及折中立场反映了经过诗案打击之后的谨慎心态。而梁焘、刘安世等人却对范纯仁、彭汝砺等人的观点给予了猛烈抨击,对高太后"确党多在朝"的断言大加发挥,用心险恶地将上述诸人指为党附蔡确,"确之朋党,大半在朝,造播巧言,多方救解,且谓处厚事非干己,辄尔弹奏,近于刻薄,此风浸长,恐开告讦之路"②。这明显是针对范、彭而言的。刘安世对此反驳说:"夫告讦之不可长,则是矣,至于睥睨君亲,包藏祸心者,乃为可长乎?"③而左谏议大夫梁焘更加危言耸听地说:"告讦之长,不过倾险一夫一家;悖逆之长,至于危乱天下。"④由此,他们请求高太后"勿恤浮议,早正典刑,使大奸无倖免之门,朝廷无异日之患,天下幸甚"⑤。

在这一过程中,梁、刘等屡屡上纲上线,对与自己观点相左者加以朋党罪名,肆意攻击,表现出党同伐异的恶劣作风,如刘安世指斥彭汝砺与曾肇"公然结党",又指范纯仁、李常、彭汝砺等"朋奸罔上,徇私立党"⑥。"结党"罪名的滥用人为地将士人群体划分为相互对立的两派,挑起了旧党的内部斗争。贬责蔡确后,范祖禹认为不应再诛除蔡确余党,刘安世对此表示不满,不点名地指斥范祖禹乃范纯仁之党:"臣闻言路亦有纯仁亲学,窃恐妄托义理,以谓元恶既去,余可勿治。此等议论,臣愿陛下勿过听。"⑦大概迫于梁焘、刘安世等人的压力,范祖禹为避免被看作党附范纯仁,又上表攻击范纯仁,甚至要求罢去范氏相职。可见朋党观念对士大夫心灵的毒化及对世风的败坏,它人为地挑起矛盾,激化斗争,迫使士大夫作出非此即彼的政治抉择,不再为国事而奋不顾身,首先为自保而瞻前顾后,丧失了是非标准,泯灭了是非界限,范仲淹庆历以来所树立的"宁鸣而死,不默而生"的崇高人格风范便在这种毫无原则的斗争中磨灭殆尽。

在梁焘、刘安世等人连篇累牍的攻击之下,不仅蔡确被贬为英州别驾,

---

① 《长编》卷 426,第 10301 页。
② 《长编》卷 425,第 10276 页。
③ 《长编》卷 425,第 10284 页。
④ 《长编》卷 425,第 10285 页。
⑤ 《长编》卷 425,第 10277 页。
⑥ 《长编》卷 426,第 10311 页。
⑦ 《长编》卷 428,第 10352 页。

新州安置,而且反对严惩蔡确的御史台官员也被逐出朝廷,"新除太常少卿盛陶知汝州,殿中侍御史翟思通判宣州,监察御史赵挺之通判徐州,王彭年通判庐州"①。随后,又将李常贬知邓州,曾肇以待制知颍州,彭汝砺落中书舍人知徐州。六月五日,范纯仁罢相,以观文殿大学士知颍昌府,王存以端明殿学士守蔡州。至此,由车盖亭诗案引发的政治斗争告一段落。

三、诗案前后旧党的心态变化

车盖亭诗案不过是旧党为打击蔡确及新党提供的借口,无论高太后还是梁焘、刘安世等人对此是心知肚明的。高氏心思已如前述,刘安世说:"臣窃观自二圣临御以来,日新圣政,蔡确之徒,不得逞其奸志,阴怀怨望,窥伺颇忿。然而深情厚貌,未尝形见,今乃无故作为此诗,臣恐祖宗神灵,天地眷祐,疾确贯盈,而以此相授陛下也。"②这可谓吐露了真实的心声,暗示高太后借此机会将新党人物铲除净尽,无留后患。刘安世后来又露骨地说:"去草者当绝其本,养虎者自遗其患,一失机会,后将难图。"③旧党顽固势力意在借诗案斩草除根,使新党永无出头之日。所以蔡确起初被分司南京时,有人提出,"确分司南京,尚带左中散大夫,臣再思之,其官既崇,又分司者,叙复皆有常法","万一复进,上必为交斗之奸,下必有排陷之酷。臣谓宜投窜荒僻,则善人安而小人革矣"④。主张将蔡确远贬穷荒,永不叙复,阻绝其还朝的可能,足见旧党对新党之深闭固拒的仇视心态。其实旧党对新党往往并不遵循正常的叙复程序,蔡确"到新州五年,两经大霈,吕大防必期死亡,更不量移"⑤,最终于元祐八年(1093)正月死于新州。

旧党顽固派所以对新党穷追猛打,毫不相能,既源于儒文化君子小人二元分立的狭隘文化心理,亦是旧党在熙丰年间长期受压抑的心理反弹。旧党与新党并不仅是政见的冲突,更有深层的价值观的对立,在新党执政的熙丰年间,旧党的不满情绪潜滋暗长,一旦旧党执政,实施更化,这种文化性的不满情绪便强烈爆发出来,形成对新党的全面讨伐。值得注意的

① 《长编》卷 427,第 10316 页。
② 《长编》卷 425,第 10283 页
③ 《长编》卷 428,第 10354 页。
④ 《长编》卷 427,第 10322 页。
⑤ 《宋宰辅编年录校补》卷 9,第 539 页。

是,在车盖亭诗案中对蔡确及所谓"确党"攻击最烈的言官及宰执官梁焘、刘安世、吴安诗、朱光庭、王岩叟、傅尧俞、刘挚、吕大防等人几乎清一色属于北方文化圈,据《宋元学案》,朱光庭乃胡瑗及泰山门人,刘挚、梁焘则是泰山再传弟子,刘安世、傅尧俞则是司马光门人,吕大防为横渠同调,王岩叟则是明道同调。吴安诗虽隶籍建州浦城,但其父吴充政治上却是保守派。且北方士人对南方士人有着根深蒂固的偏见,王岩叟云:"祖宗遗诫不可用炎人,如赵普、范质、寇准、李沆、王曾、王旦、韩琦、富弼、张知白、鲁宗道、薛奎,皆中原人,张泊、丁谓、章得象、王安石、蔡确、章惇、吕惠卿、张璪皆炎人,小则为身谋,大则害国。"①王岩叟将北人与南人加以对比,证明北方人多良善可信,南人则奸邪误国,充满了作为正宗儒文化继承者的优越感及对南方士人的文化性的鄙视。在他看来,王安石等南方士人作为新法的发起者正是祸国殃民的源头,对新法的否定不仅是制度的更化,也是由王氏新学为代表的"异端邪说"向正统儒文化的回归,一定意义上甚至可以说,旧党对新党的讨伐也是北方正统儒文化对多元化、重功利的南方文化的讨伐,南北之间的地域分别造成了深刻的文化对立,正是南北地域的文化冲突为党争注入了持续不竭的动力,乃至旧党内部的洛蜀党争也可以由此得到解释。陈瓘在《论允执厥中奏》中感叹说:"今天下之士,一南一北,彼用则此废,此用则彼废,失于偏矣。"②正指出了南北文化难以兼容的情势。正因为北方士人的正统儒文化背景,其对新法新党的反击便逐渐由对新法的否定上升为对新党成员的道德批判。他们从新法皆"弊法"的既定观念出发,将新法之弊一并归因于新党的人性之恶,给予彻底否定,这显然不是单纯的政治批判,而是文化批判,而这种批判又与地域歧视及个人恩怨联系起来,构成复杂的政治斗争,这在车盖亭诗案中得到淋漓尽致的表现。

　　但旧党士人作为一个文化性群体,与高后所代表的君主权力既有相一致的一面,亦有相冲突的一面。出于打击新党、追求儒家价值、谋求自身生存空间的考虑,旧党与高太后是一致的,然而作为士人群体,旧党人物又具有摆脱君权束缚、追求人格独立的自由倾向,因而他们虽然排击新党不遗

---

①　《宋宰辅编年录校补》卷9,第531页。
②　《全宋文》,第129册第72页。

余力,但蔡确这类新党一旦被贬往岭南穷荒之地,他们又油然生出同类相怜之意。高后宣布蔡确"可英州别驾,新州安置"时,"执政愕然相视,因悉力开陈久之"①。刘挚、吕大防等人前后矛盾的表现并非出于对蔡确的怜悯,而是士人群体对自身命运的本能反应。作为旧党,他们出于不同的价值观及政治观排斥对方,然而面对君权,旧党与新党作为士人群体又具有一致的身份认同,君权对新党的打击也是对士人这一群体的打击,因而激起了旧党成员几乎本能的心理反弹。由蔡确的下场,旧党迅速联想到自身的命运,无论宰执还是台谏都表现出同样的惊惧之情,转而纷纷为蔡确开脱,这种转变出于士人群体对自身尊严的维护,也隐藏着难以言说的后顾之忧。范纯仁对吕大防说:"此路丁晋公后已荆棘七八十年,公若开之,吾辈恐不免矣,其后果然善乎?"②范纯仁因而反复上疏,企图说服高后收回成命,减轻对蔡确的处罚。而高后心意已决,表示"山可移,此州不可改"③。蔡确新州之贬最终使旧党心态发生重要变化,并成为元祐党争的重要分水岭。

蔡确新州之贬完全消灭了新旧党调和的余地,双方裂痕无限扩大,水火之势已然形成。面对这种形势,旧党为图自保,只能继续加大打击力度,以最大限度地消除新党对自身的威胁。如前所述,不仅蔡确受到重贬,同情蔡确的范纯仁、王存等人亦遭到不同的贬黜。旧党实际上被迫放弃了士人对自身独立人格的维护立场,与君权合而为一,或者也可以说,旧党已被君权所挟持,无可奈何地依附君权,沦为君权的工具。在这种形势下,旧党只有严厉打击新党,才能保全自身,而打击愈力,忧惧愈深,于是进而加大打击力度,形成恶性循环,新旧党之间的仇恨自然也便不共戴天了。随着高太后日渐老迈,新党卷土重来的情势日益明显,旧党的忧惧之情越发严重,在元祐后期旧党的奏疏中,充满了山雨欲来、惶恐不安的情绪,梁焘元祐六年(1091)上奏说:"陛下自御政以来,选用可信之臣,以忠孝报陛下之恩者,今在朝廷不过数人。群小怨嫌,阴结为朋,力谋排陷者不一日也。其心欲尽去此数人,则奸谋可行,大奸有复来之望。此数人者,方以时事难守为忧,孤立难安为惧,若非陛下知其从来忘身忘家,当怨去奸,有爱君忧国

① 《宋宰辅编年录校补》卷9,第536页。
② 《宋宰辅编年录校补》卷9,第538页。
③ 《宋宰辅编年录校补》卷9,第537页。

之心,力赐主张,则岂能安全至于今日也!在于今日之势,尤为难立,仰赖圣造终始主张也。"①梁焘在奏疏中请求"圣造始终主张",坚持元祐更化以来的既定国策,不要改弦易辙,摇动国是,只要国是不改,新法不复,那么新党势力就难以复振,也才能使旧党群体得以保全。这篇奏疏近乎哀求,旧党人物内心的忧惧之情昭然可见。

元祐年间政治形势微妙复杂,旧党势力一方面不遗余力地打击新党,另一方面新党势力也不甘心坐以待毙,寻机反击,力图再起。经过元祐初年的反复较量,旧党深感彻底清除新党之不易。而随着高太后日近迟暮,新党翻盘的危险不断加大,旧党势力在打击新党的同时,又心怀隐忧,不得不为自己留下后路,梁焘对蔡确态度的前后变化便表现了这种微妙心理。当初梁焘论奏蔡确甚力,元祐五年(1090)却在《以蔡确母老请内徙湖湘奏》中为自己撇清:"若吴处厚所笺诗章,乃安陆前古人物遗迹所在,章咏偶及之。至于怨谤君父,必不敢至此,若讥侮臣下则有之。故臣在言路,尝论确奸恶,欺君害物,未尝专指诗什。"②而梁焘在元祐四年四月《劾蔡确奏》中分明说:"臣风闻吴处厚缴进蔡确诗十首,其间怨望之语,臣子所不忍闻者。"又说:"臣近以蔡确怨望见于诗章,包藏祸心,合党诞妄,上欲离间两宫,下欲破灭忠义,清议沸腾,中外骇惧。"③仅仅一年之后,梁焘口风便发生了戏剧性的转变,且望朝廷"以确母老请内徙湖湘",大发慈悲心肠,这并不奇怪,实在是出于对政治前景的担忧,要为自己谋求退路。基于这一考虑,旧党对新党深闭固拒、严厉打击的立场有所软化和松动。元祐五年,左、右相吕大防、刘挚建言参用元丰旧人,因被苏辙斥为"皆持两端,为自全计"④,这一方案终于未能施行,于是,旧党只能硬着头皮继续采取强硬手段对付新党。蔡确被贬岭南后,"两经大需,吕大防必期死亡,更不量移"⑤。蔡确死后,高太后说:"蔡确已死,此人奸邪,朋党为害,得他死,是国家福。"大防附和说:"此是天诛!"⑥这与听到蔡确贬往岭南时的"愕然"判若两人。

---

①　[宋]梁焘:《论为政之要在辨邪正之实奏》,《全宋文》,第 82 册第 217 页。
②　《长编》卷 442,第 10640 页。
③　[宋]梁焘:《劾蔡确奏》,《全宋文》,第 82 册第 161 页。
④　《颖滨遗老传》(下),《栾城后集》卷 13,《苏辙集》,第 1027 页。
⑤　《宋宰辅编年录校补》卷 9,第 539 页。
⑥　《宋宰辅编年录校补》卷 9,第 540 页。

哲宗亲政后,新党重新得势,"确子渭及其祖母明氏挟权臣讼粉昆事,将族灭刘挚、梁焘、王岩叟以偿旧怨"[①],表现出对旧党的强烈仇恨。而新党对旧党自然也无需客气,包括宰执在内的旧党成员一概被贬往岭南,其中刘挚、梁焘、范祖禹死于贬所。可以说,车盖亭诗案启起了新旧党之间不共戴天的仇恨,这与高太后不顾大局、不识大体、不听劝阻、一意孤行的刚愎性格有着密切关系。诗案结案后,高后对梁焘、吴安诗等人说:"卿等于此事极有功,言事每如此,天必祐之。"[②]正说明了高后目光之短浅,朱熹批评说:"宣仁性极刚烈。蔡新州之事行遣极重。"[③]归根到底,士人无力阻止君权的专断,则只能沦为君主意志的工具与牺牲品。车盖亭诗案成为北宋新旧党争的重要转折点,造成了绍圣以后新党对元祐党人持续不断的大规模迫害,造成中国历史上罕见的政治悲剧,这一切无疑又是专制政治的悲剧。

第三节　元祐更化与新党的文化之痛

一、失落与反思

三代之治与大道合一可谓宋代士大夫的两大追求。如第一章所论,庆历以来以疑经为特征的儒学复兴运动使得宋代士大夫树立起空前的文化自信,实现"三代之治"成为士大夫群体的共同理想,王安石以其对现实积弊的深入思考,依托其丰富的政治经验,提出了一整套变法策略,成为这一理想的坚定实践者。王安石认为,现实社会所以弊端丛生,在于"方今之政多不合乎先王之政故也","先王之政"乃是解救现实危机的灵丹妙药。熙宁中,王安石设经义局注解三经,尤重《周礼》,"自为《周官义》十余万言"[④]。陈振孙认为,王安石"所以自释其义者,盖以其所创新法尽傅著之,务塞异议者之口"。王安石或许有这样的考虑,但问题还在于,士大夫所追求的"三代之治"只是一个虚渺的概念,究竟何为"三代之治",并没有具体

---

①　《宋宰辅编年录校补》卷9,第540页。

②　《续资治通鉴长编纪事本末》卷107,第3468页。

③　《朱子语类》卷130,第3098页。

④　《郡斋读书志校证》卷2,第81页。

的标准可供参考,而《周礼》作为周代之制的原始记录①,自然能够传达出先王之政的内在精神,借助《周礼》便可窥见先王的治国原则,进而可以联系现实获得通向三代之治的津梁。王安石之新法大部分便是对《周礼》的汲取与化用,"如行青苗之类,皆稽焉"②,而并不仅是"师其意"。新法寄托了王安石破除积弊、再造三代之治的远大理想,它不仅是纯粹制度层面的变革,也潜藏了更为深远的文化动机。因此,元祐更化不仅是对新法的否定,也是对庆历以来随疑经运动鼓荡而起的重建盛世的文化雄心的沉重打击。

如第三章所论,"道术为天下裂"的散乱局面自先秦以来就一直成为中国士人的文化隐痛,将散裂的道术复归原初便成为历代士人的梦想。相比以醇儒自命的北方学者,以王安石为首的新学群体表现出更为宽广的胸怀,被醇儒所深闭固拒的佛老在新学看来也不过是道之一偏,完全可以被绾合到大道之中。在王安石看来,"非圣无法"的庄子不过是"矫天下之弊而归之于正也"③,被韩愈等"醇儒"猛烈批判的佛教其实也与儒经相合,"盖理如此,则虽相去远,其合犹符节也"④。这些言论集中表现出王氏新学圆融三教的致思倾向,同时隐现出追求大道合一的文化理想。如第一章所论,王氏新学所追求的"道"更近于老庄本体性的大道,新学成员多有研究老庄的专著,据《郡斋读书志》,"王安石注老子二卷,王雱注二卷,吕惠卿注二卷,陆佃注二卷,刘仲平注二卷",且云,"介甫平生最喜老子,故解释最所致意"⑤。王安石另有庄子注,已佚。吕惠卿有《庄子翼》十卷,王雱则有《南华真经新传》。老庄乃是新学成员的着意所在,他们倾向于以老庄之道统摄儒释,吕惠卿在《大名府万寿观碑》中云:"臣窃以谓道未始有物,而生天生地,神鬼神帝,日月星斗得之以旋转者也。孔氏之儒,释氏之佛,老氏之道,未始不本于此,而孔氏经世藏用而未之尝言,释氏救生体变而无乎不

---

① 历来对《周礼》的真伪议论不一,刘歆、郑玄认为确是"周公治太平之迹",而林孝存称《周礼》是"黩乱不验之书",何休则谓《周礼》乃"六国阴谋之说"。晁公武亦赞同伪作说,并认为安石所以厚爱此书,"以其书理财者居半"。见《郡斋读书志校证》第 82 页。

② 《郡斋读书志校证》卷 2,第 82 页。

③ 《庄周》,《王文公文集》卷 27,第 311 页。

④ 《长编》卷 233,第 5660 页。

⑤ 《郡斋读书志校证》卷 11,第 471 页。

在,唯老氏则绝圣弃智以复于无物,则不离于本宗而已。"①吕氏以"道"为万物之本,并认为只有绝圣弃智的老氏之道不离本宗,不难看出吕惠卿对老子的推崇及以道家哲学统摄儒释、融通三教的用意。正因为如此,所谓三教的融通便成为对老氏之道的归趋,而这便与王氏新学之道德性命接通了关系。吕惠卿《老子》第八十章传曰:"然诗书之所言,则止于尧舜三代,而老子欲反太古之治,何哉? 曰:夫道与世之交相丧久矣,非大道不足使人反性命之情。"②吕惠卿认为只有"大道"才能使沦丧已久的人心重返"性命之情",怎样才能"反性命之情"呢? 吕惠卿在《老子》第十章传曰:"夫人之有其身久矣,而欲退之以体天之道,而不为功名之所累者,岂不难哉! 然亦有道矣。"这一"道"的核心便是"不以事累其心"的"无为","虽已为人矣,而载营魄抱一,湛然无为,如其生之始化,则能无离矣。能无离则专气而不分,致柔而无忤,而能如婴儿矣。能如婴儿则涤除悔吝,玄鉴观妙,凡动之微,我必知之而能无疵矣。所以养中者,如此则虽爱民治国,不以事累其心,而能无为矣"。以老子的种种修养手段澄清杂虑,返本归真,即便做仁民爱物的入世之行,也能无累于心,如此便可无为而无不为。这就将内圣与外王统一起来,由内圣开出外王,以文化层面的"反性命之情"促成三代之治的实现。

由上可见,新党所追求的三代之治与大道合一实为不可分割的统一体,政统有赖于道统。王安石当政后不仅强力推行新法,并且以学术统一配合新法的推行,实现道统与政统的合一。罢相之后,王安石仍然孜孜矻矻地撰著《三经新义》及《字说》,坚守着"法先王""一道德"的文化理想,以维持道统于不坠,这几乎成为王安石晚年的精神支柱。正因为这样,元祐更化对王安石造成了沉重打击,当王安石听到司马光废除免役法的消息时,不禁惊呼失声,"亦罢至此乎?"这惊呼背后隐藏着的乃是政治理想与文化理想双重破灭的刻骨之痛。

对王安石而言,这种痛楚实则从罢相之时即已开始。吕惠卿的背叛使得王安石深刻认识到意欲外王先须内圣,否则任何完备的法令制度都可能因为实践主体道德品质的恶劣而走向反面。王安石早在答曾巩的信中即

---

① 《全宋文》,第77册第135页。

② [宋]佚名:《新刊国朝二百家名贤文粹》,北京图书馆出版社,2006年,第126页。

指出："方今乱俗不在于佛,乃在于学士大夫沉没利欲,以言相尚,不知自治而已。"①吕惠卿的背叛无疑加深了这种认识。传统儒学主要强调外在的礼法约束,而不注重对性理的探讨,外在的道德强制显然不如内在的道德自觉,对性理的深入探究将有助于引导个体主动自觉地趋向道德完善,否则,内圣只能遥遥无期,外王自然也难以实现。退居金陵期间,注解佛经成为王安石重要的生活内容,这既是以佛理消解人生苦痛,同时也是从佛教中求取有助于内圣的理论资源,是对其早年道德性命之学的复归和深入发展。因此,王安石一边注解《维摩诘经》《楞严经》《金刚般若》《维摩诘所说经》等佛学经典,一边撰著《字说》,并在其中灌注了浓厚的佛教因素,《字说》多用佛语解字,以致苏辙批评说:《字说》穿凿,儒书亦如佛书矣。"②王安石在《进字说表》中说明《字说》的创作动机是"同道德""一名分"③,可见王安石注解佛经、深究佛理是要援释入儒,以释教之长补儒学之短,追求大道合一的文化理想。因此,不能将王安石晚年笃信佛教完全视为遁世绝俗,在这背后潜藏着深刻的入世动机。徐文明认为,王安石"渴望将世间与出世间、儒家的人生哲学与佛教的出世精神结合在一起,建立一种既在世又出世、既现实又超脱的人生理论"④。王安石的佛教经注今已亡佚,无从考察其具体内容,但从王安石论及佛教的书信来看,其最为着意的佛教观念便是"空",这在王安石晚年的诗词中多有表露,如《雨霖铃》词云:"浮名浮利何济,堪留恋处,轮回仓猝。幸有明空妙觉,可弹指超出。"⑤安石此处质疑名利的意义,讽谕尘世中人恋栈于名利而不知解脱,幸有无上的明空妙觉,可使人在弹指间超出轮回。而其《梦》诗则对世事的虚幻性进行了彻底的追问与解悟,诗云:"知世如梦无所求,无所求心普空寂。还似梦中随梦境,成就河沙梦功德。"⑥世间一切不过如梦境般虚幻不实,不必有所追求,心无所求自然空寂。即便诸佛菩萨如恒河沙数的种种功德也不过如梦如幻,又有什么意义呢? 王安石以子之矛攻子之盾,诚可谓石破天惊之论了。罢相之后,吕惠卿曾致信安石,意欲冰释前嫌,王安石回信说:"示及法

① 《答曾子固书》,《临川先生文集》卷73,第779页。
② 《栾城遗言》,景印《文渊阁四库全书》,第864册第178页。
③ 《进字说表》,《王文公文集》卷20,第236页。
④ 徐文明:《出入自在——王安石与佛禅》,河南人民出版社,2001年,第245页。
⑤ 唐圭璋编:《全宋词》,中华书局,1965年,第265页。
⑥ 《临川先生文集》卷3,第180页。

界观文字,辄留玩读,研究义味也。观身与世,如泡梦幻,若不以此洗心而沈于诸妄,不亦悲乎! 相见无期,惟刮摩世习,共进此道,则虽隔阔,常若交臂,虽衰茶薲昒,敢不勉此?"①王安石以佛教空观观照世事人生,一切不过如泡梦幻而已,如果仍然沉迷于此不免可悲,因此真诚地以佛理与吕氏共勉,表现出虔诚的佛教信仰。尽管如此,王安石积郁的忧愤仍未完全泯没,"解玩山川消积愤,静忘岁月赖群书"②,佛理与山川、群书一样,本质上不过是消解苦痛的工具。

在这一重归内圣的思想与学术转型过程中,王安石的诗歌创作也受到佛教义理的深刻影响,不再执著于物象的外在形态,而以佛教空观求索物象神韵,其对环境的观察,对历史的思索,对人性物态的感受都自觉不自觉地与佛教对性理的探讨存在若有若无的联系,从而使得晚年诗作精微隽永,思致深远,其名句"细数落花因坐久,缓寻芳草得归迟"便在对闲逸情态的描述中透露出不甚着意的禅学气息,一定意义上甚至可以说,王安石是以将佛理渗入诗歌的方式进行一种陶冶性情的内圣实践。尽管王安石绝意仕途,但其退居金陵后的思想却仍然沿着已有的逻辑前行,由早期内圣,到中期外王,到最后又返归内圣,王安石学术思想的变化过程具体而微地呈现出宋代学术的嬗变历程。由于王安石长期赋闲,绝意功名,其对佛教理论的探讨也就逐渐逸出苴补儒学的轨道,而逐渐成为晚年的重要精神寄托,佛理也逐渐由工具化的思想资源变成了更为纯粹的思想信仰。

二、被贬新党创作略论

王安石罢相归隐出于理想的破灭,而吕惠卿、章惇、蔡确等人则不尽然。这些人参与新法虽也有追求理想的因素,但在新法推进的过程中,受主客观因素的制约逐渐迷恋于对权力的占有,制置三司条例时期通宵达旦地讨论新法的豪情逐渐退隐,代之以更为现实的政治理性,吕惠卿为独揽大权乃至对王安石施展阴谋,暴露出其品质的低劣,蔡确在神宗去世后也争夺定策之功。正因为如此,面对新法失败,他们并没有类似王安石那种深重的理想沦落的痛苦,而是充满政争失败、丧失权力、招致报复的忧惧,

---

① 《再答吕吉甫书》,《王文公文集》卷6,第70页。
② 《宝应二三进士送乞诗》,《王文公文集》卷61,第673页。

其创作也便呈现出不同的形态。前人称荆公晚年诗"寓悲壮于闲淡"①,那么元祐新党贬谪际遇下的诗作则是以隐晦暗寓不平,以平淡化解忧惧。这种闲淡或平淡实则昭示了北宋中后期诗歌的发展趋向。所以如此,在于北宋中后期党争激化,士大夫的生存环境日益恶化,以车盖亭诗案为转折点,诗歌更加成为政治斗争的工具,这就使得被贬者不敢率意为文,无论取材还是感情表达都要充分考虑政治风险,以免因文得祸。于是这类创作往往规避现实,而转向自然山水及书画品鉴,呈现出整体的平淡风格。绍圣以迄崇宁,元祐党人被大量流放,无论其遭际还是创作都是对元祐新党的重复,故而元祐新党的创作很大程度上乃是绍圣以后文学的预演,吐露了北宋中后期文学风格转型的先声。因新党创作大量遗失,所存寥寥,以下主要以陆佃、蔡确、沈括等人的诗文为例加以简述。

1. 以隐晦暗寓不平

神宗去世后,作为王氏门人,陆佃立刻受到打击。元祐初,侍御史刘挚便弹劾陆佃:"新进少年,越次暴起,论德业则未试,语公望则素轻。"②陆佃、蔡卞等人罢经筵,迁吏部侍郎。元祐五年六月,陆佃权礼部尚书,中书舍人郑雍上书言陆佃"附会穿凿,苟容偷合",陆佃遂乞补外,以龙图阁待制知颍州。

陆佃是典型的学者,早岁汲汲问学,对儒家之道深研精思,且身体力行,德行温粹,刚直自守,其诗云"立身非以利欲诱,至诚惟学义与仁"③,在陆佃看来,士大夫所求者并非致身卿相的外在荣誉,而是探求真理的内在乐趣;所忧者乃是修齐治平的大道,而非个人的毁誉得失,"外荣岂就卿相位,内乐惟知守道真","乃知君子所为学,志将忧道不忧贫"④。这成为陆佃刚直自守而不为旧党势力所屈的精神力量。作为新党集团的主要成员,陆佃一方面因长期的儒学修养而保持严正的气骨,同时又因追随王安石而有着富国强兵的远大理想,自述心志云"平生慷慨慕荆国"⑤。因不愿修《神宗实录》诋毁王安石,陆佃三次上书乞知颍州,在其《乞颍州第三札子》

---

① 清人吴之振论荆公晚年诗风云:"论者谓其有工致无悲壮,读之久则令人笔拘而格退。余以为不然。安石遣情世外,其悲壮即寓闲淡之中。"《临川诗钞序》,《宋诗钞》初集。
② 《长编》卷360,第8617页。
③ 《全宋诗》,第16册第10646页。
④ 《全宋诗》,第16册第10646页。
⑤ 《依韵和李知刚黄安见示》,《全宋诗》,第16册第10647页。

中说:"实以臣子许国,命虽甚轻,士人洁身,义亦自重。"①既对旧党的排挤打压心怀不平,更对新法的全面废黜心怀痛惜。陆佃知颍后,虽然逃避了高层的激烈党争,但同时失去了得君行道的机会,内心失落可以想见,正因为如此,陆佃对以往神宗的知遇之恩无比眷念,对熙丰时期与新党同仁奋起变法的经历念念不忘,如其《邓州谢上表》云:"偶被先皇之识擢,实为希世之遭逢。一侍书帷,久陪法从。粤圣人之继统,与英俊而并升。"②基于这种心态,陆佃一再表达回朝效力的愿望,"回瞻象阙恩难报,愿尽平生一寸心"③,"主恩未报空持橐,军政无妨数举卮"④。虽然如此,陆佃的品格决定了他不可能以迎合旧党的方式返归朝廷,《依韵和毅夫即事五首》其四云:"十年京洛从宸游,得郡终难绕指柔。"⑤这一告白直接表达了陆佃经历外放地方的政治波折而不改初心的刚直品格。返朝不能,退居不甘,这种愤懑情绪有时不免演化为愤激的反语,"圣主若容长如此,不妨生就白髭须"⑥。为求得心理平衡,陆佃也像许多文士一样醉酒自遣,"且向尊前尽情醉,不须辛苦问为霖"⑦,醉酒之余则寄情湖山,以留连山水散郁解闷,"湖上寻常日一临,年华无用苦相侵"⑧。与此同时,陆佃又与朋友诗歌赠答,抒写内心款曲,尤其在颍州与孔平仲唱和甚多,忧愤不平,一寓于中。

尽管陆佃对外放地方的际遇心怀怨悱,但刚刚发生的震惊朝野的车盖亭诗案不能不影响到其创作心态,其感情的抒写往往避免张扬直露,多以较为隐晦婉曲的方式加以展开,如在与孔平仲的唱和中说"为问西街孔君子,设监那得似诸侯",貌似旷达自得,实则暗寓不平。又如其咏芍药诗云:"开向夏天缘底事,算来多是不宜春。"⑨则是借物抒怀,以芍药之花开盛夏喻示自己不善迎合,不合时宜,同时暗示了持节不移的气骨。陆佃颍州期间的咏芍药组诗最能代表此种风格。

---

① 《乞颍州第三札子》,《全宋文》,第101册第113页。
② 《邓州谢上表》,《全宋文》,第101册第160页。
③ 《全宋诗》,第16册第10666页。
④ 《全宋诗》,第16册第10667页。
⑤ 《全宋诗》,第16册第10670页。
⑥ 《全宋诗》,第16册第10661页。
⑦ 《全宋诗》,第16册第10660页。
⑧ 《全宋诗》,第16册第10666页。
⑨ 《依韵和双头芍药十六首》,《全宋诗》,第16册第10665页。

方回曾论曰:"昆体始于李义山,至杨、刘及陆佃绝矣。"①昆体具有辞藻华丽、用典繁富的特点,而昆体的这一特征又直承李商隐。众所周知,李诗善以密集的典故创造深隐的意象群落,以意象间似断还连的张力构织起倘佯迷离的意境。陆佃问学于王安石,不仅习染其学术,而且又受到其诗法观念的影响。王安石诗颇多取法李商隐,《蔡宽夫诗话》云:"王荆公晚年亦喜称义山诗,以为唐人知学老杜而得其藩篱,惟义山一人而已。"②陆佃因学王而学李,又由李商隐而接楔西昆,从而成为方回眼中的西昆殿军。李商隐诗多用典故,题旨隐晦,在党争与贬谪的背景下,此种笔法正可以消隐锋芒,躲避文狱,故为陆佃所用,并在其颍州间吟咏芍药的两组诗中得到了充分体现。

陆佃咏芍药组诗的主题大体可分三类:牢骚不平、身世之慨、幻灭之感。这些题旨几乎都借助典故的组合及由此而形成的深密的诗境传达出来,颇似李商隐诗风,如《依韵和再开芍药十六首》其一云:"同时几许已成空,回首荣枯是梦中。自昔一般称国艳,而今两度嫁春风。谁人与刻三年叶,何事惟开十日红。试倚玉梯丹汉外,为渠方便问元功。"③芍药花同时开放,芬芳绚烂,但早开者已然凋谢,一样开花,却是荣枯两样,正如人生的沉浮,令人不免有如梦之感。诗人进而感叹芍药曾与牡丹一样称为国色,如今却两嫁春风,沦落不堪,其间所寄的身世之慨不言而喻。诗人对此愤愤不平,表示要到天帝那里述说功劳,讨问公道。全诗借物抒怀,以芍药之出身高贵而不得善果隐寓不平之意。虽然陆佃对自己外放颍州的处境心怀不平,却无力改变现状,只能一再抒写命运多变、身世浮沉的万端感慨,如其二云:"百花羞缩敢争先,雨露仍随爱惜偏。青帝拟教春一见,素娥留待月重圆。相逢可惜非三月,自叹无因更少年。终日依栏看不足,直须风雨送归天。"④此诗赞美芍药在百花羞缩不开的时节灿然开放,天地自然出于对她的厚爱而给予更多的雨露。花神原本打算让芍药只在春天开花一次,哪里知道却因为闰月而两度盛开。作者似乎暗示命运并非掌握在自己

① [元]方回:《恢大山西山小稿序》,《桐江续集》卷33,景印《文渊阁四库全书》,第1193册第683页。

② 《蔡宽夫诗话》,《宋诗话辑佚》,第399页。

③ 《依韵和再开芍药十六首》其一,《全宋诗》,第16册第10662页。

④ 《全宋诗》,第16册第10662页。

手里,不可知的外力永远操控着世间的一切。此时相逢已然错过了生机勃发的春天,然而青春已逝,再不可追回,其中似乎寄寓着政局剧变、再不能大有作为的身世之慨。诗人终日凭栏凝思,欣赏这芳华绝代的芍药,直到她们在风雨的摧迫下玉殒香消,其间寄寓的感慨是沉重的。在不平与感慨的折磨中无可解脱,陆佃不免产生人生灰灭之感,其七云:"十方生灭尽虚空,往往看花似醉中。再见倾城弥爱日,一闻绝代竟趋风。不知世逐仙棋换,未免身归爝火红。自断此生真梦幻,直须成佛是殊功。"[1]本诗开篇直指宇宙人生的虚幻本质,俗世的人们却在芍药花开的时节,倾城而出,欣赏流连,如醉如痴,却不知道这一切都不过是迷惑人心的假象。世事纷纭,变幻无定,任何美丽包括每个人的生命都将化成一场虚空。人生如幻,只有成佛才能得救。诗人貌似大彻大悟,却透露出政局剧变、命运浮沉带给他的灰灭情绪。

在这两组咏物诗中,陆佃大量用典,竭力以隐晦的笔法传达幽深的意趣,但却不能似李商隐开拓出绮丽深广的意境。李诗典故虽多,却是似断实连,意脉贯穿;陆诗却不免堆累补凑,有的用典则似扞格不通,这或许在某种意义正折射出其内心难以梳理的复杂心绪。而更重要的原因则是,陆佃作为新党,本质上并不追求以文学立身,这与乃师王安石的文学观念一脉相承。王安石虽善于诗文,但从内心深处轻视文章辞赋,他曾经追悔自己早年用功于诗赋的经历,说:"废日力于此,良可悔也。"其《上人书》云:"尝谓文者,礼教治政云尔。其书诸策而传之人,大体归然而已。而曰:言之不文,行之不远云者,徒谓辞之不可以已也,非圣人作文之本意也。"[2]陆佃的文学观念直承王安石,重经术而轻文学,并不格外注重诗艺的锤炼,其模拟李商隐并不追求诗艺方面的惟妙惟肖与超越创新,而主要是把李诗的笔法当作一种避祸的手段,因此,其诗作必然显得粗糙,不能与李商隐乃至王安石等量齐观。

2.以平淡消解忧惧

蔡确作为新党首领,自元丰四年(1081)为相至元祐元年罢相,居于权力中心四年有余,更化后受到旧党的猛烈抨击,终于被逐出朝廷,由陈州而

---

[1] 《全宋诗》,第16册第10663页。
[2] 《王文公文集》卷3,第44页。

亳州而安州,距京城越来越远①,其愤郁之情可以想见。但强大的政治压力使其不能以诗文评论现实政治,亦不敢抒发不平之情,于是吟咏山水以寄托闲情便成为贬谪处境下的唯一选择。即便如此,蔡确车盖亭诗仍被肆意索解,曲成其罪。蔡确对政敌的此类手段并非没有警觉,离开安州时又派士卒洗掉牌上之诗,显然是免除后患。这种忧惧心态使其难以呈现真实的感情,而只能抒写无关现实痛痒的所谓闲情逸致,如第二首诗云:

> 一川佳景疏簾外,四面凉风曲槛头。绿野平流来远棹,青天白雨起灵湫。②

诗人由张挂疏簾的亭台向四外望去,凉风习习而来。四望是碧绿的田野,河流上正有远来的小船,青天朗朗,却突然落下由灵湫升腾的白雨。诗人的心绪看起来是宁静的,周围环境的幽静似乎洗去了心头的忧郁。第七首诗更见出诗人的悠然之态:

> 来结芳庐向翠微,自持杯酒对清晖。水趋梦泽悠悠过,云抱西山冉冉飞。

诗人结芳庐于翠木葱茏中,持酒独对灿烂的阳光,看到溪水从容地流向梦泽,云朵依偎着西山冉冉飞去。诗人似乎完全陶醉于大自然神妙无言的节奏与韵律中,心随流水白云应和无穷。即便被吴处厚笺注的第六首诗亦是此种心境:

> 风摇熟果时闻落,雨滴余花亦自香。叶底出巢黄口闹,波间逐队小鱼忙。

全诗从听觉、嗅觉、视觉等不同角度传写生机盎然、富有情趣的自然动态,见出诗人观察之细致、神情之专注、心灵之沉潜,完全是摆落世务后忘情自然的一片童真。吴处厚将尾句"小鱼忙"解为讥刺新进,未免疑神疑鬼。然而这种表面的悠然并不能全然掩盖诗人的落寞失意,如第一首便写诗人公事无多、来客稀少的清闲生活:

---

① 据《元丰九域志》,陈州距京师二百四十五里,亳州距京师四百零五里,安州距京师一千一百里,其等级分别为上、望、中。

② 《夏日登车盖亭十绝》,《全宋诗》,第14册第9077页。

公事无多客亦稀，朱衣小吏不须随。溪潭直上虚亭里，卧展柴桑处士诗。

诗人连朱衣小吏也打发掉，独自一人经过溪潭，直上虚亭，展读陶渊明的诗集，表现出的是一种逍遥自适的态度。但"客亦稀"实则透露出世态炎凉的落寞。蔡确四年为相，一度炙手可热，车马盈门，如今贬处荒州，门庭冷落，难免失意，此时读陶诗而以隐士自居自然是要以陶渊明之辞官归隐、淡泊名利消除宦海浮沉的失意之感。因此，全诗虽貌似悠然，而失意之情仍然会于不经意间流露出来，透露出真实的感情信息。第九首诗同样写其为官清闲：

溪中曾有戈船士，溪上今无佩犊人。病守衡然唯坐啸，白鸥红鹤伴闲身。

诗人卧病无聊，政事无多，再无往日的喧嚣，只有白鸥红鹤时来相伴，诗中"唯""闲"二字正是对诗人孤独处境及落寞失意的明白揭示。这种孤独落寞之情偶或又转化为不平之气，以隐晦的语言传达出来，如被吴处厚笺释的第一首：

纸屏石枕竹方床，手倦抛书午梦长。睡觉莞然成独笑，数声渔笛在沧浪。

"手倦抛书"的动作极能传写诗人的慵懒之态，而"睡觉莞然成独笑"则似若有所思，会心一笑，亦或隐含对被贬处境的超然，亦或有对政敌的蔑视，总之别有意味。此外，本人以为第十首诗末句"沉沉沧海会扬尘"与上句诗意关合不紧，当有深意。上句"如带溪流何足道"写溪流之狭小，与之相对，尾句应写沧海之辽阔浩大，而蔡确却突出沧海桑田之变，与上句诗意脱节，而这种脱节恰恰表现出内在感情的真实，即暗寓对政局变动的企盼。另一首被吴处厚大做文章，认为诬谤君亲的第八首诗，则不过借讴歌郝处俊的忠直敢言间接表达自己孤忠难明、被谤遭贬的悲愤，吴处厚指蔡确以武后影射高后则未免过于牵强附会了。

因此，尽管整体来看，十绝句抒写的是悠然自得之情，但在闲适的表象之下却涌动着愤郁的暗流，于是，悠然自得与愤郁不平便构成难以觉察的矛盾胶着于字里行间，形成此类诗貌似平淡而暗寓不平的风格。在贬谪际遇下,诗人之悠然乃是表面的假象,愤郁之情实则难以平息,诗人被迫将自我的心灵置于山水亭台,对不平之气强行消解,则这种消解必然是暂时和有限的。作为政治人物而非纯粹的诗人,蔡确并无陶渊明那样的决然归隐之意,政争失败的不平时时折磨着他,成为难以消却的心灵阴影,无论怎样的悠然或超然也难以将这一阴影彻底掩盖,落寞之情与不平之气必然会时时突破表象的掩饰偶露峥嵘。蔡确贬新州间曾亡故一侍儿,遂作《悼侍儿》,诗云:"鹦鹉言犹在,琵琶事已非。伤心瘴江水,同渡不同归。"《侯鲭录》对其本事载之甚详:"蔡持正谪新州,侍儿从焉,名琵琶,常养一鹦鹉,甚慧。丞相呼琵琶,即扣一响板,鹦鹉传言呼之。琵琶逝后,误扣响板,鹦鹉犹传言,丞相大恸,感病不起。"①此诗虽写感情伤痛,实亦写出政治的哀感,正是蔡确被贬岭南的政治悲剧直接造成了琵琶的人生悲剧,"伤心瘴江水,同渡不同归"写尽痛失爱妾的哀情,也隐隐流露出蒙受文狱、横遭贬谪的愤郁,政治与私情不可能有截然的界限。因而,吴处厚笺注蔡诗虽然极尽穿凿之能事,但也并非全属捕风捉影,蔡诗中确有可被罗织罪证的蛛丝马迹。这与其说吴处厚善于笺释,不如说善于洞窥蔡氏心理。吴处厚实则是由蔡确连遭贬谪必然失意不平的心理出发笺释其车盖亭诗的,也是先入为主的有罪推定。在这一逻辑之下,自然是无所不可了。

与蔡确相比,同为新党的沈括的不多的存诗则更为真实地表达了新党被贬群体的感情状态。沈括元丰五年(1082)因永乐之败被贬均州团练副使,随州安置。元祐初又受到旧党的攻击,其后则徙往秀州、润州等地。居润期间作《游花山寺诗》:

> 经旬飘雨喜新晴,病马缘畦取次行。老态只应随日至,春心无意与花争。山川满目浮烟合,楼阁侵天暮霭横。嗟我有身无处用,强携尊酒入峥嵘。②

沈括此诗叹老嗟贫,流露出人生老去而功业无成的惆怅。"山川满目"原本明丽鲜艳,却因浮烟升起而暗淡朦胧;楼阁高耸入云,气势不凡,却又隐入暮霭苍茫。诗人以外在意象由明媚到暗淡的变化传达出内心的愁绪,最后以强自饮酒的举动进一步烘托有志功业而不为世用的愤郁之情。这

---

① [宋]赵令畤:《侯鲭录》,中华书局,2002年,第63页。
② 《全宋诗》,第12册第8014页。

才是被贬新党的真实情感。但显而易见的是,这种愤郁之情的表达并非张扬刻露,而是委婉含蓄,折射出被贬际遇下畏祸拘谨的心理。

严酷的政治压力使得新党诗人的诗作不能直抒胸臆,难以发泄的压抑情绪也便表现为整体色调的晦暗。上面所举沈括诗便以浮烟与雾霭意象冲淡并掩盖了春天景物的鲜亮,而正因为如此,更可表现出诗人无可驱遣的愤郁。无论感情还是色调,都代表了被贬新党诗作的基本特征。但新党中人锐于进取,勇于变革,往往具有开放的文化胸怀和多元的文化构成,其对历史、现实及人生的思索往往更具深度与厚度,发之于诗便呈现出宏放风格,即便在贬谪背景下其诗作也并非仅是上述平淡之风,亦有风格豪健、气势宏放之作,沈括徙居润州期间所作《润州甘露寺》即不同凡响:

> 丞相高斋半草莱,旧时风月满亭台。地从日月生时见,天到江山尽处回。三国是非春梦断,六朝城阙野花开。心随潮水漫漫去,流遍烟村半日来。①

该诗以对历史的吟咏起笔,由丞相高斋没入蒿莱抒发沉重的兴亡之感。诗人诗思浩荡,由人事的变迁无常神思飞驰到对宇宙天地的追索,大地与明月共生,天宇则在江山尽头戛然而止,天地是如此的久远而辽阔,相比之下人类历史不过是过眼烟云。诗人将陈丞相所代表的辉煌人生置于天地宇宙的浩阔背景下加以考察,心中忧恨便骤然瓦解。由此,诗人的视野更其开阔,心态也更其超旷,在永不停息、无穷运转的宇宙面前,三国争雄的是是非非都随帝王春梦的破灭泯没于虚无,而在六朝残破的城阙中却正有野花灿漫开放。任何历史都将终结,任何是非都会随历史的远去而无足轻重,而人类将永远前行。六朝的废墟与探出的花朵正是对人类历史永无休止的兴亡轮回的隐喻与象征。该诗作为怀古诗,在人类兴亡与宇宙演化的对比中深入追思人类历史的本质,既认识到人类历史的虚幻性,又觉悟到人类本身的生生不息,从而表现出达观的人生态度。全诗思致深沉,气势宏放,是沈括乃至被贬新党诗人中难得的雄浑之作。但从整体来看,基于忧惧而成的平淡才是其被贬之作的基本特征。

---

① 《全宋诗》,第12册第8014页。

第四节　洛蜀党争的地域背景与党人心态

基于独特的地域背景,蜀学既不同于洛学等北方学术,亦不同于发源于江南的王氏新学,而是具有独特学术传承及地域文化背景的学术派别。从学术角度而言,蜀学的学术构成及其价值观念更接近于新学而与洛学等北方学术存在很大差异,因此,洛蜀党争与新旧党争具有相当的同质性,只是由政治层面深化到了学术文化层面。许多学者从政治及学术层面对洛蜀党争进行过深入的分析比较,得出了不少极具启发性的结论①。业师王水照先生将洛蜀党争归因于程、苏二人性情人格与文化观念的不同,"程颐讲求道学行为规范,矫情伪饰,苏轼崇尚真率通脱,企希本真自然。然而以此为发端,更由于各自门人的推波助澜,遂导成水火不容、攻讦不已的洛蜀党争"②。这一结论更接近历史真实并更富于学理深度。本人以为洛蜀党争与双方的地域文化背景之间有着更为深刻的联系,也是双方矛盾斗争难以化解的根本原因,学界对此注意不多③,尚需深究。

从地域文化角度来看,蜀学与新学都属于南方文化,二者具有南方学术的基本特征。第一,儒学正统观念相对薄弱。唐代安史之乱及唐末五代的长期动乱造成了南方大部分地区与中央朝廷的长期分裂,江南、巴蜀等南方地区并没有对中央朝廷的强烈归属感。且南方经学兴起较晚,缺乏深厚的历史根基,江南地区的儒学兴起于庆历以后,求学于北方的胡瑗讲学吴中才使经学浸及东南,"其在湖州之学,弟子去来常数百人,各以其经转相传授,其教学之法最备,行之数年,东南之士莫不以仁义礼乐为学"④。

---

① 诸葛忆兵认为,"(洛蜀)党争的缘起并不仅仅是因为程颐和苏轼学术思想的不同,更重要的原因是二人性格上的极大反差。其争逐的焦点不是政见的不同,而是各报私怨"。见诸葛忆兵《洛蜀党争辨析》,《南京师范大学学报》(社会科学版)1996年第4期。萧庆伟认为,"苏轼与司马光政见不合,又与程颐争古礼而失欢,这是元祐年间洛蜀两党交争的政治和文化背景"。见萧庆伟《苏轼策题之谤与洛蜀党争》,《漳州师院学报》1997年第1期。前文将二人及洛蜀党争归因于性格的不同及私怨显然过于偏狭,萧文则只是一般性地指出了党争背景,侧重于对史实的叙述,并未深入到学理层面。

② 王水照:《论洛蜀党争的性质与意义》,《河北师院学报》1995年第1期。

③ 萧庆伟对此有所探讨,但仅指出南北文化冲突的现象本身,对南北文化的不同特质所论欠深,故仍有探讨的必要。见其《论熙丰、元祐党争的文化背景》,《漳州师院学报》1998年第1期。

④ 《五朝名臣言行录》卷10之二《安定胡先生》,《四部丛刊》本。

流风所及,南方邻近地区的江西、福建等地的经学也开始兴盛起来。就福建而言,仁宗末以前,福建之士多文学之士,嘉祐年间蔡襄帅福州时,延聘儒者,"专用经术教授,多者尝至数百人",由此开始了经学的普及与传播。因其根基不厚,传统不深,江西、福建等南方士人并不像北方儒者那样对儒学价值有着强烈的尊崇情结,因而,疑经之风由南方学者煽动播扬便非偶然。与江南地区相比,蜀地距中央朝廷更加偏远,"地阻而易恃,俗轻而易摇"①,历史上的割据情况更为长久。入宋后,朝廷对蜀人严加防范,规定南方人不得在原籍任职,蜀人则首当其冲。宋太宗太平兴国七年(982)诏曰:"西蜀、岭表、荆湘、江、浙之人,不得为本道知州、通判、转运使及诸事任。"②直至神宗年间,仍然禁止蜀人任当地长官。由此不难看出统治者对蜀人的猜嫌心理,也折射出蜀人对中央朝廷的心理疏离。而与南方其他地区不同处在于,蜀地自文翁治蜀以来便开始传入经学,《汉书》文翁本传载:"景帝末,(文翁)为蜀郡守,仁爱好教化,见蜀地辟陋有蛮夷风,文翁欲诱进之,乃选郡县小吏开敏有材者张叔等十余人亲自饬厉,遣诣京师,受业博士,或学律令。"③又《华阳国志》载:"(文)翁乃立学,选吏子弟就学,遣隽士张叔等十八人东诣博士受《七经》,还以教授。学徒鳞萃,蜀学比于齐鲁。"④自此以后,蜀地涌现出司马相如、扬雄、王褒、任安等著名学者。但蜀地远离中央,地理封闭,与中原隔绝,受外来影响不大,蜀地学者并未形成对朝廷的强烈归属感,与之相应,对儒学也未形成类似中原学者的强烈尊崇意识,学者更将儒学作为学术看待,并不独尊儒学而排斥其他学术。司马相如生当景、武之世,正是"罢黜百家、独尊儒术"之时,但司马相如博学多才,好击剑,善辞赋,与当时的章句之儒判然有别。即便东汉末年的大儒扬雄,在经学炽盛、谶纬风行之时,"不为章句,训诂通而已,博览无所不见"⑤,并未趋附当时学风。魏晋玄风大畅,清谈盛行,而蜀地却依然恪守经学传统。由此可见蜀学的独立品格。

第二,学术构成庞杂。江南学术因其传统不厚,根基不深,缺乏对王权

① [宋]王珪:《右骐骥副使蒋揆可庄宅使制》,《全宋文》,第53册第36页。
② 《长编》卷23,第531页。
③ 《汉书》卷89,中华书局,1962年,第3625页。
④ [晋]常璩著,任乃强校注:《华阳国志校补图注》卷3,上海古籍出版社,1987年,第141页。
⑤ 《汉书》卷87上,第3514页。

的尊崇及对儒学的精神皈依，并不专主儒学，而是兼容百家，学术构成较为庞杂，王安石即声称于诸子百家之书无所不读，新党成员多属南人，儒学之外，多尚老释，吕惠卿等人都有注解老庄的著作。学术博杂更是蜀学传统，秦始皇十二年(前235)，文信侯吕不韦死，其党羽及悼亡哭临者万余家迁蜀之房陵并继分迁蜀中各地。吕不韦及其党羽本属杂家，这些人的大量迁入为蜀地带来了以《吕氏春秋》为代表的多元化的学术，尤其是纵横学于蜀地具有久远的传统，纵横家的鼻祖人物张仪曾镇蜀，于此亦有影响。直至唐代，赵蕤仍然写成《长短经》这样的纵横家著作。陈子昂任侠使气，求仙好道，李白更是驰骋于儒、道、纵横诸家之学。苏氏父子儒学之外，兼采纵横、老庄、佛教，其学术之杂更是超越前人，尤其是纵横一派更为苏氏含英咀华，融古入今，成为苏氏蜀学的重要特征。因此之故，以醇儒自命的北方学者对蜀学嗤之以鼻，即便学术同样驳杂的王安石也批评说，"苏明允有战国纵横之术"，"大抵兵谋、权利、机变之言也"①。朱熹亦批评他"自史中《战国策》得之，皆自小处起议论"②。"只就《孟子》学作文，不理会他道理"③。不仅如此，苏洵甚至将圣人治世之道视为欺诈性的权术，"看老苏《六经论》，则是圣人全是以术欺天下也"④。这自然是非薄先圣的大不敬了。苏洵并非将儒学视为"道"，而是看作"术"，"道"具有精神的引领性，"术"则具有现实的实践性，既然以"术"视之，自然无须信仰，则凡可以济事之术无不可用。由此，蜀学不拘一格，杂取百家，凡可用者无不拈来，形成其不同于正统儒家的庞杂特征，这与不主一端的江南学术相比有过之而无不及。洛学虽亦杂取百家，但洛学尊崇儒学，其对各家学术的兼取乃是为了论证儒家伦理道德的普遍性及永恒性，是以百家之说为儒学构筑更深广的理论基础。《明道先生行状》说："(程颢)泛滥于诸家，出入于老释者几十年，返求诸《六经》而后得之。"⑤程氏泛滥诸家的最终成果就是体悟出了无所不在的"天理"，建构起比传统儒学更为深广博大的学术体系。因而，洛学建立的最终目的乃是捍卫传统儒学的价值，接续儒学道统。

---

① 《邵氏闻见后录》卷14，第111页。
② 《朱子语类》卷139，第3307页。
③ 《朱子语类》卷59，第1392页。
④ 《朱子语类》卷130，第3118页。
⑤ 《明道先生行状》，《河南程氏遗书》，《二程集》第328页。

无论是王氏新学还是苏氏蜀学,实际上都并未将儒学定于一尊,其学术追求更具有实践理性而非价值理性,而新学、蜀学又有不同,新学重"法术",蜀学尚"权变",王安石赞赏言信行果的法家作风,称赞"商鞅能令政必行",王安石推行新法过程中所表现出来的偏执刚愎正与法家之严猛勇毅相关,并不仅是个性使然。蜀学则承继纵横作风而善权变,朱子论东坡云:"凡荆公所变更者,初时东坡亦欲为之。及见荆公做得纷扰狼狈,遂不复言,却去攻他。"①王安石对此深恶痛绝,将苏轼制策斥为"全类战国文章",并说,"若安石为考官,必黜之"②。这种不同注定了苏轼等蜀党难以认同新法及新学价值,自然也便难以形成与新党的合作。

与新学相比,蜀学与洛学更缺乏相通的基础。洛学崇圣尊君,蜀学则不主故常;洛学杂而崇儒,蜀学杂而善变。蜀学宽松的学术理念使其更倾向于追求自由心性,洛学则认同"天理"的终极价值,压抑人的自然欲望。所以蜀学主情,而洛学尚性,苏轼看到朱光庭在殿上严毅不可侵犯的神态,便以鄙夷不屑的口吻说,"何时打破这敬字?"③洛蜀党争尽管夹杂着个人恩怨及权力斗争,但从学理层面看,乃是北方儒学对儒家伦理原则的捍卫,这与旧党与新党的斗争具有相同的性质,从这一角度而言,洛蜀党争可谓新旧党争的深化。全祖望在比较新学与蜀学时说,"荆公欲明圣学而杂于禅,苏氏出于纵横之学而亦杂于禅"④,既指出了双方不同的学术取向,也指出了二者兼取佛禅的共性。朱熹则将新学与蜀学相提并论,认为新学与蜀学"皆不正"⑤,而蜀学之害更甚于新学,"至于王氏、苏氏,则皆以佛老为圣人,既不纯乎儒者之学矣。而王氏支离穿凿,尤无义味,至于甚者,几类俳优……故其失人人得见之。至若苏氏之言,高者出入有无而曲成义理,下者指陈利害而切近人情,其智识才辨,谋为气概,又足以震耀而张皇之,使听者欣然而不知倦,非王氏之比也。然语道学则迷大本,论事实则尚权谋,炫浮华,忘本实,贵通达,贱名检。此其害天理,乱人心,妨道术,败风教,亦岂尽出王氏之下也哉"⑥。在朱熹看来,新学与蜀学更具有文化品格

---

① 《朱子语类》卷130,第3101页。

② 《邵氏闻见后录》卷14,第111页。

③ 《河南程氏外书》卷11,《二程集》,第414页。

④ 《宋元学案》卷98,第3237页。

⑤ 《朱子语类》卷59,第1392页。

⑥ 《答汪尚书》,《朱子全书》第21册,上海古籍出版社,2002年,第1300—1301页。

的共性,而与洛学判然有别,朱熹称"程氏尤不合于王与苏也"①,实际上敏锐地指出了新学与蜀学同为南方学术的地域共性,以及洛学作为北方学术与南方学术的不同。业师王水照先生认为:"苏轼之反王,主要在史学批评及政治观点方面,而在哲学上,如对'道'、'性'这两个主要概念的阐释,王、苏却颇多一致,亦以此同被程朱所斥……苏轼哲学与程朱理学具有大异,与王安石的哲学却大同小异。"②正因为这样,苏轼可以在乌台诗案后与王安石握手言欢,并在所撰《王安石赠太傅》的制词中称扬王安石为"希世之异人"③,又称其学术"网罗六艺""糠秕百家",这其实与蜀学之庞杂多端如出一辙,这也反映出蜀学与新学之相通及蜀学对新学的认同。与此相反,苏轼与程颐素无交往,亦无过节,仅因司马光丧事时以礼数失欢,遂反目成仇,称"素疾程颐之奸"④,所谓"奸"乃是掩饰真性的矫情作伪,这与蜀学之倡导性情真率根本不同。苏轼说:"孔子不取微生高,孟子不取于陵仲子,恶其不情也。陶渊明欲仕则仕,不以求之为嫌;欲隐则隐,不以去之为高;饥则扣门而乞食,饱则鸡黍以延客,古今贤之,贵其真也。"⑤洛蜀之争从这个意义上说乃是"奸"与"真"的对抗、"性"与"情"的冲突。这种冲突不同于新旧党的政治观念的冲突,而深化到人性的哲学层面,成为不同学术及文化观念的冲突,因而更加牢不可破,这一切背后则是双方不同的地域文化背景。

　　如上所述,新党在旧党的严厉打压之下,既满怀文化的失落,也心怀怨恨与忧惧。旧党虽然占据政治优势,但无论心态还是创作事实上都与新党相去不远。新党虽然遭到全面打击,但并未丧失根基,在朝廷内外仍然拥有广泛的势力,时时待机而动,以图再起,这对当权的旧党造成了强大的压力,而持续不断的洛蜀党争又使旧党备受内讧的折磨。虽然程颐因拘执古礼而受到包括朔党在内的许多臣僚的弹劾,甚至司马光、吕公著也对其言行举止的矫揉造作表示不满,但其党徒贾易、朱光庭等则不断寻衅滋事,前有策题之谤,后有题诗之谤,而赵挺之等人又不断拆台,对苏轼所举荐的黄

①　《白鹿书堂策问》,《朱子全书》第 24 册,第 3579 页。
②　《苏轼评传》,第 158 页。
③　《王安石赠太傅》,《苏轼文集》卷 38,第 1077 页。
④　《再乞郡札子》,《苏轼文集》卷 33,第 930 页。
⑤　《苏轼文集》卷 68,第 2148 页。

庭坚、秦观、王巩等人肆意诋毁,使苏轼陷于动辄得咎、疲于应付的困境,最终自请外放以逃避无休止的党争。于是,"畏祸及身成了元祐党人的普遍心理。这一普遍心理又驱使了个体主体对自我命运和生命价值的反省,在反省中,渴求自由、自主,祈取自我性情的怡悦","在身不自安的困境中,以诗歌创作的方式,为自我营造一个可供灵魂安息、心灵悠游的世界"①,对画作的鉴赏与题咏成为通往这一世界的重要途径,题画诗创作成为此期引人注目的形式,它折射出士大夫对现实世界的厌倦与逃避,表达了强烈的林泉之思。

　　可见,在元祐党争背景下,无论被贬新党还是当权旧党,都怀着相似的忧惧之情,被贬者担心着新一轮的打击,当权者则害怕新党卷土重来,这种心态表现于诗歌创作便是极力回避现实政治,并不约而同地趋向于平淡风格。与旧党不同处在于,被贬新党不仅有着畏祸及身的忧惧之情,而且有着反击旧党的复仇之心,这就使其贬谪之作不仅有表层的平淡,更有潜藏的愤郁。在此背景下,元祐文学的政治关怀逐渐褪色,文人趣味更加浓厚,文学不再是表达政治情怀的工具,而成为逃避现实政治、怡情悦性的精神乐园。因而,在这类作品中,他们不仅不会涉足政治,相反会极力排斥政治因素的介入,专一地享受文人之间诗文书画的创作品鉴所带来的快慰,西园雅集便是典型的文人之会,诗、书、画、酒等一时俱备,文人趣味得到淋漓尽致的展现。这种转变并不仅是审美趣味的转变,实则昭示出士大夫人格转变的深层信息,标志着士大夫由政治人格向文人雅趣的蜕变与转型。这一切背后则是党争与贬谪的政治文化背景。

---

① 沈松勤:《北宋文人与党争》,第305页。

第五章　绍圣至崇宁的贬谪与士人心态的嬗变

第一节　从绍圣到崇宁的党争与贬谪

一、党争的加剧与贬谪的泛化

绍圣绍述一般而言乃是出于哲宗对元祐党人的政治报复,学界对此已多有论述,这自然是历史事实。但从文化层面看,绍述局面之所以形成,乃在于熙丰新政的能量尚未耗散完毕,新法仍然有其生命力,熙丰之政带给时人的政治梦想尚未完全破灭。史料表明,元丰期间,除去与西夏作战的永乐之败造成重大损失,宋王朝总体保持了政局的稳定与国家的富足,王安石即曾作《元丰行示德逢》《后元丰行》诗加以歌颂,其中虽不免夸张之词,但较为客观地反映了变法之后国富民丰的基本现实。而元祐更化无视元丰之政的成果,内政外交反其道而行之,彻底废弃新法而代以祖宗之法,甚至连对百姓较为有利的免役法也一并废弃。为收买人心,又大量恩荫官员子弟,使得本已严重的冗官问题雪上加霜,极大加重了财政负担。司马光等旧党又将葭芦四寨拱手送还西夏,严重损害了西部边防的战略主动,更使人心士气受到打击,故哲宗在其策题中对元祐之政给予了全盘否定。这种历史性的对比更加凸显了熙丰之政的历史理性,从而唤起士大夫的绍述热情。

自儒学复兴以来的富国强兵以至实现三代之治的政治理想尚未完全泯灭,元祐更化对熙丰新政的否定并没有充分的现实及理论依据,熙丰新法虽有弊端,但其成效也是有目共睹的,远没有到全面弃除的程度。而更化之所以实现完全是因为君主意志的改变及新旧党始终存在的文化冲突,高太后等人原本不赞同新法,而司马光作为北方儒学的代表人物,更是新法的坚决反对者,故而,废弃新法与新法的弊端之间并没有必然联系,君主意志与文化矛盾的合力才是更化的根本原因。只要条件具备,任何时候都可以实行更化,而不论新法取得了怎样的成就。因此,元祐更化所追求的目标更是儒文化价值的复原与回归,而不是富国强兵的社会功效。元祐更化是以文化价值否定了熙丰新法的功利价值,是对变法进程缺乏充分理由的粗暴阻断。但新法的历史理性并未彻底消失,变革的能量并未挥发完毕,社会依然拥有继续变革的惯性,因此,被强行封堵的变革动力必然会竭力冲破各种阻挠释放出来,表现为现实层面便是新党并不甘心于突如其来的更化,而是寻找一切机会图谋再起。这一过程又夹杂着复杂的政治积怨与意气之争,士大夫群体包括新党的政治品质也在发生着变化,其最重要者便是新党不再将富国强兵当作急务,而是将报复旧党、发泄积怨作为首要任务。

绍圣初,"章惇以宰相召,道过山阳,(陈)瓘适相遇,随众谒之。惇素闻瓘名,独请登舟,共载而行,访以当世之务,曰:'计将安出?'瓘曰:'请以乘舟为喻,偏重其可行乎? 或左或右,其偏一也,明此则可行矣。'惇默然未答。瓘复曰:'上方虚心以待公,公必有以副上意者,敢问将欲施行之序,以何事为先,何事为后? 何事当缓,何事当急? 谁为君子,谁为小人? 谅有素定之论,愿闻其略。'惇复伫思良久曰:'司马光奸邪,所当先辨,无急于此。'"①可见,章惇作为新党头目与旧党一样,也已从对法令制度优劣的争论转移到新旧党的人事纠纷上来,恢复新法、完善新法并重新开始富国强兵的宏图伟业已被置于次要地位。新党被旧党打压而积郁的仇恨无可遏止的爆发出来,最终演变为对旧党的残酷迫害,绍圣至崇宁的政治史主要成为打压与报复旧党的历史,变法的理想性便在这种残酷的政治报复中沦丧殆尽。绍圣元年(1094)监察御史周秩的话基本代表了绍圣期间对待元祐旧党的基本方针,《续资治通鉴长编拾补》引《太平治迹统类》说:"今陛下欲修先帝大业,若不尽去恶党,则必作奸谋起事端,中伤陛下信任之人,去草必尽其根。"②绍圣二年,曾布亲奏哲宗时说:"更有一事,大礼恩有在近,去岁贬谪之人,不知何以处之?"上应声曰:"莫不可牵复,岁月未久,亦不可迁徙。"布曰:"诚如圣谕,蔡确五年不移,惠卿十年止得移居住处,吴居厚等十年不与知州军,此皆元祐中所起例,自可依此。"③曾布的话表明新党对

---

① 《长编》卷 485,第 11530 页。

② 《拾补》卷 10,第 428 页。

③ 《拾补》卷 12,第 476 页。

旧党实施的处罚首先基于对旧党的政治报复,这也成为绍圣新党的基本方针。监察御史常安民的话对此又作了清晰的注脚:"今大臣为绍述之说者,其实皆假借此名以报复私怨。……凡劝陛下绍述先帝者,皆欲托先帝以行奸谋。……今权臣恣横,朋党满朝,言官未尝一言及之,惟知论元祐旧事,力攻已去臣僚。"①由此可见新党对旧党一面倒的攻伐之势。《拾补》引《九朝编年备要》云:"自绍圣以来,凡因元祐之人,大则投窜,小则退斥。"②新党不仅贬窜元祐党人,而且模仿元祐旧党设立看详诉理所,只是迫害更加残酷,《拾补》引邵经邦《宏简录》云:"塞序辰编类光等事状及臣僚章疏,人为一峡,凡四十三峡来上,缙绅由是无得脱祸者。"又引《续宋编年资治通鉴》云:"安惇作诉理所,而士大夫得罪者八百三十家,塞序辰编排章疏,而语言被罪者数千人。"③不仅如此,章惇等新党并不满足于贬窜旧党,且欲斥杀被贬者以绝后患。《拾补》引陈桱《通鉴续编》云:"章惇遣吕升卿、董必察访岭南,将尽杀流人,帝曰:'朕遵祖宗遗志,未尝杀戮大臣,其释不治。'章惇志不快。"④元符元年(1098),曾布在与哲宗的谈话中说:"近闻遣吕升卿、董必察访二广,中外疑骇,以为恐朝廷遣此两人往处置已窜黜者,人言汹汹。"⑤可见此事在当时引起的社会震动。陈瓘即曾对章惇等人迫害流人邹浩的罪行予以揭露,《拾补》引《续宋编年资治通鉴》云:"钟正甫顷为广东运判,亲往新州,追摄本州羁管人前谏官邹浩就狱,根勘宾客往来,馈遗等事,偶会大赦释免。窃惟浩以言事得罪,于亲戚故旧往来赈恤之义,朝廷未尝有旨禁绝,而新州所劾,与御史台罗织之狱,万里相应,欲置浩于必死,其为忍酷不已甚乎!"⑥章惇等人为迫害并诛杀旧党,指使地方官吏上下其手,真可谓无所不用其极了。其实曾布亦有此类举动,不过更加阴险。元符年间,曾布曾向哲宗谈及元祐八年(1093)宣仁弥留之际,中人陈衍"裁决政事,太母但诵之而已",指控陈衍"盗弄国柄如此,何可胜诛"。请哲宗严加惩治。时陈衍已被发配朱崖军,曾布又恐陈衍贿赂使臣而减轻刑罚,故

①　《拾补》卷 12,第 480—481 页。
②　《拾补》卷 15,第 574 页。
③　《拾补》卷 15,第 593 页。
④　《拾补》卷 14,第 566 页。
⑤　《长编》卷 495,第 11764 页。
⑥　《拾补》卷 15,第 591 页。

请哲宗派监司前往,"仍籍没其所有,乃为尽善"①。曾布此种心思,恐为常人所无。

章惇罢相后,李清臣奏曰:"章惇为相,朝廷属以政事为之,不置次辅,而惇不念体国,其所以开导上听者,莫非忮忍杀伐之事,以已之平日仇怨,或托谤讪宗庙,或称谋危上躬,窜逐南方,投之死地。故贬人及骨肉死者不得葬,存者悉为囚徒。又编类章疏,看详诉理,受祸者一千余家。自古奸臣,少惇比者。"②奏疏揭露了绍圣新党迫害旧党的骇目惊心的事实。种种资料表明,绍圣新党迫害元祐党人的程度与规模都远远超过了元祐旧党对新党的迫害。元祐时期旧党也只是将蔡确、章惇等骨干成员逐出朝廷,且宰执、侍从官仅有蔡确一人被贬往岭南。而绍圣年间,大批旧党宰执、侍从官被贬往岭南、湖湘等远恶州军,其中刘挚、梁焘、范祖禹等人死于岭南贬所。对旧党的贬谪并非一步到位,而是一贬再贬,始终保持着对被贬者的心理压力。如苏轼先责知英州,其后进一步追贬为宁远军节度副使、惠州安置,进而又贬为琼州别驾,昌化军安置。绍圣二年(1095),范祖禹由武安军节度副使、永州安置,责授昭州别驾、贺州安置,绍圣四年又移送宾州安置。被贬者并且受到当地官员的严密监视,程颐被放归田里后,有诏令本路监司常切觉察。不仅如此,绍圣新党又极力阻挠旧党的量移叙复,绍圣三年,吕大防被贬安州,大防兄大忠请求将大防陕州居住,哲宗允诺。章惇得知后,"即萌异意,元祐党由是再行贬黜"③。

新党排斥打击旧党是其不可动摇的原则,被贬者不仅要承受着恶劣的自然环境的折磨,而且还要承受着随时遭受不虞之祸的心理压力,真可谓心力交瘁,命途艰危,范纯仁对此描述说:"窃见吕大防等窜谪江湖,已更年纪,未蒙恩旨,久困拘囚,其人或年齿衰残,或素有疾病,不谙水土,气血向衰,骨肉分离,举目无告,将恐溘先朝露,客死异乡。"④对生者如此,对死者亦不放过,绍圣四年,吕公著特追贬建武军节度副使,司马光特追贬青海军节度副使。同时又追夺元祐党人的恩荫。绍圣四年诏曰,"大奸之孙恩荫

---

① 《长编》卷495,第11763—11764页。
② 《拾补》卷16,第614页。
③ 《拾补》卷15,第579页。
④ 《拾补》卷12,第478页。

全部追夺,次者各与两人"①。以至"元祐大臣不幸亡殁者,类皆不敢纳铭于圹,植碑于隧"②。而至崇宁年间,新党对旧党的迫害更加严酷了。

二、崇宁党禁与专制强化

徽宗即位后,向太后垂帘,意欲调和新旧党矛盾,被贬各处的元祐党人渐次叙复还朝。但元祐党人仍然坚持君子小人如冰炭不可同器的理论,"持偏如故","欲一切为元祐之政"。元祐党人的顽固态度激起当权新党的激烈反弹,在新党眼中,元祐党人虽然被叙复,仍属奸党,新党臣僚上言曰:"元祐奸党秉政,紊乱殆尽,朋奸罔上,更唱迭和,气焰薰炙,不可向迩者,皆神考之罪人也……罪废者一旦牵复,不以其渐,所在过当,又复纷然,莫之能御,内外相应,浸以滋蔓,为害弥甚。"面对元祐党人的围攻,一度倡言"大中至正"的曾布也忍不住表示,"先朝法度,多未修举","元祐小人,不可不逐"③。指斥元祐党人"必一变熙宁元丰之法度,为元祐之政而后已"④。旧党排斥新党新法鼓吹元祐之政的顽固立场终于使得新党匆匆废弃"建中靖国"的纲领,重新转向熙丰之政,并驱逐元祐党人。崇宁元年(1105)四月乙亥,诏苏辙等五十余人"不得与在京差遣⑤,并将党人刻石勒碑,榜示天下。在世党人贬处散官,或居住,或安置,或编管羁官,遣送各处。死者则贬降生前官阶,追夺恩谥,毁磨神道碑。崇宁元年,即有臣僚上言,对范纯仁谥"忠宣"表示异议,徽宗即下诏曰:"范纯仁谥定议、覆议官各罚铜十觔,其范纯仁神道碑如已镌立,令颖昌府毁磨。"⑥以此造成全面打击旧党的社会氛围。崇宁二年,诏宗室不得与党人子孙为婚姻,党人子孙有官无官并不许到阙下,一些旧党骨干成员的子弟"并不得与在京差遣"⑦。被贬党人不断被当权者以各种理由贬降官阶,或裭夺职名,或贬放远恶,并以勒铭党人碑的方式企图将对党人的打击上升为不可动摇的国家意志,以彻底清除旧党的政治影响力。引人注目的是编管、羁管人的大量增加,元符末上书

---

① 《拾补》卷14,第549页。
② [宋]刘安世:《刘忠肃集序》,《全宋文》,第118册第175页。
③ 《拾补》卷18,第657页。
④ 《拾补》卷19,第683页。
⑤ 《拾补》卷19,第682页。
⑥ 《拾补》卷20,第725页。
⑦ 《拾补》卷20,第706页。

人邪上尤甚,除朱绂免羁管外,范柔中等三十余人并勒停,永不收叙,余分送逐处羁管。崇宁三年四月,"令具逐路责降、安置、编管等臣僚姓名",具体反映了此期被贬官员的贬谪方式及人数,其中除名勒停人52人,除名勒停羁管人9人,除名编管人3人,羁停编管人14人,编管人1人,勒停居住人3人,除名勒停居住人5人,除名勒停人2人,勒停安置人3人,除名勒停编管真决人1人,除名勒停编配本州牢城人2人,除名勒停编管永不叙人2人,安置人8人,别驾居住人1人,落职宫观居住人10人,落职知州5人,责降人23人,总计144人,其中编管、羁管82人,贬往岭南者23人①。由此可见编管、羁管官员及贬往岭南的官员人数远远超过了熙丰及元祐时期。对责降、安置、编管、羁管人,又特别下诏,"令所在州军依元符令常切觉察,不得放出城"②,限制、剥夺贬降官的人身自由。这种专制政策又株连到党人子弟,崇宁二年(1103)诏,"应元祐及元符末党人亲子弟,不论有官无官,并令在外居住,不得擅到阙下"③。崇宁三年再次下达了措词几乎完全相同的诏令,以切断党人与朝廷的一切联系,最大限度地防止元祐党人东山再起。在蔡京一伙确信旧党基本没有翻身的可能后,崇宁三年六月,又诏命"元符末奸党并通入元祐党籍,更不分三等,应系籍奸党已责降人,并各依旧,除今来入籍外,余并出籍,今后臣僚更不得弹劾奏陈"④。徽宗、蔡京集团将元符党及元符上书人一并归入党人名单,党人人数由崇宁元年的120人增加为309人,其成员构成既有元祐旧党,也包括蔡京一伙的政敌,人员构成的复杂化泯灭了新旧党争的界限,标志着熙丰以来的新旧党争已沦为纯粹的权力斗争。

绍圣新党不仅剥夺被贬官员的人身自由,而且禁止元祐学术,大搞文化专制。崇宁元年十月诏,"诸邪说波行,非先圣之书,并元祐学术政事,不得教授学生,犯者屏出"⑤。这是乌台诗案、车盖亭诗案之后文化专制的恶性发展。由诗案对诗文作品的肆意索解,到对学术的全面禁毁,宋代的朋党之争已与专制制度高度合一。专制制度服从于党争,党争则使专制不断

① 《拾补》卷23,第793—798页。其中王化基、李穆二人重出。
② 《拾补》卷20,第725页。
③ 《拾补》卷21,第737页。
④ 《拾补》卷24,第810页。
⑤ 《拾补》卷20,第725页。

强化,宋代士大夫官员、文人、学者三位一体的身份特征必然使得对官员本身的惩罚扩展为对其文章学术的全面禁锢。崇宁二年,"诏焚毁苏轼集并后集印版"①,又"诏三苏集及苏门学士黄庭坚、张耒、晁补之、秦观及马涓文集,范祖禹《唐鉴》,范镇《东斋记事》,刘颁《诗话》,僧文莹《湘山野录》等印板,悉行焚毁"②。吴曾《能改斋漫录》云:"崇宁二年,有旨:应天下碑碣榜额,系东坡书撰者,并一例除毁。"③其打击目标明显是苏门及苏氏蜀学。同时又打击洛学,崇宁二年(1103)诏,"程颐追毁出身以来文字,除名,其入山所著书,令本路监司常切觉察"④。程氏洛学的核心乃是捍卫传统儒学的价值观念及伦理原则,与君主专制体制高度同构,然而因其元祐学术的文化身份,不可避免地被党同伐异的新党视为异端邪学。由此可见,在新党一党专制的背景下,其取舍标准乃是党派分野,并不考虑学术本身的性质。当初王安石"一道德"乃是通过将三经义设定为科举教材的方式加以软性实现,而绍圣新党的"一道德"则是通过赤裸裸的强制手段,"名为一道德者,实以钳天下之口"⑤。其逻辑便是元祐党既是奸党,则其学术自然属于非圣无法、坏人心术的异端邪学,加以禁毁乃是理所当然,这既是新旧党争不断激化的思维逻辑使然,更显现出北宋后期专制强化的历史走势。

崇宁五年,因彗星见,徽宗出于恐惧,毁元祐党籍碑,解除党禁,被贬党人渐次叙复。然而徽宗此举并非出于消除党争、重建盛世的主动行为,而是出于害怕"天谴"的不得已之举,因而必然是不坚定的。蔡京集团自然不甘心自身的失势及旧党的卷土重来,对徽宗撤销党禁、改更法令的举动百般阻挠。徽宗"夜半追黄门至朝堂毁石刻",翌日,京见之,厉声曰:"石可毁,名不可灭。"⑥时徽宗"毁朝堂元祐党籍碑,大晟府、明堂,诸置局议科举、茶盐、钱钞等法,诏吏部、户部议改"。但"未几,京令其党进言于上,以为'京改法度者,皆禀上旨,非私为之。若学校太乐等数事,皆是绍述神考美意,今一切皆罢,恐非绍述之意'。于是上乃复学校教官及香监司官,又

---

① 《拾补》卷21,第739页。

② 《拾补》卷21,第741页。

③ [宋]吴曾:《能改斋漫录》卷11,上海古籍出版社,1979年,第327页。

④ 《拾补》卷21,第742页。

⑤ 《聘士刘公先生墓表》,《朱文公文集》卷70,《朱子全书》,上海古籍出版社,2002年,第23册第3382页。

⑥ 《拾补》卷26,第868页。

复太乐府,复有用京之意矣"①。法令制度如此,人事方面也未坚定地贯彻撤销党禁的诏令,蔡京集团仍肆意攻击叙复党人"诋诬宗庙,附会奸党"②。刚叙复不久的知鄂州张商英、知江宁府徐勣、知虔州郭知章、新知漳州陈次升、知福州朱绂在蔡京党徒的弹劾下,罢废为宫观官。大观元年(1107),张商英更"责授安化军节度副使,归州安置"③。如此等等,表明徽宗解除党禁、叙复旧党的有限性。与绍圣时期不同的是,此期新党不仅已将旧党势力悉数逐出朝廷,而且已将党人勒石刻碑,榜标天下,形成了打击旧党的高压局面。不仅如此,朝廷又发布禁止党人子弟与在京差遣、禁止宗室与党人子弟通婚、禁止党人子弟擅到阙下等22项诏令,从而彻底消除了旧党在朝中的势力及对朝廷决策的影响力,完全处于任凭新党摆布的境地,这就决定了解除党禁的有名无实,也为蔡京复相埋下了伏笔。《续宋编年资治通鉴》载:"星毁没,上意稍息,亦悔更张之暴。"④在郑居中等人的劝导下,徽宗复相蔡京,重行既定政策。于是,因星变而解除党禁的诏命在蔡京独相的政治格局下最终成为一纸空文,而大量被贬官员也在贬废岁月中与政治黑暗的北宋王朝一起走向靖康之变的末日。

三、从尊道到弄权——士人群体的人格蜕变

如第三章所论,坚守道尊于势、追求道势合一乃是春秋以后文化发展的潜在动力,也是士大夫的文化使命,王安石入主大政实施变法乃是以道统势、道势合一。绍圣之后,重新得势的新党所求者不再是如何践行原初之"道",而是打击旧党,排斥元祐学术,全方位地消除旧党的威胁与文化影响。王氏新学作为"道"的性质已发生改变,它不再具有引导"势"、规范"势"的形上性质,而成为绍圣新党标榜正统、获取政治合法性的招牌,同时也成为打击政敌的工具,而绍圣新党及士大夫群体也因此发生了由尊"道"到弄"权"的人格蜕变。

王安石因为理想破灭而主动求去,章惇、曾布等人则为攫取个人利益玩弄权术,不仅打击旧党,而且相互拆台,不断内讧,暴露出政客面目。章

① 《拾补》卷26,第879页。
② 《拾补》卷26,第885页。
③ 《拾补》卷27,第920页。
④ 《拾补》卷26,第898页。

惇为相后,曾布亦还朝,被任命为翰林学士兼侍读,《拾补》载:"初,章惇之初拜相也,曾布在翰林,草惇制词,极其称美,望惇用为同省执政;惇忌之,止拜同知枢密院事。"曾布未能达到目的,便转而在哲宗面前倾陷章惇:"章惇专权,日甚一日,若以旧恩欲保全之,则不若制之于初。"①又说:"章惇秉政以来,所引者皆阘茸小人,专恣弄权,日甚一日。"②章惇与蔡氏兄弟也很快决裂,陈瓘奏蔡京云:"章惇初信京、卞,三人议论如出一口,自绍圣二年十月卞为执政,于是京有觖望,而与惇睽矣。四年闰二月,林希为执政,于是京始大怨,而与惇绝矣。"③可见新党集团早已没有熙丰年间意气风发、和衷共济的蓬勃朝气和协作精神,彼此的亲疏分合完全取决于政治权力的得失,确有"小人喻于利"的特征了。这种基于利益分享所形成的政治同盟必然是脆弱的,任何分赃不均都可能造成集团的内讧与分裂。徽宗即位后,曾布终于如愿以偿地跻身相位,但好景不长,不久即被更善权术的蔡京排挤出朝廷。如果说王安石是行"道",那么章惇、蔡京等则是弄"权"。王安石坚持"道"高于"势",发觉行"道"无望便毅然求去;章、蔡等人则是固权自保,机关算尽,沦为彻底的权相与政客。由王安石的独相到蔡京的权相,既是宋代专制体制不断强化的过程,更是宋代士大夫的三代理想逐渐沦丧的过程。绍圣四年(1097)八月,时任翰林学士承旨的蔡京上奏说:

> 盖人主单立于万物之上,所以鼓舞群动、役使万物者,以能生、能杀、能与、能夺故也。人主操生杀与夺之柄,而以道揆天下之事,审之以仁义,济之以威权。慢令凌政者必诛,妨功害能者必放,反覆颇僻者必窜,谗说殄行者必罚,则小大、内外,孰敢先后? 孰敢拂违? 四方将偾志而应,不劳而成矣。
>
> 夫生杀与夺之柄,惟人主所独制,非人臣所可共,传曰"惟名与器,不可假人"是也。④

蔡京此番言论明显表现出强化君权以威慑臣下的用意,与熙宁时期文彦博所鼓吹的君主"与士大夫共治天下"的平等诉求大相径庭,标志着宋初

---

① 《拾补》卷 11,第 451 页。
② 《拾补》卷 11,第 452 页。
③ 《拾补》卷 14,第 560 页。
④ 《长编》卷 490,第 11619—11620 页。

以来士大夫"道尊于势"的先秦精神的终结。蔡京强化君权当然是要借助君权铲除政敌,这直接源于党争不断激化的历史背景,北宋后期的专制强化正是党争的直接结果,君主专制的内在逻辑在经过党争的千回百转之后仍然无可阻挡地沉入到自我强化、消除异己的泥潭。专制强化的表现形式则是权相专政,相权的不断加大引起士大夫群体的强烈反弹,常安民对哲宗说:"天下,陛下之天下,予夺黜陟,陛下之操柄,奈何是非混淆,黑白不分,尽以付权臣乎?"①无论权相还是群臣,都主张将权力集中于君主,但其目的则判然有别。在君主专制的格局下,士大夫主要面对君主,无论表达怎样的政见,都不失对君主的忠诚,政治立场具有更大的转圜余地。而在权相格局下,臣僚除了服从权相意志以换取自身的政治地位几乎别无选择,它剥夺了士大夫的思想自由,压缩了士大夫的生存空间,是比君主专制更其专制的形式,自然遭到士大夫的抵制。常安民的话貌似表现出加强君主专制的保守倾向,实则恰恰反映出不甘政治权利被权相剥夺的政治主体意识。但君主与士大夫共治天下的政治传统决定了宋代不可能完全将权力收归君主,宰相必然成为士大夫群体与君主"共治"天下的代言人,而党争背景及权斗的残酷又必然造成权相局面,于是士大夫只能屈从于相权,将对君主的忠诚转变为对权相的效忠,以寻求政治庇护。而随着权相的易主,士大夫又必然改换门庭,成为毫无操守的政治变色龙,士风的堕落于是日甚一日。曾布在答其弟曾肇的信中以不无得意的口吻谈了自己的处世哲学:"布自熙宁立朝,以至今日,时事屡变,惟其不雷同熙宁、元丰之人,故免元祐之祸;惟其不附会元祐,故免绍圣之中伤,坐视两党之人,反覆受祸,而独泰然自若,其自处亦必粗有义理,以至处今日风波之中毅然中立。每自谓存心无愧于天,无负于人,神之听之,介尔景福,使此言不足信则已,若果有此理,元祐及惇、卞之党亦何能加祸于我哉?"②所谓"不雷同熙宁、元丰之人""不附会元祐"并非出于坚守中正的公心,只不过是其见风使舵的自保哲学的独白,"无愧于天,无负于人"更是大言不惭的自我吹嘘,其"毅然中立"的姿态在其为相之后便难以维持。韩忠彦为排挤曾布,将蔡京引入朝廷,"子宣知之,反欲通殷勤于京。忠彦方遣其子迓京,则子宣之子已

---

①　《拾补》卷12,第470页。
②　《拾补》卷17,第640页。

将父命迎之于二十里外矣。先时子宣攻京甚力,至是遂不复谁何。凡京有所论奏,不曰'京之言是',则曰'京之言善',又不自知其疏脱"①。尽管曾布曲意迎合,最终仍为蔡京排挤出朝廷,罢相知润州。曾布的所作所为无疑是对其"无愧于天,无负于人"的表白的绝妙讽刺,它既说明中立立场的破产,也暴露出权力斗争的残酷。士大夫无暇追求理想,只能以更残酷的手段应付政敌的攻击,蔡京为相而大搞党禁,正是党争不断强化的历史必然,由此,士大夫群体呈现出整体性的道德沦丧。常安民说:"今日之患,莫大于士不知耻。人苟无耻,则择利而趋,见害而避。无事之时,惟禄仕所诱,奔走俯伏,供为臣职,一旦投之患难之地,则掉臂而去矣。今之大臣,所提撕者,皆无耻之人。"②此话虽不免偏激,却与事实相去不远。常安民又说:"元祐中进言者,以熙宁元丰之政为非,而当时为是;今日进言者,以元祐之政为非,而熙宁、元丰为是,皆为偏论。"这固然说明士大夫立场不坚,同时说明政局的反复变动、新旧党的纷争不已已使士大夫无所适从,难以顾及政治立场及人格操守。

　　从熙宁到绍圣,经过反复折腾,富国强兵及三代之治的理想越发渺茫,而固有弊端却越发深重,新的问题层出不穷,可谓每况愈下,安焘批评说:"当熙宁元丰间,内外府库,无不充衍,至小邑所积见钱谷粟不下一二十万。自绍圣元符以来,倾府库,竭仓廪,以供开边之费。大臣用之,以为迁延固宠之计。故军无见粮,吏无月俸,公私罄竭,未有甚于今日,而反谓绍述,岂不顾诬哉!"③安焘所言确凿无疑地说明了所谓"绍述"在士大夫心目中的失败,这种失败打击了士大夫的政治热情及进取精神,同时潜在削弱着对儒家价值的坚守,所谓士风的颓坏在更深层次上源于文化的失败。如果说绍圣之初,士大夫仍残存重建盛世的雄心,那么,绍述的变质及失败则加剧了士大夫的不满情绪及失望心理,用以维系政治立场的儒家信仰不断遭到剥蚀,文化定力的弱化必然造成士大夫政治立场的摇摆不定,从而造成士大夫群体的堕落,诚如常安民所说:"大臣不和于上,朋党交恶于下,纷击诋诬,亏损风俗。"④陆佃更批评说:"近时学士大夫相倾竞进,以善求事为精

① 《朱子语类》卷130,第3106页。
② 《拾补》卷11,第453页。
③ 《拾补》卷17,第642页。
④ 《拾补》卷11,第453页。

神,以能讦人为风采,以忠厚为重迟,以静退为卑弱。相师成风,莫之或止。正而救之,实在今日。"①两人的话概括了士风沦落的基本状况,而许多被贬者则并不满足于对现状的批评,更转入对熙丰以来政治、学术的深刻反思。

第二节　被贬士人的文化反思

从熙宁到崇宁,党争愈演愈烈,由初始的政见之争发展为党锢之祸,大批党人遭到严酷的政治迫害,方通揭露崇宁以来迫害士大夫的事实说:"或流配远方,或除名编置,或不许齿仕籍,以言得罪者,无虑万人矣。"②这一过程既暴露出新法的弊端,更暴露出党同伐异、难以兼容的儒文化的缺陷。在党争中遭到迫害的士大夫纷纷转向学术,以更为深入的理论思辩对新法、新学、党争及儒文化本身进行批判与反思,试图超越儒文化的狭隘性而重建新的文化形态,为在党争泥潭中越陷越深的宋王朝及陷于文化困境的士大夫寻求出路。从一定意义上说,被贬者的学术创造同样属于儒学复兴的历史链条,是儒学复兴由熙丰变法的实践形态向理论形态的回归。陈瓘《四明尊尧集》、晁说之《儒言》、苏轼《东坡易传》、程颐《伊川易传》等著作都是从批判、反思与重构的文化层面展开的,它们既是贬谪文化的重要组成部分,同时也构成了宋代儒学复兴的重要内容。

一、陈瓘《尊尧集》对新党的批判

陈瓘字莹中,号了翁、了斋等,北宋南剑州沙县人,元丰二年(1079)进士。以蔡卞荐召为太学博士,迁校书郎。徽宗即位后为左正言,多次劾奏章惇、蔡卞、蔡京、邢恕等人,因触忤曾布,出知泰州,崇宁中除名窜袁州、廉州。移郴州,稍复宣德郎,因著《四明尊尧集》得罪羁管台州,宣和六年(1124)卒,年六十五。陈瓘经历了坎坷人生,其政治立场与学术观念也发生了重要变化,他对王安石由推崇到否定的演变深刻反映了北宋后期士大夫的思想演变的重要信息。

---

① 《拾补》卷 16,第 616 页。

② 《拾补》卷 17,第 922 页。

应举之前，陈瓘对王安石及其学术极为服膺，"患史事之难究，弃而不习；悦庄周之寓言，跻为圣典。凡安石之身教，王雱之口学……皆以为是"①，可谓亦步亦趋。身历熙丰新政及元祐更化，陈瓘对政事开始形成自己的独到认识，逐渐抛弃独尊王氏的一偏之见，而倾向于持平去偏的折中立场。陈瓘认为，"元丰之政，多异熙宁，则先志固已变而行之"②。元丰、熙宁之政"异"在何处？陈瓘认为元丰时期神宗开始对新法有所调整，同时适当任用旧党，以调和新旧两党矛盾，"凡安石所怒之人无不复用，凡安石所喜之人往往斥去，不胶不扰，圣政日新"③，这是陈瓘政治态度发生变化的重要依据。章惇等新党上台后，大肆迫害旧党，这自然更使陈瓘感到取平去偏的必要，因此，陈瓘对当权新党的批评便集中于反对仅以安石是非为是非。绍圣间，陈瓘批评蔡卞"但以安石为准的，以罗织士类，此最为害政。况安石之所是非，与先帝不同者非一，岂有但以安石为据？卞以此深怒瓘，而士类莫不以瓘言为是"④。可见，绍圣间，陈瓘即已不再独尊安石，这种变化乃是对新党专权独断、好同恶异、任人唯亲的强烈反弹。而"士类莫不以瓘言为是"则表明，经过熙丰、元祐的政治反复，士大夫阶层已不再迷信新法的效用，新法、新学的社会影响力显著下降，士大夫开始更为理性地看待新学，对王安石的评价也更趋客观，因而，新党唯以安石为是、打击异己的行径便招致士人的强烈反感。元符三年（1100），陈瓘被任命为左正言，屡屡弹劾蔡京、蔡卞、邢恕等人，其论蔡卞云："卞以继述神宗为名，以篡绍安石为主，立私门之所好以为国是，夺宗庙之大美以归私史。"⑤又论章惇、蔡卞曰："盖自绍圣以来，蔡卞造作奸言，假托经义，厚诬神考，轻欺先帝，倡为国是，以行其私。凡惇之行事为天下害者，其谋皆发之于卞，干纪紊政，其事不一。然原其乖悖之始，则不过妄论绍述两字而已。"⑥其核心乃是不满于章惇、蔡卞等人歪曲先朝政事，妄论绍述，不能以持平之心对待旧党，排陷异己，以致朝政日非。

陈瓘的思想变化主要体现在由《合浦尊尧集》到《四明尊尧集》的转变，

---

① 《四明尊尧集》卷8《处己门》，《四库全书存目丛书》，史部第279册第744页。
② 《长编》卷485，第11531页。
③ 《四明尊尧集》卷8《处己门》，《四库全书存目丛书》，史部第279册第743页。
④ 《拾补》卷13，第513页。
⑤ 《拾补》卷15，第593页。
⑥ 《拾补》卷15，第594页。

对王安石的态度也由前集的肯定与回护演变为后集的批判与否定,这一变化与朝政日趋黑暗、旧党所受迫害不断加重及陈瓘本人历经贬谪有着密切的联系。陈瓘崇宁中与龚夬俱贬袁州,又移廉州。据四库本《广东通志》,"瓘在贬所,自署其斋曰'了斋',杜门谢客,观经史百家之书,善者必录于壁,既而合为一册,名曰《壁记》,又著《尊尧集》(《合浦尊尧集》)。五年(1106)遇赦,自廉移郴,稍复宣德郎"①。政和年间,陈瓘再上《四明尊尧集》,被羁管台州,可见,贬谪历程乃是陈瓘的政治立场发生变化的重要原因。陈瓘起初在《合浦尊尧集》中并未直批王安石,而是将《神宗实录》"歪曲"史实的罪责归于蔡卞等人,《九朝编年备要》云:"及瓘贬廉州,乃著《合浦尊尧集》,以《日录》诋讪之罪归于蔡卞。"②陈瓘更想说明的是,元丰之政已有改变,即调和新旧,兼取双方,陈瓘在《乞以四次改更前事为鉴奏》中说:"元丰之时,王安石既去,神考独揽威柄,凡安石所恶之人渐却收用。至元丰末年,神考因事觉悟,大改熙宁之意,苏颂、王存之徒皆为侍从,孙觉、李常之徒渐次进擢,苏轼自贬所放归,司马光加资政殿学士。"③但陈瓘认为蔡卞等人所修《神宗实录》并未对此加以体现,反而故意遮掩歪曲,"卞之所增,乃有诬伪"④,这就为排斥旧党、绍述新法开启了方便之门,《神宗实录》也便成为新党打击旧党的工具。因此,如何修撰《神宗实录》,传达怎样的政治信息便成为双方斗争的焦点。陈瓘认为,王安石并非始终受到神宗的信任,"神考用荆公止九载,何尝终以其人为是乎?"而神宗所以弃之不用,在于安石"自比于鞅,而以秦孝公之事责神考"。陈瓘以此证明,既然王安石被神宗抛弃,那么其《日录》自然也不应作为修撰《神宗实录》的依据,而现已修成的《神宗实录》既然大量参用了王安石《日录》,当然不足取信。

随着北宋末年政治的日趋黑暗,士大夫的不满与反抗也日趋激烈,一些正直之士激于义愤,痛斥徽宗一伙的倒行逆施,邹浩崇宁元年在上徽宗的奏疏中说:"臣观陛下之所为,愈于桀、纣而甚于幽王也。"⑤这种大胆的批评反映出士大夫群体已失去了对上层统治者的信任,正是在这一背景

---

① 〔清〕鲁曾煜等编:《广东通志》卷43,景印《文渊阁四库全书》,第563册第905页。

② 〔宋〕陈均:《九朝编年备要》卷28,景印《文渊阁四库全书》,第328册第752页。

③ 《全宋文》,第129册第45页。

④ 《四明尊尧集序》,《全宋文》,第129册第116页。

⑤ 《拾补》卷19,第690页。

下,陈瓘对新党的批评也不断升级。如果说陈瓘在《合浦尊尧集》中尚且对王安石心存敬畏的话,那么在政和间所著《四明尊尧集》中,陈瓘便不再仅指责蔡卞等人及其所修《神宗实录》歪曲历史,更将修史失实的罪责上溯到王安石,认为王安石才是"归过于上,归美于己",诬毁神宗圣政的始作俑者,"私史之诬,发于安石"①。正是《日录》的失实直接造成了《神宗实录》对神宗的诬谤②。《九朝编年备要》云:"(陈瓘)后北归,谓刘安世曰:'昨在谏省,尝以王荆公比伊尹,伊尹未尝诋汤,胡可比也? 又尝以为神考之师,神考用荆公止九载,何尝终以其人为是乎? 瓘之前言可谓过矣。'于是复著《四明尊尧集》,痛绝王氏,以发扬熙宁用舍宰臣本末之绪,而自明区区改过之心。"③《文献通考》云:"瓘初在谏省,未以安石为非,合浦所著《尊尧集》犹回隐不直,末乃悔之,复为此书,以谓蔡卞专用《日录》以修《神宗实录》,薄神考而厚安石,专私史而压宗庙,于是编类其语,得六十五条。"④既然《神宗实录》失实的源头在王安石《日录》,那么要正本清源,恢复历史真相,必须要对《日录》加以清算,而由对《日录》的批判又合乎逻辑地发展为对王安石的批判。陈瓘因而在《尊尧集》中对王安石大加挞伐,批判王安石假神宗之言归誉于己,认为《日录》中神宗的自谦之词及称扬王安石的话俱属伪造,《尊尧录·处己门》陈瓘引王安石《日录》语曰:"上曰'以朕比文王恐为天下后世笑,卿言当为人法。'"陈瓘论曰:"安石初进《三经义序》极其褒赞,神考命安石改进此,圣王之谦德也,安石退书其事乃伪作。神考谦词曰'以朕比文王恐为天下后世笑',又曰'卿言当为人法'。呜呼,言而为天下法,此圣人之事也。安石之言自谓可以为天下法而谓神考比文王则为天下后世笑,诋诬宗庙可谓甚矣。"⑤又引安石《日录》曰:"上曰:'雱说卿意似不专为病,朕亦与雱说卿莫只是在位久,度朕终不足与有为故欲去。'"陈瓘论曰:"雱圣其父,父贤其子,而谓在廷之臣皆小人也,君子小人自有公论,无足辩者。至于造神考之言曰'度朕终不足与有为',则是托训以薄君父也,

---

①　《四明尊尧集》卷2《圣训门》,《四库全书存目丛书》,史部第279册第722页。
②　郭志安、王晓薇认为陈瓘对王安石政事、学术的批判集中在五个方面,可参考。见其《由尊到贬:陈瓘对王安石政事学术评判之剧变》,《西北师大学报》(社会科学版)2007年第2期。
③　《九朝编年备要》卷28,景《文渊阁四库全书》,第328册第752页。
④　《文献通考》卷197,第1657页。
⑤　《四明尊尧集·处己门》,《四库全书存目丛书》,史部第279册第740页。

可不辩乎!"①此类指责安石伪造《日录》以归美于己、归过于君的言论比比皆是,陈瓘因此指责王安石性情奸诈少有其比,"虽古之失志倒行而逆施者,殆不如此"②,极见其痛愤之情。在陈瓘看来,王安石最大的罪责乃是以君师自居,祸乱名分,"治平中王安石唱道之言曰:'道隆而德骏者,虽天子北面而问焉,而与之迭为宾主'。自安石唱此说以来,几五十年矣,国是之渊源盖兆于此。臣闻天尊地卑,乾坤定矣,定则不可改也,天子南面,公侯北面,其可改乎? 今安石性命之理,乃有天子北面之礼焉。夫天子北面以事其臣,则人臣何以当其礼?""自有华夏以来,无此悖乱之礼。……此乃衰世侮君之非"。陈瓘认为王安石对君尊臣卑的伦理秩序的颠倒是造成北宋末年朝政混乱颓败的总源头,因此将王安石"君臣迭为宾主"说置于"华夏以来"的历史背景上加以鞭挞,甚至声称,"寻常学者须知得王介甫一分不是,即是一分好人,知得王介甫十分不是,即是十分好人"③,足见入骨之恨。陈瓘因此痛悔师从荆公之学,"误学其教,岂可以不悔"。需要指出的是,陈瓘在崇宁贬谪期间与杨时有交游,杨时作有《和陈莹中了斋自警六绝》,而杨时更是王安石及新学的坚定批判者,则陈瓘对王安石态度的改变或受到杨时的影响。

陈瓘"首上《日录辨》,继撰《合浦尊尧集》,又撰《四明尊尧集》,一次比一次加大攻击力度。其原因在于他骨子里倾向于元祐政治,对王安石逐渐失去了理性认识,相反认为王安石是绍圣、崇宁政治诸'恶'之源"④。这与北宋以来变法失败、朝政日非的现实直接相关,陈瓘由对现实政治的愤恨与失望转而追溯王安石变法的动机,进而质疑王安石的人品,乃是一种恨屋及乌的感情宣泄,他对王安石的指责没有任何依据,完全是先入为主的有罪推定,甚至是无中生有的诽谤,并不足以证成王安石的"罪行"。朱熹对此深为不满,批评说:"只似讨闹,却不于道理上理会。盖它止是于利害上见得,于义理全疏。如介甫心术隐微处,都不曾攻得,却只是把持。"⑤从大的历史文化背景看,陈瓘对王安石及其《日录》的激烈批判折射出北宋

---

①　《四明尊尧集·处己门》,《四库全书存目丛书》,史部第 279 册第 742 页。

②　《四明尊尧集序》,《全宋文》,第 129 册第 116 页。

③　[宋]吕本中:《师友杂志》,《全宋笔记》第三编(六),大象出版社,2008 年,第 15 页。

④　张其凡:《陈瓘与〈四明尊尧集〉》,《浙江大学学报》2004 年第 3 期。

⑤　《朱子语类》卷 130,第 3099 页。

后期士人对现实的失望情绪,他们隐隐感到政治的衰坏、士风的堕落等社会问题乃是王安石变法有以启之,因此逐渐将批判矛头指向新党新法新学,企图以此冲破现实困境。尽管这种极端偏执的情绪化的批判并不可能击中要害,但它打开了一个巨大的批判的缺口,引发了更多士人对现实政治及新法新学的批判与反思。至北宋末年靖康之变前夕的危急形势下,杨时更将亡国之祸归之于新法及王安石,王安石遂被坐实为北宋亡国的罪魁,并在此后的长时期里成为对王安石的基本评价,这与陈瓘对王安石的批判不无关系。

二、晁说之《儒言》对新学的批判

如果说陈瓘《尊尧集》主要批判王安石归过于上、归美于己的"罪状",那么晁说之的《儒言》则侧重批判王氏新学。《郡斋读书志》云:"其书盖辨正王安石之学违僻者。"①《四库总目》云:"今观所作,大抵《新经义》及《字说》居多,而托始于安石之废《春秋》。公武所言良信。然序称作于元默执徐,实徽宗政和二年壬辰,在崇宁二年安石配享孔子后,故其中'孔孟'一条、'名圣'一条、'祀圣'一条,皆直斥其事,则实与绍述之徒辨,非但与安石辨也。又'不夺'一条、'心迹'一条及'流品'以下凡数条,并兼斥安石之居心行事,亦非为学术辨也。"②晁说之元丰五年(1082)进士,同样经历了从熙丰变法到崇宁党禁的历史变故,元符三年(1100)以上书入邪等而连遭贬谪,对新法新学之弊有着痛切的感受与深入的思考,其批判也便格外激烈,其攻击新法云:

> 凡百执事能催科敛散者为贤,不能催科敛散者为不贤,又从而谴黜之。其欲民之知廉耻,远刑罚,足以养生送死,备水旱之灾,无流离死亡之患,不亦难乎?比年文儒几盛而廉耻不兴,刑罚日峻而盗贼不息,空仓廪以赈济而民不得饱,其原盖在于此也。③

攻击《三经新义》云:

> 自更经义以来,授以成书,谓之《新经义》,唯善其流者乃中程上

---

① 《郡斋读书志》卷10,第455页。
② 李学勤等:《四库全书总目》(整理本),中华书局,1997年,第1208页。
③ 《全宋文》,第129册第394页。

第，苟为参差出入于其间，即不中程式，虽善必黜之。士方为神妙学，无少长贤愚，靡然从之，唯恐不相胜。虽有长才者不得骋，虽有知其牴牾非正者讳之不敢言，涂人耳目，窒人聪明，溺于附会穿凿之论，固使人才闒茸，器识卑下，闻见单陋，不复可得前日瑰奇卓绝之士矣。仍之援释、老诞谩之说以为高，挟申、韩刻覈之说以为理，又使斯士浮伪惨薄，不诚不忠厚，其患岂不大哉！

又抨击《字说》之陋：

> 如其所著《字说》者，神宗留中不以列学官，近乃列在学官，使学者纷纷然异端。其书古文大小篆之不伦，正俗之无别，从篆从隶，临时迁就，其私意破律乱常，果何等书也？盖前日《三经》行而出之于经，皆异大旨而事句语，有昔人年头岁尾之弊，今可舍句语而争以字，不愈弊乎？[①]

这种偏执的批判态度代表了北宋晚期相当一部分士大夫对新党及新学的失望情绪。士大夫倾心追求的理想完全落空，最终是党争不断，国势不振，士风堕落，朝政日非，而鼓吹道德性命的王氏新学与传统儒学渐行渐远，日益呈现出异端色彩，于是以儒立身、带有北方文化背景的士人便自然将熙丰以来的社会危机归之于新学。对新学的批判散见于北宋后期许多士人的言论，毛滂云："王氏之学固未必人人知而好之，盖将以为进取之阶，宫室之奉，妻孥之养，铺啜之具耳。"[②]周谞云："六经之义，验之于心而然，施之于事而顺，然后为得。验之于心而不然，施之于行事而不顺，则非所谓经义。今之治经者，为无用之文，缴幸科第而已，果何益哉？"[③]上述言论揭露了新学对学术及士风造成的戕害，士人不再以学术为务，而将对新学的研习作为晋身之阶。为此投机取巧，造成学术的偏陋，以致"学诗者不通书，治礼者不知易"。而攻击最力者仍是晁说之，在其《答袁季皋先辈书》中，晁氏尖刻地批评王氏新学误导学者："今之所谓儒宗，配享孔子者，一切以讲说文字为功，诡异如饰非，颠倒如避难。学者被其盲聋而不知非，仕者

---

① 《全宋文》，第129册第409页。
② ［宋］毛滂：《上苏内翰书》，《毛滂集》卷8，浙江古籍出版社，1999年，第174页。
③ ［宋］周谞：《经说》，《全宋文》，第101册第364页。

畏其罪罟而莫敢难,遂至今日,学士大夫于名教土崩瓦解也。"①

　　晁说之对新学的批判集中于《儒言》,几乎处处与新学作对,凡属王氏新学的内容一概加以否定。虽然偏激,但其中不乏对新学之弊的反思,仍然有其思想价值。《儒言》的基本思想首先是排斥"异端",使学术复归醇儒。自儒学复兴以来,疑经之风大盛,它在促进士人思想解放和经学发展的同时,也造成了学风的浮虚不实,司马光《论风俗札子》对此已作批评。王氏新学兼取百家,显得驳杂不纯,虽以儒学为本位,却更多地滑入释老。王安石倡言道德性命之说,在正统儒家学者看来,则是游谈无根,颇类似于魏晋清谈。这种学术面貌随着新法的变质、新党的堕落及社会危机的加重而越发遭到士人的质疑与批判。陈师锡即批评说:"安石之学本出于刑名度数,性命道德之说,实其所不足。解经奥义,皆原于郑康成、孔颖达,旁取释氏,表而出之。后学不考其本因,受其欺耳。"②晁说之以醇儒自命,力斥佛老,指斥庄子"毁弃礼义,不知物我之所当然者,乃始语忘,儒者非所宜言也"。晁氏所以对释道采取激烈的批判立场,一方面出于捍卫传统儒家价值的动机,另一方面则是因为王氏新学融入佛老,有以夷变夏的意味。而绍圣以后政局越发不堪,危机越发深重,在正统儒家看来,这与释老之学的渗透流播不无关系,尤其是王氏新学道德性命的抽象玄辩与魏晋清谈的相似更易引起人们历史性的联想,也更易于使人们将社会危机归之新学,从而引发对释道的强烈排斥。《儒言·言浮》条云:"儒者之言无难易,斯可行也,着为事业,传之后世,苟得吾言者,其行与吾均也。庄老之徒则不然,其言甚大,而听之溺人而易悦,如无为为之,不治治之之类,若何而行也哉!君子慎诸。"③晁氏认为庄老托之空言,不务实际,徒能惑众,百无一用。王安石初以新学"摇惑众听",倾动人主,轰轰烈烈的变法却陷于失败,颇类似于庄老大言欺世的特征。因此,晁说之力攻释老,最终还是为了批判新学。实际上,在晁氏看来,融通释老的王氏新学与释老没有太大区别,俱属异端邪学,自然攻之不遗余力了。

　　其次则是批评疑经之风,尊崇章句之学。北宋义理之学兴起之后,汉唐以来的章句之学被斥为"俗学",王氏新学尤其成为"俗学"的对立面,晁

---

①　《全宋文》,第129册第55页。

②　[宋]陈师锡:《与陈莹中书》,《全宋文》,第93册第259页。

③　《儒言·言浮》,景印《文渊阁四库全书》,第698册第500页。

说之批评新学"恶其众而欲致独","厌其久而新之"①，对汉唐学术遭到抛弃深感痛心，"两汉以来诸儒之说存而传者十二三，逮今新义之行于有司，而所谓二三之传者亦不知何在矣。可不惜哉"②。晁氏因而一反庆历以来弃旧求新的学风，极力崇古，曰："圣人之意具载于经，而天地万物之理管于是矣。后世复有圣人，尚不能加毫发为轻重，况他人乎。譬如日月光明莫知其终始，宁辨其新故。彼一己之所谓新者，乃六经之所故有也，尚何矜哉。是以昔之人遑遑然，惟恐其不得于故焉。"③晁氏认为圣人之意具载于经，他人无法超越，后人的任务只是从经典中探究圣人之意，所谓的弃旧求新实则离经叛道，其批判矛头直指王氏新学。晁氏因而为汉儒大鸣不平，"典籍之存，诂训之传，皆汉儒于学者，何负而例贬之欤。后生殆不知汉儒姓名有书几种，恶斥如雠，汉儒真不幸哉"④。王氏新学一定意义上乃是疑经的产物，更兼其倡言道德性命，一定意义上助长了学风的空疏浮泛，与循规蹈矩的章句之学判若云泥，晁说之因而赞赏汉代大儒董仲舒、扬子云之"苦学精思"，批评当今之士"脱略不肯致思，徒敬所闻于势位，而夸有功于利禄，以聋瞽自置，勇于斥先儒而力毁古训"⑤。晁氏赞赏汉儒之"绝人远甚"，实则愤恨新学破坏正统文化，将学术引入歧途。

　　第三，批评新党以新学"一道德""同风俗"。晁氏认为真正的"一道德""同风俗"乃是上以风化下、下民有感于心而主动从化的过程，新党则通过将新学上升为官学的方式"一道德"，又用"刑戮"的强制手段"同风俗"，完全背离了先圣礼乐教化的基本原则，实乃愚民政策。晁氏将新党"一道德"戏称为"善术"，与焚书坑儒相提并论，给予了辛辣的嘲讽："秦焚诗书坑学士欲愚其民，自谓其术善矣。盖后世又有善焉者，其于诗书则自为一说以授学者，观其向背而宠辱之，因以尊其所能而增其气焰，固其党与而世其名位，使才者颛而拙，智者固而愚矣。"⑥孔子云："导之以政，齐之以刑，民免而无耻；导之以德，齐之以礼，有耻且格。"⑦只有以德服人，才能真正"一道

---

①　《儒言·俗学》，景印《文渊阁四库全书》，第 698 册第 500 页。

②　《儒言·弃旧》，景印《文渊阁四库全书》，第 698 册第 509 页。

③　《儒言·新》，景印《文渊阁四库全书》，第 698 册第 509 页。

④　《儒言·汉儒》，景印《文渊阁四库全书》，第 698 册第 500 页。

⑤　《儒言·精思》，景印《文渊阁四库全书》，第 698 册第 502 页。

⑥　《儒言·善术》，景印《文渊阁四库全书》，第 698 册第 511 页。

⑦　《四书章句集注》，第 54 页。

德""同风俗"。晁说之引用司马光的话说:"经犹的也,一人射之,不若众人射之,其中者多也。"司马光从纯学术立场出发,表现出胜过王安石的开放姿态;王安石则从政治立场出发,以政治要求学术,以学术服务政治,让学术发挥"一道德"的政治功能,"伸己而屈人,必人之同己",形成文化专制。可见,学术一旦与政治联姻,必然变质。晁氏又于《朱张》一则叙朱采与张安道对《春秋三传》的不同态度,"朱学士采,为张安道陈《三传》是非,甚辩。安道曰,彼自三家,何与君事。君子谓朱之力学不及乐全之达识,后生复有如乐全之才器者,顾肯疲于文字之细而惯眊以排摈前儒哉"①。晁氏以朱采辩《春秋三传》影射王安石不信《三传》之说,并借以表达对待学术应有的宽容态度。任何学术自有其理,何须强求一致? 晁氏认为诸家对经义自出机杼的解读古来如此,"在昔汉时,六经各有名家之博士,并行而不相排斥,其得人为已多矣"②。而且既为"六经",本身即已表明"经"难以统一,"今六经纷然为一说,曰是一道也。不知道一而经已六矣,如何以一泯六哉"。正因为如此,欲精通一经,就必须详悉各家之说,相互比较,以求确解。"汉武帝命司马相如等造为诗赋,多尔雅之文,通一经之士不能独知其辞,必会五经家,相与共讲习读之,乃能通其意。今日一经之士又如何哉。盖为师者专一经以授弟子,为弟子者各学群经于其师,古之道也"③。王氏新学所以能一统天下,并非借助于学术本身的理性力量,而是借助于"势"。晁说之引用历史说:"张禹专帝与太后之宠,所谓张侯论者乃盛于天下。崔浩威福振宇内,其五经之注,学者尚之,至于勒为石经。逮夫禹死浩诛之后,无一人称道其说者,则前之所传者非经也,势也。"④晁氏此论不为不刻毒,王安石的确是借助于"势"而将其学术推行天下,及至元祐,新党被逐,新学随之遭到冷落,以至当初游学于王氏之门者避之唯恐不及,"人人讳道是门生"⑤,则晁氏之言虽然刻毒,亦属事实。

第四,批评新学不尊《春秋》的偏弊。《儒言》开篇即声称:"儒者必本诸六艺,而六艺之志在《春秋》。苟舍《春秋》以论六艺亦已末矣。纷然杂于释

---

① 《儒言·朱张》,景印《文渊阁四库全书》,第 698 册第 501 页。
② 《儒言·殽乱》,景印《文渊阁四库全书》,第 698 册第 503 页。
③ 《儒言·一经之士》,景印《文渊阁四库全书》,第 698 册第 504 页。
④ 《儒言·传势》,景印《文渊阁四库全书》,第 698 册第 508 页。
⑤ [宋]张舜民:《哀王荆公》其三,《全宋诗》,第 14 册第 9693 页。

老申韩而不知其弊者,实不学《春秋》之过也。"①晁氏将《春秋》置于六艺的核心地位,正是为了指出王安石废《春秋》而不用的罪责。

自宋初儒学复兴以来,宋初三先生中的孙复以《春秋尊王发微》高举尊王大旗,奠定了《春秋》学的基调,同时也使《春秋》学成为北宋显学②。王安石入相后,将《三经新义》定为官学,同时却将群经之首的《春秋》弃而不用,自然招致非议。实则王安石非不重《春秋》,更非弃之不用,陆佃在谈到王安石专以《三经新义》取士时说:"荆公不为《春秋》,盖尝闻之矣。公曰,'三经所以造士,《春秋》非造士之书也。学者求经当自近者始,学得《诗》然后学《书》,学得《书》然后学《礼》,三者备《春秋》通矣。故《诗》《书》执礼,子所雅言,《春秋》罕言此。'由是观之,承学之士,骤而语《礼》,不知其本也,骤而语《春秋》,不知其始也。"③可见,王安石先三礼而后《春秋》,与其"造士"的教育观念有关,也与其循序渐进的治学思想有关,并非废《春秋》而不用④。又《宋元学案》引林竹溪《鬳斋学记》曰:"(韩宗文)尝上介甫书,请六经之旨,介甫皆答之。独于春秋曰:'此经比他经尤难。'盖三传皆不足信也。"⑤《春秋》记事简略,几为断编残简,难以索解;而王安石对《春秋三传》的可靠性又深表怀疑,于是只能将《春秋》束之高阁了。晁说之则从王安石不用《春秋》取士的现象出发,主观断定王安石乃是"舍《春秋》"而"不学"。《春秋》乃是标榜君臣大义的儒家经典,为宋代显学,宋儒看重《春秋》并反复阐发的是其"尊王"义旨,而王安石则将《春秋》冷落不用,兼以在《虔州学记》中声称"道隆而德骏者,可以为君师",与《春秋》尊王大义相悖,自然会授人以柄,杨绘更认为王安石有不臣之心⑥。晁说之认为,正因为王安石"无君无父"⑦,所以王氏新学才会"纷然杂于释老申韩而不知其弊";正因为兼容释老,王氏新学才会倡言道德性命,流于虚无,乃至否定儒家伦理道

---

①　《儒言·儒言》,景印《文渊阁四库全书》,第698册第498页。

②　详见第三章第一节。

③　[宋]陆佃:《答崔子方秀才书》,《全宋文》,第101册第188页。

④　周淑萍对此有较为详细的分析,见其《王安石不列〈春秋〉于学官释疑》,《西安电子科技大学学报》(社会科学版)2004年第1期。

⑤　《宋元学案》卷98,第3251页。

⑥　详见金生扬《论王安石〈淮南杂说〉中的异志思想》,《四川大学学报》(哲学社会科学版)2002年第6期。

⑦　《儒言·观过》,景印《文渊阁四库全书》,第698册第511页。

德秩序。陈师锡即批评说:"安石以性命道德为说,乃谓君王可北面与臣迭宾主耶? 吾友(陈瓘)谓安石神考师也,此何言之失也。"①新学因排斥《春秋》而兼容释老,因释老而主道德性命,又因主道德性命而鼓吹"君臣迭为宾主",从而构成晁说之这类正统儒者批评王氏新学的循环论证。

在晁氏看来,王安石不言《春秋》乃是为臣不忠,而注解《周礼》《诗》《书》三经同样未能表现出尊君之意。晁氏批评说:"诵诗三百而不能事父事君,亦非兴于诗也。"②不仅如此,王氏新学更因兼容释老而以异端害教,晁氏因而愤愤地说:"害辞未至于害意,害意未至于害教,害教则三纲五常绝矣。谓天不足畏,或欲天之明以出其君,凶德不足忌,百姓或可咈之类,其害教奈何。"③此种忧惧之情与熙丰间二程面对新学泛滥之忧心忡忡完全一致,相比二程对新学的批评,晁说之的态度更加偏激,他将北宋末年的种种乱象一概归之新学,并上升到害教的高度加以批判,显然已将王氏新学视为祸国殃民的异端邪学,标志着旧党对新学的态度已由熙丰间的反思与批判上升为绍圣后的彻底否定。《四库总目》对此评论说:"(晁说之)因安石附会《周礼》而诋《周礼》,因安石尊崇《孟子》而抑《孟子》,则有激之谈,务与相反,惟以恩怨为是非,殊不足为训。"④无疑是持平之论。

三、苏轼《东坡易传》对党争的反思及对儒学的超越

《东坡易传》完成于黄州期间⑤,后又于岭海期间加以修订,是苏轼贬谪期间的重要学术成果。它借对卦爻辞的解释,对变法、党争、道德、人性等诸多方面进行了深入讨论,具有深广的文化内涵与启示意义。尤需注意的是,《东坡易传》对党争的深层原因进行了深入的哲学思考,并以更为开阔的文化眼光对儒学道德观念的狭隘性进行了深入的反思,显示出超越儒文化、摆脱党争困境的努力。限于篇幅及本书论题,以下主要围绕"诚同"这一核心概念,对《东坡易传》中涉及党争的相关内容进行发掘与论析,以凸显其文化反思的意义。

---

① [宋]陈师锡:《与陈莹中书》,《全宋文》,第 93 册第 259 页。
② 《儒言·躬行》,景印《文渊阁四库全书》,第 698 册第 503 页。
③ 《儒言·害教》,景印《文渊阁四库全书》,第 698 册第 503 页。
④ 李学勤等:《四库全书总目》,第 1208 页。
⑤ 详见谢建忠《〈东坡易传〉考论》,《文学遗产》2000 年第 6 期。

经历熙丰以至元祐的党争，身处贬谪中的苏轼更对政治主体间的关系进行了深入的思考，在《东坡易传》中，苏轼说："噬嗑之时，噬非其类而居其间者也，阳欲噬阴以合乎阳，阴欲噬阳以合乎阴……九四居一阴之间，六五居一阳之间，皆处争地而致交噬者也。夫不能以德相怀，而以相噬为志者，惟常有敌以致其噬，则可以少安。苟敌亡矣，噬将无所施，不几于自噬乎？由此观之，无德而相噬者，以有敌为福矣。"①"阳欲噬阴以合乎阳，阴欲噬阳以合乎阴"几乎就是对司马光"君子小人如冰炭不可同器"论的易学表述，对元丰以来党争不断、相互倾轧的政治现实的高度概括。苏轼对此极度愤懑，并企图解开这一文化死结，"夫不能以德相怀，而以相噬为志者，惟常有敌以致其噬，则可以少安"。从熙宁到崇宁，北宋党争愈演愈烈，由纯粹的政见之争发展为意气之争与党锢之祸，分属不同集团的士大夫相互攻伐，成为不共戴天的仇敌，陷于必欲置对方于死地的忿恨情绪不可自拔，以怨报怨，永无休止。苏轼在《讼卦》中说："天下之难，未有不起于争，今又欲以争济之，是使相激为深而已。"②以争止争只能使争斗更其激烈，从熙丰到元祐，新旧党之间的斗争持续不断。至绍圣及崇宁，新党对旧党的迫害变本加厉，的确是"相激为深"了。如此怨怨相报，将无有竟时，"夫使胜者自多其胜以夸其能，不胜者自耻其不胜以遂其恶，则讼之祸，吾不知其所止矣"。双方斗争的重要原因正在于狭隘的君子小人的二元分野，在这一观念支配下，必然是"惟常有敌以致其噬，则可以少安"。一方必须要以对手的存在并以噬咬对方为生存的前提，而如果对方被吞噬了，"噬将无所施，不几于自噬乎？"元祐更化后，旧党将新党逐出朝廷，新的矛盾随之而起，旧党内讧接踵而来，这便是"自噬"。因此，如果不超越传统的儒家哲学，则政治主体总是要创造对手与矛盾，使斗争永无休止地延续下去，苏轼以痛心而不无嘲讽的口气说："由此观之，无德而相噬者，以有敌为福矣。"

由此可见，苏轼认为政治主体间的关系大体可分两类，其一是"以德相怀"，其二是"相噬为志"，熙丰以来的残酷党争正是士大夫"相噬为志"的历史，破解这种困局只能化"相噬为志"为"以德相怀"。彼此发乎至性，出于真情，公而忘私，坦诚相待，摒弃私欲与私利而追求共同目标，自然可以消

---

① 《东坡易传》卷 3，第 41 页。

② 《东坡易传》卷 3，第 15 页。

除矛盾，达致"诚同"的境界。苏轼释《同人》卦时说："立于无求之地，则凡从我者，皆诚同也。彼非诚同，而能从我于野哉！'同人'而不得其诚同，可谓'同人'乎？"①可见，所谓"诚同"乃是建立在"诚"基础之上的同一，它排斥功利目的而追求交往者真诚的心息相通。一个人在陷于困境、孤立无援的情况下，不求名利而从之，才是真正的同，是谓"诚同"。"同"而非"诚"，则这种"同"是经不起考验的，"与之居安则合，与之涉川则溃矣。涉川而不溃者，诚同也"②。元丰年间，苏轼被贬黄州，秦观不远千里探视。元祐四年（1089），苏轼外放，陈师道不惜被罢斥而越境看望。苏轼被贬岭南后，许多往日朋友不远千里探问安慰。凡此种种才是真正的"诚同"，这大概也是苏轼定义"诚同"的现实依据。如果没有"诚"这一最根本的因素，无论表面显得多么同一，都非真正的"同"，也难以维持长久，王安石与吕惠卿由亲而疏及至反目成仇的关系变化正是对这一观点的生动诠释。即使彼此有共同的政治信念，而如果双方的合作并非出于排斥私欲的至诚，亦不可称为"诚同"。"诚"必须发自真情至性，是主体生命的本真展现，无须任何的掩饰与假借，莹然澄澈，彼此可以洞见肺腑，肝胆相照，乃可称之为"诚同"，这才是真正的"同"，即便有政见的歧异也不能阻碍彼此之间的情投意合。苏轼与王安石金陵之会其乐融融，但元祐还朝后，仍然毫不客气地指斥王安石的政治失误，可谓求同存异的典范了。既是"诚同"，则其"同"便是真情至性的同声相应，而非虚与委蛇的假意相求，故苏轼说，"立乎上，而天下之能同者自至焉，其不能者不至也。至者非我援之，不至者非我拒之，不拒不援，是以得其诚同"③。

而需注意的是，苏轼所谓"诚同"不仅不排斥"异"，相反是以"异"为基础的。苏轼释《同人》卦九五爻说："子曰：'君子之道，或出或处，或默或语。二人同心，其利断金；同心之言，其臭如兰。'由此观之，岂以用师而少五哉？夫以三、四之强而不能夺，始于'号啕'，而卒达于'笑'。至于用师，相克矣；而不能散其同，此所以知二、五之诚同也。二，阴也；五，阳也；阴阳不同而为'同人'，是以知其同之可必也。君子出、处、语、默不同而为'同人'，是以知其同之可必也。苟可必也，则虽有坚强之物，莫能间之矣。故曰'其利断

---

① 《东坡易传》卷3，第27页。
② 《东坡易传》卷3，第28页。
③ 《东坡易传》卷3，第27—28页。

金'。兰之有臭,诚有之也;二五之同,其心诚同也;故曰'其臭如兰'。"苏轼在这里就二、五两爻的关系进一步说明,真正的牢不可破的"同"恰恰源于不同主体的"异","二,阴也;五,阳也;阴阳不同而为'同人',是以知其同之可必也"。在《睽卦》中,苏轼说:"有'同'而后有'睽'。'同'而非其情,'睽'之所由生也。"①苏轼认为,物之不齐,物之情也,事物存在不同的特征乃是天经地义的,也是"道"本体千变万化的结果,为求同而无视常情,强行取消事物的不同特性,则所谓的"同"只能是表面的和暂时的,"同"之下潜藏着"睽"的裂痕,这种裂痕必然会随着时间的推移不断扩大,"同"最终会转化为"睽"。"人苟惟'同'之知,若是必'睽'"②。因此,要想实现牢固的"同",必须要尊重和容许"睽"的存在,而表面的"睽"并不代表本质的不同,对"睽"的尊重与维护恰恰可以为不同的个体提供足够宽松的生存空间,从而构筑起实现"同"的牢固的基础,"人苟知'睽'之足以有为,若是必'同'"。苏轼对卦象解释说:"是以自其'同'者言之,则二女同居而志不同,故其吉也小;自其'睽'而'同'者言之,则天地'睽'而其事'同',故其用也大"。表面同而志不同,不可能产生大的效果;表面不同而本质相同,才会造成积极的结果。因此,"异"是表面的,而"同"才是本质的,异相可以为同质构筑坚固的基础,而同质则可以消除异相之"异"而实现异相的统一。诚如孔子所谓"君子和而不同,小人同而不和"。在《同人》卦中,六二与九五两爻虽然一阴一阳,属性不同,但却可以超越其不同属性而相互为用,正在于它们在表面的"异"的背后有着本质的"同","二五之同,其心诚同也",只有这种心之同才是最可靠的同,"虽有坚强之物,莫能间之矣。故曰'其利断金'"③。苏轼在这里对"同"与"睽"之间的辩证关系进行了深入的阐发,表现出苏轼哲人的一面,从其卓尔不凡的见解中不难窥到党争的影子,由此而言,它既是哲学观念,又是政治见解。

而党争之所以发生并愈演愈烈,根本原因在于士大夫群体对"同"的理解存在严重失误,他们只追求表象的"同"而忽视了本质的"同",即其所求之"同"并非"诚同",因此造成了彼此的睽隔、分裂与仇恨。其实新旧党之间的"异"是"小异","同"是"大同",他们都追求变革,不同之处仅仅在于变

①　《东坡易传》卷3,第69页。
②　《东坡易传》卷3,第69页。
③　《东坡易传》卷3,第29页。

革的方式,新党主张突变,旧党包括苏轼多主张渐变,但双方在主张变革这一根本点上是一致的,这正是双方最大的"同"。然而新旧党并没有认识到彼此之"大同",却因变革方式及具体问题上的"小异"而愈行愈远,终至水火不容,实在是一种悲剧。如果他们能够求大同而存小异,坦诚相待,完全可以着眼大局携手合作,至少不会演化成激烈的矛盾,而这种结果没能出现,更为深刻地表明了人性的局限性。在波诡云谲的官场,所谓的"诚同"实际上是很难实现的,不同个体与不同的集团都处于不同的利益关系中,他们的任何举动都不可能完全排斥个体及集团利益的考量,这也注定了所谓"诚同"的不可能实现。实际上,这种发乎真情至性的"诚同"只有在排斥实际利益的交往中才能有限存在。苏轼与其门下四学士被贬之后,以书信诗文相互慰藉,表现出患难中的真情,吴子野等人甚至不远千里远赴岭海探望苏轼。苏轼去世后,门人张耒不惧官府的高压,亲自吊唁,因此被贬官,这无疑是真正的"诚同"境界。尽管它并不能代表全部的人际关系,但在党争与贬谪的世态炎凉中毕竟闪耀出一丝丝人性的光亮。

需要指出的是,苏轼所谓"诚同"之"诚"并不等同于儒学之诚,儒家尤其洛学之所谓"诚"等同于"敬",带有极强的儒家伦理规范色彩,而苏轼之所谓"诚"近于道家老庄的自然心性,是抛弃现实功利与阴谋算计的"真",彼此赤诚相待,肝胆相照,是为"同"。它不仅抛弃了"小人喻于利",而且超越了"君子喻于义",是出乎自然之真的人性本原及人格的最高境界。苏轼"诚"这一自然属性源于《东坡易传》与老庄道家之间的密切联系。《东坡易传》属义理学派,继承了王弼、郭象易学而以老庄解易,在本体论方面吸取了老子道论,以道作为宇宙本体。而老子之道的内核乃是自然,具有先天的合理性与合法性。苏轼以水喻道,以水之随物赋形喻道之千变万化,道的性质借助水得到充分的表现,"唯其不自为形,而因物以赋形,是故千变万化而有必然之理"①,"不自为形"即类似于道之不可见,"随物赋形"即类似道之化生万物,道既然"千变万化而有必然之理",则万物作为变化的结果当然也具有先天的合理性,这种本体性的"道"应之于人便是性。苏轼一反孟子"性善论",认为性无善恶,所谓善恶乃是性之用,而非性的本质。性表现于人即为情,人的一切社会活动最终表现为情的各种形态。苏轼此论

---

① 《苏轼文集》卷1,第1页。

一方面为其人性自由的合理性提供哲学依据,同时也是对司马光等北方儒家学者君子小人论的反拨。司马光虽然也认为性无善恶,然而具体到人事判断,便又重新陷入君子小人二元对立的思维定势,似乎君子生来即为君子,小人生来即为小人;君子自然性善,小人自然性恶,实际上仍然认为性有善恶。这种机械僵化的道德观念牢牢限制了旧党的思维,成为党争不断的文化源头。王安石虽也认为性无善恶,但在实际的变法过程中,又以是否支持变法的政治立场划线,支持者为君子,反对者为小人。在这种偏狭的文化视野中,新旧两党分别以君子自居,而视对方为小人,势同水火,矛盾牢不可破。

苏轼认为,性表现为情,情作为性的表现当然亦无善恶之分,而只有喜怒哀乐之别。人在不同情境下自然会表现为不同的情,没有必要将其上升为君子小人的道德高度,更不必进行人性善恶的终极判定。情是道在人身上的最终显现,所谓"千变万化而有必然之理"肯定了性的合理性,同时也便肯定了情的合理性,不同的人自然会表现出不同的性情,正常的人应是展现出真性情的人,"道"通过人而表现为性情,人也通过真性情的呈现而与大"道"相通,这之间不应该有任何障碍。因此,苏轼追求的是"性"与"情"的本真显现,崇尚真情至性。道学家程颐一本正经,实则以儒家之伦理规范阻塞了真性至性的自然流露,真性情经过这种伦理规范的拘束改造,最终被扭曲为机械呆板的视听言动。从儒文化角度来看,程颐模范践履了儒家的伦理道德信条;而在苏轼看来,则是矫情作伪。正因为立足于情,而不是立足于具有善恶内涵的性,苏轼更能以宽容的眼光看待人事活动,而不是轻易为人贴上君子小人的道德标签,这种以真情至性为核心的价值观超越了儒家价值观的狭隘性而获得了更为宽广的视野与胸怀。《渑水燕谈录》载:"子瞻虽才行高世而遇人温厚,有片善可取者,辄与之倾尽城府,论辩唱酬,间以谈谑,是以尤为士大夫所爱。"[①]无论新党还是旧党,苏轼都有广泛接触,并与许多人结下真诚的友谊,张耒说,苏轼被贬出知定州时,"士愿从者半朝廷"[②],虽不免夸张,却极能反映苏轼坦率真诚、与人为善的人格魅力,这与程颐之呆板做作、遭人嫌恶形成鲜明对照。即便与政

---

① 〔宋〕王辟之:《渑水燕谈录》,《宋元笔记小说大观》,第1254页。

② 《张耒集》卷48,中华书局,1990年,第747页。

敌王安石也可一笑泯恩仇,原因正在于王安石并不像道学先生那样矫揉造作,故作正经。王安石向来不修边幅,退居金陵期间不拘行迹,表现出不同流俗的真情至性,这种不拘一格的作派正是苏轼所推崇的,故能与之吟咏唱和,冰释前嫌。可见,苏轼与人的交往及对人的评价并不拘执儒家的道德标准,而更近于道家的自然标准。不拘礼法、性情洒落者视之为友;规形矩步、道貌岸然者视若寇仇。这种标准深刻反映出苏轼哲学观念的自然性。

苏轼之所谓“诚”的根本内涵乃是真情至性,近于老庄之道,而与道学家之狭隘的道德观判然有别。历经党争与贬谪的打击,基于对党争及儒学的反思,苏轼提出“诚同”概念,正是企图对儒家的道德观念进行一种超越性的文化突围。尽管苏轼的“诚同”主要具有理论意义,但却代表了北宋中后期的士大夫破解党争困境、超越儒学狭隘性的努力,具有不可忽视的文化意义。

四、程颐《伊川易传》对传统道德的回归

“从《周易》寻求自己的存在意义和行动原理是士大夫的普遍需求”①,宋代被贬士大夫多从《易》中究天人之际,寻悟生命的奥秘,以道学自命的程颐更是如此。元符二年(1099),程颐在《易传序》中自述创作动机时说:“去古虽远,遗经尚存。然而前儒失意以传言,后学诵言而忘味。自秦而下,盖无传矣。予生千载之后,悼斯文之湮晦,将俾后人沿流而求源,此传所以作也。”②尽管程氏宣称作传乃是为了发掘《易》的原始意义,但从北宋末年政治衰坏、士风堕落的历史背景来看,程氏易传又有解救现实危机、探究文化出路的深刻用意。如上所论,经历变法的失败以及反复的党争,原本沉潜的南北学术裂隙更为明显地呈现出来,在北方学术看来,王氏新学及苏氏蜀学混入了释道思想而驳杂不纯,并非正统的儒家学术,这也正是政治颓败、士风堕落的总根源。因此,收束释道所造成的人欲的散放,重新强调对伦理道德秩序的恪守及内在心性的修炼便成为消除时弊的基本步骤。姜海军认为:“程颐为对抗当时盛行的佛、老之学,而借助《周易》义理

---

① [日]土田健次郎:《道学之形成》,上海古籍出版社,2010年,第263页。
② 《易传序》,《二程集》,第689页。

的阐发,来将儒学高度哲理化,重建儒家学说的本体论、心性论以及实践论。……他治《易》的最终归宿却是致力于人生道德境界的提升和现实社会的治理。"①因而,道德内修与重建秩序乃是《周易程氏传》的基本目的,而程氏被编管涪州的人生经历更加强化了他对现实政治及道德历练的思索。以下即从《周易程氏传》中抽绎出相关信息,以考察程颐作为传统儒学的代表人物在党争与贬谪背景下的思想动态,借以揭示绍圣后北方士大夫的思想变化趋势。

1.“天理”与秩序

程颐释《剥卦》说:“君子尚消息盈虚,天行也;君子心存消息盈虚之理而能顺之,乃合乎天行也。理有消衰,有息长,有盈满,有虚损,顺之则吉,逆之则凶,君子随时敦尚,所以事天也。"②程氏将天行视为“消衰”“息长”“盈满”“虚损”的动态变化过程,事天即是要顺从天理,而所谓天理主要表现为万物存在及发展的“位”及“序”,“位者,所处之分也。万事各有其所,得其所则止而安。若当行而止,当速而久,或过或不及,皆出其位也,况踰分非据乎?"③即便是君子进用也必须循序渐进,唯此才能不失其吉,“君子之进,自下而上,由微而著,跬步造次,莫不有序。不失其序,则无所不得其吉,故九虽穷高而不失其吉"④,“不以其序,则陵节犯义,凶咎随之"⑤。天理表现于人类社会主要是强调上下尊卑的伦理道德秩序,由家到国,构成完整的体系,程颐释“家人”卦说:“家人者,家内之道;父子之亲,夫妇之义,尊卑长幼之序,正伦理,笃恩义,家人之道也。……家人之道,必有所尊严而君长者,谓父母也。虽一家之小,无尊严则孝敬衰,无君长则法度废。有严君而后家道正,家者国之则也。"⑥为保证家国秩序,就必须舍弃人情,“盖严谨之过,虽于人情不能无伤,然苟法度立,伦理正,乃恩义之所存也”。“若嘻嘻无度,乃法度之所由废,伦理之所由乱,安能保其家乎?"⑦程颐认为法度的重要性显然高过人情的自由与放纵,如果约束人情而能使家国秩

---

① 姜海军:《程颐〈易〉学思想研究》,北京师范大学出版社,2010年,第119页。
② 《周易程氏传》卷2,《二程集》,第813页。
③ 《周易程氏传》卷4,《二程集》,第969页。
④ 《周易程氏传》卷4,《二程集》,第977页。
⑤ 《周易程氏传》卷4,《二程集》,第973页。
⑥ 《周易程氏传》卷3,《二程集》,第884页。
⑦ 《周易程氏传》卷3,《二程集》,第886页。

序得到保证,那么人情即便受到压抑与伤害也是值得的。

对秩序与法度的强调进一步展开为加强君主集权的专制思维,程氏曰:"为臣之道,当使恩威一出于上,众心皆随于君。若人心从己,危疑之道也,故凶。"①这恐怕也是对王安石变法以来新旧党彼此攻讦不已、哓哓不休以致政治失序、士风沦落的痛切反思。如前所述,宋初以来的士大夫缘于庶民文化的影响及疑经之风所造成的文化自信,有着强烈的政治参与意识及人格独立意识,王安石提出"君臣迭为宾主",程颐为崇政殿说书时也曾要求"坐讲",然而经过长期的党争与贬谪之苦,程颐深切感受到士人恃道自强、自以为是的危害。士人在这样的价值原则支配下,不问是非,拒绝合作,以坚守"儒节"为高,以主动求去为荣,司马光闲居洛阳十五年便是这种价值立场的生动诠释,它只能使士大夫的分化牢不可破,使新旧党的倾轧愈演愈烈,最终造成政治的混乱与颓败,即所谓"人心从己,危疑之道也"。因此,欲重建社会秩序,"当使恩威一出于上,众心皆随于君",以君主意志统一臣下意志,臣下无条件地服从君主,实际上就是要消除异见,加强专制,以君主对舆论的全面掌控消灭党争局面,实现政治的统一与稳定。

由强调个体人格到强化君主专制,这种转变无疑是一种倒退,它既反映出儒文化探求自身出路的局限性,更反映出君主专制的制度刚性,儒文化只能在肯定君权至上性的前提下寻求解决社会危机的出路,只能通过对个体自由与权利的压制来实现与君主权力的平衡,而不可能通过压缩君主权力为个体提供更大的思想和言论空间。而为消除士大夫的"异见",使人心统一到君主意志上来,程颐甚至主张采用强横的刑罚手段。在释《噬嗑》卦时,程颐说:"天下之事所以不得亨者,以有间也,噬而嗑之,则亨通矣。利用狱:噬而嗑之之道,宜用刑狱也。天下之间,非刑狱何以去之?"②显然,程氏倾向于用专制手段强行消除不同观点的分歧,这与苏轼的观点明显不同。如上节所述,苏轼认为"异"不仅不是"间隔"形成的原因,反而是"同"赖以实现的基础,以刑狱手段强行消除间隔虽然暂时会实现"亨通",而从长远来看,只能怨怨相报,后患无穷,熙丰以来的党争有力地证明了这

---

① 《周易程氏传》卷2,《二程集》,第786页。
② 《周易程氏传》卷2,《二程集》,第802页。

一点。程氏的出发点并非出于哲学的辩证思维及宽容的政治考量,而出于消除异见、打击异己以求同一的专制思维,体现出与苏氏蜀学相反的价值取向,它表明洛学与专制政治更具有内在的同构性,也是洛学回归儒学传统道德的内在逻辑使然。

2."至诚"与修德

程颐认为,"治天下之道,盖治家之道也"①,欲建立合理的社会秩序,首先在正家,"正家之本,在正其身"②,而正身之道的要义在于诚,"不由至诚,已且不能常守也,况欲使人乎?"③于是,"至诚"便成为正身、齐家、事天的出发点及基本依据,成为统贯个体、家庭、国家与天地的终极本体。程颐释《豫卦》九四说:"居大臣之位,承柔弱之君,而当天下之任,危疑之地也,独当上之倚任,而下无同德之助,所以疑也;唯当尽其至诚,勿有疑虑,则朋类自当盍聚。夫欲上下之信,唯至诚而已。苟尽其至诚,则何患乎其无助也?"④这段议论也隐约可见现实的影子。王安石被神宗委以重任,力行新法,最终却与吕惠卿等人反目,即所谓"下无同德之助",在程颐看来,责任在于王安石未能尽其至诚,"苟尽其至诚,则何患乎其无助也?"王安石苦心孤诣,厉行新法,全然不顾喧嚣的反对声浪,将一己之私置之度外,不可谓不诚,奈何吕惠卿的私欲压倒了公心,处心积虑玩弄权术,以致与王安石分道扬镳。显然,仅仅依靠"诚"这一道德标准并不能保证人际关系的和谐,政治的分合与道德的纯粹并不具有同一性,企图以道德提升实现政治的和合不过是一厢情愿的幻想。以"至诚"自居的程颐为崇政殿说书时,"承柔弱之君,当天下之任",不仅未能使小皇帝领会为君之道,相反却因其迂腐教条而招致高后的反感;不仅未形成"朋类盍聚"的局面,反而遭到蜀党的攻击及新党的迫害,这无疑是对其"至诚"论的莫大讽刺。

"至诚"在程氏那里几乎就是万能良药,似乎以"至诚"为核心的心性修养可以解决包括政治纠纷在内的一切问题,"无妄者至诚也,至诚者,天之道也。天之化育万物,生生不穷,各正其性命,乃无妄也。人能合无妄之道,则所谓与天地合其德也。无妄有大亨之理,君子行无妄之道,则可以致

---

① 《周易程氏传》卷3,《二程集》,第884页。
② 《周易程氏传》卷3,《二程集》,第885页。
③ 《周易程氏传》卷3,《二程集》,第888页。
④ 《周易程氏传》卷2,《二程集》,第781页。

大亨矣",表现出道德至上论的倾向。又说:"以无妄而往,无不得其志也。盖诚之于物,无不能动,以之修身则身正,以之治事则事得其理,以之临人则人感而化,无所往而不得其志也。"①可见"至诚"即"无妄",而"妄"乃是人欲的泛滥,"人所欲为者乃妄也","人之妄动,由有欲也。妄动而得,亦必有失,虽使得其所利,其动而妄,失已大矣,况复凶悔随之乎?"②欲望泛滥,妄动妄行,即便有所得,更会有所失,且招致不虞之祸,因为妄行是对天理的悖离。程颐释"无妄卦"上九时说:"上九居卦之终,无妄之极者也。极而复行,过于理也,过于理则妄也。"③程颐以"理"作为标准解释上九"无妄行,有眚,无攸利"的象义,指出妄行而不利乃是因为"过于理",这里的"理"在程氏的价值系统中正是所谓天理。天理乃是终极的准则,"无妄"是对欲望的排斥,也是对天理的顺应,"所谓无妄,正而已","无妄者,理之正也"④,"凡理之所然者非妄也"⑤。归根结底,程颐主张克制欲望,顺从天理,才能回复大道,各得其所。而"善"则是通向"道"的津梁,程颐释"随卦"九五说:"自人君至于庶人,随道之吉,唯在随善而已。下应二之正中,为随善之义。"⑥程氏将"道之吉"归之于"善",实际上将"随善"作为"随道"之阶,而"刚中"乃是"善"的极致,"善莫善于刚中"⑦,"人之贵乎刚者,为其能立而不屈于欲也"⑧,"刚中"即是为了制欲,而制欲才能随道。由此出发,程颐对君子与小人处穷的不同状态与原因进行了较为深入的对比分析,指出小人"穷斯滥矣"乃是因为无法克制贪欲,"小人所处,常失其宜:既贪而纵欲,不能自择安地,至于困穷,则颠沛不知所为"⑨。"所困者,唯困于所欲耳"⑩。可以说,所谓小人乃是人之原始欲望不加约束、散放不收的人格形态,一定意义上代表了人类的原始欲望,"若切于好利,蔽于自私,求自益

---

① 《周易程氏传》卷2,《二程集》,第824页。
② 《周易程氏传》卷2,《二程集》,第825页。
③ 《周易程氏传》卷2,《二程集》,第827页。
④ 《周易程氏传》卷2,《二程集》,第823页。
⑤ 《周易程氏传》卷2,《二程集》,第824页。
⑥ 《周易程氏传》卷2,《二程集》,第787页。
⑦ 《周易程氏传》卷2,《二程集》,第829页。
⑧ 《周易程氏传》卷2,《二程集》,第835页。
⑨ 《周易程氏传》卷3,《二程集》,第935页。
⑩ 《周易程氏传》卷3,《二程集》,第943页。

以损于人,则人亦与之力争,故莫肯益之,而有击夺之者矣"①。这正是人性之恶的根源,自然也是人类矛盾斗争的根源。而君子则是道德的代言人,小人与君子乃是纵欲与守道的化身,代表了两种对立的人格类型。在程氏看来,小人乃是君子人格的破坏力量,君子遭贬处穷往往是由小人造成的,"阴过之时,必害于阳,小人道盛,必害君子,当过为之防,防之不至,则为其所戕矣"②。"君子为小人所掩蔽,穷困之时也"③。这与司马光君子小人如冰炭不可同器的观念如出一辙,"小人去,则君子自进,正道自行,天下不足治也"④。而君子制服小人则应依靠道德力量,"君子之治小人,以其不善也,必以己之善道胜革之,故圣人诛乱,必先修己"⑤,类似于孔子所谓"远人不服则修文德以来之"。归根到底,小人之所以为小人乃在于欲望的泛滥不收,君子所以为君子则在于能以道制欲,程颐通过上述比较高扬了制欲从道的道德命题。

　　然而在残酷的政治斗争中,不同的政治集团出于自身的政治立场必然会千方百计打压政敌而实现自身利益的最大化,道德在政治斗争中对双方没有什么约束力,熙丰以来的党争有力地证明了这一点。当然,新旧党总不忘为自己和政敌贴上君子小人的道德标签。因此,程氏企图依靠道德的修炼解决政治矛盾完全是一种幻想,这既说明了程氏政治的幼稚,也表明了道学解决政治纷争的无力。

　　3. 处穷与知命

　　对于被贬士人而言,既然处"无位之地,无所施于天下",则唯一的选择便只能是"自贲饰其所行而已"⑥,即独善其身。但这同时也是伸张道义的机会,"小人道长之时,君子遁退,乃其道之亨也。君子遁藏,所以伸道也"⑦。君子遭贬处穷固然是政治失意,却正可借此机会身体力行,彰显儒家之道,所谓"道之亨也"。而支撑君子处穷不移的精神力量便是"义","君

①　《周易程氏传》卷3,《二程集》,第918页。
②　《周易程氏传》卷4,《二程集》,第1016页。
③　《周易程氏传》卷4,《二程集》,第940页。
④　《周易程氏传》卷3,《二程集》,第905页。
⑤　《周易程氏传》卷3,《二程集》,第919页。
⑥　《周易程氏传》卷2,《二程集》,第809页。
⑦　《周易程氏传》卷3,《二程集》,第866页。

子之于进退，或迟或速，唯义所当，未尝不裕也"①。因有儒家之"义"横于胸中，被贬者泰然自若，不累于心，虽然貌似穷厄，实乃亨通，"君子慎其所处，非义不居，不幸而有危困，则泰然自安，不以累其心"，"时虽困也，处不失义，则其道自亨，困而不失其所亨也"②。这自然不同于庄禅随缘任运的处世哲学，更体现出儒家的坚刚品质，这在程颐对水的认识上亦有清晰的体现。程氏在释《序卦》时说："其因势就下，信而有常。君子观坎水之象，取其有常，则常久其德行。人之德行，不常则伪也，故当如水之有常。"③这与苏轼对水的认识截然不同，苏轼侧重于"水无常形"的特征，并将这一特征与庄禅之安时处顺、随缘任运结合起来，形成与时俱化的处世哲学，所求者乃是在保持恒心前提下的随俗为变，以避免与专制政治的直接碰撞而有效地保全自我。如果说苏轼所着意者是水之"变"，程颐所着意者则是水之"常"，只有"常久其德行"，才不致道德的伪滥。所谓"常"推而广之即是恒定不变的"中道"，"天下之理，莫善于中"，"苟不失中，虽有危，不至于凶也"④。因此，程氏对"常"的执守不仅出于恪守儒道的立场，也是出于从应天理的信念，这在其对"同"与"异"的辨析中亦有体现，程氏在释《睽卦》时说，"见同之为同者，世俗之知也。圣人则明物理之本同，所以能同天下而和合万类也"，"物虽异而理本同，故天下之大，群生之众，睽散万殊，而圣人为能同之"⑤。程颐认为既要保持与群体的同，又要保持个体品质的异，"不能大同者，乱常拂理之人也；不能独异者，随俗习非之人也；要在同而能异耳。中庸曰'和而不流'是也"⑥。唯有"大同"，才能循守常理；唯有"独异"，才能持节正德，而保持个体的"异"乃是重点所在，尤其是身处危难之时，对个体品质的坚守乃是更为重要的要求，"凡处难者，必在乎守贞正"⑦。但坚守儒节并不等于与现实对抗，所谓"守贞正"乃是对自我人格的内在坚守，表现为与现实社会的关系则是"乐天顺命"。程颐释《未济》卦说："居未济之极，非得济之位，无可济之理，则当乐天顺命而已……人之处

①　《周易程氏传》卷 3，《二程集》，第 875 页。
②　《周易程氏传》卷 4，《二程集》，第 941 页。
③　《周易程氏传》卷 2，《二程集》，第 845 页。
④　《周易程氏传》卷 4，《二程集》，第 963 页。
⑤　《周易程氏传》卷 3，《二程集》，第 889 页。
⑥　《周易程氏传》卷 3，《二程集》，第 890 页。
⑦　《周易程氏传》卷 3，《二程集》，第 895 页。

患难,知其无可奈何,而放意不反者,岂安于义命者哉?"[1]可见天命即是无法改变、不可抗拒的现实,"君子当困穷之时,既尽其防虑之道,而不得免,则命也"[2]。这里的"命"并不是冥冥中的外在力量,本质上乃是君权对个体命运的处理与安排,一定意义上也可以看作是天理的表现形式,"命谓正理,失正理为方命"[3],因此,程氏所谓"乐天知命"不同于庄禅之安时处顺、随缘任运,根本上是对君权所象征的儒家伦理秩序的服从,个人如果无法违拗秩序的规定性,那么只能服从它,这便是程氏的最终选择。因此,程颐被编管涪州,却把这种境遇归之于天命而毫无怨言,其本质乃是对君主最高权威的认同与接受,这正体现出程颐的儒家立场及其道学家本色。

以上四人代表了北宋后期士大夫对党争不断、趋于衰坏的现实政治的批判与反思。如果说陈瓘、晁说之着重对新党、新学的批判,重在破;那么苏轼、程颐则是着眼于文化的反思,重在立,而贯穿其中的则是对社会与文化秩序的追求。苏轼企图突破儒文化的狭隘性、排他性而追求一种具有包容性的秩序,充分尊重士人人格与思想的独立性;程颐则要剥夺这种独立性,将个体纳入到至高无上的君权与天理的统摄之下,双方的差异再次凸显出南北文化不同的价值立场。而君主专制不断强化的历史走势最终排斥了苏轼的平等诉求,认可并接受了程氏以权力实现秩序的观念,这既表明洛学与君主专制更具有内在的同构性,也说明了专制制度下文化多元的有限性。

第三节　三教合流与被贬士大夫的居士特征

一、儒家信仰的弱化与三教合流的形成

随着变法的失败及熙丰以来的政治反复,被士大夫寄予厚望的新儒学并没有改变宋王朝长期积弱的局面,无论变革还是更化,宋王朝始终未能摆脱以"三冗"为代表的重重危机,这严重打击了士大夫的入世理想,庆历以来随儒学复兴而高涨的理想主义趋于落潮,而持续不断的党争更是不断

---

[1]　《周易程氏传》卷4,《二程集》,第1026页。

[2]　《周易程氏传》卷4,《二程集》,第941页。

[3]　《周易程氏传》卷1,《二程集》,第731页。

消磨着士大夫的政治热情,入世精神逐渐蜕变为击败政敌的权力争斗。吕惠卿、章惇、曾布、蔡京这些熙丰变法时期曾充满热情、力图有所作为的新党在一轮轮的党争中堕落为精于权术、老奸巨猾的政客。元祐之后,士大夫阶层明显表现出对政治的倦怠情绪,儒家主体价值的失落造成士大夫精神的困惑与迷惘,原本无处不在的佛道思想在这种背景下更深地楔入士大夫的心灵。叶梦得《避暑录话》云,"熙宁以前洛中士大夫未有谈禅者"①,其后则谈禅之风日盛,孙觉元丰三年(1080)所作《玄沙广录序》云:"近世言禅尤盛,而云门、临济独传。上自朝廷学士大夫,其下闾巷扰扰之人,莫不以禅相胜,笃好而力探之,亦皆得其仿佛。"②元祐元年(1086),朱光庭《乞戒约士大夫传异端之学奏》称:"臣访闻今月二十日,相国寺有一冲长老者开堂说法,士大夫奔走其门墙中,环拜于座下者甚众。"③《再乞戒约士大夫传异端之学奏》称:"今士大夫披儒之服,当师法圣人言行,而乃自暴自弃,区区奔走,从事胡法。……相国寺慧林院长老开堂,衣冠大集座下,听法者曲拳致恭,环拜致礼,无所不尽。"④朱光庭作为道学衣钵的承继者对此深为不满,尤其对衣冠士大夫趋之若鹜深为不解,严加指责说:"在无知辈不足责,其士大夫背弃吾道,不知自重如此,不可以不责也。"对这种好佛谈禅的风气,张方平解释说:"儒门淡薄,收拾不住,皆归释氏。"⑤张氏所谓"儒门淡薄"可从两方面理解,首先,汉末魏晋以来,儒学中衰,佛教继玄学之后乘势而起,形成无所不在的社会影响。虽然会昌法难后佛教在组织层面深受打击,但佛教观念已经渗入社会各个阶层,在这种社会氛围中,士大夫耳濡目染,不可避免地受其影响,甚至浸淫甚深,张载总结说:"自其说(佛教)炽传中国,儒者未容窥圣学门墙,已为引取,沦胥其间,指为大道。"⑥其次,宋朝立国之后虽然大力复兴儒学,但在佛禅大盛之后,长期衰落的儒学已经很难与体大思精、富于思辨的佛学相抗衡了,机锋敏捷的禅宗对士大夫尤其具有吸引力,许多士人与佛禅中人交往密切,其思想观念、思维方式乃至语言方式打上了深深的佛禅烙印。在此背景下,儒学门庭冷

① [宋]叶梦得:《避暑录话》卷2,《宋元笔记小说大观》,上海古籍出版社,第2623页。
② 《全宋文》,第73册第22页。
③ 《全宋文》,第93册第387页。
④ 《全宋文》,第93册第387页。
⑤ 《佛祖统纪》卷45,《续修四库全书》,第1287册第632页。
⑥ [宋]张载:《正蒙·乾称篇第十七》,《张载集》,中华书局,1978年,第64页。

落便是很自然的事情。与此同时,熙丰变法的失败及政治斗争的激化同样加剧了士大夫对佛禅的归趋。

北宋儒学复兴以来对儒学经世致用功能的强调使其在熙丰变法及元祐更化之后、宋王朝仍然危机重重的事实面前陷入进退两难的窘境,外王的失利使得士大夫对现实政治及儒文化的批判反思不约而同地指向内圣,而传统儒学并未提供相应的理论资源,注重玄辩和心性修炼的佛禅自然吸引了士大夫的注意力。王安国《治平禅寺记》云,佛教"与儒者并出而牢不可坏者,岂非其道神妙得于人心之自然耶?"①这实际上代表了许多士大夫的观点,即儒佛并非相斥的,而是互补的,在救治人心方面与儒学不仅是统一的,而且具有儒学不可比拟的优势。曾肇《滁州龙蟠山寿圣寺佛殿记》云:"夫人皆有是心,而情想汩之,利欲昏之,故忘己以逐物,弃真而取伪,卒于流荡不反者举世皆是,而卓然能尽其材者盖寡也。尽其材者无他,去心之蔽,复性之本而已。所谓直指人心,见性成佛者,其不几于此乎?质之吾儒,孔子言:'性不可得而闻。'孟子则谓:'尽其心,知其性。'扬子曰:'人心,其神矣乎!'《诗》《书》以来,言修身以及国家天下,未尝不以心为本,其意亦如是哉!"②曾氏将禅宗之明心见性与孔、孟、扬之相关论述相提并论,指出了儒佛并行不悖的一面,而无论孔子、孟子还是扬雄,对如何复性归真只是泛泛而论,远远比不上禅宗辨析之精微,因此,佛禅恰可补救儒学之弊,儒释于此可以相互贯通。

与韩愈等主要从外在器物层面批判佛教不同,宋代的士大夫对佛教有更为深切的研读和体悟,佛教万法皆空的形上理论及通过消除欲望保持道德清净的义理在士风颓坏的党争背景下越发受到士大夫的认可,走向佛禅成为当时士林的主流价值。张商英在其《护法论》中公然表示:"若世间更有妙道,可以印吾自肯之心,过真如、涅槃者,吾岂不能舍此而趋彼耶?"③这与其说是张氏笃信佛教的理由,不如说是对儒学极端功利而不能安宁人心的奚落。在党争加剧的背景下,儒学已无法满足士大夫残酷政争背景下寻求心灵宁静的需要,佛教对功利的排斥及对终极价值的探求恰可为士大夫提供精神皈依的领地,逃入佛禅成为士大夫求得精神自救的不二选择。

---

① ［宋］王安国:《治平禅寺记》,《全宋文》,第 73 册第 58 页。
② ［宋］曾肇:《滁州龙蟠山寿圣寺佛殿记》,《全宋文》,第 110 册第 89 页。
③ ［宋］张商英:《护法论》,《全宋文》,第 102 册第 154 页。

程颐概括说:"今人不学则已,如学焉,未有不归于禅也。"①《宋元学案·苏氏蜀学略》云,苏轼"自为举子至出入侍从,忠规谠论,挺挺大节。但为小人挤排,不得安于朝廷。郁懔无聊之甚,转而逃入于禅"②。这也是党争与贬谪际遇下多数士大夫的共同选择。

更根本的意义还在于,儒学一向缺乏对现实人生的形上思考,尤其对生死问题拒绝探讨,孔子所谓"未知生,焉知死"被后人奉为教条,死亡问题几乎成为无人涉足的禁区,但回避对死亡问题的探讨已无法解决现实人生的困惑。宋代文化逐渐由汉唐的外向事功转向内在的心性整理,追问人性与天理成为基本的时代课题,在党争加剧的背景下,士大夫的感情越发内敛,他们也越发关注对生命意义与价值的形上思考,王雱说:"学道而不期于死之说,则亦何以学为哉!'朝闻道,夕死可矣'。则所谓道者,贵乎可以生死也。"③王氏对各类学说的价值判断在于它们能否解答生死问题,能否给予个体以终极性的精神安顿。苏辙晚年在其《论语拾遗》中说:

> 孔氏之门人,其闻道者亦寡耳,颜子、曾子,孔门之知道者也。故孔子叹之曰:"朝闻道,夕死可矣。"苟未闻道,虽多学而识之,至于生死之际,未有不自失也。苟一日闻道,虽死可以不乱矣。死而不乱,而后可谓学矣。④

苏辙基于自己屡遭贬谪的人生经历,深切感受到儒学对生死问题的回避已不能满足士大夫的精神渴求,尤其是绍圣之后,大批士人被贬荒恶之地,面临着生死的严峻考验,究竟以何种观念看待死亡,决定着以何种态度面对人生。苏辙认为,不能获得对生命的正解,则于生死之际,"未有不自失也"。反之,"虽死可以不乱矣"。因此,直面死亡,追究生命的终极价值,以使精神得到安顿,已经成为宋人必须解决的迫切问题,而探讨天道性命正是佛道的文化优势,佛禅理论由此成为重构儒学体系无法回避的理论资源,这种内在的文化需求使得儒佛的贯通成为必然。

儒佛合一,儒道同样如此。就历史来看,儒学在现实中的应用主要泛

---

① 《河南程氏遗书》卷18,《二程集》,第196页。
② 《宋元学案》卷98,第3287页。
③ 《宋元学案》卷98,第3287页。
④ 《栾城三集》卷7,《苏辙集》,第1218页。

化为具体的器物层面,表现为典章制度、礼法规范,而其背后用以支撑的"道"则消隐不见了,或者说常人执着于儒学的社会化形态而遗忘了其背后的终极价值。老庄之学与儒学恰恰相反,专注于"道"而遗弃物象,并以对儒学的严厉批判唤醒人们对道的体认,老庄尤其庄子所批判和否定者乃是儒家以礼教的繁文缛节割裂大道,使世俗中人陷于礼法设定的种种规范而迷失了自己的本性,因而儒学泛滥的最终结果是灭道害性。庄子则是要通过对儒学的批判,以矫枉过正的方式弥合被儒家以礼法割裂得支离破碎的大道,唤醒陷于迷途不知所归的人性。所以,儒、道所同者在"道",所不同者在其具体的体道方式,老庄所非议者是儒家践道的方式与途径,而非否定大道本身,所以,苏轼认为"庄子盖助孔子者"①。黄裳亦持此论:"庄子之高其言,与时盈虚,与数损益,以矫一时之不及耳,岂私意哉?"②而王安石、吕惠卿等新党中人更是公开表明三教合流的立场,王雱《老子注解序》说:"圣人虽多,其道一也。"③明确指出了儒释道的相通性。

释道对整个社会文化的长期浸淫使得士大夫逐渐在学理层面将儒释道统一起来。苏轼说:"孔老异门,儒释分宫。又于其间,禅律相攻。我见大海,有北南东。江河虽殊,其至则同。"④认为儒释道三教并流,殊途同归。祖无择《题三教圆通堂》诗云:"师本佛之徒,潜心老与儒。一堂何所像,三教此焉俱。"⑤明确表达了三教圆通无碍的观念,代表了宋代士大夫对儒释道关系的基本认识。随着佛道观念日益深入士大夫的精神世界及三教合流的最终完成,士大夫的心灵具有了更宏大宽广的转圜空间,进退自如,从容自得,具有了应对磨难的强大韧性,即便被贬穷荒,也往往不以为意。崇宁初,丰稷"褫职知常州","未至常州,贬海州团练副使,睦州安置,道州别驾,台州安置","又除名徙建州"。"公被谪,携孙姪一二人与居佛寺,怡然自得,日与衲子辈游,宾客一时杜绝。部使者、郡守往往皆门生故吏,踵门请谢,终谢不见。燕坐阅《华严合论》,钞其要为百卷"⑥。丰稷之"怡然自得"与其佛学修养不无关系。上文又记丰稷与神宗之间的一段

① 《庄子祠堂记》,《苏轼文集》卷11,第347页。
② [宋]黄裳:《顺兴讲庄子序》,《全宋文》,第103册第78页。
③ [宋]王雱:《老子注解序》,《全宋文》,第104册第42页。
④ 《祭龙井辩才文》,《苏轼文集》卷63,第1961页。
⑤ [宋]祖无择:《题三教圆通堂》,《全宋诗》,第7册第4419页。
⑥ [宋]李朴:《丰清敏公遗事》,《全宋文》,第135册第63页。

对话,神宗问丰稷"闻君知佛教,其理如何?"足见丰稷深通佛理已广为人知。元符二年(1099),陈师道在与黄庭坚的信中对自己年华老去学佛太晚而追悔不已,"人生要须死,宁校长短,但恨与释氏未有厚缘,少假数年,积修香火,亦不恨矣"①。似乎表明,儒家思想已无法消解内心的苦痛,那种刚硬严正的儒家人格在与严酷现实的对抗中已不堪忍受,唯有佛禅以其万法皆空、随缘任运的观念面对世界与人生,才能从根本上消除对现实苦难的敏锐痛觉,因此,即便以儒立身、被苏轼称为"铁石人"的刘安世北归途中也不免谈禅。

　　在三教合流的背景下,被贬士大夫拥有多元的文化构成,但儒释道在不同个体那里却有主次轻重的不同,或以儒为主而兼释道,或以庄禅而兼儒家,表现于外便呈现出刚柔不同的人格特征,苏轼与黄庭坚便是代表。而贬谪经历往往使得刚性渐渐消磨,柔性得以滋长,释道的文化质素消解苦难的功能得到更充分的发挥,刚柔不同的人格也呈现一定程度的趋同,趋于超然与达观。吕本中《童蒙训》载:"绍圣崇宁间,诸人迁贬相继,然往往自处不甚介意。龚彦和夬贬化州,徒步径往,以扇乞钱,不以为难也。张才叔庭坚贬象州,所居屋才一间,上漏下湿,屋中间以箔隔之。家人处箔内,才叔蹑屦端坐于箔外,日看佛书,了无厌色。"②这固然标志着宋代士大夫文化人格的成熟,而其代价则是进取精神的消退。

　　以上是就一般情况而言,实际上,绍圣以后,新党对元祐党人的迫害逐步加重,被贬者的生存境况极其恶劣,而且经常遭到不期而至的死亡威胁,即便心态通达,也不可能完全化解这种磨难与煎熬。政和间,陈瓘因作《四明尊尧集》攻击王安石被羁管台州,朝廷绝其禄俸,只能自营活路。陈氏在集序中自述说:"绝禄以来,苟营活路,积垢如山,死有余愧……就使鹪鹩之命幸脱宽网,而身心垢愆,亦明时之弃物矣,敢不知乎!敢不知乎!……而今而后,真可以忘言矣。此可与知者道,难于不知者言也。"③该序将其悔罪唯恐不及、战战兢兢、如履薄冰的惶恐心态和盘托出,可谓字字泣血,见出彼时士大夫在政治高压之下极度惶恐的心态。即便旷达如苏轼,远贬岭

---

① [宋]陈师道:《与鲁直书》(三),《全宋文》,第123册第298页。
② [宋]吕本中:《童蒙训》,景印《文渊阁四库全书》,第698册第532页。
③ 《四明尊尧集后序》,《全宋文》,第129册第126页。

海也难免感伤落泪，"十八滩头一叶身"，"地名惶恐泣孤臣"①，"四十七年真一梦，天涯流落泪横斜"②。而类似秦观那样敏感而脆弱的士人自然会表现出更多对人生的伤感。因此，所谓的旷达与超然是相对的，且主要是就其基本的文化心态而言，而没有任何的文化形态可以解决人生的所有问题，对不同个体而言，旷达中夹杂伤感，甚至伤感压倒了旷达也便没有任何奇怪。

二、被贬士大夫的居士特征

宋代士大夫大多拥有一个居士的名号，居士成为宋代一个突出的文化现象。潘桂明先生认为，居士"既可指一般隐居不仕之士，又可指佛教居家修行人士，还可指所有非出家的学佛人士。从佛教的大慈悲精神出发，凡不是站在佛教的对立面，不构成对佛教危害的人，即使他（她）毫无信仰，也应以居士对待"③。"宋代居士众多，形态各异，既有中国传统文化的遗留，也受到佛教的深刻影响，已经成为一个杂糅了中印文化因子，混同了儒、释、道文化要素的复合概念"④。宋代居士乃是一个文化构成复杂、数量相当庞大的群体，限于本书论题，这里只探讨与贬谪相关的官员居士及其文化特征。

在数量庞大的居士群中，被贬士大夫无疑是引人瞩目的部分，许多士人正是在被贬后自称"居士"，如苏轼被贬黄州而称"东坡居士"，郑侠贬居大庆山而称"大庆居士"，陈瓘被贬岭南而称"合浦居士"（此前称华严居士），邹浩被贬昭州而称"道乡居士"，李之仪被贬太平州而号"姑溪居士"，如此等等难以数计。显而易见，这些士人自称居士与其被贬际遇有着直接的关系，则其以居士自号所反映的文化心理颇值探究。

"居士"一词最早见于《礼记·玉藻篇》："居士锦带，弟子缟带，并纽约用组。"⑤郑玄注曰："居士，道艺处士也。"盖指隐居不仕的有道者。《韩非子·外储说右上》云："齐东海上有居士曰狂矞、华士昆弟二人者立议曰：

---

① 《苏轼诗集》卷 66，第 2053 页。
② 《苏轼诗集》卷 66，第 2056 页。
③ 潘桂明：《中国居士佛教史》，中国社会科学出版社，2000 年，第 3 页。
④ 张培锋：《宋代士大夫佛学与文学》，宗教文化出版社，2007 年，第 63 页。
⑤ 《礼记正义》卷 30，《十三经注疏》，第 3 册第 3208 页。

'吾不臣天子,不友诸侯,耕作而食之,掘井而饮之,吾无求于人也。'"①狂矞、华士昆弟正是郑玄所谓的"道艺处士",而"处士"又何所指呢?《荀子》曰:"古之所谓处士者,德盛者也。"②强调德行之高迈。《仪礼注疏》卷八"乡饮酒礼"卷第四,郑玄云:"君子有大德行不仕者,以其未仕,有德自处,故名处士君子也。"③则"处士"乃是有德而不仕者。《史记·殷本纪》载:"或曰,伊尹处士,汤使人聘迎之,五反然后肯往从汤,言素王及九主之事。汤举任以国政。"④则伊尹出仕前正是所谓的"处士"。可见,"居士"与"处士"两个概念在中国文化语境中基本相通,德行高尚、不慕荣利是其本质特征。

佛教中的居士则是梵语"Grhapati"的意译,即居家奉佛之人。随着佛教在中国影响的日益扩大,尤其是《维摩诘经》的广泛流传,佛教文化中的"居士"概念随之深入到中国文化的价值系统,与传统意义上的"居士"概念混杂交融,兼有了隐居不仕与居家奉佛的双重内涵。《祖庭事苑》卷三云:"凡具四德乃称居士:一不求仕宦,二寡欲蕴德,三居财大富,四守道自悟。"⑤这一定义显然是将居士的中国传统与佛教内涵加以整合的结果,既强调"德",又强调"悟";既坚守传统道德,又以佛教观念对现实人生进行终极性的思索与解悟;它既不会使士大夫囿于儒家道德而举步维艰,又不会因以佛教空观观照人生而丧失价值支点。由此,居士的价值内涵有效地解决了进退出入的心理矛盾,满足了消解苦痛的精神需要,成为宋代士大夫纷纷以"居士"标榜自我的文化动因。

对被贬者而言,他们被逐出了政治中心,同时被剥夺了参政权利。有的远贬穷荒,形同流放,沦为了政治的边缘人;有的虽然保留着闲散官阶,实则与平民相差无几⑥;有的则被除名编管,尚且不如平民拥有人身自由,

---

①　《韩非子·外储说右上》,[清]王先慎:《韩非子集解》卷13,中华书局,1998年,第315页。

②　《荀子·非十二子》,[清]王先谦:《荀子集解》卷3,中华书局,1988年,第101页。

③　《仪礼注疏》卷8,《十三经注疏》,第2册第2115页。

④　《史记》卷3,中华书局,1963年,第94页。

⑤　[宋]睦庵善卿:《祖庭事苑》卷3,蓝吉富主编《禅宗全书》,北京图书馆出版社,2004年,第84册第388页。

⑥　邹浩《除名》诗云:"前年除名窜新州,今年除名窜昭州。我名无实浪自得,坐此人间多怨仇。恩深天地贷斧铖,除之又除名不留。虽然未即听逐便,已觉此身民是侪。"见《全宋诗》第21册第13958页。

这种际遇造成了他们强烈的失落感。尽管被贬者并不甘于贬谪命运,然而现实无法改变,与其在心理上进行无望的抗争,不如认可被贬的现实,于是,他们便将被贬的无奈命运顺势转化为对归隐的文化认定。居士的基本要求本是不求仕宦,而拥有仕籍的被贬者仍以居士自称,表明他们心理上已不再将自己视为官员,这便消除了通向隐士的心理障碍。虽然这仅是一种心理的转换,却使被贬者获得了极大的精神解放,他们不再纠缠于贬谪的痛苦,而是吟啸于山水林泉,反而因此获得了超尘出世的旷达情怀,苏轼无疑是其中的代表人物。被贬黄州期间,苏轼模仿陶渊明躬耕自食,在与陶氏的近似体验中深化着对陶渊明归隐田园的文化认同。于是,被贬者的归隐情怀便由政治层面的无奈升华为一种心向往之的文化自觉,贬谪不再是痛苦之源,反而成为归隐的条件,尽管这种"归隐"不过是一种主观认定。居士的归隐内涵由此成为被贬者以居士自称的第一重动因。

在三教合流的背景下,士大夫论道参禅成为风气。对被贬者而言,以佛禅消解苦痛更成为现实需要,诵经向佛、交游僧徒成为被贬期间的重要活动,被贬者凡以居士自称者无不诵经参禅。大体而言,被贬居士所读佛经主要是《楞伽》《华严》《圆觉》《楞严》《阿弥陀经》及天台宗经典,此外更喜读禅宗灯录。所信佛教宗派主要是华严宗、天台宗、净土宗,许多人既崇佛又参禅,教禅之间并没有严格的区分。对多数士大夫而言,诵经参禅并非要成为真正的佛教信徒,主要是借取佛禅的理论资源解决儒学所无法解答的人生难题。佛禅对人类终极问题的思考与解答极大地开阔了士人的眼界,启发了他们应对人生困境的智慧,如苏轼虽然对楞伽、华严、楞严等佛教经典都很熟悉,但他并不沉迷于佛教理论不可自拔,更不以佛教戒律约束情欲,而是尽情享受人生的种种乐趣。对苏轼而言,佛禅只是提供了一种观照世界的方式,或者解脱困境的通道,远未成为其思想的主宰,因而,苏轼并非严格意义上的居士。清人彭绍升认为:"即白、苏二公,其在佛门,亦别有长处,与宗门无与。"[1]并不认为二人是真正的佛教信徒,他们对佛教只是进行了外在的理论摄取,并没有内化为虔诚的宗教信仰,佛教的工具意义远大于精神感召意义。士人的此种态度与维摩诘其实具有相似的理路,在《维摩诘经》中,维摩居士虽以佛徒自居,却并不恪守佛教清规,而

---

① ［清］彭绍升:《居士传》,江苏广陵古籍刻印社,1991年,第3页。

是饮酒食肉,下棋赌博,甚至嫖妓风流,却又将这些解释为度化众生的种种方便,所谓处相而不住相,对境而不生境,终于得圣果成就。既跻身佛界而又不离尘缘,享受人生乐趣而又超然俗世之上,这正是所谓居士佛教吸引士大夫的地方,而这也恰恰昭示了士大夫对待佛教的工具立场。

总体看来,士大夫以居士自称虽然标志着对主流价值的疏离,相应弱化了现实关怀与入世精神,但大多数人仍然固守着士大夫的文化身份及相应的生活方式。因此,士大夫以居士自称主要为自身提供了价值转圜的空间:好佛而不断尘缘,参禅而兼容儒道。由于各自的性情气质及被贬经历不同,被贬者对佛禅的执迷程度也因人而异,概而言之,被贬愈重,则陷溺愈深,有的被贬者崇佛达到了痴绝的程度,如龚夬即是如此,《诗话总龟》引《冷斋夜话》云:“龚彦和谪化州,持不杀戒,日夜礼佛,对客虮虱满衣领,不恤也。”[1]但这种情形并不多见。下面以郑侠、陈瓘、邹浩、苏辙为例,对被贬士大夫的居士特征加以描述,着重考察其文化构成及佛教影响在其贬谪际遇下的演变,并揭示这种演变对其诗文创作的影响。

1. 郑侠——以儒为宗的大庆居士

郑侠因反对新法,于熙宁七年(1074)编管汀州,次年编管英州。哲宗继位后被召还,授泉州府教授。绍圣元年(1094),哲宗亲政,新党重掌朝政,郑侠再次编管英州。徽宗登极,调和新、旧党关系,郑侠获赦授原官。不久蔡京专权,郑侠列名党籍,三度罢官。崇宁五年(1106)八月,方复将仕郎,许叙用。此时郑侠不再出仕,取所居山名自号“大庆居士”,又号“一拂居士”。

郑侠乃是儒家价值的坚定捍卫者,其《大庆居士序》云:“居士本儒学,以孔氏为宗,得老氏之说以明,又得释氏,而后大明孔子之道,以三人名号不同耳。三氏之外,百家传记,历代史载,至于医方小说,见必取读。其于民物,有补毫发,无不留意,此其学也。”[2]由上可见,郑侠虽称居士,实则以儒为宗,释道及诸子百家之学不过是儒学的辅翼。佛教对他的影响主要是形成了众生平等的观念,其序又云:“其视先后古今等,人与我等,我与人等,众生与佛等,佛与众生等。无一物,乃入于无取无舍,非即非离。以大

---

① [宋]阮阅编:《诗话总龟》卷39,人民文学出版社,1987年,第380页。
② [宋]郑侠:《大庆居士序》,《全宋文》,第99册第335页。

清净圆摄为我住止,是曰居士。"郑侠也正是从众生平等、佛与众生平等的角度切入佛教,并以"大清净圆摄"①的净土信仰限定自己的居士身份的。

郑侠在《大庆居士序》中从学、识、守、志等几个方面表达了自己的人生追求,即学兼儒释道及诸子百家,识则通人伦道德及天地万物为一,守则直言谠论、坚贞不回,志则致君尧舜,造福众生,这几个方面显然带有极其强烈的儒家色彩,最后则以佛学众生平等的价值观表达自己居士的文化身份。不难看出,郑侠这样的居士虽然念佛习经,却并非浑然忘却世务的隐士,而是坚守儒道、心怀天下的忧国忧民之士,佛教并未取代儒家在其思想构成中的主宰地位,只是使其观念更为圆通,以更慈悲的心怀关切芸芸众生,从而使其仁民爱物的儒家情怀更其深沉。从其诗文来看,净土信仰并没有得到充分的表现,许多诗篇所表达的主要是儒家观念,《论诚》诗云:"万事以诚立,不诚心不专。诚心非铁石,铁石被诚穿。"②有的诗则直抒胸臆,表白宁可守拙固穷也决不屈从权势的刚直品格,如《次韵严巨孟》其一云:"侠也生来拙,论才寸不通。趋时惭寡术,守拙又无功。"其二云:"侠也愚而已,免称忠与刚。未能安社稷,自合窜炎荒。"③既然如此,当然是"宠辱无关自不惊"④了,郑侠直接表白说:"我亦淡泊人,世味聊咀嚼。"⑤以这种淡泊心态静观自然风物,气质刚硬的郑侠亦能写出悠然自得的诗句,《赠云门居士》云:"居士高卧白云堆,出门时为猿鹤开。溪花野草自春色,云芝石笋宁须栽。"⑥这并不仅缘于郑侠淡泊名利的高洁人格,亦沾溉于释道精神。《示庐山寺老胜师》云:"还家一百二十日,五回松下问禅因。此身非我身,有君有父,有神有民。俯仰回环知有待,古之人居不黔突。行不已输。师住无住,我动非动。来不须迎,去不须送。聚散会离,百年一梦。大千沙界等闲言,寻常只把毫端弄。"⑦郑侠在诗中虽似寻禅问道,实际上脱不开

---

① 阿弥陀佛三十七号之一。昙鸾大师《赞阿弥陀佛偈》中有:"妙土广大起数限,自然七宝所合成。佛本愿力庄严起,稽首清净大摄受。"大,指佛德广大无边。清净,为毕竟清净涅槃之德。摄受,指四十八愿摄受众生之德。以此阿弥陀佛圆满三德所成之清净土。为摄受法界凡圣之身土,故称清净大摄受。

② 《论诚》,《全宋诗》,第 15 册第 10437 页。

③ 《次韵严巨孟》,《全宋诗》,第 15 册第 10428 页。

④ 《次韵张汉公言怀》,《全宋诗》,第 15 册第 10431 页。

⑤ 《再别吴子野岁寒堂》,《全宋诗》,第 15 册第 10418 页。

⑥ 《赠云门居士》,《全宋诗》,第 15 册第 10420 页。

⑦ 《示庐山寺老胜师》,《全宋诗》,第 15 册第 10425 页。

儒家观念,他将"此身"归属于君父神民,实则将释道观念统一在儒家价值之下。

从其诗文来看,郑侠对佛禅的体悟是极其粗浅的,释道观念远未深入其心灵世界,郑侠因而不可能如真正的居士一样置身世外,心如止水,而始终保持着儒者的现实关怀与入世精神,并不时流露出昂藏慷慨之气,"此身万死非灾凶,生随蝼蚁气蜺虹"①,"男儿一副黄金骨,莫学伊阿浪死生"②。《次韵知郡登高感怀》诗云:"为许功名酬圣代,不须愁绪付瑶觞。男儿不是闺中物,生则桑弧射四方。"③表达了立功扬名的入世精神。晚年诗云:"世俗毋以翁老生轻心,须知此翁头白面黣而英心义气,天地不得而销铄。"④更是老而弥坚、壮心不已的豪迈宣言。元符三年(1100),东坡北归至英州,与郑侠相见,郑侠赠东坡诗二首,其二云:"夷夏生灵真久困,圣贤膏泽有前闻。骈蠓天地期功业,妙画奇书请暂焚。"⑤对苏轼还朝大用惠泽生民寄予厚望,间接表达了自身的用世之志。

郑侠虽长期遭贬,却始终不屈不挠,不肯向当权者低头。他对佛教的有限汲取并非仅要消解人生苦痛,也是要以释证儒,熔铸更为坚韧的儒家人格,这是郑侠不同于大多数居士的地方。所以,郑侠虽以居士自称,却不陷溺于佛禅,远非真正意义上的居士,且其入世热情至死不变,表现出一以贯之的儒家本色,则"居士"对郑侠而言,便成为一个别有意味的文化符号。正因为这样,郑侠贬谪期间的作品并未受到佛教观念的浸淫而萎靡不振,而始终保持着对民生的关注及对时弊的批判,义正辞严,正气凛然,其峭硬朴质的诗文风格始终不衰。

2. 陈瓘——由儒到佛的合浦居士

如上节所述,陈瓘晚年历经贬谪,因触忤曾布,被贬泰州,寻主管冲祐观,除名编管袁州,移廉州,又移郴州,监中岳庙。坐其子正汇上书逮系开府狱,安置通州。这一系列打击使陈瓘对绍圣新党彻底丧失信心,生发出对现实黑暗的愤懑情绪,直接造成对新党批判的升级,由最初批判绍圣新

---

① 《和李天与秀才》,《全宋诗》,第 15 册第 10426 页。
② 《谩成》,《全宋诗》,第 15 册第 10438 页。
③ 《次韵知郡登高感怀》,《全宋诗》,第 15 册第 10434 页。
④ 《醉翁行赠黎师醇》,《全宋诗》,第 15 册第 10422 页。
⑤ 《上苏端明》,《全宋诗》,第 15 册第 10432 页。

党上升为对王安石的全面批判,而其思想则经历了由崇儒到"佞"佛的变化历程。

陈瓘原本以儒立身,《宋元学案》案语说:"了翁最宗元城,则以为涑水私淑弟子可也;每得明道之文,衣冠读之,以为二程私淑弟子可也;精于皇极之学,以为康节私淑弟子可也。然而其渊源则出于丰氏(丰稷)。"①全祖望称陈瓘为司马光、二程、邵雍的私淑弟子,虽嫌牵强,但陈瓘更喜北人则是事实,《童蒙训》云:"陈公莹中闽人也,而专主北人,以北人而后可以有为。南人轻除易变,必不可以有为。"②陈瓘乃是福建南剑州人,吕惠卿、蔡卞、蔡京、章惇等籍属南方的新党人物争权夺利、背信弃义的行径大概是其不信南人的依据,恐怕也是最终背弃荆公之学、否定王安石的重要原因。尽管陈瓘服膺北方学术,但其学术路径并不步趋北方学者,而更与丰稷一脉相承。司马光、二程等北方学者总体来看排斥佛教,丰稷则因对佛学深有研究而广为人知。绍圣间丰稷南贬之后,闲暇所读乃是《华严合论》,陈瓘作为其门下,亦是儒释兼修,初好华严,自号华严居士。由其佛教信仰的轨迹来看,陈瓘经历了初信《金刚经》《华严经》,最终皈依天台宗的发展历程,而这一历程又与其被贬际遇及政治理想的不断破灭息息相关。

陈瓘曾论曰:"佛法之要,不在文字,亦不离于文字,只《金刚经》一卷足矣。世之贤士大夫无营于世而致力于此经者,昔尝陋之,今知其亦不痴也。此经要处只九字,曰'阿耨多罗三藐三菩提',华言一'觉'字耳,中庸'诚'言即此也。此经于一切有名有相有觉有见,皆归于虚妄,其所建立,独此九字。"③《金刚经》浓缩了《大般若经》的般若性空思想,宣扬"凡所有相,皆是虚妄",其偈语云:"一切有为法,如梦幻泡影。如露亦如电,应作如是观。"④"阿耨多罗三藐三菩提"乃梵语,陈瓘解为"觉",意为无上正等正觉,而要获得此觉,须要发下誓愿,这是觉悟的开端。此段文字主要透露了两点信息,第一,陈瓘将佛教之"觉"等同于儒家之"诚",表明其佛教信仰又与儒家思想相通。《中庸》云:"诚者,天之道也。诚之者,人之道也。诚者,不

---

① 《宋元学案》卷35,第1208页。
② 《童蒙训》中,景印《文渊阁四库全书》,第698册第528页。
③ 《宋元学案》卷35,第1213页。
④ 《金刚经》,《大正新修大藏经》第85册,第8页。

勉而中,不思而得,从容中道,圣人也。诚之者,择善而固执之者也。"①朱熹将"诚"注为"真实无妄之谓,天理之本然也",而圣人"不待思勉而从容中道,则亦天之道也"。对普通人而言,自然不能"不勉而中,不思而得",必须借助主观努力,"则必择善,然后可以明善","则必固执,然后可以诚身"。这与佛家之"觉"确有相通之处。不仅如此,陈瓘的言论表明,儒释与道家也并非全然隔阂,"庄周高而不中,寓而不实,其言可喜悦而实则诞幻,尚不如老子之有益于世也,况可比吾教之中道乎! 华严云'依教修行',此语乃百家之总门也"②。虽然陈瓘肯定儒家中庸之道的高妙,却又认为老子有益于世,并以华严语录为百家总门,明显带有混同三教的色彩,无怪乎全祖望认为"其言稍不醇"了。在三教合流的背景下,并没有真正的醇儒,作为南方学者的陈瓘自然更是如此,而文化的相通恰恰为陈瓘这类士大夫由儒向佛提供了方便的途径。第二,陈瓘起初对士大夫热衷《金刚经》深不以为然,认为士大夫的正道应是"营于世"。张商英既好佛又好道,陈瓘曾作诗批评说:"辟谷非真道,谈空失自然。何如勋业地,无愧是神仙。"③此诗充分表现出陈瓘反对沉溺释道而渴望有所作为的入世精神,全祖望案曰:"此则知先生之学佛,亦其寄也,所谓'儒其行而墨其言'。"④全氏由正统儒家立场对陈瓘所作的全称判断,缺乏历时性的动态考察,并不尽符合事实。陈瓘虽以儒立身,并不意味着其价值立场没有变化,经过一系列的政治打击,曾经追求的理想——破灭,陈瓘的思想随之发生了重大转变,"昔尝陋之,今知其亦不痴也",表明陈瓘也逐渐认可了诸相皆幻的性空理论,这也是其沉溺于佛教的开端。

崇宁五年(1106),陈瓘离开岭南贬所,任便居住于明州,遇延庆寺明智法师,深为天台止观所吸引,遂悉心参究,深有解悟。《居士传》云:"及遇明智法师,叩天台宗旨,明智示以上根止观不思议境,以性夺修成无作行深有契入,著《三千有门颂》。"⑤其中云:"不思议假非偏假,此假本具一切法。真空不空非但空,圆中圆满非但中。……妙境元无空假中,而亦不离空假

---

① 《四书章句集注》,第 31 页。
② 《宋元学案》卷 35,第 1212 页。
③ 《代书简张天觉》,《全宋诗》,第 20 册第 12472 页。
④ 《宋元学案》卷 35,第 1213 页。
⑤ 《居士传》,第 369 页。

中。空即是心假是色,非色非心名曰中。"该颂对天台宗一念三千、三谛圆融的止观学说进行了较为深入的阐发,楼钥称其"留心教观,深入其趣"①。天台宗之所以对陈瓘产生强烈的吸引力,在于天台宗超越了《金刚经》缘起性空、相由心生的单一视角,相比以三观、四法界为核心的华严宗更为精妙深邃,并因而更能消解陷于困境的人生苦痛。天台宗认为万法皆由心造,其相虽宛然在目,而其体则空,以妄见执之,便名之为有,是为俗谛。"所言有谛者,二十五有世间众生,妄情所见,名之为有。如彼情见,审实不虚,名之为谛,故言有谛,亦名俗谛,亦名世谛,如《涅槃经》云:'如世人心所见者,名为世谛。'"②由假入空乃是证得一切因缘法之空性,认识到现象界虚而不实的本质,但仅有如此认识尚不足以济世化物,普度众生,尚需由空入假,如智顗所论:"明入假之意者,此观正为观俗谛,破尘沙无知。……是故教道菩萨,从空入假,用道种智,入菩萨位,若不滞空,如空中种树,分别药病,化众生也。"③但由空入假并不意味着对俗谛的肯定,而是为了化度众生、随顺世情的权便,是在识得万象皆幻的前提下重返现象界。因此,主体因对法界空假的认识而超越了俗谛,同时又因这种超越,置身于俗谛之中而不受假象的束缚,获得真正的自由。对被贬士人而言,虽然可以从空观出发认定现实的虚幻,一定意义上可以消解精神创痛,然而主体的人毕竟又生活在现象世界,理论的虚幻认定无法取代现实的感性体验。天台宗由假入空而又由空入假,主体可以借助更为周全的理论自觉徜徉于现实人间,以旁观者的眼光审视自己的人生苦难,行处坐卧不致为假象所困,更易于保持心性的自由,因而可以获得更为彻底的解脱。尽管如此,在天台宗看来,由空入假仍不彻底,因为如果主体无法保持理论的警觉及行为的克制,过分强调入假随情,那么流于俗谛而不自知的可能性仍然存在。因此,天台宗便由由空入假的第二观进入超越空假的第三观,即中观,亦即一念三观,圆融三谛。智顗释曰:"遮二边故说名中道。言遮二边者,遮凡夫爱见有边,遮二乘所见无名无相空边,遮俗谛真谛之二边,遮世谛第一义谛之二边,遮如此等之二边。名为不二,不二之理目之为中。"④这种精微的思

①　《佛祖统纪》卷49,《续修四库全书》,第1287册第681页。
②　《四教义》卷二,《大正新修大藏经》,第46册第727页。
③　《三观义》卷上,《续藏经》(藏经书院版),第99册第81页。
④　《四教义》卷二,《大正新修大藏经》,第46册第727页。

辩充分展现了天台宗的理论魅力,对于原本向佛的陈瓘自然极具吸引力。

但执着于天台宗并不等于放弃了现实关怀,正是居明州期间,陈瓘作《四明尊尧集》,对蔡卞等人所修《神宗实录》及王安石进行了猛烈抨击。大观四年(1110)陈瓘被谪通州,政和元年(1111)缴进《四明尊尧集》,送台州羁管,政和六年,遇赦复自便。由此,陈瓘不问世事,皈依佛教。显然,《四明尊尧集》寄寓了陈瓘希望朝廷改弦更张、修明政治的最后努力,陈瓘也并非不知道缴进此集的可能后果,而徽宗、蔡京集团果然弃之不用,并再将暮年的陈瓘编管台州,这使陈瓘丧失了改变现实、挽救朝政危机的最后热情。"自入台州,捐书不复为文,专修念佛三昧,居五年复承事郎,移楚州居住,过庐山家焉,尝语所亲曰:'吾往年遭患难,所惧惟一死,今则死生皆置度外矣。'"①陈瓘在《四明尊尧集后序》中所写下的泣血的文字生动记录了遭受迫害的忧惧心境:"天下之死一耳,死于瘴疠,死也;死于囹圄,亦死也;死于刀锯,亦死也。吾今一视之,俱无所择。"②这与陈瓘对佛法尤其是对天台宗的深刻参解不无关系,"吾生平学佛,故于死生之际了然无怖"③。这正是陈瓘对其学佛所得的真实表白。南宋楼钥对陈瓘其人其行给予了高度评价,并将陈瓘处逆境而心地泰然归于"学佛得力","惟公忠言大节,映照千载,身罹百谪,视生死如旦昼,平时学问,自得之效,固自应尔。方在丹丘时,逆境尤多,而心地泰然,深入不二法门,公之学佛得力,岂易测哉!"④陈瓘由儒而佛、由儒士而居士的演变历程深刻反映出北宋末年的政治颓变对士大夫心态的消极影响。朝政无望而无力挽救,其痛苦无可宣泄,这正是被贬士大夫归向佛禅的根本原因。

陈瓘对佛法的参悟直接造成被贬心态的平静淡泊,表现于诗便是诗境的深远高阔。崇宁五年(1106),陈瓘自岭南自便北归,作《自合浦还清湘寄虚中弟》诗四首,其三云:"曾近沧溟看飓飞,波涛有尽海无穷。四年陈迹今何在,坐对湘云豁晚空。"⑤诗人以沧溟飓风比喻昔日磨难,更以波涛有尽海无穷表达磨难有尽而心意广大的坚韧意志,心态从容,气度高远,是历尽

---

① 《居士传》,第 373 页。
② 《宋元学案》卷 35,第 1213 页。
③ 《宋元学案》卷 35,第 1213 页。
④ 《佛祖统纪》卷 49,《续修四库全书》,第 1287 册第 681 页。
⑤ 《全宋诗》,第 20 册第 13467 页。

沧桑之后的海阔天空。后两句反观过去，既无庆幸，亦无欣慰，只以"坐对湘云豁晚空"的情境寓含诗人若有若无的人生感慨，意蕴深远。其四云："瘴海只将梅作雪，湘山今见麦为春。晴空有月当如旧，岭北山南总照人。"岭南是梅花似雪，湘山则是麦浪逢春，无论置身何处，只是物候风物不同而已，而心态之从容并无两样，从岭南到湘山，月光照人如旧，诗人已是处变不惊，进退从容了。上述两诗从诗境的创造上来看，将现实融入历史，将有限归于无限，泯合空间的差别，混同时间的先后，以大观小，以虚照实，透露出诗人深厚的佛禅底蕴。而临终前所作《颂》诗，更表现出作者的禅心，诗云："静坐一川微雨，未辨雷声起处。夜深风作轻寒，清晓月明归去。"[1]诗人以含容万态的禅心应对外界的千变万化，毫不为其所动。微雨洒落，雷声阵阵，诗人冥然兀坐，独对长川，不辨雷声起于何处，外界的风雨已无法扰动其深静渊默的禅心。夜深人静，微风送来轻轻的寒意，而当拂晓时分，已飘然归去。究竟是什么归去了？是风，是雨，是月，是心？诗人并未给出明确的答案。全诗意象如轻烟淡雾，朦胧幽渺；诗境则如镜花水月，惝恍迷离，流露出深远的禅意，见出佛禅修养在诗文中所留下的深深的痕迹。

3. 邹浩——心仪太初的道乡居士

邹浩是常州晋陵人，号道乡居士。元符元年(1098)，哲宗亲擢为右正言，累疏上事，直言敢谏。章惇为相，诋其狂妄，元符二年削官，羁管新州。徽宗立，召还，复为右正言，迁左司谏。蔡京素忌邹浩，乃使其党陷害之，崇宁间再责衡州别驾，寻窜昭州，五年始得归，以政和元年(1111)三月卒。邹浩直言敢谏，不畏权势，因此两贬岭南，遂成一代名臣。

从学术构成来看，邹浩以儒立身，兼容释道。《宋元学案》站在道学立场，将邹浩这类著名的士人竭力拉入伊洛学术谱系，称邹浩"渊源伊洛"[2]。全祖望的态度则较为客观，案语称邹浩"虽未承廉、洛之统，固非绝无渊源者"。又说"伊川私淑弟子，先生与了翁（陈瓘）其最也"[3]。实则邹浩师承龚夬，乃王安石再传弟子，其学术渊源乃是荆公新学，《宋元学案》亦直言邹浩"服膺荆舒之学"[4]。因此，邹浩对待佛禅的态度便与二程迥然不同，《偶

---

① 《全宋诗》，第 20 册第 13469 页。
② 《宋元学案》卷 35，第 1216 页。
③ 《宋元学案》卷 35，第 1217 页。
④ 《宋元学案》卷 35，第 1216 页。

书》一诗云："儒释本不异，昧者自亲疏。"①《学案》亦称邹浩"特嗜禅理"②。
这正表现出邹浩源出荆公新学所具有的包容特征。《居士传》载："初，志完
官襄州，梦诣大刹，见白衣大士亲为说法，觉而绘所见，为之像。其后在昭
州，供奉益虔，日跪像前诵华严经。"③可见邹浩开始习佛是在元祐中出任
襄州教授期间，而供奉益虔则是崇宁二年（1103）被贬昭州之后，且所读佛
经主要是《华严经》，《书合论后》云："华严佛菩萨，悲智咸遍周。广开方便
门，主伴互酬请。"④表达了对《华严经》开导智慧、普度众生的赞叹。而由
其他诗文来看，邹浩且读过《楞伽经》⑤《维摩诘经》⑥《圆觉经》《楞严经》⑦等
佛家经典，并与僧徒有着广泛的交往⑧，作有多位禅师的语录序（叙），如
《庆禅师语录叙》《宗禅师后录叙》《玑禅师语录序》《德澜禅师语录序》《印禅
师语录序》《灯禅师语录叙》《方广誉老语录序》等等，可见邹浩是既读经又
参禅的，尤其对庆禅师圆融三教的佛学造诣及其包容万类的渊博学识深为
折服，"每见为儒者说儒，为佛者说佛，为老者说老，以至天文地理之占候，
百工众技之制作，靡不随其人而应焉，如千水月，如万窍风，尝试以精粗期
之而了不可得"⑨。这也可以见出邹浩三教圆融的文化观念。

尽管邹浩如多数士人一样儒释道兼通，但由其自号"道乡居士"及相关
诗文来看，他更倾心于道家自然。《宋元学案》引《杂记》云："圣人之道，备
于六经。六经千门万户，从何而入，大略在《中庸》一篇，其要只在谨独。"⑩
这里的"道"显然是儒家之道。但邹浩又说，"无所往而不寂者，道也"⑪，则
又是道家本体意义上的道了。贬昭州之后，邹浩自称"道乡居士"，自述说：
"道乡居士以道自持久矣，一旦超超乎万物之表，不知规矩准绳之果吾法
邪，非吾法邪？不知身体发肤之果吾形邪，非吾形邪？所谓喙鸣合，与天地

---

① ［宋］邹浩：《偶书》，《全宋诗》，第 21 册第 13970 页。
② 《宋元学案》卷 35，第 1216 页。
③ 《居士传》，第 364 页。
④ ［宋］邹浩：《书合论后》，《全宋文》，第 131 册第 272 页。
⑤ 见其《书楞伽经后》，《全宋文》，第 131 册第 273 页。
⑥ 见其《金粟轩记》，《全宋文》，第 131 册第 341 页。
⑦ 见其《一切诸佛子》，《全宋诗》，第 21 册第 13597 页。
⑧ 贬谪岭南期间所交游僧人有俞清老、岑老、上方安老、霞老、道林琳老、华光仁长老等。
⑨ ［宋］邹浩：《庆禅师语录叙》，《全宋文》，第 131 册第 260 页。
⑩ 《宋元学案》卷 35，第 1219 页。
⑪ 《宋元学案》卷 35，第 1219 页。

合者与！"①邹浩在这里表达了超乎万物之上、不守规矩而合于规矩的自由理想，与老庄之道若合符契。朱子论中庸云："立心超乎万物之表，而不为物所累，是高明。及行事则恁地细密，无过不及，是中庸……'极高明'须要'道中庸'，若欲高明而不道中庸，则将流入于佛、老之学。"②朱子此处正指出了儒家自由与道家自由之区别，即要以"中庸"作为拘勒自由的准绳，否则自由将流散不收，而邹浩显然心向老庄，全祖望据此而言曰："此先生之不能自拔于异端者。"③儒家之自由以恪守道德为基础，道家之自由则恰恰以抛弃道德为前提，而邹浩更钟情于道家之自由，其《道乡歌》曰：

> 要识道乡去处，只在微尘里许。不立四至封疆，不问二仪寒暑。日月常放光明，鸟兽率形歌舞。其俗无誉无非，其民无喜无怒。别是一种乾坤，全异九州风土。师旷倾耳莫闻，离娄拭目莫睹。谁知有个冥蒙，踏着从来门户。入也不动脚跟，居也不记年所。行住坐卧虚徐，色声臭味愚鲁。偶然成矩成规，未尝为鼠为虎。任他卜度纵横，迥脱机关取与。人间天下无朋，可谓自今自古。④

这首诗正是对其自号"道乡居士"的诠释，从该诗来看，所谓"道乡"乃是指无誉无非、无喜无怒、无今无古、冥蒙自然的原始形态，表达了邹浩远贬穷荒之后对老庄自然境界的向往。在这个令人神往的道乡，一切生命完全沿着自己的原态自由生长，民风淳厚，没有明争暗斗，"全异九州风土"，几乎是一个世外桃源。邹浩在《醉饮》一诗中描述了与"道乡"类似的"醉乡"图景，"因之醉乡游，别是一山川。日月不相促，万物同喧妍。眼界绝尘污，耳根遗俗谖。心平气自和，妙与天地全"，并以"声利挽不回，昏昏长醉眠"⑤表达了自己鄙弃声名、留连醉乡、乐而不返的心态。邹浩的"道乡"理想实则出于对新旧党争的深深厌倦及对虚伪险诈的世道人心的强烈憎恶。邹浩因触忤章惇而被贬新州，后遭蔡京所忌而被贬昭州，一贬再贬，备受凌辱，"削迹投炎荒，有吏督其后。一州一易之，稍缓辄訾诟"⑥。邹浩由此深

---

① 《宋元学案》卷 35，第 1219 页。
② 《朱子语类》卷 64，第 1585—1586 页。
③ 《宋元学案》卷 35，第 2 册第 1220 页。
④ 《道乡歌》，《全宋诗》，第 21 册第 13966 页。
⑤ 《全宋诗》，第 21 册第 13957 页。
⑥ 《闻彦和过桂州》其二，《全宋诗》，第 21 册第 13963 页。

感人情的冷暖、世态的炎凉,在《感叹》一诗中,邹浩将狗之有情与人之冷酷加以对比,对人心之险恶、世风之沦落给予了辛辣的讽刺:

> 一犬捕执将祭神,群犬随之号极声。恶伤其类乃如此,虽至苟贱亦有情。人于天地最为贵,诗书礼乐开聪明。推恩尚欲及万物,而况等列皆簪缨。奈何心忍所不忍,相残相贼争功名。因知微畜反可尚,使我感叹无由平。①

狗虽微贱,却有至情;知书达礼的士人却为争夺功名相残相贼,无所不至,令诗人感慨难平。因此,邹浩以"道乡居士"自号,寓有向往道乡及批判现实的双重用意,而庄子返朴归真的自然观念无疑是邹浩以"道乡居士"命名的思想来源,《庄子》因此成为邹浩贬谪期间时常阅读的重要典籍,许多诗作亦取材于《庄子》。邹浩在《庄子》其一中描述自己的读书生活说:"形影相随向此居,柴门终日掩清虚。谁知盘礴高堂上,自与南华游物初。"②邹浩闭门深居,游心天外,冥冥中似与庄子遨游于太初之时。《庄子》其二又概述了自己读《庄子》所获得的万物一体、新陈无异的心得体会,不难看出邹浩所受庄子影响之深。即便为邻居王秀才题轩,邹浩也以"栩栩"为名,并题诗曰"不知梦觉不知忧,物与心冥万事休"③,表达了冥合天地、心与物游的观念。由此可见,庄子思想乃是邹浩贬谪期间思想构成的重要方面,邹浩一方面借庄子的自然观寄寓无欲无争、安祥和乐的社会理想,同时也将庄子的自然观与佛禅观念统一起来,形成依循自然、随缘任运的处世哲学。《诗话总龟》引《冷斋夜话》载,龚夬贬谪化州后,持不杀戒,"日夜礼佛,对客虮虱满衣领,不恤也"④。邹浩对此不以为然,作诗嘲之曰:"衣领从教虱子缘,夜深拜得蓆儿穿。道乡活计君知否,饥即须餐困即眠。"⑤明确表达了从心所欲的自然观念。可见,尽管邹浩读经礼佛,却并未陷溺教中成为信徒,而是以安时处顺的道家思想统领佛教,所谓"道乡居士"的思想内核是"道"而不是"佛"。

---

① 《全宋诗》,第 21 册第 13963 页。
② 《全宋诗》,第 21 册第 14029 页。
③ 《栩栩轩》,《全宋诗》,第 21 册第 14029 页。
④ 《诗话总龟》卷 39,第 380 页。
⑤ 《嘲龚彦和》,《全宋诗》,第 21 册第 14076 页。

由这种自然哲学出发，邹浩对自己的贬谪命运淡然处之。崇宁元年（1102），邹浩因忤蔡京出知江宁府，改杭、越二州，又责衡州别驾，永州安置，后半年除名勒停，窜昭州。行前作诗云："昭州虽岭南，流寓盖均耳。倘未还庭闱，在彼犹在此。胡然当作离，耿耿殊不已。物我要兼忘，咄哉从此始。"①邹浩这里实以庄子齐物思想看待永州与昭州之异，同是贬放异域，永州与昭州便无本质差异，大可不必对此耿耿于怀，告诫自己要"物我兼忘"，类似庄周梦蝶不分物我的齐一境界。沈约《郊居赋》云："惟至人之非己，固物我而兼忘。"②将物我兼忘推崇为"至人"之所为，庄子曰"至人无己"③，"无己"即是"忘我"，郭庆藩注曰："无己，故顺物，顺物而至矣。"④邹浩云"达于命者，不以得失为休戚"⑤，正是对庄子哲学的体认。不仅如此，邹浩进一步从主体存在的有限性视角看待远贬昭州的际遇，"客寓天地间，本无南北异"⑥。生命本是一种有限性的存在，来去匆匆，转瞬即逝，因其短暂，生存环境的优劣便显得微不足道。既然如此，就应委运顺化，随遇而安，如陶渊明所云"寓形宇内复几时，曷不委心任去留"⑦。邹浩行前作诗与儿子邹柄，对自己离开零陵后的生活一一作出交代，从容不迫，丝毫不见悲戚之感，确乎是"达于命"了。

尽管邹浩受到庄禅观念的深刻影响，然而这种空无玄远、淡泊自然的观念并没有完全外化为诗文的风格特征。从邹浩贬谪期间的作品来看，主要是率意抒情之作，如在获悉北归的消息后，相继写下《闻放归田》《寄曾敷文》《喜归》《喜雨》《喜同莹中同预归田之数》《闻归田之命怀同废诸公》《观赦文》等一系列诗歌抒发一朝放归的欣喜之情，如《喜归》诗云："日日思归今得归，朝衣不着着斑衣。谁人得似邹居士，跳出轮回无是非。"⑧又《观赦文》诗云："吾皇恭己奉三无，大赦敷天孰向隅。自愿归田夙遭遇，与人同庆倍欢呼。"⑨如果说前一首诗尚且表达了跳出轮回的超脱观念，那么后一首

---

① 《别零陵》，《全宋诗》，第 21 册第 13959 页。
② ［南朝宋］沈约：《郊居赋》，《全上古三代秦汉三国六朝文》，第 3 册第 3097 页。
③ 《庄子集释》卷 1 上，第 17 页。
④ 《庄子集释》卷 1 上，第 21 页。
⑤ 《宋元学案》卷 35，第 1218 页。
⑥ 《答曾敷文有书见寄》，《全宋诗》，第 21 册第 13960 页。
⑦ 《陶渊明集校笺》卷 5，第 391 页。
⑧ 《全宋诗》，第 21 册第 14022 页。
⑨ 《全宋诗》，第 21 册第 14030 页。

诗则是对热衷道教不死之术的道君皇帝大唱赞歌了,既然是"日日思归今得归",则"与人同庆倍欢呼"应是其狂喜之情的真实表露。由此可以见出庄禅之随缘任运并未真正渗透到他的心灵深处,没有真正转化他的生命哲学,他对岭南的生活境遇仍然是在意的,因此才会对放还北归表现出如此的狂喜之情,这一定意义上可以解释邹浩的贬谪诗歌为何少有境界超迈、意蕴深远之作。

4.苏辙——圆融三教的颍滨遗老

苏辙虽未有居士名号,但绍圣以后的出处行迹与居士无异,且其圆融三教的特征具有很强的代表性,因而将其纳入居士序列加以考察。从元丰至绍圣,苏辙一贬再贬,历尽坎坷,其思想不再拘执于早期的儒学及老子,而趋向佛禅,最终又立足儒学。

绍圣元年(1094),苏辙再贬筠州后,着意学道,且颇有成,苏轼与王定国书云:"子由不住得书,极自适,学道有成矣。"①欲学道有成,一个基本条件便是断绝俗念,摆脱世务。相对苏轼,苏辙更善于自保,一旦遭贬处穷,形势危峻,便缄口不言,闭户深居,晚年《闭门》诗云:"闭门颍昌市,不识颍昌人。身闲未易过,闲久生暗尘。"②苏轼虽然心向往之,无奈不能澄心静虑,最终无所成就。绍圣二年八月二十七日,苏轼又致书于苏辙,谈及养生三法,"食茯法,胎息法,藏丹砂法"。书末云,"由端静淳淑,使少加意,当先我得道"③,反面说明了苏轼不能得道的原因。尽管如此,苏辙内心其实并非真正浑然与物同一,《龙川略志》载有苏辙请布衣术士徐三翁为自己占卜的事情,徐氏"十遍转经,福德立至"相赠,并解释说:"十,数也,过去十,见在十。"苏辙自忖:"予流窜患难,已六年矣。岂十年之间,当有再生之理?"④可见苏辙对自己一朝复用仍存幻想。《后集》卷十八《大赦天下贺表》同样表达了思归衷曲。由此,苏辙与苏轼极大不同处在于,苏轼已逐渐将入世与出世、顺境与逆境看作浑然无别的自然流程,并消除了与外物的阻隔,无论何种境遇,俱能随物而应,应变无穷,其哲学观念兼融了华严法界观的一心法界、一即一切的宇宙观及庄子万物齐一的齐物论。苏辙则不

---

① 《与王定国四十一首》之四十,《苏轼文集》卷52,第1531页。
② 《栾城三集》卷2,《苏辙集》,第1179页。
③ 《寄子由三法》,《苏轼文集》卷73,第2339页。
④ 《龙川略志》卷10,第65页。

然,其着意所在是省心静虑,抛却尘念,省之又省,达到空寂境界,即老子所谓"我独闷闷"。主体原本丰富的内心活动取消了,退回到无知无欲的真朴状态,与苏轼相比,乃是两种不同的致道途径:前者是开放的,后者是封闭的;前者将自我连通于天地宇宙,悟得与物同流的大道;后者则将自我与外物隔绝开来,臻于玄冥寂灭之境。苏辙这种致道叙径最终使其与外界的交流趋于停滞,"晚年筑室于许,号颍滨遗老,自作传万余言,不复与人相见。终日默坐,如是者几十年"①。这不仅出于对政治迫害的恐惧,而且也是其省之又省的处世哲学使然,苏辙甚至劝乃兄不读书,同样出于这一哲学②。

绍圣再贬之后,苏辙不仅痴迷老子及道教修炼之术,更对佛教重新产生了浓厚兴趣。元丰贬谪筠州时,苏辙即与洞山有文、黄蘖有全、圣寿有聪交游,十年后,苏辙再贬筠州,力劝废退不出的聪禅师开场弘法,并将从圣寿寺所得《般若》《宝积》《涅槃》《华严》四大部旧经"补其残破而授之"③,可见苏辙倾心佛教的热忱。《次韵子瞻和渊明拟古九首》其六云:"佛法行中原,儒者耻论兹。功施冥冥中,亦何负当时。"④肯定佛法的功绩。苏辙认为佛教空观方能真正消除人生烦恼,"忧来感人心,悒悒久未和","不悟万法空,子如此心何?"在苏辙看来,士大夫的最大问题乃是难以割舍入世情怀,如能悟得万法皆空,就没有什么烦恼可言,《午窗坐睡》云:"定中龙眠膝,定起柳生肘。心无出入异,三昧亦何有?"⑤将出世入世的区别都消解掉了,百虑一空,自然获得解脱。苏辙因此彻悟似地说,"名身孰亲疏,慎勿求封侯"。由此出发,苏辙又劝导热衷道家炼养之术的苏轼改修无生法,《劝子瞻修无生法》云:"除却灵明一一空,年来丹灶漫施功。"⑥认为外丹之法空无所用,不如修练"无生"法。所谓"无生"法乃是炼心之法,该诗末两句云:"谁言逐客江南岸,身世虽穷心不穷。"无生法虽然包括普度众生的无量智慧,但在苏辙那里,所谓无生更侧重见闻觉知的断灭,类似老子之"我

---

①　《宋元学案》卷99,第3297页。

②　《苏轼诗集》卷41《客俎经旬无肉,又子由劝不读书,萧然清坐,乃无一事》,中云:"老去独收人所弃,游戏时到物之初。从今免被孙郎笑,绛帕蒙头读道书。"孔凡礼解为,"意谓不读道书,游心于大自然蒙昧之境"。见孔凡礼《苏辙年谱》第567页。

③　《逍遥聪禅师塔碑》,《栾城后集》卷24,《苏辙集》,第1145页。

④　《栾城后集》卷2,《苏辙集》,第901页。

⑤　《次韵子瞻谪居三适·午窗坐睡》,《栾城后集》卷2,《苏辙集》,第900页。

⑥　《栾城集》卷47,《苏辙集》,第829页。

独闷闷"及庄子之"坐忘"。苏轼虽然向道,所钟情者乃是活泼泼的对天地大化的感受及对现实人生的体悟,他将自我置于宇宙,将宇宙置于心中,并不拒绝与外界的交流,亦不排斥七情六欲。因此,类似苏辙那种使心如死水、波澜不生的修炼方式并不为苏轼所喜,所以始终未有确证表明苏轼有过那种澄心静虑的修道行为。

由苏辙所留诗文来看,再贬后初喜《华严》经,此后转向《楞严》。苏辙《浴罢》诗云:"华严有余秩,默坐心自读。诸尘忽消尽,法界了无瞩。"①描述了读《华严经》而了悟诸尘皆幻、心灵超脱的体验。本诗一定意义上显示出二苏佛教信仰的微妙差别,该诗前面有句云:"逐客例幽忧,多年不洗沐。予发栉无垢,身垢要须浴。"苏轼元丰七年(1084)在黄州作《如梦令》词云:"水垢何曾相受,细看两俱无有。寄语揩背人,尽日劳君挥肘。轻手,轻手,居士本来无垢。"②苏轼更向禅,摆脱拘束,明心见性;苏辙更信教,不废戒律,严守程序。即便进行形同禅定的养生修炼,苏辙也是一丝不苟,《次韵子瞻谪居三适》其一云:"道人鸡鸣起,趺坐存九宫。灵液流下田,伏苓抱长松。"③这与苏辙所持守的渊默严谨的老子哲学不无关系。

由前期心好《华严》,苏辙逐渐转向《楞严经》。崇宁二年(1103)三月,苏辙在其《书楞严经后》中云:"崇宁癸未自许迁蔡,杜门幽坐,取《楞严经》翻覆熟读,乃知诸佛涅槃正路从六根入。每趺坐宴安,觉外尘引起六根,根若随去,即坠生死道中,根若不随,返流全一,中中流入,即是涅槃真际。"苏辙所言乃是《楞严经》的基本原理。欲使六根清净,须要使六识对六根有强大的控制力,避免受六尘的诱惑,这就需要主体进行戒、定、慧的息心修炼,将六根从六尘中解放出来。六根既净,便不至坠入生死之流,六根之间便会形成良性循环,使主体摆脱六尘的控制获得自由,即"涅槃真际"。《示资福谕老》小引表达了同样的意思:"予读《楞严》至'尘既不缘,根无所偶,反流全一,六用不行'。释然而笑曰:'吾得入涅槃矣。'"④入涅槃路无非是断绝尘缘,灭绝六根对应的六尘,保持六根的清净,六根因此可以相互贯通,主体就可以逃脱六尘的诱惑与支配而进入自由状态。而问题是,苏辙"孤

---

① 《栾城后集》卷2,《苏辙集》,第897页。
② 《苏轼词编年校注》,第547页。
③ 《栾城后集》卷2,《苏辙集》,第900页。
④ 《示资福谕老》并引,《栾城后集》卷3,《苏辙集》,第917页。

坐终日,犹苦念不能寂,复取《楞严》读之。至其论意根曰:'见闻逆流,流不及地,名觉知性。'乃叹曰:'虽知返流,未及如来法海,而为意所留随识分别不得,名无知觉明,岂所谓返流全一也哉!'"①既见闻二尘,逆流至第六意识,还未到第八识,所以叫流不及地。在第六意识里,有知觉心,叫觉知性。苏辙意为虽然修行者懂得绝灭六尘,反流全一,无奈其他低级的识未及返回本有元明,便为意识所阻留了,因而便很难实现"反流全一",即诗中所谓"意念纷无端,中止不及地"。苏辙以水描述意识的流程说:"百川入沧溟,众水皆一味。止为潭渊深,支作涛澜起。动止初何心,乃遇适然耳。"人心如水,不必强行违拗水流的形势,只需顺其自然,如果像《楞严》所说的那样绝灭六尘以使六根俱净,则未免过于辛苦了,所以苏辙最后说,"吾心未尝劳,万物将自理"。这实际上是认同道家自然观而扬弃了佛教绝灭意识的辛苦修炼。这种观念固然与苏辙受到老子根深蒂固的影响有关,而更根本的原因在于苏辙无法真正摆脱世事。苏辙此期作有不少忧患民生的诗篇,即表现出挥之不去的儒家情怀:

> 今年恶蝗旱,流民鬻妻子。一食方半菽,三日已于耜。号呼人谁闻,恻天自迩。②

> 一春百日旱,田作龟板拆。老农泪欲堕,无麦真无食……时闻吏号呼,手把县符赤。岁赋行自办,横敛何时毕?③

> 风频雪犹吝,来岁恐无麦。天公听一言,惟幸旱诛魃。④

据朱刚统计,其标明时间的诗题就有:崇宁元年(1102)所作《十一月十三日雪》。二年所作《癸未生日》《寒食二首》《春尽三月一十三日立夏》《梦中咏醉人四月十日梦得篇首四句,起而足之》《立秋偶作六月二十三日》《九日三首》《立冬闻雷九月二十九日》《将归二首十月初三日作》《次迟韵对雪十一月二十七日》。三年所作《还颍川甲申正月五日》《上巳日久病不出示儿侄二首》《茸东斋三月十八日》《记梦七月二十六日》(小字为题下自注)。如此多的诗标注时间并非偶然,朱刚认为此乃借用《春秋》笔法,暗寓微意,"他的那么多标

---

① 《栾城后集》卷3,《苏辙集》,第917页。
② 《次适韵对雪》,《栾城后集》卷3,《苏辙集》,第919页。
③ 《喜雨》,《栾城后集》卷4,《苏辙集》,第926页。
④ 《冬至雪》,《栾城后集》卷3,《苏辙集》,第930页。

明时间之诗,并不属于中国古代诗歌中占着一大类目的'岁时节气'诗,其表层含义是忧农,其深层含义是喻政,——这是苏辙创造的《春秋》诗法"①。重返朝廷已不可能,但像孔子一样立言不朽仍可做到。孔子周游列国,四处碰壁,最终"归来闭户理诗书,弁冕时出从大夫。梦见周公已不复,老死故国心亦足"②。这自然也是苏辙的心愿,因而继承孔子之志,立言不朽成为苏辙晚年归居颍昌之后的文化自觉。由此可见,苏辙晚年虽然以释道修养身心,然而终于无法在消除实象之后的虚空中寻找到精神的支点,最终仍然落脚于儒家的现实关怀,这与苏轼的思想转变表现出相似的轨迹。

　　苏辙晚年主要沿袭着此前三教各有分属的格局,以道术养生,以佛禅养性,又不废儒家之道,最终完成《春秋传》。《岁暮二首》其二可谓对其晚年生活的全面概括,诗云:"文章习气消未尽,般若初心老渐明。粗有春秋传旧学,终凭止观定无生。"③既作诗为文,又修身养性,且兼治儒学,确有功德圆满的意思了。尾句似乎表明苏辙最终借助止观修习"无生忍",终于有所成就,自然就消释了读《楞严》从六根悟入而不得的困惑。而愈至老境,苏辙愈感到自己学有所成,并不止一次地表述这种体验,《春深三首》其三云:"三十年前诵《圆觉》,年来虽老解安心。"苏辙晚年并非只习佛禅,而是佛道禅三者兼习,既读佛经,又治老子,"近存八十一章注,从道老聃门下人"④。既坐禅静心,又坐忘遗世,"尔来观坐忘,一语顿非渐。道妙有至力,端能破诸暗"⑤。可见晚年的苏辙确实打通了佛道禅的界限,往来于三者之间自由无碍,臻于悟道境界,"久尔观心终未悟,偶然见道了无疑"⑥。就三者关系而言,《华严》宣扬一心法界,万象皆幻;《老子》强调随顺自然,返朴归真;而《楞严》的涅槃真际是对道教呼吸吐纳之术的超越与升华,它使得主体由单纯的肉体调养上升到对生命本质的解悟。因此,在晚年的苏辙这里,释道观念已然彼此贯通,相互为用,成为对抗磨难、消解苦痛的思

---

① 朱刚:《论苏辙晚年诗》,《文学遗产》2005 年第 3 期。
② 《三不归行》,《栾城后集》卷 3,《苏辙集》,第 918 页。
③ 《岁暮二首》其二,《栾城后集》卷 4,《苏辙集》,第 931 页。
④ 《予昔在京师画工韩若拙为予写真今十三年矣容貌日衰展卷茫然叶县杨生画不减韩复令作之以记其变偶作》,《栾城后集》卷 4,《苏辙集》,第 939 页。
⑤ 《坐忘》,《栾城后集》卷 4,《苏辙集》,第 933 页。
⑥ 《诸子将筑室以画图相示三首》其三,《栾城后集》卷 4,《苏辙集》,第 938 页。

想工具。也正因为这样,苏辙遭到以醇儒自命的朱熹的猛烈攻击:"苏侍郎晚为是书(指《老子解》),合吾儒于老子,以为未足,又并释氏而弥缝之,可谓舛矣。然其自许甚高,至谓'当世无一人可与语此者',而其兄东坡公亦以为'不意晚年见此奇特'。以予观之,其可谓无忌惮者与!"①朱熹的批评反面证明苏辙对释道陷溺之深,而这正是此期被贬者的居士特征。

尽管如此,佛道禅并未上升为苏辙的核心价值,更未能取代儒家思想的核心地位,而苏辙对自己的儒士本色也有着明确的认知,乃至以"迂儒"②自称,在这一点上比苏轼更其坚定。因此,佛道禅对其文学创作并未产生明显影响,此期诗作无论叙事还是抒情,直白真朴,沿续了其一贯风格,并未以禅入诗,营造出空灵的意境。相对佛禅,苏辙更钟情老子,老子真朴无言的生存哲学对贬谪际遇下的苏辙有着更深刻的影响,这更使苏辙省去藻饰,直接呈现现实真实。苏辙反对模仿他人风格,主张风格乃是作者人格、性情、才学等内在素质的综合体现与自然流露,无需刻意为之,"余观古人为文,各自用其才耳,若用心专模仿一人,舍己徇人,未必贵也"③。苏辙性情沉静内敛,不事张扬,则其诗文之朴质风格正是其人格的体现。

上述四人基本代表了被贬居士的总体面貌④。可见,被贬士大夫虽以居士自称,且与佛禅都有接触,甚至陷溺甚深,但从实际情况来看,他们对儒道释各有所偏或采取圆融态度,并非专一奉佛,"居士"已远远突破了"居家奉佛"的原始范畴而成为一个极为宽泛的群体。更为重要的意义在于,被贬者以居士自称表明了对主流社会的退避姿态,内向的省悟与修炼取代了外向的事功追求,这与宋代文化发展的内转趋势是相一致的,而被贬者以"居士"自号则对这一趋势给予了醒目的标识,它既表明被贬者对党争的深深厌倦以及对政治的灰心绝望,也表明专制政体对社会活力的扼杀及儒文化自我拯救的衰弱无力,转向佛禅似乎成为被贬者唯一的精神出路。

就居士与文学的关系而言,被贬者转向佛禅主要是消解苦痛,为自身提供终极的精神归宿,但被贬者对佛禅的接受并不必然影响到其文学创

---

①　《宋儒学案》卷99,第3297页。

②　苏辙《上巳日久病不出示儿侄二首》其二云:"春服既成沂可浴,孔门世不乏迂儒。"《栾城后集》卷3,《苏辙集》,第921页。

③　《栾城遗言》,景印《文渊阁四库全书》,第864册第174页。

④　因苏轼、黄庭坚等重要的居士有专门的章节论述,本节不再专门涉及。

作,佛禅观念并不必然外化为玄远的诗境创造,思想与文学之间仍然有着复杂的转化环节,不能因为主体拥有佛禅观念便想当然地认为必然会在创作中有所体现。由上述居士的创作来看,佛道禅的影响并不明显。一些学者所讨论的诗禅关系主要具有诗学理论意义,而并非全然的创作事实,这恐怕是需要注意的方面。

第六章　苏、黄晚期的文化心态与文学趣味

第一节　苏轼岭海之谪及其文化人格的递嬗

对苏轼贬往岭海后的思想变化及文化创作,学界之研究成果可谓车载斗量,尤其是苏轼的旷达心态与创作之间关系更是研究的重点所在,成果颇丰,似乎已经盛极难继。但如果深入到苏轼此期作品就会发现,仅以旷达对苏轼贬谪岭南后的心态一言以蔽之是不够的,苏轼的文化心态不仅有积极的正面,也有消极的侧面及负面,而这些方面往往表现着生命的本质。在儒学复兴、熙丰变法及新旧党争这些政治文化事件隐显并进的过程中,苏轼被动或主动地参与其中,既因遭受打击而体验人生的苦难,同时也在进行着深入的文化思考;既借助庄禅消解苦痛,也在寻求着永恒的精神支点,价值的消解与建构因儒道释的相背相依而形成错综复杂的形态,其文化人格也因此呈现出多样性与矛盾性。以下试从三个方面进行解析,力图对苏轼岭海期间的文化心态进行更本真的呈现,并尽可能在北宋中后期政治文化的背景上动态性地揭示出其文化人格的本质。

一、从养生之术到自然之道

绍圣以后,苏轼再遭贬谪。与黄州时期的愤郁不平、渴望待机而起已有很大不同,贬往岭海后的苏轼更多不是对东山再起的期待,而是对生命本身的关注与思考。如果说黄州时期整个社会的进取精神仍给苏轼以还朝的希望,那么经过元祐更化的风雨坎坷,无论是现实层面还是文化层面,苏轼都产生出深深的倦意与困惑,绍圣以后严酷的政治迫害进一步加剧着苏轼对儒文化的疏离及对释道价值的皈依。

绍圣元年(1094)贬惠州前夕,苏轼作短文论三国名臣,盛赞诸葛亮,并赞东汉之士尚风节,文中说:“西汉之士多智谋,薄于名义。东京之士尚风节,短于权略。兼之者,三国名臣也。而孔明巍然三代王者之佐,未易以世

论也。"①《丞相魏公谭训》卷十载:"东坡常称东汉多忠节之士,所以能扶危持颠者几百年,虽曹孟德之奸雄,亦畏名节,故终躬不敢取汉。"②元祐末年,东坡已觉察到新党复辟、山雨欲来的紧张气氛,一场大规模的政治报复在所难免。李之仪《仇池翁南浮集序》较为详细地叙述了元祐末年新党即将上台、旧党行将被逐的严峻形势,这与东汉末年党锢之祸的情景极为相似,苏轼此时赞东汉之士尚风节,无疑是以其自勉自厉,表达守道不屈的决心。自熙丰至绍圣,政局屡有反复,而许多士人投机迎合,随风而变,毫无特操,苏轼此论亦有警世之意。由此可见,贬惠之前,儒家威武不屈的大丈夫人格仍是苏轼人格精神的主导方面,但远贬惠州的诏旨仍然给了苏轼沉重打击,其心情随之变得极为消沉,赴岭南途中所作《望湖亭》诗云:"许国心犹在,康时术已无。岷峨家万里,投老得归无。"③虽然声称"许国心犹在",但毕竟"康时术已无",而且乡关万里,归隐不能,这种进而不得、退而不能的表白几乎就是一种无力的呼喊与挣扎,表现出诗人的灰暗情绪。行至赣州惶恐滩时作诗云,"十八滩头一叶身","地名惶恐泣孤臣"④,则又以泣血的诗句写出远贬岭南的椎心之痛。面对无情的政治放逐,元祐还朝后沉潜于心底的佛教观念重新浮泛上来,形成对现实人生的虚幻观照,路过虔州作《天竺寺》诗云:"四十七年真一梦,天涯流落月横斜。"⑤苏轼十二岁时,苏洵归自虔州而告之以白乐天诗,中有"一山门作两山门"云云。四十七年后,苏洵早已逝去多年,而苏轼却以戴罪之身经过虔州,追忆父亲遗迹,不胜痛心感慨,真令人有一梦之叹,再想到难以预料的前景,更是满心凄楚,老泪纵横。又《松风亭》诗云:"春风岭上淮南村,昔年梅花曾断魂。当知流落复相见,蛮风蜑雨愁黄昏。"⑥诗人元丰三年(1080)赴黄州贬所,途经麻城春风岭,便曾看到梅花飘落的情景,悲不自胜,赋诗言志。十四年后的今天远贬惠州,复见梅开,似乎又是一个苦难的轮回,这如影随形的梅花似乎隐喻了诗人飘泊流离的命运,触目深思,令人无限感慨。诗人对世事与人生的虚幻意识随着对贬谪境遇的深切感受得以强化,甚至上升为对

---

① 《苏轼文集》卷65,第2042页。
② [宋]苏象先:《丞相魏公谭训》卷10,《四部丛刊》本。
③ 《苏轼诗集》卷38,第2050页。
④ 《苏轼诗集》卷38,第2053页。
⑤ 《苏轼诗集》卷38,第2056页。
⑥ 《苏轼诗集》卷38,第2075页。

历史的理解，"戏作一篇书，千古发争端。儒墨起相杀，予初本无言"①。苏轼在这里将世人的争夺纷扰归因于圣人的偶然戏语，从而揭示出争夺的无意义及人类历史的荒诞性，与之相应，佛教空无观念也急剧地滋生起来，对人生的梦幻意识再度抬头，此期诗作常常表达人生如梦的感叹，"人间何者非梦幻，南来万里真良图"②。与黄州时期不同的是，苏轼贬谪岭南的梦幻意识并不仅是消解无端被贬的人生苦痛，也是元祐之后对世事人生的真切感受。

　　元祐还朝后，苏轼兄弟颇受重用，堪称通显，而洛蜀党争却愈演愈烈，政敌的攻击密如箭矢，令其应接不暇，难有作为，苏轼不得不自请外放，以求喘息。致君尧舜的壮志终成泡影，所谓"人间何者非梦幻"自然也包括上述经历。得志不过如此，则被贬也便显得无关紧要，甚至说"南来万里真良图"，此言虽不免有故作旷达之嫌，也应有真实的感受在内，故而苏轼初至惠州在赠张耒的诗中说："独步徜逢勾漏令，远来莫恨曲江张。"③对惠州风土人情也表示满意，"仿佛曾游岂梦中，欣然鸡犬识新丰。吏民惊怪坐何事，父老相携迎此翁"④。而其生活倒也逍遥自在，《寓居合江楼》诗云："江风初凉睡正美，楼上啼鸦呼我起。我今身世两相违，西流白日东流水。楼中老人日清新，天上岂有痴仙人。三山咫尺不归去，一杯付与罗浮春。"⑤

　　如前所述，被贬之后，随着政治的边缘化，苏轼的隐士人格空前地发展起来，"何山不堪隐，饮水自修龄"⑥。苏轼不再将政治打击看作主要矛盾，而更关注人自身，更追求生命本身的合理状态，于是以道教胎息养炼之法追求长生久视便成为岭南期间的重要活动，并一度陷于求仙的狂热幻想中，即便路上偶然遇一目眇的道士，也会浮想联翩，"路逢眇道士，疑是左元放。我欲从之语，恐复化为羊"⑦。一些涉及药材的诗，也多表达长生之想，《人参》云，"上药无炮炙"，即引自嵇康《养生论》"上药养命"。《枸杞》诗

① 《苏轼诗集》卷39，第2116页。
② 《苏轼诗集》卷39，第2122页。
③ 《苏轼诗集》卷39，第2123页。
④ 《苏轼诗集》卷38，第2071页。
⑤ 《苏轼诗集》卷38，第2072页。
⑥ 《苏轼诗集》卷39，第2126页。
⑦ 《苏轼诗集》卷39，第2162页。

云，"似闻朱明洞，中有千岁质。仙人倘许我，借杖扶衰疾"①。苏轼此期诗文中大量出现有关炼丹、养气、胎息、默坐等养生延年的内容，其中《辨道歌》几乎完全在转述养炼之术，《续养生论》则对铅汞龙虎之说进行了详细的介绍，表明苏轼对道家内丹之术进行了较为深入的研究。王文诰引《查注》云："东坡晚年，留心养生之术，于龙虎铅汞之说，不但能言，而且能行。"②苏轼《与程正辅书》云："某于大丹未明了，真欲以此砂试煮炼，万一伏火，亦恐成药耳。"③并注意到司马承祯的丸药"秘方"，《与孙运勾书》云："司马子微著《天隐子》，独教人存黄气入泥丸，能致长生。"④苏轼甚至直接服用丹药，"去年海南得所寄异士太清中丹一丸，即时服之，下丹田休休焉"⑤。苏轼对外丹的兴趣虽有延寿的动机，也出于自娱的目的，《与王定国书》云："某近颇好丹药，不惟有意于却老，亦欲玩之变，以自娱也。"⑥实则东坡更注重道教胎息养气之方，《与王定国四十一首》之八云："道术多方，难得其要，然以某观之，惟能静心闭目，以渐习之，但闭得百十息，为益甚大，寻常静夜，以脉候得百二三十至，乃是百二三十息尔。数为之，似觉有功。"⑦可见苏轼既炼外丹，又炼内丹，对以养气为核心的内丹更为着力。被贬岭南后更是热衷此道，从各种渠道搜集各类秘术要诀，如一个海上道人曾向苏轼传以"神守气诀"，又曾与罗浮道士邓守安交往，苏轼称此人"虽朴野，养练有功，至行清苦，常欲济人，深可钦爱"⑧，并且以诗相赠。经过几年的实践，苏轼似乎颇有所得，"自数年来，颇知内外丹要处"⑨。并总结说："养生亦无他术，独寝无念，神气自复。"⑩

　　苏轼如此热衷养炼丹息之术，虽不时暴露出堕入俗趣的苗头，所谓"长

---

① 《苏轼诗集》卷 39，第 2158 页。

② 《苏轼诗集》卷 40，第 2211 页。

③ 《苏轼文集》卷 54，第 1599 页。

④ 《苏轼文集》卷 58，第 1747 页。

⑤ 《与钱济明十六首》之六，《苏轼文集》卷 53，第 1551 页。

⑥ 《苏轼文集》卷 54，第 1615 页。

⑦ 《苏轼文集》卷 52，第 1518 页。

⑧ 《答张文潜四首》之二，《苏轼文集》卷 52，第 1539 页。

⑨ 《与陈季常十六首》之十六，《苏轼文集》卷 53，第 1570 页。

⑩ 《与曹子方五首》其二，《苏轼文集》卷 58，第 1774 页。

生定可学,当信仲弓言"①,"稚川真长生,少从郑公游"②,终未陷溺其中,一往不返。实际上,无论儒家的实践理性还是佛教的空无观念都使苏轼并不真正相信道教使人得道成仙的效能,《和陶读〈山海经〉》之十明确表示,"金丹不可成,安期渺云海"。其十二更引用历史上以仙自命的骗子的行径进一步揭露成仙之不可信,《和陶神释》则明确否定了成仙成佛的可能:"莫从老君言,亦莫用佛语。仙山与佛国,终恐无是处。"③表现出清醒的认识。实际上,苏轼所着意者并非形下的长生之术,而是形上的生命精神,是对生命价值与意义的索解,由此,苏轼最终将求仙与归隐联系在一起,《和陶读〈山海经〉》之十三云:"东坡信畸人,涉世真散材。……携手葛与陶,归哉复归哉。"④葛洪是仙人,陶潜是隐士,东坡与此二人携手,形象表达了自己由隐而仙的人生理想。在苏轼看来,求仙与归隐之间具有内在的相通性,求仙首先意味着归隐,而归隐即意味着去除俗欲,淡泊名利,果真能到此境界,则归隐与成仙似无本质区别,仙人也不过是不食人间烟火罢了,所以苏轼说:"但令凡心一洗濯,神人仙药不我遐。"⑤即便求仙不成,归隐总可以做到,而无论是归隐还是求仙,主体精神都指向摆脱物累的清心寡欲,以求获得超脱与自由。东坡此期对仙与隐之间关系有更为重要的发明,《安期生》一诗颇堪玩索,诗前小引云:"安期生,世知其为仙者也。然太史公曰:'蒯通善齐人安期生,生尝以策干项羽,羽不能用,羽欲封此两人,两人终不肯受,亡去。'予每读此,未尝不废书而叹。嗟乎,仙者非斯人而谁为之。故意战国之士,如鲁连、虞卿皆得道者欤?"⑥由此可见,东坡认为真正的成仙者并非那些不问世事、悉心长生的人,而是满怀用世之心却不得其时,只好遁世绝俗的高士,"乃知经世士,出世或乘龙"。战国鲁仲连、虞卿之徒为人排难解纷而视名利富贵如粪土,才是真正的得道者。东坡同时以鄙夷的语气讽刺说:"岂比山泽臞,忍饥啖柏松。纵使偶不死,正堪为仆僮。"历史上许多隐居山林的求仙者不过是利欲熏心的沽名钓誉之徒,他们归隐求仙不过是求取官爵的终南捷径而已,富贵的诱惑使他们乖乖地成为皇权的仆

①　《和陶读〈山海经〉》其五,《苏轼诗集》卷39,第2132页。
②　《正辅既见和,复次前韵,慰鼓盆,劝学佛》,《苏轼诗集》卷39,第2145页。
③　《苏轼诗集》卷42,第2307页。
④　《和陶读〈山海经〉》,《苏轼诗集》卷39,第2136页。
⑤　《苏轼诗集》卷39,第2150页。
⑥　《苏轼诗集》卷43,第2349页。

从,西晋的山涛、唐代的卢藏用概属此类。因此,在东坡看来,仙的内核乃是济世救人而淡泊名利的高尚人格,成仙不过是这种人格的超越性的表达方式,而绝不等同于肉体延续意义上的长生追求。纪昀评曰,"英思伟论,雄跨古今"。诚为的论。

另需指出的是,因为苏轼注重养生,对生命本身更为看重,所以对无条件效忠君主的愚忠行为便不以为然了,《和陶咏三良》开篇即说:"此生太山重,忽作鸿毛轻。三子死一言,所死良已微。"①生命重如泰山,相比之下,三良的殉葬之举便轻如鸿毛,苏轼的养生观一定程度上削弱了忠君观念。

至海南后,苏轼得道长生的热情显著下降了,儋耳期间的诗文中极少再看到有关炼养的内容。连续的政治迫害使苏轼不免消沉,苏轼在此期的诗文中多次表达了北归无望的怨叹,《与程正辅书》云:"某凡百如昨,北徙已绝望,作久计矣。"②《与孙志同书》云:"今北归无日,因遂自谓惠人,渐作久居计。"③《与王敏仲书》云:"某垂老投荒,无复生还之望,昨与长子迈诀,已处置后事矣。"④尽管苏轼入海南后曾表现出不以为意的旷达姿态,尝作书云:"吾始至南海,环视天水无际,悽然伤之,曰,何时得出此岛也。已而思之,天地在积水中,九州在大瀛海中,中国在少海中,有生孰不在岛者。"但值此生命的暮年,再被贬至天涯海角,这种肆意的摧残使得任何延长生命的努力都显得苍白而多余,而海南的土著居民并不如外人想象的那样多病而短寿,其中多有百岁以上的老人,这使苏轼对海南风土的疑虑得以消除,并进而强化了对庄子自然观的认同:

> 岭南天气卑湿,地气蒸溽,而海南为甚。夏秋之交,物无不腐坏者。人非金石,其何能久。然儋耳颇有老人,年百余岁者,往往而是,八九十者不论也。乃知寿夭无定,习而安之,则冰蚕火鼠,皆可以生。吾尝湛然无思,寓此觉于物表,使折胶之寒,无所施其冽,流金之暑,无所措其毒,百余岁岂足道哉! 彼愚老人者,初不知此特如蚕鼠生于其中,兀然受之而已。一呼之温,一吸之凉,相续无有间断,虽长生可也。

---

① 《苏轼诗集》卷 40,第 2184 页。
② 《苏轼文集》卷 54,第 1596 页。
③ 《苏轼文集》卷 56,第 1681 页。
④ 《苏轼文集》卷 56,第 1695 页。

庄子曰:"天之穿之,日夜无隙,人则固塞其窦。"岂不然哉。①

这不仅使苏轼对生命本身有了更清醒的认识,而且启发他对生命的自然性有了更深刻的思索。生命存在并不需要刻意的追求,它仅仅是一种自然状态而已,海南百岁以上老人并未修行养生之道,且其对自身的长寿也没有明确的认知,恰如蚕鼠生于不知之中,不自知其然故然,刻意追求长生久视其实恰恰违背了庄子的自然之道。庄子尊崇者乃是自然,而道教求仙却是要打破自然的规定性,违拗自然法则而满足人的私欲,因此,道教的养炼之术与道家的自然之道是背道而驰的。东坡既参透了自然大道,当然就不屑于道教养生之术,黄庭坚《题跋》云:"东坡先生好道术,闻辄行之,但不久又弃去。"②苏轼最终屏弃养生之术而皈依自然之道,正意味着对生命本质及宇宙人生的深刻参悟。《和陶杂诗十一首》其六云:"博大古真人,老聃、关尹喜。独立万物表,长生乃余事。"③苏轼认为真正的"博大古真人"乃是老聃、关尹喜这样的道家者流,而非专一究心于炼养之术的葛洪之辈。老聃所求者乃是形而上的"道",葛洪所求者不过形而下之的"术",占据了"道",就可立于万物之表,而长生不过是余事,体"道"重于长生,只要体"道",自然可以长生。因此,苏轼对养生之术往往不能从一而终,根本原因在于苏轼并不以养生为终极目标,其所求者乃是"道"的境界。

二、"吾生如寄"与"此生安归"

东坡体悟自然大道,随缘任运,无施不可,达到了庄禅哲学的高妙境界,似乎获得了真正的解脱与自由。而事实上,这种以被动服从外物为特征的生存哲学在使东坡消解人生苦痛的同时,又使其陷于无所依归的精神困境;在使其获得自由感的同时,又形成人生如寄的飘泊感,苏轼因而不得不重新寻求精神归宿,并以对儒学的复归完成了其上下求索的精神历程。

东坡以诗人的敏感对人生的偶然性及其中潜藏的悲剧性有着深刻的直觉,早年入京之初即有诗云:"人生到处知何似,应似飞鸿踏雪泥。泥上偶然留指爪,鸿飞哪复计东西。"④表达出对人生偶然性的迷惘。东坡出仕

---

① 《书海南风土》,《苏轼文集》卷71,第2275页。
② 《苏轼文集》卷69,第2209页。
③ 《苏轼诗集》卷41,第2275页。
④ 《苏轼诗集》卷3,第96页。

以后,宦流各处,又一贬再贬,四处飘泊,在地理上失去了对固定区域的依附,从而形成"寄"的意识。据笔者检索,东坡在诗中初次用到"寄"一词在熙宁十年(1077),东坡该年自潍州至京师,途经济南时作《至济南,李公择以诗相迎》,中云"宦游到处身如寄"①。这里将"寄"与"宦游"联系起来,可见"宦游"乃是东坡"寄"的意识形成的直接原因。熙宁十年东坡还作有《答吕梁仲屯田》,中云:"人生如寄何不乐,任使绛蜡烧黄昏。"②黄州所作《临江仙》词云:"小舟从此逝,江海寄余生。"③绍圣以后被贬岭海,这种意识更得强化,《次韵子由所居六咏》其四云:"萧然行脚僧,一身寄天涯。"④《郁孤台》诗云:"吾生如寄耳,岭海亦闲游。"⑤在惠州与他人信中亦云:"某惟少子随侍,全是一行脚僧,但吃些酒肉耳。"⑥被贬往海岛后,更直接说,"我本海南民,寄生西蜀州"⑦,并对离岛北归依依不舍,"知君不再见,欲去且少留"。据业师王水照先生统计,苏轼诗集中共有九处用了"吾生如寄耳",并按编年作了排列,其中熙宁十年一次,元丰两次,元祐四次,绍圣后两次⑧,可以看出,随着时间的推移、党争的加剧及人生困境的加重,东坡"人生如寄"意识越发强烈。

"寄"作为一种对生命存在方式及其本质的认识始于先秦,《尸子》引老莱子曰:"人生于天地之间,寄也。寄者固归。"⑨它认为生命不过暂寄于世,终将归去,强调生命之短暂,这是"寄"的初始内涵。汉末魏晋以后,随着个体生命意识的觉醒,人生如"寄"成为一种普泛化的观念更多地出现于诗文中,《古诗十九首·驱车上东门》云:"浩浩阴阳移,年年如朝露。人生忽如寄,寿无金石固。"⑩曹丕《善哉行》云:"人生如寄,多忧何为? 今我不

---

① 《苏轼诗集》卷15,第715页。
② 《苏轼诗集》卷15,第749页。
③ 《苏轼词编年校注》,第467页。
④ 《苏轼诗集》卷40,第2208页。
⑤ 《苏轼诗集》卷45,第2429页。
⑥ 《与曹子方五首》其三,《苏轼文集》卷58,第1775页。
⑦ 《别海南黎民表》,《苏轼诗集》卷43,第2363页。
⑧ 王水照:《苏轼的人生思考与文化性格》,《王水照自选集》,上海教育出版社,2000年,第306页。
⑨ [梁]萧统:《文选》卷29,岳麓书社,2002年,第912页。
⑩ 《文选》卷29,第916页。

乐,岁月如驰。"①曹植《浮萍篇》云:"日月不常处,人生忽如寄。悲风来入怀,泪下如垂露。"②陆机《豫章行》云:"乐会良自古。悼别岂独今。寄世将几何。日昃无停阴。"③陶渊明《荣木》云:"人生若寄,憔悴有时。静言孔念,中心怅而。"④白居易《感时》诗云:"白发虽未生,朱颜已先悴。人生讵几何,在世犹如寄……唯当饮美酒,终日陶陶醉。"⑤他们都沿袭古诗对寄的理解,感叹人生浅促,并因此表达悲怆之意或及时行乐的人生主题。而苏轼对"寄"的理解则非仅着眼于人生的短暂性,而是基于诗人的敏感更着意"寄"背后所潜藏的生命的偶然性,并因晚年的政治挫折及庄禅观念的强烈渗透而由偶然性发展为虚无性乃至荒诞性。

早年苏氏兄弟应考时曾相约一起归隐故山,对故土尚有很强的归依感,此后世事纷纭,这种归依感不断淡化。贬往岭海后,观念更为通达,"不敢梦故山,恐兴坟墓悲。生世本暂寓,此身念念非"⑥。正因为"生世本暂寓",则寄迹何处便没有本质区别,"漂流四十年,今乃言卜居。且喜天壤间,一席亦吾庐"⑦。而人生的短暂更使归家没有必要,"此生念念随泡影,莫认家山作本元"⑧。在浪迹天涯、时近暮年的苏轼看来,四海无不可居,无不是家,归与不归已经没有区别,"早知臭腐即神奇,海北天南总是归"⑨。王文诰对苏轼《行琼、儋间,肩舆坐睡。梦中得句云:千山动鳞甲、万谷酣笙钟。觉而遇清风急雨,戏作此数句》《次前韵寄子由》二诗下案语说:"二诗本旨,以不归为归,犹言此区区形迹之累,不足以囿我也。"⑩当然,这里有归家不能、强自宽解的意味,在苏轼内心深处仍然埋藏着北归中原的渴望,"余生欲老海南村,帝遣巫阳招我魂。杳杳天低鹘没处,青山一

---

① 　[三国魏]曹丕:《善哉行二首》其一,逯钦立辑校《先秦汉魏晋南北朝诗》卷 4,中华书局,1983 年,第 391 页。

② 　赵幼文:《曹植集校注》,人民文学出版社,1984 年,第 311 页。

③ 　《陆机集》卷 6,中华书局,1982 年,第 64 页。

④ 　《荣木》,《陶渊明集校笺》卷 1,第 13 页。

⑤ 　《白居易集》卷 5,中华书局,1979 年,第 92 页。

⑥ 　《和陶还旧居》,《苏轼诗集》卷 41,第 2251 页。

⑦ 　《和陶和刘柴桑》,《苏轼诗集》卷 42,第 2311 页。

⑧ 　《庚辰岁人日作,时闻黄河已复北流,老臣旧数论此,今斯言乃验,二首》其二,《苏轼诗集》卷 43,第 2343 页。

⑨ 　《次韵郭功甫观予画雪雀有感二首》其一,《苏轼诗集》卷 45,第 2445 页。

⑩ 　《苏轼诗集》卷 41,第 2249 页。

发是中原"①。诗引《招魂》典故,以屈原的悲剧暗示自己的忠诚与冤屈,更以对远方一线青山的遥望表达了北归中原的渴望。可见,东坡之"吾生如寄"既是对贬谪际遇的描述,也寓含着归家不得的愤懑;既是对生命本质的深思,也是对人生不幸的化解。这种"如寄"意识并不仅产生于苏轼转徙飘泊的命运,而且植根于论空说无、随缘任运的庄禅哲学。

　　人生如寄的基础首先在于生命的非我属性,《庄子·知北游》云:"汝身非汝有,是天地之委形也;生非汝有,是天地之委和也;性命非汝有,是天地之委顺也;孙子非汝有,是天地之委蜕也。"②苏轼对此高度认可,称"是身如委蜕"③,个体的一切都并非我有,生命来到世间不过是暂寓于此罢了,它的存在是暂时的和有限的,既然如此,无论寄迹何处都没有太大不同。更何况置于何种境遇并非完全由自身决定,接受而不是抗拒才是明智选择,庄子说,"知其不可如何而安之若命,德之至也"。安之若命便是依顺自然,亦即是禅宗的随缘任运,诚如苏轼《与子由弟十首》其三云:"任性逍遥,随缘放旷,但尽凡心,无别胜解。以我观之,凡心尽处,胜解卓然。"④即表达了苏轼对庄禅观念的体悟。

　　因依自然、随缘任运的庄禅哲学似乎可以给士人以安身立命的支点,而实际上道家自然观将一切存在看作先天合理的,在很大程度上认可了现实社会秩序的先天合理性,即所谓"因其所有而有之,则万物莫不有;因其所无而无之,则万物莫不无;因其所然而然之,则万物莫不然;因其所非而非之,则万物莫不非"⑤。因此,道家哲学对现实的态度更倾向于认可与接受,而不是批判与反抗。它固然可以让主体顺从自身的自然性,享受到一定程度的自由,但它首先肯定现实的合理性,而取消了人的主体地位与能动性,所谓依循自然,本质上乃是屈从现实。这意味着主体放弃了对现实的批判立场,同时放弃了对是非善恶的辨别,人生价值因此陷于虚无,生命随之丧失了意义,这无疑更强化了苏轼对人生的梦幻意识。《和陶形赠影》云:"无心但因物,万变岂有竭。醉醒皆梦耳,未用议优劣。"⑥无心因物、随

---

①　《澄迈驿通潮阁二首》其二,《苏轼诗集》卷43,第2365页。
②　《庄子集注》卷7下,第739页。
③　《和陶咏二疏》,《苏轼诗集》卷40,第2183页。
④　《苏轼文集》卷60,第1834页。
⑤　《庄子集注》卷6下,第577页。
⑥　《苏轼诗集》卷42,第2307页。

缘任运的生存哲学必然取消对外物的价值判断,使精神性的人变成浑浑噩噩、不问是非的肉体存在,既然醉醒皆梦,又何须区别优劣。《和陶神释》云:"甚欲随陶翁,移家酒中住。醉醒要有尽,未易逃诸数。平生逐儿戏,处处余作具。所至人聚观,指目生毁誉。如今一弄火,好恶都焚去。既无负载劳,又无寇攘惧。仲尼晚乃觉,天下何思虑。"①苏轼在这里同样表达了麻醉自我、泯灭是非的念头,这两首诗清楚地显示出随缘任运的庄禅哲学最终导致人生意义沦于虚无的逻辑流程,主体性的人在这一过程中丧失了自己的主体地位而沦为外物的附庸,吾生如寄的背后是主体精神的飘泊无依。因此,虽然苏轼以庄禅的自然哲学随缘任运,貌似获得了大自在,实则丧失了自我,使自我成为随波逐流、无所附丽的不系之舟。苏轼云:"心似已灰之木,身如不系之舟。问汝平生功业,黄州、惠州、儋州。"②正是对自己贬谪生涯及心灵痛史的高度概括,正因为"身如不系之舟",所以才会"心似已灰之木",主体精神因无所归依而枯萎衰顿。显然,貌似智慧的庄禅哲学并没有真正解脱苏轼的痛苦,它在消解人生磨难的同时也使苏轼失去了可以依赖的精神价值,陷于精神的空茫。就此而言,庄禅哲学不仅不是一种真正意义上的信仰,而且是对信仰的解构。禅宗之随缘任运,庄子之安之若命,似乎使得主体获得了寄放心灵的无限空间,而正因为空间的无限性,实则等于无所依归,《和陶答庞参军六首》其六云,"吾生一尘,寓形空中"③。生命如浮尘飘荡于空中,虽然有无限的自由性,却同时丧失了依托,这无疑加重了苏轼本已有之的"寄"的意识,并造成其无所依归的虚无感。

　　然而,人作为精神性的存在总是倾向于皈依某种终极价值,苏轼由"吾生如寄"的生存状态自然地追问"吾生安归",便是一种终极的追寻,在苏轼现存的362首词作中,"归"字竟出现105次,在其他作品中也频频出现,这是深可玩味的。从文义来看,苏轼之"归"主要包括归乡与归隐两类,前者如"已成归蜀计,谁借买山赀?"④"三年无日不思归,梦里还家旋觉非"⑤。

　　①　《苏轼诗集》卷42,第2307页。
　　②　《自题金山画像》,《苏轼诗集》卷48,第2641页。
　　③　《苏轼诗集》卷40,第2225页。
　　④　《答任师中次韵》,《苏轼诗集》卷8,第362页。
　　⑤　《华阴寄子由》,《苏轼诗集》卷5,第224页。

"吾庐想见无限好,客子倦游胡不归!"①后者如"胡不归去来,滞留愧渊明?"②"田园不早定,归宿终安在"③。"我谢江神岂得已,有田不归如江水"④。然而对晚年的苏轼而言,故乡与田园虽可托身,却不能安顿心灵,历经熙宁以来的重重党争、政治的是是非非以及人生的起落浮沉,苏轼所遭遇的不再是出处进退的心灵矛盾,而是存在意义上的精神困境,诚如李泽厚所论:"(苏轼)通过诗文所表达出来的那种人生空漠之感,却比前人任何口头上或事实上的'退隐'、'归田'、'遁世'要更深刻更沉重。因为,苏轼诗文中所表达出来的这种'退隐'心绪……是对整个人生、世上的纷纷扰扰究竟有何目的和意义这个根本问题的怀疑、厌倦和企求解脱与舍弃。"⑤因此,对晚年的苏轼而言,故乡与田园早已丧失了安顿心灵的意义,"吾生安归"便不仅是居无定所的焦虑,更指失去精神家园、无处安顿心灵的栖惶,《和陶拟古九首》其三便生动地表达了这种栖惶之情:

> 客去室幽幽,服鸟来座隅。引吭伸两翅,太息意不舒。吾生如寄耳,何者为吾庐。去此复何之,少安与汝居。夜中闻长啸,月露荒榛芜。无问亦无答,吉凶两何如。⑥

诗以服鸟意象展开诗境,通过对其"引吭伸两翅,太息意不舒"的动态描写为全诗营造出诡秘不祥的气氛。虽然人生如寄,但诗人仍然执拗地寻觅精神的栖居地,可是何处才是可以托身的居所呢?"何者为吾庐"的追问深刻表达了诗人无所依归的困惑。生在何处似乎没有什么不同,可是,果真离开这里,又将去往哪里?面对服鸟的到来,诗人既未提问,服鸟亦未回答。诗人置而不问,似是超然,实则不知如何发问,不知归向何处,这一意味深长的结尾透出诗人丝丝缕缕的生命的荒凉。

虽然许多论者认为,苏轼随缘任运的自然观回避了现实矛盾,消解了人生痛苦,其心态也便由功利转向了审美,更加从容不迫,优游容与,消解了人生痛苦。此说虽有道理,但必须指出的是,其一,以庄禅之随缘任运观

---

① 《和子由四首·首夏宫舍即事》,《苏轼诗集》卷13,第627页。
② 《汤村开运盐河雨中督役》,《苏轼诗集》卷8,第388页。
③ 《韩子华石淙庄》,《苏轼诗集》卷9,第461页。
④ 《游金山寺》,《苏轼诗集》卷7,第307页。
⑤ 李泽厚:《美的历程》,《美学三书》,天津社会科学院出版社,2003年,第146页。
⑥ 《苏轼诗集》卷41,第2261页。

照天地外物并不必然转向审美。苏轼贬谪岭海后，面临着更为严酷的生存环境，新党的迫害无时不在，苏辙等人一再叮嘱苏轼谨慎为文，甚至提出要"焚砚弃笔"①。在这种动辄得咎、朝不虑夕的形势下，其心态之审美性究竟能维持到何种程度可想而知，这由其创作数量之少及其创作风格之趋于平淡即可看出端倪。其二，审美仅是人生活动的一个方面，或者是人生痛苦的消解方式，而不可能是人生的全部内容，对苏轼这类被贬士大夫而言，最基本的关系仍然是与现实中人的社会关系而非与自然的物我关系，从诗歌创作等审美活动转过身来，仍然要面对严酷的现实人生。因此，对苏轼而言，其心态的审美化是有限的，且并不必然消解人生痛苦。那种认为苏轼心态一旦实现审美化转型便万事大吉、从此再无痛苦的观点恐怕无法成立，这由苏轼远贬岭海后时时流露出的孤寂之情便可得到证明。

由上可见，释道观念的泛滥最终不仅未能使得苏轼这样的士大夫获得拯救，反而使其陷入更为深刻的信仰沦丧的精神危机中，"何者为吾庐"的追问，正表明心灵无处寄放，暗示他们精神家园的迷失。三教合流似乎已使他们进退出处无施不可，然而事实上，进不能建功立业，退则是万法皆空，陷于进退失据的尴尬状态。朱子云，东坡"晚年自知所学底倚靠不得，及与李昭玘书有云：黄、秦挟有余之资而骛于无涯之智，必极其所如，将安所归宿哉？"②这其实也是苏轼对自身困境的描述。虽然陶渊明的"真淳"可以作为一种精神力量乃至可以追趋的人格范型填补虚空，但其单薄的内涵远不足以支撑贬谪际遇下士大夫的精神压力，于是，这些沉溺于庄禅的士大夫又不得不回过头来，通过探究儒文化填补精神的空虚。苏轼贬谪期间用了大量精力注解《周易》《尚书》《论语》，"自谓颇正古今之误，粗有益于世，瞑目无憾也"③。在与李之仪信中，苏轼说："所喜者，海南了得《易》《书》《论语》传数十卷，似有益于骨朽后人耳目也。"④北归途中又与友人说："某凡百如昨，但抚视《易》《书》《论语》三书，即觉此生不虚过。"⑤苏辙所作《亡兄子瞻端明墓志铭》中也记载了苏轼类似的话："既成三书，抚之叹

---

①　苏轼《与程正辅七十一首》其十六云："子由近有书，深戒作诗，其言切至，云当焚砚弃笔，不但作而不出也，不忍违其忧爱之意，故遂不作一字。"见《苏轼文集》卷54，第1594页。

②　《朱子语类》卷130，第3116页。

③　《与滕达道六十八首》，《苏轼文集》卷51，第1482页。

④　《与李端叔十首》其三，《苏轼文集》卷52，第1540页。

⑤　《答苏伯固四首》，《苏轼文集》卷57，第1741页。

曰:'今世要未能信,后有君子,当知我矣!'①可见苏轼对三部著作高度重视,并对其价值极为自信。苏辙贬谪期间致力撰著《春秋集传》,曰,"吾为《春秋集传》乃平生事业",并称之为"千载绝学"②。不仅二苏,大批士人被贬期间都将研究儒家经典作为重要工作,邹浩注《易》,王定国注《论语》,吕陶注《春秋》。除去新党人物如吕惠卿等侧重解读老庄、张商英专一向佛外,多数的被贬者都转向对儒家经典的研究,这并非偶然现象,它体现出士大夫群体寻求精神依托的内在渴求,对苏轼这样崇信庄禅的士人更是如此。

由儒家至庄禅再到儒家,苏轼的思想经历了一个螺旋式的轮回,代表了宋代士大夫精神嬗变的历程。它表明,庄禅哲学的作用只能是解脱人生的苦痛,却不能给士大夫以终极的精神支撑,儒家价值作为士大夫的精神根基地位终究无可替代,这并不以士大夫的意志为转移。它更表明,尽管遭到严酷的政治迫害,被贬士大夫的政治主体意识及入世追求并未消泯,他们在精神上无法完全契合谈空说无、逃避现实的庄禅哲学,对儒家经典的复归正是对庄禅哲学深入侵蚀心灵的不自觉的抵抗。如果说庄禅哲学使苏轼陷于"吾归何处"③的空茫,那么儒学则给他提供了最终的归宿。

三、旷达与悲情

苏轼既有庄禅哲学视野下的旷达,也有人之为人的生命悲情,而论者一般更关注其旷达,却多忽略了其悲情,似乎旷达便是苏轼的全部,实则不然。旷达观念的形成基于对人生悲情的消解,没有悲情,则旷达便成无的之矢,就此而言,悲情乃是人生更为本质的方面。因此,对苏轼晚年的悲情加以挖掘,不仅是要对其晚年心态给予完整的呈现,更是为了揭示出被其旷达所掩盖的生命深层。

苏轼一贬再贬,远贬海南,虽然苏轼以"人孰不处海中"之宏观视角强自宽解,但孤悬海外所带给人的被抛弃感及与所熟悉的主流社会的长期隔绝所带来的痛楚并非常人可以忍受。除了少数知心朋友翻山越海冒险看望,苏轼很难再与友朋亲密交流,所接触者主要是当地"蛮族"。虽然苏轼

---

① 《栾城后集》卷22,《苏辙集》第1127页。

② 《栾城遗言》,景印《文渊阁四库全书》,第864册第173页。

③ 《定风波》,《苏轼词编年校注》,第506页。

善以待人,与他们相处融洽,甚至与一位不知孔颜的淳朴黎民建立了深厚的友谊,但这毕竟不是一种高层次的文化交流,至多是一种精神的抚慰,显然无法满足苏轼思想表达与感情倾诉的渴望。苏辙劝导乃兄无所思虑,以静养身,苏轼欣然接受,似乎付诸实践,但以苏轼之开朗性格恐怕难以持久,正如其养生之术无法坚持一样。因此,随着时日的迁转,苏轼之精神越发压抑,而其生命悲情也越发浓重。且贬至岭海的东坡已然不同于黄州时期,彼时正值壮年,精力充沛,且对还朝效力仍然抱有热情,故虽遭受打击,仍有横放之意。而此时的东坡已至老境,鬓发尽脱,体力精力大不如前①。不可抗拒的自然力量不仅侵夺着苏轼的体力,而且消耗着他对现实人生的兴趣与热情,使他更易陷于人生的伤感与悲情。如果仔细梳理,则可以发现,苏轼之悲情主要可分两类,其一是生如飘蓬之悲,其二则是生命幻灭之悲。

1.生如飘蓬之悲

贬谪不仅意味着被贬者被逐出了政治中心,而且意味着被逐出了士大夫主流群体及文化的中心区域,是在政治、文化、地理三重意义上的边缘化,尤其文化与地理层面与中心区域的疏离更是对被贬者的沉重打击。屈原的诸多诗篇所表达的不仅是权力丧失的愤懑,更有放逐蛮荒、流离失所的伤痛,《离骚》云:"朝吾将济于白水兮,登阆风而缫马。忽反顾以流涕兮,哀高丘之无女。"②《涉江》云:"乘鄂渚而反顾兮,欸秋冬之绪风……船容与而不进兮,淹回水而凝滞。"③放逐意味着士大夫尊严的折辱与参政权利的沦丧,诗人回首留连,痛不可言,其痛乃是政治边缘化所产生的刻骨的文化之痛。

贬往岭南途中,苏轼写下"山忆喜欢劳远梦,地名惶恐泣孤臣"的诗句,便描述出这种被抛弃的痛楚心理。苏轼在这里以"臣"自称,仍然怀有对自己"臣"的政治身份的强烈执守及对政治中心的恋栈心理,而"孤臣"则又是对被贬现实的无可奈何的承认。可见在贬谪之初,苏轼的创痛主要是政治层面的,而随着贬谪的长期化,这种政治层面的痛感便逐渐转化为因与中

①　《朱子语类》卷130载,"草堂刘先生尝见元城(刘安世),云:'……在赣上相会,坐时已自瞌睡,知其不永矣。'"坐时云云指苏轼。
②　《楚辞补注》卷1,第26页。
③　《楚辞补注》卷4,第129页。

央区域的疏离而形成的地理、文化层面的飘泊感,"酒醒梦断知何处,落花流水空青山"①。这是一种更为持久的伤痛。《白鹤峰新居欲成,夜过西邻翟秀才二首》其一云:"系闷岂无罗带水,割愁还有剑铓山。中原北望无归日,邻火村春自往还。"②前两句化用柳宗元诗句,将其被贬柳州的往事与诗人被贬岭南的现实交织叠映,抒发远贬瘴海的痛愤之情,这种痛感主要来自与文化中心的疏离而形成的被抛弃感,诗人因此北望中原,渴望能有北归之日。对苏轼这样的士大夫而言,远离了政治文化的中心区域,脱离了士大夫主流群体,便丧失了精神的根基,飘泊感便会日益强烈。为对抗这种飘泊感,苏轼发展"寄"的意识,以生命之暂寓于世弱化飘泊远地的孤独与悲怆。因而,苏轼在其诗文中屡屡表达对远贬异地的超然态度,《与范元长十三首》其四云:"南北去往定有命,此心亦不念归。明年买田筑室,作惠州人矣。"③远贬海南后,更是以随缘任运的庄禅哲学化解愁情:"我本海南民,寄生西蜀州。忽然跨海去,譬如事远游。"④尽管如此,苏轼毕竟无法改变远贬岭海的现实,他仍然要面对恶劣的自然环境,忍受远离亲人的煎熬。《与程秀才三首》其一云:"此间食无肉,病无药,居无室,出无友,冬无炭,夏无寒泉,然亦未易悉数,大率皆无耳。"⑤虽然苏轼极力以其固有的达观蔑视苦难,但这种一贬再贬的飘泊感及因此而形成的孤寂之情仍时隐时现。被贬海南后,与友人说,"此岛中孤寂,春色所不到也"⑥。海南长夏无冬,当然不会春色不到,东坡此言所透露的是内心的孤寂。《夜梦》前引曰:"七月十三日,至儋州十余日矣,澹然无一事。学道未至,静极生愁。"⑦极见苏轼百无聊赖的情态,所谓"道"乃是绝弃欲念、安时处顺之"道",《答范纯夫十一首》其十云:"某谪居瘴乡,惟尽绝欲念,为万金之良药。"又说:"子由极安常,燕坐胎息而已。"⑧虽然苏轼羡慕乃弟面对逆境百无思虑的渊默境界,颇欲效仿,到达儋耳后"杜门默坐",但终究难以达到"喧寂一致"⑨的

---

① 《再用前韵》,《苏轼诗集》卷 39,第 2111 页。
② 《苏轼诗集》卷 40,第 2215 页。
③ 《苏轼文集》卷 52,第 1531 页。
④ 《别海南黎民表》,《苏轼诗集》卷 43,第 2363 页。
⑤ 《苏轼文集》卷 55,第 1628 页。
⑥ 《与张逢六首》其五,《苏轼文集》卷 58,第 1766 页。
⑦ 《苏轼诗集》卷 41,第 2251 页。
⑧ 《苏轼文集》卷 50,第 1456 页。
⑨ 《与张逢六首》其二,《苏轼文集》卷 58,第 1765 页。

境界,自然难以化解深愁。在与友人的书信中,苏轼多次以羡慕的口吻谈及其弟学道有成的事,与王定国书云:"子由不住得书,极自适,道气有成矣。"①与张耒书云:"子由在筠,甚自适,养气存神,几于有成,吾侪殆不如也。"②与李之仪书云:"子由近得书,度已至岳矣。养炼极有功。可喜!可喜!"③所谓"道"本质上不过是沉默无言罢了,即苏辙所谓"省之又省,使终日无一语一事"④,这对生性开朗的苏轼而言,实在是戛戛乎其难哉,于是与亲人的交流便成为化解哀愁的重要渠道。《和陶停云四首》小引云:"自立冬以来,风雨无虚日,海道断绝,不得子由书。乃和渊明《停云》诗以寄。"⑤《其一》云:"停云在空,黯将其雨。嗟我怀人,道修且阻。眷此区区,俯仰再抚。良辰过鸟,逝不我仵。"表达了对胞弟的深挚思念。又《十二月十七日夜坐达晓,寄子由》诗云:

> 灯烬不挑垂暗蕊,炉灰重拨尚余薰。清风欲发鸦翻树,缺月初升犬吠云。闭眼此心新活计,随身孤影旧知闻。雷州别驾应危坐,跨海清光与子分。⑥

由诗题"夜坐达晓"即可看出诗人内心的不平静。灯芯已燃烧多时,暗蕊长长地垂下,诗人也懒得挑去。炉火已经熄灭,被拨动的炉灰仍然残留着余温。这种动作细节折射出的是诗人百无聊赖的心绪,而"清风欲发鸦翻树,缺月初升犬吠云"的环境描写更进一步烘托出心绪的烦乱。闭眼默坐却心绪纷繁,孤影随身而往事千重,诗人由己及人,想象苏辙也应像自己一样在暗夜里危坐不寐,心事重重,这种想象无疑更加重了诗人挥之不去的寂寞。这种飘泊万里的孤寂之情难以化解,尤其在静夜里更易袭上心头,《倦夜》诗云:

> 倦枕厌长夜,小窗终未明。孤村一犬吠,残月几人行。衰鬓久已白,旅怀空自清。荒园有络纬,虚织竟何成。⑦

---

① 《与王定国四十一首》其四十,《苏轼文集》卷 52,第 1531 页。
② 《答张文潜四首》其一,《苏轼文集》卷 52,第 1538 页。
③ 《答李端叔十首》其六,《苏轼文集》卷 52,第 1542 页。
④ 《与滕达道六十八首》其二十二,《苏轼文集》卷 51,第 1482 页。
⑤ 《苏轼诗集》卷 41,第 2269 页。
⑥ 《苏轼诗集》卷 41,第 2284 页。
⑦ 《苏轼诗集》卷 42,第 2324 页。

诗写自己长夜无眠的复杂心绪,追索衰鬓斑白而飘泊无定的人生,结尾则以促织的鸣叫生发联想,以"虚织竟何成"抒写奔波劳碌而一无所成的感慨。即便渡海北归之后,其飘泊无定的悲凉之感仍然时时涌现,《雨夜宿净行院》云:"芒鞋不踏名利场,一叶轻舟寄水茫。林下对床听夜雨,静无灯火照凄凉。"①虽是北归,不过是量移廉州而已,仍是戴罪之身,即便能够入京还朝也是行将就木,难有作为。诗人以"一叶轻舟寄水茫"描述自己萍踪无定的命运,抒发伤感之情。在《次韵韶守狄大夫赠二首》其一中,又以"一身萍挂海中央"②概括自己贬谪之后的飘泊生涯,蕴含着难以言说的悲慨。

以上是就其贬逐际遇而言,从文化层面而言,其飘泊感又来自于庄禅哲学对价值的消解。如上节所述,随缘任运的观念使得诗人随波逐流,丧失了精神支点,虽似放旷超然,实则空茫无依,东坡对自己"一身萍挂海中央"的描述既是写实,又是隐喻,表达了肉体与精神无可依托的双重悲感。

2. 生命幻灭之悲

苏轼用以对抗苦难的重要武器便是释家空观,一切皆幻,生命自然也不例外。既然生命是虚幻的存在,那么一切幸运或苦难都不必为之或喜或悲。这也是其旷达心态的重要基础。然而理论的解释毕竟不能代替现实的残酷,对日近暮年的苏轼而言,死亡更成为敏感而沉重的话题,万法皆空、万象皆幻的理论解释无法消解生命日近消亡的悲哀,乃至生命空幻本身也成为令人感伤的原因。

《书海南风土》文末写道:"九月二十七日,秋,霖雨不止,顾视帏帐,有白蚁升余,皆已腐烂,感叹不已。"③该文本已表达了对生命的达观态度,然而看到腐烂的白蚁,苏轼又不免感叹唏嘘。生命固然是一种自然的流程,然而生命的消亡毕竟是一种残酷的现实,理论的宽解面对死亡的残酷顿时显得苍白无力,苏轼之感叹表明以旷达消解悲情的有限性。《江子静字序》云:"君子学以辨道,道以求性,正(贞)则静,静则定,定则虚,虚则明。物之来也,吾无所增,物之去也,吾无所亏,岂复为之欣喜爱恶而累其真欤?"④苏轼虽然强调辨道求性,随化从流,不应为人生的欣喜爱恶而损害人性之

---

①　《苏轼诗集》卷43,第2368页。
②　《苏轼诗集》卷44,第2407页。
③　《苏轼文集》卷71,第2275页。
④　《苏轼文集》卷10,第333页。

真,但"情者,性之动也"①,情往往突破性的理性约束而肆意表现。事实上苏轼也并没有把情与性看作截然对立的两物,《东坡书传·大禹谟》讲"人心""道心"即是讨论情与性的关系:"道心即人心也,人心即道心也,放之则二,精之则一。"②正因为这样的理论自觉,苏轼并不像道学家一样以性约情,以所谓的天理压制人欲,而是随心所欲,一任感情奔流,发而为激动人心的篇章。虽然苏轼也强调说,如果"道心隐微而人心为主,喜怒哀乐各随其欲,其祸可胜言哉!"而事实上,当允许"人心"自我表达的时候,所谓的"道心"往往就失去了约束的机能,因此,苏轼的诗文创作才会展现出真情至性。然而也正因为这样,其旷达心态也便难以消解人生之痛,尤其生命消亡这一终极性的事实所引起的感情震撼更不易于局促于旷达之下,这在苏轼面对朝云之死一事上得到突出表现。

朝云作为苏轼侍妾,追随苏轼二十三年,于绍圣三年(1096)卒于惠州,年仅 34 岁。苏轼《悼朝云》诗并引说,"予家有数妾,四五年相继辞去,独朝云者,随予南迁"③,苏轼因而称赞她"忠敬如一"④。不仅如此,朝云亦是苏轼的红颜知己,曾称苏轼"一肚皮不入时宜"⑤而深得苏轼赞许。《林下词谈》云:"子瞻在惠州,与朝云闲坐。时青女初至,落木萧萧,凄然有悲秋之意。命朝云把大白,唱'花褪残红'。朝云歌喉将啭,泪满衣襟。子瞻诘其故,答云:'奴所不能歌,是"枝上柳绵吹又少,天涯何处无芳草"也。'子瞻翻然大笑曰:'是吾正悲秋,而汝又伤春矣。'遂罢。朝云不久抱疾而亡。子瞻终身不复听此词。"⑥正因为如此,朝云的去世使得远贬岭海、精神寂寞的苏轼悲伤不已,相继写下《悼朝云诗并序》《朝云墓志铭》《惠州荐朝云疏》《丙子重九》《雨中花慢》《西江月》等一系列悼念文字寄托哀思。《悼朝云》诗云:"驻景眼无千岁药,赠行惟有小乘禅。伤心一念偿前债,弹指三生断后缘。"⑦"恨无千岁药"极写无能为力的哀痛,"赠行惟有小乘禅"则又见出苏轼以佛解脱的企图,王文诰引施注曰:"先生于朝云墓前作六如亭,盖取

① 《东坡易传》卷1,第 5 页。
② 《东坡书传》卷3,景印《文渊阁四库全书》,第 54 册第 504 页。
③ 《苏轼诗集》卷38,第 2073 页。
④ 《朝云墓志铭》,《苏轼文集》卷 15,第 473 页。
⑤ 〔宋〕费衮:《梁溪漫志》卷 4,《宋元笔记小说大观》,第 3384 页。
⑥ 《苏轼词编年校注》,第 754 页。
⑦ 《苏轼诗集》卷 40,第 2202 页。

经中'如梦、幻、泡、影,如露亦如电'之语。"可见苏轼以佛教梦、幻等不实物象比拟朝云亡故,以此减轻悲伤之情的用意。然而二十三年的深情厚意怎一个"空"字了得,苏轼因此说,"伤心一念偿前债,弹指三生断后缘"。苏轼将朝云追随自己而不幸早逝看作偿还债务,而自己再无机会与朝云重续前缘了,表达了刻骨铭心之痛。而最为动人者应为《雨中花慢》词:

> 嫩脸羞蛾因甚,化作行云,却返巫阳。但有寒灯孤枕,皓月空床。长记当初,乍谐云雨,便学鸾凰。又岂料、正好三春桃李,一夜风霜。丹青□①画,无言无笑,看了漫结愁肠。襟袖上,犹存残黛,渐减余香。一自醉中忘了,奈何酒后思量。算应负你,枕前珠泪,万点千行。②

本词开篇点明了朝云盛年而逝的不幸,以"但有寒灯孤枕,皓月空床"描述自己的孤寂之情与痛苦心理,并因自己的形单影只追忆往日"乍谐云雨,便学鸾凰"的幸福时光。正因为两相厮守的时刻如此销魂,朝云的逝去便如一夜风霜摧残了三春桃李,只剩下满目凄凉。下片则写自己茫然失神的情态,斯人已逝,阴阳两隔,再无相见之期,看到朝云的遗像,愁肠百结,心痛如绞。而朝云遗留的襟袖虽有余香,也在慢慢消逝,睹物思人,痛何以堪。词人以醉解愁,怎奈"一自醉中忘了,奈何酒后思量"。最终只能以"万点千行"的珠泪报答朝云生前对自己的柔情蜜意。该词侧重写词人的心理活动,多侧面地写出作者的思念与哀痛,一唱三叹,感人至深。

由此可见,面对爱人的亡故,超然旷达的庄禅哲学也难以消释这种刻骨铭心的创痛,理性的观念并不能全然主宰感情世界。对苏轼而言,爱人的逝去使得其老境更加凄凉,感情更为敏感而脆弱,苏轼也更倾向于以佛教空观化解愁绪,"楞严在床头,妙偈时仰读"③,其空幻意识空前强烈起来,这实则一种更其深切的哀感与悲情。《次前韵寄子由》云,"老矣复何言,荣辱今两空","指点昔游处,蒿莱生故宫"④。人生荣辱,尽是虚空,即便辉煌的宫殿,现在也成了一片废墟,那萍踪江海与安守故山又有怎样的

---

① 缺字疑为"易"字。
② 《苏轼词编年校注》,第 782 页。
③ 《次韵子由浴罢》,《苏轼诗集》卷 41,第 2303 页。
④ 《苏轼诗集》卷 41,第 2248 页。

区别呢？所以苏轼云，"此生念念随泡影，莫认家山作本元"①。"本元"源自《楞严经》，"徒获此心，未敢认为本元心地"②。意为因佛开启而获此心，并非自身觉悟的结果，故曰"徒获"，不敢认为这就是我的本元心地。苏轼此处"莫认家山作本元"有忘却乡情、强自宽解的意味。于是，政治无成的失意感，生命迟暮的衰颓感，亲人亡故的孤独感，最终深化为生命本身的空幻感，使得苏轼更习惯于以空幻眼光看待人生，感情陷于消沉与悲凉，甚至说，"年来万事足，所欠惟一死"③。元符三年（1100）六月，苏轼正式接到为琼州别驾不得签书公事的诰命，六月离昌化军，作《儋耳》诗云："霹雳收威暮雨开，独凭阑槛倚崔嵬。垂天雌霓云端下，快意雄风海上来。野老已歌丰岁语，除书欲放逐臣回。残年饱饭东坡老，一壑能专万事灰。"④诗以"霹雳收威暮雨开"的意象隐喻政治阴霾的散去，并以"快意雄风海上来"抒发北归的喜悦之情。然而以迟暮之年，北归又能如何？以苏轼的政治经验，虽然元祐党人被召还朝，而政局究竟如何演变尚难预料，且即使旧党得势，也未必能有作为，元祐年间旧党内讧、洛蜀党争便是前车之鉴，更何况以自己的迟暮之身又何能为呢？如此等等便使得苏轼难以再有元祐还朝时的雄心了。"一壑能专万事灰"真实写出苏轼对政治的淡漠态度及对人生的灰灭感，蕴含着阅尽沧桑后的无限悲凉。《寄李况彦威秀才》诗云，"世间万事寄黄粱，且与先生说乌有"⑤。苏轼年轻时曾发出"致君尧舜，此事何难"的豪言壮语，然而四十余年后，"致君尧舜"的理想黄粱梦一样地破碎了，而亲人的亡故，友朋的星散，一切外物与人事都在不可逆转地消亡，这强烈地印证着佛教"万法皆空"的观念。佛教空观原本是为了消除主体对现实的执着，消解苦难，实现解脱，然而对苏轼而言，佛教主要是一种工具，而非坚定的信仰。苏轼弥留之际，"钱济明侍其旁，白曰：'端明平生学佛，此日如何？'坡曰：'此语亦不受。'"⑥亦

---

①　《庚辰岁人日作，时闻黄河已复北流，老臣旧数论此，今斯言乃验，二首》其二，《苏轼诗集》卷43，第2343。

②　《楞严经》卷2，中华书局，2010年，第45页。

③　《赠郑清叟秀才》，《苏轼诗集》卷42，第2322页。

④　《苏轼诗集》卷43，第2363页。

⑤　《苏轼诗集》卷43，第2353页。

⑥　[宋]释慧洪：《跋李豸吊东坡文》，《石门文字禅》卷27，景印《文渊阁四库全书》，第1116册第520页。

即东坡并不认为学佛可以使自己获得拯救①,这种工具态度不可能让苏轼灭除情欲及对现世的执着,反而因对人生的空幻观照加重了对人生的悲感。返归内地后,苏轼总结说:"宠辱能几时,悲欢浩无垠。回视人间世,了无一事真。"②以坚定的口气肯认了世事的空幻性。当然,苏轼的空幻感侧重指贬谪岭海的苦难经历,返归内地,回首往事,便觉恍然一梦。然而这种空幻感毕竟成为苏轼此期对历史人生的基本态度,它既标志着入世理想的彻底破灭,也透露出晚年空茫而悲凉的心绪。尽管苏轼此时仍然表示,"浮云时事改,孤月此心明",但其对人生的空幻感却无法改变,曾经的旷达逐渐被越发浓厚的悲剧感所笼罩,而仍然凶险难测的政治气氛也让苏轼心绪难安。北归原本卜居颍昌,但因"相忌安排攻击者众",不得已"决计居常州"③。本已北归而不能与亲人团聚,任便居住却不得自由,苏轼因而愤愤地说:"恨不得老境兄弟相聚,此天也,吾其如天何!"人生的幻灭感瓦解了苏轼的主体精神,主体价值的丧失便使得主体性的人没有任何对抗外物的动力,历经磨难,苏轼更渴望一种安居平静的生活,在寄给儿子的诗中,苏轼写道:"我亦闻诗酒,去道愈渺茫。纷纷何时定,所至皆可老。莫为柳仪曹,诗书教氓獠。亦莫事登陟,溪山有何好。安居与我游,闭户净洒扫。"④教导其子既不要像柳宗元一样教化氓獠,也无须登山临水,只要求儿子们闭户洒扫,安居度日。这种消极心理与其晚年深重的空幻感不无关系。《与子由弟十首》其十云:"吾兄弟俱老矣,当以时自娱,此外万端皆不足介怀。所谓自娱者,亦非世俗之乐,但胸中廓然无一物,即天壤之内,山川草木虫鱼之类,皆吾作乐事也。"⑤表达了澄清俗虑、与物同游的志趣,这一如既往地表现出庄子的自然观,而更透露出与世无争、万念俱灰的心绪。

　　庄禅哲学的自然观念与空无观念对现实价值的严重消解所形成的无所依附的飘泊感与虚无感,最终造成苏轼对人生强烈的幻灭情绪,虽然表

---

　　① 又周煇《清波杂志》卷3:"维琳……叩耳大声曰:'端明勿忘西方!'曰:'西方不无,但个里着力不得。'语毕而终。"明人李秃翁认为这表明了苏轼对西方极乐世界的怀疑态度:"'西方不无',此便是疑信之间。若真实信有西方,正好著力,如何说著力不得也。"见《清稗类钞》卷6《伤逝》,书目文献出版社,1985年,第591页。

　　② 《用前韵再和孙志举》,《苏轼诗集》卷45,第2440页。

　　③ 《与子由弟十首》其八,《苏轼文集》卷60,第1837页。

　　④ 《将至广州,用过韵,寄迈迨二子》,《苏轼诗集》卷44,第2390页。

　　⑤ 《苏轼文集》卷60,第1839页。

面仍然表现为旷达,而旷达之下乃是难以消释的悲情,这种悲凉情绪既源自长期被贬的不幸命运,亦源于宋初以来以王安石变法为代表的儒学复兴的失败。庆历以来的士大夫热切追求的三代理想随着党争的持续不断及政局的恶性反复灰飞烟灭,而宋末政治的颓败更使人们对王朝的前景悲观绝望。苏轼临终前曾作《遗表》,最终却嘱释道潜“《遗表》千万勿刻,无补有害也”①。这一决定表明了苏轼对政治的绝望心理,这是苏轼幻灭感得以产生的更为深刻的社会背景。面对政治的失败,苏轼似欲以儒文化加以挽救,苏轼临终前将其《易传》《书传》《论语说》托付给钱世雄后说:“愿勿以示人,三十年后,会有知者。”②然而不及三十年,北宋王朝便在靖康之变中灭亡了,历史以其残酷的方式对宋初以来士大夫的种种努力给予了无情的否定,苏轼的幻灭与挣扎、旷达与悲情因此便具有了更强烈的悲剧意味。

第二节　贬谪与黄庭坚文化心态的嬗变与升华

黄庭坚作为苏门文人在绍圣以后遭到长期的政治迫害。绍圣元年(1094)贬涪州别驾,黔州安置。元符元年(1098)以避亲嫌再贬戎州。元符三年徽宗即位后黄庭坚虽被叙复,但崇宁以后政局再变,知太平州仅九日而罢。其后一年多时间黄庭坚盘桓于鄂州、黄州一带,崇宁二年(1103)再被编管宜州,并于崇宁四年病逝于宜州。从绍圣二年四月至黔州贬所到崇宁四年九月死于宜州的十一年间,黄庭坚在贬谪生涯中度过了他人生的最后时光。贬谪际遇造成了黄庭坚文化心态的复杂变化,前人虽然对此所论不少,但多着眼于释、道对人生苦难的宽解功能,对儒释道在熔铸其贬后文化心态的过程中的相互作用则缺乏深入的辨析。下文因以黄庭坚被贬之后的思想变化为主线,深入辨析儒释道在其对抗人生困境过程中之相反相成的关系,从而揭示黄庭坚文化心态的嬗变及升华历程。

一、砥柱意象与对儒节的坚守

由其贬后诗文可以看到,黄庭坚虽然常以释道之万法皆空、随缘任运

---

① 《与参寥子》第二十一简,《苏轼文集》卷61,第1868页。
② [宋]何薳:《春渚纪闻》卷6,《宋元笔记小说大观》,第2415页。

消解被贬荒州的人生苦难,然而其坚刚的儒家品格始终不可掩盖。黄庭坚
在贬谪困境中多次书写魏徵《砥柱铭》赠送青年,并常在诗中以"砥柱"形象
称美他人,以至"砥柱"成为他晚年诗文中的一个醒目意象,有力地昭示着
他的儒家本色。

　　建中靖国元年(1101),黄庭坚东归至荆州,书《砥柱铭》遗杨皓,同年底
又书赠蜀中弟子王蕃,二人皆被黄庭坚视为堪负大任的英才。《跋砥柱铭
后》云:"余观砥柱之屹中流,阅颓波之东注,有似乎君子士大夫。立于世道
之风波,可以托六尺之孤,寄百里之命,不以千乘之利夺其大节,则可以不
为此石羞矣。"①陈师道在政治迫害与生活无着的双重压力下,富贵不淫、
贫贱不移,表现出儒家士人的铮铮铁骨,黄庭坚称美他说"河从天来砥柱
立"②。"砥柱"由此成为黄庭坚心目中儒家人格的形象代号,也成为他持
节不移的形象标志,而他对君子人格独立不迁、壮心报国的概括与揭示,也
可以看作坚守儒家人格的宣言。《次韵杨明叔见饯十首》其八云:"虚心观
万物,险易极变态。皮毛剥落尽,惟有真实在。"③《与王子飞兄弟书》云:
"老来枝叶皮肤枯朽剥落,惟有心如铁石。"④历经磨难,繁华落尽,最后留
下的乃是个体生命的本真存在,是其风骨与节操,而惟此才可以千古不朽。
《次韵杨明叔见饯十首》其九云:"松柏生涧壑,坐阅草木秋。金石在波中,
仰看万物流。抗脏自抗脏,伊优自伊优。但观百岁后,传者非公侯。"⑤此
诗与赵壹《刺世疾邪诗》意旨相似,但少了赵壹的不平之气,而更表现出以
风骨气节流芳百世的文化自信。对黄庭坚这类贬谪士人而言,政治上已不
可能再有所作为,唯一可以做到的便是持守儒节。《次韵德孺感兴二首》其
二云:"寒蒲虽有节,枯木已无心。"任渊注曰:"言有自守之节,而无向荣之
心。"⑥任注准确概括了入世理想破灭后被贬士大夫的心灵状态,正因为这
样,黄庭坚在次韵苏轼和李白紫极宫的诗中,一方面称颂苏、李二人为超尘
出世的谪仙,同时更以"砥柱"意象称美二人,"砥柱阅颓波,不疑更何卜!"
化用了刘禹锡"世道如颓波,我心如砥柱"诗意,任注曰"诗意谓苏、李介特

---

① 《宋黄文节公全集·正集》卷26,《黄庭坚全集》,第699页。
② 《宋黄文节公全集·正集》卷13,《黄庭坚全集》,第354页。
③ 《山谷诗集注》卷14,第345页。
④ 《宋黄文节公全集·别集》卷17,《黄庭坚全集》,第1827页。
⑤ 《山谷诗集注》卷14,第346页。
⑥ 《山谷诗集注》卷19,第452页。

自信也"①。

尽管黄庭坚以砥柱自励,但一贬再贬的政治迫害使其不敢再与现实政治发生直接的碰撞,永州所作《书摩崖碑后》诗表达了他的孤忠与忧愤,也呈现出关心时务与隐遁出世的思想矛盾。但黄庭坚的儒家品格使他的思想矛盾最终只能在儒文化的框架内得以解决,那就是既坚守儒节又消隐思想锋芒,对儒节的坚守于是内化为心性修养与道德自律,表现于外则是与世无争,淡泊无为。绍圣四年(1097)作于黔州的《答洪驹父书》可以看作这一矛盾得以解决的自白,它虽然谈的是诗法,实际上也表达了黄庭坚的处世原则,即以对现实矛盾的容忍来求得自身的保全,其中著名的语句便是"东坡文章妙天下,其短处在好骂,慎勿袭其轨也"。这既是主文谲谏、温柔敦厚的儒家诗教,也是黄庭坚贬谪际遇下儒家人格的实现方式。在元符元年(1098)作于戎州的《书王知载朐山杂咏后》一文中,黄庭坚更明确地说:"诗者人之情性也。非强谏争于廷,怨仇诟于道,怒邻骂坐之为也。其人忠信笃静,抱道而居。与时乖违,遇物悲喜,同床而不察,并世而不闻。情之所不能堪,因发于呻吟调笑之声。胸次释然,而闻者亦有所劝勉。比律吕而可歌,列干羽而可舞,是诗之美也。其发为讪谤侵陵,引颈以承戈,披襟而受矢,以快一朝之忿者,人皆以为诗之祸,是失诗之旨,非诗之过也。"②这就明确取消了诗歌的批判精神,否定了积极入世的主体人格,对儒节的坚守一定意义上沦为对现实矛盾的妥协与逃避③。《谢答文善二兄九绝句》与此可谓异曲同工,在这些诗中,黄庭坚反复申述心平气顺的酒德,反对使酒骂座的恶俗,并以历史上酒德高妙的贤达为例,说明饮酒不可过量,醉酒不能失态,欣赏的是饮而不失礼法的风采,醉而雍容宽厚的气度,"公择醉酒桃花红,人百忤之无愠容。莘老夜阑倾数斗,焚香默坐日生东"④。诗人着意强调的是去除饮酒时的不平与牢骚,其九末句云,"酒中无诤真三

---

① 《山谷诗集注》卷 17,第 413 页。

② 《宋黄文节公全集·正集》卷 25,《黄庭坚全集》,第 666 页。

③ 钱志熙先生认为,黄庭坚此论不是对现实的"简单的回避",更不能看作是纯粹恐惧心理的反映,"主要是一种深化,是对诗与现实政治关系认识的深化","是对简单的以诗为政教、党争工具的一个纠偏,是向诗歌本位的回归"。见其《黄庭坚诗学体系研究》,北京大学出版社,2003 年,第 78—80 页。从诗学角度而言,似可作此论,但此种观念发生的契机无疑正是贬谪的政治打击及由此而产生的畏避心理。

④ 《山谷诗集注》卷 15,第 386 页。

昧,便觉嵇康输一筹"①。批评嵇康使酒任气,终于招来杀身之祸,以此证明"尊中欢伯笑尔辈,我本和气如三春"②。酒本和气,醉醒在人,这与"人皆以为诗之祸,是失诗之旨,非诗之过也"同一意旨。由此可见,晚年黄庭坚的入世精神不断退缩,对儒节的坚守不断内转,儒家信念丧失了现实品格,而软化为抽象的文化符号。

面对遭贬处穷的人生困境,黄庭坚长期积淀的佛禅观念更加凸显出来,黄氏一方面以佛禅的虚无观念化解汹汹而来的人生厄运,抚慰贬谪造成的心灵伤痛,同时以庄子之返朴归真及禅宗之明心见性坚定儒家操守,以能在世事纷纭、颓波四溢的形势下独立不迁,横而不流。贬黔州前居陈留期间所作《寂住阁》诗云:"庄周梦为蝴蝶,蝴蝶不知庄周。当处出生随意,急流水上不流。"③《楞严经》云:"一切浮尘,诸幻化相,当处出生,随处灭尽。"④该诗将庄子人蝶互化的齐物论与佛教诸相皆幻的教理结合起来,显示出黄庭坚融通释道以消解苦痛的倾向。又《次韵杨明叔四首》其一云:"鱼去游濠上,鸮来止坐隅。吉凶终我在,忧乐与生俱。决定不是物,方名大丈夫。"⑤无论鱼游濠上之乐还是鸮止坐隅之凶,都是人生难以避免的内容,吉不必乐,凶不必忧,安时处顺即可。与此同时,人应主宰自我,而不是受外物的支配。此意在第二首诗中亦有表达,"喜与嗔同本,嗔时喜自俱。心随物作宰,人谓我非夫"。任渊注曰:"心随物转,物反为主,非大丈夫事也。"⑥此意不仅来自庄子,亦与佛教相关,《楞严》云:"一切众生,从无始来,速己为物,失于本心,为物所转,故于是中,观大观小。若能转物,则同如来,身心圆明,不动道场,于一毛端遍能含受十方国土。"⑦俗人追名逐利,往往为外物所转,丧失本心,欲使身心圆明,最根本的是要转物而不是为物所转,这与庄子"物物而不物于物"同一意旨。实际上,佛道这种对本心的坚守与"贫贱不能移,威武不能屈"的儒家大丈夫人格具有相同的理路,故能为黄庭坚融为一体,用来支撑其儒家信念。

---

① 《山谷诗集注》卷15,第387页。
② 《山谷诗集注》卷15,第387页。
③ 《山谷诗集注》卷11,第288页。
④ 《楞严经》卷2,第77页。
⑤ 《山谷诗集注》卷12,第301页。
⑥ 《山谷诗集注》卷12,第301页。
⑦ 《楞严经》卷2,第54页。

但释道毕竟更强调与现实的妥协而不是对抗,以释道之空无观念消解人生困境实难兼顾儒家品格,儒与释道之间的价值对立使得黄庭坚常常在坚守儒道与随缘任运间往复徘徊,形成内在的心理矛盾。《再用前韵咏子舟所作竹》诗云:"自干云天去,草芥肯下逮? 虚心听造物,颠沛风云会。"①前两句描绘竹子直插云霄的飒爽英姿,赞美其不屑与俗物为伍的孤高情怀,后两句揭示竹子面对风刀霜剑的严酷环境而安时处顺的无奈。任渊注云:"诗意谓竹君无心,但听命于造物,虽风雨之变,颠沛偃仆,亦任其自然尔。"竹子虽孤高自许,却无法抗拒时令的变迁,只能屈节顺变,循时以从。由该诗对竹子的咏叹,不难体察到黄庭坚持节与顺变的两难心境。事实上,执着的儒家情怀使他很难以顺变牺牲持节。建中靖国元年(1101)四月,黄庭坚在荆州为承天寺僧作《承天塔记》,在场之湖北转运判官陈举等人请求将其名字列于其中,以传不朽,黄庭坚默然不应,陈举为此怀恨在心。陈举"知先生昔在河北与挺之有怨。挺之执政,遂以墨本上之,谓幸灾谤国。除名勒停,羁管宜州"②。历经黔州及戎州之贬,黄庭坚仍然未能学会随俗为变,足见其刚直之性难以移易了。

面对强大的政治压力,黄庭坚虽常以佛语入诗并以之表达万物皆幻的佛教观念,但并没有形成强烈的幻灭感,黄氏价值构成的儒家品格阻止了佛禅观念对现实人生的虚妄化消解。黄庭坚仍然肯定现实,并从现实人间的温情中得到慰藉,晚年的《宜州家乘》几乎就是一个接受礼品的清单,它记录了当地人对黄庭坚的深情厚意,也表达了诗人对底层小官吏、不知名的书生及升斗小民的感激之情。因此,在孤寂的贬谪生活中,黄庭坚更易得到精神的满足,这与苏轼有很大不同。苏轼对现实的观照乃是庄禅的终极观照,他将包括儒家伦理纲常在内的道德秩序一并消解而直探生命的本质,因此常常流露出人生如梦的强烈虚幻感。黄庭坚更生活于现实世界,他对世事纷纭的认识主要是如白云苍狗般不可捉摸,"斯须成苍狗,皆道不如故"③,而不是空幻与虚无。因此,黄庭坚的痛苦是有限的、附丽于现实的痛苦,正因为如此,他的痛苦也便可以在现实层面得以消解。

---

① 《山谷诗集注》卷 12,第 313 页。
② 《拾补》卷 21,第 738 页。
③ 《山谷诗集注》卷 18,第 431 页。

二、拘囚下的自由——沉重的逍遥游

　　黄庭坚虽然被贬谪、被编管而丧失自由,且谨慎的性格使其不会像苏轼那样演出"小舟从此逝,江海寄余生"而后酒鼾大作的活剧,然而其对自由的渴求并未泯灭。他所追求的自由当然不可能是随心所欲的现实形式,而只能是虚幻的精神形式,至多是游山玩水,寄情自然。《次韵黄斌老晚游池亭二首》其二云:"杜门谢客恐生谤,且作人间鹏鷃游。"①为防止横生枝节而遭到政治迫害,被贬者到达贬地后,大多杜门谢客,不事交游,只能如黄帝一样作华胥国之神游,如庄子笔下的大鹏或鸠鷃一样作自适其性的逍遥游,至多"雍容林丘之下,清江白石之间"②,以逞自由之想,故其自由乃是一种精神的逍遥游。任注引山谷《庄子内篇解》曰:"鹍鹏之大,鸠鷃之细,均为有累于物而不能逍遥,唯体道者乃能逍遥耳。"庄子所谓"道"乃是不可为人类器官感知的最高本体,"所谓道,恶乎在? 庄子曰:无所不在。"③道的特征在于超乎万物之上而又在万物之中,它既具化为事物的各类形态而又不为各类形态所拘束,它泯灭了一切事物、一切状态的差别而将一切差别性的存在视为道的外化。主体的人只有与道合一,以道的眼光俯览万物,才能物物而不物于物,才能出入于万物之中获得无所拘执的绝对自由,才能作无所不可的逍遥游。但显而易见的是,庄子对绝对自由的追求在泯灭事物差异的同时也放弃了对是非的辨别,放弃了对价值的执守,完全与时浮仰,随波逐流,实际上否定了自我的存在。这与黄庭坚所坚守的儒家立场有着深刻的矛盾,也就决定了黄庭坚不可能完全接受庄子之道,自然不可能进行庄子式的逍遥游,"唯体道者乃能逍遥"也便注定成为黄庭坚的一种理想。对黄氏而言,庄子式的体道的最大意义在于使其泯灭政治的得意与失意、居庙堂之高与处江湖之远的差别,以安时处顺的态度悠游于世,削弱被贬的痛苦。他模仿庄子的所谓"且作人间鹏鷃游"实际上不过是"神骛八极,心游万仞"的玄想,"夫存心养性,以与天地参也,则能御六气以游无穷,此人而有天翼者也"④。而这种玄想究竟能否使他获得精

---

① 《山谷诗集注》卷 13,第 320 页。
② 《书韩愈送孟郊序赠张大同》,《宋黄文节公全集·别集》卷 6,《黄庭坚全集》,第 1566 页。
③ 《庄子集释》卷 7 下,第 749—757 页。
④ 《石信道诸子字训》,《宋黄文节公全集·别集》卷 4,《黄庭坚全集》,第 1531 页。

神自由并解脱被贬荒州的苦闷自然也是非常可疑的问题。

　　这种精神的逍遥游在现实中又常常表现为山林之游，黄庭坚戎州期间便作有许多园林诗，这些诗大都安静幽谧，不乏禅趣，表现出诗人醉心自然、与世无争的安闲心境，如《次韵答斌老病起独游东园二首》其二云："主人心安乐，花竹有和气。时从物外赏，自益酒中味。斫枯蚁改穴，扫箨笋迸地。万籁寂中生，乃知风雨至。"①该诗抒写留连于竹树花香的美妙感受及契心自然的禅悦与遐想，一片天机，颇近陶诗的自然风味。颈联写人的动态及物的情态，人似无心，物似无意，似相碍而相安。此时从寂静中传来万籁的声响，原来风雨已至，诗人心与物游，似乎已浑然忘却自我的存在，环境之幽静格外衬托出心游之深远。《又和二首》其一云："西风鏖残暑，如用霍去病。疏沟满莲塘，扫叶明竹径。中有寂寞人，自知圆觉性。心猿方睡起，一笑六窗静。"②则又在西风吹送、落叶纷飞的秋天悟得禅机，情淡境幽，言近意远。可见诗人已习惯戎州的贬谪生活，不仅不以为苦，相反从中得到了难得之乐，似乎也获得了短暂的精神自由。戎州期间，黄庭坚将其城南居所命名为"任运堂"，表达了随缘任运的旷达情怀。《别集》卷十五《与宋子茂书》描述戎州期间的生活云："某寓舍已渐完，使令者但择三四人差谨廉者耳。既不出谒，所与游者亦不多。山花野草，微风动摇，以此终日。"③《与中玉知县书》则描述了黔州期间类似归隐的生活："某僦居城南，虽小屋而完洁，舍后亦有三二亩闲地，种菜植果，亦有饭后消遥之地，所谓'园日涉以成趣，门虽设而常关'者也。"④《答李材书》描述黔中冬日生活说："闲居多病，人事废绝，遇风日晴暖，从门生儿侄，扶杖林麓水泉之间，忽不知日月之成岁。"⑤

　　这些记述虽然表面其乐融融，但诗人之心时时会从淡然自适的陶醉中清醒过来，蓦然惊觉世情的凶险。《又和二首》其二云，"宴安衽席间，蛟鳄垂涎地"⑥。任注引《庄子》曰："夫畏途者，十杀一人，则父子兄弟相戒也。人之所最畏者，衽席之上，饮食之间，而不知为之戒者，过也。"这种"居安思

①　《山谷诗集注》卷13，第316页。
②　《山谷诗集注》卷13，第317页。
③　《宋黄文节公全集·别集》卷15，《黄庭坚全集》，第1789页。
④　《宋黄文节公全集·别集》卷15，《黄庭坚全集》，第1767页。
⑤　《宋黄文节公全集·别集》卷14，《黄庭坚全集》，第1739页。
⑥　《山谷诗集注》卷13，第318页。

危"的心境当是政治迫害的心灵投影。即便在山林游乐中,诗人也会不经意地表露出对世情险恶的惊悸之情,《又答斌老病愈遣闷二首》其二云:"风生高竹凉,雨送新荷气。鱼游悟世网,鸟语入禅味。"①前两句写环境之幽及诗人的游赏之乐,"鱼游悟世网"句虽似漫不经心,却隐隐折射出诗人遭到政治迫害的心理阴影,唯其不经意方显出迫害之深痛,可见诗人并不能全然沉醉于园林风物的欣赏与遐想中。自然环境中任何与人生境况相似的形象都可能刺激诗人的神经,将其拉回到严酷的贬谪现实中,因而,园林游赏所给诗人提供的自由空间也是有限的。

不仅如此,儒家道德观念更为顽强地阻碍着黄庭坚的精神飞向更为高远的自由空间。《明远庵》诗云:"与君深入逍遥游,了无一物当情愫。"②任注引汾州无业传曰:"常了一切空,无一物当情,是诸佛用心处。"无情于物才能逍遥游。又《再次韵兼简履中南玉三首》其二云:"江津道人心源清,不系虚舟尽日横。"③所谓"心源清"即是无欲无求,以使本心清净。《四十二章经》云:"佛言:出家沙门者,断欲去爱,识自心源,达佛深理,悟佛无为。内无所得,外无所求,心不系道,亦不结业。无念无作,无修无证,不历诸位,而自崇最,名之为道。"④从佛家来看,"能断爱欲则心源自明",其实乃是"内无所得,外无所求"的心灵寂灭,惟此才能实现无所不可的自由,如不系之舟一样从流飘荡,任意东西。《庄子》曰:"泛乎若不系之舟,虚而遨游者也。"⑤成玄英疏曰:"唯圣人泛然无累,泊尔忘心,譬彼虚舟,任运逍遥。"亦是强调灭除情累乃是任运逍遥的基本条件。对黄庭坚而言,他的内心深处始终有儒家道德的羁绊,他无法挣脱,也无法放弃,也便难以进入到与天地同流的自由中去,至多是摆脱官场与政治的轻松,《梦中和觞字韵》云,"作云作雨手翻覆,得马失马心清凉"⑥,表达了诗人看透世态的洞达及得失无意的超然,此时诗人看重的是生命本身的自由,"一丘一壑可曳尾,三沐三釁取刳肠"。而如前所述,此时的黄庭坚虽然已逐渐熄灭建功立业的念头,但他仍然没有放弃儒家的道德操守,只是这种操守已经简化为内在

---

① 《山谷诗集注》卷13,第319页。
② 《山谷诗集注》卷20,第482页。
③ 《山谷诗集注》卷13,第329页。
④ 《注四十二章经》,《大正新修大藏经》,第39册第518页。
⑤ 《庄子集释》卷10上,第1040页。
⑥ 《山谷诗集注》卷18,第430页。

的心性修养及道德自律,它作为一种无形的力量限定着黄庭坚的精神领地,成为黄氏难以逾越的精神界限,使其始终不能无所拘束,放浪形骸,如苏轼一样获得与物合一、与天地同流的大自在。

因此,黄庭坚虽然面对磨难似乎随缘任运,不以为意,实则具有与苏轼不同的心理机制:苏轼乃是以庄禅之空无将磨难幻化于无形,黄氏则以儒家坚刚之心与之默默对峙,因而更其疲累。这种根深蒂固的儒家信念既成为对抗磨难的精神力量,同时成为隐形的精神桎梏,时时阻碍着黄庭坚抛弃物累而获得彻底的自由。因而黄庭坚往往在儒家伦理与对自由的渴望之间往复缠斗,儒道与庄禅表面的相互融摄之下是潜在的紧张对峙,"安得此身脱拘挛,舟载诸友长周旋"①正是黄庭坚欲摆脱儒家道德的拘束而不得的告白,这就注定了黄庭坚的自由是一种有限的自由,其貌似无所负累的精神之游也便成为沉重的逍遥游。

三、"不俗"观念的升华——从形迹到精神

"不俗"是黄庭坚提出的重要范畴,它不仅是一个美学范畴,而首先是一种人格境界。这一范畴随着黄庭坚贬谪命运的加重及对生命真谛领悟的深化而实现着升华,成为解读晚年黄庭坚文化人格及审美趣味的重要窗口。

黄庭坚在其贬后的诗文中反复表达对俗物、俗人的鄙视与厌弃及对"不俗"之人的赞美与神往,"德人泉下梦,俗物眼中埃"②,"俗物常逼塞,令人眼生白"③,"一点无俗气,相期林下同"④,"颇知君尘外物,真是我眼中人"⑤。而其所谓"不俗"究竟何所指呢? 黄庭坚在《书嵇叔夜诗与侄榎》中说:"余尝为诸弟子言:'士生于世,可以百为,唯不可俗,俗便不可医也。'或问不俗之状,余曰:'难言也,视其平居,无以异于俗人,临大节而不可夺,此不俗人也。'"⑥可见所谓的"不俗"本质上乃是儒家人格。《再次韵兼简履

---

①　《山谷诗集注》卷 17,第 421 页。

②　《山谷诗集注》卷 16,第 390 页。

③　《山谷诗集注》卷 18,第 445 页。

④　《山谷诗集注》卷 16,第 393 页。

⑤　《山谷诗集注》卷 16,第 400 页。

⑥　《宋黄文节公全集·别集》卷 6,《黄庭坚全集》,第 1562 页。

中南玉三首》其一云:"句中稍觉道战胜,胸次不使俗尘生。"①该句脱自陶
渊明"贫富常交战,道胜无戚颜"。此处"道"与"俗"相对,乃是儒家之道,如
有忧道之心,必然不染俗尘,不贪富贵,立身严正,志趣高远。陶渊明又云:
"先师有遗训,忧道不忧贫。"不俗者必是忧道者,是勇于担当道义者,也必
然是临大节而不可夺者,道胜俗,才能不俗。事实上,许多"俗"正是违弃儒
家道德之举,在新法推行及新旧党交替上台的政治变动中,许多人见风使
舵,全无立场,与先圣的教导相去万里,黄庭坚以讽刺的口吻写道,"经术貂
蝉续豹尾,文章瓦釜作雷鸣",刻画出操持新学的当世之士投机取巧的俗
态。与此相对照的则是另一些士人安贫乐道、矢志不渝的高风亮节,黄庭
坚赞扬李任道说,"李侯短褐有长处,不与俗物同条生""古来寒士但守节,
夜夜抱关听五更"②。只有严守儒节才不致沦为贪慕荣利、蝇营狗苟的俗
物,守节与弃俗因而实现了统一。上述诗篇清楚地表明了黄庭坚之"不俗"
的儒家特质。

　　由这种儒家人格延伸开去而形成的审美情趣必然也是高雅不俗的,如
黄庭坚赞叹祖元上人之清空不俗,而以琴声之高雅来表现:"王师学琴三十
年,响如清夜落涧泉。满堂洗尽筝琶耳,请师停手恐断弦。"③诗以"清夜落
涧泉"形容祖元琴声之美妙,这如天籁之音的琴声远胜过世俗筝琶的靡靡
之音,使人洗尽俗虑,心清气畅。诗人由此转入对祖元命运的追述及对生
命的哲思,"神人传书道人命,死生贵贱如看镜。晚知直语触憎嫌,深藏幽
寺听钟磬"。直言无忌而不容于世,只能逃入深山幽寺,污浊的世俗社会既
不能容忍祖元的正直,亦不可能接受祖元"不俗"的琴声,因为琴声之"不
俗"正是基于其正直的人格及高洁的心性。诗人这里实际上提出了坚持
"不俗"还是从俗的问题,这一问题的本质在于,面对天下滔滔的局面,是坚
持正直人格还是随波逐流。在《以古铜壶送王观复》一诗中,黄庭坚对这一
问题明确表达了自己的态度。诗开篇便提出了"随俗易汨没,从公常纠
纷"④的两难选择,又以"我观王隆化,入芄不改薰"赞美王观复,肯定了弃
俗从公、保持高节的立身原则。诗人并以古铜壶相赠,"酌酒时在旁,可用

---

① 《山谷诗集注》卷 13,第 329 页。
② 《山谷诗集注》卷 13,第 330 页。
③ 《山谷诗集注》卷 13,第 323 页。
④ 《山谷诗集注》卷 14,第 355 页。

弭楚氛"。任渊注曰:"楚氛喻俗恶之气,左传曰:楚氛甚恶。"诗人以"楚氛"一典表达了对俗恶之气的鄙弃,希望王观复饮酒时以壶自警,时时不忘消除俗念。最后以设问收尾,"问君何以报,直谅与多闻"。引用孔子之言加以勉励,希望王观复保持正直不俗的儒家人格。可见,黄庭坚之"不俗"始终围绕着加强儒家修养、坚守儒家人格的核心命题。以上所引俱是黄庭坚贬谪以后的诗文材料,这表明黄庭坚在政治黑暗、世风污浊的背景下,越发重视儒家人格的构建问题。

　　黄庭坚之"不俗"由人格内涵兼及审美趣味,并在晚年升华为率意而为、无施不可的生命精神。黄庭坚早年一直追求脱俗,无论作诗、作书还是待人接物,都求奇而厌俗,表现出孤高自许、特立独行的风范,表现于诗歌创作便是为奇而奇,刻意为之,有意与所谓的"俗"区别开来,这必然陷于片面追求形式的新奇而忽略精神脱俗的偏颇。黄庭坚早期的许多诗作明显带有人为造作的痕迹,主要表现为用典生僻,词法、句法拗涩,多押险韵,多作拗体,形成所谓瘦硬生新的面貌。这固然带有创新性质,但片面追求形式的新奇殊非诗家正道。宋人魏泰在《临汉隐居诗话》中批评说:"黄庭坚喜作诗得名,好用南朝人语,专求古人未使之事,又一二奇字,缀葺而成诗。自以为工,其实所见之僻也。故句虽新奇,而气乏浑厚。"[1]追求形式、强调诗法是黄庭坚终其一生的观念,但在晚年的贬谪生涯中,黄庭坚对早年一味求奇也进行了反思,"好作奇语,自是文章病"[2]。其"不俗"的理念也发生了变化,其中重要的改变便是以俗为雅,以自然为高,崇尚"意在无弦"的自由境界。

　　"雅"与"俗"并非抽象的文化概念,它们依托于不同的社会阶层,标志着不同阶层的文化属性,一般而言上层文化雅而下层文化俗,尤其是底层民众,更是"俗"文化的主要载体,黄庭坚追求不俗必然要与俗众拉开距离。作为士大夫精英,黄庭坚有意无意地流露出对下层民众的鄙夷态度,《又戏题下岩》云:"往往携家来托宿,裙襦参错佛衣巾。未嫌满院油头臭,踏破苔钱最恼人。"[3]此诗虽有戏谑成份,却颇能见出嫌恶俗众的心理。而随着晚年的一贬再贬,黄庭坚事实上沦落于社会底层,与底层官吏和普通民众有

____

① ［宋］魏泰:《临汉隐居诗话》,《历代诗话》,第327页。
② 《与王观复书》一,《宋黄文节公全集·正集》卷18,《黄庭坚全集》,第470页。
③ 《山谷诗集注》卷14,第352页。

了更为直接的接触,正是这些原本的俗人庸众敬重他,爱戴他,给了他真诚的关切与无私的帮助。宜州期间,许多素不相识的下层人物给困境中的黄庭坚送来了各种各样的生活用品、文化用品和钱款①,黄庭坚在《宜州家乘》中将所接收的礼品无论大小贵贱,不厌其烦一一记录,正是以此表达对这些普通人的感激之情,这表明黄庭坚在感情上真诚地接受了他们。黄庭坚在江南绝不为人作草,而至宜州贬所后,则是有求必应,来者不拒,或问其故,黄庭坚告之曰:"往在黔安,园野人以病来告,皆与万金良药。有刘荐者谏曰:'良药可惜,以啗庸人。'笑而应曰:'有不庸者,引一个来。'"②这固然说明黄庭坚宅心仁厚,更说明他不再以高高在上的精英自居,精英与俗众的界限在他心中渐渐消失,与此相应,雅与俗也不再以社会阶层的归属作为分界。在《宜州家乘》中,黄庭坚以安详的口吻记录下当地的风土人情及与各色人员的来往,全无偏狭之气。黄启方先生认为,《宜州家乘》"230日记事全文共有 6000 余字,除正月十五日'可庆也'用了'庆'字,二月二十日'累日苦心悸'用了一个'苦'字外,竟无任何其他悲喜哀乐怨怒欣悦的字眼,说他真正达到了'太上忘情'的境界也罢! 说他是'哀莫大于心死'也罢! 先生的的确确展现了他不俗的格调"③。

"不俗"未必一定是远离俗众,亦可处俗而不随俗,所谓"俗里光尘合,胸中泾渭分"④,所谓"平生三业净,在俗亦超然"⑤。不仅超然,甚至可以"以俗为雅"。在黔州所作《再次韵杨明叔》的小引中,黄庭坚说:"盖以俗为雅,以故为新,百战百胜,如孙吴之兵,棘端可以破镞,如甘蝇飞卫之射:此诗人之奇也。"⑥这段话标志着黄庭坚"雅""俗"观念的重大变化,即不再视雅、俗为不可调和的对立物,不再刻意脱俗求雅,而是要重归于俗,俗中求雅,以俗为雅,这才是诗人之奇,这才是真正的"不俗"。诚如王水照先生所论:"诗人心中的'明'本身也是来自俗尘之中,离开人世间的是是非非,又

----

① 据黄启方先生统计,《宜州家乘》中所见之赠礼共七十类,其中食品花果五十类,日常用品(包括文具)十九类,钱一万。见黄启方著《黄庭坚研究论集》,安徽人民出版社,2005 年,第 42 页。
② 《书自作草后》,《宋黄文节公全集·别集》卷 6,《黄庭坚全集》,第 1571 页。
③ 《黄庭坚研究论集》,第 39 页。
④ 《次韵答王眘中》,《山谷诗集注》卷 7,第 168 页。
⑤ 《山谷诗集注》卷 18,第 440 页。
⑥ 《山谷诗集注》卷 12,第 303 页。

何'明'之有？"①混迹于俗尘中，才能窥见"不俗"的真谛，由此，黄庭坚对"不俗"的理解由外在形迹升华为内在精神，由刻意追求形式的新奇转变为主体精神的自然流露。戎州期间，黄庭坚在《书草老杜诗后与黄斌老》中写道："予学草书三十余年，初以周越为师，故二十年抖擞俗气不脱。晚得苏才翁子美书，观之乃得古人笔意。其后又得张长史、僧怀素、高闲墨迹，乃窥笔法之妙。今来年老懒作此书，如老病人扶杖，随意倾倒，不复能工，顾异于今人书者，不纽提容止，强作态度耳。"②此时的黄庭坚在书法创作上抛弃了为奇而奇的窠臼，不再斤斤于构势的新奇，而着意于主体精神的自由表达，晚年草书任意独行，神气超迈，"如老病人扶杖，随意倾倒"，率然自适，臻于化境。由草书之悟连带而及于行书，《李致尧乞书书卷后》中写道："元符三年二月己酉夜，沐浴罢，连饮数杯，为成都李致尧作行。耳热眼花，忽然龙蛇入笔。学书四十年，今名所谓鳌山悟道书也。"③这表明黄庭坚确已顿悟作书的秘奥而进入到随意驱遣的自由境界。由追求形式的奇崛到表现精神的自由，这才是"不俗"的真谛。书法如此，作画亦然，《次韵黄斌老所画横竹》云："酒浇胸次不能平，吐出苍竹岁峥嵘。"④画竹者胸怀不平，才会愤而作画，则画竹的形态必当表现画者的心态，画态与心态浑然合一，其画才会富于生命内蕴，才能成为神品和逸品。黄斌老所画竹之拗折怒张的姿态正是其不平心态的形象写照，诗人以富于想象力的语言称赞黄氏技法高妙，"中安三石使屈蟠，亦恐形全便飞去"，间接表达了对画作富于生命精神的肯定。就诗而言，则由早年的"有意于为诗"的刻意锻炼字句和讲求布置发展为"无意为文"的自然浑成。在《与王观复书》（二）中，黄庭坚说："平淡而山高水深，似欲不可企及，文章成就，更无斧凿痕，乃为佳耳。"⑤"无斧凿痕"即为"不烦绳削而自合"⑥的自由境界。虽然晚年的黄庭坚依然不曾放弃注重诗法的一贯思想，并且提出"点铁成金""夺胎换骨"的创作理念，但此时的诗法已超越了"技"而进入到"道"的层面，这也使其晚年之作呈现出不同以往的崭新风貌，《豫章先生传赞》曰："山谷自黔州以后，句

①　王水照：《宋代文学通论》，河南大学出版社，1997年，第299页。

②　《宋黄文节公全集·外集》卷23，《黄庭坚全集》，第1406页。

③　《宋黄文节公全集·外集》卷23，《黄庭坚全集》，第1408页。

④　《山谷诗集注》卷12，第309页。

⑤　《宋黄文节公全集·正集》卷18，《黄庭坚全集》，第471页。

⑥　《与王观复书》一，《宋黄文节公全集·正集》卷18，《黄庭坚全集》，第470页。

法尤高,笔势放纵,实天下之奇作。"①正指出了观念的变化对其创作的积极影响。

由上可以看出,黄庭坚晚年"不俗"观念的变化正是其贬谪际遇下生命淬炼的结果,它表面是观念的改变,本质是精神的升华,标志着黄庭坚对艺术及生命的理解达到了新的高度。这种审美观念不仅没有脱离原本的儒家人格内涵,反而更向这一内涵靠拢,晚年的"不俗"实际上已淡化为一种生活态度,一种对生命圆融观照的优雅情怀,正所谓"颓波阅砥柱,浊水得摩尼"。任注曰:"上句言独立不改,下句言心地圆明。"②这是对晚年的黄庭坚坚守儒节而又含容万类的准确概括,拥有此种心态才能处俗而不俗,不奇而自奇,黄庭坚"不俗"的人格内涵与审美内涵由此实现了完美的统一。

第三节　贬谪与苏、黄晚年对平淡诗风的追求

宋诗平淡之说首倡于梅尧臣,经欧阳修的强化而正式确立于苏轼,而一贬再贬的人生遭际乃是苏轼由前期的豪横最终转向平淡的根本原因,在这一过程中,陶渊明成为平淡风格得以确立的重要环节。

一、苏轼之平淡观

尽管苏轼称道韦应物、柳宗元诗"发纤秾于简古,寄至味于淡泊"③,但这一评价实则是将韦、柳与"虽间有远韵,而才不逮意"④的同时代人相比较的结果,并未明确韦、柳之"淡泊"与陶诗之淡泊处于同一层次。且这一评价出自《书黄子思诗集后》,而苏轼写此一短评应在远贬惠州之前⑤,其时虽好柳诗,所好者乃在于其貌似平淡的趣味,而对柳诗内在的兀傲不平之气尚欠更细微的体察。绍圣以后,随着其人生苦况的不断加重及其向禅之心的日久弥坚,回头再反观柳诗,则不难体味出与自己萧散自然的心态

---

① 《豫章先生传赞》,《苕溪渔隐丛话》卷32,第245页。
② 《山谷诗集注》卷18,第448页。
③ 《书黄子思诗集后》,《苏轼文集》卷67,第2124页。
④ 《书黄子思诗集后》,《苏轼文集》卷67,第2124页。
⑤ 《书黄子思诗集后》云,"予既与其子几道、其孙师是游,得窥其家集"。既是"窥其家集",则该文当是应黄氏之请书于家集之后,应作于绍圣贬惠州之前。

相冲突的不平之气。《瀛奎律髓》云："世言韦柳，韦诗淡而缓，柳诗峭而劲。"①柳诗之峭劲与陶诗之自然貌合神离，由此，偏爱陶诗而疏离柳诗便成为苏轼晚年心态变化的必然结果。

柳诗表面简古淡泊，实则其磊落不平之气潜曲流转于诗中，形成外柔内刚的诗歌形态。《江雪》即典型例证。千山万径既无鸟语，亦无人声，一片寂静。大雪茫茫的江面，独有老翁戴笠披蓑，独钓寒江。这静穆的画面传达出的是老翁面对肃杀的寒冬依然默默与之对峙的刚毅，流露出柳宗元面对严酷的政治打击不肯屈服的兀傲之气。又《雨后晓行独至愚溪北池》云："宿云散洲渚，晓日明村坞。高树临清池，风惊夜来雨。予心适无事，偶此成宾主。"本诗描写雨后清晨景象，清丽静谧，诗人亦以"予心适无事"表白，似是心与物合，情景相映，而风吹雨落的声响时时令诗人心神悸动，"惊"字实则映现出诗人内心的不安。《古唐诗合解》评该诗云："即事成咏，随景写情，颇有自得之趣。然毕竟有'迁谪'二字横于意中，欲如陶、韦之脱，难矣。"②"迁谪"二字横于意中正是柳诗不能磨去锋芒的原因所在，更进一步说，则是柳氏仍未平复入世之心。苏轼在比较陶、柳时说："柳子厚诗在陶渊明下，韦苏州上，所贵乎枯淡者，谓其外枯而中膏，似淡而实美，渊明子厚之流是也。"③苏轼将陶、柳二人看作同一风格，而柳不及陶，如何不及，差异何在，苏轼虽未明言，而由其相关字眼仍可寻到蛛丝马迹。在《书柳子厚南涧诗》中，苏轼说："柳子南迁后诗，清劲纡余，大率类此。"④其中提到柳诗之"劲"。后人对这一特征又以相近词语加以发明，胡仔云："予观古今诗人，惟韦苏州得其（指陶渊明）清闲，尚不得其枯淡；柳州独得之，但恨其少遒尔。"⑤其中"遒"即"劲健"之意，即柳诗虽有陶诗枯淡之美，但较陶诗又稍显遒劲，不能达到陶诗纯任自然的境界。胡应麟在比较诗"清"的一派时指出，"靖节清而远"，"柳子厚清而峭"⑥。"峭"乃"险峻、突兀、森严"之谓也。无论是"劲""遒""峭"，实际上都指出了柳诗与"枯淡"的总体风格相悖离的审美特征，乃是柳子厚饱受磨难的愤郁不平之气的艺术外

①　［元］方回：《瀛奎律髓》卷4，上海古籍出版社，2005年，第188页。
②　［清］王尧衢：《古唐诗合解》，转引自陈伯海《唐诗汇评》，浙江教育出版社，1992年，第1789页。
③　《评韩柳诗》，《苏轼文集》卷67，第2109页。
④　《苏轼文集》卷67，第2116页。
⑤　《苕溪渔隐丛话前集》卷4，第26页。
⑥　［明］胡应麟：《诗薮·外编》卷4，中华书局，1958年，第178—179页。

现。宋人蔡启在《子厚乐天渊明之诗》中说：“子厚之贬，其忧悲憔悴之叹，发于诗者，特为酸楚。闵己伤志，固君子所不免，然亦何至是，卒以愤死，未为达理也……惟渊明则不然。观其《贫士》《责子》与其他所作，当忧则忧，遇喜则喜，忽然忧乐两忘，则随所遇而皆适，未尝有择于其间，所谓超世遗物者，要当如是而后可也。”①蔡启以宋人眼光反观唐人，责备子厚“未为达理”，而推崇陶渊明“忧乐两忘”“超世遗物”的情怀。姑且不论其时代差异对子厚评论有失苛刻，仅就对陶、柳二人诗风差异原因的分析而论，则其观点无疑是确当的。

　　柳宗元虽然信佛，但主要限于解除精神苦闷，并未消解、覆盖其政治理想而成为其人生的主导原则，或者说，佛教与儒学、政治与文学、理想与实践并未如苏轼晚年一样圆融为一。因此，柳宗元的佛教信仰事实上并未对其诗歌创作产生明显影响，其诗歌之淡泊峭劲风格的形成乃是其沉厚内敛的人格气质、朴雅古淡的文学趣味及其难以消泯的政治理想交互作用的结果。因此，柳诗更是一种“文学性”的创作，而非如苏轼那样是一种庄禅哲学陶冶之下的个体生命与天地大化相交融而成的性情风习的自然流露，诚如周裕锴先生所论：“在宋以前，儒、释、道的生命哲学还未真正化为自觉的人心和诗心。”②然而，这种不自觉并不能否定陶渊明的示范意义，如果说宋以后的诗人创作是一种糅合三教的自觉，那么陶诗之质朴自然乃是一种超乎自觉的浑成境界，是诗人参透天地化机之后大朴归真的心灵外现。一切生命活动指向“真”这一最高价值本体，一切生命活动又被这一最高本体所渗透所引导并与之浑融为一，陶诗因而带有浑朴无凿的真趣及排斥世俗功利的宗教气质，苏轼晚年的精神趣味正在这一点上与之同声相应。可以说，庄禅之风对苏轼创作的影响，一方面是使之由对外在事功的追求转向对内在心性的体悟，淡泊功利而归趋本真的自性，通过对心灵的澄净开启对宇宙大化的认知与把握，所谓“静故了群动，空故纳万境”③。另一方面则是糅合儒释道，以一种整体的眼光观照万物，从而将类似柳宗元那样宗教信仰与政治实践、理性审视与情感发抒的分离状态融通起来，达到随心所欲而无施不可的浑然境界，这不仅是自然浑成的创作境界，亦是圆通无

---

① ［宋］《蔡宽夫诗话》，《宋诗话辑佚》，第 393 页。
② 周裕锴：《宋代诗学通论》，第 341 页。
③ 《送参寥师》，《苏轼诗集》卷 17，第 906 页。

碍的生命境界。尽管陶渊明所归趋者是道家哲学最高本体的"真"，苏轼所求者乃是禅宗哲学清净自然的"自性"，实则二者在追求自然方面并无二致，更重要的则是二者融通万物的求思方式是完全一致的，由此，精神气质的趋向自然与求思方式的浑然合一必然导致对平淡风格的追求。这就使流贬后的苏轼对陶诗具有一种哲学意义上的亲切感与归属感。柳宗元虽以释家出世之理尤其是天台宗教义消解苦痛，终于不能磨灭成尘，其跌宕不平之气仍然流荡于字里行间，形成不同于陶诗的"峭劲"特征。宋人以其文化的老成心态观照唐人，便对其身处逆境而长歌当哭的强烈情感不以为然，而更欣赏那种随遇而安的从容淡定，则柳诗之"清而峭"自然便不及陶诗之"清而远"。于是在苏轼的审美观照中，柳诗便在陶诗之下了。柳氏虽与苏轼拥有相似的经历，且在贬谪之后也转向释教，但其以儒统释的基本立场使其无法如苏轼一样完全消泯用世之情，形之于诗便表现为清峭作风。因而，无论其人格还是诗格都与苏轼的理想境界貌合神离，不能与陶诗等量齐观。苏轼迭遭打击，远贬南荒的过程也是其出世之心日渐强烈、佛禅之心逐步加重的过程，与之相应，其艺术审美眼光也由前期的豪横超迈趋向于清远枯淡，因而也就与陶渊明纯任自然的人格诗格高度同一，这正是苏轼和陶而不和柳的社会文化原因。

因此，苏轼对陶渊明的认同首先是一种精神的认同及心灵的共鸣，和陶乃是对其人格及诗格的全方位的追慕与模仿，苏轼云，"吾于诗人，无所甚好，独好渊明之诗"，"然吾于渊明，岂独好其诗也，如其为人，实有感焉"[1]。由诗风到人格，概为苏轼所取法，则苏轼对平淡诗风的肯定乃是追慕陶渊明的应有之义。苏轼《和陶怨诗示庞邓》中写道："我昔堕轩冕，毫厘真市廛。困来卧重裀，忧愧自不眠。如今破茅屋，一夕或三迁。风雨睡不知，黄叶满枕前。宁当出怨句，惨惨如孤烟。但恨不早悟，犹推渊明贤。"[2]往年置身官场，虽卧于裀榻之上也难以安眠；如今贬处穷荒，远离是非，在不蔽风雨的茅屋中也能酣睡。其中区别在于心态之超然与否，而陶渊明无疑正是这种超然人格的范本，陶诗之平淡也正是其人格之超然的外化。苏轼有关平淡的一系列观点大多是由对陶诗的评论生发出来的，其中代表性

---

① 《苏轼佚文汇编》卷4，《苏轼文集》，第2515页。

② 《苏轼诗集》卷71，第2271页。

的言论是：

> 所贵乎枯淡者,谓其外枯而中膏,似淡而实美,渊明、子厚之流是
> 也。若中边皆枯淡,亦何足道。①
>
> 渊明作诗不多,然其诗质而实绮,癯而实腴。②

由上,苏轼的平淡观念包括内与外两个方面。所谓内主要指诗歌的感情内蕴及精神气度,包括诗人主体历尽坎坷之后对生命的解悟与超越,具体苏轼而言则是遭贬而不改其度、处穷而不易其节的从容与超然,是繁华落尽的生命真淳。《闻见后录》载:"元符末,东坡、器之各归自岭海,相遇于道,始交欢。器之语人云:'浮华豪习尽去,非昔日子瞻也。'"③刘安世的话更为可信地证明了苏轼晚年的精神气质由浮华到本真的升华。所谓"外"则指语言的"渐老渐熟,乃造平淡,其实不是平淡,是绚烂之极也"。苏轼所谓平淡并非刻意的追求,而是由原初的绚烂自然生化的结果,更是历尽沧桑的生命精神的自然发露,因此,这种平淡便不是苍白无味,而是"发纤秾于简古,寄至味于淡泊",含蕴着丰富深厚的生命体验。晁补之在《题陶渊明诗后》引苏轼评陶渊明《饮酒》诗"望""见"二字之优劣云:"陶渊明意不在诗,诗以寄其意耳。'采菊东篱下,悠然望南山',则既采菊,又望山,意尽于此,无余蕴矣,非渊明意也。'采菊东篱下,悠然见南山',则本自采菊,无意望山,适举首而见之,故悠然忘情,趣闲而景远。"④说明苏轼认为诗乃是主体感情的自然流露,并非刻意的造作,出之真性情,用语自然贴妙,"此未可于文字精确间求之,以比碔砆美玉不类"⑤。这正是苏轼平淡观的本质。

二、黄庭坚之平淡观

黄庭坚晚年亦主平淡,但与苏轼的平淡观却有不同。如前所论,儒文化乃是黄庭坚的思想内核,入世本是其基本的价值追求,但绍圣后政治贬谪的严酷打击使其收敛起入世精神及批判现实的锋芒,对儒文化的坚守嬗

---

① 《苏轼文集》卷 67,第 2109 页。
② 《与子由六首》其五,《苏轼佚文汇编》卷 4,《苏轼文集》,第 2515 页。
③ 《邵氏闻见后录》卷 20,第 159 页。
④ [宋]晁补之:《题陶渊明诗后》,《全宋文》,第 126 册第 129 页。
⑤ [宋]晁补之:《题陶渊明诗后》,《全宋文》,第 126 册第 129 页。

变为对专制政治的容让及内在的道德历练,形成晚年外柔内刚的人格特征,表现为诗学观念便是怨而不怒、哀而不伤的儒家诗教,这是黄庭坚平淡诗学观的基本内涵。

黄庭坚晚年诗作感情抒发波澜不惊,被贬期间多数诗歌为次韵唱和、宴饮游赏、题咏书画、思亲怀归之作,绝少涉及现实政治,只是在元符三年(1100)至建中靖国(1101),旧党被大批叙复的背景下,写有一些歌咏新政的作品,偶尔亦有对政治前景表示忧虑者,但绝无以激烈的言辞批评现实、露骨地发泄不满者。奉行儒家诗教原本是黄庭坚一以贯之的创作原则,而贬谪际遇更使其敛声屏气,消隐锋芒。黄庭坚曾批评说,"东坡短处在好骂",而对东坡晚年之诗则深表赞许,原因在于这些诗消尽了怨气,不再抒写牢骚之词,如刘克庄所云:"(东坡)公自绍兴(应为'圣',笔者注)以后,诗文未尝有贬谪之叹。己卯,元符二年也,公在昌化南迁七年矣,所书子美'天寒翠袖薄,日暮倚修竹'之句,可谓'哀而不怨,婉而成章'矣。"①黄庭坚晚年贬谪之后在与后生晚辈的通信中,每每谈及经术学问与道德心性:

> 1. 夫悫者,守之则虚一而静,接物则言忠信而行笃敬矣。如是,故可以托六尺之孤,可以寄百里之命矣。无是节,亦不足以为士矣。——《张悫字士节》②

> 2. 范氏不学则已,学则必以治心养性为本。斯文之作,妙尽心性之蕴,只使朝夕薰之,自成道种。——《跋牛头心铭》③

> 3. 甥人物之英也,然须治经,自探其本,行止语默一一规摹古人。至于口无择言,身无择行,乃可师心自行耳。——《与徐师川书》④

治心养性的最终目的乃是使士人"口无择言,身无择行",避免与专制政治相对抗,从而免祸全身,正是这样的文化理念,催生出晚年黄庭坚对"诗法"的追求。黄庭坚在晚年的诗文中一再谈到"法"的概念,"法"成为黄庭坚晚年诗学及后来的江西诗派的关键词,在《与赵伯充书》中,黄庭坚说:"学老杜诗,所谓刻鹄不成犹类鹜也。学晚唐诸人诗,所谓作法于凉,其弊

---

① ［宋］刘克庄:《后村先生大全集》卷104,《四部丛刊》本。
② 《宋黄文节公全集·外集》卷24,《黄庭坚全集》,第1427页。
③ 《宋黄文节公全集·别集》卷7,《黄庭坚全集》,第1614页。
④ 《宋黄文节公全集·别集》卷18,《黄庭坚全集》,第1868页。

犹贪,作法于贪,敝将若何?"①尽管黄庭坚强调诗法或句法的本意是确立作诗门径,以使学诗者能窥得诗学渊奥,与秩序约束的意义并不等同,但它着意将诗的作法纳入一定的规则,将学诗者的思维导入一定的范式,则与儒文化的秩序性有着深刻的内在关联,它固然便于学诗者窥入作诗门径,而同时隐含着对思想加以约束与规范的文化意味,正如汪应辰所云:"余所视山谷翰墨,大抵诲人必以规矩,非特为说诗而发也。"②尽管黄庭坚强调诗法不大可能是对儒文化秩序性的有意呼应,但恐怕也难以否定二者之间所存在的内在的历史性的联系,如果此说成立,那么黄庭坚之诗法并不仅是作诗的门径,更是通向儒家道德的津梁。反过来说,创作者拥有深厚的道德修养发而为诗,自然会消除怨气与牢骚,呈现出平淡风格,黄庭坚因此极力强调道德心性对文学创作的支持作用:

　　1.颇得暇治经否? 此乃文章之根,治心养性之鉴。——《与洪甥驹父》③

　　2.足下之作,深之以经术之义味,宏之以史氏之品藻,合之以作者之规矩,不但使两川之豪士拱手也。——《与王周彦书》④

　　3.词意高胜,要从学问中来尔。——《论作诗文》⑤

　　尽管黄氏注重道德修养的重要性,然而历练道德是否可以提高创作水准实际上是难以证明的,道德修养作为创作主体潜在的精神因素与表现于外的诗文之间并不具有可以目睹的相关性,它们之间的联系是一种隐性的联系,无法自证自明。且从客观事实来看,道德深厚也未必就可以达到艺术创作的高境,黄庭坚偏偏强调二者之间的关系,与其说是出于诗学信念,不如说出于政治环境的压力。正是乌台诗案以来及绍圣以后政治环境的恶化刺激了黄庭坚这类儒家士人的道德自觉,使其重新思考士人的道德修养与诗文创作之间的关系,更加强调诗文创作的道德属性,防止创作行为在感情的驱动下逸出儒家道德的藩篱。从这个意义上说,黄庭坚倡导平淡乃是为了避免与专制政治相对抗,使平淡追求成为道德约束下的自觉行

---

①　《宋黄文节公全集·外集》卷21,《黄庭坚全集》,第1371页。

②　[宋]汪应辰:《跋山谷帖》,《全宋文》,第215册第193页。

③　《宋黄文节公全集·续集》卷2,《黄庭坚全集》,第1934页。

④　《宋黄文节公全集·别集》卷17,《黄庭坚全集》,第1839页。

⑤　《宋黄文节公全集·别集》卷11,《黄庭坚全集》,第1684页。

为,成为儒家人格的自然外化。

在与后生晚辈的书信中,黄庭坚谆谆教导他们要研习经典,淳化道德,以精神的温厚醇粹,发而为文,自能雍容不迫,平淡有味。《与洪驹父》云:"然孝友忠信,是此物(文章)之根本,极当加意养以敦厚醇粹,使根深蒂固,然后枝叶茂尔。"①又曰:"常须读经书,味古人经世之意,宁心养气,累九鼎以自重,乃所望于甥者。一日克己,天下归仁焉,无患人不知也。"②黄庭坚认为只要读经知古,克己归仁,培养起深醇的儒家人格,自然可以无往而不可,直造平淡之境,"学功夫已多,读书贯穿,自造平淡"③。这与韩愈、欧阳修的观念可谓一脉相承,韩愈云,"行之乎仁义之途,游之乎诗书之源","仁义之人,其言蔼如也"④。欧阳修云,"大抵道胜者文不难而自至也"⑤。都指出了儒道修养与为文之间的关系,"说明黄庭坚的诗学及一般的文艺思想,从其基本的归属来看,还是属于唐宋古文家与诗文革新这一派"⑥,但韩、欧主要是从艺术角度来谈的,其着眼点是深化道德修养以使文章达到既有浩然之气而又蔼然其表的艺术高境,黄庭坚的观念虽与韩、欧类似,实则出自与韩、欧不同的党争与贬逐的政治背景,黄氏对道德根柢的强调并不仅是为诗歌创作奠定深厚的人文基础,同时也意在将士人主体纳入君礼臣忠、尊卑有序的儒文化框架,使其自觉服膺"怨而不怒"的儒家诗教,发之于文学创作便呈现出"平淡而山高水深"的审美风格。由此出发,杜甫晚年的夔峡之作便成为黄庭坚深为推许的典范,"但熟观杜子美夔州后古律诗,便得句法简易,而大巧出焉。平淡而山高水深,乃为佳耳"⑦。"平淡"是表象,"山高水深"则是内核与本质,只有"山高水深"才能直造平淡之境,韩经太对此揭示说:"一方面是读书识物,研阅穷理之学问的深厚广博,一方面是命意曲折、章法顿挫之法度的精严善变,它们共同构成了高深难测的艺术构思特征。"⑧实际上,所谓"山高水深"并不仅指杜甫学问之深厚广博及

---

① 《宋黄文节公全集·外集》卷21,《黄庭坚全集》,第1365页。
② 《宋黄文节公全集·外集》卷21,《黄庭坚全集》,第1366页。
③ 《宋黄文节公全集·外集》卷21,《黄庭坚全集》,第1366页。
④ 《韩昌黎文集校注》卷3,第189页。
⑤ [宋]欧阳修:《答吴充秀才书》,《居士集》卷47,《欧阳修全集》,第664页。
⑥ 《黄庭坚诗学体系研究》,第40页。
⑦ 《宋黄文节公全集·正集》卷18,《黄庭坚全集》,第471页。
⑧ 韩经太:《论宋人平淡诗观的特殊指向与内蕴》,《学术月刊》1990年第7期。

法度之精严善变,也包括道德修养之深厚坚笃。山谷在作于元丰二年(1079)的《次韵伯氏寄赠盖郎中喜学老杜诗》中赞美杜甫说,"千古是非存史笔,百年忠义寄江花"①,肯定了其"忠义"之风。《潘子真诗话》"山谷论杜甫韩偓诗"条云:"山谷尝谓余言:老杜虽在流落颠沛,未尝一日不在本朝,故善陈时事,句律精深,超古作者,忠义之气,感发而然。"②其实不仅黄庭坚,宋人多从道德角度评价杜诗,《张戒岁寒堂诗话》卷上说:"鲁直专学子美,然子美诗读之,使人凛然兴起,肃然生敬,《诗序》所谓'经夫妇,成孝敬,厚人伦,美教化,移风俗'者也。"③可见,宋人对杜甫及其诗歌的发明并不止于法度精严的艺术创造,更在于"发于性,止于忠孝"的儒家品格,在黄庭坚看来,这正是诗人创作臻于艺术极境的思想基础。在《大雅堂记》中,山谷说:"子美诗妙处,乃在无意于文。夫无意而意已至,非广之以《国风》《雅》《颂》,深之以《离骚》《九歌》,安能咀嚼其意味、闯然入其门邪!"④无论《诗经》还是《楚辞》,对杜甫的主要意义并不在于诗法技巧,在黄氏看来,杜诗所以能"无意而意已至",在于深受诗经、楚辞的精神熏陶,具体而言,即对风骚之忠君忧国传统的继承与发扬。杜甫含英咀华,将儒家精神深深地渗入到自己的生命中,举手投足未尝忘君,因此才能在为诗作文时自然流露出深醇的道德意味,产生感荡人心的精神力量。黄氏所谓"意已至"之"意",究其本质乃是忠君忧国、仁民爱物的儒家情怀,唯其极深极远,所以涵容万类,无施不可,从而形成"无意而意已至"的淡泊风貌。从这个意义上说,道德之高境自然臻于艺术之高境,晚年杜诗之价值正在其道德之深厚与崇高,黄庭坚对晚年杜诗的推崇本质上正是着眼于此。在绍圣之后政治环境日趋险恶及本人遭贬处穷的背景下,黄庭坚推崇杜诗便不仅在于为诗界提供了一个易于师法的范型,而且在于以杜甫之儒家人格自勉自励,并以之振起士人群体不断衰落的忠义之气。方回在评山谷《戏题巫山县用杜子美韵》时说:"学老杜诗,当学山谷诗,又当知山谷所以处迁谪而浩然于去来者,非但学诗而已。"⑤方氏意谓黄庭坚于杜甫处所汲取者,不仅是诗

---

①　《山谷诗外集补》卷4,《山谷诗集注》,第1308页。

②　《宋诗话辑佚》卷上,第310页。

③　[宋]张戒:《岁寒堂诗话》卷上,丁福保《历代诗话续编》,中华书局,2006年,第465页。

④　《宋黄文节公全集·正集》卷16,《黄庭坚全集》,第437页。

⑤　《瀛奎律髓汇评》卷43,第1545页。

歌法度,亦包括他的思想与人品,则黄庭坚对杜诗的推崇自不当纯以诗艺视之,其中亦有醇化道德之深意存焉。

由道德之深醇而至诗作之平淡,便成为黄庭坚平淡观的基本内涵,也因此与苏轼的平淡观区别开来。张戒云:"黄鲁直自言学杜子美,子瞻自言学陶渊明,二人好恶,已自不同。"①黄氏崇杜,苏轼更崇陶,由此也可以表现出二者平淡观的差异。如果说黄庭坚之平淡主要是其儒家诗教的表现,那么苏轼之平淡则是自然人格的外化;黄氏之平淡对应于儒道的秩序性,讲求诗法;苏轼之平淡则侧重于庄禅思想历炼而成的自然人格,无法可依;黄庭坚之平淡侧重积累之富与技巧之精,苏轼之平淡则是渐至老境、繁华落尽的生命精神的表露;黄氏之平淡尚带有人为造作的性质,苏轼之平淡是由内到外、从人格到诗风的全方位的返朴归真。但黄庭坚又不甘心死于法下,他既强调法,又追求解脱于法,由法而入而又不受法之拘束,所求者乃是超越于法的自由状态。晚年的黄庭坚日臻于圆融自由之境,其对诗法的追求与对生命的参悟更为紧密地结合在一起,所谓"妙在和光同尘,事须钩深入神"②,则其"不求工而自工"与苏轼之"渐老渐熟乃造平淡"便有了更深刻的共通之处。

---

① 《岁寒堂诗话》卷上,《历代诗话续编》,第 451 页。
② 《赠高子勉四首》其三,《山谷诗集注》卷 16,第 396 页。

第七章　　贬谪与绍圣后诗坛的创作演变(上)

第一节　贬谪与绍圣后诗坛的衰落

北宋以来的文学发展史表明,文学的繁荣有赖于以诗赋取士的科举制度及馆阁翰苑人材选拔对文华的尊崇。新党上台后重吏事而轻文华,重经义而轻诗赋,由此造成科举制度及馆阁制度的重大变革,对文学发展造成了严重的消极影响。士子为应举热衷经义而冷落诗赋,馆阁翰苑这一历来的文学重地对人材的选拔也不再看重文学才能。人材选拔的经义化取向阻断了诗赋传习及文学繁荣的主渠道,而馆阁翰苑的萧条冷落"也在很大程度上造成了熙丰之际的学术断层与文学断裂"[①]。元祐旧党上台之后对诗赋取士制度及馆阁制度的恢复便迅速促成了诗坛的复兴,而以苏门为核心的馆阁翰苑的酬唱活动更成为诗坛繁荣的重要动力与显著标志。苏门中的黄、晁、张、秦[②]等人元祐期间同任馆职,彼此唱和极具条件,而唱和本身乃是极具挑战性与竞技性的活动,苏门也正是在唱和中相互切磋,提高诗艺水平。如张耒与晁补之供奉馆职期间即在晚间激楚评骚,往复吟咏,以至邻床的邓忠臣也为二人投入其中的热情所感染,作《夜听无咎文潜对榻诵诗响应达旦钦服雄俊辄用九日诗韵奉贻》一诗,生动描述了二人对榻诵诗、唱和达旦的情景[③]。苏门其他成员之间及整个内部的唱和情况充分反映出元祐诗坛的繁荣,南宋邵浩所编《坡门酬唱集》二十三卷,共收录二苏及苏门六君子唱和诗六百六十首,记录了苏门中人酬唱竞技的盛况。这类频繁的唱和活动"使诗歌内容更趋日常生活化,加重了议论和思辩成分;

---

① 陈元锋:《北宋馆阁翰苑与诗坛研究》,中华书局,2005 年,第 238 页。
② 秦观元祐五年(1090)才正式入馆。
③ 邓诗云:"连床交语响春容,激楚评骚彻晓钟。绕宅金丝神共应,满潭雷雨剑初逢。信知自有江山助,便欲长操几杖从。俱是年家情不浅,依兰应许丐香浓。"见《全宋诗》第 10206 页。

在艺术上也有切磋诗艺、因难见巧、争奇斗妙的作用"①,极大地促进了诗艺的整体提高。这种唱和自然不限于苏门内部,以苏轼及苏门为核心,蔚成一时风气。元祐元年(1086),苏轼还朝后,与曾任武昌令的邓温伯偶话旧事,追怀贬谪黄州情景,作《武昌西山诗》,"和者三十余人"②,当时供奉馆职的黄庭坚、晁补之、张耒俱有和作。东坡为表示对诸人的谢意,再用前韵赋诗,可谓盛况空前。这也充分表现出苏轼及苏门在元祐诗坛的核心地位。但凡元祐间的文人集会几乎同时成为诗才竞技的盛会,其间无不活跃着苏门中人的影子,这一过程也成为诗艺切磋、诗歌品评的盛会,魏庆之《诗人玉屑》引《孔氏谈苑》云:"元祐中,秘阁上巳日集西池,王仲至有诗,张文潜和最工,云:'翠浪有声黄伞动,春风无力彩旗垂。'秦少游云:'帘幕千家绵绣垂。'仲至笑曰:'又待入小石调也。'"③无论褒扬还是贬抑,苏门中人的唱和始终成为焦点而受到人们的关注,极大地影响着整个诗坛的走向。苏门所以具有极大的号召力,与其高踞京师这样的政治文化中心的优越地位密切相关,京师之地人员交往频繁,作品辐射迅速,受众广泛,极易形成放大效应而形成万众瞩目、望风影从的局面。

哲宗亲政后绍述熙丰政事,重新废除了诗赋取士制度,馆阁翰苑再次遭到冷落,诗赋的发展丧失了制度支持。与此同时,旧党中人相继被贬出京城,散处各地,不可能再进行频密的诗歌唱和,僻处穷荒的诗人也难以接触到更多的同道进行诗艺上的切磋交流。因交通不便,与旧友的联系主要限于书信形式,极大地限制了他们的唱和活动,而因言得罪的政治环境也使得被贬者不敢轻易作诗为文。崇宁以后,新党又将诗赋视为元祐学术横加打击,叶梦得《避暑录话》卷三载:"政和间,大臣有不能为诗者,因建言诗为元祐学术,不可行。李彦章为御史,承望风旨,遂上章论陶渊明、李、杜而下,皆贬之。因诋黄鲁直、张文潜、晁无咎、秦少游等,请为科禁。"④葛立方《韵语阳秋》卷五载:"绍圣初,以诗赋为元祐学术复罢之。政和中,遂著于令,士庶传习诗赋者杖一百。畏谨者至不敢作诗。"⑤许多被贬者更是深居

---

①　王水照:《元祐党人贬谪心态的缩影》,《王水照自选集》,第639页。
②　《苏轼诗集》卷27,第1459页。
③　[宋]魏庆之:《诗人玉屑》卷10,中华书局,2007年,第308页。
④　《避暑录话》卷3,《宋元笔记小说大观》,第2646页。
⑤　[宋]葛立方:《韵语阳秋》卷5,上海古籍出版社,1984年,第67页。

简出,闭门思过,几乎停止了创作,《童蒙训》载:"苏子由崇宁初居颍昌,时方以元祐党籍为罪,深居自守,不复与人相见,逍遥自处,终日默坐。如是者几十年,以至于没,亦人所难能也。"①同书又载:"崇宁间张公芸叟既贬复归,闭门自守,不交接人物。"②李昭玘崇宁初列入元祐党籍,"居闲十五年,自号乐静先生。寓意法书、图画,贮于十囊,命曰'燕游十友',为之序,以为:'与今之人友,或趋附而陷于祸,吾宁与十者友,久益有味也。'"③以上因素便使得绍圣后的诗人创作数量明显下降④。唱和乃是苏轼诗歌创作的重要形式,据日本学者内山精也统计,苏轼从元祐元年(1086)到临终,共作诗995首,其中包括和陶诗在内的次韵诗456首,足见唱和在苏轼创作中的地位。苏轼贬谪之后主要是与亲友、故旧、地方官员及士人等进行有限的唱和活动,缺乏刺激,自然难以激发创作的豪兴,苏轼因此只能与陶渊明进行超时空的对话,和陶诗109首⑤,占其全部贬后数量的近百分之四十。唱和诗的减少成为苏轼贬后创作数量减少的重要原因。秦观更是如此,从绍圣元年(1094)被贬离京城至元符三年(1100)客死藤州,六七年时间仅存诗57首,另有数量有限的词。这里固然可能有身处贬谪、作品散佚的情况,但与政治压力的威慑及群体唱和的中断有着更密切的关联。

　　随着以苏门为核心的诗坛主体远贬穷荒,绍圣后诗坛的衰落便几乎成为一种必然。尽管北宋后期各地形成了一些民间诗歌团体⑥,诗坛呈现出一定的复兴势头,但规模不大,人数有限,且主要是内部成员间的有限交流,远不能与元祐时期大规模、多层次、高频度的唱和相比,这自然会影响到其创作水平的提高。毛滂、谢民师、洪氏兄弟、徐俯、高荷、王观复、潘大临等人被苏、黄寄予厚望,却最终未能取得媲美前代的成就,不能不说与诗人群体地位的下移及相互间交流的减少与中断有着直接的关系。更兼元祐党人在长期的贬谪生涯中日近老境,而新生代诗人则成长于漠视诗赋的

----

① 《童蒙训》卷下,景印《文渊阁四库全书》,第698册第532页。

② 《童蒙训》卷下,景印《文渊阁四库全书》,第698册第532页。

③ 《宋史》卷347,第10998页。

④ 也有相反情况,黄庭坚元祐四年以后因病难以创作,诗作数量剧减,被贬黔戎以后才得以恢复,是一个例外的个案。

⑤ 对和陶诗的具体数量学界意见不一,据王文诰《苏轼诗集》有120首。同门师兄金甫暶经过深入考辨,认定和陶诗数目为109首,今从其说。

⑥ 这主要指江西宗派图所列诗人形成的诗歌群体,伍晓蔓将其划为南昌诗人群、临川诗人群、黄冈诗人群及其他诗人群体,可参考。见其《江西宗派研究》,巴蜀书社,2005年,第154—157页。

环境中,许多人缺乏深厚的文化积淀及文学修养,创造力明显不足,不可能复现元祐诗坛盛况。因此,绍圣后诗坛的式微便成为几乎必然的结局。在这一过程中,贬谪成为最为直接和重要的原因。

绍圣后的贬谪对象大体可以分为以下几类:一、苏门,包括二苏、四学士及陈师道。二、苏门外围成员。三、苏门之外的元祐党人。这便是元祐诗坛的主要阵容。他们贬谪后的思想变动、创作演变及交游活动与绍圣后的诗坛走向有着极为密切的关联,对他们贬谪间思想、创作、交游的分析将有助于揭示北宋末诗坛发展演变的趋势及内在规律。而苏门成员作为元祐诗坛的核心与主力,无疑应该成为研究重点。

自元符三年(1100)秦观死于藤州,至政和四年(1114)张耒死于宛丘,十五年间,苏门(包括苏辙)一一凋谢。苏门的辞世标志着元祐以来文学鼎盛局面的结束,但苏门对文坛的影响却并未消失,苏、黄以其巨大的文学成就对后世文坛产生着持续的影响,学苏宗黄成为北宋末年的文坛主流,并一直持续到南宋。在这一过程中,黄庭坚的影响力逐渐超过苏轼而成为贯穿北、南宋诗坛的江西诗派所顶礼膜拜的人物,这种历史的演变与苏门中人的贬谪经历及由此而造成的诗学观念的递变有着密切的关系,因而,对贬谪与苏门之间的关系进行文化及文学层面的深入探讨是揭开北宋末年诗风发展演变奥秘的重要环节。

第二节　贬谪与苏门的文化心态

一、和陶——归隐的想象

和陶源于苏轼,轼云:"古之诗人有拟古之作矣,未有追和古人者也。追和古人,则始于东坡。"①自苏轼首倡,和陶便成为苏门文学创作中令人瞩目的现象。苏轼和陶始于知扬州时期,当时和陶二十首。由此开始,陶渊明受到苏轼的特殊关注,在其诗词中屡屡表达对陶渊明的追慕之情,"吾于渊明,岂独好其诗也哉? 如其为人,实有感焉"②,乃至说"只渊明,是前

---

① 《子瞻和陶渊明诗集引》,《栾城后集》卷21,《苏辙集》,第1110页。
② 《子瞻和陶渊明诗集引》,《栾城后集》卷21,《苏辙集》,第1110页。

生"①。贬谪岭海期间更是将陶诗追和殆遍,陶渊明成为晚年苏轼倾心膜拜的人格范型。

然而苏轼却始终不曾归隐田园,并未将归隐这一隐士最根本的标志付诸实践,则其与陶渊明仍然有着根本的不同,而苏轼却偏以渊明自比,自然令人费解。苏辙说:"渊明不肯为五斗米,一束带见乡里小儿;而子瞻出仕三十余年,为狱吏所折困,终不能悛,以陷大难。乃欲以桑榆之末景,自比于渊明,其谁肯信之?"②苏轼景慕陶渊明而不归隐恰恰折射出宋人群体性的矛盾心理。党争的反复使得宋代被贬党人始终存有还朝的希望,元祐更化的历史无疑极大地加重了这一信念,这是苏轼等人被贬而不归隐的重要原因。然而如前所论,反复的党争事实上已使得士大夫的入世理想日渐沦落,由外向事功转向内在的心性整理,苏轼元祐间即因洛蜀党争的纷扰不已力请外放,追慕陶渊明似的田园生活。元祐三年(1088),苏轼任翰林学士知制诰兼侍读学士,作《送曹辅赴闽漕》诗曰:"我亦江海人,市朝非所安。常恐青霞志,坐随白日阑。渊明赋归去,谈笑便解官。我今何为者,索身良独难。凭君问清淮,秋水今几竿?"③虽似谐谑之语,其中亦有真实的心声。实则苏轼出仕之前即怀有归隐之志,《跋李伯时卜居图》云:"余本田家,少有志丘壑。"④晚年被贬岭海,历尽磨难,而倾心于渊明,一定意义上也是对早年之志的回归,如其所说"半生出仕,以犯世患,此所以深愧渊明,欲以晚节师范其万一也"⑤。从贬谪的实际情况来看,苏轼久贬不归,穷处岭海,既无实职,亦少俸禄,除去人身自由受到一定限制,已与事实上的归隐相去不远,无须专意辞官,正如其《和陶游斜川》诗所云:"谪居淡无事,何异老且休。"⑥张耒亦云"谪官成吏隐"⑦。因而以渊明自比具有充分的现实基础,苏轼绍圣后大量的和陶诗全面描述了自己的贬谪生活,时时流露出类似隐士的自得之乐,其心态已发生了由入世到出世的重大转变。

早在黄州期间,苏轼即以隐士自居,李昭玘在《上眉阳先生书》中说:

---

① 《江城子》,《苏轼词编年校注》,第 353 页。
② 《子瞻和陶渊明诗集引》,《栾城后集》卷 21,《苏辙集》,第 1111 页。
③ 《苏轼诗集》卷 30,第 1592 页。
④ 《苏轼文集》卷 70,第 2216 页。
⑤ 《与子由六首》其五,《苏轼佚文汇编》卷 4,《苏轼文集》,第 2515 页。
⑥ 《苏轼诗集》卷 42,第 2318 页。
⑦ [宋]张耒:《谪官》,《张耒集》卷 8,第 117 页。

"苏公在齐安掩关著书,俯仰一官,淡然自足,如岩居隐士之行,与世相遗,少无谪官意。"①历经元祐、绍圣更其激烈的党争,被贬岭海的苏轼归意更重,对陶渊明的追慕及对陶诗的追和是其归隐心态的集中表现。然而贬谪毕竟不是归隐,苏轼仍然保有其官员身份,尽管苏轼的入世之心已严重衰退,但仍然残存着入世之念,《与滕达道》云,"虽废弃,未忘为国家虑也"②,并清醒地意识到与陶渊明难以和同,"我不如陶生,世事缠绵之"③。儒家思想所培育的入世精神顽强阻碍着苏轼彻底放弃现实关怀,在黄州所作《雪堂记》中,苏轼借"客"的口吻以"藩"为喻,讽谕"苏子"安居雪堂并以绘雪之景自娱,是"拘人"而非"散人"。"苏子"则自明其志说,居雪堂观雪景不过是为了"洗涤其烦郁",不敢有其他奢望。他答复"客"的质疑说:"子之所言也,上也;余之所言者,下也。我将能为子之所为,而子不能为我之为矣。……我以子为师,子以我为资,犹人之于衣食,缺一不可。"④认为出家者与入世者各有分工,入世者可以师法出家者遁世绝俗的精神,却不必践行归隐江海之志,居于世间而又超离世间乃是士大夫最好的人生选择。因此,苏轼之"归隐"主要表现为一种心态,其对陶渊明的追慕及对陶诗的追和本质上乃是一种模仿性的文化想象,是入世不能、归隐不得这一人生矛盾的解决方式,或者说,其归隐之志是借助虚拟的文化想象实现的,诚如沈松勤先生所论:"既自觉自愿地'寄心王室',舍身报国,又'要作平地居家仙',在林下'行吟坐咏皆自见',对于二苏和其他元祐党人来说,犹如鱼和熊掌不可兼得那样,是无法做到的。'家居仙'的'飘然'高情,只是他们身陷'纷纷争夺'的名利之域而不能自拔时的灵魂颤动、价值反省的产物,是心理上的一种补偿。"⑤

久贬而隐并非苏轼个案,而是被贬士人的群体心态;追和陶诗也并非苏轼特例,而是被贬士人的群体行为。包括苏辙及苏门中人秦观、张耒、晁补之、李之仪等在内的被贬士人作有数量可观的和陶诗。陶渊明成为被贬士人群体膜拜的对象,追和陶诗成为表达追慕之情、抒发一己之志的重要

① 《全宋文》,第121册第98页。
② 《与滕达道六十八首》其二十,《苏轼文集》卷51,第1481页。
③ 《和陶饮酒二十首》其一,《苏轼诗集》卷35,第1883页。
④ 《雪堂记》,《苏轼文集》卷12,第411页。
⑤ 沈松勤:《北宋文人与党争》,第308页。

方式。苏轼外放扬州时,有感于陶渊明自认"性刚才拙,与物多忤"的心情,开始追和陶诗。其序言中说:"吾饮酒至少,常以把盏为乐。往往颓然坐睡,人见其醉,而吾中了然,盖莫能名其为醉为醒也。在扬州时,饮酒过午,辄罢。客去,解衣盘礴,终日欢不足而适有余。因和渊明《饮酒》二十首,庶以彷佛其不可名者,示舍弟子由、晁无咎学士。"①其中第十九首专送晁补之,诗云:"晁子天麒麟,结交未及仕。高才固难及,雅志或类己。各怀伯业能,共有丘明耻。歌呼时就君,指我醉乡里。吴公门下客,贾谊独见纪。请作鹏鸟赋,我亦得坎止。行乐当及时,绿发不可恃。"②诗以"麒麟"称晁补之高才,更以贾谊比之,可见苏轼对晁氏的推重之情。更需注意者则是苏轼引晁补之为情意相投的知己,"雅志或类己"。所谓"雅志"主要指归隐田园、啸傲山林之志。晁补之也有《饮酒二十首同苏翰林先生次韵追和陶渊明》,主要表达类似陶渊明的自然观念及自由思想,其五云:"时随岭云出,又与林鸟还。平生但长啸,独为嵇生言。"其七云:"荣枯何足计,有酒还自倾。熟寐暂展转,觉来一蝉鸣。归休但如此,便足了平生。"其八云:"车盖岂不荣,野马不受羁。"其九云:"时时载酒往,江上亦忘回。"③此期苏轼的避世思想开始抬头,这对晁补之产生了重要影响,并为晁氏崇宁间的归隐埋下了伏笔。绍圣间晁补之坐修《神宗实录》失实,通判应天府、亳州,又贬监处、信二州酒税。此时晁氏因系苏轼门人而受牵累,连续的贬谪使其入世热情受到很大打击,其间追和陶渊明《归去来兮辞》,其中云,"悟死生之如梦,亘今古而无疑"④,表达了颓废情绪。徽宗继位被召还朝廷,崇宁元年(1102),晁补之入党籍,被免官,闲居金乡达八年之久。其间"葺归来园,自号归来子,忘情仕进,慕陶潜为人"⑤。晁补之历经波折,宦情日减,对陶渊明有更加深刻的认同。葺"归来园"、号"归来子"的行为则无疑是对陶氏的精神追随。

崇宁二年(1103),晁补之定居金乡,以陶渊明之《归去来兮辞》中相关词语名其园中景致,《归来子名缙城所居记》中云:"读陶潜《归去来词》,觉

---

①　《和陶饮酒二十首》叙,《苏轼诗集》卷35,第1881页。

②　《苏轼诗集》卷35,第1890页。

③　《全宋诗》,第19册第12766页。

④　《全宋诗》,第19册第12754页。

⑤　《宋史》卷444,第13112页。

己不似而愿师之，买田故缗城，自谓'归来子'。庐舍登览游息之地，一户一牖，皆欲致《归去来》之意，故颇摭词以名之。……凡因其词以名者九。既榜而书之，日往来其间，则若渊明卧起与俱，仰牖而味其词，则如与渊明晤语接。踟蹰自得，无往而不归来矣。犹相观左右，意不自足，惧失渊明一语也。"①晁补之虽向慕陶渊明而亦步亦趋，实则对自己的内心矛盾有着清醒的认识："今余居不至环堵，衣不至穿结，食不至屡空，以若所养，为渊明固易；而余遭盛时，尝见识拔，污台省，国恩未报而决然去之，以若所欺，为渊明固难。"②以充裕的物质生活而欲为渊明之归隐固然不难，但没有渊明"环堵萧然，不蔽风日，短褐穿结，箪瓢屡空"的物质贫困及其"种豆南山下，草盛豆苗稀"的躬耕生活就不可能在精神上接近陶渊明，更何况生逢"盛时"，"国恩"未报，决然而隐便不免慊慊于心，这必然造成晁补之的内心矛盾。晁补之的解决之道便是强行消除物虑，使心如湛水，寂然不动，而后自然可返归于人之本然状态，即所谓"葛天氏之国"。晁氏云："去夫胶胶扰扰之蹊，而处阴以休影，若是者有年，喉喘宁而颠汗止，而后相与求渊明于葛天氏之国，洸然见其涂巷，乃余与子昔所尝历，而去之久者，乃今来归，而后渊明可侣。"③然而这种纯粹的精神修炼并不完全奏效，在其闲居金乡期间所作的诗词中，晁补之虽然表示了对功名虚无性的认识，如"功名浪语，便似得班超，封侯万里，归计恐迟暮"④，"既往尽成空，暂遇何曾住，算人间事，岂足追思，依依梦中情绪"⑤。并以闲适醉酒为人生最得意的状态，"何妨到老，常闲常醉，任功名，生事俱非"⑥。然而功名之心终究难以平息，在"常闲常醉"的混世逍遥中又时时浮泛上不甘就此罢休的心灵创痛，"世上功名，老来风味，春风时候。纵樽前痛饮，狂歌似旧，情难依旧"⑦。即便如青春年少痛饮狂歌，其情怀也已不似旧时之热血激昂，"情难依旧"表达出的乃是青春不再、理想成空的深沉感慨，透露出不甘就此消磨岁月的郁勃

---

① ［宋］晁补之：《归来子名缗城所居记》，《全宋文》，第 127 册第 30 页。

② 《全宋文》，第 127 册第 31 页。

③ 《全宋文》，第 127 册第 31 页。

④ ［宋］晁补之：《摸鱼儿·东皋寓居》，［宋］晁补之等撰，刘乃昌等注《晁氏琴趣外篇》卷 1，上海古籍出版社，1991 年，第 15 页。

⑤ 《黄莺儿》，《晁氏琴趣外篇》卷 1，第 22 页。

⑥ 《行香子》，《晁氏琴趣外篇》卷 1，第 33 页。

⑦ 《水龙吟·次韵林圣予惜春》，《晁氏琴趣外篇》卷 2，第 47 页。

之气,这与陶渊明"岁月掷人去,有志不获骋"同一意旨。不同的是,晁补之尚有出仕的条件,大观四年(1110),晁补之被命知达州,后改泗州,晁补之被命即行,在泗州题画诗中写道:"胸中正可吞云梦,盏里何妨对圣贤。有意清秋入衡霍,为君无尽写江天。"①由该诗之豪情满怀隐约可见其踌躇满志意欲有所作为的心态,这与闲居金乡时之绝意功名、与世无争判若两人,可见晁氏之归隐并非绝意仕途,而不过是政治失意背景下的心理安慰,实则仍然怀有入世立功的冲动。所以如此,乃在于新旧党争此起彼伏的阶段性使得被贬者始终难以泯灭入世之念,而宋初以来士大夫以天下为己任的忧患意识又使士人不甘坐视政治的持续腐朽与黑暗,且愈是黑暗,愈是激起士人力挽狂澜的救世雄心。凡此种种,就使得士大夫的所谓归隐具有了复杂的性质,欲进而不能,欲退而不甘,追和陶诗所承载的归隐之想,乃至效颦陶氏的归隐生活,便成为调节这种心理矛盾的虚拟手段。因此,苏门之和陶便不可能上升为对陶氏归隐生活的切实践履,而只能局限于貌合神异的精神性的模仿,只是一种模仿性的文化想象。

和陶的意义并不仅是要在精神上逃避现实,解决入世与出世的矛盾,也表达了对陶渊明所象征的真淳人格的向往与追求。在《书李简夫诗集后》中,苏轼说:"陶渊明欲仕则仕,不以求之为嫌;欲隐则隐,不以去之为高。饥则扣门而乞食,饱则鸡黍以延客。古今贤之,贵其真也。"②在苏轼看来,"真"乃是陶渊明最为本质的精神品质,而苏轼立身行事真率不拘,双方的确具有精神品格的一致性。张耒《窥园》诗云:"畏病不饮酒,已惭嵇阮真。"③在其次韵陶渊明《饮酒》诗中,大量写到饮酒的乐趣及对醉乡的留恋,"饮酒不得醉,何如未饮时。颠倒众讥笑,佳处正在兹"④,"世间有醉乡,百世本一境。欲游不待驾,但畏足疾醒"⑤。这些诗似乎表现出醉酒混世的颓废情绪,实则含蓄表达了诗人对真淳人性的向往,所谓的醉乡乃是"阴阳无疾疴,风俗尽箕颍"⑥的淳朴世界,这与陶氏有感于"真风告逝,大

---

① ［宋］晁补之:《自画山水留春堂大屏题其上》,《全宋诗》,第 19 册第 12883 页。
② 《苏轼文集》卷 68,第 2148 页。
③ 《张耒集》卷 7,第 99 页。
④ 《张耒集》卷 7,第 92 页。
⑤ 《张耒集》卷 7,第 94 页。
⑥ 《张耒集》卷 7,第 94 页。

伪斯兴"①的现实愤而归隐田园具有相似的价值指向。因此,陶渊明并不
仅是出世的化身,更是一种真纯人格的代表。绍圣以后,随着党争的激化
及贬谪的加剧,士风沦落,许多人为求自保依违于新旧两党之间,丧失了自
己的原则立场而风骨荡然,苏门之和陶因此便具有了追求人性之真、对抗
污浊士风的文化意味。随着北宋中后期儒学的内圣转向,士大夫越发趋于
追求内在的道德完善,这与以归隐方式求真悟道之间便有了相通性,陶渊
明对"真"的追求与捍卫自然引起了许多士大夫尤其是被贬者的共鸣。晁
补之原本有着深厚的儒学渊源②,但对更近于道家的陶渊明的人格特质却
极为推崇,标志着儒学对陶渊明越发深刻的认同与接受,这在一定意义上
也折射出儒学的内倾化趋势。

　　不仅苏门文人,其他被贬士人亦有和陶之作,陈瓘由岭南北返时,作
《和渊明归去来辞》,表达了类似于陶渊明的归隐之情,"归去来兮,人生之
乐无如归"③。所以如此,在于仕途的凶险难测,"舍躯命而不保,兹明哲之
所悲","持孤愿以取戮,丛一身之百非"。在对人生的种种情态进行描述之
后,诗人表达了庄子安之若命的人生观,"虽死生之事大矣,安之若命复何
疑?"实际上,被贬者的和陶诗所吟咏的归隐生活已有意无意地滤掉了躬耕
劳作的艰苦,而转换为流连诗酒、嘲风弄月的潇洒风流,即便苏轼贬黄期间
躬耕自食,颇似渊明,但与渊明之饥寒困顿不可同日而语,其归隐生活充满
了文人趣味及文化气息。这种隐士情怀又不仅表现为被贬士人的价值观,
而且蔓延到文章学术领域,成为一种新的价值标准,邹浩说:"虽居轩冕间,
当有山林之气,士不可无山林气,节义文章学术,大抵皆然,何谓山林气?
即纯古之气也。"④邹浩将山林气界定为纯古之气,实则基于道家的自然观
而追求返朴归真,这既是归隐的本质,也是文章学术及士人人格的最高
境界。

---

　　①　《感士不遇赋》序,《陶渊明集校笺》卷5,第365页。
　　②　晁补之早年曾从当时名儒王安国学,后从苏轼游,学问大进。神宗阅晁补之礼部试卷称
赞说:"是深于经述者,可革浮薄。"晁补之著有《太极传》三种、《易学》三种、《春秋左传杂论》一卷,
足见其对儒家经典的深潜之功。
　　③　[宋]陈瓘:《和渊明归去来辞》,《全宋文》,第129册第2页。
　　④　[宋]邹浩:《叶刚明字序》,《全宋文》,第131册第316页。

二、苏门贬谪境遇下的内敛心态与自由追求

严酷的贬谪切断了苏门与外界的联系,他们原本张扬的政治人格受到压抑,相对隐晦的文人人格得以凸显,遭到威吓的心灵转向山水风物、园林亭台及艺术世界寻求寄托。在贬谪境遇中,他们更倾向于面对自我的内心世界,在与自我的对视中探求生命的本质,并在与自然的交流及书画创作中寻求精神自由。

党争与贬谪的重重磨难使得士大夫即便有一朝放纵的豪情也只能是昙花一现,即便旷达与超然,也难掩失落与痛楚。贬谪的困境使他们不再向外伸张自我,而是向内审视自己的心灵;他们更乐于在方寸的天地寄托身心,而不是放纵心灵追逐风云;他们更乐于在宁静的氛围中感悟生命的本质,而不是在动态的喧闹中感受生命的欢腾。向内而不是向外,喜静而不是好动,便成为贬逐者的基本心态。被贬者难以再有豪情投射于高山远水,他们收视反听,更喜爱人工的园林、幽静的天地,乃至缩微的盆景。

对被贬者而言,他们所要寻觅的乃是安静的心灵空间,他们更喜欢沉浸于自然的灵性世界,自然事物的任何微妙变化都给他们以难言的欢悦,并激发起艺术表达的冲动,人与自然的关系因而成为一种心物交流的关系。黄庭坚贬黔期间,尝书李白《秋浦歌》十五篇,《书自草〈秋浦歌〉后》云:"绍圣三年(1096)五月乙未,新开小轩,闻幽鸟相语,殊乐,戏作草,遂书彻李白《秋浦歌》十五篇。"[①]这种与自然的对视其实是观照自我、审视自己的心灵世界,在对生命本质的感悟与叩问中宣泄被贬的孤寂与痛苦。苏轼惠州作《六月十二日酒醒步月理发而寝》云:"羽虫见月争翾翻,我亦散发虚明轩。千梳冷快肌骨醒,风露气入霜蓬根。起舞三人漫相属,停杯一问终无言。曲肱薤簟有佳处,梦觉琼楼空断魂。"[②]月色的静谧与梳头的畅快令诗人精神振奋,意兴遄飞,不由得像当年的诗仙一样月下起舞,停杯一问,明月却终无一言,只映照出自己孤独的身影,独自徘徊。这一系列描写既呈现出诗人稍纵即逝的豪兴,更抒写了难以言说的寂寞与怅惘。虽然"曲肱薤簟有佳处",终是"梦觉琼楼空断魂",隐喻了诗人渴望交流而不得的落寞

---

① 《宋黄文节公全集·别集》卷 8,《黄庭坚全集》,第 1628 页。
② 《苏轼诗集》卷 39,第 2128 页。

以及梦想破灭的无限失落。惠州期间所作《江月五首》亦是描写夜中诗人
的动态与心态,突出静谧环境中的微妙感受。《江月五首》其二云:"二更山
吐月,幽人方独夜。可怜人与月,夜夜江楼下。风枝久未停,露草不可藉。
归来掩关卧,唧唧虫夜话。"①诗写幽人夜行夜思的情态,"风枝久未停"隐
喻幽人之心绪不宁,"露草不可藉"则又隐喻幽人之往来无依,掩关而卧却
不能安眠,只能听虫声唧唧,搅起更其纷繁的思绪。其余几首诗描绘了类
似的情境,表达了相似的感受。被贬者的内敛心态决定了诗境的营造偏于
幽静,以便于自我的审视及感情的倾吐,因此,夜、月便成为苏轼贬谪期间
诗歌的重要意象②。而正是这类诗往往更能表达出诗人对心灵的深切观
照及对人生的深刻感悟,如《雨夜宿净行院》诗云:"芒鞋不踏名利场,一叶
轻舟寄淼茫。林下对床听夜雨,静无灯火照凄凉。"③经过长期的党争与贬
谪,苏轼看透了名利场中的明争暗斗,对之表达了坚决的弃绝态度,并表示
自己将如一叶扁舟逍遥于江湖之上。

随着诗人心态的内倾,他们的抒情也更呈现出以自我为中心的个性色
彩,竹、梅、海棠这类自然风物更多地进入了贬逐者的视野,这些花木以其
独特的形象特征与丰富的文化内涵负载起贬逐者寄托心志、倾诉情感的精
神需求,因而更易成为贬逐者吟咏的对象。咏物诗成为贬谪文学的创作类
型,一定意义上也反映出贬逐者感情抒发的内倾化趋势,这一趋势在书法、
绘画等直面自己心灵的艺术形式中得到更充分的体现。苏轼在《文与可画
墨竹屏风赞》中说,"诗不能尽,溢而为书,变而为画,皆诗之余"④,明白道
出了书画与诗歌之间的关系,即书画是诗歌的补充形式,诗歌不能充分表
达、不便于表达的内容则以书画形式来完成。苏轼被贬黄州后,不仅以诗
文抒情寄慨,而且以书画创作别抒怀抱,《寒食帖》即以随意倾倒、率意独驾
的线条抒写了生活的困顿、政治的失意以及人生的迷惘,而变态百出、纵恣
奇崛的字体又分明吐露出忧郁愤懑的人生意绪,书法线条特有的表意功能

---

① 《苏轼诗集》卷39,第2141页。

② 如黄州期间有《定惠院寓居月夜偶出》《二月二十六日,雨中熟睡,至晚,强起出门,还作此
诗,意思殊昏昏也》等。南迁后及北归时有《上元夜》《六月十二日酒醒步月理发而寝》《江月五首》
《夜梦》《十二月十七日夜坐达晓,寄子由》《夜卧濯足》《上元夜过赴儋守召,独坐有感》《倦夜》《夜烧松
明火》《雨夜宿净行院》《藤州江上夜起对月,赠邵道士》等。以上仅从诗题来看,不包括内容涉及者。

③ 《苏轼诗集》卷43,第2368页。

④ 《文与可画墨竹屏风赞》,《苏轼文集》卷21,第614页。

得到淋漓尽致的发挥,不期然而进于超凡出尘的境界,《寒食帖》由此成为苏轼书法作品的杰构。元人王恽云:"余向在福唐,观公惠州醉书此赋,心手两忘,笔意萧散,妙见法度之外。今此帖亦云醉笔,与前略不相类,岂公随物赋形,因时发兴,出奇无穷者也。"①

被贬者正是在这种极具个性化的创作中,随意泼墨,尽情宣泄被压抑的痛苦,其强烈的自由冲动往往会不自觉地冲破艺术章法的阻拦而得以充分实现。黄庭坚被贬之后草书大进,并不仅是临摹怀素墨迹突发灵感的结果②,更是贬谪际遇下生命的自由渴求实现了对章法程式的驯服与驾驭,被压抑的自我得以解脱与彰显,从而可以酣畅淋漓地恣情挥洒。但这种自由的艺术并不能全然摆脱贬谪的隐痛,惠州期间东坡曾大书韩愈《雉带箭》诗,"以为绝妙"。诗写雉被射中坠地的情景,"将军仰笑军吏贺,五色离披马前坠"。东坡此处实则以雉自喻,讥刺当权者迫害元祐党人的得意之态,这自然会招致当权者的忌恨。故杨万里跋此帖云:"东坡先生所挟,孰非招尤取嫉之具,复出此掀天决地大字,投畀岭海,岂元符大臣罪哉!"③甚至论书也隐含着对现实的讥刺,元符三年(1100),黄庭坚在戎州作《跋兰亭记》,其中写道:"今时论书者,憎肥而喜瘦,党同而妒异。曾未梦见右军脚汗气,当可言用笔法耶!"④"党同而妒异"正是新旧党争的根本原因,黄庭坚论书法而影射政治,可见艺术不能完全独立于现实,于是艺术情趣与潜藏的不平之气交织缠斗,构成贬逐期间书法创作的独特状貌。

书法如此,绘画亦然,苏轼黄州之后所画枯木、石头皆瘦硬曲折,无一定法度,米芾认为这类意象正是苏轼郁闷之情的外化:"子瞻作枯木,枝干虬屈无端,石皴硬,亦怪怪奇奇无端,如其胸中盘郁也。"⑤苏轼这样遭到迫害的士人借助绘画抒情写志,含蓄地表达孤高绝俗、不甘屈服的精神品格,其构图便呈现出不同于传统绘画的强烈个性特征,这正是文人画的本质所在。这类画作往往重神似甚于形似,与创作主体内在精神的契合压倒了对物象本身逼真度的追求,所求者是立象以尽意,而不是穷形尽相以获得纯

---

① [元]王恽:《跋东坡赤壁赋后》,《秋涧先生大全文集》卷73,《四部丛刊》本。

② [宋]曾敏行:《独醒杂志》卷2:"(黄庭坚)绍圣中谪居涪陵,始见怀素自叙于石扬休家,因借之以归,摹临累日,已废寝食。自此顿悟草法,下笔飞动,与元祐以前所书大异。"

③ 《诚斋集》卷99,《四部丛刊》本。

④ 《宋黄文节公全集·别集》卷6,《黄庭坚全集》,第1582页。

⑤ [宋]米芾:《画史》,景印《文渊阁四库全书》,第813册第12页。

粹的审美愉悦，正如元人汤垕所论："大抵写意，不求形似。"①苏轼的《古木怪石图》便是显例，画面的主要内容为一木一石，左下角为蜷屈的石头，从石头的右下角向右前方伸长出虬屈的树干，树干在中间部位分为两枝，向右平行伸出的一枝已经折断，主干则继续延伸，在最高处向左下方大幅度弯曲，而后又向上伸出，形成鹿角似的三簇枝群刺向天空。整个画面主要呈现出山石对枯木的压迫以及枯木竭力挣脱压迫所形成的对峙关系，具有极强的视觉冲击力，传达出创作主体激烈的内心冲突。黄庭坚与苏轼一样饱经磨难，对其绘画的内在精神有着深刻的体认，《题子瞻枯木》云："折冲儒墨阵堂堂，书入颜杨鸿雁行。胸中元自有丘壑，故作老木蟠风霜。"②可谓沦肌浃髓之论。朱熹则以理学眼光评论说："苏公此纸出于一时滑稽诙笑之余，初不经意，而其傲风霆、阅古今之气，犹足以想见其人也。"③指出了此画傲世出尘的精神气质，确是知人论世之词。而苏轼也确曾这样夫子自道："枯肠得酒芒角出，肺肝槎牙生竹石。森然欲作不可留，写向君家雪色壁。"④内在感情不可遏抑，于是愤然摩夏为槎牙嵯峨的木石形象，以宣泻胸中不平之气。元人汤垕在《画鉴》中说，他曾在秘监见苏轼《拳石老桧》《巨壑海松》二幅，"奇怪之甚"⑤。虽然这些绘画现已不可得见，但由其名目不难想见类似《古木怪石图》那样的意象特征，同样传达出苏轼在险恶的政治环境下不甘屈服的自由意志。

绘画的自由追求未必都如苏轼一样借助乖张拗怒的枯木顽石，有时也以孤高傲世的自然意象含蓄表达对现实政治的鄙弃，即如文同便以墨竹形象托物言志。苏轼《文与可枯木赞》曰："怪木在廷，枯柯北走。穷猿投壁，惊雀入牖。"⑥文同这幅画以怪木、枯柯、穷猿、惊雀传情达意，整体上形成骇目惊心的画面效果，映现出文同愤愤不平的感情世界。但与苏轼性情真率而怒形于色不同，文同善于约束自己的感情，更倾向于以对俗世的逃离求得心灵的平静，因此文同虽然偶以参差槎牙的枯木之类意象寄托心志，

---

① ［元］汤垕：《画鉴》，人民美术出版社，1959 年，第 47 页。

② 《山谷诗集注》卷 9，第 236 页。

③ ［宋］朱熹：《跋张以道家藏东坡枯木怪石》，《晦庵先生朱文公文集》卷 84，《朱子全书》，第 3971 页。

④ ［宋］邓椿：《画继》卷 3，人民美术出版社，1963 年，第 17 页。

⑤ 《画鉴》，第 47 页。

⑥ 《苏轼文集》卷 21，第 615 页。

但他更喜爱翩然多姿的竹子，"顾尝好画竹"①，大概竹子外柔内刚的坚韧品性更契合他的精神气质，故为其所钟爱。其传世画作有《墨竹图》轴和《墨竹图》卷，《墨竹图》卷构图为一竿竹子从左上角倒垂而下，枝叶婆娑，疏密有致，现出作者高洁不俗的情韵。《宣和画谱》评其画竹说："于月落亭孤，檀栾飘发之姿，疑风可动，不笋而成，盖亦进于妙者也。"②这虽然是从艺术角度评论其竹画之形神毕肖、技艺高妙，亦不难体味文同借竹子形象所传达的不同流俗的精神气质。面对波诡云谲的政治环境，文同笔下的竹子不只是婉媚多姿，亦有气象峥嵘者，苏轼曾描绘其竹画说："风梢雨箨，上傲冰雹。霜根雪节，下贯金铁。"③文同此画将竹子置于风雨冰雹的摧迫之下，突出其坚贞不屈的精神品质，这自然也是自我精神的写照。

如上节所论，士大夫在党争及贬谪境遇下常常生出归隐之念，放浪江海成为士大夫心向往之的生活图景，但事实上他们又很难真正逃弃现实，于是将对归隐的自由渴望以艺术的形式表达出来，从中获得一种虚幻的安慰。神宗时的画家郭熙、郭思父子在其《林泉高致》中说：

> 君子之所以爱夫山水者，其旨安在？丘园素养，所常处也；泉石啸傲，所常乐也；鱼樵隐逸，所常适也；猿鹤飞鸣，所常亲也。尘嚣缰锁，此人情所常厌也；烟霞仙圣，此人情所常愿而不得见也。直以太平盛日，君亲之心两隆，苟洁一身，出处节义斯系，岂仁人高蹈远引，为离世绝俗之行，而必与箕、颍、埒素、黄绮同芳哉。④

此期的新党人物大权在握，志满意得，而旧党士人因遭到新党的打压排挤，不免有江湖之思，郭熙则以山水之功用对仕隐矛盾加以辨析，强调坚守节义、效忠君亲的儒家价值，否定太平盛日而高蹈远引的退隐行为。但"爱夫山水"乃是人情之常，如何解决这一矛盾呢？郭熙认为山水画可以作为向往林泉的补偿：

> 然则林泉之志，烟霞之侣，梦寐在焉，耳目断绝。今得妙手郁然出之，不下堂筵，坐穷泉壑，猿声鸟啼，依约在耳，山光水色，滉漾夺目。

---

① 《石室先生画竹赞并叙》，《苏轼文集》卷21，第613页。
② 《宣和画谱》卷20，人民美术出版社，1964年，第310页。
③ 《戒坛院文与可画墨竹赞》，《苏轼文集》卷21，第614页。
④ ［宋］郭思编、杨伯编著：《林泉高致》，中华书局，2010年，第11页。

此岂不快人意，实获我心哉！此世之所以贵夫画山水之本意也。①

郭熙指出了山水画对身在庙堂的士大夫的精神慰藉意义，认为这正是文人山水画的本意所在。这一观点确乎可以得到在宦海中沉浮的士大夫的印证，安焘《重题江干初雪图》诗云："曾游沧海困惊澜，晚涉风波路更难。从此江湖无限兴，不如只向画图看。"②随着北宋中后期党争的加剧与政局的恶化，士大夫尤其是元祐党人在重重迫害之下心态越发内敛，栖隐江湖的念头越发强烈。基于这种自由理想，被贬士人作画时便倾向于选择归雁、扁舟、远水之类的动态意象，或可高飞远引，或可飘流远方，作者之心便借助这类意象渺然而起江湖之思。与此同时，他们又往往在画面上留出空白，以拉大画面与现实的距离，为心灵的驰骋留足空间。如苏轼的《潇湘竹石图》，除左下角伸出几丛竹子外，其余是大片空白，渲染出水天苍茫的景象，令人顿生烟波浩渺之感。而苏轼品评他人画作时，亦极为欣赏野水寒林之类意象所构成的清远画面，如其《书李世南所画秋景二首》其一云："野水参差落涨痕，疏林欹倒出霜根。扁舟一櫂归何处，家在江南黄叶村。"③此画以水痕、疏林、霜根、扁舟等意象描绘出冬日的萧瑟景象，将空旷的画面拉向远方，令人神思飞越，表达了不知归处的茫然意绪。又《书王定国所藏〈烟江叠嶂图〉》描述其画云："山耶云耶远莫知，烟空云散山依然……行人稍度乔木外，渔舟一叶江吞天。"④山与云、江与天在远方的背景上交织成氤氲浑沌的图象，渺小的行人在乔木外独行，一叶渔舟在浩渺的烟波上出没，画中自然背景都被极力地推向远方，行人与渔舟随之缩小，使得观者的情思也随之飞扬开去，陷入山水苍茫的意境中。又《郭熙秋山平远图二首》其一云，"目尽孤鸿落照边，遥知风雨不同川"⑤，则是以孤鸿与夕阳间的意象对比拉大画面的空间感，以孤鸿渲染画面的空旷，并表达心灵飞向远方的自由感。其二云："木落骚人已怨秋，不堪平远发诗愁。"同样强调画面之"平远"与所引发的诗人愁绪之间的关系。

不仅苏轼持有此种审美态度，黄庭坚亦从"远"的视角评判山水画作，

① 《林泉高致》，第 11 页。
② 《全宋诗》，第 13 册第 8700 页。
③ 《苏轼诗集》卷 29，第 1525 页。
④ 《苏轼诗集》卷 30，第 1608 页。
⑤ 《苏轼诗集》卷 29，第 1540 页。

《跋画山水图》云:"江山寥落,居然有万里势。"①《题惠崇九鹿图》云:"至崇得意于荒寒平远,亦翰墨之秀也。"②《题陈自然画》云:"水意欲远。"③《题宗室大年小年画》云:"荒远闲暇,亦有自得意处。"④《题郑防画夹》五首其二云:"能作山川远势,白头惟有郭熙。"⑤《题花光画》元注云:"此平沙远水,笔意超凡入圣法也。"⑥黄氏的评论表明宋人已将"远"作为品评绘画艺术的重要尺度。继郭熙在其《林泉高致》中提出"三远"说后,韩拙又提出新"三远"说:"愚又论三远者,有近岸广水,旷阔遥山者,谓之阔远。有烟雾溟漠,野水隔而仿佛不见者,谓之迷远。景物至绝而微茫飘渺者,谓之幽远。"⑦这比郭熙的高远、平远、深远更进一步,更强调象外之致的传达,唯此才能通向神逸的妙境。

贬逐者的书画创作一定意义上乃是精神自由的实现方式,但在贬谪的压力之下,这种自由便如石缝间的草木,蜿蜒生长,因而,尽管同样是心灵的呈现,黄庭坚的书法便深警有余,而激情不足;酣畅有余,而奔放不足,其心灵不是如唐人一样在天地之间纵横驰骋,而是在幽暗的空间寻求着自由的出口;前者阳刚而热烈,后者则未免阴柔而冷峻。张旭之草书左冲右突,翻云覆雨,洋溢着狂野泼辣的生命精神;怀素之草书则意到笔随,舒畅圆柔,流露出唐人无所拘碍、不滞于物的潇洒风神。黄庭坚的草书虽是长枪大戟,貌似洒脱,却仍然给人以不脱拘束的沉滞之感,盖因唐人在原本自由的心态之下尽情挥洒,而黄庭坚等被贬者则是以书法的方式突破精神的重重阻碍而寻求自由。因此,黄氏之草书即便是自由的,也是一种沉重的自由,缺少原生态的率真与热烈,成为一种戴镣之舞。

总之,贬谪处境切断了苏门进入政治高层的通道,剥夺了他们入世立功的机会,造成了理想的破灭及激情的沉落。党争环境又使得被贬者谨言慎行,心态趋于内敛,他们只能转向自我,在宁静的天地中寻求心灵的安慰

---

① 《宋黄文节公全集·正集》卷27,《黄庭坚全集》,第736页。

② 《宋黄文节公全集·正集》卷27,《黄庭坚全集》,第737页。

③ 《宋黄文节公全集·正集》卷27,《黄庭坚全集》,第738页。

④ 《宋黄文节公全集·正集》卷27,《黄庭坚全集》,第739页。

⑤ 《山谷诗集注》卷7,第174页。

⑥ 《山谷诗集注》卷19,第472页。

⑦ [宋]韩拙:《山水纯全集》,杨成寅《中国历代绘画理论评注》,湖北美术出版社,2009年,第193页。

与精神的自由,无论是山水园林诗还是书画艺术,他们都在追求着自我的呈现与自由的表达,一定意义上也是在以艺术的自由对抗政治的压迫。因此,心态内倾所造成的自由追求便成为苏门贬谪际遇下的艺术创作的本质。

第三节　贬谪与苏、黄晚年的创作特征

苏轼与黄庭坚代表了宋代中后期被贬士人的两种人格特征。黄庭坚坚守儒节,主要以儒家性理之学及由此衍生的刚毅严正的道德原则对抗苦难,孜孜矻矻,负重致远。苏轼则倾向庄禅,以其义理之空无化解苦难,更加从容自得,优游容与。双方不同的文化立场造成不同的诗风:黄诗瘦硬坚劲,如枯竹迎风,簌簌作响;苏诗则萧散自然,如月影临江,随波上下。前者表现出坚韧的生命意志,后者则表现出超越的生命情怀。而耐人寻味的是,双方晚年都追求平淡诗风,表现出相似的审美趣味,极具值得探索的文化深意。

一、苏轼晚年的创作特征

苏轼对平淡诗风的追求直接影响到其贬谪期间的创作情况,然而如上所论,苏轼对平淡诗风的追求决非仅是审美风格的转型,背后隐藏着绍圣之后贬谪际遇下理想的落空、激情的消颓、心态的内敛等诸种文化因素,平淡乃是诸种变化在诗歌创作上的最终表现,而和陶诗最为集中地表现了苏轼的平淡诗学观。但平淡并非苏轼晚年创作风格的全部,早年的豪横诗风仍有余响,尤其在其七言体诗歌中有较突出的表现。大体可以说和陶诗主要表现了平淡诗风,而非和陶诗中的七言体尤其是七言古诗更多容留了豪横一脉,但和陶诗又不断地渗透、影响非和陶诗,以至非和陶诗中的五言古体数量明显增加,其风格也逼肖陶诗。平淡的确成为苏轼晚年诗作的主导风格。

1. 追趋与游离——苏轼和陶诗的矛盾性

对被贬士大夫而言,和陶的文化意义乃在于归隐的想象,是对出处矛盾的虚拟的解决方式。苏轼和陶并不仅是一种文学行为,而首先是一种文化行为,是与陶渊明穿越时空的对话,是对历史、现实及人生诸问题的平等

探讨,当然也包括对陶氏人格的追蹑及对其诗风的趋同,但其文化意义要高于文学意义,也正因为这样,苏轼和陶诗与陶诗之间在思想内容上存在种种不同甚至矛盾冲突也便毫不奇怪,也正因为这样,如果仅仅局限于从文学风格层面来追究其似与不似便不可能抓住苏轼和陶诗的本质。

苏轼虽追慕渊明,却并非要复制渊明,双方不同的文化构成及政治处境决定了苏轼只能走近渊明而不能与之重合。质而言之,苏轼从渊明那里所求者乃是符合自己价值观念及审美情趣的方面,追和陶诗的重要意义是要从中寻找和发掘可以表达自我的东西,同则和之,异则远之,这成为苏轼和陶的基本特点。从这个意义上说,苏轼对陶诗的追趋同时也是一种游离。

受到儒、释、道、纵横等诸种文化的濡染,苏轼既有强烈的入世追求,而又不拘形迹,性爱自由,与现实政治语境颇多龃龉。乌台诗案、洛蜀党争及绍圣之后接踵而至的政治打击使其收敛锋芒,开始追慕陶渊明质性自然的人格风范及不事雕琢的诗美特征。众所周知,陶诗平淡自然之外还有“金刚怒目”的一面,虽然这并非陶诗的主体风格,却是渊明精神本质之所在。苏轼和陶步趋其平淡自然的主体风格,对金刚怒目的一面却是选择性的忽略。陶诗《咏山海经》第十首讴歌精卫及刑天至死不屈的顽强意志与抗争精神,抒发了诗人报国无门的慷慨不平之情,苏轼对此视而不见,和诗继续谈仙论道,恐怕不完全是和诗题材限制的问题,更根本的原因应是陶诗之愤郁慷慨与苏轼平和超然的追求产生了冲突。历经党争与贬谪的苏轼不再执拗地以批判眼光看待世事纷纭,转而认可事物的自然性,即所谓“御气本无待”,诗歌的批判锋芒相比前期严重弱化了。在《咏山海经》第十一首中,陶诗以巨危和钦駓违背上帝意旨而终遭惩罚的故事,说明恶有恶报,似是影射刘裕篡位。苏轼对此不加理会,其和诗仍然沿着原有的求仙主题敷衍开去,脱离了陶诗的精神旨趣,这显然是主动的回避,反映出贬谪际遇下的戒慎心理。第十二首,陶诗由鸱鸟和青丘鸟联想到屈原的不幸,“鸱鴸见城邑,其国有放士。念彼怀王世,当时数来止”①。同样抒写了用世无门、不得其志的愤恨情绪。而东坡和诗仍是谈仙论道,毫不涉及对现实的批判,更未发泄自己的不满。最后一首,陶渊明总结历史,罗列历史上君主的

---

① 《咏山海经》十二,《陶渊明集校笺》卷4,第352页。

种种遗憾,反面指出择才用才的重要性,当亦有托古讽今、影射当世之意。而东坡和诗主旨则称自己是"畸人""散材",于世无补,只欲归隐,"携手葛与陶,归哉复归哉"。

陶渊明吟咏《山海经》的一组诗最能反映其"金刚怒目"的豪迈个性,与其田园诗的平和面貌判然有别,而苏轼和诗的思想主线乃是求仙与归隐,全然没有顾及陶诗的原始意旨,或者说有意与陶诗的感情倾向拉开距离。苏轼或是有所畏惧,或是心地超然,无论如何,从诗意来看,他的确是"不骂"了。虽然苏轼到惠州后曾写过《荔枝叹》之类讥刺赋敛的诗作,但此后便再难看到类似作品出现,该诗几乎是苏轼"好骂"的绝笔。

从东晋以后经唐五代及宋代的盛世与战乱的更迭,无数的历史一再上演着陶渊明式的悲剧,而现实也不过是历史的重复,即便自身也不过是历史规律借以展示的道具,苏轼称"只渊明,是前生",并不仅是对渊明的追慕,不经意间也道出了中国历史不断重复、士人命运循环不已的真相,既然如此,任何挣扎与抗争便显得徒劳,而只有安之若命、随缘任运才是明智的。相比陶渊明,苏轼这样的后来者拥有更为丰富的历史经验,比陶氏更为清楚地洞察到历史规律的残酷,并以其丰富的人生阅历更为深切地认识到历史魔咒难以破解,心态因而更加旷达超然,不再倾向于与现实进行对抗。其对陶诗的追和往往回避拗怒不平的感情内容,甚至有意偏离原诗的意旨,因此便与陶诗的慷慨不平产生了矛盾。当然,这并不表明苏轼完全消弭了感情的锋芒,面对陶诗特定的历史情境,苏轼有时忍不住推及现实,反观自身的不幸遭遇,发出不平之鸣,《和陶杂诗十一首》其三云:"兔死缚淮阴,狗功指平阳。哀哉亦何羞,世路皆羊肠。"[①]虽是吟咏历史,其中隐寓的个人感慨及对现实的批判意味还是很明显的。可见,虽然苏轼随缘放旷,竭力化愤激为平淡,但终究不能彻底心平气和,其实际创作便呈现出追趋平淡而又游离平淡的矛盾性,这与陶渊明平和淡泊却又金刚怒目具有一定的相似性。

渊明之愤慨虽然托之于神话及历史,但仍然表现得很露骨;苏轼则将其以往剑拔弩张的嘲骂变而为深沉含蓄的思索,升华为举重若轻的萧散气度,其不平之气弥散于更其浩阔的历史空间,虽逼似陶诗,其实味不同,这

---

① 《苏轼诗集》卷41,第2274页。

在《和陶咏三良》诗中得到充分的表现。陶氏原诗只是对三良之殉葬表示同情，而苏轼则基于历史及个人遭遇，对君臣关系及儒家道德原则进行了更深切的反思，诗云：

> 此生太山重，忽作鸿毛遗。三子死一言，所死良已微。贤哉晏平仲，事君不以私。我岂犬马哉，从君求盖帷。杀身固有道，大节要不亏。君为社稷死，我则同其归。顾命有治乱，臣子得从违。魏颗真孝爱，三良安足希。仕宦岂不荣，有时缠忧悲。所以靖节翁，服此黔娄衣。①

苏轼认为生命原本重如泰山，而三良之死却轻如鸿毛，所以如此，乃是因为三良之死并非为公而是为私，是为穆公殉葬，而非为国家献身。苏轼因此说，"杀身固有道，大节要不亏"。所谓"大节"不同于狭隘的忠君。苏轼又举出晏子的典故，称赞晏子事君有道而不以其私。按《左传·襄公二十五年》，齐崔杼弑其君光，"晏子立于崔氏之门外……曰：'君民者，岂以陵民？社稷是主。臣君者，岂为其口实？社稷是养。故君为社稷死，则死之；为社稷亡，则亡之。若为己死，而为己亡，非其私昵，谁敢任之？'"②齐庄公与崔杼棠姜私通，行为极不光彩，为崔杼所弑乃是罪有应得，晏子因而认为大臣不必从之而死。苏轼赞同晏子的观点，其潜台词便是：君主是社稷的化身，臣子效忠君主应出于对国家的忠诚，而非忠于君主本人；臣子应追求报国大节，而非谋取一己之私。因而苏轼说，"我岂犬马哉，从君求盖帷"。臣子既然应该为公而死，那么三良的殉葬行为便不值得肯定了。苏轼此诗表现出对传统愚忠观念的否定及对士人独立人格的肯定，根本上悖离了"君君臣臣"的伦理道德原则，是对儒家忠君观念的超越。《苕溪渔隐丛话》云："余观东坡《秦穆公墓》诗全与《和三良》诗意相反，盖少年议论如此，晚年所见益高也。"③苏轼当年讥评新法本是出于忠君爱民的一片赤诚，是因公而非为私，却仍然遭到乌台诗案的飞来横祸，晚年更是流贬岭南，则君权所需要的并非单一的公忠体国，更是臣下对君主意志的绝对服从，这就强迫士人成为谋求盖帷的犬马，从而取消了士人的独立人格。苏轼对陶渊明

---

① 《苏轼诗集》卷40，第2184页。
② 杨伯峻：《春秋左传注》，中华书局，1981年，第1098页。
③ 《苏轼诗集》卷40，第2185页。

的追慕表现出对其归隐行为所负载的文化价值的认同,但苏轼对三良的评价及对君臣关系的反思显然又超越了渊明,并透露出对现实的不满及对个人遭际的不平,是一种隐性的反抗。

由此可见,苏轼如渊明一样拥有悲慨不平与自然平淡两种心态,和诗本欲追趋渊明之平淡而忽略其悲慨,却又因自身之悲慨而不得不打破其平淡,陶诗"有志不获骋"的历史情境时时激起苏轼的感情共鸣,产生出一吐为快的宣泄冲动,然而对陶渊明静穆人格的追慕又使得苏轼总是竭力化悲慨为平淡,以内容的转换消弭和诗与原诗之间的冲突,这恰恰透露出苏轼内在的思想矛盾。苏轼对这种矛盾的消弭往往赖于比陶渊明更其超旷的心态,如陶渊明《岁暮作和张常侍》云:"民生鲜长在,矧伊愁苦缠。屡阙清酤至,无以乐当年。穷通靡攸虑,憔悴由化迁。抚己有深怀,履运增慨然。"[①]该诗写出老境的悲凉心态,抒写人生的悲慨,最后强自宽解,表达万物随化的自然观。苏轼和诗更其旷达,诗由无酒待客起笔,说明不必为此发愁,因为"我生有天禄,玄膺流玉泉"[②],并责怪"何事陶彭泽,乏酒每形言",最终对客人的到来表示真挚的谢意,"二子真我客,不醉亦陶然"。显然,苏轼之旷达较渊明之自然更进一层,更加从容自得,这在很大程度上源于庄禅观念的深厚濡染。

概而言之,陶诗总体平淡而偶露峥嵘,苏诗原本豪横而转归平淡,双方的逆向流程一定程度上造成了二人感情与诗风的龃龉与悖离。它一方面说明苏轼改变自我以追趋渊明人格与诗风的努力,同时暴露出苏轼自身的思想矛盾,这就注定了和陶诗不可能步趋陶诗之平淡而达到"外枯而中膏、似淡而实美"的化境。

2.苏轼和陶诗的风格评价

历代研究者对苏轼和陶诗的艺术成就作过诸多评论,见仁见智,褒贬不一。这些论断大多就双方不同的创作面貌进行比较,更多感性的判断,而缺少对双方创作机制的深入分析,因而,许多论断便显得隔靴搔痒,不切要害。本人以为,苏轼创作和陶诗在艺术上的重要目的便是实践自己的平淡诗学观,对和陶诗的成就进行评价须由此出发,否则便无从确立探究的

---

① 《陶渊明集校笺》卷3,第148页。
② 《苏轼诗集》卷40,第2216页。

逻辑起点。

苏轼之平淡观并不仅是淡,更在于味,所谓"外枯而中膏,似淡而实美","质而实绮,癯而实腴","发纤秾于简古,寄至味于淡泊",所求者在"膏""美""绮""腴",最终落脚于"味"。黄庭坚认为,"陶渊明诗长于丘园,信所谓有味其言者",并称赞"平畴交远风,良苗亦怀新"说,"此句殆入妙也"①。因此,必须要从"味"这一核心概念出发,对双方诗"味"的形成机制进行细致的考察,然后才可能对和陶诗的艺术特征及其与陶诗的接近程度作出较为合理的判断。

(1)意象的弱化及缺失与诗味的寡淡

陶诗之"味"首先来自意象的选择与创造。这类意象大体可分两类,其一是以传神的白描写眼前情景。这类描写,语言质朴,不假雕饰,却于古淡中流露出深淳的韵味,原因在于,它并不追求信息的完整呈现,而只择取与特定的感情相对应的有限信息,由此形成显性信息与隐性信息间的张力,形成想象性的空间,营造出韵外之致。如"平畴交远风,良苗亦怀新",诗明写风从远方吹来,田野中禾苗生机勃勃的景象,同时暗写出诗人沐浴清风、伫立远望的怡然之态。又如"倾耳无希声,在目皓已洁"两句,并不直写雪花飘落的姿态,而以听觉之希声及入眼之洁白的反差表现雪落之静及白雪满眼的情景,暗写出诗人开门四望时的惊喜之情。这种信息省略造成的残缺正是唤起读者联想并形成诗之"味"的重要因素。当然这种省略未必是有意的,而正是这种出之自然的省略,才使得诗歌格外深醇有味。这类例子在陶诗中可谓比比皆是,如"鸟哢欢时节,泠风送余善""微雨从东来,好风与之俱""遥遥望白云,怀古一何深""欲言无予和,挥杯劝孤影""采菊东篱下,悠然见南山"等等。苏轼和陶诗中以白描手段写眼前景象者极少,少数描写也与陶诗不类,如《和陶田舍始春怀古二首》其二云:

> 茅茨破不补,嗟子乃尔贫。菜肥人愈瘦,灶闲井常勤。我欲致薄
> 少,解衣劝坐人。临池作虚堂,雨急瓦声新。客来有美载,果熟多幽
> 欣。丹荔破玉肤,黄柑溢芳津。借我三亩地,结茅为子邻。鴂舌倘可
> 学,化为黎母民。②

---

① 《宋黄文节公全集·别集》卷11,《黄庭坚全集》,第1683页。
② 《苏轼诗集》卷41,第2281页。

全诗主要以叙述成篇,白描而有味的语言不多,其中"菜肥人愈瘦,灶闲井常勤"颇有意味,但对仗工整,明显表现出律体特征。后面"丹荔破玉肤,黄柑溢芳津"亦复如此,虽生动地写出了荔枝破裂露出雪白的肌肤,黄柑成熟散出诱人的清香,但遣词讲究锤炼,句法过于整饬,都不脱律体的雕刻之气,缺少陶诗的古淡气味。此外,"雨急瓦声新"一句颇为精警生动,但意象过于紧凑密集,不似古体之舒缓散淡,生动而已,但无余味。苏轼因其长期创作近体形成的习惯,对意象的处理往往难以脱离语词的雕饰,且因对仗的需要,意象密集,语气紧快,与古体之不假雕饰、出之自然形成不同的面貌气质。正如钱志熙先生所论:"古诗以兴寄为特征,近体则以切近的写景抒情为特征。"①古诗重在兴寄,对意象点到为止;近体重写景抒情,势必精雕细刻。苏轼要追趋古体风格,势必要摒弃近体特征,而苏轼显然难以在创造意象时抛弃根深蒂固的雕刻习惯,因而就与古体诗对意象的处理方式发生了冲突。由上例来看,这种近体式的意象描写植入古体诗中的情形并不成功,苏轼似乎无法顺利实现由近体到古体的转变,便尽可能回避白描,纯以朴素之语进行叙述、议论、抒情,从而形成淡而无味的局面。因而,返朴归真并不仅是语言形式的变化,也是主体的创作习惯、文化构成及心理定势等由表及里的全方位变动。陶诗朴素的意象创造有其独特的时代背景、文化心态及表现机制,与苏轼的创作构成有着根本性的差异,故而实现这种转换以趋同于陶诗之古淡其实是极为困难的事情,从实际效果来看,苏轼和陶诗只能最大限度地接近陶诗而难以完全重合。

其二则是比兴、象征的运用。陶诗朴野,深得古诗艺术上的妙用,其中便多用比兴之法。《咏贫士》其一云:

> 万族各有托,孤云独无依。暧暧空中灭,何时见余晖。朝霞开宿雾,众鸟相与飞。迟迟出林翮,未夕复来归。量力守故辙,岂不寒与饥?知音苟不存,已矣何所悲!②

该诗前四句以"孤云"意象象征自己孤独无依、为世所弃的处境,表达了知音无几的悲哀。后面四句以"归鸟"意象寄托归隐之志。前面写众鸟出林群飞的景象,暗喻世俗之人争先恐后的入仕热情,后面则以"迟迟出林

---

①　《黄庭坚诗学体系研究》,第137页。
②　《陶渊明集校笺》卷4,第311页。

翮"及"未夕复来归"与众鸟对比,含蓄表达超然绝俗的志趣与节操。最后抒写饥寒不移的遁世之志。全诗主要借助"孤云""归鸟"意象及具体情境抒情言志,意味深长。苏轼和陶诗云:

> 长庚与残月,耿耿如相依。以我旦暮心,惜此须臾晖。青天无古今,谁知织乌飞。我欲作九原,独与渊明归。俗子不自悼,顾忧斯人饥。堂堂谁有此,千驷良可悲①。

诗写"长庚""残月"相依的景象,抒发光阴飞驰、倏忽老矣的伤叹之情,自然永恒,人生短暂,世俗之人对此习焉不察,不知老之将至,仍沉湎于世俗价值的追求,自己却已悟到生命本身的可贵,故而表示"独与渊明归"。该诗虽然有"长庚""残月"意象,只不过是以眼前景象引发诗意,与诗味的营造并无关系。全篇主要出之议论,平淡有余,余味不足。

其三则是对人物形象的白描。在《咏贫士》其二中,陶诗以生动的语言描述了自己贫困的生活,"拥褐曝前轩"写出诗人的隐士形象,而"倾壶绝余沥,窥灶不见烟"又写出饥寒交迫的困窘,动态、神态、心态一时俱出,历历如在目前。然而诗人并不以此为意,因为与孔子厄于陈、蔡相比,毕竟还要好很多,圣贤的教诲与行动示范正是贫士对抗苦难的精神力量。全诗有形象有议论,刻画有细节,议论有对比,且议论完全建立在对细节的白描基础之上,有力地表达了诗人贫贱不移的品格,形象鲜明而意味深长。反观苏轼和诗则不然,诗先赞叹伯夷、叔齐不食周粟而饿死首阳山的事迹,尔后含蓄地批评嵩山四皓不该为吕氏所用,最后赞赏陶渊明欲仕则仕、欲隐则隐的真性情,表达追慕之意。该诗例举古人而发议论,并不借助形象,仍是淡而无味。又陶渊明《咏贫士》其三写贫士生活之拮据云:"弊襟不掩肘,藜羹常乏斟。"写袁安安贫乐道云:"袁安困积雪,邈然不可干。"写张仲蔚固守穷节云:"仲蔚爱穷居,绕宅生蒿蓬。"陶诗总能以简洁传神的细节传达出人物的精神气质,并以此作为展开议论的基础,其诗总是不脱离形象所营造的想象空间,所谓的诗"味"也正借助于这种想象的空间生发开来。即便全诗以议论为主,也往往于其中杂以形象化的细节,如其四写黔娄云:"好爵吾不萦,厚馈吾不酬。一时寿命尽,蔽服仍不周。"以蔽服不能遮蔽遗体的形

---

① 《苏轼诗集》卷39,第2137页。

象进一步渲染生前之贫困,从而为后面"岂不知其极？非道故无忧""朝与仁义生,夕死复何求?"的议论张本,造成强烈的感染力。苏轼因其文化构成、用语习惯、心理定势及次韵诗等多方面的限制,往往顾此失彼,难以在满足语言朴素以致平淡风格的同时兼顾形象的传神写照,或议论多于描写,或刻画失于传神,以致余蕴无几,诗味不永。

(2)诗思跳宕与典故运用对平淡的破坏

陶诗多为一气单行,无论叙事,还是抒情议论,都是线性结构,绝少旁逸斜出,波澜横生,总体上一气贯注,浑然一体。这种结构上的单纯使所负载的信息具有明确而清晰的指向,与其感情的平静、风格的朴淡和谐一致,有助于诗"味"的营造。苏轼则以其非凡的才力和深厚的修养,诗思腾挪跳宕,用典极多,与陶诗形成了鲜明对照,冲淡甚至破坏了诗"味"。如陶渊明《拟古九首》其一云:

> 荣荣窗下兰,密密堂前柳。初与君别时,不谓行当久。出门万里客,中道逢佳友。未言心相醉,不在接杯酒。兰枯柳亦衰,遂令此言负。多谢诸少年,相知不忠厚。意气倾人命,离隔复何有?[①]

该诗以兰、柳起兴,后面写主人的心理活动,以其别时之深意与朋友别后之薄情加以对比,借对朋友负约的怨恨,感慨世风的沦落、交道的浅薄,以警示世人。主旨明确而结构单纯,一气直行,并无摇曳之态。苏轼和诗云:

> 有客叩我门,系马门前柳。庭空鸟雀散,门闭客立久。主人枕书卧,梦我平生友。忽闻剥啄声,惊散一杯酒。倒裳起谢客,梦觉两愧负。坐谈杂今古,不答颜愈厚。问我何处来,我来无何有。[②]

该诗以全能视角写客与主两个对象,首四句写有客造访情景,"庭空鸟雀散,门闭客立久"既写出了客人敲门声音之大、等待之久及心理之焦躁,同时也侧写出主人睡眠之酣、梦境之深,自然引起后面对主人的描述。主人枕书而卧,不觉进入梦乡,梦中见到了平生故友,把酒论旧,相得甚欢,忽然被敲门声惊醒,梦中举起的酒杯也被惊散了。主人赶紧倒裳出迎,既因

---

① 《陶渊明集校笺》卷4,第272页。
② 《苏轼诗集》卷41,第2260页。

未饮酒而对不起梦中的友人,又因开门迟而怠慢了久等的客人,确是"两愧负"了。尔后又与客人纵论古今,而主人"不答颜愈厚",似乎仍未从梦境中醒转来,客人"问我何处来",主人答说"我来无何有",暗示刚刚睡醒,同时将诗意引向庄子无何有之乡的深远浑茫。这种双向并进终于合一的结构充分体现出苏轼跳掷多变、翻空出奇的诗思特征,诚为一篇佳作。但这种跳掷出奇的结构与平静淡泊的风格之间存在着深刻的矛盾,因为它不是局促于线性结构的单向推进,而企图以多向的变化追求心灵的全幅呈现,它是多元的,而非线性的;它是动态的,而非静态的,其灵动多变的诗思乃是对平淡的破坏。《和陶拟古九首》其三则更以想象之词写服鸟入室的情态,"引吭伸两翅,太息意不舒"①,意象诡秘,气氛阴森。诗人由此生发议论,表达吾生如寄、无所依归的茫然情绪,诗思更加翻空出奇,变化超妙,与陶诗之平淡风格更不相类。又《和陶拟古九首》其四写自己年少志向:"少年好远游,荡志隘八荒。九夷为藩篱,四海环我堂。"②甚至"卢生与若士,何足期渺茫"。其后则由这种壮志豪情突然转入到对海南州的赞叹,其间并没有过渡,转换突兀,这与次韵诗题材受限有一定关系,而根本上还在于苏轼诗思的灵动不羁,他并不习惯于依循单线脉络一气独行,而是右冲右突,千变万化,呈现出灵动多变、姿态横生的诗歌面貌,这也就决定了与陶诗之间的貌合神离。

　　陶诗风格古朴,用典极少,故而明白晓畅,诗意可以沿着物象铺设的路径顺利前行,同样有助于创造自然平淡的风格。诗味所依赖的是形象而不是典故,前者是直观的感性呈现,后者则是文化性的隐性呈现,二者唤起的乃是不同的心理反应。如前所论,读者可以借助显性形象对隐性信息加以补充,形成完整的信息板块,所谓的"味"正产生于显、隐信息之间的张力。而典故所负载的乃是具体的历史文化信息,它的意义不在于呈现具体的情境,而是启起一种历史性的、文化性的思索,读者在解读典故的过程中基于个人经历的独特性会获得种种不同的历史感悟及情感体验。如果说现实意象的内涵是单一的,那么典故的内涵则是多元的,它依附于相关的历史背景,并因这一背景的介入而形成与诗歌的现实情境相斥相容的复杂关

---

① 《苏轼诗集》卷41,第2261页。
② 《苏轼诗集》卷41,第2261页。

系,由此造成诗歌深厚凝重的气质。且典故是一个个的历史信息点,其文化内涵并不如寻常意象那样可以轻易越过,典故与诗歌情境间的龃龉往往会使得读者的思路止步不前,造成阻滞效应,破坏诗意表达的连贯与流畅。读者在面对典故时往往需要反复思考回味,从而使得诗意更加沉重,它所造成的便不再是象外之象,而是言外之意,由此构成对平淡诗风的破坏,如《和陶拟古九首》其二云:

> 酒尽君可起,我歌已三终。由来竹林人,不数涛与戎。有酒从孟公,慎勿从扬雄。崎岖颂沙麓,尘埃污西风。昔我未尝达,今者亦安穷。穷达不到处,我在阿堵中。[①]

该诗可谓句句用典。据施注,开首两句用韩愈《送石处士》诗中典故,"去去事方急,酒行可以起"。下句则用孔子典,《说苑》云:"孔子遭难陈、蔡之境,歌两柱之间,子路援干而舞,三终而出。"又查注引《礼记·乡饮酒》云:"间歌三终,合乐三终。"两典尚只是移用原词,并无深意。后面则用竹林七贤典故,以竹林七贤鄙弃山涛与王戎表达了对向慕权势者的鄙视,初步点出自己的高节。后面继续用典对这一主旨加以生发,"有酒从孟公,慎勿从扬雄"。孟公指孟嘉,所谓知酒中趣者。而扬雄则为王莽所用,起草元后诔文,为时论所讥,诗中所云"崎岖颂沙麓,尘埃污西风"正指此意。最后抒写自己富贵不淫、贫贱不移之志,无论穷达,都不能将诗人奈何,所谓"穷达不到处"即不为穷达所累,所以如此,在于诗人抓住了对待穷达的关键,即所谓"我在阿堵中"。此用顾恺之典,《世说》云:"传神写照,正在阿堵中。"[②]"阿堵"即关键,而此处的关键便是不以达喜、不以穷悲的旷达与超然。该诗几乎全部由典故成篇,以相关的历史情境及相应的价值判断构成诗意,与陶诗之自然明畅相比,诗意滞塞,难称平淡。又《和陶杂诗十一首》其五用曹操与孔融典,以孔融最终被杀表达愤世之情与戒惧之意,史实的叙述既多隐晦,后面的抒情议论复多慷慨,造成全诗辞气的凹凸不平,更加不类陶诗平淡之风。明人许学夷在《诗源辨体》中即已指出苏轼和陶诗"《拟古》、《杂诗》等作,用事殆无虚句,去陶亦远"[③],实际上指出了用典对

---

① 《苏轼诗集》卷41,第2261页。

② 《世说新语·巧艺第二十一》,徐震堮《世说新语校笺》卷下,中华书局,1984年,第388页。

③ [明]许学夷:《诗源辨体·后集纂要》卷1,人民文学出版社,1998年,第383页。

平淡诗风的破坏作用。

对苏轼和陶诗的成就历来评价不一,但如果参之陶诗之平淡有味,则苏轼和诗的不足是很明显的,纪昀评语中即已出现了"枯浅""少味""粗野""板实""拙而稚""俚""平钝""浅近"等批评性评价,虽然主要针对某些词句而非和陶诗整体,但亦可窥到苏轼学陶不似之弊。今人谢桃坊先生在其《苏轼诗研究》中基本否定了苏轼和陶诗的成就:"这类作品没有出现过内容充实与艺术形式完美和谐的传世名篇,更多的是板滞、木质、浅易、冗散与音节的古拗的平庸之作。"①虽不免言之过甚,但大体不误。虽有少数和诗如《和陶归园田居六首》其三、《和陶移居》其一、《和陶游斜川》等逼似陶诗,但并不能代表整体水平。曾枣庄先生曾对谢先生的否定性评价给予反驳,提出"苏诗本来就存豪放和平淡两种风格,他从黄州开始追求平淡风格,晚年有意学陶,与他的艺术个性并不矛盾,只不过是他前期仰慕陶渊明,追求平淡诗风的继续和发展罢了"②。但问题是这种"继续和发展"总体上并没有达到苏轼所追求的效果。亦有对苏轼贬谪岭南前后的和陶诗作出不同评价者,代表人物即为黄庭坚,"东坡在扬州和《饮酒》诗,只是如己所作。至惠州和归田园六首,乃与渊明无异"③。如前所述,这也并非事实,倒是黄庭坚"奔轶绝尘"④的评价更符合苏轼和陶诗的精神气质。

笔者以为,苏轼和陶首先是一种文化行为而非文学行为,其本质乃是归隐的想象,是对其进退出处矛盾的虚拟的解决方式,也是对陶渊明的人格追随及精神交流,诚如王文诰所言:"公之和陶,但以陶自托耳。至于其诗,极有区别⋯⋯盖未尝规规于学陶也。"王水照先生对此亦有中肯之论,他指出,苏轼和陶乃是"学与不学之间的不学之学,贵得其'真',重在获其'意'。他不追求个别思想观点的附和,更不拘泥于外在的风格、字句的摹拟,而力求在人生哲理的最高层次上契合"⑤。追求精神上的"以陶自托"而非创作上的"规规于学陶"乃是和陶而不似的根本原因。其次,苏轼与陶

　　① 谢桃坊:《苏轼诗研究》,巴蜀书社,1987年,第139页。
　　② 苏轼研究学会编:《论苏轼岭南诗及其他——苏轼研究学会全国第三次学术研讨会论文集》,广东人民出版社,1986年,第39页。
　　③ 《王直方诗话》,《宋诗话辑佚》第86页。
　　④ 《元祐间大书渊明诗赠周元章再跋》,《宋黄文节公全集·别集》卷8,《黄庭坚全集》,第1632页。
　　⑤ 王水照:《苏、辛退居时期的心态平议》,《王水照自选集》,第335页。

渊明不同的诗歌创作机制及创作个性及双方不同的时代背景决定了二人不同的风格，苏轼近体化的意象处理方式、诗思的灵动多变、好议论用典等多重因素使和陶诗创作只能最大限度地接近陶诗，而不可能与之重合。

综上，斤斤于比较和陶诗与陶诗似与不似没有意义，双方上述差异决定了和陶不似是必然的，这里的关键是，苏轼通过崇陶与和陶确立了陶渊明在诗歌史乃至文化史上的崇高地位，将陶诗外枯中膏、似淡实美的平淡诗风推至宋代诗学的最高境界，使梅、欧倡导的平淡诗风正式确立。它使宋人对诗歌美学高境的理解发生了重大改变，并深刻影响到晚宋及后世的诗歌创作取向，这才是苏轼和陶最重要的文学意义。

3.苏轼晚年其他诗歌的创作

除和陶诗之外，从诗体角度划分，苏轼岭海时期的诗歌诗创作大体可分为五言与七言。五言主要是五古，七言则七律、七古并重。从风格角度而言，则是平淡与豪横兼有，而以平淡为主。五言诗尤其是五言古诗受和陶诗创作影响，颇类陶诗，趋向平淡，而七言诗尤其是七言古诗则明显沿续了早年豪横劲健的特征，只不过因其晚年的贬谪日重，更增加了沉咽悲壮之气。

和陶是苏轼晚年创作的重要内容，平淡则是晚年汲汲以求的风格，即便是非和陶之作，五言诗也自然地受到和陶诗影响而趋于平淡之境。凡五言古体大多带有陶诗痕迹，或者说，五言古体虽非和陶诗，而其韵味明显是追蹑陶诗，如《雨后行菜圃》写清晨到菜圃散步情景，自得其乐，与陶诗情趣颇为相类，而其句法、语气亦是仿照陶诗。开篇写梦中听到雨声，高兴地想到园中蔬菜一定生机盎然，于是信步到园中观赏。沿途景象令诗人心情愉悦，"平明江路湿，并岸飞两桨。天公真富有，乳膏泻黄壤"。而园中菜蔬果然长势喜人，"霜根一蕃滋，风叶渐俯仰"，由菜之鲜嫩诗人不由得想象端上饭桌的情景，"未任筐筥载，已作杯盘想"，见出诗人急不可待的天真之态。但诗意又不止此，诗人由自己的生活艰难推己及人，想到清寒的山僧，于是"小摘饭山僧，清安寄真赏"。而后才写到自己享用这新鲜菜蔬的情态，"芥蓝如菌蕈，脆美牙颊响"，表现了诗人依靠菜圃养生悦性的心满意足。诗意至此层层曲折，变化多端，纪昀评曰："生出一波，方不浅直。"①可见苏诗虽是模仿陶诗之神韵情趣，却并非单纯依靠意象的刻画追求诗味，而是借助

---

① 《苏轼诗集》卷39，第2161页。

曲折跌宕的诗思创造出摇曳多姿的诗境,虽云平淡,却难掩豪横多变的本色,平淡与豪横在这里维持着脆弱的平衡,而诗人的贬谪际遇与不幸命运常常会使悲怆之情不可遏抑地奔涌而至,打破这种平衡,如《丙子重九二首》其一即是如此:

> 三年瘴海上,越峤真我家。登山作重九,蛮菊秋未花。惟有黄茅浪,堆垅生坳窊。蜑酒蘖众毒,酸甜如梨楂。何以侑一樽,邻翁馈蛙蛇。亦复强取醉,欢谣杂悲嗟。今年吁恶岁,僵仆如乱麻。此会我虽健,狂风卷朝霞。使我如霜月,孤光挂天涯。西湖不欲往,暮树号寒鸦。①

该诗前半写自己贬谪岭峤而自得其乐的豪旷之态,不仅以烟瘴之地的岭峤为家,且在重九之日登高望远,饮酒为欢。后半则写茕独之悲,因朝云去世,自己如霜月孤悬天隅,冷落难堪,再想到西湖边朝云葬处寒鸦哀号的景象,更是痛不可言。悲怆压倒了平淡,使得前面的平淡也显出强自振作的味道,更映衬出悲怆之沉重。可见,在这类诗中,个体感情有更为自由的表达空间,对真情抒发的渴求更重于对平淡诗美的追求,即便诗人有追求平淡的潜在欲望,也会因感情表达的冲动不由自主地顺势而下,终于以平淡追求让位于感情的痛切抒发,使得这类诗作比和陶诗呈现出更多的本来面目。

如前所述,苏轼和陶首先是一种文化行为,苏轼在与陶氏的对话过程中仍然保持了自己思想及人格的独立性,与之相应,其原有的豪横本色也不会完全附丽于平淡风格之下。五言虽主要模仿陶诗,风格力主平淡,然而豪旷之语仍时时涌出,呈现出与陶诗不同的面貌,如《次韵子由所居六咏》其一写所种植被可以娱情悦意,“堂前种山丹,错落马脑盘。堂后种秋菊,碎金收辟寒。草木如有情,慰此芳岁阑”。清淡自然,颇似陶诗,尾句却陡然一转,“幽人正独乐,不知行路难”②。表现出诗人贬谪处境中难以消弭的忧惧之情。又其四写自己虽贫穷不堪而仍然竭力周济他人的情景,“先生饭土墦,无物与刘叉。何以娱醉客,时嗅砌下花。井水分西邻,竹阴

---

① 《苏轼诗集》卷 40,第 2204 页。
② 《苏轼诗集》卷 40,第 2207 页。

借东家"，尾句却突然脱出此意，"萧然行脚僧，一身寄天涯"①，将诗引向高旷之境，这自非陶氏的性情气质。故而五言诗虽然受到和陶诗的影响，但苏轼毕竟有着不同于陶氏的个性气质，其对庄禅思想的深刻濡染相比陶氏之自然无为的道家观念有着对现实世界更为深切的解悟，因而心态更其通达，发而为诗也更为超旷。初至海南岛所作《行琼、儋间，肩舆坐睡。梦中得句云：千山动鳞甲、万谷酣笙钟。觉而遇清风急雨，戏作此数句》诗云："此生当安归，四顾真途穷。眇观大瀛海，坐咏谈天翁。茫茫太仓中，一米谁雌雄。幽怀忽破散，永啸来天风。千山动鳞甲，万谷酣笙钟。"②前四句描述海天茫茫、四顾途穷的困境，后四句则陡然宕开笔墨，以居高临下、以大观小③的佛学视野俯视大海与陆地、宏观与微观的关系，构置出超出宇宙之上、独立万物之表的高阔境界，为后面激荡人心的情境描写构筑起思想的台基。其后则由虚笔过渡到对现实景象的描绘，"幽怀忽破散，永啸来天风。千山动鳞甲，万谷酣笙钟"，大风吹来，千山万壑的树木如鳞甲般被掀起，山鸣谷应，如笙钟齐鸣。诗人以宏大的气魄写出风声大作的情状，声酣气振，笔力千钧，显出苏诗本色。其实在和陶诗中，其豪横本色也时露峥嵘，如《和陶己酉岁九月九日》诗反陶诗原意而用之，以咏菊而自明其志，表达身处困厄而独立不迁的坚贞品格。首句即云，"今日我重九，谁谓秋冬交"④，词气昂藏不群，不类陶诗之自然平易，其后则写菊花后凋的形态，"黄花与我期，草中实后凋。香余白露干，色映青松高"，雄豪之气一以贯之。继而表示对媚附权势者的鄙视，"伯始真粪土，平生夏畦劳。饮此亦何益，内热中自焦"，语气充满讽刺。最后归结到对陶渊明的崇拜，"持我万家春，一酬五柳陶。夕英幸可掇，继此木兰朝"，表达了追蹑陶氏高风的志趣。全诗感情强烈，爱憎分明，与陶诗之淡然平易相较，显非同一格调。

　　如果说五言诗多受陶诗的影响，那么苏轼七言体诗则更多地表达出豪横本色。一旦进入到七言体尤其是七言古体的语境，苏轼便立刻恢复了奔放不羁的本来面目，如初至惠州不久所作《同正辅兄游白水山》一诗，便以

---

①　《苏轼诗集》卷40，第2208页。

②　《苏轼诗集》卷41，第2247页。

③　"以大观小"源于佛教周遍法界观，《楞严经》卷四云："是故于中，一为无量，无量为一。小中现大，大中现小。不动道场，遍十方界。"

④　《苏轼诗集》卷39，第2145页。

夭娇多姿的句式描写白水山之雄奇,赞叹大自然之鬼斧神工,写景状物极尽腾挪跳宕之能事,"劈开翠峡走云雷,截破奔流作潭洞"①,"坐看惊鸟救霜叶,知有老蛟蟠石罋"。面对这一人迹罕至的奇境,诗人顿觉超尘脱俗,心胸如洗,"永辞角上两蛮触,一洗胸中九云梦"。在归途中看到涌动的温泉,设想如果"解衣浴此无垢人",一定"身轻可试云间凤"。全诗气势奔腾,"笔笔奇矫"②,押仄声韵,更显顿挫沉挚,自是苏诗本色。因此,苏轼虽然崇尚平淡,却并非全然如此,面对奇山异水,高峡急流,诗人仍会禁不住激情洋溢,重回豪横一路。远贬海南赠子由诗亦复如此,诗以宏大的视角及苍劲的笔力写出梧州孤居天隅的地理位置,并由舜帝南巡死于苍梧的传说为全诗渲染出浓重的悲剧气氛,"九疑联绵属衡湘,苍梧独在天一方。孤城吹角烟树里,落日未落江苍茫"③。黄昏中的梧州城,号角凄厉,落日的余晖映照着茫茫江水,久远的历史悲剧与眼前的凄凉景象纵横交织,勾勒出悲壮沉郁的环境色调,有力地烘托出诗人慷慨悲凉的心绪。面对再次降临的打击,苏轼仍然表现出一贯的旷达心态,表白说,"莫嫌琼雷隔云海,圣恩尚许遥相望。平生学道真实意,岂与穷达俱存亡。天其以我为箕子,要使此意留要荒。他年谁作舆地志,海南万里真吾乡"。全诗意境阔大,感情深沉而不失激昂,王文诰下案语说,"不见老人衰惫之气"。本诗后半部分几乎全是诗人议论抒情的独白,一气流贯,辞气慷慨,并不因其大段议论抒情而损害诗意,相反却因此增强了全诗的浩然正气,可谓苏轼旷达心态的最高表现,也代表了被贬岭南后与平淡并行的豪横本色。与早期的七古相比,该诗豪中有悲,呈现出更其深沉厚重的美学风格,亦是一种变调。

七言句式本身便易于表达跌宕起伏的情感,营造恢弘阔大的气势,与五言诗的善于叙事、格调古朴并不相类,因而一般而言,苏轼并未在七言诗中追求陶式的平淡之风,而是保持了一以贯之的豪横雄放,可见苏轼对两类诗体的不同特点及适用范围有着明晰的认识。但显而易见的是,和陶诗创作成为苏轼晚年的创作重心,并深刻影响到其他诗歌的创作,使得晚年诗作整体上趋于平淡。这种审美风格的转型折射出苏轼的文化心态由狂

---

①　《苏轼诗集》卷 39,第 2147 页。

②　《苏轼诗集》卷 39,第 2148 页。

③　《吾谪海南,子由雷州,被命即行,了不相知,至梧乃闻其尚在藤也,旦夕当追及,作此诗,示之》,《苏轼诗集》卷 41,第 2244 页。

放向内敛的转化,一定意义上也标志着宋调的正式确立。

二、黄庭坚晚年的创作特征

由上文可见,随着贬谪的日渐深重,黄庭坚晚年更倡导温柔敦厚的儒家诗教,并将"平淡而山高水深"作为诗歌美学的最高境界,这一诗学观念无疑深刻影响到其晚年创作,而黄氏究竟在多大程度上实现了平淡观,则是一个不易判断的问题。前人对其晚年创作肯定居多,如无名氏《豫章先生传赞》称:"山谷自黔州以后,句法尤高,笔势放纵,实天下之奇作,自宋兴以来,一人而已。"①王应麟认为"山谷诗,晚岁所得尤深"②。南宋王十朋更将山谷贬后创作与杜甫晚年诗作相提并论,称"天遣来黔涪,诗鸣配子美"③。这些评论虽多加褒扬,却并非从"平淡"角度着眼,只有少数人对其晚年风格的变化给予揭示,魏了翁在评论黄诗的发展阶段时,认为山谷元符贬谪后"阅理益多,落叶就实,直造简远"④。但总体而言,古人对其晚年创作的平淡特征论述不多,更未对平淡观念与创作实践之间的关系进行更深入的考察。现代研究者对黄氏晚年的创作风格的意见总体上趋于一致,莫砺锋先生认为,"黄庭坚晚年的诗歌创作与其诗论是桴鼓相应的","晚年的创作实践中已经以质朴平淡的风格追求消灭了早期的缺点。从而达到精光内敛的老成境界"⑤。钱志熙先生认为:"黄氏初期创作学魏晋,有自然倾向,中年提倡法度,重锻炼。到了晚年则有努力回归自然平淡的倾向。"⑥应该说,这一判断更有分寸。

实际上,任何诗人都不可能完全实践自己的美学观念,如上文所论,平淡风格的实现在根本上需要诗人感情的内敛与平静,尽管山谷晚年儒家修养更为深厚,心态也更为通达,但外在政治环境的变化往往使其感情奔涌,发而为深沉悲慨的诗篇,如《病起荆江亭即事十首》组诗便以宏大的政治视角、深沉的忧患意识及物伤其类的师友情怀表现出波澜起伏的内心世界,尤其是长篇五、七言古体诗更以其丰富的容量、跳掷多变的结构表现出晚

---

① 《豫章先生传赞》,《苕溪渔隐丛话》卷32,第245页。
② 傅璇琮编:《黄庭坚和江西诗派资料汇编》,中华书局,1978年,第173页。
③ 《黄庭坚和江西诗派资料汇编》,第84页。
④ 《黄庭坚和江西诗派资料汇编》,第144页。
⑤ 莫砺锋:《论黄庭坚诗歌创作的三个阶段》,《文学遗产》1995年第3期。
⑥ 《黄庭坚诗学体系研究》,第249页。

年的复杂情感,而这类诗即便从其结构特点来看也难以实践其平淡观念。因此,无论是感情表达的需要还是诗歌本身艺术形式的制约,都使得山谷晚年诗作不可能全然呈现出平淡特征。与此同时,山谷又确实在探索着实现平淡的道路。笔者以为,山谷主要是将七言八句的古体诗作为晚年实践其平淡诗学观的主要形式,他从七言律体出发,以运古入律、混合律古的方式寻求诗歌自然化的途径。但山谷长期拗律创作的惯性使其诗歌语言瘦硬峭拔,与平淡风格并不相应,且好议论的习惯也使其诗作缺失形象性,直白平淡而乏韵味,这些缺陷使得这些古体化的律体与"平淡而山高水深"的诗美境界仍有不小的距离。由此,山谷又将目光转向了唐律,企图以唐律的意象营构之法加以补救。于是,古体之平淡与唐律之余味在七言八句的古体形式中得到了统一,并在一定程度上达到了"平淡而山高水深"的美的境界。

1.平淡追求与自然流贯

如上所述,对道德修养的强调成为黄氏晚年诗论的重要内容,这种转变在初至贬所不久便发生了,《次韵杨明叔四首》小序云,"文章者,道之器也;言者,行之枝叶也",作者应该"耕礼义之田而深其耒"①。从乌台诗案到绍圣之贬,因诗得祸的惨痛教训使得被贬者噤若寒蝉,黄氏重新强调儒家道德,一方面在于避免以诗得祸,同时更意在使士人将儒家伦理规范充分内化为一种道德自觉,发而为诗自然不越雷池。在上述四首诗中,黄氏鼓吹道德至上论,倡导儒家道德人格的构建,如"决定不是物,方名大丈夫"②、"道应无蒂芥,学要尽工夫"③。同时又表现出将儒、释、道糅合为一的倾向,所谓"心随物作宰,人谓我非夫""全德名万物,大方无四隅",既遵从儒家道德,又以释道哲学加以引导统摄,并非被动地以儒家道德约束自我,而是将内在道德修养与释道观念相通相融,最终趋于融通万物、无所不可的自由境界,所谓的自由最终表现为因顺万物的自然,它外化为主体的感情状态及诗歌风格便是平淡。

山谷早年为打破近体格律的俗滥,多作拗律,以意独行,意象构成从表面来看极具跳跃性,这成为其瘦硬生新的诗歌面貌的重要成因,与其晚年

① 《山谷诗集注》卷 12,第 300 页。
② 《山谷诗集注》卷 12,第 302 页。
③ 《山谷诗集注》卷 12,第 304 页。

的平淡追求似乎颇为悖谬。实际上,平淡风格的实现首先需要的便是表情达意的自然性,山谷诗以意运象恰恰是遵从了这种自然性。他是从自我出发组织意象,而不是从意象出发表达自我,意象之间便显得不相关联,造成了诗意表面的跳跃乃至滞塞,并最终形成生新出奇的诗歌面貌。这种诗歌样态貌似生硬,实际上是一种更具自然性的表达方式,与其晚年的平淡追求并不存在根本的矛盾。但拗折不平的诗歌形态与其晚年的平淡追求毕竟不相协调,山谷为此逐渐摒弃拗律,更多运古入律,以除却拗折之气,返归自然平易。即便如"桃李春风一杯酒,江湖夜雨十年灯"这样他人以为"极至"的成熟之作,鲁直仍然以为"犹砌合",而更喜爱"石吾自爱之,勿使牛砺角。牛砺角犹可,牛斗残我竹"这样朴拙的诗句①,因为它符合山谷晚年平淡及无意为文的创作观念。由此,山谷晚年拗律渐少,而更多运古入律,以至那类七言八句、不律不古、亦律亦古的诗体成为山谷晚年最为偏好的形态。

但诗学观念的改变不可能立刻递变为创作实践,贬谪初期的诗作仍带有早期爱发议论、拗折出奇的风格,如《次韵答斌老病起独游东园二首》其一云:"万事同一机,多虑乃禅病。排闷有新诗,忘蹄出兔径。莲花生淤泥,可见嗔喜性。小立近幽香,心与晚色静。"②诗用仄声韵,拗折之气不改,且以意运象,一气独行,意象间往往缺乏自然的相关性,跳跃性较大,如"排闷有新诗,忘蹄出兔径"便是如此。这种笔法虽然表现了主体的自由精神,却未造平淡之境,根本原因在于内在的思想感情表现为外在的物象并不自然流贯,由上诗来看,选象造句仍不脱人造痕迹。最后两句则写眼前景象,"小立近幽香,心与晚色静",富于形象性且有余味,似乎可见山谷以意象创造弥补余味不足的努力。《又和二首》与前诗风格一致,造语用事不拘常调,生新出奇,其一云,"西风鏖残暑,如用霍去病。疏沟满莲塘,扫叶明竹径。中有寂寞人,自知圆觉性。心猿方睡起,一笑六窗静"③。前两句以霍去病横扫匈奴的英勇气概比喻秋风扫落叶之冷酷无情,是典型的山谷笔法,后面则写主人的悟道境界,意境清幽,运笔自然,一定程度上呈现出回归常体的趋势。这种前后造语及风格的矛盾似乎表明山谷此期诗歌创作

---

① 见吕本中《童蒙诗训》,《宋诗话辑佚》,第590页。

② 《山谷诗集注》卷13,第316页。

③ 《山谷诗集注》卷13,第317页。

的过渡特征。

随着山谷晚年平淡观念的确立,他开始更多地抛开了近体格律的限制而运古入律,以追求感情自由流畅的表达,如《次韵李任道晚饮锁江亭》首两句直写眼前景象,"西来雪浪如炰烹,两涯一苇乃可横"①。江水从西方奔来,雪浪翻涌,恰如沸腾一般,两岸虽然相隔遥远,但看上去似乎一苇可航。诗人由眼前的雪浪突然想到故乡河流的宁静安祥,"忽思仲陵江十里,白蘋风起縠纹生"。江水缓缓流过,白蘋风起,水面泛起细细的波纹。眼前景象之壮阔与故乡景象之宁静构成鲜明的对比,诗人情思跳跃,透出由激荡而婉约的感情变化。该诗并未对仗,而以散体方式流贯而下,摆脱了严格的对仗对感情的自然流程的阻隔,更为生动地传达出诗人不可遏止的思乡深情。运古入律可谓打破律体呆板句式的有益尝试,而愈至晚年,黄氏便越发不拘形式,完全从感情表达的自然性出发选择句式,以求抒情表意的舒展流畅。该诗下联则重新运用对仗,"酒杯未觉浮蚁滑,茶鼎已作苍蝇鸣"。酒从喉咙中滑过竟毫无感觉,不知不觉中茶鼎中的水已滋滋作响,直到此时诗人似乎才从对故乡的回忆中惊醒过来,似可见其茫然若失的神态。这两句虽是对句,却又不觉其对,因它完全循着自然流程描述眼前景象,喝酒失神与茶鼎作响之间存在着时间的先后顺序,虽写两类对象,实有流水对的意味。如果说前两句使人忘其不对,这两句则又令人忘其对,两联的基本特征不在形式,而在于情感的真实呈现,形式已退居次要位置,对仗与否完全服从于写景抒情的需要,充分表现出山谷晚年大巧若拙的老成境界。再如《再次韵兼简履中南玉三首》颔联云,"句中稍觉道战胜,胸次不使俗尘生"②。道义战胜了俗念,感情也便更加深沉严毅,此时纵目远眺,江山风物也便呈现出不同寻常的宏大气象,"山绕楼台钟鼓晚,江触石矶砧杵鸣"。群山环抱着楼台,钟鼓声声已是暮色苍茫,江水一阵阵涌上岸边的礁石,与暮色中的砧杵声混杂在一起,更加惊心动魄。两句勾勒出博大深浑的意境,有力地烘托出诗人坚守儒道的信念及远离尘俗的品节。诗由抽象而具象,由崇高的精神境界生发为长江晚景的壮阔景象,将诗境有力地推宕开去,造成极为深远的意味。上述两诗都极具特色,最主要的便是中

---

① 《山谷诗集注》卷 13,第 329 页。
② 《山谷诗集注》卷 13,第 328 页。

间两联,第一首写江景,由实而虚,又由虚返实,叙写出诗人的感情流程。第二首则写诗人的高迈情怀,以江景之壮阔加以强化,使诗境更其深厚。而无论是哪一首诗,都沿着情感的自然流程组织相关内容,或实或虚,或景或情,随心所欲,任意而行。这表明,黄氏晚年所求之平淡风格并不仅指感情的平淡,而首先是感情的自然表达,因此扬弃了对形式的刻意选择与雕琢,而达到一种率意独驾、自然浑成的境界。如钱志熙先生所论:"诗人经历世事更多,对哲理体验更丰富,达到心灵上返朴归真的境界,所以对'情'与'理'有了一体化的体验,不斤斤计较于情理之界限和追求以理节情,所以他的抒写更倾向于自然……不再执着于思理表达和技巧之出奇变怪。"①

此期诗作越发自然流贯,擒纵自如,章法灵活多变,完全服从于诗意的表达而不拘程式,是山谷以意独运的创作方式的发展与最高表现,如《再次韵兼简履中南玉三首》其二云,"江津道人心源清,不系虚舟尽日横"②,起笔极为随意,接句又颇为舒展,以庄子不系之舟典相接续,既写出心源道人的形象,又暗示其心性之自由。其后进一步以"道机禅观转万物"引申其物物而不物于物的主体地位,并以"文采风流被诸生"说明心源道人沾溉士林的巨大魅力。颈联"与世浮沉唯酒可,随人忧乐以诗鸣",则又刻画出心源道人饮酒买醉、与世浮沉、随人忧乐、以诗寄慨的愤激形象,与上联之潇洒风流恰成反照,也是对上联内容的颠覆,尾联则以"江头一醉岂易得,事如浮云多变更"揭示出心源道人苦闷愤激的原因,在于世事如浮云变幻不定,令人禁不住忧心忡忡。该诗无论反正,都自然流贯,无施不可。又其三首联云,"锁江亭上一樽酒,山自白云江自横"③,既是写景,又暗寓情韵。饮酒锁江亭本已是萧散闲放的生活情态,而"山自白云江自横"则以形写意,似比似兴,更加映衬出饮者的风流之态,显出山谷晚年诗法之老到自然。

如上所述,山谷晚年为追求诗意的自然表达,更多以古入律,偏好七言八句的古体。从具体的操作来看,主要表现为中间两联,往往是一联对仗,一联散行,有意打破对仗的严整,而求得表意的流畅连贯,自然性成为山谷晚年的自觉追求。与此同时,首句及首联也往往不再是相对独立的意义单元,而与下面的内容更加紧密地联系在一起,首联与颔联一气流贯,更加自

---

① 《黄庭坚诗学体系研究》,第 84 页。
② 《山谷诗集注》卷 13,第 329 页。
③ 《山谷诗集注》卷 13,第 330 页。

然浑成,如《送石卿太学秋浦》首句写石氏之贫困及刚正不移的节操,"长卿家亦但四壁,文君窥之介如石"①。纯以古语出之,浑朴之气扑面而来。颔联"胸中已无少年事,骨气乃有老松格"不仅前后对比,亦暗含因果,似对而非对,老健浑成,不可句摘,乃是黄氏运古入律的典范之作。颈联则述徽宗朝新政,"汉文新览天下图,诏山采玉渊献珠",转用更为自由的散体句式,疏宕有致。古体在表意方面显然更为自然,因此为山谷更多地引入到律体中来,即便颔联运用了对句,而从语言风格来看,仍带有明显的古体色彩。运古入律成为山谷晚年诗作的重要特征,也是实现平淡追求的重要手段。从诗体而言,这些诗已不再是严格意义上的律诗,实际上已蜕变为古体,但其八句的形式显然又是由律体脱化而来。山谷由早年的拗律、运古入律,至晚年干脆全用古体的变化过程,是一个渐次的诗体"退化"过程,也是一个向自然平淡风格的转型过程。实际上所谓拗律本质上不过是将齐梁以后逐渐成熟的律仗重新还原回到律化前的原始状态,而运用古体是更为彻底的"退化"。当然,这不是简单的"退化"与"复古",而是对格律的超越,是更高层次上的向自然的回归。

　　由上可见,山谷之平淡实乃首先追求表情达意的自然性,即依靠感情的自然流程而一意倾泻,突破诗体形式的束缚,实现诗意从容自如的表达。由山谷之七言律古来看,山谷的确实现了诗歌结构的自然化及向平淡风格的转变。但山谷晚年所求实则"平淡而山高水深",如上节所述,"山高水深"侧重于创作主体深厚的道德学养在诗中的自然流露及诗歌意象内在的错落多变所造成的波折感,因此,"山高水深"侧重于"意"而不同于唐诗之"味"。"意"重在理,而"味"重在象。山谷更重理性传达而相对排斥对自然意象的感兴,其诗往往引人思而不是引人感,令人悟到言外之"意"而不是韵外之"致",所以山谷诗"意"有余而"味"不足。山谷晚年一再强调道德意识的强化与培养,强调道德修养与平淡风格之间的相关性,所谓"平淡而山高水深"即要在平淡中蕴含丰富的道德及文化内涵,此乃山谷着意所在。大体而言,山谷所求者乃是感情的自然表达及理性因素的丰厚沉积,这才是"山高水深"的基本内涵。但山谷晚年之"山高水深"似又不止于以上内涵,而更求平淡外的余味,《论诗帖》云:"陶渊明诗长于丘园,信所谓有味其

---

① 《山谷诗集注》卷13,第334页。

言者。吾尝见梅圣俞诵唐人诗云：'雀乳青苔井，鸡栖白板扉。'圣俞甚爱此句。柳子厚云：'渚泽新泉清。'渊明云：'平畴交远风，良苗亦怀新。'此句殆入妙也。"①《论作诗文》云："盖诗之言近而指远者，乃得诗之妙。唐人吟诗绝句云：'如二十个君子，不可著一个小人也。'唐诗僧《吟草》诗云：'时平生战垒，农惰入春田。'如此语，少时常记百十联，思其切。"②所谓"有味其言""言近而指远"，即是追求诗歌不同于道德及理性内涵的感性空间，表现出对诗歌感性特质的回归，而"有味"的范本多为唐诗，于是追摹唐诗而求"有味"便成为山谷晚年诗歌美学追求的必然选择，这由山谷晚年大量创作酷似唐韵的绝句似乎可以得到充分的证明。

2."向唐律中作活计"与对余味的追求

《名贤诗话》云："黄鲁直自黔南归，诗变前体，且云：'须要唐律中作活计，乃可言诗。'"③这句话标志着山谷晚年诗学观念的重要转变。而唐律究竟何所指？又究竟作何活计？山谷并没有进行明白的揭示，然而由其晚年创作相当数量的绝句，且其风格直逼唐韵来看，所谓"唐律"侧重指绝句，尤其是七绝。沈德潜说："七言绝句，贵言微旨远，语浅情深，如清庙之瑟，一倡而三叹，有遗音者矣。"④清人黄爵滋亦称："情余于句，是七绝正宗。"⑤绝句因与音乐的渊源关系，音调婉转，情思悠远，且因体制短小，容量有限，为充分地表情达意，必须要尽可能地在尺幅之间展现万里之势，以一含万，以少胜多。周必大在《跋米元章书秦少游词》中说："借眼前之景而含万里不尽之情，因古人之法而得三昧自在之力，此字此词所以传世。"⑥虽是论词，亦可移之于绝句。为求得以上效果，兴象的充分运用便成为绝句的突出特征，盛唐绝句以其兴象玲珑、情思婉转、风神华妙、自然浑成的审美特征代表了唐韵之正宗，而宋代绝句则与之大异其趣，胡应麟评论说："宋诸人绝句，议论俳谑者既不必言，间有一二佳致，非音节失之浅促，则气象过于轩举。其有语意逼近者，又格调萎苶卑弱，仅作晚唐耳。"⑦宋代绝句的

① 《宋黄文节公全集·别集》卷11，《黄庭坚全集》，第1683页。
② 《宋黄文节公全集·别集》卷11，《黄庭坚全集》，第1685页。
③ ［宋］李颀：《古今诗话》，《宋诗话辑佚》，第266页。
④ ［清］沈德潜：《唐诗别裁集·凡例》，上海古籍出版社，1979年，第3页。
⑤ 周义敢、周雷编：《张耒资料汇编》，中华书局，2007年，第174页。
⑥ ［宋］周必大：《跋米元章书秦少游词》，《全宋文》，第230册第271页。
⑦ 《诗薮·外编》卷5，第219—220页。

此种面貌与宋人着意与唐诗立异的追求有关,不仅绝句,宋诗的整体面貌都呈现出不同于唐韵的瘦硬生新,黄庭坚作为宋调的代表人物当然更是如此,胡应麟因此批评说:"黄、陈律诗法杜,至绝句亦用杜体,七言小诗遂成突梯谐浪之资,唐人风韵,毫不复睹,又在近体下矣。"①山谷晚年对唐律的肯定正是对以往绝句及近体创作的反思与纠偏。可见,山谷晚年并不满足于道德学养积淀而成的"平淡而山高水深",而亦神往于自然淡泊而余味悠远的境界。唐代绝句整体的自然风韵及韵外之致与山谷晚年的诗学观念更为接近,因此成为山谷晚年着意取法的对象。黄庭坚所谓向唐律作活计,主要指取法绝句特有的意象、意境、意味创造方面的经验,以充分实现"有远韵而语平易"的诗美追求。

与其他诗体刻意求新求奇一样,山谷早年的绝句创作亦多拗硬劲折的变化,钱志熙先生认为,黄山谷早年的七绝变体在内容、手法、结构甚至体式方面都有创变,随着晚年诗学观念的改变,绝句创作有重归唐韵的趋势,"山谷晚年七绝作品,达到了简易自由与精到的统一。不少作品采用率尔走笔的作法,即不像他自己中期变体那样穿凿新奇,也不像传统风格那样精雕细琢,务求精工、圆润、玲珑,而是纵意为之,不计工拙"②。笔者以为,山谷晚年的绝句创作竭力追趋唐韵,注重意象创造,大体表现为以下四个方面的特征:其一,尽力化抽象为具象,并多以相关意象代指、烘托中心意象,以此造成韵外之致。如《刘邦直送早梅水仙花四首》其一云:"簸船绵缆北风嗔,霜落千林憔悴人。欲问江南近消息,喜君贻我一枝春。"③前两句写旅途中北风劲吹,船只在风中簸荡不定,霜落千林,一片肃杀,这种形象化的环境描写有力地烘托出飘泊无依、憔悴伤神的诗人形象。正因为如此,当有人赠给诗人早梅与水仙时,才会让他格外惊喜。诗中用"一枝春"代花朵,虽显陈旧,仍然透露出这早春的花朵带给诗人的无限暖意。又《戏答荆州王充道烹茶四首》其四云:"龙焙东风鱼眼汤,个中即是白云乡。更煎双井苍鹰爪,始耐落花春日长。"④首句以"龙焙东风鱼眼汤"写春天到来,想象出奇,次句则以"个中即是白云乡"写春困,更是一奇。后面亦以形

---

① 《诗薮·外编》卷5,第219—220页。
② 《黄庭坚诗学体系研究》,第401页。
③ 《山谷诗集注》卷15,第379页。
④ 《山谷诗集注》卷16,第402页。

象之语应对,"更煎双井苍鹰爪,始耐落花春日长"。以"苍鹰爪"写茶之形态,不仅生动形象,而且与首句中的"龙"意象暗相呼应,更富机趣。下句不写春困,而以"落花春日长"出之,似乎也隐隐写出诗人慵懒的神态,颇有情味。

　　其二,在意象创造中参以充分的想象,以眼前意象与虚拟意象之间的张力构置出深远的诗境。如《次韵答马中玉三首》其一云:"雨入纱窗风簸船,菊花过后早梅前。锦江春色薰人醉,也到壶公小隐天。"①诗由雨打纱窗、风摇泊船起笔,写菊花落尽、梅花绽放的早春景象。面对悄然而至的春天,诗人情思飞动,由眼前绽放的梅花将目光伸展开去,纵览锦江两岸的无限春光。诗人刚刚离开蜀地,由眼前的锦江自然会联想到蜀地的锦江,而此时的蜀中定是春色醉人了,似乎正是奔流的锦江从遥远的巴蜀带来了烂漫春光,两条锦江合而为一,现实与想象难分彼此,既表现出诗人对春光的陶醉,也含蓄地表达了诗人对蜀地的眷念。于是眼前的梅花与锦江春色之间形成辽远的想象空间,突破了一般诗歌吟咏眼前景象的局限,造成了宽广的诗境。又《次韵中玉早梅二首》其一云:"梅蕊争先公不嗔,知公家有似梅人。何时各得自由去,相逐扬州作好春?"②诗以拟人手法写梅蕊竞相绽放的姿态,并以梅花赞美马中玉的品格,进而又以想象之笔,写梅花随马中玉到扬州,在那里继续绽放满眼春光,亦是语新意奇之作。想象不仅用以拓展诗境,而且用以造成新奇生动的比拟,使得不同意象在比拟与被比拟中交相辉映,造成幽远的韵味,如《次韵中玉水仙花二首》其一云:"借水开花自一奇,水沉为骨玉为肌。暗香已压酴醾倒,只比寒梅无好枝。"③诗人以"水沉为骨玉为肌"写出水仙花冰清玉洁的风采神韵,实则将水、玉与水仙意象交织叠映,烘托水仙之超尘脱俗。后面又将水仙与酴醾、寒梅对比,指出水仙的芳香自非酴醾可比,相比寒梅也不过仅在于没有旁逸斜出的枝条罢了。诗人由眼前的水仙生发奇想,把并不相关的酴醾、寒梅拉来相作比衬,于是在读者眼前似乎呈现出三花竞艳的场面,亦是以想象取胜,味深意远,不同凡俗。

　　其三,以传神之语写出人物的细节,含蓄地点染或暗示人物心态。如

---

①　《山谷诗集注》卷15,第375页。
②　《山谷诗集注》卷15,第376页。
③　《山谷诗集注》卷15,第376页。

《赠石敏若》诗云："才似谪仙惟欠酒，情如宋玉更逢秋。相看领会一谈胜，注目长江天际流。"尾句直接借用唐人诗句，写出人物凝神远眺的神态及情思绵渺的心绪，以景写情，含蕴不尽。又《雨中登岳阳楼望君山二首》其一云："投荒万死鬓毛斑，生出瞿塘滟滪关。未到江南先一笑，岳阳楼上对君山。"①开篇以"鬓毛斑"的细节点染自己被贬黔戎的遭际，有力地强化了诗人远贬穷荒的苦难经历，引发人们丰富的联想及强烈的共鸣。诗人原本投荒万死，不料侥幸生还，这种出人意料的结局虽似喜剧，实则更凸显人生的悲剧意味。耐人寻味的是，九死一生的诗人"未到江南先一笑"，"一笑"的细节既与"生出"相应，更与"九死"对照，以鲜明的形象表达了诗人不畏苦难的乐观精神，尾句则以"岳阳楼上对君山"的自我形象留下意味深长的结尾。全诗形象丰满，对照鲜明，前后呼应，关合紧密，抒写出万死归来的复杂情感，有一唱三叹之妙，可谓山谷晚年绝句创作的绝唱。

其四，重视尾句的形象性，造成余音袅袅的效果。上举《赠石敏若》诗即是如此，又如《题徐氏书院》诗云："学书但学溪老鹅，读书可观樵父歌。紫髯将军不复见，空余岩桂绿婆娑。"②尾句以"空余绿婆娑"句写出人去不返、空余寂寞的景象，寄寓了诗人的深沉感慨。又《南楼画阁观方公悦二小诗戏次韵》诗："重山复水绕深幽，不见高贤独倚楼。手拂壁间留恨句，凌波微步有人愁。"③以"凌波微步"意象写出人去楼空的无尽怅惘，言尽而意远。

以上只是简要的总结，难免以偏概全，但山谷晚年重视绝句创作、追步唐韵则是无可置疑的事实，有的诗纯乎唐风，如《题小景扇》诗云："草色青青柳色黄，桃花零落杏花香。春风不解吹愁却，春日偏能惹恨长。"④山谷当然并非亦步亦趋，而是取法其意象、意境及意味的创造经验，而将之移之于其他诗体。实际上此期律诗或七言八句古体与前期相比，已有了明显的区别，那就是前期多有抽象议论之语，如元符三年(1100)戎州所作《再次韵兼简履中南玉三首》中云，"句中稍觉道战胜，胸次不使俗尘生"⑤，其议论说理色彩是很明显的。而此期诗作则纯乎象语，如《王充道送水仙花五十

---

① 《山谷诗集注》卷 16，第 402 页。
② 《山谷诗集注》卷 16，第 404 页。
③ 《山谷诗集注》卷 18，第 437 页。
④ 《山谷诗集注》卷 18，第 435 页。
⑤ 《山谷诗集注》卷 13，第 328 页。

枝》诗云:"凌波仙子生尘袜,水上轻盈步微月。是谁招此断肠魂,种作寒花
寄愁绝?含香体素欲倾城,山礬是弟梅是兄。坐对真成被花恼,出门一笑
大江横。"①首句用洛神典故,以出奇之笔写水仙花亭亭玉立、超凡脱俗的
清丽形象,后联则以想象之语发问,将诗境推宕开去,赋予水仙更其凄艳迷
离的神韵。其后又以山礬与梅花加以对比,进一步凸显其倾国倾城的丽质
芳姿,引发出诗人的无尽想象。而诗人又不止于爱花之意,更以"出门一笑
大江横"的狂放意态冲淡了前面的儿女情长,也将全诗推向更其高阔的境
界。该诗明显借用了唐律意象创造的经验,多以想象之笔出之,诗意翻空
出奇,意境幽远清奇。同时中间两联又不用呆板的对仗句式,而以两句一
意的散体表情达意,更加灵活多变,疏畅自然,是将唐律与古体相结合的成
功之作。该诗实际上是以唐韵为主而辅以古体的句式特征,唐韵的痕迹还
是颇为浓重,与古体的散淡韵味仍有明显的区别,尚非山谷诗美追求的极
致。如果说纯粹的古体平淡而乏韵味,那么上述追步唐律的诗作虽重意
象、意境的创造,却是虽有味而不够平淡,只有以古体为主而辅以唐韵,才
能平淡而有味,更加接近"平淡而山高水深"的境界。实际上山谷晚年的创
作实践正是追求这样的境界,许多七言八句的古体诗正是这一审美追求的
体现。徐复观先生认为:"我的推测,黄山谷一生的努力,是要在'非诗'的
方向中做出更真的诗,要在含有反艺术的因素中创造出更深的艺术,这除
了在人格与学问上立基,使这种成熟的感情不是杂入了机械变诈、油腔滑
调的感情,而是含有更高的德慧的感情外,还在要表现的技巧上阻止向'非
诗'的滑入,转变反艺术性为去肤存液的艺术,这便须在律体上、在句法上、
在用字上,下一番千锤百炼的工夫。"②即黄山谷要在保证感情德慧的前提
下,在突破律体约束的基础上重新寻找形式与自由的平衡,而古体恰可以
在这方面提供借鉴。

　　古体的最大特点便是自由地抒情达意,顺应主体感情的脉络自由地选
择材料,安排结构。山谷诗原本便是以意独运驱遣意象,由此往往似乎造
成诗中意象的疏远与阻隔,故其诗更注重内在的诗意的统一,而不注重外
在的意象间的衔接,而古体不守格律的自由正适应了这种以意运象的自由

---

① 《山谷诗集注》卷15,第378页。
② 徐复观:《中国文学精神》,上海书店出版社,2004年,第402页。

表达,所以成为山谷追求平淡自然诗美的适宜形式。山谷又将取法唐律的经验用之于古诗,实现了平淡与余味的统一,使晚期的七言八句的古体真正近于"平淡而山高水深"的境界,如《中秋山行怀子兴节判》诗可为一例。该诗起笔不凡,直切主题,"俗物常堨塞,令人眼生白。永怀洛阳人,谈诗论画壁"①。因憎恨俗物,故而格外怀念洛阳友人,前后自然承续,并于下联点出其不俗所在,"谈诗论画壁",诗与画正是超脱凡俗的重要媒介。其后叙述自己目前的处境,"青山吐秋月,阻作南楼客。但歌靡盬诗,赏此无瑕璧"。全诗由议论起笔,却又并非全然排斥意象,而是以阮籍典故表达鄙视俗人的态度,后以与友人谈诗论画的情景相接续,进而感叹自己孤独飘泊的处境,以环境描写加以渲染,并以"歌靡盬诗"及仰观秋月的动态描写刻画内心的寂寞。全诗既写出对友人的怀念,同时又点明自己鄙弃俗物、傲然独处的人生态度,并因此而更加怀念远方志同道合的友人。全诗采用古体,句式散行,疏宕有致;又以鄙弃俗物为中心一气贯穿,多化情语为景语,意味深长。又《晚发咸宁行松径至芦子》诗亦为典范,诗云:"咸宁走芦子,终日乔木阴。太丘心洒落,古松韵清深。聊持不俗耳,静听无弦琴。非今胡部律,而独可人心。"②诗写从咸宁到芦子途中所见所感,以景写情,一气独运,景情浑然合一,难分彼此。首句"太丘心洒落"用陈寔典,写其洒落不俗的风度,次句"古松韵清深",似是以人比物,又似以物喻人,人物合一,情韵深远。"聊持不俗耳,静听无弦琴"则写松声飒飒,乃是远离尘嚣的天籁之音,以心应物,而又超然物外。此联似对非对,而前后流贯,达到了对仗的化境。就全诗而言,则似律非律,律古合一,达到自然浑成的境界。有的诗几乎全用口语,绝去雕饰,如《题李亮功戴嵩牛图》:"韩生画肥马,立仗有辉光。戴老作瘦牛,平田千顷荒。觳觫告主人,实已尽筋力。乞我一牧童,林间听横笛。"③全出胸臆而古朴自然,可谓大巧若拙。

　　总体而言,山谷晚年诗作明显转向古淡一派,某些诗即便具有律体形式,其精神气质亦属古体,呈现出明显的古淡面貌,《跋子瞻和陶诗》便是如此。诗以纯熟老辣之笔写出苏轼处变不惊、随缘任运的风采神韵,"饱吃惠州饭"刻画东坡不以贬谪为意的从容之态,"细和渊明诗"突出其精神之不

---

① 《山谷诗集注》卷18,第445页。
② 《山谷诗集注》卷18,第447页。
③ 《山谷诗集注》卷17,第417页。

同流俗。两句描写传神写照，东坡形象呼之欲出，而又兴味无穷，诚可谓"平淡而山高水深"。

　　黄氏原本拗律居多，其后运古入律，后又干脆由律返古，成八句古体。但山谷长期的拗律创作使得这类诗带有明显的拗律痕迹，主要在于语言拗折峭硬，不似陶诗之古淡有味。山谷晚年转向唐律中作活计，应是重新认识到唐诗自然舒畅的风神，因而在充分领略唐律的基础上，以古体参之唐律，最终熔冶成这类七言八句、兼有古今美致的诗体形式，标志着山谷晚年诗艺的成熟，而正是这类作品最大限度地实现了"平淡而山高水深"的诗美追求。

第八章　贬谪与绍圣后诗坛的创作演变(下)

第一节　贬谪与秦观诗歌的创作演变

一、秦观贬后的心态特征

元符三年(1100),苏轼与秦观在阔别八年之后相会于海康。《春渚纪闻》卷六载:"(东坡)先生自惠移儋耳,秦七丈少游亦自郴阳移海康,渡海相遇,二公共语,恐下石者更启后命。少游出《自作挽词》呈公,公抚其背曰:'某常忧少游未尽此理,今复何言! 某亦尝自为志墓文,封付从者,不使过子知也。'遂相与啸咏而别。"①东坡所谓"常忧少游未尽此理",表明苏轼深知少游,而看到秦观的《自作挽词》,便以旷达视之放下心来,其实并不如此。

秦观仕进之心极盛,而又生性敏感,情绪起伏不定。元祐间入为黄本校勘,作诗云:"金雀觚稜转夕晖,飘飘宫叶坠秋衣。出门尘涨如黄雾,始觉身从天上归。""识者以为少游作一黄本校勘,而炫耀如此,必不远到"②。元符元年,秦观由横州押往雷州编管,情绪极为低落,《饮酒诗四首》其一云:"我观人间世,无如醉中真。虚空为消陨,况乃百忧身。"③徐培均注引《楞严经》曰:"阿难,汝观世间可作之法,谁为不坏,然终不闻烂坏虚空。""虚空"乃是佛教义理中的终极状态或宇宙人生的本质,原本是不可能败坏的,然而秦观却认为虚空也可以消陨,更何况自己的百忧之身呢? 秦观沉重的人生感伤表明佛教对消弭人生苦痛的无力,只有"酒"能够麻醉自己,实则秦观已近于绝望。从处州到雷州,一贬再贬,还朝的希望越发渺茫,秦观心灰意冷,只能以醉解愁,"圣人难骤得,得且致贤人","天生此神物,为

---

① 《春渚纪闻》卷 6,《宋元笔记小说大观》,第 2420 页。
② 《王直方诗话》,《宋诗话辑佚》,第 36 页。
③ 《淮海集笺注》卷 5,上海古籍出版社,2000 年,第 187 页。

我洗忧患"①。诗人并且在《饮酒诗四首》其三中引用黄帝游华胥之国及宋阳里华子由忘而悟的典故,表达了对醉酒之境的依恋,暴露出其感情的灰暗与脆弱。除此之外,秦观又有求仙之想,作有游仙诗多首。徐培均认为,绍圣之后,秦观"常与释道游处,故有游仙思想"②。元符元年(1098)十二月,秦观于雷州所作《反初》一诗即描述了自己因遭政治打击而转向游仙的精神历程,诗云,"昔年淮海来,邂逅安期生。谓我有灵骨,法当游太清。区中缘未断,方外道难成。一落世间网,五十换嘉平。夜参半不寝,披衣涕纵横",由此生出求仙之想,"誓为反初服,仍先谢诸彭"③,表示要"心将虚无合,身与元气并"。但秦观之游仙诗虽有徜徉仙界的超然,却更多超脱不得的苦闷,强烈的入世之心使其遭贬的痛苦不仅在游仙中难以消泯,反而借游仙诗更突出地表现出来,使得游仙诗成为其控诉自己政治冤屈的另类形式,《偶戏》诗云:"偶戏失班龙,坐谪昆仑阴。"④《精思》诗想象自己本来已入仙班,结果却"无端拜失仪,放斥令自新"⑤,并以"淮南守天庖,嗟我实何人!"的典故慨叹自己的不幸命运。游仙诗本多高蹈出世的超然,秦观却在其中表达愤愤不平之意,可见其宦情之盛。

　　秦观生性敏感脆弱,得意时忘乎所以,失意则万念俱灰,即便是游仙诗也时时流露出幻灭情绪,《游仙》诗云:"戏为汗漫游,八极一何近! 渺渺东海水,累累北邙坟。向来歌舞处,忽复成荒村。愚人如鹿耳,其死了无魂。"⑥诗人因人生不得意弃世作汗漫游,但俯视人间所看到的却是坟墓与荒村,见出内心深处的幻灭情绪。实则初遭贬谪时,这种幻灭感便已潜滋暗长,绍圣元年(1094)春,秦观赴杭州经过南京时过南京守王震,作《南都新亭行寄王子发》诗,对梁园的荒废表示感慨:"兔园事迹化黄埃,清泠文雅堪长恸。舳舻衔尾车挂轙,昨日出迎今日送。送故迎新无已时,古往今来相戏弄。"⑦一切历史不过是由新到旧、由盛而衰、由存而没的轮回,而自己由馆职外放杭倅的人生变迁似乎正是对变幻无常的历史规律具体而微的

①　《淮海集笺注》卷5,第189页。
②　《淮海集笺注》卷6,第246页。
③　《淮海集笺注》卷6,第206页。
④　《淮海集笺注》卷6,第214页。
⑤　《淮海集笺注》卷6,第211页。
⑥　《淮海集笺注》卷6,第247页。
⑦　《淮海集笺注》卷6,第202页。

证明,于是,对历史的感叹进而递变为对人生虚幻的真切感受,这成为秦观此后时时涌现的人生幻灭感的心理基础。

实则秦观在贬谪之初,表现得倒是颇为达观。绍圣元年(1094),秦观坐党籍,改馆阁校勘,出为杭州通判,途中作《艇斋》诗,其中云:"平生乐渔钓,放浪江湖间。兀兀寄幽艇,不忧浪如山。"①途中又作有《赴杭倅至汴上作》诗,其中云:"俯仰舳舻十载间,扁舟江海得身闲。平生孤负僧床睡,准拟如今处处山。"②盖因秦观未料到自己此后一贬再贬的命运,所以表现出轻松悠闲之态。此后远贬雷州,人生苦难不断加重,这种旷放之态便消失不见了。贬放岭南后,秦观虽偶作旷达之语,也不过是强自宽解,元符间所作《无题二首》其二云:"君子有常度,所遭能自如。不与死生变,岂为忧患渝。西伯囚周易,马迁罪成书。性刚趣和药,浅浅非丈夫。"③秦观虽在此诗中表达了处变不惊、不以忧患为意的态度,且以古人事迹自警自励,颇近于儒家立场,但因为这一观念并未经过饱经磨难的人生历炼,难以固化为坚定的精神支柱,常常会因其回归朝廷的渴望而犹疑动摇,于是在短暂的自我安慰与激励之后,秦观便重新陷入到北归不得的痛苦中去。

秦观所以难以真正解脱,在于他始终怀有强烈的功名之心。元符二年(1099),秦观在海康作《海康书事十首》,其一云,"白发坐钩党,南迁海濒州","谁知把锄人,旧日东陵侯"④。秦观在诗中以"东陵侯"自比,明显表现出对昔日任职馆阁的自豪与虚荣,这就注定了他不可能乐天知命,随遇而安,因此恨恨地说,"鹪鹩一枝足,所恨非故林"⑤。这种心理在《其四》中亦有反映,尾句云,"得归良不恶,未归且淹留",虽似旷达,实则不甘贬处,却又无可奈何。"且淹留"既是自我安慰,也隐含着不过暂居于此而终将北归的盲目乐观。这种乐观在《陨星石》一诗中表现得更加明白。在这首诗中,秦观对自己无端被贬、弃于无用之地的际遇表示了极大的愤慨。诗人以陨石自喻,愤懑地质问,"胡为霄汉间,坠地成此精?"⑥新党重新上台后,秦观作为苏轼门生受到牵连,以性行"浮薄"被当权者重点关照,由倅杭到

① 《淮海集笺注》卷5,第192页。
② 《淮海集笺注后集》卷2,第1402页。
③ 《淮海集笺注后集》卷3,第1355页。
④ 《淮海集笺注》卷6,第236页。
⑤ 《淮海集笺注》卷6,第238页。
⑥ 《淮海集笺注后集》卷1,第1335页。

贬监处州酒务，进而编管郴州、横州、雷州，形同囚犯，尊严丧尽。秦观对此满怀冤屈和不解，"虽有坚白姿，块然谁汝灵？"曾经在天空中光芒熠耀的星星如今沦落到"犬眠牛砺角，终日蒙羶腥"的地步，自然令其悲愤交加。而更令秦观愤懑的是，"畴昔同列者，至今司赏刑"，所以如此，在于这些人善于跟风投机，攀附权势。但秦观对政治斗争争权夺利的本质缺乏清醒的认识，因而对那些"至今司赏刑"的同列虽有不满，却并未表现出坚定的鄙弃态度，反而满怀着风云际会、重返朝廷的幻想，"安知风云会，不复归青冥！"这种心态使得秦观始终不甘于自己遭贬处穷的命运，也必然会在抱有幻想而幻想难以实现的困境中备受煎熬。秦观此种心理又与其所坚守的忠君观念息息相关。在作于同期的《病犬》一诗中，秦观"以病犬为喻，写身世之感"①，对自己一贬再贬的命运表达了强烈的冤屈与愤懑，耐人寻味的是，秦观在诗尾写道，"犬死不足道，固为主人悲"。这表明以忠君为核心的儒家观念在秦观的思想中始终占据着主体地位，贬谪遭遇及佛道观念并未造成秦观对儒家伦理的疏离与消解，这与苏轼"我岂犬马哉，从君求盖帷"的反思形成了鲜明对照。正因为这样，秦观便在渴望回归朝廷与不被接受的痛苦中反省、自责、不解、追问，却终于无法获得答案。

也正因为怀有强烈的功名之心，秦观便难以构建起坚定自足的主体人格。绍圣元年（1094），秦观赴杭州通判任经泗州时，作有《送酒与泗州太守张朝请》诗："莫笑杭州别驾村，昔曾柱下数承恩。而今虽是江南吏，犹有当时七字尊。"②该诗貌似自傲，实则自卑，唯恐被人看作村气，故而以自己曾作馆阁校勘的历史加以炫耀，并说自己就像当年吕溱一样享有"七字尊"的美誉，这种大言自夸正暴露出秦观主体人格的脆弱。秦观当年被命为黄本校勘的小官时便得意洋洋，作诗自炫，致遭时人之讥。正因为对外物的强烈依赖，所以当他失去这一切时，主体精神必然随之瘫软垮塌，表现出苦闷情绪。绍圣元年出为杭倅途中作《吴兴道中》诗云："僶勉荜门下，十年守一方。胡为御舟者，挽我置此傍！"③恋栈京师之意溢于言表。正因为这样，秦观面对被贬困境既不会像苏轼一样随缘任运，淡然处之；也不会如黄庭坚一样砥柱中流，卓然挺立。因为缺乏刚健自足的主体人格，秦观尽管笃

---

① 《淮海集笺注》卷 6，第 224 页。
② 《淮海集笺注》卷 11，第 469 页。
③ 《淮海集笺注后集》卷 1，第 1353 页。

信佛道,却不能充分汲取利用,萎靡不振,抑郁以终。

综上所述,秦观《自作挽词》貌似表现出类似陶渊明的旷达情怀,实则充满志不得伸的怨艾。其中引人注目的是词中重提自己"昔忝柱下史,通藉黄金闺"①的经历,可见他始终未能放下功名之心,亦未能看透政治的黑暗,更未能窥破生命的本质,因此既不能像陶渊明一样坚定地回归田园,也不能如陶渊明一样将生命视为自然流程而"不喜亦不惧"。胡仔在《苕溪渔隐丛话》(后集卷三)中说:"渊明自作挽辞,秦太虚亦效之。余谓渊明之辞了达,太虚之辞哀怨。渊明三首,今录其一,云,'有生必有死,早终非命促。昨暮同为人,今旦在鬼录。魂气散何之?枯形寄空木。娇儿索父啼,良友抚我哭。得失不复知,是非安能觉?千秋万岁后,谁知荣与辱?但恨在世时,饮酒不得足'。太虚云(略)……东坡谓太虚'齐生死,了物我,戏出此语',其言过矣。此言唯渊明可以当之。若太虚者,情钟世味,意恋生理,一经迁谪,不能自释,遂挟忿而作此辞。岂真若是乎?"②胡仔之语较之苏轼更准确地揭示了秦观性格与人格的本质层面。

苏、秦海康之别后,秦观又有《江城子》词抒发久别重逢的感慨及别后飘零的悲凉,又作《赠苏子瞻》诗,其中云:"明主无终弃,西州稍内迁。奏言深意苦,感涕内人传。前席须宣室,非熊起渭川。君臣悦相遇,愿上角招篇。"③该诗虽是对苏轼还朝大用充满期待,实亦透露出自身历经贬谪而仍然倾心朝廷的用世心理,由此也便不难明白秦观此时所作《和陶渊明归去来辞》的感情指向。陶氏作《归去来兮辞》乃是辞官归隐、回归故园之时,秦观和作则是柳暗花明、放还北归之际,其所谓"归"表面是回归田园,实则心向朝廷。因此,该诗虽是模仿陶渊明的口吻表达归隐之意,却不难体察作者还朝再用的渴望,真可谓至死不悟了。

二、秦观贬后的诗作特征

秦观贬前诗歌创作的基本特征可概括为清丽。王安石元丰间读到苏轼所赠秦观诗后云:"示及秦君诗,适叶致远一见,亦谓清新妩丽,鲍谢似

---

① 《淮海集笺注》卷40,第1323页。
② 《苕溪渔隐丛话后集》卷3,第20—21页。
③ 《淮海集笺注后集》卷3,第1419页。

之。"①张耒在《寄答参寥五首》其二中说："秦子我所爱，词若秋风清。"②又在《赠李德载二首》其二中云："秦文倩藻舒桃李。"③苏轼亦说秦观"作诗增奇丽"④。可见，"清丽"乃是时人对秦诗的共同评价。而所谓"清丽"主要表现为律诗创作中的景语，魏庆之《诗人玉屑》卷十八引《雪浪斋日记》云："少游诗甚丽，如'翡翠侧身窥渌醑，蜻蜓偷眼避红妆'；又'海棠花发麝香眠'；又'青虫相对吐秋丝'之句是也。"⑤正因为秦观诗清丽软媚，遂有"秦少游诗如词"⑥之说。

然而，秦诗风格在被贬后却发生了明显变化，吕本中《童蒙训》云："少游过岭后，诗严重高古，自成一家，与旧作不同。"⑦所谓"严重高古"指两个方面，其一，指其风格由清丽转向古淡，其二，则指诗体侧重于古体。这两方面其实是二而一的问题，因为诗风与诗体有着密切的相关性，古体不讲格律，古淡自然；近体刻意雕饰，富丽精工，尤其是七律经杜甫等人的发展，更其丰赡华美。作者选用何种诗体不仅与其审美追求有关，更与其心态有关，高华绮艳的诗歌一般而言是人生顺境的产物，元祐间秦观在《上巳游金明池》诗中便极尽雕章琢句、卖弄风雅之能事，《苕溪渔隐丛话》前集卷五十一引《王直方诗话》载："元祐中，诸公以上巳日会西池，王仲至有一诗，（张）文潜和之最工，云：'翠浪有声黄帽动，春风无力彩旗垂。'至秦少游，即云'帘幕千家锦绣垂'，仲至读之，笑曰：'此语又待入小石调也。然少游有：'已烦逸少书陈迹，更属相如赋上林'，诸人亦以为难及。"汤衡《张紫微雅词序》则云："昔东坡见少游《上巳游金明池》诗有'帘幕千家锦绣垂'之句，曰：'学士又入小石调矣。"清人沈雄认为，"因文潜作大石调《风流子》故云"⑧。所谓"小石调"，盖谓其诗风格软媚，元燕南芝《唱论》云"小石唱旖旎妩媚"，即是此意。秦观此处逞弄才情不免有入直馆阁后的得意心理，这也成为此期诗作的主体风格，《寄题王钦之自圆庵》云："春闲居士天花室，昼静仙人

---

① 《苕溪渔隐丛话前集》卷 50，第 339 页。

② 《张耒集》卷 9，第 131 页。

③ 《张耒集》卷 12，第 214 页。

④ 《跋秦少游书》，《苏轼文集》卷 69，第 2194 页。

⑤ 《诗人玉屑》卷 18，第 570 页。

⑥ ［宋］陈师道：《后山诗话》，《历代诗话》，第 312 页。

⑦ 《苕溪渔隐丛话前集》卷 50，第 342 页。

⑧ ［清］沈雄：《古今词话·词评上》，《张耒资料汇编》，第 180 页。

白玉壶。"①《流觞亭并次韵二首》其一云："缥缈云峦欲尽头,洒然华构引飞流。朱盘潋滟开冰鉴,碧甃萦纡走玉虬。"②其二云："卧龙西畔北池头,水擘华堂瑟瑟流。几曲漪涟盘翠带,一峰孤秀浴苍虬。"③此类诗作比比皆是。即便初至贬所之后的诗作,也仍然残留着清新绮丽的痕迹,如《处州水南庵二首》其一云："竹柏森森溪水南,道人为作小圆庵。市区收罢鱼豚税,来与弥陀共一龛。"④其二云："此身分付一蒲团,静对萧萧玉树竿。偶为老僧煎茗粥,自携修绠汲清宽。"其中"竹柏森森溪水南""静对萧萧玉树竿"两句清新不俗,是秦观一贯的风格,两诗不见愁苦之情,反见从容自得之态,有此心态方有此景语,感情与景物的色调是内外相应的。

　　然而不断加重的贬谪则使秦观的感情世界趋于荒芜,心灵随之失去了色彩,清新绮丽逐渐代之以荒寒与灰暗。《题郴阳道中一古寺壁二绝》其一云："门掩荒寒僧未归,萧萧庭菊两三枝。行人到此无肠断,问尔黄花知不知?"⑤其二云："哀歌巫女隔祠丛,饥鼠相追坏壁中。北客念家浑不睡,荒山一夜雨吹风。"两诗所用意象极其萧瑟落寞,"荒寒""僧""萧萧""肠断""黄花""哀歌""巫女""饥鼠""坏壁""荒山""雨吹风"等,写尽诗人孤独凄凉的心绪,这与贬谪之前富艳华瞻的律体诗可谓大相径庭,不仅清丽的景语在贬后诗中全无踪迹,而且诗体也全为古体与绝句。据笔者统计,秦观贬谪后共作诗 39 首,其中古诗 23 首,绝句(包括六言)16 首,而未见一首律诗,当非偶然。这种诗体的选择与其贬谪经历无疑有着密切的关联。古体诗不事雕琢,平淡自然,正与其淡漠的心绪相应和。且律体需要在平仄对仗等形式方面下功夫,古体则更为自由,秦观此时心情颓丧,已经失去了雕琢的兴趣,于是古体便成为其贬后的主要诗体。《雷阳书事》三首全为古体,其一云："骆越风俗殊,有疾皆勿药。束带趋祀房,用史巫纷若。弦歌荐茧栗,奴主浩觞酌。呻吟殊未央,更把鸡骨灼。"⑥诗写岭南以巫代医的陋俗,叙述的语气是淡漠的,像是一个事不关己的局外人,除了一点新奇之感,看不出任何热情。其二云："一笛一腰鼓,鸣声甚悲凉。借问此何为?

---

① 《淮海集笺注》卷 7,第 304 页。
② 《淮海集笺注》卷 7,第 305 页。
③ 《淮海集笺注》卷 7,第 307 页。
④ 《淮海集笺注》卷 19,第 457 页。
⑤ 《淮海集笺注》卷 11 第 470 页。
⑥ 《淮海集笺注》卷 6,第 232 页。

居人朝送殡。出郭披莽苍,磨刀向猪羊。何须作佳事,鬼去百无殃。"①该诗写岭南人的丧葬风俗,尾句说鬼去自然无殃,何必杀猪宰羊,多此一举?这里虽然有对岭南葬俗的批判,亦可见出诗人的冷漠情绪。既然看不到一点人生亮色,那么,任何作为都是多余。其三云:"旧传日南郡,野女出成群。此去尚应速,东门已如云。蚩氓托丝布,相就通殷勤。可怜秋胡子,不遇卓文君。"②诗写岭南青年男女自由相亲的场面,传写出当时民俗。尾句用到两个典故,秋胡典为悲剧,相如典则为喜剧,此处无须坐实为诗人以秋胡自喻,但无疑表达了诗人流落江湖而知音难遇的落寞之情。总之,三诗虽写岭南风俗,却处处折射出内心的悲苦、冷漠与绝望,以古体出之,自然更为合适。《海康书事十首》亦是古体,感情色调及风格与前面三诗类似,这里只举一诗稍作分析,其二云:"荔子无几何,黄柑遽如许。迁臣不惜日,恣意移寒暑。层巢俯云木,信美非吾土。草芳自有时,鸲鹆何关汝!"③荔子成熟还没多久,柑子又接踵而至,时光如此匆匆而逝,诗人却说"迁臣不惜日,恣意移寒暑",无论萋萋芳草,还是鸲鹆动人的鸣叫都与诗人无关,诗人之心已如秋天般肃杀,荒凉冷落,他完全以一个局外人的眼光看待外界的变化,所流露出的乃是哀莫大于心死的冷漠情绪。既然永无北归之日,那么寒暑的变迁、四时的更替又有什么意义呢?"迁臣不惜日,恣意移寒暑"透露出的是诗人长期贬谪煎熬下的颓废与麻木。

看不到任何希望,心灵也便失去了色彩,自然不能再以绮丽的语言写景状物,并非不能,而是毫无雕饰的兴趣,诗歌的褪色乃是心灵失色的必然结果,这是秦观晚年诗风变化的根本原因。作为苏门中人,秦观自然受到苏轼的影响,对陶渊明及其平淡风格也颇有认同,曾说"陶潜、阮籍之诗长于冲淡"④,甚至个别诗作也移用渊明诗语,如《饮酒诗四首》其二"客至壶自倾"便化用渊明《饮酒》其七"杯尽壶自倾"。然而双方精神的异质必然使这种风格的摹拟流于表面,渊明乃是厌弃官场,主动归隐,故心态平和,对田园风物别有亲切之感。秦观不甘被贬而无可奈何,所谓"白发坐钩党"即

---

① 《淮海集笺注》卷6,第234页。
② 《淮海集笺注》卷6,第234页。
③ 《淮海集笺注》卷6,第237页。
④ 《韩愈论》,《淮海集笺注》卷22,第750页。

透露出因受牵连而得祸的怨愤心理,"谁知把锄人,旧日东陵侯"①又见其对往日富贵的贪恋。有基于此,秦氏虽似渊明一样"把锄"躬耕,却不可能像渊明一样自得其乐;其心绪非如渊明一样平淡,而是不得其志的淡漠,则其晚年诗歌之平淡表象既非渊明一样的自然人格的外化,亦非苏、黄一样的自觉的审美追求,而是其人生失意、灰心绝望的不自觉的流露,正因为如此,秦观晚年诗风的转变便有一种日暮途穷的悲剧意味,仅从艺术角度解释其晚年诗作之"高古"恐怕不得其实。

第二节　贬谪与晁补之的创作特征

苏轼评晁补之早年诗文风格云:"于文无所不能,博辩俊伟,绝人远甚。"②又说:"晁文奇丽似差早,然不可直云尔。非谓避讳也,恐伤其迈往之气。"③叶梦得亦云:"无咎雄健峻拔,笔力欲挽千钧。"④所谓"博辩俊伟""迈往之气""雄健峻拔"既是其诗文特征,实际上也是其性情气质,晁公武《晁无咎鸡肋编七十卷》云,"幼豪迈英爽不群"⑤,这种气质由晁补之对苏轼词的评语亦可看出端倪,"苏东坡词,人谓多不谐音律,然居士词横放杰出,自是曲子中缚不住者"⑥。晁补之评苏轼词并未死守词律的传统教条,而是从苏轼的性情气质出发把握其艺术特征,只眼独具,切中肯綮,也反映出自身不甘束缚、英爽不群的个性。这种性情气质渗透于诗文,便呈现为豪迈之气。随着晚年贬谪的加重及闲居生活的持续,这种豪迈之气不断衰减,其诗作风格也便由早期的慷慨豪迈转而为沉郁凝重。

晁氏晚年的贬谪经历大体可以划为两个阶段,第一阶段从绍圣二年(1095)贬应天府通判到元符三年(1100)还朝,计六年。第二阶段从崇宁二年(1103)免官隐居金乡到大观四年(1110)起知泗州,共八年。绍圣二年,晁补之贬应天府通判,九月改亳州通判。绍圣四年落职监处州酒务,遭母丧居金乡至元符二年,元符二年九月又改监信州酒税,元符三年七月应召

---

① 《淮海集笺注》卷6,第236页。
② 《苏轼文集》卷10,第320页。
③ 《苏轼文集》卷52,第1532页。
④ [宋]叶梦得:《书高居实集后》,《全宋文》,第147册第313页。
⑤ 《郡斋读书志》卷19,第1014页。
⑥ [宋]吴曾:《能改斋词话》卷1,唐圭璋编《词话丛编》,中华书局,1986年,第125页。

还朝,任尚书吏部员外郎,礼部郎中兼国史编修,实录检讨官。崇宁元年(1102)知河中府,旋改知湖州,同年十月落职宫观官。

第一阶段虽然贬官频繁,但晁补之豪壮之气不减,引人注目的是被贬信州不仅不见颓丧之气,相反却充满寻幽探胜的豪兴,其间诗作沿续了前期英迈豪逸的风格。赴上饶贬所前曾有次韵诗留别醇臣:"小雅思深志不悲,反骚未与昔人违。五车谩苦君何益,三径都荒我未归。要过香炉双履步,却从彭蠡一帆飞。它年笑向张公子,应带烟霞满客衣。"[1]该诗以小雅及扬雄之《反离骚》起笔,抒写遭贬而英特不悲的豪迈气概,次联则称张醇臣读尽五车书,学识渊博,又于世何补?自己长期周旋于官场应归而未归,将对方与自己对举互文,指出了士人共同的悲剧命运。不过既然于世无补,归隐无成,则被贬远地,又何必悲伤,更何况将去的庐山、彭蠡又是风景绝美之地呢?诗人不仅不以为悲,相反却充满神往,并以浪漫的想象描写自己从贬地归来的情景,"它年一见张公子,应带烟霞满客衣"。全诗气概豪迈,格调清隽,是其学养及个性的综合体现,自然也与其元祐间即已萌生的归隐之念有关。自金陵沿长江至信州途中不仅山川雄伟,而且许多自然景观具有丰富的人文积淀,如李白墓、九华山、彭浪矶、小姑祠、彭泽、彭蠡湖、大孤山、庐山等等,这对熟悉历史掌故的晁补之自然极具吸引力。所以从金陵登舟溯江而上,沿途处处吟咏,惊喜之情流溢于篇章之中,如《大风过彭浪矶》诗:"山束江穷方崒起,江盘山过却重回。无风此水常呼汹,正用风狂水斗来。"[2]这些诗虽然艺术上显得粗糙,却鲜明地表现出晁补之一以贯之的豪迈不群的性情。至信州贬所后所作大部为次韵信守李秬的七言律诗,这类诗虽是次韵,仍是气度不减,少有失意之情及颓丧之态,如《次韵灵山亭宴集宠戏之句》:"胜游谁继竹林贤,岘首高情自邈然。宝刹千寻出天半,灵山三面落樽前。梅花摘得宁烦驿,桃叶呼来不用船。南楚何须说穷巷,且陪铃阁听鹍弦。"[3]诗写李秬灵山亭宴饮情景,以竹林之会与灵山亭宴集相比拟,赞美李秬之风流高致,又以宝刹千寻、山落樽前意象映衬宴饮者气度之高迈。全诗内容虽不免及时行乐的庸俗,仍然流露出晁氏特有的豪旷气质。晁补之此期许多次韵诗如《次韵李秬梅花》《次韵李秬新移牡

---

[1]　《全宋诗》,第 19 册第 12845 页。

[2]　《全宋诗》,第 19 册第 12874 页。

[3]　《全宋诗》,第 19 册第 12860 页。

丹二首》《次韵李秬约赏牡丹》《次韵李秬双头牡丹》《次韵李秬赏花》《次韵李秬酴醿》等，吟咏花木，多用拟人手法，描摹生动，风格清隽，胡应麟将这些诗与苏轼海棠诗、张耒菡萏诗并称，认为"咸佳作也"①。

从元符二年(1099)九月至元符三年七月，贬谪信州不到一年。此期诗作虽沿袭以往风格，但又透露出向沉郁转向的信息，此间所作《庐山》诗云："丹碧沉沉虎豹闲，松幢引度九重关。人间未觉浑无路，天上还惊更有山。瑶草红泉供把酌，金风白露送跻攀。良游自叹平生误，便作归来鬓已斑。"②诗写游览庐山情景，却不见英风豪气，而是语气凝重，格调沉郁。首句"丹碧沉沉"为全诗定下沉重的基调，"松幢引度九重关"则以山势曲折、松林翁郁隐喻诗人心绪重重。后面写游览情景，虽似轻松，却始终有摆脱不掉的沉郁之气，原因正在于"人间未觉浑无路"所透露出的愤懑情绪消释了诗人探幽揽胜的豪兴，与前期律诗之激扬相比，气格明显下降了。晁补之贬前虽然表现出不惧贬谪的豪气，但事实又并非全然如此，《遇赦北归》诗云，"山犹故险水犹奔，无复前年溅泪痕"③，可见诗人被贬时的痛苦心情。诗人豪情的沉落、归隐之情的滋长逐渐递变为诗风的变化，这在崇宁元年(1102)出守河中期间所作诗中得到了较为充分的表现。

元符三年，晁补之应召还朝，在朝廷短暂任职后，建中靖国(1101)冬出守河中府，不久又移知湖州。贬谪的打击及游宦各地的奔波劳顿使得晁补之的心态逐渐趋于悲慨消沉，《赴蒲道中寄洛倅王定国》诗云："为道如今微有力，作官求了不求功。"④虽然这是有感于党争不断、朝政日非的愤激之词⑤，但也颇能见出其宦情的衰减，与此同时，遁世之情则日渐滋长，《渑池道中寄福昌令张景良通直》云："十年一梦间湖湘，欲往从之道阻长。可但知君爱彭泽，不应言我薄淮阳。马穿崎底流泉白，鸟下关头落照黄。愁作驿亭寒不寐，怀人思古九回肠。"⑥该诗是晁补之赴任河中府路过福昌晤张景良别后寄赠之作。尾联直抒胸臆，表现怀人思古的复杂情绪，其中"思古"尚需回味，由前面诗意来看，所谓"思古"应指对渊明的仰慕。自绍圣以

---

① 《诗薮·外编》卷 5，第 215 页。

② 《全宋诗》，第 19 册第 12853 页。

③ 《全宋诗》，第 19 册第 12875 页。

④ 《全宋诗》，第 19 册第 12857 页。

⑤ 《宋史》本传载，晁补之知河中府，"修桥便民，民祠其像"。

⑥ 《全宋诗》，第 19 册第 12857 页。

来，晁补之贬宦各地，劳顿不堪，风尘仆仆而无所作为，用世壮心日渐消退，归隐之念越发强烈，此时张景良对渊明的仰慕无疑更激起补之的共鸣，这成为晁补之贬谪后期的思想潜流，主宰着诗人的感情走向，并使诗歌风格由慷慨豪迈趋向沉郁苍凉，如《潼关道中》诗云："尘土长安古道深，潼关依旧接桃林。使君骢马来何后，道士青牛去莫寻。春半河山犹寂寞，日长坑阪正崎嶔。平生冷笑元龙误，老觉求田负寸心。"①首联以长安古道深深的车辙及潼关依然富于生机的桃林起兴，暗寓深沉的兴亡之感。颔联则以使君马来与道士牛去进行一种超时空的对比，表现出似有若无的憾恨，别有一种苍茫迷离的意味。颈联则写眼前所见，虽已春半，然而关西气候寒凉，极目四望仍是一片萧瑟，前程漫漫，更觉道路崎岖不平。历史与现实、热烈与寂寞、曾经明确的人生指向与如今的茫然无依差互其间，使得诗意更其厚重深远，并隐隐透露出虚无的历史意绪，由此为最后的直抒胸臆张本，"平生冷笑元龙误，老觉求田负寸心"，表达了追悔入仕、转归田园的退隐之情，可谓此期贬谪期间的代表作。除此之外，此期出守河中所作诸篇如《守蒲次新安西先寄府教授之道弟》《次韵毅父提刑将至蒲见寄》《叙旧感怀呈提刑毅父并再和六首》《游华岳归道中望仙掌》《潼关道中》《自蒲赴湖早行作》《罢蒲乾濠道中寄府教授之道弟》《自蒲赴湖至板桥逢杜谋伯》等呈现出相似的风格。尽管其中尚有"太华耸天如剑立，黄河蹙野似军行"②这样威武雄壮的句子，但更多却是"世上相逢俱梦寐，古来何处是功名"③这样意气消沉的表白，并一再借对渊明的仰慕表达归隐之志，"久干文举尊中酒，虚负渊明头上巾"④、"身惭随檄终难强，计欲归耕未敢陈"⑤。

　　晁氏虽然心向渊明，甚至在思想上较渊明之自然观念更进一层，然而表现为诗歌风格却并没有呈现明显的平淡之风。从诗歌形式而言，晁氏晚年既未像苏轼那样和陶，也没有像黄庭坚那样偏爱古体，运古入律，仍以近体尤其是绝句为主，且其风格亦未显示出刻意向陶诗靠拢的迹象。晁氏对陶渊明主要是人格上的仰慕与追随，而非诗歌风格上的摹拟，所以，晚年隐

---

① 《全宋诗》，第 19 册第 12856 页。
② 《全宋诗》，第 19 册第 12854 页。
③ 《全宋诗》，第 19 册第 12854 页。
④ 《全宋诗》，第 19 册第 12854 页。
⑤ 《全宋诗》，第 19 册第 12858 页。

居金乡间所作诗歌并未表现出追随陶诗的倾向,如《东皋十首》整体风格虽然消尽了早年的豪迈之气,却与陶诗风味不类,如其五云:"新植青桐小径成,两行萱草一时荣。春风百卉芳菲尽,长夏幽花却称情。"①诗写春去夏来的闲适之情,运思造语俱是近体风格,与陶诗之古淡气味并不相类。但毋庸置疑的是,晁氏晚年因追趋渊明归隐田园的思想变化仍然缓慢而间接地反映为诗风的变化,尽管他并未如苏、黄一样自觉追求陶诗之淡而有味,却也将早年的英俊风发内敛为深沉厚重,周紫芝云:"读晁无咎文与诗,浩浩然犹河汉之无极也,想其胸中何止有八九云梦而已。"②以此概括晁补之晚年诗风似乎更为恰当。大观四年(1110),晁补之起知泗州,其间于泗州厅事作画并题诗云:"胸中正可吞云梦,盏里何妨对圣贤。有意清秋入衡霍,为君无尽写江天。"③周紫芝所谓"浩浩然犹河汉之无极也",实乃指出儒家精神的深厚沉积与八年之久的隐居生活已使晁补之实现了性情气质的转换,心胸更为博大,气质更为深沉,发而为诗自然拥有浩乎沛然、包举天地的气概,比之前期的雄迈英发、一往不收更加丰厚有味。翁方纲评论晁补之诗云:"无咎才气壮逸,远出文潜、少游之上,而亦不免有边幅单窘处。"④所谓"边幅单窘"指其诗器局不大,内涵不足,这与陈衍的意见有相通之处,陈衍云:"晁、张得苏之隽爽而不得其雄骏。"⑤所谓"隽爽"乃是俊逸清峭,"雄骏"则是劲健深沉,所依托者是深厚的学养及积久而成的浩然之气。从作品来看,晁补之晚年之作更近于苏轼之"雄骏",以"隽爽"蔽之便欠妥当了。

第三节　贬谪与张耒的创作特征

平易自然是历来的研究者对张耒诗风的基本评价。周紫芝《书陵阳集后》云:"大抵子苍之诗,极似张文潜,淡泊而有思致,奇丽而不雕刻,未可以

①　《全宋诗》,第 19 册第 12872 页。
②　[宋]周紫芝:《书晁无咎帖后》,《太仓稊米集》卷 66,《晁补之资料汇编》第 43 页。
③　《自画山水留春堂大屏题其上》,《全宋诗》,第 19 册第 12883 页。
④　[清]翁方纲:《石洲诗话》卷 3,《续修四库全书》,第 1704 册第 176 页。
⑤　陈衍:《宋诗精华录》卷 2,上海古籍出版社,2008 年,第 98 页。

一言尽也。"①吕本中《童蒙诗训》云："文潜诗，自然奇逸，非他人可及。"②杨万里云："晚爱肥仙诗自然，何曾绣绘更雕镂。"③方回云："文潜诗自然不雕刻。"④现代研究者大多对此表示认同，钱锺书先生认为，张耒的作品"最富于关怀人民的内容，风格也最不做作装饰，很平易舒坦"⑤。王运熙先生指出，张耒学源苏轼，"崇尚自然通达、明白条畅的文风"⑥。刘乃昌先生在《宋代文学史》中也指出，张耒诗"主导风格是平顺晓畅，坦易自然"⑦。以上代表了古今学界对张耒诗文的基本意见。

张耒对平淡风格的追求并非如苏、黄一样是晚年转型的结果，而基本是贯彻始终的，且其平淡风格源于对唐诗风范的追摹，方回云，"张文潜自然有唐风，别成一宗"⑧，这与宋代诗坛庆历、元祐以来求新求变、创成宋调的大趋势显然是背道而驰的。尽管元祐年间张耒也曾试图学习黄庭坚的诗风⑨，但并不成功，黄庭坚《答王周彦书》云："往在元祐初，始与秦少游、张文潜论诗，二公初不谓然。久之，东坡先生以为一代之诗，当推鲁直，而二公遂舍其旧而图新。"⑩由张耒诗作来看，舍旧图新的结果显然并未步趋黄氏。实际上，张耒学黄并非着眼于黄诗之拗折峭硬，而是其直出胸臆、破弃声律的自然特征，《王直方诗话》引张耒云："以声律作诗，其末流也，而唐至今谨守之。独鲁直一扫古今，直出胸臆，破弃声律，作五七言，如金石未作，钟声和鸣，浑然天成，有言外意。"⑪可见，张耒尽管追摹唐风，但也不屑于谨守格律，而是追求唐诗之自然风韵。在张耒看来，黄庭坚的作诗途径乃是"直出胸臆，破弃声律"，所达到的效果乃是"浑然天成，有言外意"，这与学唐诗而求自然的审美追求并不矛盾。张耒反倒是对一味求奇、拗折生

① ［宋］周紫芝：《书陵阳集后》，《全宋文》，第 162 册第 190 页。
② ［宋］吕本中：《童蒙诗训》，《宋诗话辑佚》，第 593 页。
③ ［宋］杨万里：《读张文潜诗》，《诚斋集》卷 40，《四部丛刊》本。
④ ［元］方回：《赠程君以忠、杨君泰之并序》，《桐江续集》卷 27，《张耒资料汇编》，第 102 页。
⑤ 钱锺书：《宋诗选注》，人民文学出版社，2005 年，第 81 页。
⑥ 王运熙、顾易生主编：《中国文学批评通史》（宋金元卷），上海古籍出版社，1996 年，第 191 页。
⑦ 孙望、常国武：《宋代文学史》，人民文学出版社，1996 年，第 284 页。
⑧ ［元］方回：《送罗寿可诗序》，《桐江续集》卷 32，《张耒资料汇编》，第 102 页。
⑨ 《王直方诗话》云："有学者问文潜模范，曰：'看《退听稿》。'盖山谷在馆中时，自号所居曰退听堂。"
⑩ 《宋黄文节公全集·别集》卷 17，《黄庭坚全集》，第 1839 页。
⑪ 《宋诗话辑佚》，第 101 页。

硬的风格极为反感,"自唐以来至今,文人好奇者不一。甚者或为缺句断章,使脉理不属。又取古书训诂希于见闻者,捋扯而牵合之。或得其字不得其句,或得其句不得其章,反复咀嚼,卒亦无有,此最文之陋也"。从学术观念来看,张耒之自然观与其"至诚"说密切相关,张耒提出:"夫情动于中而无伪,诗其导情而不苟,则其能动天地,感鬼神者,是至诚之说也。夫文章蓄其变多矣,惟诗独迩乎诚,故欲观人者,莫如诗。"①人之为人应该发乎真情,出于至诚,诗作为情的载体,自然应该表现人的真情至性,而完全无须矫揉造作,刻意雕饰,由此不难看到苏轼的影响。这正是张耒"满心而发、肆口直言",乃至形成粗率之病的深刻的思想基础。而愈到晚年,张耒更是追求平淡诗风,《宋史·文苑传》云其"作诗晚岁益务平淡,效白居易体"②,这既渊源于其"至诚"说,亦与"穷而后工"的诗学观念密切相关,可以说是两者共同作用、相互促进的结果。

张耒接受了欧阳修等人诗穷而后工的观念,认为"穷"乃是诗歌臻于艺术高境的重要条件,《评郊岛诗》云,"唐之晚年,时人类多穷士,如孟东野、贾阆仙之徒,皆以刻琢穷苦之言为工",并且说,"及其至也,清绝高远,殆非常人可到。唐之歌诗,称此两人为最。至于奇警之句,往往有之"③。张耒推尊郊、岛的观点虽然难孚众议,却突出地反映了穷而后工的诗学观念,而这一观念实则与"至诚"说有着密切的联系。张耒在绍圣四年(1097)贬监黄州酒务任上所作《投知己书》中云:"古之能为文章者,虽不著书,大率穷人之词十居其九,盖其心之所激者,既已沮遏雍塞而不得肆,独发于言语文章,无掩其口而窒之者,庶几可以舒其情,以自慰于寂寞之滨耳。如某之穷者,亦可以谓之极矣。其平生之区区,既尝自致其工于此,而又遭会穷厄,投其所便。故朝夕所接,事物百态,长歌恸哭,诟骂怨怒,可喜可骇,可爱可恶,出驰而入息,阳厉而阴肃,沛然于文,若有所得。"④人在穷厄无聊的背景下既心怀不平而又无所顾忌,其不平之情与郁塞之气可以得到最充分的宣泄,因此最能表现人之为人的"至诚"本原,只要将困境中的真情至性发而为诗,自然具有感荡人心的力量,并必然属于"清绝高远"、迥超流辈的优

---

① 《上文潞公献所著诗书》,《张耒集》卷56,第840页。
② 《宋史》卷444,第13114页。
③ 《评郊岛诗》,《张耒集》卷52,第805页。
④ 《投知己书》,《张耒集》卷55,第831页。

秀篇章。张耒晚年屡遭贬谪，颠沛流离，长期陷于穷愁之境，效仿白体、追求自然乃是"至诚"之哲学观及"穷而后工"的文学观在贬谪际遇下的遇合强化的结果。

张耒尽管总体上保持了诗作的平淡风格，但贬谪际遇毕竟对其思想感情造成了影响，其诗作在平淡的总体风格下，在不同阶段又有不同的侧重。根据其贬谪经历及感情特征，大体可以将其晚年的创作分为三个阶段，第一阶段，从绍圣三年（1096）罢守宣城寓居宛丘，至崇宁元年（1102）坐党籍落职主管勾亳州明道宫。其间曾暂居宛丘，后谪监黄州酒税盐务，元符二年（1099）又谪复州监酒，元符三年通判黄州，并于建中靖国元年（1101）召为太常少卿，后出知颍州、汝州。这一阶段经历较为复杂，其间虽被召至朝廷，但为时甚短，仍以贬谪为主。此期政局变化倏忽，张耒的感情也随之起伏不定，为此期诗作平添了阴郁的色调。

绍圣三年秋，张耒寓居宛丘南门灵通禅刹之西堂，作《次韵渊明饮酒诗》，集中表达了放废之后貌似旷达而实愤郁的感情。其一云："饮酒不得醉，何如未饮时。颠倒众讥笑，佳处正在兹。"①其十二云："世间有醉乡，百世本一境。欲游不待驾，但畏足疾醒。"诗人将醉酒称为"佳处"，甚至不愿从醉乡醒来，虽似渊明的自然襟怀，实则暗寓志不得伸的愤郁。其三便隐隐透露出个中消息："涉世苦不谙，多病身早衰。惟有尊中酒，不与我心违。"涉世不谙人情自然不能随机应变，后面说只有尊酒不与心违暗示投机取巧违背良知，正因为诗人不甘违心而坚守正道才会遭贬处穷，才要饮酒求醉以解愤郁之情。其后《冬日放言二十一首》第十七云："陶潜经世才，龃龉不得肆。彼宁徒嗜饮，有蕴托诸醉。"②更为明白地揭示出渊明醉酒乃是别有寄托，则诗人效仿渊明饮酒求醉当然也是另有深意。张耒并且借饮酒诗表达对人生的感悟，《次韵渊明饮酒诗》其十五："弱岁慕世名，中年颇探道。世间无非苦，病死与生老。相寻无穷已，递代作荣槁。"③流露出佛教消极的人生观念，这种观念并非抽象思辩的结果，而来自切实的人生体验，其十四云："儿童居宛丘，里巷昔所经。重来三十年，落魄竟何成？扣门问

---

① 《张耒集》卷7，第92页。

② 《张耒集》卷8，第116页。

③ 《张耒集》卷7，第93页。

长老,主人多已更。萧萧城南道,松柏共坟庭。"①诗人儿时居住宛丘,三十年后重来故地,早已物是人非,看到累累坟丘,自然感怆不已。目睹故人化为陈迹,再想到自身遭贬处穷的境遇,诗人更感到人生的虚幻,只能是"悠然且饮酒,聊以慰平生"了。总之,张耒次韵渊明饮酒诗寓悲哀于旷达,借饮酒含蓄地抒发了无端贬黜、报国无门的愤懑之情,反映了贬谪初期的思想状态。

元符二年(1099)张耒离黄州徙监复州盐酒,作《离黄州》诗云:

> 扁舟发孤城,挥手谢送者。山回地势卷,天豁江面泻。中流望赤壁,石脚插水下。昏昏烟雾岭,历历渔樵舍。居夷实三载,邻里通假借。别之岂无情,老泪为一洒。篙工起鸣鼓,轻橹健于马。聊为过江宿,寂寂樊山夜。②

首句"扁舟""孤城"意象已隐隐吐露出诗人孤独的心绪,后面四句写山势之雄壮,江面之开阔,诗人的阴郁之情似乎随之豁然开朗,但自然风貌带来的惊喜转瞬即逝,"昏昏烟雾岭,历历渔樵舍"的环境变化又使得诗人的感情重新跌入浓重的忧郁,继而以"别之岂无情,老泪为一洒"直接抒发离别的伤感,更加重了全诗的愁情。虽然船工鸣鼓的声响以及船只轻快的行驶带给诗人一丝快慰,但尾句"寂寂樊山夜"的景语则将前面内容一概收入黑暗之中,给了全诗一个黯淡的结尾。无论动态还是情态,无论写景还是抒情,全诗无不笼罩着难以摆脱的哀愁。作于同时的《宿樊溪》亦复如此,虽然该诗前面六句写山川秀丽,气势不凡,后面却浮现出如烟似雾的愁绪,"北风吹疏雨,夜枕舟屡撼。齐安不可望,灭没孤城暗"③,"北风吹疏雨"的意象轻柔而凄迷,隐喻诗人的无限愁思,而"夜枕舟屡撼"的动态更是写出诗人面对渺茫的前程难以安眠的重重思绪。此时回望齐安,那遥远的孤城已经沉入了无边的黑暗。这四句写人物的心态与动态,言简意深,表现了诗人屡遭贬谪、辗转流离的悲怆。作于同期的《道士矶》《离樊口宿巴河游马祈寺》《龟陵湾阻风三日遥祷孤山而风止》等诗表现出相近的色调与风格。这些诗并非如唐风那样有着明丽幽远的底色,而显得色调灰暗,风格

---

① 《张耒集》卷7,第94页。
② 《张耒集》卷6,第66页。
③ 《张耒集》卷6,第66页。

凝重,于平淡之外别开一域。可见平淡的艺术追求并不能完全左右感情的真实呈现,实际上表现真情至性才是张耒的最高追求,尽管这种不假掩饰的呈现在一定意义上破坏了原本的平淡风格,但张耒显然不会因为迁就某种风格而委屈感情的表达,这正是张耒与遵从儒家诗教的黄庭坚等人的根本不同,从这个意义上说,张耒更为彻底地继承了苏轼的以"情"为核心的诗学观。

第二阶段,从崇宁元年(1102)安置黄州至崇宁五年离开黄州,张耒贬居黄州五年之久。元祐旧党在绍圣、元符间遭到新党的残酷打击后,并不甘于失败,在徽宗即位的元符三年(1100)被纷纷召还后又企图排斥新党,复辟旧政,结果很快遭到当权新党更为残酷的打击,以崇宁党禁为标志,新旧党争以旧党的彻底失败而告终。这种政治结局几乎彻底打消了旧党东山再起的梦想,也使得再次被贬的元祐党人只能无奈地接受这种现实。经历了前期随政局变动而造成的人生沉浮之后,张耒对世事人生有了更深切的感悟,此次安置黄州,便逐渐消弭了以往的愤郁不平,心态更为通达平和。

崇宁二年,张耒于黄州作《感秋呈宏父兼呈周楚望三首》,其三云:"人生天地间,如萍水上浮。安得无所住,南北但随流。达者知其然,委己任去留。止若寄渚雁,行如浮海桴。万物本无事,百年漫多忧。冥怀付造物,俯仰予何求。"①张耒认为人生于世,如萍浮水上,身不由己,只能南北随流。如能认识到这一点而随缘任运,便不会有额外的忧愁。因此,此期诗人安然定居于黄州,心闲意适。崇宁二年,张耒移居,作诗示两儿秬、秸云:"孟冬寒气至,北风群木衰。微霖坠檐瓦,老客卧先知。……东窗颇明爽,洒扫吾遨嬉。浊酒为余办,勿使叹空卮。"②虽然寒气逼人,万木萧瑟,但张耒面对艰苦的环境却是遨嬉饮酒,从容自得,毫无忧苦之态。又《移居柯家山何氏第》诗云:"吾居最易足,容膝便有余。平生一亩宫,游宦乖所图。谪官求便安,僦舍柯山隅。洒扫勤汝力,真成野人居。"③更表现出诗人的归隐之志及知足之乐,张耒并以幽默的口吻将自己的居所称"野人居",足见安贫乐道的人生志趣。凡此表明,张耒安置黄州以后的心态更为通达,所作诗

————————

① 《张耒集》卷9,第134页。

② 《张耒集》卷11,第171页。

③ 《张耒集》卷11,第171页。

篇也便呈现出优游不迫的风格,如《东园》诗云:"浮云蔽亭午,白日成萧森。余凉入坐隅,萧洒散烦襟。孟夏爱吾屋,秀木成佳阴。众果颇已成,永日鸣山禽。杖履时亦到,逍遥忘滞淫。举头天雨霁,落日低遥岑。"①该诗写孟夏季节在东园杖履游赏的情景,表现出萧散闲放的意趣,明显摹仿陶诗风格,甚至语言也取用渊明,足见诗人在诗艺与精神上对渊明的双重追随。

除上述叙事抒情诗之外,张耒此期还写有数量不少的咏物言志诗,寄托高远情怀,如《黄菊》诗云:"黄菊出荒岁,扬扬颜色好。芙蓉不能霜,败裂不自保。君子与小人,于此见其操。"②诗将黄菊凌寒不凋与芙蓉经霜败裂进行对比,隐喻君子与小人的不同品质,兼有以黄菊自喻自励之意。他如《堂下幽草》赞美幽草"嗟哉庭中草,独不改佳色"③。《咏双槐》赞槐树"泊兮初无情,淡也故可守"④。《大榆》诗咏榆树云:"嗟尔拥肿材,大匠已见遗。何人失剪伐,养此顽钝姿。"⑤未尝不是以榆树自喻,寓托不为世用的不平之意。《竹》则以拟人的笔法写竹子清婉可人的风姿:"婉婉翠凤凰,舞风照青澜。微飙自天来,新佩鸣已喧。"⑥诗人与之朝夕相对,视同知己,"终日淡相对,俗车无至门",抒写超然出世的高雅情怀。兴寄本是五言古诗的传统,阮籍及初盛唐的陈子昂、张九龄、李白等人都曾以"咏怀"或"感遇"等为题创作过许多兴寄式的作品,张耒追摹唐风,上趋魏晋,自然对此有所继承,元丰间居洛阳所作《秋怀十首》即明显是模仿阮籍《咏怀八十二首》,甚至其中许多意象都借用阮诗。此期咏物诗则脱去了模仿的痕迹,命意遣词全出己意,更为浑朴老成,它不仅标志着张耒诗风更趋平淡,更透露出张耒心态的自然与通达。

第三阶段,从崇宁五年(1106)离开黄州至政和四年(1114)殁于陈州。除崇宁五年底至大观元年在淮阴,从大观二年春至政和四年去世,张耒一直闲居宛丘。尽管张耒此期基本上保持着自然通达的心态,但生活的贫窘、师友的亡故以及生命无多的压迫又使其晚年心态流露出丝丝缕缕的悲凉,这使其晚年诗歌有着不同于前两个阶段的独特性,其间所作《寓陈杂诗

---

① 《张耒集》卷11,第172页。
② 《张耒集》卷11,第187页。
③ 《张耒集》卷11,第188页。
④ 《张耒集》卷11,第188页。
⑤ 《张耒集》卷11,第188页。
⑥ 《张耒集》卷11,第189页。

十首》便代表了此期的感情状态及创作风格。

《宋元学案》称,张耒"投闲困苦,口不言贫,晚节愈厉"①。尽管张耒罢官居陈后生活贫困,但其穷且益艰、贫贱不移的风骨仍然显示出苏门的整体品格,《陈州府志》载,张耒"比投闲,家益贫。(翟)汝文雅重之,欲为买田,耒不可,乃止"②。《寓陈杂诗十首》其八云:"长闲贫亦好,安用朱其轓。我生本蓬荜,久已傲饥寒。"③张耒之傲骨虽可睥睨苦难,但无法抵御饥寒,其通达心态常常因为贫困的挤压而露出窘迫之相,《寓陈杂诗十首》其二云:"怜我老病者,三伏困薰蒸。得凉且饱饭,何暇念秋成?"④而师友的相继亡故又时时给他难言的哀痛,"兴哀东坡公,将掩郏山墓。不能往一恸,名义真有负""秦子死南海,旅骨还故墟""兴怀及昔者,使我涕涟如"⑤。《读黄鲁直诗》云:"江南宿草一荒丘,试读遗编涕不收。"⑥这些诗既是悼人,也是自悼,生命的渐次消逝使得张耒无法回避日渐逼近的死亡,不得不追问生命本身的意义,"书生事业薄,生世苦勤劬。持以待后世,何足润槁枯"⑦。然而这种追问注定没有答案,它只能使张耒晚年平和通达的心态不断受到冲击,渗入浓重的悲凉之气,《寓陈杂诗十首》其五云:

> 清夜何晏晏,客眠亦复佳。邻钟唤我觉,咽咽闻城笳。披衣行中庭,星汉已横斜。缺月挂西南,皎皎流清华。莎鸡振其羽,蟋蟀旁悲嗟。悠哉岁已秋,日月如奔车。⑧

诗写自己清夜惊觉无眠、披衣步行中庭的所闻所见所感。城笳呜咽,蟋蟀悲嗟,星汉横斜,这些秋夜的景象与日月如飞的时间感受交织在一起,构成极具象征意义的一往不返的生命图景,强烈暗示出生命之短暂、自然之永恒及生命消亡之必然。一切都在飞速地流逝,而自己也已步入老境,死亡的步步进逼让一切努力都在失去价值,被人为赋予的种种生命的意义因此遭到无情的解构,生命本身的悲剧性随着死亡的临近而不断加重。这

---

① 《宋元学案》卷99,第3307页。
② 《张耒资料汇编》,第164页。
③ 《张耒集》卷8,第108页。
④ 《张耒集》卷8,第107页。
⑤ 《张耒集》卷8,第107页。
⑥ 《张耒集》卷23,第407页。
⑦ 《张耒集》卷8,第109页。
⑧ 《张耒集》卷8,第108页。

种对生命流逝的深切感受成为无法挣脱的阴影笼罩在诗人的心头,它取代了生活的贫困、政治的挫折等一切现实的烦恼而成为最具颠覆性与穿透力的生命体验。因此,通达与悲凉成为张耒晚年心态的两个重要方面,而淡中有悲或寓悲于淡则成为其晚年不少诗作的重要特征。《宋元学案》称,张耒"作诗,晚年务平淡,效长庆体,而乐府得盛唐之髓"①。《四库提要》亦称,张耒"晚岁诗务平淡,效白居易,乐府效张籍"②。这一概括大体不错,但平淡中的悲情同样不应被忽视。而值得指出的是,张耒晚年效白居易虽得其平淡,亦未能免其俗气,晚年寓居宛丘间曾仿白居易三首,其诗题云,"白乐天有渭上雨中独乐十余首仿渊明,予寓居宛丘居多暇日,时屡秋雨,仿白之作得三章",三首诗主要表达对人生的感悟,并且描述了知足常乐、悠然自得的生活,如其二云,"老人朝睡足,起坐梳白头。呼童饬晨餐,薪湿爨妇愁。洗我朱提杯,不复具肴馐。一觞已径醉,万事良悠悠"③。这与白居易晚年诗作俗恶之气极为接近,虽非张诗主流,却也成为其诗不得推重的重要原因,汪藻《柯山张文潜集书后》说:"公于诗文兼长,虽当时鲜复公比,两苏公、诸学士相继以殁,公岿然独存,故诗文传于世者尤多。"④这说明张耒的影响力主要在其"岿然独存"。尹占华先生认为:"作为当时时代风气的代表者,苏、黄之诗皆思理深邃,诗艺精细,而张耒之诗则意思浅近,语言平易,艺术粗率,其诗在当时得不到人们的推重是理所当然的。"⑤

　　以上主要从张耒晚年的感情角度探讨了张耒诗作的三个阶段性特征,指出了愤郁、通达至悲凉的不同倾向性,当然,每个阶段都可能兼有其他特征,我们只能做大致的概括。事实上,诗歌风格不仅与诗人的感情相关,亦受制于诗歌的体式。张耒创作最多的是五言古体⑥,这也是其晚年创作的主要形式,这一诗体最充分地表现出平淡风格。笔者以为,张耒虽没有像苏轼那样刻意和陶,但其五古在苏门中最得魏晋神韵,且比苏轼和陶诗更有陶诗风味。侯廷铨云:"张宛邱出大苏之门,而纵横驰骤,锻炼一归于自

---

① 《宋元学案》卷 99,第 3307 页。
② 《钦定四库全书总目》(整理本)卷 154,第 2069 页。
③ 《张耒集》卷 8,第 105 页。
④ 《张耒资料汇编》,第 41 页。
⑤ 尹占华:《论张耒的诗》,《西北师大学报》2004 年第 4 期。
⑥ 张剑统计张耒五古诗占其全部诗作的 24.6%,远高于五古占全宋诗 15.6%的平均数。见张剑《试论晁补之的五古》,《中国文化研究》2005 年秋之卷。

然，直可与苏、黄鼎足。"①如果就张耒五古而言，此论差可成立。而七言古体及七言律绝受到其本身形式的限制，不易平淡。长篇七古虽不似苏、黄那样纵横跌宕，雄骏风发，但也颇有驰骤之势，如晚年所作《和大雪折木》诗，景、事、情交错纷杂，诗思跳掷，语言如飘风吹雪，惊心动魄，与五古之平和淡泊迥然不同。七言八句的七古短章虽有古淡之气，但展宕不开，更近律体。而张耒之七律则"格宽语秀，有唐人风"②，晚年虽有浑健有力、沉郁悲慨的诗章，如《与李文举登梦野亭》《读黄鲁直诗》等，但基本上保持了清秀流丽、疏畅自然的风格。而其绝句最近唐人，程千帆、吴新雷《两宋文学史》指出，张耒的"绝句诗写得很有韵味，在艺术上较为成熟"③。晚年所作虽有贬谪痕迹④，但不足以改变清丽自然的整体风格。

第四节　贬谪与陈师道的创作特征

陈师道对出仕原本没有太强烈的热情，出于对王氏新学的不满，更是放弃了科考。在《送邢居实序》中，后山将王氏新学蔑称为"俗学"，认为贻患无穷，他以讽刺的口吻说："士之不能自成，其患在于俗学。俗学之患，枉人之材，害人之耳目。诵其师傅造字之说，从俗之文才数万字，其为士之业尽是矣。"⑤陈氏最后告诫邢居实："吾以谓三君子之言可法，古之学可道，今之学可戒也。"陈师道因而对王氏新学敬而远之，乃至为此放弃科考，由此也可见其独立不移的孤梗品格。

新党当政的熙丰期间，陈师道始终不曾出仕，直到元祐更化才被苏轼等人荐为教授。但陈师道出仕也仅是为谋禄养亲而已，《宿合清口》诗云，"卧家还就道，自计岂苍生"。冒鹤亭注曰："言其出处皆以贫故，自为计尔，非为苍生也。"⑥即便如此也仍然心怀犹豫，"有亲须薄禄，临路尚徘徊"⑦，

① 《张耒资料汇编》，第173页。
② 钱锺书：《谈艺录》，中华书局，1984年，第173页。
③ 程千帆、吴新雷：《两宋文学史》，上海古籍出版社，1991年，第183页。
④ 如《黄州酒务税宿房北窗新种竹戏题于壁》诗云："异时小杜高眠地，几向秋风听楚江。身世浮云那可计，试留双竹守寒窗。"见《张耒集》卷30，第531页。
⑤ 《全宋文》，第123册第320页。
⑥ 《全宋文》，第123册第410页。
⑦ 《后山诗注补笺》卷4，[宋]任渊注，冒广生补笺，中华书局，1995年，第161页。

陈氏不甘为谋一职而折腰受辱,"折腰真耐辱,捧檄敢轻投",而江湖才是诗人的最终归宿,"独无区中缘,永怀岩下趣"①。"富贵本非吾辈事,江湖安得便相忘"②。诗人甚至欲以倒海之水浣洗功名之念,"平生功名念,倒海浣我肠"③。即便晚年被任为秘书省正字之后,仍恋栈于归隐生活,"向来忧畏断,不尽鹿门期"④。陈氏绍圣被贬之后本已洗涤用世之志,所谓"少日幻心今净尽"⑤,然而徽宗上台后除为学官又稍感振作,"齿脱心犹壮",但也并非意气昂扬,反是悲从中来,"秋清意自悲"⑥,根本原因在于时事变幻莫测令人心怀隐忧,"洗心闻吉语,时事信难量"⑦,"江间无日不风波,老去何时脱奔走"⑧。尤其是元祐党人纷纷被贬的现实使得陈师道忧心忡忡,《秋怀》其四云:"宁须一网尽,不为百人留。密雨点急水,惊风擘系舟。"⑨几乎就是新党迫害元祐党人的生动写照,后山由此更欲退步抽身,《再和寇十一二首》其二云:"与世相递孰自量,资身无策漫多方。逢场作戏真是拙,误笔成蝇岂所长。"⑩诗人缺乏逢场作戏、误笔成蝇的本领,资身无策,只能随波逐流,这种不求进取、只求自保的颓然心态无疑是时代乱象使然,这在《寒夜》诗中有更为清晰的表现:

> 闭户风将雨,通宵浪打头。若为中夜听,复作别时愁。宿雁鸣渔火,村春急暗投。不应田二顷,能使寸心休。⑪

诗人为生计所迫,贫困潦倒,自然界的风雨更激起他的满腹愁绪,遥望远处的渔火,听着宿雁的鸣声及急促的村春,更加难以平静。然而后山并非仅为生计烦忧,而有着更为深远的愁情,那是一种时代的沉落带给诗人的茫然情绪,所以诗人说,"不应田二顷,能使寸心休"。令诗人心绪不宁者并非生计,究竟何所指,诗人并未明言,却更加令人思索回味,而《次韵春

---

①　《后山诗注补笺》卷5,第208页。
②　《后山诗注补笺》卷10,第362页。
③　《后山诗注补笺》卷6,第216页。
④　《后山诗注补笺》卷12,第423页。
⑤　《后山诗注补笺》卷1,第366页。
⑥　《后山诗注补笺》卷11,第388页。
⑦　《后山诗注补笺》卷11,第392页。
⑧　《后山诗注补笺》卷4,第173页。
⑨　《后山诗注补笺》卷8,第290页。
⑩　《后山诗注补笺》卷10,第366页。
⑪　《后山诗注补笺》卷11,第396页。

怀》诗似乎可以提供一定的启示：

> 老形已具臂膝痛，春事无多樱笋来。败絮不温生虮虱，大杯覆酒著尘埃。衰年此日长为客，旧国当时只废台。河岭尚堪供极目，少年为句未须哀。①

渐近老境，春事将阑，诗人衣絮破败虮虱丛生，生活拮据酒嗜也被迫戒除。在时光飞逝及生事潦倒中，诗人的思绪却伸向荒远的历史，而霸王项羽废弃的戏马台正象征了历史的虚无。虽然自己"衰年此日长为客"，但无论何等英雄的功业最终也不过是风流云散，"旧国当时只废台"既是对自我的宽解，也是对事功价值的解构，诗人将个体人生导入浩大的历史时空，便消隐了价值本身，则最终的"未须哀"并非基于来日方长的少年自信，而是窥透生命的无所用心，这使陈师道实则陷于价值虚无的茫然无措。

虽然陈师道缺乏入仕热情，无端贬黜毕竟令人气恨难平，绍圣元年（1094）返家途中所作《舟中二首》其一便以拗怒之笔写出了恶风横卷、猛浪若奔的景象，"恶风横江江卷浪，黄流湍猛风用壮。疾如万骑千里来，气压三江五湖上"②，诗以横放的笔力、豪劲的意象抒写了被贬黜的愤激之情。"岸上空荒火夜明，舟中坐起待残更。少年行路今白头，不尽还家去国情"。诗人夜不能寐，坐待残更，白首还家，一无所成，回顾生平不禁万分感慨，由此陷于"城郭山林两无得，暮年犹复几沾巾"③的矛盾心态与痛苦心境。后山实际上也极欲以佛禅消释痛苦，但对虚渺的佛界心存疑虑而并未倾心皈依，"百念皆空习尚存，稍修香火踏空门"④。诗人竭力要戒除植腰、摩腹、饮酒等惯常的"积习"而求得超然出世之情，然而天上仙人却有俗人的七情六欲，"上界纷纷足官府，也容河鼓过天孙"⑤，牵牛织女年年相会的事实似乎削弱了后山对佛门的信仰。无论如何，陈师道未能如苏轼一样随缘任运，与物同流；也未如山谷一样将对儒节的坚守接通释家之圆通广大。在与山谷的信中，后山表示自己学佛太晚而不能臻于高境，儒与佛禅在后山那里始终未能融通为一，因此在儒释的双向牵扯中饱历煎熬，所谓"隐几忘

---

① 《后山诗注补笺》卷5，第194页。
② 《后山诗注补笺》卷4第172页。
③ 《后山诗注补笺》卷5第207页。
④ 《后山诗注补笺》卷9第330页。
⑤ 《后山诗注补笺》卷9，第330页。

言终不近,白头青简两相催"①,其人格也因此不能从容不迫,优游容与,而显得风骨挺特,刚硬不屈,发而为诗,便瘦硬有余而雍容不足。

由其诗歌创作来看,后山晚年所求者乃是浑朴自然的老成境界,王俦称后山"为诗宗黄庭坚""平淡雅奥""自成一家"②。陈振孙亦称后山诗"造诣平淡,真趣自然"③。但后山思想的内在冲突常常破坏其诗之自然追求,这里所需注意者有两点,其一是后山思想中儒、释之不能交融,其二是其人格与诗格的分立,二者的交互作用往往递变为诗歌的拗折不平。与苏、黄不同处在于,陈师道将诗歌看作了其生命的支柱,看作了独立于生命的特殊存在,因此将几乎全部精力付诸诗歌创作,所谓"学诗如学仙,时至骨自换"④,呕心沥血,惨淡经营,而不是像苏、黄一样经历贬谪之痛而将生命体悟与诗歌创作统一起来,以庄禅观念观照现实人生,并由文化心态的进退自如流而为诗风的平淡。陈师道始终未能将生命体验与诗歌创作统一为一个整体,诗歌乃是其生命中精心雕饰、寄放身心的特殊园地,因此,陈氏对杜甫、苏轼、黄庭坚等人的汲取主要限于艺术层面,而没有上升到生命境界的高度。正因为这样,陈师道才会闭门觅句,侧重诗句的锤炼,而相对忽视对诗意的整体把握与营造。也正因为这样,陈师道不擅长腾挪跳跃的长篇古体,而更着力于五七言律体短制,原因即在于五七短律可以经过锤炼雕饰而达到大巧若拙的老成境界,但这样的锤炼显然不适于长篇古体,细读后山长篇,每有局促之感,反观苏、黄,则各体均有妙构,对苏轼而言,长篇更见本色。所以胡应麟说:"律诗主格,尚可覼铄自矜,歌行间涉纵横,往往束手矣。"⑤因此,陈诗既未像苏轼那样以其不可羁勒的天纵之才肆意挥洒,也不似黄庭坚那样一意独运,似断实连。虽然表面上骨力硬挺甚至瘦硬通神,山谷乃至称后山作诗"得老杜句法"⑥,但"工部笔力沛然,如天涵地负,而后山则得之之难"⑦,这不仅因为后山缺乏杜甫丰富的人生经历及生命体验,而且源于后山未能真正实现生命体悟与诗歌创作的统一,以致

---

① 《后山诗注补笺》卷8,第306页。
② 《黄庭坚和江西诗派资料汇编》,第493页。
③ 《黄庭坚和江西诗派资料汇编》,第508页。
④ 《王直方诗话》,《宋诗话辑佚》,第57页。
⑤ 《诗薮·外编》卷5,第204页。
⑥ 《答王子飞书》,《宋黄文节公全集·正集》卷18,《黄庭坚全集》,第467页。
⑦ 《黄庭坚和江西诗派资料汇编》,第510页。

晚年诗作缺乏深广浑涵的诗境创造，不免诗意的断裂及诗境的破碎。

上述四人在贬谪际遇下的创作呈现出不同的发展轨迹，秦观日暮途穷，岭南诗作表现出灰暗阴冷的色调，完全抛弃了以往的华美绮丽，折射出哀痛与绝望的生命感受。晁补之遭贬之后，豪迈转为深沉，发而为诗淡泊而不乏雄骏。张耒虽然长期遭贬处穷，但其诗依然沿袭清新流丽的唐风，悲慨不平并非主调。相对而言，陈师道长期在地方担任教职，贬谪并未对其造成更大影响，他将诗作本身作为生命的寄托，刻意雕琢，孜孜以求，虽然一些诗瘦硬通神，但仍不免诗意的断裂与诗境的破碎。贬谪使苏门丧失了彼此的联系，元祐时期相互唱和形成的共性逐渐弱化，而个性因素在创作中的作用更得凸显，他们的贬后之作便成为个性气质、心性修养及对生命不同感悟的集中表现，而其文化心态及诗美风格的基本趋向便是内敛与淡泊，这在一定意义上反映出北宋末年时代精神的衰颓趋势。

第五节　贬谪与苏门外围成员的创作特征

苏门实际上是一个松散开放的网络，并非四学士、六君子这样的特定称呼所可涵盖。王水照先生认为："'苏门'是以交往为联结纽带的松散的文人群体。它经历了先由个别交游到'元祐更化'时期聚集于苏轼门下的自然发展过程，形成以苏轼为核心，'四学士'、'六君子'为骨干的不同层次的人才结构网络。"[①]这段话精辟地概括了苏门的性质、特征、形成过程及人员构成。从构成角度而言，除"四学士""六君子"这些骨干成员外，所谓的"苏门"实际上尚包括数量可观的外围成员，胡应麟说："宋世人才之盛，亡出庆历、熙宁间，大都尽入欧、苏、王三氏门下。"[②]并列举苏门中人二十三人，除六学士之外，还有唐庚、赵令畤、秦觏、毛滂、苏庠、邢居实、晁咏之、晁说之、李格非、晁载之、马子才、廖正一、王巩、王子立、潘大临、潘大观、姜君弼，胡氏将上述诸人称为"从东坡游者"。胡氏并且列出一份"与子瞻善者"的名单，包括王安国、王诜、米芾、张先、滕达道、刘景文、文同、陈密直、徐积、张方平、刘恕、李常、李之仪、苏颂、晁端友、孔平仲、杨杰、蒋之奇等，

---

① 王水照：《论"苏门"的词评和词作》，《苏轼研究》，河北教育出版社，1999 年，第 227 页。
② 《诗薮·杂编》卷 5，第 298 页。

其中王巩、李之仪、孔平仲实际上也可列为苏门范围。此外,《宋元学案》在《苏氏蜀学略》的"东坡门人"下列出了十一人,即黄庭坚、晁补之、秦观、张耒、李廌、王巩、李之仪、孙觌、孙勰、蔡肇、李格非,这一名单是从学术角度圈定的,除孙觌、孙勰、蔡肇之外,其他人员与胡应麟所列重合。可以说,无论从文学还是学术角度来看,以苏轼为核心的苏门中人都是元祐士大夫中的精英人物,同时也是元祐文坛的主体,他们的命运及创作情况基本上反映了整个文坛的变化趋势。绍圣以后,元祐党人相继被贬,这些外围成员也大多遭到了贬谪的命运,对他们贬后创作情况的考察是揭示绍圣后士人心态及文学流变的重要方面。以下以李之仪、李昭玘、毛滂、唐庚四人为例加以论析。

一、李之仪之清远悲健

李之仪是与苏轼有密切交往并受到苏轼更多牵累的苏门成员,其诗作明显受到苏轼的影响,《四库总目提要》云:"王明清《挥麈后录》称其尺牍最工,然他作亦皆神锋俊逸,往往具苏轼之一体,盖气类渐染,与之化也……今观集中诸诗,虽魄力雄厚不足敌轼,然大抵轩豁磊落,实无郊、岛钩棘艰苦之状。"[1]应该说,这一评价是合乎实际的。李诗的确不像郊、岛一样凝眉苦思,艰深棘涩,而更追求平易疏畅,有的五言古体甚至浅切如口语,如《庄居值雨偶得十诗示秦处度》其四云:"一生三四友,一一人中英。况逢不世主,唾手可太平。参差十年间,契阔而死生。相见复何语,但有泪如倾。"[2]从精神气质来看,李诗的确不及苏诗魄力雄厚,而呈现出清远的格调,晚年编管太平州的人生变故又为清远中注入悲慨之气,从而铸成晚年清远悲健的诗风,这在其七言律体中得到突出的表现,《次储子椿金陵作别韵》云:

> 千里波涛一叶中,急难平日但闻风。自非积习有天得,那复间关特地同。乐事放怀须命酒,生涯何处不飘蓬。先归只作寻常别,切莫樽前感断鸿。[3]

---

① 《钦定四库全书总目》(整理本)卷155,第2078页。
② 《全宋诗》,第17册第11161页。
③ 《全宋诗》,第17册第11171页。

诗人指出飘泊乃是人生常态,劝慰友人不必临别感伤。在这首诗中需要注意的是诗人所调用的具有空间感的意象,首句以"千里波涛"构置出深远的画面背景,同时又与一叶小舟构成对比,凸显出飘泊无定的人生境况,暗寓悲凉的人生意绪。后面又用"飘蓬"意象概括性地点染出流离无定的人生形态,兼具哲理与情蕴。尾句又将伤感之情转化为"断鸿"意象,跳出了眼前情境,营造出悠远的诗意。"飘蓬""断鸿"都是极富空间感的动态意象,正是这类貌似不经意的意象扩张了诗境,使全诗风格更为清远飘逸。怀古诗在这方面表现得更为充分,李氏晚年居住于姑熟长达七年,常于金陵一带游历,故作怀古诗不少,《金陵怀古二首》其二云:

> 霜天日晚独沉吟,潮上风来别是音。恃险战争休想旧,凭高临眺且论今。数声雁魔千年恨,一片帆惊万里心。不是江山解磨折,却应人物自升沉①。

该诗前四句写诗人面对历史遗迹发思古之幽情,首联"霜天日晚"与"潮上风来"构置空间背景,颔联遥想历史构置时间背景,兴象高远,清壮不凡。颈联则将大雁的悲鸣与历史的幽思联系起来,似乎古都金陵千年的历史悲怆全都浓缩于这几声大雁的悲鸣中;又将一片帆影与万古愁情相接续,似乎一叶小舟承载着六朝兴废的沉重历史。诗人以数声雁鸣、一片帆影引发起悠远的历史感慨,将眼前景象推宕向无限的历史空间,其中寄寓了深沉的历史感慨及身世之痛,造成清健悲远的风格。又《赏心亭》诗云:

> 赏心亭角倚栏杆,虎住龙蹲自屈蟠。无复埋金销胜气,空余飞鹭识前滩。百年名在人何处,万里潮平雨送寒。几向后庭更白纻,不堪残照下渔竿②。

该诗同样由眼前景象起笔,首先点出金陵虎踞龙蟠的险要形势,并以"无复""空余"的历史变迁抒发感慨,埋金销胜气的古人已不见踪影,只有飞鹭在前滩往来盘旋,暗示人事的短暂与自然的永恒。下联进一步引伸此意,指出青史留名的古人已无从寻觅,万里长江波平浪静,只有无边的秋雨带来无尽的寒意,此联以"百年"与"万里"相对照,构置出宏大的时空背景,

---

① 《全宋诗》,第17册第11175页。
② 《全宋诗》,第17册第11185页。

营造出开阔深远的诗境。尾联以吟唱后庭花与白纻词的亡国之音激发起兴亡之叹,最终以残阳沉入渔竿的画面将这种历史的悲慨情绪渲染到极致。诗人将对自身遭际的怨叹化为历史与现实的深远诗境,将悲慨之情融入历史的烟雨,形成悲慨而不失深沉、清远而不失劲健的风格,代表了李之仪晚年的创作成就。

相比七言律体,七言古体本应更加豪劲奔放,但在李之仪那里却显得气力不足,反倒显出清远的本色。绝句原本风格清婉,正应其所长,许多咏物诗清新妩丽,情蕴悠远,都有唐人风味。五律及五古也是明丽晓畅,与唐风差似。总体来看,李之仪师法苏轼,而祖述唐人,对黄庭坚拗折瘦硬的诗风则敬而远之,有诗云:"唐人好诗乃风俗,语出工夫各一家。前辈相因多自任,后来无复更相夸。"[1]李氏对王安石似较肯定,"半山老人多游戏,真一仙人每叹嗟",又说,"傍出豫章登一格,冯君细与辨龙蛇"。似有以唐诗为龙而以豫章诗为蛇之意,由此不难看出李之仪的审美取向及其诗风渊源所自。而如前所述,贬谪际遇使其感慨平生,于清远中注入悲慨之气,遂成晚年诗作清远悲健的格调。

二、李昭玘——废居与闲放

李昭玘崇宁初入元祐党籍,居闲十五年,自号乐静先生。虽存诗不多,但颇能表现其废黜后的闲适心态及闲放风格,虽不似苏轼早年之豪横,却颇似苏轼晚年之淡泊。《暮冬书怀赠次膺四首》其一云:"一气推迁星复回,人生常革岁华催。冻云欲雪雁声过,腊酒正香梅信来。昼梦每因啼鸟唤,柴门独为故人开。自怜衰晚无多事,心地都成一寸灰。"[2]诗人感叹岁月无情,人生苦短,严冬虽然苦寒,转眼又是春天,匆匆而逝的闲居岁月中诗人的生活安闲而又孤寂,"昼梦每因啼鸣唤,柴门独为故人开",而在这种与世无争的语气中又隐隐流露出不为世用的无奈与悲愤,"自怜衰晚无多事,心地都成一寸灰"。其二则以"何如种取东皋秫,烂醉床头酒百缸"抒发了类似的悲慨之情,这种感情有时会突破诗人闲放的表象直接表达出来,《寄慈氏遥碧斋有感》诗云:"淮山胜绝千年在,人物才华一梦休。欲作招魂吊余

---

① 《全宋诗》,第17册第11188页。
② 《全宋诗》,第22册第14632页。

恨，晚烟疏雨不胜愁。"①但总体来看，诗人在长达十五年的闲废生活中逐渐将这种不平与悲愤浑化于闲放淡泊的情感之中了，《北园偶成二首》其一云："游宦归来似系匏，偶依河渚寄衡茅。以贫为乐漫喜酒，与世无求非绝交。倚杖静闻风过竹，枕书闲看燕争巢。却怜多事扬夫子，更为玄文作解嘲。"②诗人对游宦归来赋闲在家表示庆幸，以贫为乐、交游稀绝的安静生活正是诗人所追求的，诗人甚至对扬雄作《太玄》《解嘲》表示不解，心地坦然与世无求即为至乐，又何必作赋为文多此一举呢。

　　这类诗所表现出的感情尚且较为外露，而随着诗人隐居生活的持续，其不平之气更被消磨，感情更为淡泊，诗风也更为淡远了，《北园书事三首》其三云："十年萧散愈身轻，弄笔翻书亦称情。当案忽闻缘壁坠，隔池遥见啄苔行。静疑多事非求福，老觉无心胜摄生。自爱吾庐人不到，何须谷口问归耕。"③诗人晚年越发萧散闲放，以弄笔翻书怡情悦性，完全沉浸于安静细碎的生活，杜门隐居，无心世务，确是"心远地自偏"了。但李昭玘之闲适并不似苏轼那种超轶绝尘、带有一定终极意味的淡泊，李氏只是将自己的身心局促于食饮游观的隐居生活而已，仍然不免俗气，如诗人对下棋者之各出机心智术嘲笑说，"一先虽自喜，百战亦须穷。狡兔有三窟，连鸡无两雄。霸成秦陌广，骑去楚营空"④。诗由二人对弈联想到历史争雄，由对弈的百战皆穷联想到功业的虚无，从而揭示出历史的荒诞性，应该说不乏深刻，但诗人却因这种虚无与荒诞而追求"老子无知解，颓然醉颊红"的肉体享乐，便不免俗陋了。其三亦表示了此意，"得失信偶尔，好谋徒自穷。前功竟何在，百战漫争雄。昧者甘守拙，高人成悟空。不如来饮酒，听唱小桃红"。这种虚无的历史观消解了对人生的深刻思索，也似乎为其与世无争的隐居生活提供了充足的依据，它排斥了超越性的精神境界，最终坠入安于闲适的俗趣，相比苏轼之淡泊所依赖的宽广的文化襟怀及深广的历史哲思便不可同日而语。这似乎源于李氏并未真正看透政治的腐朽，亦并未彻底熄灭入世之心。政和三年（1113），朝廷诏令晁端礼入大晟府，李氏作有《送次膺赴诏二首》，其一云，"辞章泛滥昔称雄，飘泊文园偶未逢。旧典

---

① 《全宋诗》，第22册第14635页。
② 《全宋诗》，第22册第14640页。
③ 《全宋诗》，第22册第14638页。
④ 《全宋诗》，第22册第14642页。

铙歌归制作,盛时郊祀待形容。久无青眼怜高卧,新有宫词落九重。异日锦衣还故里,却寻莲社日相从"①。对晁氏重入朝廷表示祝贺,并流露出羡慕之意,而无视蔡京等人专横跋扈、朝政日非的现实,没有流露出任何忧患意识与批判精神,这恐怕是李氏之诗虽淡泊自持而缺乏绝世独立的清逸之气的根本原因。

三、毛滂——颓废与俗趣

毛滂作为苏门中人,经历了由早年追随苏轼到晚年依附蔡京的重要变化,这也使得其诗词创作的感情内蕴发生了变异。毛滂的变化很大程度上代表了北宋末年士风及诗风的蜕变历程。

毛滂早年不喜出仕,被家人辈骂为"痴拙人",《雨中采菖蒲》诗云:"皂盖铜章我污人,青鞋布袜亦生尘。今朝独向朝云里,幻出林泉自在身。"②毛滂将"皂盖铜章"看作是对纯净人性的玷污,只有置身林泉才能获得"自在身"。元祐间京城求官不遂所愿后,作《水调歌头》词,其中云:"吾道在,虽不遇,面何惭。洛阳年少,高论难与绛侯谈。富贵暂饶先手,晞尽草头秋露,掩鼻出东山。且饱鲸鱼脍,风月过江南。"③毛滂此时尚且以"道"自持,保持了精神上的优越感,并以贾谊自居,对朝中权贵表示鄙夷,所向往的乃是优游江湖的潇洒生活。虽然不能因此说毛滂情操高洁,但至少没有同流合污。实际上毛滂元丰末出任郢州县尉时,尚有慷慨意气,"慨然欲将区区有为于百里之地"而受到彭汝砺的赞扬和举荐。元祐间任饶州法曹时,也敢于议论曲直,苏轼此间曾以其"气节端厉,无循人之意"及其不凡的文学才能向朝廷举荐。但建中靖国之后,毛滂因长期落魄不遇而表现出不择手段求名升迁的急切心情,苏轼元祐间《答毛泽民七首》其一云:"文章如金玉,各有定价,先后进相汲引,因其言以信于世,则有之矣。至其品目高下,盖付之众口,决非一夫所能抑扬。"④毛滂极欲借重苏轼的声望获得汲引,苏轼洞察到毛滂汲汲求进之心,冷静地劝告他声名本质上"付之众口,决非

---

① 《全宋诗》,第 22 册第 14643 页。
② 《毛滂集》卷 4,浙江古籍出版社,1999 年,第 67 页。
③ 《毛滂集》卷 5,第 108 页。
④ 《苏轼文集》卷 53,第 1571 页。

一夫所能抑扬"。尽管毛滂汲汲求仕有"妻孥三十口而不饱糟糠"①的生活压力,而更根本的原因则是毛滂不甘长期沉沦下僚,怀有一朝骤进的强烈欲望,最终投靠蔡京正是这一欲望持续膨胀的结果。

毛滂人格的颓变反映出北宋末士大夫价值的迷失及士风的堕落,这也使得其诗歌的内蕴发生了根本性的变异,同样是写隐居湖山的生活,之前尚有蔑视权贵、保持人格独立的意义,之后则沦为一种享乐的人生哲学,其诗词中对饮宴寻欢生活的描写更成为其庸俗的人生趣味的表白。此类诗词数量不少,如《剔银灯》词云:"帘下风光自足。春到席间屏曲。瑶瓮酥融,羽觞蚁闹,花映鄗湖寒绿。汨罗愁独,又何似、红围翠簇。"②毛氏不仅满足于浅斟低唱的享乐生活,而且将屈原自投汨罗的悲壮之举与"红围翠簇"加以对比,字里行间充斥着不屑与玩世不恭的调侃,对正统价值进行公然的颠覆与背叛,呈现出信仰与价值的迷失状态。《久客》诗云,"男儿命好百不忧,封侯起第如戏剧""读书岂从升斗计,劳生却为精神惜"③。既羡慕旁人百不忧的好运,又似乎看破戏剧般变幻不定的尘世;既想以读书追求一种超脱俗世的人生情调,却又不得不为生计耗费精神,在丧失了主体价值的引导之后,最终趋向于一种无所依归的茫然与麻木。这种精神状态乃是党争严酷、政治黑暗、前途渺茫的政治背景的折射,表现为诗歌创作虽似从容淡泊,实则心如死水,"胸中百纸无处使,静看穷达如呼卢。身闲睡饱亦不恶,何用一跃惊骀驽"④,便生动写出这种浑浑噩噩的生存状态。政和四年(1114),毛滂以祠部员外郎知秀州,对晚年无所事事而仍享受优厚俸禄的生活颇为满意,"侍祠何功费太仓,月赐万钱良过矣"⑤,貌似有愧,实乃自得,这与白居易晚年的俗趣颇为相似。出于精神的庸俗无聊,毛氏晚年许多诗也便苍白乏味,毫无生趣,《早春》云:

　　女夷争名亦早计,凌寒破腊回春意。不待梅花送消息,细风平日先妍媚。野塘冰鱼翻暖绿,官桥烟柳摇寒翠。佳人青鬓耐时节,彩幡初贴宜春字。唯有朱颜不我留,岁月翩翩定容易。柳平载穷安肯行,

①　《上时相书》,《毛滂集》卷9,第207页。
②　《毛滂集》卷5,第108页。
③　《毛滂集》卷2,第23页。
④　《先生》,《毛滂集》卷2,第23页。
⑤　《毛滂集》卷2,第28页。

若华繄目何当试。忆昨狂心逐蝴蝶,踏月追春藉花睡。如今佩犊老东冈,杏花蕾叶催田事。眼看风光搔白头,斜阳抱来空多思。①

该诗写老来无所作为、百无聊赖的心态,除以平淡之笔写出春天到来的情景,感叹此生老去之外,诗意贫乏,并无寄托,手法也平淡无奇。生命热情的消颓同时似乎也造成了想象力、表现力的衰退,晚年的意志低迷使其诗作更加气衰力弱,贫乏无趣。在许多诗作中,主人不过是置身物外的旁观者,与眼前事物缺少感情交流,远没有苏诗那种意气风发的生命精神及丰富灵动的感情变化,也缺乏对自然万物敏锐的捕捉与表现能力,因无好奇之心,故无好奇之语,总体风格沉闷乏味。

当然,作为苏门中人,毛滂诗作亦可见出东坡诗的影子,如《秋雨杜门久之》诗起伏跌宕,富于变化,颇有苏诗风味。但总体来看,毛氏诗思平庸,其想象力的缺失、结构的单线直行及物象表现的单调乏味始终没有根本变化,尤其是晚年之作更是缺乏生趣,并无突出成就,四库馆臣评其诗"有风发泉涌之致,颇为豪放不羁"②则不免言之过誉。

四、唐庚——豪旷与闲适

刘克庄认为唐庚"其出稍晚"而未及坡门,并称"使及坡门,当不在秦、晁下"③,胡应麟则将唐庚列为"从东坡游者"。从相关文献来看,唐庚与苏轼只有一面之缘,强幼安《唐子西文录》载:"东坡赴定武,过京师,馆于城外一园子中。余时年十八,谒之。"④尽管除此之外双方没有更深的交往,从一般意义上说将唐庚列入坡门有些勉强,但如果考虑到唐庚对东坡从文学到人格的持久而深入的摹习与追随,那么将其归入坡门亦无不妥。苏轼以其巨大的人格魅力及领袖群伦的文学才能对唐庚形成了深刻而持久的影响,尤其是政和元年(1111)被贬惠州后,唐庚重温苏轼的足迹,对其身处逆境而乐观旷达的襟怀及独立不迁的人格也越发钦佩和敬重,惠州期间多有

---

① 《毛滂集》卷2,第28页。
② 《钦定四库全书总目》(整理本)卷155,第2085页。
③ [宋]刘克庄:《后村诗话》卷2,中华书局,1983年,第25页。
④ 《历代诗话》,第446页。苏轼出守定州在元祐八年(1093),唐庚时年二十三岁,强氏所记有误。

赞美苏轼的篇章①。可以说,唐庚的一生既是在文学上追步苏轼的过程,也是对苏轼人格精神的理解逐渐加深的过程,两者相辅相成,形成与苏轼在文学与人格两方面的相似性,时人以"小东坡"②称之,良有以也。

苏轼对唐庚的人格影响主要表现为自由精神及旷达心态。如第三章所论,苏轼人格的本质是自由精神,苏轼的出处行藏、诗词歌赋无不表现出不受拘束的自由气质,唐庚对此有深刻的体察与全面的继承,少年之作《戏题醉仙崖》诗便借狂傲不羁的酒仙形象表达了对秩序的蔑视及对自由的渴望。《走笔赠仙姑》则通过描述与仙姑的交往表达了成仙之想,同样寄托了诗人的自由理想。又《病鹤行》诗云:

> 鹤兮鹤兮何处来,秋江静兮芦花开。波浪浸月白皑皑,千声万声鸣哀哀。不飞不翔不饮啄,骨脊棱棱瘦如削。冰姿玉质仅生存,雪羽霜毛半零落。鹤兮鹤兮何郁郁,我知尔是冲天物。芝田就养孤高情,瑶池洗出神仙骨。传闻仙岛冥冥中,水晶甃作蓬莱宫。祥烟瑞雾常濛濛,好将六翮搏仙风。③

从诗意来看,似是贬惠间所作。这只病鹤不知从何处飞来,停落在这秋江边安静的芦花丛中。皎洁的月光衬托出病鹤鸣声的哀怨,它的瘦削又映衬出它的无限忧思。这只病鹤玉质冰姿,霜毛零落,显然是满怀报国之志而无端被贬的诗人的写照。诗人显然并不甘于这种贬处穷荒的处境,借劝慰病鹤表达了摆脱羁束、一飞冲天的强烈愿望。基于对自由人格的持守,唐庚也像苏轼一样不肯向当权者屈服,并时时给予讽刺,《白鹭》诗云:"说与门前白鹭群,也宜从此断知闻。诸公有意除钩党,甲乙推求恐到君。"④诗人托物兴讽,借对白鹭的兴叹影射当权者大搞党禁、打击异己的专制行径,可谓相当大胆的讽刺之作。

从根本上说,自由人格与强调秩序的儒家思想是格格不入的,它更基于否定道德与文明的老庄思想,苏轼受到庄禅思想的深刻浸淫,对儒家思想的秩序层面有着近乎天然的疏离,并因庄禅齐物论及虚空观更易于由自

---

① 见吴定球《试论唐庚对苏轼的态度和评价》,《惠州学院学报》(社会科学版)2002年第4期。

② [宋]张邦基:《墨庄漫录》云:"诗多新意,不沿袭前人语,当时有小东坡之目。"称之"小东坡"虽侧重于文学方面的摹拟,实则暗含人格的追随,这在唐庚贬惠州后更加明显。

③ 《全宋诗》,第23册第15024页。

④ 《全宋诗》,第23册第15001页。

由人格流入随缘任运的旷达心态。唐庚虽不似苏轼那样有着释道精神的深厚积淀，但在宋代庄禅思想浓厚的社会氛围中自然会受到一定的影响而以旷达心态对待贬谪命运。大观四年(1110)，时相张商英与蔡京政见不合，唐庚受到牵累被贬惠州，直到政和五年方才遇赦北归。五年之间，唐庚基本保持了类似苏轼的达观心态，《南迁》诗云，"未诛绮语犹轻典，更赐罗浮有底功"①，虽语含愤慨，倒也不乏乐观。尾联则云，"著鞭要及春前到，趁赋梅花庾岭开"②。诗人不仅不视岭南为畏途，相反却想快马加鞭，以能在梅花盛开时游赏赋诗。随着大量官员贬谪岭南，岭南已不再被看作是必死之地，尤其是苏轼一贬再贬而从容北归的经历更激励着这些后来者以达观心态面对贬谪命运。唐庚绍圣二年(1095)所作《闻东坡贬惠州》诗云："天地不能容，伸舒辄有碍。低头不能仰，闭口焉敢欬。东坡坦率老，局促因难耐。何当与道俱，逍遥天地外。"③该诗对当权者迫害东坡的行径给予了辛辣的讥讽，揭示出东坡与当权者之间自由与专制的尖锐矛盾，及其与道为一、逍遥旷放的文化特质，由此诗不难窥见唐庚对苏轼人格精神的深刻理解，这也成为鼓舞唐庚这些后辈傲对苦难的精神力量。唐庚南迁途经长沙给外甥郭圣俞诗云："勿畏峤南热，我清物自寒。勿忧海邦陋，心广身亦宽。"④初至惠州所作《示蟹》诗云，"人生百年期，而我今未半"⑤。表现出坚韧的生命意志，也正为这样，唐庚便不似秦观那样颓丧不振，而是对异域风物充满好奇。到惠州后，唐庚记述了当地许多奇异的物产，如《圆蛤》写当地一种蛙体型颇小，而其鸣声如牛，诗人对此啧啧称奇，打趣说："我居固已陋，尔鸣良亦村。绵蛮畴黄鹂，我今思故园。"⑥我的居所已够寒陋了，而你的叫声更加村气难听，令人更加思念故乡黄鹂悦耳的叫声。这种好奇之心表现于诗歌便是诗思的灵动，想象的活跃，这一点颇似苏轼，如《冬雷行》以拟人手法写冬雷发生的过程："百虫蛰处安如家，阿香夜起推雷车。一时技痒不忍俊，撼动尺蠖掀龙蛇。龙蛇尺蠖跼已久，亦欲奋迅舒顽麻。梦中

① 《全宋诗》，第 23 册第 14998 页。
② 《全宋诗》，第 23 册第 14995 页。
③ 《全宋诗》，第 23 册第 15024 页。
④ 《全宋诗》，第 23 册第 14992 页。
⑤ 《全宋诗》，第 23 册第 14994 页。
⑥ 《全宋诗》，第 23 册第 14994 页。

一震忽惊跃,发破堙户排泥沙。"①此诗混于苏诗集中恐也难以分辨。诗思的灵动及想象的活跃反映出唐庚感情的丰富及对生活的热情。

在唐庚对苏轼文化精神的继承中,旷达心态无疑是其中最核心的内容,也是对抗磨难最有力的精神武器,然而贬谪毕竟造成了诗人的感情创痛,许多诗篇抒写了诗人的孤寂、悲怆、感伤乃至不易觉察的愤郁。《九日独酌》诗云:"登高无老伴,引满自高歌。欢意天地少,重阳野外多。黄花人岁月,白首尚关河。他日龙山兴,吾今在网罗。"②抒发远贬岭外、无与为欢的孤寂情怀,及其贬处蛮荒、失去自由的愤郁之情。《舍弟既到有作》诗云:"武陵仓卒记他时,我独南翔子北飞。觑过几多归后事,相看仍是别时衣。"③则又抒写了手足情深而离多聚少的深沉感慨。这些诗虽然感情凝重,但诗人的达观及对人生的彻悟极大地消解了悲慨情绪,并未滑向沉郁一派,如《与戎服游九龙池饮酒赋诗乐甚是岁吾迁岭表明年景初亦谪江左忽忽数岁皆未得去寒食无几念念凄然作诗寄任因命舍弟同赋》诗云:"居今行古任定祖,底事迁延亦未归。我坐力田伤地脉,君缘搜句漏天机。故都回首三寒食,新岁经心两湿衣。学道一生凡几化,不因到此始知非。"④该诗首联故意追问任定祖罪被贬的原因,虽暗寓不平之气,却并不强烈,因为诗人早已见惯了政治风云的倏忽百变及个人命运的起落浮沉,所以语气更为超然。后联以调侃的口吻解释双方被贬的原因,"我坐力田伤地脉,君缘搜句漏天机",这种半真半假的语气凸显出双方命运的荒诞,也冲淡了下联被贬异域的伤感之情。尾联又谈及自己的学道历程,"学道一生凡几化,不应到此始知非",诗人(或亦包括对方)学道既久而近于知化,早已悟得人间是非,孰是孰非、何去何从早已洞如明镜,怎能直到现在才悟到人生的失误呢?于是被贬而生的悲慨情绪便因这种人生的彻悟而被消解殆尽,全诗不乏豪旷之气,更近于东坡风格。

总体而言,唐庚保持了随缘任运、无所不可的人生态度,所谓"便归良不恶,未去亦随缘"⑤,这种态度直接造成了许多贬谪诗歌的闲适情调,如

---

① 《全宋诗》,第 23 册第 14997 页。
② 《全宋诗》,第 23 册第 15002 页。
③ 《全宋诗》,第 23 册第 15004 页。
④ 《全宋诗》,第 23 册第 15006 页。
⑤ 《杂诗二十首》其三,《全宋诗》,第 23 册第 15008 页。

《杂诗二十首》其六描述流连山水的生活:"湖尽船头转,山穷屐齿回。田间良自苦,清兴亦悠哉。"①前两句近乎王维"行到水穷处,坐看云起时"之超尘出世的禅趣,后两句则近乎陶渊明躬耕田园、苦中作乐的野趣,唐庚将两者兼而有之,可见其清雅不俗的人生情调。许多诗都写到诗人徜徉于山光水色之中的惬意,如"草平连别峒,两转入他山。道路鱼盐去,樵苏竹木还""片云明外暗,斜日雨边晴。山转秋光曲,川长暝色横"②。《醉眠》乃是晚年闲适之作的代表,诗云:"山静似太古,日长如小年。余花犹可醉,好鸟不妨眠。世味门常掩,时光簟已便。梦中频得句,拈笔又忘筌。"③诗人澄清俗虑,超轶绝尘,表现出泯合万物、与道合一的高妙境界。这与苏轼晚年心境虽有相似之处,实则又有不同,根本区别在于,唐庚乃是游心万物之中自得其乐,苏轼则与物同流而又超越于万物之上,始终带有终极的思索以及无所依归的空虚、茫然与悲楚。唐庚闲适之作更有唐人明畅流丽的风味,苏诗则极少那种毫无负累的轻松、明丽与省净。随着贬谪的持续、老境的逼近,唐庚之心境也越发压抑而沉重,其旷达闲放中也逐渐夹杂进时近暮年的感伤情绪,《夜久睡觉不复能寐凄然有感》诗云:"月色到秋苦,更声临晓迟。平生憎墨翟,老去亦悲丝。"④诗人因节序的转换触目生愁,月色似乎也变得凄苦;诗人夜不能寐,报晓的更声也似乎翩翩来迟。曾经憎恶墨子的学说,此时却因为自身的遭际而生出墨子一样的悲丝之情。诗人孤寂悲凉的心绪自然使得晚年诗作笼上了抑郁的情调,这与苏轼晚年诗作由豪横不羁流入悲壮深沉亦有相似之处。

　　唐庚称"司马迁敢乱道却好"⑤,所谓"乱道"虽然不是简单的口无遮拦,肆口直言,一定意义上也体现了唐庚的自由精神及摆脱法度的诗学观,这明显是对苏轼的继承。但从唐庚有关言论及创作实践来看,又与苏轼的以才气为诗的豪放不羁有所不同,唐庚更重视词语的锤炼,这一点又颇似黄庭坚。唐庚云:"诗在与人商论,深求其疵而去之,等闲一字放过则不可,殆近法家,难以言恕矣,故谓之诗律。东坡云:'敢将诗律斗深严。'余亦云:

---

① 《全宋诗》,第 23 册第 15008 页。

② 《全宋诗》,第 23 册第 15010 页。

③ 《全宋诗》,第 23 册第 15015 页。

④ 《全宋诗》,第 23 册第 15013 页。

⑤ 《唐子西文录》,《历代诗话》,第 443 页。

律伤严,近寡恩。大凡立意之初,必有难易二途,学者不能强所劣,往往舍难而趋易,文章罕工,每坐此也。作诗自有稳当字,第思之未到耳。"①由对字眼的锤炼自然演变为对句式工巧整饬的追求,刘克庄《后村诗话》便记载了他的一些佳句:

> "砚田无恶岁,酒国有长春。草木疑灵药,渔樵或异人"。"花开不旋踵,草薙复齐腰"。"团扇侵时令,方书遣昼长"。"问学兼儒释,交游半士农"。"国计中宵切,家书隔岁通"。"关河先垅远,天地小臣孤"。"山静似太古,日长如小年",皆唐子西惠州诗也,曲尽南州景物,略无迁谪悲酸之态。②

其中许多对句铢两悉称,显然是精心锤炼的结果,这与东坡之神机独运的率意挥洒自是不同,陶文鹏先生说:"东坡诗放笔快意,天然自得,不假人工雕镂;唐庚诗却极意推敲,悉心磨砺,由锤炼而得自然。"③指出了双方的重要不同。唐诗虽然整饬精工,却未免失之局促,与其"敢乱道却好"的自由追求又存在一定的矛盾,同时又似乎透露出北宋末期诗坛由苏轼向黄庭坚转向的信息。

以上四人大体代表了苏门外围贬后的创作状况,除唐庚外,创作水平普遍不高。尽管他们呈现出不同的创作风格,但总的趋势与苏门核心成员是一致的,那就是激情的沉落与心态的内敛,由此造成诗歌整体上的淡泊倾向。唐庚虽号称"小东坡",但其贬后创作却更近于黄庭坚,显示出贬谪际遇对其审美心态的潜在影响,这与陈师道的贬后之作又有了某种相通之处。

第六节　被贬重臣的儒者情怀与晚年心态

所谓元祐重臣指自熙丰及元祐担任台谏以上职务的士人群体。他们自熙丰甚至更早以前便步入仕途,在熙丰年间因反对新法曾遭贬黜,元祐间多数又受到重用,绍圣以后再遭打击,且宰执以上官多被贬往岭南的荒恶之地。这些人大多并非初次遭贬,而是历经浮沉,其心态变化极能反映

---

① 《唐子西文录》,《历代诗话》,第445页。
② 《后村诗话》卷2,第26页。
③ 陶文鹏:《论"小东坡"唐庚的诗》,《南京师范大学文学院学报》2003年第1期。

出北宋中后期的政局变化对士大夫的深刻影响,故值得集中考察。

一、屡遭贬谪的坚毅与从容

元祐重臣在政治上多是保守派,在从熙丰至绍圣后的政局反复中多次遭贬,如范纯仁、刘挚、吕陶、刘奉世诸人即是典型,而苏轼兄弟的贬谪经历更代表了宋代士大夫宦海浮沉的命运。在长期的贬谪历程中,这些元祐党人练就了处变不惊的本领,表现出从容不迫的心态,它本质上出于儒文化的坚贞与刚毅。

熙宁三年(1070),范纯仁即因反对新法,忤王安石,罢起居舍人,同修起居注,知河中府,后又权监成都路转运使。离任时,吕陶作《送范尧夫》诗相赠,在诗序中称赞范纯仁关心民生疾苦,不为势利所屈,"其于天下国家,始终无毫发愧负也"①。经过熙丰以来的新旧党争,范纯仁虽屡遭打击,但志气不衰,对贬谪更显从容。安置永州的诏命下达后,"忠宣欣然而往,每诸子怨章惇,忠宣必怒止之。江行赴贬所,舟覆,扶忠宣出,衣尽湿,顾诸子曰:'此岂章惇为之哉!'至永州,公之诸子闻韩维少师谪均州,其子告章惇以少师执政日与司马光议论多不合,得免行,欲以忠宣与司马公议论役法不同为言求归,白公。公曰:'吾用君实荐以至宰相,同朝论事,不合即可,汝辈以为今日之言,不可也。有愧而生,不若无愧而死。'"②范纯仁不以私憾而怨恨章惇,更不以私利而背叛司马光,心底无私,光明磊落,可见其儒文化所熏陶出的大丈夫人格。而儒文化的核心乃是忠君,《拾补》引陈桱《通鉴续编》云,范纯仁得到安置永州的诏命后,"时因目疾失明,闻命怡然就道。或谓纯仁盗名,纯仁曰:'七十之年,两目俱丧,万里之行,岂其欲哉?但区区爱君,有怀不尽,若避好名之嫌,则无为善之路矣!'"③即便是在临终遗表中,范纯仁仍然不忘为高太后所受诬谤加以辩解,"盖忠宣思所以报宣仁后之托也"④。范纯仁对儒节的坚守自然也是对乃父高风的继承,正如范纯粹所云:"惯处贱贫知世态,饱谙迁谪见家风。"⑤

---

① 《全宋诗》,第 12 册第 7781 页。
② 《邵氏闻见录》卷 14,第 155 页。
③ 《拾补》卷 14,第 555 页。
④ 《邵氏闻见录》卷 14,第 156 页。
⑤ 《全宋诗》,第 18 册第 11761 页。

绍圣元年(1094),刘奉世出知成都军,寻改定州,逾年,知成都府,作《过都》诗,诗前小序中说:"时方多故,纷纷以绍述为名,追过元祐,先朝旧人皆入罗言,无路可陈。道过都门,得请入觐,情状始末,庶几万一。"①刘奉世对时人见风使舵、纷纷以绍述为言、"追过元祐"的行径极为愤恨,请求入觐,以能面谏哲宗,不料有人"奏元祐变先朝法无一当者,奉世有力焉,最漏网,不足见。遂不许"②。刘奉世愤而作《过都》诗,表达了廓清妖氛、重正朝纲的宏愿。诗中首先描绘了中岳嵩山的高大宏伟,以及仙宫建筑的美仑美奂,"嵩高丽中华,岳色连瑶岛。上清神仙宫,庄严绝雕巧"。然而如此壮丽的山川及堂皇的建筑却淹没于浮云淫翳之中,"浮云荡繁阴,变幻入冥眇。飘摇逾岩岑,淫翳混鸿灏"。这些妖云淫雾肆意游荡,使得昏晓不分,乾坤淆乱,"纵有景庆合,闇然蔽昏晓。况复浓雾生,一气成有昊"。诗人以隐晦的笔法对小人当权、朝政黑暗的现实给予了尖锐的批判,然而天意从来高难问,纵有耿耿忠心,又怎能上达天听呢?"茫茫世宙间,落落耿孤抱。天意不可知,烦心怒焉捣"。这种无可发抒的愤懑最终爆发为猛烈的呼号,"安得嘘大风,八方净如扫"。这自然只是一种幻想,却反映出刘奉世遭贬而不颓废,仍然忧心国事的责任感,表明儒文化的长期熏陶已使对政治的关注成为士大夫人格的核心内容,或强或弱,不可磨灭。绍圣二年(1095),刘奉世再贬郴州,赋《郴州》诗云:

> 当年贾傅去长沙,吊屈无灵赋楚些。万里不忘宣室夜,未舒三策不成家。西去潇湘南岳麓,名城叠叠纡盘谷。岣嵝不厌百回读,依然称是刘光禄。③

刘奉世在诗中以贾谊自比,抒发信而见疑、忠而被贬的愤郁之情,尽管如此,诗人对朝廷的感恩之情及对天下苍生的忧患意识却没有丝毫的衰颓,虽然被贬往郴州那样的远州恶地,诗人仍然铁骨铮铮,豪迈地表示,"岣嵝不厌百回读,依然称是刘光禄",气度傲岸,风骨凛然,表现出威武不屈的大丈夫人格。崇宁初年,刘奉世再夺职,责居沂衮,以赦得归,作《自衮放还》诗,诗中写道:"年年策蹇胜乘舟,楚塞齐边春复秋。不教微生同腐草,

---

① 《全宋诗》,第 15 册第 10408 页。
② 《全宋诗》,第 15 册第 10408 页。
③ 《全宋诗》,第 15 册第 10408 页。

青山依旧水东流。"①诗人已是古稀之年,余日无多,贬而复贬,却不失乐观情绪。末尾两句不仅表达了不肯屈服的节操,更将对生命的理解上升到与天地同流的哲学高度,表达了对历史永恒前行的坚定信念。

　　代表儒家人格最为典型的是刘安世。《宋史》刘安世本传载:"同文馆狱起,蔡京乞诛灭安世等家,谗虽不行,犹徙梅州。惇与蔡卞将必置之死,因使者入海岛诛陈衍,讽使者过安世,胁使自裁。又擢一土豪为转运判官,使杀之。判官疾驰将至梅,梅守遣客来劝安世自为计。安世色不动,对客饮酒谈笑。"②刘安世本是司马光门生,"光教之以诚,且令自不妄语始"③。《中庸》曰:"诚者,天之道;诚之者,人之道。"④"诚"在宋以后逐渐成为具有本体意义的哲学概念及修身行己的重要标准,周敦颐在《通书》中即对"诚"的意义发挥说,"诚者,圣人之本","圣,诚而已矣。诚,五常之本,百行之源也"⑤。"诚"不仅具有"万物资始"的本体意义,而且是道德的根本,致圣的津梁,反身而诚,善莫大焉,内圣不过尽诚而已。刘安世谨记司马光教诲,任言官期间,坦诚无私,正直不阿,"正色立朝,扶持公道"⑥,有"殿上虎"之称,与朔党关系不睦的苏轼也称之为"铁石人"⑦。绍圣后,刘安世"初黜知南安军,再贬少府少监,三贬新州别驾,安置英州,徙梅州,投荒七年,甲令所载远恶地无不历之"⑧,而始终独立不迁,正色不挠。邵伯温赞叹刘安世说:"温公门下士多矣,如器之者所守凛然,死生祸福不变,真元祐人也。器之平生喜读孟子,故其刚大不枉之气似之。"⑨刘安世贬后的言行代表了元祐党人刚毅不屈的儒家品节,邵氏的话也是对元祐诸臣文化性格的基本概括。

二、用世壮心的消褪及政治品格的软化

　　久历宦海沉浮,这些暮年的士大夫已然失去了有所作为的雄心。刘挚

---

①　《全宋诗》,第 15 册第 10408 页。
②　《宋史》卷 345,第 10953 页。
③　《全宋诗》,第 15 册第 10408 页。
④　《四书章句集注》,第 31 页。
⑤　[宋]周敦颐:《通书》,上海古籍出版社,2000 年,第 31—32 页。
⑥　《宋史》卷 345,第 10954 页。
⑦　《邵氏闻见后录》卷 20,第 159 页。
⑧　《宋史》卷 345,第 10953 页。
⑨　《邵氏闻见录》卷 13,第 141 页。

绍圣以后贬为鼎州团练副使新州安置，其时百忧交集，万念俱灭。贬岭南之前刘挚便对人说，我等死无所恨，但盼章惇等人不要将仇恨转嫁于民众。深知党争残酷的刘挚对重返朝廷已不抱希望，贬岭南后便着意于忘怀世事，《天苏酒成次路韵》诗云："粤岭酒万户，酤者无刑章。以兹于酿事，家家致其祥。羁人亦随喜，聊自慰空觞。……颓然此中趣，不觉乡路长。格高气淳圣，何至肠腐伤。区区美芹意，欲以酌后皇。余醺到郡郭，恨无嘉实将。增酿更加数，从今百忧忘。"①诗人写自己品尝岭南之美酒，而欲忘百忧，这正说明忧怀之浓烈，不能轻易消除。刘挚性情刚毅，坚守正义，迭遭磨难，人生暮年却流落岭南，那么坚守的意义究竟是什么呢？"百忧"可谓五味杂陈，包含着对多难人生的万端感慨。而无论怎样，刘挚的用世之心已然磨灭，这实际上是一个不断消褪的过程。熙宁年间，刘挚擢殿中侍御史，指新法不便，贬监衡州盐仓。十五年后的元祐初年，刘挚再任监察御史知杂事，其时因御史台柏下有丛竹久荒杂而次韵赋诗，诗曰：

> 老柏寒昂藏，丛筱下纷列。未须论晦明，均敢犯霜雪。尘埃深蔽埋，芜蔓困笼结。槁悴屈子容，饥癯伯夷节。殿中秉高义，利刃勇分别。病谷除莠稂，蚀月救吞啮。还君岁寒姿，清风自交彻。念昔绕荒栏，三叹生慕悦。重来十五年，笑我壮心折。幽怀耿相对，欲语不得说。②

刘挚在诗中赞美丛竹不畏严寒的气节与斗争精神，即便"尘埃深蔽埋，芜蔓困笼结"，也保持着敢犯霜雪的斗争意志。刘挚甚至将它们比作屈原与伯夷，虽然受尽磨折，槁悴饥癯，仍然矢志不渝，气节不回，表达了自己效法丛竹、捍卫正义的志向。刘挚熙宁担任言官期间一再论奏新法不便，触忤新党，为此付出了贬监衡州盐仓的代价。其后被召还朝，又因言事不合被罢职还乡。十五年后，历经熙丰到元祐的政治变故及人生波折，刘挚再次任职御史台，便不再有当年的慷慨意气了，作者对比今昔心态的变化说，"念昔绕荒栏，三叹生慕悦。重来十五年，笑我壮心折"。再次面对丛丛翠竹，诗人心绪重重，欲语还休，"幽怀耿相对，欲语不得说"。刘挚虽然钦慕竹子的高风劲节，却无力为之，这种矛盾心态正是一再的政治打击对其正

---

① 《忠肃集》卷15，第337页。
② 《御史台柏下有丛竹久荒杂殿中刘中叟洗之监察孙君孚有诗知杂事刘某次韵》，《忠肃集》卷15，第335页。

直品格摧残扭曲的结果。虽然元祐初年刘挚论奏蔡确、章惇等人甚力,表现出不共戴天的架势,但其背景是新党大势已去的整体形势。元祐中期以后,新党重新崛起的势头越发明显,刘挚、吕大防又欲引用新党,调和新旧。对新党的妥协正是其已经软化的政治品格及其矛盾人格的自然流露。至绍圣被贬岭南,深知章惇等人狼戾狠鸷的刘挚对其政治前途已不抱任何幻想,由《天苏酒成次路韵》诗来看,当年豪情万丈的刘挚真是万念灰灭了。范祖禹绍圣后被贬永州,其《永州作》诗云:

> 京华驿候远,楚越山川分。心驰桂江心,梦绕苍梧云。夕与木石居,朝游麋鹿群。圣治逾绳契,皇明轶华勋。炎陬蟹海表,休气塞无垠。羁臣此幽絷,何以答恩勤。①

　　尽管被贬蛮荒,仍然要赞颂"圣治逾绳契,皇明轶华勋",小心翼翼地表达着对君主的忠诚,"羁臣此幽絷,何以答恩勤",这与其说是忠心不改,不如说是为了防范政敌的迫害而故意讨好示弱。

　　政治信念的衰退不仅表现于刘挚、范纯仁这类被贬老臣,徽宗即位后的新进官员表现出类似的矛盾心态。任伯雨元符三年(1100)被任命为右正言,同时被擢为谏官的尚有张庭坚、邹浩、江公望、常安民、龚夬、陈瓘等十一人,朝廷一时号为得人。任伯雨等人胸怀忠君爱国之志,自以为得到了"千载一遇"的机会,披肝沥胆,竭力报效。任伯雨《述怀》诗云:"平生慕古人,素愿或可毕。精神信疏瀹,激昂登文石。青云开九天,清光亲咫尺。每见情益交,肝胆尽剖析。敬承丁宁训,重许以忠直。自喜千载遇,奋身遑他恤。志欲收主威,力先排他室。切齿愤钦永,刻意望夔稷。不数千羊皮,岂让一狐腋。"②任伯雨身为谏官,在徽宗初政时,大力疏劾章惇、蔡卞等人,二人俱被贬官,由此激化了与新党集团的矛盾,终于遭到贬黜。任伯雨满怀舍身为国的赤诚,遭到贬斥自然会产生强烈的不平之气,"哀哉爱君心,不能当众嫉。投湘为独醒,得罪因怀璧",任氏将自己的忠诚与高洁同屈原相提并论,同时对痛下杀手的当权者充满愤恨,"尚赖天德广,阅岁已再谪。仇人意未厌,穷荒必投斥"。尽管如此,想到自己被贬乃是一心为国,便也心地坦然,"接武九霄曾近侍,投荒六载作流人。穷通忤合虽天理,

---

① 《全宋诗》,第15册第10379页。
② 《全宋诗》,第18册第11798页。

俯仰寻思不为身"①。但事实上经过熙丰、元祐、绍圣以来持续不断的党争，士人心态相比熙宁时期已发生了微妙的变化，任伯雨《自叹》诗云："当年言路亦逡巡，白简青蒲十一人。半斥炎荒半除籍，而今无一预朝绅。"②由首句来看，任氏身为言官虽然正言直谏，但实际上也心怀犹豫之计。经过党争的长期折腾，士人心态已极为疲累，他们虽然仍然怀有忠君立功的儒家理想，但已不像前期士人那样一往无前，殒身不恤了，惨痛的教训不能不使他们在关键时刻心生迟疑，其政治品格实际上已经开始软化，"逡巡"一词正可谓大有深意。

三、晚境的悲凉及对温情的渴望

对时近暮年的元祐老臣而言，入世报国的壮心及对现实政治的愤慨已经在长期的党争、反复的贬谪及难以计数的政治算计中消磨殆尽，余下的只有对生命本身的愁叹及对亲情的渴望了。

吕陶在徽宗即位后放还时，不见有丝毫的喜悦，仍然以醉酒麻醉自己，北归前夕在赠别何道士的诗中写道："谈端往往该穷达，酒兴悠悠混醉醒。南去北归皆惜别，更嗟衰鬓尚飘萍。"③人生穷达始终是探讨不尽的话题，然而对于暮年的吕陶而言，穷达已没有什么意义，生命快到尽头，回首往事，只能徒生感慨，于是，以酒消愁、混同醉醒便似成为唯一的选择，更何况时值暮年仍是飘萍之身呢。绍圣间，吕希纯责舒州团练副使，道州安置，建中靖国元年（1101）召还，北归路过衡阳时特意探望吕陶，与之会话累日，并以诗相赠。吕陶在次韵诗题中说："子进舍人北归过衡阳累日会话，粗释睽间之念，复辱佳章存慰衰朽，辄次韵以谢。"④诗云："昔年词掖与君逢，今日天涯白发翁。赖有江山供晚景，未先蒲柳困西风。归心已适三川外，高论仍陪一笑中。深幸岁寒交道在，非徒清句及衰翁。"历经党争磨难及宦海浮沉，吕陶并不为遭贬处穷郁郁不欢，而是将远贬天涯当作了政治常态。熙宁中，吕陶因反对榷茶，贬监怀安商税，元祐间又因为苏轼辩护而出为梓州、淮西、成都路转运副使，绍圣后则提举潭州南岳庙，早已历练出处变不

---

① 《元日》，《全宋诗》，第 18 册第 11799 页。

② 《自叹》，《全宋诗》，第 18 册第 11799 页。

③ 《道州何道士要会于途次匆匆告归余亦北还作诗致远别之意》，《全宋诗》，第 12 册第 7817 页。

④ 《全宋诗》，第 12 册第 7817 页。

惊、从容应对的本领,《寄周才叔》诗中云:"寒燠所逢皆物理,悲欢相较只秋毫。徒嗟壮士难行己,懒学风人便著骚。"①吕陶将寒燠不同的人生变故视为必然的物理,悲欢之情相较如秋毫般微不足道,只可叹壮士被贬天涯无法施展抱负,又懒于效仿风人写下讥刺现实的诗句。由此可以看出吕陶晚年遭贬后宠辱不惊、淡泊自守的心境。尽管如此,吕陶贬居僻远的衡阳,举目无亲,其心境之寂寥可以想见。吕希纯北归路过专意探望,会话累日并以诗相赠,无疑给了吕陶以极大的安慰,使他真切感到朋友的情谊。在党争残酷、波诡云谲、个人命运瞬息万变的时代,故人毫不顾忌地探访自己并非人人可以做到。吕陶在诗末说"深幸岁寒交道在,非徒清句及衰翁"。在这世态炎凉的"岁寒"时节,吕希纯所给予吕陶的决不止是安慰的诗句,更有不随世态褪色的交往之道,吕陶对此不仅深感欣慰,恐怕也是深怀感激之情的。

这种对温情的渴望在时值暮年、一身老病的范纯仁那里表现得更加充分。绍圣四年(1097)安置永州后,范纯仁的诗作充满老病缠身、来日无多的悲凉情绪,既无对时政的批评,亦无远谪恶地的愤懑,主要表达的是对亲人的怀念、对故土的眷念以及友人零落的感伤。人生的全部内容此时都简化为当下的生命处境,之外的一切价值都在生命晚境的余晖中消散殆尽了。经历过太多的起落浮沉之后,外在的一切都显得那样微不足道,只有亲人、故土、朋友及对往事的回忆能够让他感到人生的温情。所以,此时的诗作以怀念亲人为多,如《寄二弟》《零陵忆弟妹》《零陵寄三弟五弟二首》,亦有体悟人生哲理的诗篇《覆舟》及表达坚守品节的《无书》,该诗最后说,"严冬见松柏,为有岁寒心",虽然语气坚定,似乎执节不回,然而与对老病的感叹相比,这种带有理想色彩的表达未免太无力了。

元祐重臣大多经历了从熙宁变法到绍圣绍述甚至崇宁党禁之后的政治变故,党争的残酷及贬谪的苦难消磨了他们的入世壮心,磨损了他们守道不屈的意志,发而为诗,凝重而有悲凉之气,相对于较为纯粹的诗人群体而言,更能表现出北宋末期士大夫群体的人格形态。他们诗作并不在于诗法的圆熟与诗境的高妙,而在于为宋初儒学复兴以来一度高扬的富于理想性的时代精神的衰变与没落作了一种悲剧性的注脚,这正是元祐重臣诗作意义之所在。

---

① 《全宋诗》,第12册第7796页。

第九章　苏门贬后的交游与北宋末诗坛的衰变

　　绍圣以后，随着苏门中人星散各处，彼此间的交往日趋减少甚至完全中断，苏门作为一个文学群体事实上已不复存在，其对文坛的影响严重弱化，影响方式也发生了改变，由元祐时期的整体性影响转变为个体化的影响，由创作行为的直接影响转变为作品流传的间接影响。随着苏门内部联系的基本中断，与外部的交游成为贬居生活的主要内容，苏门中人在贬地又分别形成了新的交际圈，其对文坛的影响通过这种新的交际圈传递开来，以沉潜的方式持续发生作用。元祐时期，苏门中人的创作以唱和为主，彼此切磋，创作面貌呈现出更多的同质化倾向。被贬分散以后，因丧失了共同唱和的大环境，不同个体的创作观念及创作个性得到凸显和释放，尤其是黄庭坚对诗法的讲求及其"平淡而山高水深""不俗""点铁成金""夺胎换骨"等创作观念对交游圈中的文人创作产生了深刻影响，直接导致了江西诗派的形成。苏门中人因其不同的声望、地位、个性气质和交往能力，交游对象、数量、范围都有很大的差异，对文坛的影响也有极大的不同。因而，考察苏门的交游活动，并进而揭示苏门中人与各自交游圈的关系便成为揭示绍圣以后苏门对文坛影响及北宋末文坛发展演变的基本途径。

第一节　苏门成员绍圣后交游述论

　　绍圣以后，苏轼门人相继被贬，从此天各一方。其间某些人虽有过短暂的会面，但多在贬放途中，彼此都承受着严重的心理压迫，心情抑郁，行色匆匆，再无元祐年间师友相聚的轻松愉快。别离成为苏门的常态，这使得生离的伤感与死别的哀痛成为绍圣后苏门中人感情的主调。尽管其间亦有书信往来及诗歌唱和，但极为有限的诗书往来不再具有切磋诗艺的性质，而主要是感情上的牵系，前期是困境中的相互慰藉，后期随着苏门中人的相继离世，相互间的感情又增加了悲悼色彩。因彼此相隔遥远，讯问不便，且为避免政治迫害，苏成成员间的文字交往极为有限，其书信及诗作来往情况大致如下：

1.苏轼。绍圣元年(1094)至三年(惠州时)，与张耒尺牍四首及诗一首《桄榔杖寄张文潜，时初闻黄鲁直迁黔南、范淳父九疑也》。绍圣二年(惠州时)，与黄庭坚尺牍二首。元符三年(1100)(北归时)，与秦观尺牍二首。

2.黄庭坚。绍圣二年，致书苏轼书简一篇，已佚。绍圣三年，致秦观《与秦太虚书》。崇宁元年(1102)在鄂州期间至黄州探望张耒，有诗四题八首，即《次韵文潜》《和文潜舟中所题》《次韵文潜立春日三绝句》《再次前韵》。

3.秦观。绍圣三年(1096)有《与黄庭坚书》，已佚。元符二年(1099)编管雷州后累有诗书与苏轼，已佚。元符三年有诗《赠苏子瞻》与苏轼。

4.张耒。绍圣元年至绍圣三年屡派人至惠州探望苏轼。绍圣元年，张耒在宣州时，有与晁补之诗《效白体赠晁无咎白公守苏时刘梦得守和有岁暮赠刘诗三首因效其体寄齐州知府无咎学士二哥虽愧仰声华然亦不惭分义》三首。绍圣二年，有与晁补之诗《对酒奉怀无咎二首》。与陈师道诗《寄陈履常》。

5.晁补之。绍圣二年在亳州通判任有《蓦山溪》词寄张耒。元符三年春贬监信州盐酒任有《和东坡先生梅花三首》。

6.陈师道。绍圣间致黄庭坚书四首。元符二年，晁补之赴信州酒税务过徐州，陈师道作《木兰花》词以赠之，并作《晁无咎画山水扇》诗以赞其诗画。晁补之属陈师道撰《仁寿太君卢墓志铭》。元符三年，晁补之因党论出知河中府，陈师道有《送晁无咎守蒲中》诗送之。

以下对苏门绍圣后的几次聚别事件加以梳理，以观照其贬谪心态。

一、苏门的生离死别

1.苏、黄彭蠡之别

绍圣元年，苏轼贬惠州，七月到达洪州。同年六月丁亥，新知鄂州黄庭坚管勾亳州明道宫，于开封界居住，就近报国史院取会文字。两人是年七月相会于彭蠡。自元祐末苏轼出知定州，到现在再次相见，政局已经发生剧烈的变化，双方已是被贬远地的戴罪之身，所面对的是不可预卜的前途。但苏轼表现轻松，全然没有惊惶失措之态。同年十二月，黔州安置诏命下达后，黄庭坚"颜色自若，投床大鼾"，不能说与苏轼的影响毫无关系。双方在彭蠡相会三日,其间东坡为黄庭坚铜雀砚作铭,即《黄鲁直铜雀砚铭》。黄庭坚亦自作有《铜雀台砚铭》,云:"惟曹氏西陵之陶瓦,埋伏千龄。深渊而出,逢世清明。当其贮歌舞,蔽风雨,初不期为翰墨主。呜呼,不有君子,长与甓为伍。"[1]此铭介绍砚的来历,乃由曹操铜雀台陶瓦申制而成,似有以砚自喻之意。黄庭坚元祐间遇苏轼及秦、晁、张等学士,供职于馆阁,彼此切磋学问,吟咏唱和,一时文物之盛,莫与其比。此处以砚自喻,含蓄表达了与苏轼等精英人物相识相交的欣慰之情。如今天各一方,风流云散,其感伤之情自可想见。东坡铭文曰:"漳滨之埴,陶氏我厄。受成不化,以与真隔。"[2]将由埴成陶的变化称为"厄",原因在于一旦成陶,便丧失了本性而"与真隔"了。虽然由平凡的黄泥烧制成精致的陶瓦并用来建造美仑美奂的铜雀台,在常人看来应是一件幸运的事情,但在东坡看来,这块泥土却是不幸的,因为它脱离了大地,永远失去了自由与真性,从此成为僵硬而冰冷的装饰物,孰得孰失,令人深思。这不由令人想起庄子宁可曳尾于涂中也不愿成为神庙中万人膜拜的枯骨的自由理想。幸运的是,铜雀台终于成了废墟,一度僵死的陶瓦复归大地,重新获得了自由与真性,"人之台废,得反天宅",这极类似于身陷官场的苏轼因贬谪远地而复返自然,虽似不幸,又何其幸也。东坡对陶瓦失真而复真的描述显然是隐喻自己的人生历程,表现出对庄子自然哲学的深刻解悟,比黄氏得遇君子的欣慰有着更深的命意。黄䓖《山谷先生年谱》谓该铭由东坡"亲笔刻砚上",既表达了对庭坚的留别之情,也是以此明志。双方相会三日,除东坡所赠铭文外,未见有其他文字流传,而此次作别,竟成永诀。

　　2.苏、秦海康之别

　　元符三年(1100)四月,诏秦观移衡州,此后秦观数有书与苏轼,苏轼有书与秦观期于一晤。苏轼《答秦太虚七首》其六云:"若得及见少游,即大幸也。"[3]殷殷之情,溢于言表。元符三年六月二十五日,苏轼在与秦观阔别八年之后相会于海康。《春渚纪闻》卷六载:"(东坡)先生自惠移儋耳,秦七丈少游亦自郴州移海康,渡海相遇,二公共语,恐下石者更启后命。少游出自作挽词呈公,公抚其背曰:'某常忧少游未尽此理,今复何言!某

---

①　《宋黄文节公全集·别集》卷3,《黄庭坚全集》,第1506页。

②　《苏轼文集》卷19,第552页。

③　《苏轼文集》卷52,第1537页。

亦尝自为志墓文,封付从者,不使过子知也。'遂相与啸咏而别。"①此别遂成永诀。

3. 陈师道、晁补之、张耒京师之别

元符二年(1099),陈师道居徐州。是年夏,晁补之赴监信州盐酒税,过访陈师道。陈师道在《与鲁直书》中云:"无咎向过此,服阙赴贬所,相从数日,颇见言色。"②晁补之此次过访,陈师道有《晁无咎画山水扇》诗:"前生阮始平,今代王摩诘。偃屈盖代气,万里入方尺。朽老诗作妙,险绝天与力。君不见杜陵老翁语,湘娥增悲真宰泣。"③对其画艺之精妙深表赞叹,由此约略可见晁补之晚年以画自娱的生活情趣。元符三年七月,陈师道于废居中复除棣州州学教授,十一月除秘书省正字,其《除官》诗云:"扶老趋严召,徐行及圣时。"④建中靖国元年(1101),晁补之入京为吏部郎中。同年,张耒召为太常少卿,蒙恩除奉常。自元祐二年陈师道补州学教授离京起一直在地方,除晁补之元符二年过访外,再未与苏门其他人会面,至此,陈、晁、张三人再次相聚京城。本年陈师道与晁补之及其叔父晁端仁往来密切,陈师道《上晁主客》诗自注云:"时与无咎对酒,及门而阍者辞焉。"⑤他们倍加珍惜磨难后的相聚,极尽诗酒之欢。本年九月,晁补之出知河中府,陈师道有《送晁无咎守蒲中》诗:"一麾出守自多奇,四十专城古亦稀。解榻坐谈无我辈,铺筵踏舞欠崔徽。的桃作剧聊同俗,遇事当前莫后几。圣世急才常患少,栈羊筛酒待公归。"⑥该诗首先以"奇""稀"对晁补之权知蒲中加以安慰,说明任职地方长官亦须出类拔萃。次联称赞其玄辩无敌,风流多才。而更核心的内容则是希望晁氏虽不妨聊且同俗,但骨子里仍须不屈其志,间接表现出陈师道的骨梗之气。最后宽解晁补之出守蒲中只是暂时的安排,不久当即召还,当今朝廷人才匮乏,似补之这样的大才怎能长期外放地方呢?因而表示"栈羊筛酒待公归"。该诗既有宽慰,更有勉励,可谓情深义重。是年十二月,生性刚直的陈师道卒于京师,结束了贫困潦倒的一生。

---

① 《春渚纪闻》卷6,《宋元笔记小说大观》,第2420页。

② [宋]陈师道:《与鲁直书》,《全宋文》,第123册第298页。

③ 《后山诗注补笺》卷9,第316页。

④ 《后山诗注补笺》卷11,第421页。

⑤ 《后山诗注补笺》卷12,第448页。

⑥ 《后山诗注补笺》卷12,第453页。

元祐年间，晁补之、张耒二人同任馆职，过从甚密，唱和不断。晁补之在《试院呈文潜用前韵》中写道："神交千古圣贤中，高想铜山应洛钟。倾盖十年惟子旧，知音一世更谁逢。"①诗以铜山、洛钟的典故描写二人对榻唱和的情景，而在晁氏看来，双方的唱和决不仅是诗歌艺术的争奇斗巧，更是思想的交流与感情的共鸣，二人同声相应，恰如"铜山西崩，灵钟东应"②一样，因此晁补之视张耒为一世难逢的知音而与之推心置腹，吟咏达旦，可见双方之情款意契。

从绍圣元年（1094）到建中靖国（1101），晁补之、张耒这对"不可别顷刻"③的友朋在阔别八年之后再度聚首京师。但此时的政局变化倏忽，新旧党争暗流涌动，旧党做着元祐更化的美梦，掌握实权的新党则严阵以待，时刻防范旧党的反扑，这种复杂的局势使晁、张二人早已没有当年吟咏唱和的雅兴。且此时的苏门中人亡故星散，元气大伤，秦观已于元符三年（1100）八月死于藤州，黄庭坚则在荆州一带游历。苏轼虽已北归，但滞留于常州，且老境不堪，病体支离，苏门再无可能兴复昔日盛况。因此，尽管晁、张久别重逢，却是心情沉重，"相对叹息，苍鬓斑须"④。不久党论再起，张耒于是年夏出知颖州，离京前作《出京寄无咎二首》抒写离别之情。其一云："不许多闻长乐钟，打包旦遇又匆匆。长安城里谁相识，只有周南太史公。"⑤该诗写出了京城政治局势阴晴不定带给作者的心灵阴影以及知音无几的寂寞之情。其二云："老去相看情益亲，河梁分手欲沾巾。只应诵得《离骚赋》，长作行吟去国人。"⑥该诗抒发了与晁补之兄弟般相依不舍的深情厚谊，同时表达了孤忠不改的节操，誓言如屈原一样行吟泽畔，独立不迁，决不与世俯仰，随波逐流，语气坚定而悲壮。大概张耒已由政治形势的复杂多变感到了再次相见的遥遥无期，故临行前特以此两诗表达对老友的深情。晁补之建中靖国元年（1101）权知河中府，四月差知湖州，十月管勾太平观，此后一直闲居金乡。大观四年（1110）秋起知泗州，到官不久病卒。晁、张二人自建中靖国京师一别再未谋面，此别遂成永诀。

---

① 《全宋诗》，第 19 册第 12849 页。
② 《世说新语·文学》，《世说新语校笺》卷上，第 132 页。
③ 《晚归寄无咎二首》其二，《张耒集》卷 6，第 72 页。
④ 《祭晁无咎文》，《张耒集》卷 58，第 871 页。
⑤ 《出京寄无咎二首》，《张耒集》卷 28，第 497 页。
⑥ 《张耒集》卷 28，第 497 页。

4. 黄庭坚、张耒黄州之别

元符三年(1100),徽宗即位,依次叙复元祐党人。十一月,黄庭坚被诏知舒州,十二月自戎州贬所动身出川。建中靖国元年(1101),黄庭坚主要在荆州一带游历,崇宁元年(1102)六月,赴知太平州任,九日而罢。此后在江州一带飘泊,九月到鄂州。不久,张耒因为苏轼举哀行服,被言官所劾,贬房州别驾,黄州安置。山谷自鄂往见张耒。二人绍圣元年(1094)分别以来,阔别已有九年,此次重逢,自然格外亲切。

在此之前,黄庭坚游览武昌,凭吊苏轼遗迹,追想昔日情景,作《武昌松风阁》诗抒情寄慨。元丰间苏轼贬黄州时曾多次渡江游武昌,作有《游武昌寒溪西山寺》《与子由同游寒溪西山》《武昌酌菩萨泉送王子立》《西山戏题武昌王居士》《过江夜行武昌山上,闻黄州鼓角》等诗多首。《游武昌寒溪西山寺》是苏轼初到黄州首次游武昌所作,诗写渡过宽阔的长江,登上武昌西山寺,凭高远眺,追怀古人的情景,表达了定居此地、优游山林的归隐理想。诗意奇瑰,波澜翻涌。《过江夜行武昌山上,闻黄州鼓角》则是苏轼离开黄州时所作,诗写乘夜渡江,在武昌山上听到黄州鼓角的复杂感受。既有量移内地的欣慰,也有对黄州的依依眷恋。鼓角夹杂着涛声,悲健有力,而水中的鼍龙或忧愤或哀愁,吟鸣作响,声音百变,更使诗人心潮起伏。诗人甚至仍想有朝一日溯江而上,再来武昌,欣赏这雄浑的鼓角与涛声。当年苏轼在这里登山临水,吟诗作赋,虽然生活清苦,却有闲云野鹤般的潇洒率意。如今黄庭坚罢官飘泊,无所依归,与当年的苏轼何其相似,则庭坚游览武昌,亦有追蹑苏轼风流遗迹以消解精神苦痛的用意。在《武昌松风阁》诗中,黄庭坚以磅礴的笔力勾勒出川原平旷、星宿逼人的情景,又以对百年老松魁梧状貌的描写渲染风声之烈、雨势之大,以此烘托诗人与二、三子夜雨酣饮的畅适之情,暗写出处变不惊的从容之态,的确类似于苏轼的旷放气度。然而想到东坡已然辞世,张耒又遭贬谪,自身前途未卜,诗人不免又陷于剪不断、理还乱的感情纠缠,因而最终表达了摆脱拘挛、率意独驾的自由渴求。

张耒的到来冲散了诗人心头的阴云,黄庭坚情不自禁地写下"忽闻天上故人来,呼船凌江不待饷"①的诗句,表达了阔别九年、一朝重逢的狂喜

---

① 《次韵文潜》,《山谷诗集注》卷17,第422页。

之情。然而相逢的喜悦很快被师友相继亡故的哀痛所冲散，黄庭坚以悲愤的语气写道："年来鬼祟覆三家，词林根柢颇摇荡。天生大材竟何用？只与千古拜图像。"苏轼北归之后，黄庭坚原本对其获致大用充满期待，《病起荆江亭即事十首》其七云，"玉堂端要直学士，须得儋州秃鬓翁"。然而新党中人始终对二苏严加防范，黄庭坚对此愤愤不平，"岂谓高才能驾驭，空归万里白头翁"①。如今斯人已逝，生者对像膜拜，益增悲痛之情。由苏轼的辞世，黄庭坚转将希望寄托于张耒身上，称赞他文章不病，气节更劲，暗示定有大用。二人又凭吊东坡遗墨，睹物思人，万般伤感，"经行东坡眠食地，拂拭宝墨生楚怆"。任注曰："元丰三年(1080)，东坡谪居黄州，放浪溪山间，凡所游览，见于赋咏，人皆刻之石。"东坡元祐还朝后，在所作《武昌西山》诗序中写道："轼谪居黄冈，与武昌相望，亦常往来溪山间。元祐元年(1086)十一月二十九日，考试馆职，与圣求会宿玉堂，偶话旧事。圣求尝作《元次山窊尊铭》刻之岩石，因为此诗，请圣求同赋，当以遗邑人，使刻之铭侧。"②由此可见，黄庭坚、张耒所见遗墨当为东坡《武昌西山》诗。元祐元年苏轼作《武昌西山》诗后，"和者三十余人"③，当时供奉馆职的黄庭坚、张耒、晁补之三人都有和作，东坡为对诸人表示谢意，再用前韵赋诗，可谓盛况空前。黄庭坚诗为《次韵子瞻武昌西山》，诗中云："平生四海苏太史，酒浇不下胸崔嵬。黄州副使坐闲散，谏疏无路通银台。鹦鹉洲前弄明月，江妃起舞袜生埃。次生醉魂招仿佛，步入寒溪金碧堆。洗湔尘痕饮嘉客，笑倚武昌江作罍。"④诗中说明苏轼被贬乃是因为胸怀不平，仗义执言，被贬黄州后，地远天遥，谏诤无路，只能吟啸风月，寄情山林。诗以极富想象力的笔触写出苏轼黄州期间放浪山水、诗酒啸傲的生活，勾勒出超然自得、风姿高迈的不凡气韵，表达了由衷的倾慕之情。张耒在《次韵苏公武昌西山》诗中写道："灵均不醉楚人醅，秋兰靡芜堂下栽。九江仙人弃家去，吴市不知身姓梅。东坡先生笑二子，一丘便欲藏崔嵬。脱遗簪笏玩杖屦，招楫鱼鸟营池台。西山寂寥旧风月，百年石樽埋古埃。洗樽致酒招浪士，荒坟空余黄

---

①　《山谷诗集注》卷14，第358页。

②　《武昌西山》小序，《苏轼诗集》卷27，第1458页。

③　《西山诗和者三十余人，再用前韵为谢》，《苏轼诗集》卷14，第1459页。

④　《山谷诗集注》卷5，第115页。

土堆。"①此诗首先列举屈原与梅福的典故,屈原并不以酒浇愁,而以香花美草自喻其志;梅福则弃家而去,成仙之后混迹市井。东坡则对二人不以为然,逍遥山水之间,与鱼鸟为伴,洗樽致酒,放旷风流,张耒在诗中对此极表赞叹之情。

二诗都着意刻画东坡潇洒不俗的风采神韵,凸显出东坡巨大的人格魅力,这自然也是黄、张等人聚拢于东坡门下的思想基础。黄庭坚、张耒作为当事人,曾亲历当年和作纷起的盛况,如今东坡已殁,二人凭吊东坡遗迹,重温东坡遗墨,追怀元祐间苏门中人诗酒唱和的情景,怎能不怆恨交加呢。该诗末尾诗人以"水清石见君所知,此是吾家秘密藏"表达了"贤愚邪正,久而自明"的坚定信念,既是告慰亡故师友的在天之灵,也是对生者的安慰与激励。

黄州之会,黄、张二人追念师友,忧患国事,表现出深沉的儒家情怀,而追怀苏轼则是二人吟咏唱和的主旋律。黄庭坚《和文潜舟中所题》诗云,"信矣江山美,怀哉谴逐魂"②,以江山之美映衬斯人已逝的哀痛,又以屈原之放逐暗示苏轼贬放黄州之冤屈,情重意远,寄慨良深。此间张耒又作有《立春三首》,黄庭坚次韵六首。对比二人诗作,张诗慵懒随意,黄诗更显气骨。张耒《立春三首》第一首云:"天上春来谁报人,江山气象一时新。懒将白首簪幡胜,寿酒三杯慰逐臣。"③面对万象更新的春天,本应心情畅快,张耒则是闷闷不乐。白首暮年,被贬黄州,再无豪兴聊发少年狂,只希望以酒消愁。黄庭坚则表现出随缘任运的从容与洒脱,和诗曰:"江山也似随春动,花柳真成触眼新。清浊尽须归瓮蚁,吉凶更莫问波臣。"④较之张耒之愁眉不展,更胜一筹。以上约略可见二人的不同心态,而张耒所以更显消沉,与其此前的宦海沉浮极有关系,相比黄庭坚,张耒的贬谪经历更其复杂波折,本人也更加心力交瘁,神气不振。自然,双方心态的不同更源于二人不同的心性修养及人格境界。

总体来看,苏门中人虽然此时都落魄不遇,穷困潦倒,但他们普遍性地表现出君子固穷的儒家品格。陈师道在《与鲁直书》(二)中说:"罢官六年,

---

① 《张耒集》卷 15,第 262 页。
② 《山谷诗集注》卷 17,第 423 页。
③ 《张耒集》卷 29,第 505 页。
④ 《次韵文潜立春日三绝句》,《山谷诗集注》卷 17,第 427 页。

内无一钱之入,艰难困苦,无所不有,沟壑之忧,近在朝夕,甚可笑也。"①除此之外,他还受到疾病的折磨,死亡的阴影时时逼近,即便如此,陈师道也毫无惧意,《与鲁直书》(三)中说:"某素有脾疾,近复暴得风眩,时时间作,亦有并作时,极以为苦,若不饥寒死,亦当疾死。然人生要须死,宁较长短。"②极见豪迈之气。其后陈师道拒绝向连襟赵挺之借棉衣,受寒而死,以带有悲剧色彩的结局捍卫了贫贱不移的儒节,一定意义上也昭示了苏门的节操。

二、诗简中的深情

苏门被贬后,星散各地,彼此交流不便,来往诗词、书简不多,但感情深挚,充分表现出患难师友的殷殷情意,那些悼念性的诗文更是浸透了相知相亲的师友之谊,情深意长,感人至深。

1.困境中的安慰

绍圣以后,苏门中人贬放各地,尤其是苏轼、黄庭坚、秦观一贬再贬,苦况不断加重,来自师友的问候便给困境中的他们带来了莫大的安慰。

绍圣元年(1094),苏轼责知英州,道过扬州,张耒自润州遣二兵护卫苏轼前往。绍圣二年,张耒又遣兵王告至惠州探望苏轼。绍圣三年,张耒复遣使至惠州。这期间,苏轼以桃榔杖为寄,并有尺牍四首及《桃榔杖寄张文潜,时初闻黄鲁直迁黔南、范淳父九疑也》诗一首与张耒。在书信中,苏轼对自己穷处瘴疠的困境轻描淡写,"疾久已扫除","瘴疠虽薄有,然不恶,与小儿不曾病也",不愿对方牵念自己,同时却对范祖禹、黄庭坚的被贬极为伤感,"闻淳父、鲁直远贬,为之凄然"③。在与黄庭坚的信中,苏轼对苏门诸人善于处穷的心态极感欣慰,"文潜在宣极安,少游谪居甚自得,淳父亦然,皆可喜"④。但贬居荒州毕竟是对精神的沉重打击,并非人人皆可轻易承受,所以苏轼对远贬黔州的黄庭坚深表关切,在与鲁直的信中说:"即日想已达黔中,不审起居何如,土风何似?或云大率似长沙,审尔,亦不甚恶也。惠州已久安之矣。度黔,亦无不可处之道也。闻行囊无一钱,涂中颇

---

① 《全宋文》,第123册第297页。
② 《全宋文》,第123册第298页。
③ 《苏轼文集》卷52,第1538页。
④ 《苏轼文集》卷52,第1533页。

有知义者,能相济否? 某虽未至此,然亦近之矣。水到渠成,不须预虑。"①
信中对黄庭坚的赴贬经过、贬地风土、生活起居、心绪佳恶等一一询问,无
微不至。苏轼由己及人,细微体察对方的贬谪处境与失落心理,并尽力以
自己的乐观、旷达与幽默感染对方,以化解被贬的痛苦,表现出真挚的师友
之谊。陈师道在黄庭坚贬至黔州后致书问讯云:"尔来起居何如,不至乏绝
否? 何以自存,有相恤者否? 令子能慰意否? 风土不甚恶否? 平居与谁相
从,有可与语否? 仕者不相陵否? 何以遣日,亦著文否? 近有人传《谒金
门》词,读之爽然,便如侍语,不知此生能复相从如前日否!"②陈师道与黄
庭坚亦师亦友,交情甚笃,元祐时期陈师道对黄庭坚诗推崇备至,自称"仆
于诗初无师法,然少好之,老而不厌,数以千计。及一见黄豫章,尽焚其稿
而学焉"③。陈师道对黄氏可谓亦步亦趋,无论人格还是诗风深受其影响。
如今天各一方,关切之情倍于往日。由信中可见,其询问内容细致入微,几
乎涉及贬居生活的一切方面,可见陈师道对黄庭坚的师友深情。

　　绍圣元年(1094),晁补之出知齐州,张耒出知润州,不久移宣州,再难
有元祐间的形影不离。此间双方多以诗词相赠,表达兄弟之情。张耒在宣
州,有《效白体赠晁无咎白公守苏时刘梦得守和有岁暮赠刘诗三首因效其
体寄齐州知府无咎学士二哥虽愧仰声华然亦不惭分义》三首,其一云:"过
去生中作弟兄,依然骨肉有余情。青衫校正同三馆,白发东南各一城。君
比郫生多事业,我方谢朓欠诗名。想当把酒笙歌里,亦记长安痛饮生。"④
张耒赞赏晁补之治地有方,如汉代郫食期一样建功立业;而自己知守宣州,
却惭愧没有当年谢朓的诗名。功名并不重要,诗人念念不忘的还是当年在
京城痛饮狂歌的情景,但这一切已经远去,只留下无尽的怅惘。诗人将今
日的离别与昔日的欢聚加以对比,抒发了强烈的思念之情。绍圣二年春,
晁补之罢齐州,降职南京通判,当时仍在宣州的张耒作《对酒奉怀无咎二
首》,其一云:"城门失火池鱼穷,树头风声酒榼空。虽贫家妇有旨蓄,一一
可食不待丰。行来曳杖两足健,醉后哦诗双颊红。最忆南都晁别驾,高歌

---

① 《苏轼文集》卷52,第1533页。
② 《与鲁直书》三,《全宋文》,第123册第298页。
③ 《与秦觏书》,《全宋文》,第123册第286页。
④ 《张耒集》卷25,第453页。

大笑声如钟。"①"城门失火"或指自己绍圣以来因贬外而生活困窘，以致酒樋空空，赖有妻子善于持家，还能以微薄的积蓄勉强维持不丰的生活。诗人苦中作乐，醉后吟诗，不由想起当年的诗友晁补之高歌大笑、声宏如钟的情态，益见思念之情。

绍圣二年（1095），晁补之通判应天府，因避亲嫌而于九月徙亳州通判，其间作《蓦山溪》词寄张耒，词云：

　　兰台仙史，好在多情否？不寄一行书，过西风、飞鸿去后。功名心事，千载与君同。只狂饮，只狂吟，绿鬓殊非旧。　　山歌村馆，愁醉浔阳叟。且借两州春，看一曲、尊前舞袖。古来毕竟，何处是功名，不同饮，不同吟，也劝时开口。②

上阕问候张耒外贬地方，是否还如以前那样绵邈多情，为何分别以来竟然"不寄一行书"呢？貌似有怨尤之意，实则是关切之情。随后推心置腹，追忆二人建立千载功名的共同理想，以及痛饮狂歌的豪迈情怀，但时光荏苒，往事已矣，彼此已由豪气干云的青年跌入苍颜白发的老境，所面对的更是难以预知的未来。词人呼酒买醉，而醉不解愁，却又宽慰朋友暂且借取两州春色，"看一曲、尊前舞袖"。古往今来，功名不过如过眼烟云，即便一事无成，又何必耿耿于怀。尽管双方身处异地，难以诗酒唱和，但孤身一人，亦不妨时时开口，自勘自咏。该词追怀往事，感慨人生，在对友人的宽慰中流露出殷殷关切之情。

随着党争的加剧及政局的恶化，苏门中人浮沉不定，而基本的趋势则是贬谪日重，苦况日深。苏轼、黄庭坚、秦观等人被贬岭南，彼此间的联系越发稀少，但思念之情却有增无已。元符三年（1100），苏轼贬居儋州，与张耒、晁补之长期不通消息，极为牵挂，在与秦观的信中，便关切地询问"文潜、无咎得消耗否？"③北归时在与李之仪的信中又问道，"黄鲁直、张文潜、晁无咎各得信否？文潜旧疾，必已全愈乎？"真可谓日久情深了。

---

①　《张耒集》卷16，第276页。

②　《晁氏琴趣外篇》卷3，第113页。

③　该信中苏轼又说，"鲁直云，宣义监鄂酒"。可见儋州期间与黄庭坚仍有书信往来，并得知黄此时的情况。

2.斯人已逝的悲怆

元符三年(1100),秦观去世,这使刚刚与之分别的苏轼深感悲痛,在此后的书信中屡屡提及秦观之死。初得秦观死讯不久,苏轼在《与欧阳元老》书中以痛切的语气表达我失良友、国失贤材的憾恨之情:"然其死则的矣,哀哉痛哉,何复可言。当今文人第一流,岂可复得。此人在,必大用于世,不用,必有所论著以晓后人。前此所著,已足不朽,然未尽也,哀哉! 哀哉!"①同年,在与李之仪的信中说:"少游遂死于道路,哀哉痛哉! 世岂复有斯人乎?"②在与钱济明的信中又说:"途中闻秦少游奄忽,为天下惜此人物,哀痛至今。"③苏轼所以对秦观之死难以释怀,一方面是因其英年早逝而才不得用,同时因为秦观远贬荒州乃是受到苏轼的牵连,苏轼对此始终心怀歉疚。建中靖国元年(1101)五月,苏轼到达金陵,在与李鹰的信中,复对秦观之死致以痛悼之情:"某自恨不以一身塞罪,坐累朋友,如方叔飘然一布衣,亦几不免,纯夫、少游,又安所获罪于天,遂断其命。"④苏轼在这里将秦观之死归罪于己,为牵累朋友深感自责。绍圣二年(1095),晁补之自知齐州降通判南京,盖因苏轼任扬州时尝修摘星楼,晁补之参与其中,绍圣中株连获罪⑤,苏轼以为乃己所累,在与张耒的信中说:"无咎竟坐修造,不肖累之也,愧怍。"绍圣以来,苏轼对门人遭到自己的牵累始终怀有深深的负罪感,这种负罪感与友人亡故的悲痛交织在一起,更使苏轼不堪重负。建中靖国元年七月二十八日,苏轼卒于常州,结束了传奇而悲剧性的一生。

建中靖国元年辛巳,黄庭坚辞免吏部员外郎,待命荆南,作诗怀陈师道、秦观,《病起荆江亭即事十首》其八云:"闭门觅句陈无己,对客挥毫秦少游。正字不知温饱未? 西风吹泪古藤州。"⑥是年在与王庠的信中,黄庭坚对苏轼、秦观的逝世深表痛惜:"东坡先生遂捐馆舍,岂独贤士大夫悲痛不能已,人之云亡邦国殄瘁者也,可惜可惜! 立朝堂堂,危言谠论,切于事理,岂复有之……秦少游没于藤州,传得自作祭文并诗,可为陨涕。如此奇才,

---

① 《苏轼文集》卷58,第1756页。
② 《苏轼文集》卷52,第1541页。
③ 《苏轼文集》卷53,第1554页。
④ 《苏轼文集》卷53,第1581页。
⑤ 晁补之《南京谢到任表》云:"世昨任知齐州,为扬州修过摘星楼事,伏蒙圣恩,特从宽典,就差通判应天府。"《全宋文》,第126册第2页。
⑥ 《山谷诗集注》卷14,第358页。

今世不复有矣。"①是年底,黄庭坚接苏辙书并报书,再对苏轼的离世表达痛惜之情:"端明二丈,人物之冠冕,道德文章,足以增九鼎之重,不谓遂至于此,何胜殄瘁之悲。况手足之情,平生师友之地,荼毒刲割之怀,何可堪忍。"②崇宁元年(1102)五月,黄庭坚过湖口,李正臣持苏轼《壶中九华诗》③来见,黄庭坚感叹"石既不可复见,东坡亦下世矣,因次前韵"④,诗云:

> 有人夜半持山去,顿觉浮岚暖翠空。试问安排华屋处,何如零落乱云中? 能回赵璧人安在? 已入南柯梦不通。赖有霜钟难席卷,袖椎来听响玲珑。

诗以《庄子》藏舟大壑而夜半为人持去的典故,抒发了人亡物去的悲哀。石不可复得,人不可复见,只有石钟山仍然屹立于彭蠡之滨,诗人以石叩之,清响玲珑,睹物思人,感怆不已。绍圣元年(1094)七月,苏轼贬惠州途经湖口,看到李正臣所蓄异石九峰,"玲珑宛转,若窗棂然"⑤,欲以百金买之未果,作《壶中九华诗》以纪其事。八年之后的建中靖国(1101)元年,苏轼北归,"复过湖口,则石已为好事者取去,乃和前韵以自解"⑥。斯人已逝,风流已矣,庭坚目睹东坡遗墨,自是无限伤感。

崇宁二年(1103),黄庭坚被贬宜州,途经长沙,与秦观之子秦湛、婿范温相遇,时二人正护秦观丧北归,黄庭坚以金赒之,有《晚泊长沙示秦处度范元实用寄明略和父韵五首》《次韵元实病目》等诗。《独醒杂志》卷三载:"秦少游之子湛,自古藤护丧北归。其婿范温侯于零陵,同至长沙,适与山谷相遇。温,淳夫之子也,淳夫既殁,山谷亦未吊其子,至是与二子者执手大哭,遂以银二十两为赒。湛曰:'公方为远役,安能有力相及。且某归计亦粗力,愿复归之。'山谷曰:'尔父,吾同门友也,相与之义,几犹骨肉。今

---

① 《与王庠周彦书》,《宋黄文节公全集·正集》卷18,《黄庭坚全集》,第467页。

② 《寄苏子由书》,《宋黄文节公全集·正集》卷18,《黄庭坚全集》,第460页。

③ 应是《壶中九华诗》及苏轼北归次韵诗两首。

④ 《湖口人李正臣蓄异石九峰东坡先生名曰壶中九华并为作诗后八年自海外归过湖口石已为好事者所取乃和前篇以为笑实建中靖国元年四月十六日明年当崇宁之元五月二十日庭坚系舟湖口李正臣持此诗来石既不可复见东坡亦下世矣感叹不足因次前韵》,《山谷诗集注》卷17,第411页。

⑤ 《壶中九华诗》小引,《苏轼诗集》卷38,第2047页。

⑥ 《予昔作〈壶中九华〉诗,其后八年,复过湖口,则石已为好事者取去,乃和前韵以自解云》,《苏轼诗集》卷45,第2454页。

死不得顾殓,葬不得往送,负尔父多矣。是姑见吾不忘之意,非以贿也。'湛不敢辞。"①黄庭坚与秦、范二人执手大哭的情景真实反映出与秦观、范祖禹深厚的师友之谊及幽明异域的刻骨之痛,而与秦湛的对话更是同奉馆职、同门相知的肺腑之言,充分表现出黄庭坚待人以诚的品格。上述五诗既有对亡友的怀念,也有后继有人的欣慰,其一云,"昔在秦少游,许我同门友。掘狱无张雷,剑气在牛斗"②。诗以张华典而反用之,暗指秦观离世,如龙泉、太阿二剑一样,只能以其剑气闪烁于牛斗之间而再不可能复现于人世,寄寓了国失良材之悲。其三云,"秦、范波澜阔,笑陆海潘江。顾兹秉经术,出仕荣家邦"。诗赞秦、范二人文章波澜老成,足以傲视陆机、潘岳,勉励二人悉心经术,科考出仕有所作为,以荣耀家邦。其五云,"少游五十策,其言明且清。笔墨深关键,开阖见日星。陈友评斯文,如钟磬鼓笙。谁能续凤鸣?洗耳听两甥"。诗赞秦观策论语言明彻清通,章法谨严,开合有度,陈师道更比作钟磬鼓笙奏鸣般悦耳动人。诗人寄望秦、范二人踵继前贤,写出不负先辈的优美诗章,表达了对后生晚辈的殷切期望。

崇宁三年(1104)正月,黄庭坚到达衡州,有诗怀少游,诗题云:"花光仲仁出秦、苏诗卷,思两国士不可复见,开卷绝叹。因花光为我作梅数枝及画烟外远山,追少游韵,记卷末。"③秦观绍圣间徙郴州时曾致书仲仁求墨梅,书云:"仆方此忧患,无以自娱,愿师为我作两枝见寄,令我得展玩,洗去烦恼,幸甚!"④仲仁面见庭坚,自然会话及前事,而秦观、苏轼的诗卷当更引起黄庭坚对往事的回忆及对亡故师友的怀念。元丰三年(1080)庚申,秦观有与黄庭坚简云:"今奉寄八音歌、次韵斗野亭、黄子理忆梅花诗,凡四首,亦随以呈,聊发一笑耳。"⑤黄庭坚所追少游韵即是元丰间秦观所作《和黄法曹忆建溪梅花》一诗。往事尚且历历在目,好友却成异域之鬼,抚今追昔,自然令人怆恨不已。庭坚在诗中写道:

　　梦蝶真人貌黄槁,篱落逢花须醉倒。雅闻花光能画梅,更乞一枝
洗烦恼。扶持爱梅说道理,自许牛头参已早。长眠橘洲风雨寒,今日

---

① [宋]曾敏行:《独醒杂志》卷3,《宋元笔记小说大观》,第3222页。
② 《晚泊长沙和父韵五首》,《山谷诗集注》卷19,第466页。
③ 《山谷诗集注》卷19,第470页。
④ 《与花光老求墨梅书》,《淮海集笺注补遗》卷2,第1592页。
⑤ 《与黄鲁直简》,《淮海集笺注》卷30,第1000页。

梅开向谁好？何况东坡成古丘，不复龙蛇看挥扫。我向湖南更岭南，系船来近花光老。叹息斯人不可见，喜我未学霜前草。写尽南枝与北枝，更作千峰倚晴昊。①

诗将秦观比作梦蝶的庄子，槁项黄馘，醉倒于黄花篱落之间，暗写其藤州之死。当年的爱梅人已经长眠于风雨凄寒的橘子洲，纵使梅开万朵，清香四溢，又岂能得到知音的赏爱？更何况同样爱梅成痴、下笔有神如龙蛇挥扫的东坡也已作古，则世间的梅花便更其寂寞无主了。诗人既痛逝者，亦伤叹自己远贬荒州的命运，差可自慰的是自己身体尚健，还没有与逝者为邻，戏谑中充满酸辛。诗末则转向墨梅图，以"写尽南枝与北枝，更作千峰倚晴昊"的诗句构置出一幅明丽开阔而气象高远的画面，象征了诗人振作精神、勇对人生困境的坚毅。全诗由梦蝶起笔，由虚而实，由咏花而写人，伤逝者而嗟自身，文笔回环曲折，抒写出贬谪途中的复杂情感。

衡州期间，黄庭坚观秦观遗墨②，和其《千秋岁》词，词前小序云："少游得谪，尝梦中作词云：'醉卧古藤阴下，了不知南北。'竟以元符庚辰，死于藤州光华亭上。崇宁甲申，庭坚窜宜州，道过衡阳，览其遗墨，始追和其《千秋岁》词。"③词云：

> 苑边花外，记得同朝退。飞骑轧，鸣珂碎。齐歌云绕扇，赵舞风回带。严鼓断，杯盘狼藉犹相对。　　洒泪谁能会？醉卧藤阴盖。人已去，词空在。兔园高宴悄，虎观英游改。重感慨，波涛万顷珠沉海。④

本词与前述和诗作于同时，有感于仲仁所呈秦、黄诗卷，再抚读秦观《千秋岁》遗墨，黄庭坚的思绪被重新拉回过去，深深沉浸于对元祐往事的回忆中，而往日的欢乐更显出今日的凄凉，尤其是秦观"醉卧藤阴盖"的悲

---

① 《山谷诗集注》卷 19，第 471—472 页。
② 关于秦观《千秋岁》所作时间地点，学界尚有争议。主要有三种观点，其一认为作于绍圣二年（1095），是秦观监处州茶盐酒税时的游园之作。其二认为在衡阳赠孔平仲之作。其三认为先作于处州，绍圣三年至衡阳又写赠给孔平仲。业师王水照先生认为，因缺少确凿的文献依据，初作时间及地点又难以考证，但较可确定的是，"秦观《千秋岁》词原系别有所赠（张舜民是极有可能的人选），至绍圣四年他横州途经衡阳时重又写赠给孔平仲"。见《元祐党人贬谪心态的缩影》，《王水照自选集》第 628 页。本书遵从王先生之说。
③ 《千秋岁》并序，[宋]黄庭坚著，马兴荣等校注《山谷词校注》，上海古籍出版社，2011 年，第 55 页。
④ 本词亦见于《晁氏琴趣外篇》，作者晁补之。两词个别字不同。

剧结局更成为黄庭坚挥之不去的怆痛,小序中即对这一诗谶着意强调,词中亦以此作为上下片的关节,可见秦观之死对庭坚的刺激。诗谶与秦观之死之间的神秘联系象征了贬谪文人不可摆脱的宿命,成为一种无可抗拒的强大力量压在被贬者的心头,黄庭坚本词的创作便表现出难以挣脱的消极情绪,尾句"波涛万顷珠沉海"既是哀悼逝者,亦透露出脱身无计的绝望,可谓悼人自悼的代表作。

　　崇宁四年(1105)闰二月,秦观之子湛奉父丧经黄州,谒张耒,耒为文以祭,其中"官不过正字,年不登上寿。间关忧患,横得骂诉。窜身瘴海,陨仆荒陋"①的描述对其落魄不遇的命运进行了高度概括,这一定意义上也是苏门命运的缩影。同年九月三十日,黄庭坚卒于宜州,晁补之有《离亭宴》②词吊祭,张耒后有《读黄鲁直诗》③表达哀悼之情。大观四年(1110),晁补之卒于泗州,张耒有《祭晁无咎文》《晁无咎墓志铭》祭悼。政和四年(1114),张耒殁于陈州。至此,闪烁于元祐诗坛的苏门群星全部陨灭。

第二节　苏轼绍圣后之交游及对诗坛的影响

　　苏轼对诗坛的影响固然依靠其作品本身的示范作用,而本人的交游活动、创作实践以及在这一过程中对青年后辈的指导勉励同样是发挥影响的重要方式。苏轼熙丰、元祐期间除去被贬黄州外,基本没有脱离士大夫主流群体,绍圣被贬逐岭南,逐渐与诗坛主体隔绝开来,在贬地的交游中处于较为消极的被动回应状态。与此同时,苏轼的诗学观念不讲究刻板的诗法,更主张个性化的表达与创造力的发挥,这就使他的诗歌缺乏可以临摹学习的门径。此外,苏轼的自由人格一定意义上淡化了人才培养及诗学传承的自觉性,凡此种种都使得苏轼绍圣后对诗坛的影响力不断弱化。

一、创作的剧减与交游对象的下移

　　贬至惠州后,苏轼的避祸思想更为明显,言行相比黄州时期更加谨慎,《与程正辅七十一首》其二云:"某获谴至重,自到此旬日,便杜门自屏,虽本

---

① 《祭秦少游文》,《张耒集》卷 58,第 870 页。
② 词见《晁氏琴趣外篇》,第 77 页。
③ 诗见《张耒集》卷 23,第 407 页。

郡守,亦不往拜其辱,良以近臣得罪,省躬念咎,不得不尔。"①自乌台诗案
以来,苏轼屡屡因言获罪,已如惊弓之鸟,不敢再有丝毫大意,虽然爱诗成
痴,但面对险恶的政治环境,也不得不痛加收敛,《与陈伯修五首》其五云:
"某近日甚能刳心省事,不独省外事也,几于寂然无念矣。所谓诗文之类,
皆不复经心,亦自不能措辞矣。"②其弟苏辙更是深戒东坡作诗,甚至劝他
焚砚弃笔,东坡对自己也严加约束,这对其诗歌创作自然造成了极大影响。
自绍圣二年(1095)十月到惠州至元符三年(1100)六月离开儋耳,近五年共
存诗268首,其中和陶诗109首,次韵他人诗42首。另据日本学者内山精
也统计,苏轼从元祐元年(1086)到临终,共作诗995首,其中包括和陶诗在
内的次韵诗456首,如果除去贬惠州后的次韵诗,元祐及北归后次韵诗300
首左右。次韵诗所反映的是作者与周围人的交流状况,贬谪之前,东坡与
他人的交流显然是频密的,而居惠州及儋耳期间只有42首次韵诗,如果除
去与苏辙的次韵诗14首,则只有区区28首,可见东坡此间与外界的交流
是极其有限的。毫无疑问,次韵唱和乃是切磋诗艺、相互借鉴的重要渠道,
苏门四学士正是在次韵唱和中相互影响,共同提高的,唐庚云:"诗在与人
商论,深求其疵而去之,等闲一字放过则不可,殆近法家,难以言恕矣,故谓
之诗律。"③这只有在唱和中才可以做到,而苏轼也正是通过次韵诗的示范
引导,对元祐诗坛施加了强大影响。因此,贬谪期间次韵诗创作的剧减标
志着苏轼与周围环境尤其是诗坛主体交流的阻塞与中断,这必然极大削弱
苏轼对诗坛的影响力。贬往岭南后,东坡虽然与旧日的诗友、同事及僚属
如王巩、陈师锡、杜舆、李格非、范祖禹、李公择、钱济明、廖明略、陈季常、李
之仪、陈伯修、张嘉父、毛滂等人仍有联系,但联系方式以书信为主,诗歌往
来极少,北归前几乎没有主动寄诗的行为,即便有人寄诗来,东坡也出于避
祸心理往往借故不和,如《与毛泽民七首》其三云:"居夷久矣,不意复闻韶
濩之余音,喜慰之极,无以云喻。久废笔砚,不敢继和,必识此意。"④这些
人是东坡贬前交游的主要对象,也是元祐诗坛的重要成员,但他们大多处
于贬谪状态,同样具有类似苏轼的畏祸心理,因此彼此都少有诗歌往来。

① 《苏轼文集》卷54,第1590页。
② 《苏轼文集》卷53,第1558页。
③ ［宋］强幼安:《唐子西文录》,《历代诗话》,第445页。
④ 《苏轼文集》卷53,第1570页。

正是这些人员创作的沉寂及唱和的中断,造成绍圣后诗坛的整体衰落。只是在北归之后,苏轼才逐渐恢复与他们的诗歌交往。

贬居惠州之后,东坡直接的交往对象由上层士大夫精英下降为岭南的地方官吏及底层士人、僧侣、道士等,相对于诗坛主体,这些人显然是一些边缘化的人物,东坡与他们的交流不可能影响到整个诗坛的走向。东坡到惠州后,与两任惠守关系融洽,并与之有诗歌往来。到儋州后,与儋守张中亦保持了较好的关系,东坡有《上元夜过赴儋守召,独坐有感》诗。此后东坡离儋州,与张中依依相别,所作《和陶王先军座送客》即写出当时情状。《和陶答庞参军》亦是赠张中之作,其中感叹张氏不遇,"才智谁不如,功名叹无缘"①。除此之外,一些邻近官员或是东坡旧交,或出于对东坡的仰慕,亲到惠州拜望或赠物寄诗与东坡,东坡往往以诗作答,这也成为诗歌交流的重要形式。而元符三年(1100)北归途中更是与沿途官员唱酬不断,北归之旅几乎成为一个诗歌酬唱之旅。但上述诗歌往来主要出于人际关系的应酬,带有一定的功利性,缺乏诗学意义上的探讨交流。

值得注意的是东坡此期与程正辅的交游活动。《齐东野语》云:"老泉有自尤诗,述其女事外家,不得志以死,其辞甚哀,则其怨隙不平也久矣。其后东坡兄弟以念母之故,相与释憾。程正辅于坡为表弟,坡之南迁,时宰闻其先世之隙,遂以正辅为本路宪将,使之甘心焉。而正辅反笃中外之义,相与周旋之者甚至。坡诗往复唱和,中亦可概见也。"②东坡与程正辅关系的特殊性使得双方在相与释憾后有着密切的交往,据笔者统计,东坡自贬惠州至临终,与他人书简计约407首③,而与程氏的尺牍即达71首之多,足见此期双方交往之密切,而诗歌往来自然是交往的重要内容。程正辅到惠州后与东坡同游白水山,程氏作《白水山》,东坡有和;东坡又作《游博罗香积寺》诗,程氏亦有和,东坡客套地称赞程氏和作"真得渊明体也"④,又说,"诗屡和,韵险又已更老手五赓,殆难措辞也"⑤,可见双方唱和之频繁。程正辅将诗作屡屡呈示东坡,东坡出于畏祸心理不愿一一追和,借痔疾推却,

---

① 《苏轼诗集》卷 42,第 2327 页。
② [宋]周密:《齐东野语》,中华书局,1983 年,第 235 页。
③ 据孔凡礼点校本《苏轼文集》统计。
④ 《苏轼文集》卷 54,第 1593 页。
⑤ 《苏轼文集》卷 54,第 1593 页。

"轼近以痔疾,发歇不定,亦颇无聊,故未和近诗也"①。而程诗仍源源而至,东坡只好直言相告:"前后惠诗皆未和,非敢懒也。盖子由近有书,深戒作诗,其言切至,云当焚砚弃笔,不但作而不出也,不忍违其忧爱之意,故遂不作一字,惟深察。"②又尺牍第二十一云:"宠示诗域醉乡二首,格力益清茂。深欲继作,不惟高韵难攀,又子由及诸相识皆有书,痛戒作诗。其言甚切,不可不遵用。"③尽管子由等人深戒作诗,但东坡仍然技痒难耐,间有诗作呈程正辅,尺牍第二十七云:"二诗,以发一笑。幸读讫,便毁之也。"④又第三十五云:"老弟曾有一诗,今录呈,乞勿示人也。"⑤此间东坡与程正辅唱和十首,是东坡贬谪期间唱和最集中的一次。在与程氏的书信中,东坡借品评程诗表达了他的一些诗学观念,如赞程正辅和东坡《游博罗香积寺》诗"真得渊明体也"。又第二十一首云:"宠示诗域醉乡二首,格力益清茂。"⑥第三十七云:"新什此篇尤有功,咄咄逼鲍谢矣。"⑦东坡赞赏程氏诗朴淡有味,格力清茂,由此约略可见出东坡此期的审美追求。但由东坡一再嘱托对方秘勿示人来看,东坡与程氏的交往属于私密的个人行为,其诗难以流布社会,因此也不大可能产生更大的影响。

官员之外,东坡接触更多的是道士、僧侣、秀才、布衣等下层人物,一些人是从远地慕名而来的,如虔州布衣赖仙芝、王原,罗浮僧昙颖,广州道士何宗一。另有旧友不远千里来探望东坡,如与东坡相识二十多年的吴子野,在东坡贬谪间多次到惠州及儋耳探望,成为东坡晚年的知己。故交昙秀从扬州亲自前来惠州看望东坡,苏州定惠寺守钦长老则派卓契顺千里迢迢到惠州代为探问。亦有素不相识而远访东坡者,《韵语阳秋》载:"东坡在儋耳,余(葛立方)三从兄葛延之,自江阴担簦万里,绝海往见,留一月。"⑧更多的则是与当地人的交往,如道士邓守安,及一些普通的士人。尽管人员杂多,但这些人员大多缺乏文学素养,东坡虽与之游处相得,但来往诗作

①　《苏轼文集》卷54,第1594页。
②　《苏轼文集》卷54,第1594页。
③　《苏轼文集》卷54,第1597页。
④　《苏轼文集》卷54,第1599页。
⑤　《苏轼文集》卷54,第1604页。
⑥　《苏轼文集》卷54,第1597页。
⑦　《苏轼文集》卷54,第1605页。
⑧　《韵语阳秋》卷3,第46页。

有限,只有参寥子、钦长老等人与东坡有较多的诗歌往来。参寥子曾将雪浪斋诗寄示东坡,东坡赞曰"雪浪斋诗尤奇诡"①。而这种有限的交往实际上也不能全部实现,卓契顺看望东坡时曾带来钦长老《拟寒山十颂》,东坡次韵八首,临别时"写付卓契顺,临发,乃取而焚之"②。由此不难见出东坡谨慎戒惧的心理。《与曹子方五首》其三云:"公劝仆不作诗,又却索近作。闲中习气不除,时有一二,然未尝传出也。今录三首奉呈,览毕便毁之。"③这种有限而隐秘的诗歌往来自然不可能对诗坛产生积极的影响,而所谓的诗坛随着元祐党人贬居各地事实上已丧失了活力,东坡出于畏祸心理而慎于作诗的情况代表了元祐党人或诗坛主体的基本状况,诗歌创作由公开转入了地下,由艺术的激荡变成了感情的慰藉,多是个体的自娱自乐,而不是群体的情志发扬。即便是相互的唱和也变成了单线联系,那种一人作歌、群起唱和的盛况已成昨日旧梦。诗人主体之间缺乏交流与切磋,就会造成诗人成长的失衡,一些诗人得不到诗坛主体的良性哺育,自然会营养不良,长期维持低下的创作水平,而东坡这样的诗坛耆宿缺少外界的刺激,尤其是没有诗坛高才的对垒竞技,也会造成诗思的枯竭及诗艺的衰退,由此必然造成整个诗坛的衰败状况。这似乎也可以从一个角度解释东坡晚年大量和陶的原因,即要在缺少现实对手的情况下,与陶渊明进行超时空的对话,既是对平淡诗美观的实践,也是对诗艺的锤炼。然而它本质上不过是个体的自娱行为,并非与诗坛的正常交流,甚至可以说是一种畸形的创作,是东坡竭力冲破专制封锁的精神突围。和陶与正常次韵诗的区别正在于前者是自娱,后者是交流,而只有交流才会发生影响,才会形成与诗坛的良性互动,和陶诗显然不具备这种功能,因此,它只能成为洞窥东坡内心世界及其审美追求的窗口,而不可能是引导诗坛走向的风标。

二、苏轼交游的自由性与精英意识

东坡作为元祐党的骨干成员,是新党重点打击对象,出于避祸心理,对于一般的学子东坡不愿与之交游唱和,对前来以诗文求教者,东坡只是泛泛地表示赞美之意,如吴秀才示《归凤赋》于东坡,东坡称赞说,"兴寄深远,

---

① 《苏轼文集》卷61,第1865页。
② 《苏轼文集》卷53,第1553页。
③ 《苏轼文集》卷58,第1775页。

词亦清丽,玩味爽然",转而又说,"然仆方杜门念咎,不愿相知过有粉饰,以重其罪"①。儋耳秀才姜唐佐以诗赠东坡,东坡只是淡淡地表示:"长笺词义兼美,穷陋增光。病卧,不能裁答,聊奉手启。"②

在东坡与士人的书信中绝少一本正经的道德训诫,诗文作法也涉及不多,更多谈及酒、茶、食等方面的生活趣味,这与东坡不喜拘束的个性极有关系。如与姜唐佐秀才寥寥数语谈过其诗文后,便转而邀请对方啜茶啖菜,其三云,"今日雨霁,尤可喜。食已,当取天庆观乳泉泼建茶之精者,念非君莫与共之。然早来市中无肉,当共啖菜饭耳。不嫌,可只今相过"。"适写此简,得来示,知巡检有会,更不敢邀请。会若散早,可来啜茗否?"东坡不是那种好为人师、喜爱教诫的道学家,其自由人格决定了其行为方式必然是随意的。即便对远道而来的士子,东坡同样不以师长自居,大谈为人处世之道及为文作诗之道,而更喜欢以轻松诙谐的口吻谈对人生的感受。秀才郑清叟通过周彦质的关系见东坡于海南,东坡称其俊敏笃问学,《赠郑清叟秀才》诗云:

> 风涛战扶胥,海贼横泥子。胡为犯二怖,博此一笑喜。问君奚所欲,欲谈仁义耳。我才不逮人,所有聊足已。安能相付与,过听君误矣。霜风扫瘴毒,冬日稍清美。年来万事足,所欠惟一死。澹然两无求,滑净空棐几。③

诗以风涛海贼之险与"一笑喜"加以对比,称郑秀才涉海远来代价巨大而所得不过是与我的一番杂以谑笑的谈话,实不值得。后面进一步谦称自己才不逮人,难以满足对方探求仁义之道的渴求,旁人对我的赞誉不过是夸大之词,实不足信,因此恐怕令你失望。最后表达自己淡然自足、万事无求的生活态度,其中"年来万事足,所欠惟一死"更显旷达之态。王文诰案曰:"诗言我不逮人,仅足为自了汉,如是而止,于清叟无所发明也。"这首诗典型地表现出东坡对待青年问学者的态度。

这种态度实际上与东坡的精英意识亦有关系,《与李方叔十七首》之十六云:"比年于稠人中,骤得张、秦、黄、晁及方叔、履常辈,意谓天不爱宝,其

----

① 《苏轼文集》卷57,第1739页。
② 《苏轼文集》卷57,第1739页。
③ 《苏轼诗集》卷42,第2322页。

获盖未艾也。比来经涉世故,间关四方,更欲求其似,邈不可得。"①又汲古阁《东坡词·行香子》注云:"密云笼,茶名,极为甘馨。宋时秦、黄、张、晁为苏门四学士,东坡待之厚,每来必令侍妾朝云取密云笼,家人以此知之。廖正一,字明略,晚登东坡之门,公大奇之。一日,又命取密云笼,家人谓是四学士,窥之,乃廖明略也。坡为赋《行香子》一阕。"②可见苏轼始终怀有爱才、求才之心,但东坡所求乃是出类拔萃的人中英俊,而非忝列士伍的泛泛之辈,无奈岭南地区文化落后,人材乏少,绝世之才诚不易得,《与王庠五首》其二云:"海隅风土不甚恶,亦有佳山水,而无佳寺院,无士人。"③所谓"无士人"当指士人素养低下,形近于无,这其中恐怕包括姜唐佐秀才。实际上在儋耳有一些学生跟随东坡,曾帮东坡建茅屋,《与程秀才三首》其一云,"赖十数学生助工作,躬泥水之役"④。元符二年(1099)冬至,东坡又曾"与诸生饮酒"⑤。可见当地并非没有士人,只是缺乏精英人物。而一旦遇到出群之才,不管关系亲疏,东坡立即热情高涨,大力引荐。东坡曾向程正辅推荐侯晋叔,称其"实佳士,颇有文采气节。恐兄不久归阙,此人疑不当弃也"⑥。又曾推荐黄姓推官:"本州黄焘推官,实甚廉干,郡中殊赖之。不知今岁举削能及之否?"⑦又曾希望程氏能提携柯姓推官,"柯推良吏,冠一郡也","某不合僭言,实见其有风力廉干,可惜其去,故为一言也"⑧。而对于文采出众者,东坡自然更是青眼有加,毛滂便是受到东坡器重并被寄予厚望的一位,《答毛泽民七首》其三云:"公素人来,得书累幅,既闻起居之详,又获新诗一篇,及公素寄示《双石堂记》。居夷久矣,不意复闻韶濩之余音,喜慰之极,无以云喻。"⑨东坡希望陈师锡能给予提携,《与陈伯修五首》其五云:"毛泽民高文,恨知之者少,公能援之乎?"⑩又《独醒杂志》载:"东坡岭南归,谢民师袖书及旧作遮谒。东坡览之,大见称赏,谓民师曰:'子之

---

① 《苏轼文集》卷53,第1581页。
② 转引自《宋词纪事》,中华书局,2008年,第75页。
③ 《苏轼文集》卷60,第1822页。
④ 《苏轼文集》卷60,第1628页。
⑤ 《苏轼文集》卷72,第2324页。
⑥ 《苏轼文集》卷54,第1597页。
⑦ 《苏轼文集》卷54,第1595页。
⑧ 《苏轼文集》卷54,第1603页。
⑨ 《苏轼文集》卷53,第1570页。
⑩ 《苏轼文集》卷53,第1558页。

文如上等紫磨黄金，须还子十七贯五百。'遂留语终日。"①对资质平平者东坡懒于应酬，而一旦发现可造之才，则是欣喜若狂，不吝精力悉心指导，足见其强烈的精英意识。而山谷则不然，遇有士子问学，不问贤愚，往往多溢美之词，并诲人以道德，教之以诗法，不厌其烦，语重心长，东坡因此不能如黄氏那样形成从学者如云的盛况，这自然也影响到其学术及诗学的流传。

三、苏轼的独立人格及对诗法的疏离

从诗学观念来看，东坡后期并没有像黄山谷一样对句法（诗法）着意强调，晚期有关诗歌创作的言论主要是一些零碎的方法指导②，偶尔提及的"句法"在东坡那里也只是"启发小子"③学诗的初步路径，并未像黄庭坚那样上升到诗学渊奥的高度。在与青年后辈的交往中，东坡也不注重诗法的传授，即便涉及方法，实际上也是一些人所共知的基本原则，或自己的认识与体验，并没有可以遵循的现成套路，《与王庠书》云："前后所示著述文字，皆有古作者风力，大略能道意所欲言者。孔子曰：'辞达而已矣。'辞至于达，止矣，不可以有加矣。"④《与侄孙元老书》云："侄孙宜熟看《前后汉史》及韩、柳文。"⑤在与葛延之的信中，东坡以钱为喻说明诗文立意的重要性："不得钱不可以取物，不得意不可以明事，此作文之要也。"⑥凡此都很难归入方法的范畴。因为现成的套路必然拘束个性，而苏轼始终希望诗文应当表达作者的个性与才思，体现作者的创造，呈现千姿百态的面目，王水照先生说："苏轼在反新学中，实际提出了一个重要原则：多元性和多样性是发展学术文化的必要前提。这也成了苏门的著名门规和家法，对推动元祐文学高潮的形成起了直接的作用。"⑦东坡因此反对死守章法，对千篇一律的应试文字极为反感，告诫侄孙王庠说，"今程试文字，千人一律，考官亦厌

---

① 《独醒杂志》卷1，《宋元笔记小说大观》，第3208页。
② 黄庭坚晚年所论当然也较为零碎，但形成了几个基本的观念：强调道德修养对诗歌创作的基础作用；诗歌应遵从温柔敦厚的儒家诗教，反对干预政治；强调句法，以杜甫为宗；诗歌应求平淡有味。苏轼只是在最后一点与黄氏相通。
③ 《与谢民师二首》，《苏轼文集》卷56，第1679页。
④ 《苏轼文集》卷49，第1422页。
⑤ 《苏轼文集》卷60，第1842页。
⑥ 《韵语阳秋》卷3，第46页。
⑦ 王水照：《"苏门"的性质和特征》，《苏轼研究》，第50页。

之,未必得也",鼓励他坚持自己的风格,不要趋时随俗,"如君自信不回,必不为时所弃也"。东坡更将诗看作是人格精神的外化,其崇尚陶诗即是如此,而如前所述,陶渊明的人格精神在于"真",为应举所作文字主要是为了投考官之所好,显然并非"真"文字,当然更谈不上实用,这就不是一个文学问题,而是一个严肃的道德问题。在与侄孙苏元老的信中,苏轼说:"侄孙近来为学何如?想不免趋时。然亦须多读史,务令文字华实相副,期于适用,乃佳,勿令得一第后,所学便为弃物也。"①诚可谓语重心长。《与王庠书》云:"轼少时好议论古人,既老,涉世更变,往往悔其言之过,故乐以此告君也。儒者之病,多空文而少实用。贾谊、陆贽之学,殆不传于世。"苏轼现身说法,谆谆告诫后辈为诗作文应坚持个性,"华实相副,期于适用",不要趋时追新,人云亦云。这些观念根本上源于苏轼对独立人格的坚守,而晚年的和陶正是坚守独立人格的醒目标志。

尽管东坡晚年重新注释《易》《书》《论语》等儒家经典,却并非为了宣扬儒家道德,更不是如二程那样为儒家秩序寻找更为终极的天理依据,而是企图从儒家经典中寻找既可以超越传统价值而又可以保持独立人格的文化要素,而只要有所发现,便大加发明②。苏轼本质上是一个"一蓑烟雨任平生"的孤独的行者,这种孤独本质上是对专制秩序的背叛,早年诗歌的豪横不羁与这种自由人格是一致的。绍圣以后,随着政治环境越发严酷,东坡诗作也由豪横转为平淡,却仍然以对陶诗的追和顽强地保持着人格的独立。陶渊明是一个不与政权合作的象征,苏轼虽不至于激进到拒绝王权的地步,然而对陶渊明的追随则确凿无疑地表明了坚守独立人格的立场,他始终不愿将自己置于某种秩序的规范之下,其诗学观念也渗透了同样的精神。所谓以才学为诗只是表面现象,最根本的乃是苏轼不屑于遵从秩序,表现为诗学观念也便不屑于追求某种诗法,尽管他也说"敢将诗律斗深严",却并不表示倡导严守格律,只不过表明自己在格律的束缚下也能率意挥洒,写出优美的诗章。因此,无论其人格精神还是诗学观念,苏轼都与北宋末年党争恶化、专制强化的政治形势形成越发尖锐的矛盾,从乌台诗案经洛蜀党争到岭南之贬,这种矛盾愈形激烈。在此过程中,苏轼也经历了

---

① 《与侄孙元老四首》其二,《苏轼文集》卷60,第1842页。
② 见第五章第三节。

由直言相讥到不再好骂的转变,岭南以后苏轼确乎不好骂了,然而却不等于他屈服于秩序的规定性,只不过是将与专制政治的对抗由外在转入了内在,由对现实的批评转化为对独立人格的坚守,和陶正是这种坚守的表现形式。晚年作《咏三良》诗已表现出比早年的愚忠更清醒的认识,而儋州所和《千秋岁》词更是明白地表示了自己决不屈从专制王权的自由立场,所谓"新恩犹可觊,旧学终难改。吾已矣,乘桴且恁浮于海",真可谓老而弥坚、至死不渝了,这与黄庭坚晚年力倡儒家道德及儒家诗教有着根本的不同。因此,东坡作诗无法并不仅是一个诗学观念问题,归根结底是一个文化人格问题,苏诗正是其人格精神的外化,它最终所依靠的乃是独立自由的人格、豪纵不羁的性情、深厚丰富的积累及驾轻就熟的运用能力,纯乎从方法角度是难以窥入的。以才力为诗固然是苏诗难学的重要因素,而根本者在于学习者没有苏轼那样的文化内核,只从诗学角度进入苏诗,必然不得其神髓,即便登堂也难以入室。而在绍圣以后新党废黜诗赋取士的背景下,士子注重经义而忽视诗赋,缺乏深厚的历史及文学积累,难以为诗赋创作提供坚实的支撑,自然不可能像苏轼那样以才学为诗,他们只能循着一定的门径,摸索前行,于是,黄庭坚诗法适应了这种状况,满足了士人的需求,成为江西诗派大行其道的重要原因。

　　综上可见,东坡绍圣以后受制于严酷的政治环境,避祸心理严重,与人诗歌往来大为减少,而岭南地区人才乏少也使交游范围及水平受到很大限制,东坡以交游方式对诗坛的影响趋于弱化。崇宁二年(1103),徽宗诏令毁彻苏轼、黄庭坚等人诗版,更加削弱了苏诗的影响。但事实上苏诗仍然以其高度的艺术魅力冲破种种阻碍成为士子们竞相摹习的对象,《风月堂诗话》载:"崇宁、大观间,(东坡)海外诗盛行,后生不复有言欧公者。是时朝廷虽尝禁止,赏钱增至八十万,禁愈严而其传愈多,往往以多相夸。士大夫不能诵坡诗者,便自觉气索,而人或谓之不韵。"[①]可见,诗人对诗坛的影响根本上取决于作品本身的价值,而交游只是辅助手段。士大夫虽不能学得苏轼的旷放风度,却仍然高山仰止,神往不已;苏诗虽然难学,却仍然以其超乎凡庸之上、富于气脉神韵的高妙境界成为无法回避的诗学范式。黄诗固然容易入门,却不易提高,欲臻高境,仍须取法苏诗,因此,苏诗的衰落

---

　　① ［宋］朱弁:《风月堂诗话》,中华书局,1988年,第106页。

只是表面的和暂时的,诗歌对美的无止境的追求必然要超乎"技"而进于"道",而苏诗在一定意义上正代表了"道"的境界,这也是南宋以后江西诗派重归苏轼的根本原因。

第三节 黄庭坚贬后之交游及对诗坛的影响

黄庭坚并非苏轼那样的重点打击对象,被贬主要是因为受到苏门的牵连,这就使得他与周围人的交游更为自由,对诗歌往来没有太多的顾忌,在贬地的诗作可以得到较大范围的传播。戎州所作三绝句流出后,晁说之即曾次韵三首,可为一证,这在一定程度上也扩大了他对诗坛的影响力。

黄庭坚贬居的黔戎之地尤其是戎州尽管也属于荒僻之地,但相比岭南文化发达,士人受到较好的教育,故向山谷问学者众,《答王周彦书》云:"及某以罪戾抵戎僰,久之,观荣之士乐善而喜闻道,中州弗及也。"①这虽未免客套,也不失为实情。而山谷也乐意奖引后学,《答王观复》其五云:"盖好学知言之士,或千中得一,所以相遇不能不欣然,相失不能不怅然耳。"②山谷至贬所后所与交游者既有不少地方官员、僧侣、旧友等,更多的则是向道好学的基层官员及士人,山谷尽心讲学,与之交流唱合,极为相得。《张仲吉绿阴堂记》云:"嘉阳张仲吉,寓舍僰道,其子宽夫又从予学,故予数将诸生过其家。近市而有山林趣,花竹成阴,嘢鸟鸣蛙,常与人意相值。或时把酒至夜,漏下二十刻,云阴雷风,与诸生冲雨踏泥而归。诸生从予,未尝有厌倦焉。"③许多人不辞劳苦从远地赶来求学问道,《答王秀才书》云:"承车马东来,将父命以厚逐客。"④而苏轼的姪孙王庠更是辗转致信远在惠州的苏轼,请求把自己引荐给黄庭坚,山谷在《书王周彦东坡帖》中赞扬王庠不以东坡遭贬而避之,反而"万里致医药,以文字乞品目,此岂流俗人炙手求热,救溺取名者耶!"⑤即便山谷到青神探望姑母时,亦有当地士子出所著书请山谷指正,《杨子建通神论序》云:"今年以事至青神,有杨康侯子建者,

---

① 《宋黄文节公全集·别集》卷12,《黄庭坚全集》,第1709页。
② 《宋黄文节公全集·续集》卷8,《黄庭坚全集》,第2083页。
③ 《宋黄文节公全集·别集》卷2,《黄庭坚全集》,第1494页。
④ 《宋黄文节公全集·别集》卷15,《黄庭坚全集》,第1768页。
⑤ 《宋黄文节公全集·别集》卷8,《黄庭坚全集》,第1629页。

以其所论著医惠然见投,悉读之,而其说汪洋。蜀地僻远,无从问所不知,子建闭户读书,贯穿黄帝、岐伯,无师之学,至能如此,岂易得哉!"①这既见出黄庭坚名满天下的声望,也反映出蜀中士人好学不倦的风气,这使黄庭坚深受感染,激发起传道授业、奖掖后辈的热情。《豫章先生传赞》云:"(山谷)与后生讲学,孜孜不息。两川人士争从之游,经公指授,下笔皆有可观。"②洪炎《题山谷退听堂录序》亦有类似记载:"迁黔州、戎州,蜀士流相劝就学,以诗教诸生焉。北归,寓荆渚,罢太平,寓江夏,皆逾岁。后进生慕学者益众。"③由实际情况来看,山谷与青年晚辈的交游主要呈现出以下特点:

一、强烈的道德教化色彩

山谷晚年基于北宋后期士风沦落的现实,更强调以道德培养重建世道人心,而元祐党人屡遭打击的现实又使其对儒家精神的坚守由入世立功退转为内在的道德修炼,这种转化又与温柔敦厚的儒家诗教联系起来,使得道德教化成为立身行事及为诗作文的基础。《与李少文书》云:"吾侄性资开爽,他日必不居人后。惟强学自重,读《论语》《孟子》,取其切于人事者,求诸己躬,改过迁善,勿令小过在己,则善矣。"④《答秦少章帖》云:"文章虽末学,要须茂其根本,深其渊源,以身为度,以声为律,不加开凿之功,而自闳深矣。"⑤《答王观复》云:"文章以理为主,而足下之文理亦胜,少加意经术,便为不朽之作。"⑥即便为人取名字,也几乎全部从儒家经典中撷取资源,并从儒家立场加以申说,如《杜靖字说》云:"杜叔元之子绍闻,年七岁,来乞名。涪翁名之曰靖,字之曰安雅……君子坦荡荡,安雅也。安雅,则行于所无事;行于所无事,则顺逆万端,日陈于前,我心未尝不嘉靖也。"⑦又《石信道诸子字训》云:"夫存心养性,以与天地参也,则能御六气以游无穷,

---

①　《宋黄文节公全集·别集》卷2,《黄庭坚全集》,第1486页。
②　《黄庭坚全集》附录一,第2361页。
③　《全宋文》,第133册第289页。
④　《宋黄文节公全集·别集》卷14,《黄庭坚全集》,第1757页。
⑤　《宋黄文节公全集·别集》卷18,《黄庭坚全集》,第1867页。
⑥　《宋黄文节公全集·续集》卷3,《黄庭坚全集》,第1972页。
⑦　《宋黄文节公全集·别集》卷4,《黄庭坚全集》,第1530页。

此人而有天翼者也。"①

　　虽然山谷晚年的道德观念与诗学观念几乎不可分割,但仍然具有其独立性,在山谷看来,儒家道德观念的培养不仅是作诗为文的根基,而且是担当大任的前提,没有正直无私、坚刚不移的德行,便不可能有所作为,更不可能在危急时刻砥柱中流,挽狂澜于既倒。因此,山谷将魏徵《砥柱铭》赠予被他深寄厚望的杨明叔、王观复可谓有深意存焉。

二、道德秩序与诗文法度的内在统一

　　黄庭坚贬谪期间最重要的诗学观点便是反对诗歌干预现实政治,表述这一观点的文章有两篇,即《答洪驹父书》和《书王知载朐山杂咏后》,二文的核心观点便是反对"骂"。沈松勤先生认为,"这不是黄庭坚一以贯之的文学观,而是绍圣以来党祸连结、大狱屡兴、遭贬处穷的背景下形成的,是儒家诗学在党争中遭破坏后的一种重建,体现了在动辄以'文字'得罪的政治环境中忧谗畏讥的心理"②。而乌台诗案作为标志性事件更成为黄庭坚拒绝以诗歌干预现实的口实。黄氏称"东坡文章妙天下,其短处在好骂",可见"好骂"只是短处而已,并不妨碍文章之"妙",亦可见黄氏所求固然在"妙",更在"不骂",其实东坡文章之"妙"许多正在于"骂",如《荔枝叹》。黄氏又称"诗者人之情性也",并非用来"骂"的。黄氏显然将"好骂"逐出了"情性"的范围,他所谓"情性"当指无关现实的闲适之情及怡悦之性,其实"好骂"恰恰出于人之情性。黄氏既承认东坡文章之妙,又称骂是其短处;既称诗是人之情性,又称诗不应好骂,其间的矛盾性是显而易见的。钱志熙先生将黄氏诗学观称为向诗之本性的回归未免有过于求深及回护黄氏之嫌,其实黄庭坚的意思很明白,就是要取消诗歌的批判功能,以避免由此可能招致的政治迫害。日本学者内山精也认为,苏轼、黄庭坚对现实采取不同的态度并非出于个性的差异,"其最具决定性的原因在于官界全体的言论环境的变化(恶化)"③。这就需要将诗歌创作纳入现实的专制秩序,以主体对儒家秩序的自觉遵从化解"好骂"的冲动,从而自然消除诗歌本身

---

①　《宋黄文节公全集·别集》卷4,《黄庭坚全集》,第1531页。
②　沈松勤:《北宋文人与党争》,第225页。
③　[日]内山精也:《宋代士大夫的诗歌观——从苏黄到江西派》,《第四届宋代文学国际研讨会论文集》,浙江大学出版社,2006年,第240页。

的批判锋芒,而前提便是主体性的人自觉强化儒家的道德观念,这正是黄庭坚晚年一再强调道德修养的根本原因。这一观念与其对诗文法度的强调具有深刻的一致性,一定意义上也可以说,诗文法度乃是道德秩序的外化形式。因此,在与后辈的书信中,黄氏往往将二者并提,既谈修养,又谈诗法(文法),虽然后者属于审美范畴,却恐怕难以排除二者之间历史的对应性。

在此期的许多书简中,山谷屡屡提及诗文的作法,强调为诗作文应讲规矩。上述《答洪驹父书》中,山谷即提出了为文须有章法的问题:"凡作一文,皆须有宗有趣,始终关键,有开有阖,如四渎虽纳百川,或汇而为广泽,汪洋千里,要自发源注海耳。"①即文章要有明确的立意,并要注意首尾的呼应。《与孙克秀才》云:"每作一篇,必使有意为一篇之主,乃能成一家。"②《答王子飞书》云,陈履常作文"深知古人之关键,其论事救首救尾,如常山之蛇,时辈未见其比"③。不仅要在立意及首尾方面求得形似,更应在气格神韵方面妙尽古人,《与王庠周彦书》云:"所寄诗文反复读之,如对谈笑也。意所主张甚近古人,但其波澜枝叶不若古人尔。意亦是读建安作者之诗,与渊明、子美所作未入神尔。见东坡《书黄子思诗卷后》论陶诗、钟王书极有理,尝见之否?"④东坡在此文中提出的重要观点便是"发纤秾于简古,寄至味于淡泊",以古为宗,以淡为美,古而不乏纤秾,淡而富于至味,便是诗之高境。为此须要熟读古人之书,精心揣摩研习,庶能近之。《与孙克秀才》云:"请读老杜诗,精其句法。"《答王子飞书》云,陈履常"作诗渊源,得老杜句法,今之诗人不能当也"。《答石长卿》云:"所惠示文字,义理贯穿,自作语亦工,举子中足下为长雄也。如对策,更须熟观班固《汉书》论事之文,论则须令有关键,则百发百中,如养叔之射矣。"⑤又《跋书柳子厚诗》云:"予友生王观复作诗,有古人态度,虽气格已超俗,但未能从容中玉佩之音,左准绳、右规矩尔。"⑥山谷这里所谓的"句法""关键""规矩"等等虽然属于独立的美学范畴,距道德秩序较远,但从宏观来看,都以法度为核心,

---

① 《宋黄文节公全集·正集》卷18,《黄庭坚全集》,第474页。
② 《宋黄文节公全集·续集》卷1,《黄庭坚全集》,第1925页。
③ 《宋黄文节公全集·正集》卷18,《黄庭坚全集》,第467页。
④ 《宋黄文节公全集·正集》卷18,《黄庭坚全集》,第468页。
⑤ 《宋黄文节公全集·续集》卷4,《黄庭坚全集》,第2013页。
⑥ 《宋黄文节公全集·正集》卷,25,《黄庭坚全集》,第656页。

黄庭坚已经自觉地将诗文法度从属于道德秩序,实现了与道德秩序的统一。

山谷绍圣后的文艺观念对当时士人产生了明显的影响,张镃《仕学规范》卷三十九载:"潘邠老语饶德操云:作长诗须有次第本末,方成文章。譬如做客见主人,须先入大门,见主人,升阶,就坐,说话,乃退。今人作文字都无本末次第,缘不知此理也。"①潘大临所论乃是为诗作文的章法结构问题,从中不难看到黄庭坚诗学观念的影子。山谷之甥洪炎论诗更与黄氏同一口吻,都追求优游不迫、收敛含蓄,而不取发扬刻露、感情激烈之作。苏轼曾评鲁直诗曰:"读鲁直诗如见鲁仲连、李太白,不敢复论鄙事。颇若不适用,然不为无补于世。"洪炎对苏轼的评价并不完全赞同,以为"此评则未尽"。显然洪炎以为苏轼此评尚未抓住鲁直最根本的特征,洪炎说:"夫诗人赋咏于彼,兴托在此,阐绎优游而不迫切。其所感寓,常微见其端,使人兴复玩味,久而不厌,言不足而思有余,故可贵尚也。若察察言如老杜《新安》《石壕》《潼关》《花门》之什,白公《秦中吟》《乐游园》《紫阁村》诗,则几于骂矣,失诗之本旨也。"②洪炎上述所论完全传承了山谷的诗学观。可见黄庭坚的诗学观念在交游中得以散布流传,并日益扩大,成为江西诗派得以形成的重要理论基础。

三、构建人材网络

黄庭坚非常注意发现人才,而一旦发现可造之才,便极力推奖,乃至以振兴诗坛的重任相托付。初到黔中,对杨明叔即是如此期许,《次韵杨明叔四首小序》云:"文章者,道之器也;言者,行之枝叶也。故次韵作四诗报之,耕礼义之田而深其末。明叔言行有法,当官又敏于事而恤民,故予期之以远者、大者。"③所谓远者、大者即是立德、立功、立言,而立德、立言实际上已成为二而一的关系,即所谓"文章者,道之器也",山谷晚年每每以此教导后辈,成为他晚年文学观念的重要内容。相比立功,山谷当然更希望杨明叔能够在诗坛创新出奇,出人头地,《再次韵》云:"盖以俗为雅,以故为新,百战百胜,如孙吴之兵,棘端可以破镞,如甘蝇飞卫之射:此诗人之奇也,明

---

① 〔宋〕张镃:《仕学规范》,景印《文渊阁四库全书》,第 875 册第 195 页。

② 《豫章黄先生退听堂录序》,《山谷诗集注》,第 1358 页。

③ 《山谷诗集注》卷 12,第 300 页。

叔当自得之。公眉人,乡先生之妙语震耀一切,我昔从公得之为多,故今以此事相付。"①希望杨皓能够习得诗法,超越侪辈。山谷一方面爱才,同时又为自己不能助其仕途通达而深感愧惜,《次韵杨明叔见饯十首》小序云:"杨明叔从予学问,甚有成,当路无知音,求为泸州从事而不能得。"②山谷不能于仕途提携杨明叔,便只能作诗加以激励,"杨子有直气,未忍死草茅""今年贫到骨,豪气似元龙""杨君为己学,度越流辈百""富贵何足道,圣处要策勋""丈夫存远大,胸次要落落"③。返荆州后,又书《砥柱铭》赠之,《题魏郑公砥柱铭后》云:"吾友杨明叔,知经术,能诗,喜属文。为吏干公家如己事。持身洁清,不以夏畦之面事上官,不以得上官之面陵其下。可告以魏郑公之事业者也。"④在山谷看来,杨明叔德行、吏事、诗文俱超流辈,正是可堪大任的干材,以魏徵砥柱铭赠之可谓寄予厚望。

杨明叔之外,王观复也是山谷极为重视的才俊,任渊注曰:"王蕃字观复,沂公之裔,官阆中时多以书从山谷问学,至是(元符三年)自京师来会山谷于荆州。"⑤山谷赞叹王观复文采出众,"王侯文采似於兔";品格不俗,"我观王隆化,入莸不改薰"⑥,并以"直谅与多闻"勉励王氏进德修业,《题王观复所作文后》云:"王观复作书,语似沈存中。它日或当类其文。然存中博极群书,至于《左氏春秋传》、班固《汉书》,取之左右逢其原,真笃学之士也。观复下笔不凡,但恐读书少耳。如梓州生陈子昂之文章,赵蕤之术智,皆所谓人杰地灵也。"⑦既肯定优点,又指出不足,循循善诱,确乎良师益友。与对待杨明叔一样,山谷亦以魏徵《砥柱铭》赠之,"营丘王观复,居今而好古,抱质而学文,可望以立不易方,人不知而不愠者也。故书《砥柱铭》遗之"。对王氏同样寄予了厚望。

返归荆州时,山谷又发现了高荷,更是极加推誉。《与李端叔书》第三首云:"比得荆州一诗人高荷,极有笔力,使之凌厉中州,恐不减晁、张。"⑧

① 《山谷诗集注》卷12,第303页。
② 《山谷诗集注》卷14,第342页。
③ 《山谷诗集注》卷14,第342—345页。
④ 《宋黄文节公全集·别集》卷7,《黄庭坚全集》,第1596页。
⑤ 《山谷诗集注》卷14,第354页。
⑥ 《山谷诗集注》卷14,第355页。
⑦ 《宋黄文节公全集·正集》卷25,《黄庭坚全集》,第670页。
⑧ 《宋黄文节公全集·别集》卷13,《黄庭坚全集》,第1751页。

并同样付之以文章宗主之任,"顾我今六十老,付君以二百年"①。《石林诗话》云:"高荷,荆南人,学杜子美作五言,颇得句法。黄鲁直自戎州归,荷以五十韵见,鲁直极爱赏之。"②黄庭坚随处注意识拔才士,即便到青神探亲途中,也注意交接当地士人之杰出者,《与杨素翁书》云:"到青神,所得士,唯王十六元直老成有士大夫气味,严与公权学识高明,文章词气,道理明白粹美,此国士也。苏元老在庭作诗书字,真东坡先生家子弟,人物亦高秀。"③崇宁二年(1103),山谷在《与徐师川书》中说:"自东坡、秦少游、陈履常之死,常恐斯文之将坠,不意复得吾甥,真颓波之砥柱也!续当写魏郑公《砥柱铭》奉寄。"④山谷出于苏轼门下,终成大器,在文坛寂寞、人材凋零的背景下,更加迫切地希望有人能够薪火相继,主盟文坛,由此也可以看出自欧阳修以来宋人诗学传承的自觉意识⑤。山谷以热切的爱才之心奖掖后辈,实际上不经意间构成了一个潜在的人才网络,洪氏兄弟、杨皓、王蕃、徐俯、潘大临、高荷等人正是这一网络的重要成员,这也是山谷晚年的诗学观念大行其道并最终形成江西诗派的人材基础。

作为诗坛名宿,山谷在遭贬处穷的背景下,其奖掖后人以传承诗学的意识更加强烈,每到一地,传道解惑,乐此不疲,热情似乎超过了苏轼。这不仅有山谷贬居的黔戎之地求学者众的缘故,而且源于山谷更为执著的儒家信仰。山谷晚年几乎把儒道与诗文完全合一,儒家"三不朽"的文化精神深入骨髓,激发起山谷诗文救世、致身不朽的强烈使命感。而苏轼晚年更加随缘任运,与物同流,从元祐末年到建中靖国,苏轼的思想由儒家之刚健有为转向释道之融通万物,由道教的养生之术递变为庄子的自然之道,其人格精神已浑合于天地大化,其文学创作也由早期的豪横不羁渐变为晚年的宁静淡泊,心性更加超旷通达,不再执著于诗文本身的效用,对诗学的流播与传承似乎也没有早年的热情。随着北宋晚期儒家内圣化趋势的加强,黄庭坚诗法深刻契合了这种社会思潮的变动,成为这一思潮在诗歌领域的重要表现。而苏轼则因其庄禅思想的深刻濡染,倾向于摆脱法度而追求个

---

① 《赠高子勉四首》其四,《山谷诗集注》卷16,第395页。
② 《石林诗话》卷中,《历代诗话》,第419页。
③ 《宋黄文节公全集·别集》卷17,《黄庭坚全集》,第1840页。
④ 《宋黄文节公全集·正集》卷19,《黄庭坚全集》,第480页。
⑤ 李䧃:《师友谈记》载苏轼语曰:"方今太平之盛,文士辈出,要使一时之文有所宗主。昔欧阳文忠常以是任付与某,故不敢不勉。异时文章盟主,责在诸君,亦如文忠之付授也。"

性自由,从而与不断滋长的内圣思潮越发疏离。且苏轼所推崇的乃是从人格到诗格、从人性之真淳到诗风之自然的陶诗,无迹可求,无法可依,这也使得苏诗影响趋于弱化。而黄诗及其诗法观念则基于以上原因而大行其道,最终发展为江西诗派,成为北宋末及南宋初影响深远的诗歌流派。

第四节　秦、晁、张、陈贬谪间的交游及影响

秦观等人在元祐文坛并非苏轼、黄庭坚那种万众瞩目、领袖群伦的核心人物,他们的影响得力于苏门的群体效应及京师的优势位置,而一旦被贬往远州恶地,脱离群体与京师,他们对诗坛的影响便明显下降了。

从交游方式来看,秦观等人贬后的交游大体有两类,其一是贬谪途中的短暂相聚。从绍圣至崇宁,除去元祐党的骨干成员直接被贬往岭南黔蜀等荒恶之地外,其他从属人员则多外放地方,且转徙频繁,这既给他们带来沉重的压力,也造成了与亲友故交重逢的机会。因是贬宦途中,多是偶然的相遇,短暂相聚之后即各奔东西,来不及进行更深入的交流。且奔波各地,前途未卜,由此所形成的诗作多是倾吐离情,感慨人生。元符三年,秦观遇苏轼于雷州,作《江城子》词以寄慨,词云:"南来飞燕北归鸿,偶相逢,惨愁容。绿鬓朱颜重见两衰翁。别后悠悠君莫问,无限事,不言中。"①真可谓欲语还休,感慨无穷。晁补之绍圣元年六月出知齐州,次年二月贬应天通判,途中遇其叔晁端礼,作《水龙吟》词,其中云:"萍梗孤踪,梦魂浮世,别离常是。念当时绿鬓,狂歌痛饮,今憔悴,东风里。"②感叹萍踪无定,人生苦短。崇宁元年晁补之出守蒲州,在蒲仅三个月,旋即移知湖州,《自蒲赴湖至板桥逢杜谋伯》诗云:"二年两度踏京尘,犹喜常逢杜子春。文学老来从旧日,金兰同好更何人。身惭随檄终难强,计欲归耕未敢陈。正是桃花红似血,不应无酒但沾巾。"③诗人对自己来往奔波、风尘仆仆而能常逢老友颇感欣慰,且双方爱好如旧,相知依然,字里行间流露出真挚的情意。虽怀归耕之念,无奈任职朝廷身不由己,只能宦流各地了。诗人最后强自宽解,以饮酒为欢劝慰友人,反更流露出离别的伤痛。其他如《赴蒲道中寄

---

① 〔宋〕秦观著,徐均培笺注:《淮海居士长短句笺注》卷2,上海古籍出版社,2008年,第66页。
② 《晁氏琴趣外篇》卷4,第147页。
③ 《全宋诗》,第19册第12858页。

洛倅王定国》《罢蒲乾濠道中寄府教授之道弟》等贬宦途中所作都表现出类似的感情格调。即便是与昔日好友相处同游,也总是摆脱不掉政局动荡的阴影,往往流于感伤。元符二年,张耒监复州酒税务时,李文举"尝以事至郡,同游西禅刹陆子泉,烹茶酌酒"①,相得甚欢。张耒时作《与李文举登梦野亭》诗:"樽俎相逢散百忧,虽非吾土共登楼。天边云送荆王雨,江上枫凋宋玉秋。华发不堪怀故国,清杯相与散牢愁。清谈七泽谁强健,莫学骚人赋远游。"②怀古伤今,借酒浇愁,见出彼时的失意情绪。元符三年(1100),张耒通判黄州,李文举自武昌渡江拜访张耒,张耒"与之饮酒念西禅旧事,相与慨然"。其诗云,"此生放荡随群动,一觉竟陵潇洒梦。江山唤我此中来,却愁风月无人共""西禅旧游已陈迹,壁间陆子尘生供。石栏古井谁知味,只有松风自成弄"③。所谓"旧事"不过一年光景而已,竟"相与慨然"了,由此不难觉察双方心底所潜存的对人生遇合无定的深层焦虑及闪烁于背后的时代阴影。元符三年罢官黄州通判后,张耒与潘仲达、李格非共游灵岩寺,其间作《与潘仲达二首》,表达了对故土的怀念,"江南桃李尽,红紫到百草""念我淮上丘,三年不躬扫"。在人生失意的情况下,士大夫的心灵自然会指向对历史人生的感慨与思索,指向对亲情、友情等人间温情的眷恋与渴慕。在匆匆来去的贬宦生涯中,故友难得的相逢便成为彼此倾诉衷情的机会,这类诗作因此更侧重感情的交流,而不是诗艺的切磋,即便呈现出鲜明的创作个性,接受方所关注的也不大可能是诗歌本身的艺术特征,而是所表达的感情内容,其唱和回应自然也会聚焦于感情方面,在这种情况下,诗风的影响自然便流于微弱了。

其二则是贬地的交游。秦、晁、张、陈等人受本身的地位、声望、个性、诗学观念等因素的综合影响,被贬逐地方以后并没有如苏、黄一样仍然受到人们的密切关注,而是逐渐淡出了人们的视野。贬谪地方或赋闲以后,交游对象主要是当地官员及少数相知的诗友,只有张耒晚年从学者较多。总体来看,四人贬后的交游远没有苏、黄那样的频密,更没有形成游从如云的盛况。

秦观在贬地与他人似乎没有什么交往,而且与当地官员的关系也不够

①　《张耒集》卷 13,第 223 页。
②　《张耒集》卷 22,第 395 页。
③　《张耒集》卷 13,第 223 页。

融洽,在处州时便被使者"以谒告写佛书为罪,削秩徙郴州"①。这里固然有当地官员承望风旨、刻意诬陷的原因,但也似乎表明秦观性情孤僻,不易与人相处。贬谪期间除与苏门中人有极少的诗文来往之外,与他人竟然没有一首唱和诗传世,足见其落落寡合的孤僻性格,自然就谈不上多少影响了。秦观的成就及影响不在其诗而主要在其词,远在中进士之前的熙丰年间,秦观词在江淮一带即有声誉,其诗作受到词风的深刻浸淫,词藻秾丽,格调软媚,元祐七年(1092)的西池会一联被称为小石调,实即指出其诗作沾染了软媚的词风,这与宋中后期诗坛以苏、黄诗为代表的平淡自然、瘦硬生新的面貌殊不相类,故而不为时人所重。且贬后诗作数量极少,更使其影响流于微弱了。

　　晁补之的交游值得注意的主要有两个阶段:其一是贬监信州盐酒期间与信守李柜之间的诗歌唱和,其二则是隐居金乡期间的少量交游。贬监信州期间,晁氏唱和诗全为七言律体。如上一章所述,晁氏性情豪健,乐府及七言古体更能表现其风格,七律则非所长,许多七律明显有捉襟见肘、勉强补凑的痕迹,表现出才力不足的窘迫,如《次韵金乡宰韩宗恕寺丞见赠三首》其二云,"嘉论一朝倾盖合,新诗半夜叩关传。西窗却话巴山事,它日相逢忆此年"②。诗写与韩求仁议论相投,后两句虚想别后忆念情景而用"西窗""巴山"典故,将夫妻关系移用于朋友则属不伦。尽管这些唱和诗也有切磋诗艺的因素,但主要是对主倡者的附会,且七律并非晁氏所长,似无影响可言。崇宁二年(1103)隐居金乡后,晁补之追步渊明,深居简出,杜门吟咏,主要与其近亲交往较多,尤其是其十二叔晁端礼及从弟无斁。如晚年"同十二叔泛济州环溪",作《阮郎归》三首。从弟无斁宰宝应,晁补之作《古阳关》词赠之。除此之外,似亦不见有与他人的唱和,也不见有问学如云的情况。与秦观类似,晁氏词的成就高于诗,晚年以后更热衷于词的创作,因而随着贬出京师及长期赋闲金乡,对诗坛的影响便趋于式微了。

　　张耒贬地的交游重要者也有两个阶段:其一是崇宁元年(1102)至五年安置黄州期间与潘大临的诗歌唱和。据笔者统计,与潘氏有关的诗作有十八首之多。双方相隔柯山,往来颇为密切,且思想相近,志趣相投,可谓无

---

　①　《宋史》卷444,第13113页。
·　②　《全宋诗》,第19册第12846页。

话不谈的知己。但是张耒的诗学观念及创作对潘氏并没有产生有力的影响，详见下一节。其二则是晚年寓居宛丘期间，许多士人相游从。《宋史》本传云："时二苏及黄鲁直、晁补之辈相继殁，耒独存，士人就学者众。分日载酒肴饮食之。"①尽管如此，张耒对当时诗坛的影响值得怀疑。如上章所论，张耒文学观念的核心是自然，晚年诗效白乐天体，但在北宋中后期苏、黄尤其是黄庭坚影响日益扩大的情况下，平易浅切的白体已属诗坛末流，张耒此时以白体相标榜便不可能产生更大的影响。

与上述诸人多有不同的是陈师道。陈师道元祐二年（1087）由苏轼、傅尧俞、孙觉荐，授亳州司户参军，充徐州州学教授。而在此之前，陈师道已因不慕势利名闻京师，章惇曾两次招引，均遭拒绝，这使得陈师道在士林赢得了极高的声誉，其诗也受到当时诗坛的推重。元祐二年，司马光去世，陈师道作《丞相温公挽词》，其中有"政方随日化，身已要人扶"句，黄庭坚以此称"其才不可敌也"，同时认为当今诗人"无出陈师道无己"②。山谷因此也鼓励青年求学于后山："陈履常正字，天下士也……其作诗渊源，得老杜句法，今之诗人不能当也……公有意于学者，不可不往扫斯人之门。"③建中靖国（1101），王蕃、洪刍慕名谒见陈师道，即是出于黄山谷的荐引。尽管如此，从陈师道学诗者并不多，见诸记载者主要只有一个魏衍，这与陈师道地位低下、长期落魄极有关系。陈师道不满新学，绝意科举，只为谋生需要才担任地方教授，官卑职轻，交游极为有限。绍圣罢官之后，生活更加困窘，也更加难以与星散各地的元祐士人接通关系，这无疑削弱了对诗坛的影响。

可见，诗人要产生较大影响，必须要具备以下几个因素：诗人本身须有对诗坛的强大号召力，必须要有相当规模的受众，必须要有通畅的交流渠道，必须要形成较为系统的诗学观念，且诗学观念须与时代精神具有内在的统一性。苏轼虽然前两者占有优势，但后三者则处于劣势，尤其是苏诗豪横不羁的主导风格与北宋末趋于内敛、强调内在修养的时代精神渐行渐远，苏诗的影响因而趋于下降。而黄庭坚的诗学观念得到广泛接受并最终形成江西诗派与其拥有全部上述条件息息相关。苏门其他人对诗坛影响

①　《宋史》卷444，第13114页。

②　《冷斋夜话》卷2，《宋元笔记小说大观》，第2174页。

③　《答王子飞书》，《宋黄文节公全集·正集》卷18，《黄庭坚全集》，第467页。

的消长基本上服从于以上条件,秦、晁、张或妩媚或豪健或清丽,都与时风相悖;陈师道宗黄学杜,暗合时风,故后来极受推重,乃至被江西诗派奉为三宗之一。一定意义上说,北宋末年的诗坛走向正是苏门横遭贬谪而分化瓦解之后的延续,江西诗派的兴起正是这种分化瓦解的结果。

第五节　贬谪的促动与江西诗派的流行

一、绍圣后的专制强化与重归传统的学术暗潮

绍圣以后,士人心态明显呈现出内转趋势,党禁的严厉及专制的强化使得士人难以再直接与专制政治进行碰撞,而庆历以来直趋三代之治的政治理想事实上的破灭成为士人心态趋于退缩与内转的重要背景。绍圣之后的新党不再谈变法之事,而是假借新法之名行打击元祐党之实,变法革新彻底变异,迭遭打击的旧党人物反思政治的混乱与衰败,将批判矛头指向了新学。

如前所论,儒学复兴乃是贯穿两宋的重要思想线索,但这一历史并不仅是纯粹的儒学复兴,也是释道二教借助儒学复兴乘势而起的过程,它们不断地渗入儒学,使北宋学术打上深深的释道烙印,尤其是王氏新学与苏氏蜀学,都与庄禅具有密切的联系,受其影响的士人无论个性还是创作都多少呈现出一定的豪纵特征,王安石常作翻案之语,发惊人之论,苏轼其人其文更是豪横不羁。然而随着变法的失败,新法本身及王氏新学开始受到广泛的质疑,如第五章所论,许多士人将种种社会危机归咎于王氏新学兼通释道的驳杂不纯。变法之初,二程即视王氏新学为祸溺,绍圣以后晁说之等人更针对王氏新学之驳杂进行了尖锐的批判。在批判者看来,王氏新学不仅未能实现对儒学正本清源以重建盛世的目标,相反却因兼取释道而蠹害了人心,败坏了士风。

王安石变法失败原因是多方面的,其最主要的一面则是未能按预期目的塑造出符合先儒理想的君子人格。治道主要在于人才,这是王安石上疏中一再强调的,故王安石变法将人材的培养与选拔作为核心任务,为此兴建州学,改革科举,将明经诸科并入进士,又罢考诗赋,代之以经义策论,企图通过教育内容及科举制度的改革造就德能兼备的干才。而事实证明,王

安石并没有达到预期目的,如华镇所描述的那样:"行之几二十年,亦可谓久矣,宜乎道术隆显,文章温雅,士行修洁,人材众多。曳裾春官,应书郡者以千万计,士不为少矣。然识量高爽,身名兼全,有如郭泰者乎? 见义明用,心刚不为祸患,不淫利欲,有如何蕃者乎? 缮经论议,则揉释老,道术散乱而愈晦;缀辑辞句,则竟为缪悠,文辞诞怪而无纪。轻浮荡佚,恬巧污下之行,为之无愧。事佻薄为俊迈,指礼法为迂疏。流风既彫,硕德甚鲜。"① 华镇认为科举只是以势利诱惑士人,而没有以道德力量感化人心,最终只能滑入歧途。"七十子之服孔子也,服其德,非服其力;服其心,非服以势",道德培养是排斥功利的,王安石则将二者强行捏合,只能造成功利对德业的侵蚀。心术之坏乃是王安石变法最大的失败,而党争中士大夫相互倾轧的险狠残酷似乎正是对这种失败的有力证明。作为程颐四大门徒之一的游酢对此表示了相似的观点,其《奏士风疏》云:"天下之患莫大于士大夫至于无耻,则见利而已,不复知有他,如入市而攫金,不复见有人也。"② 宋人对士风污下已多有批判,但游酢并非仅指出其现象,而是针对人心败坏、士风沦落的现实提出以儒家伦理原则加以救治的方案,在《书明道先生行状后》中,游酢写道:"先生之教,要出于为己,而士之游其门者,所学皆心到自得,无求于外。以故甚贫者忘饥寒,已仕者忘爵禄,鲁重者敏,谨细者裕,强者无拂理,愿者有立志,可以修身,可以齐家,可以治国平天下。非若世之士妄意空无,追咏昔人之糟粕而身不与焉,及措之事业,则怅然无据而已也。"③ 上文对程氏弟子及程门学风多加溢美,指出程颢育人之道的核心在于"为己",故学生虽然高低贵贱不同,求学向道之心则同,唯此才可以修身齐家治家平天下。此文同时对"世之士"加以针砭,所谓"世之士"显然是追蹑王氏新学、从事举业以追名逐利的士人。这些人求学乃为求利,治学与修身油水分离,必然是"追咏昔人之糟粕而身不与焉",成为口是心非的伪君子及毫无行动能力的腐儒。游氏通过对比,赞美程门学风纯正,针砭世俗之士品行污下,同时指出救治士风的根本在于将"求利"之学转向"为己"之学。因此,道学之兴起直指人心大坏的现实,是对熙丰变法负面效果的反拨。由此,儒学复兴便由重建盛世的政治追求转入理论层面的学术建

---

① [宋]华镇:《养士论》,《全宋文》,第123册第27页。
② [宋]游酢:《奏士风疏》,《全宋文》,第123册第163页。
③ [宋]游酢:《书明道先生行状后》,《全宋文》,第123册第169页。

构。余英时先生分析说：“在道学家如二程的眼中，王安石虽已进入了‘内圣’领域并在‘内圣’与‘外王’之间建立起来某种联系，但是他的‘内圣’——所谓‘道德性命’——假借于释氏者太多，并不是儒家的故物，因此他们给自己所规定的最高历史任务便是将儒家原有的‘内圣之学’发掘出来，以取而代之。”①于是，新学在徽宗朝继续大行其道的同时，民间却涌动着回归传统儒学的学术暗潮。

　　如第一章所论，宋庆历以来源于南方学术的疑经之风实现了儒学由章句之学向义理之学的转型，北方学术受其影响虽然也逐渐讲求义理，但其价值内核仍然是传统儒家道德，南北学术仍是貌合神离。随着北宋后期反思新学暗潮的不断激荡，北方学术在抨击新学的同时重新彰显传统儒学的价值，这在一定意义上也是北方学术对南方学术的反击，其本质即是要将王氏新学因为释道的窜入而散逸不收的人性重新置放于儒家伦理秩序的约束之下，二程以“天理”为核心的洛学最突出地代表了这样一种价值取向。苏轼作为蜀学代表人物虽然对释道的态度不同于洛学等北方学术，但对新学同样持批判立场，惠州所作《与朱振二首》其一云：“新说方炽，古学崩坏，言之伤心。”②正是在绍圣以后的贬谪期间，苏轼完成了对《易》《书》《论语》三部儒家经典的重释工作，某种意义下也是向儒学传统的回归。于是北宋后期，在释道观念大行其道之后，思想的潜流又重新指向儒学，以洛学为主体的士大夫阶层企图借助醇正的儒学而使社会及个体获得救赎。这一回归儒学的暗潮是北宋儒学复兴以来的第二次正本清源，是对庆历之后疑经之风的否定之否定。这种回归在学术层面表现为对传统儒家经典的重释及新的学术体系的建构，在实践层面则因严酷的党禁而表现为元祐学人对儒家道德的坚守，对心性义理的揣摩与修炼。贬谪境遇亦使元祐党人为避免专制的锋芒，转而以坦荡而坚韧的心性进行柔性的对抗，日本中《师友杂志》载，崇宁初，吕切问以党人子弟补外官，请见程颐，问：“方今新法初行，当如何做？”程颐云：“祇有义命两字。当行不当行者，义也；得失祸福，命也。君子所处，只说义如何尔。”③程氏在这里强调立身行事要恪守“义”的原则，并不强调杀身成仁的一意力行，所求者更在于内在心性的圆

---

①　《朱熹的历史世界》（上），第51页。
②　《苏轼文集》卷56，第1767页。
③　《师友杂志》，《全宋笔记》第三编（六），第19页。

满。程氏弟子杨时对此作了更清晰的发明:"苟自为者皆合道无愧然,而不能免者,命也。不以道理可凭依而徒惧其不免,则无义无命矣。"①"合道"是最高的价值准则,没有内在的"道"的支撑,任何行为都是"无义无命"之举。事实上崇宁党禁的大环境已使被贬党人及子弟难有作为,只能以对儒道的坚守及对心性的砥砺自勉自慰了。

如果说以上所述是思想史的线索,那么黄庭坚诗学思想则是另外一条贯穿于新旧党争并由隐渐显的线索。学界普遍认为,黄庭坚对政治始终没有强烈的热情,莫砺锋先生即认为,黄庭坚"不是一个有远大的政治抱负和强烈的政治主张的人"②,他所追求者始终不是外在的立功,而是内在的立德,立言实际上也被看作是立德的实现方式。早在元祐间与其洪氏甥通信时就反复强调道德修养对作诗为文的根柢作用,但这种强调尚且限于诗学范围。绍圣以后,随着新党对元祐党人的迫害不断加重,这一观念便带有了规避政治迫害的用意,并与回归儒学、追求心性修养的学术思潮遥相呼应,成为这一思潮在诗学领域的表现,黄庭坚拒绝讽谕现实、讲究心性修养的诗学理论因而具有了充分的现实依据和社会基础,诗学观念与学术思潮于是在贬谪的背景下更为紧密地融合在一起,并深入到后来者的心中,吕希哲与饶节、黎确诗歌交往的一则事例对此作出了有意味的说明。《童蒙训》卷下载:

> 崇宁间,饶德操节、黎介然确、汪信民革同寓宿州,论文会课,时时作诗,亦有略诋及时事者。荥阳公闻之,深不以为然。时公疾病方愈,为作《麦熟》《缫丝》等曲诗,歌咏当世,以讽止饶、黎诸公。诸公得诗惭惧,遽诣公谢,且皆和公诗,如公之意,自此不复有前作矣。③

崇宁二年(1103),吕希哲贬官废居符离,当时汪革为宿州教授,饶节亦寓居宿州,二人一起拜入吕氏门下,以上正是当时情事。吕希哲少从焦千之、孙复、石介、胡瑗问学,后又服程颐学问,首师事之。又与程颢、张载、孙觉、李常游,同时受到王安石的影响,乃当时名儒。作为元祐党魁吕公著之子,吕希哲经历了绍圣以后政局变化的惊涛骇浪。崇宁后入党籍,夺职知

---

① 《龟山先生语录》卷3,景印《文渊阁四库全书》。
② 莫砺锋:《论黄庭坚诗歌创作的三个阶段》,《文学遗产》1995年第3期。
③ 《童蒙训》卷下,景印《文渊阁四库全书》,第698册第532页。

相州,徙邢州。罢为宫祠,羁寓淮、泗间十余年。新党的迫害自然使得吕氏后人忧心如坠,吕希哲作为道学家,应对之道便是和光同尘,全身自保,以道德心性调适心理冲突。吕希哲作曲诗"歌咏当世",代表了道学家对现实政治的应对策略,而饶节等人的"惭惧"与改正则标志着诗歌被纳入了儒学规范的框架,也标志着江西诗派与反省内视的儒学思潮的合流。以上并非偶然事件,此期的许多诗人与道学家有密切的往来并深受影响。绍圣元年(1094),陈师道即访吕希哲于汴京东华严寺,拜揖如亲弟子,此后时以书信参问①。崇宁以后,远在临川的谢逸也托汪革寄书吕希哲,求学问道。吕本中随父官扬州时曾求教于杨时,徐俯也曾就杨时问学。元符三年(1100),饶节游于名儒陈瓘之门。建中靖国(1101)及崇宁元年(1102),徐俯"忍夏蚊之嘬肤而从莹中游"②。同期韩驹也有《上陈莹中右司生日诗》《上泰州使君陈莹中》等诗表达向慕之意。吕本中、李彭、汪革及未曾见过陈瓘的诗人如谢逸、谢薖等也以不同方式与陈瓘有直接或间接的交往。晁说之亦是一时名儒,江西诗派中人的吕本中、江端本、汪革、徐俯、夏倪、王直方、潘大临、洪炎等都与之有往来。"两宋之几乎所有大儒,如刘安世、张舜民、马涓、谢良佐、游酢、尹焞、邹浩、任伯雨等,皆对宗派(江西诗派)诗人有深刻影响"③。如吕本中所说,"游学之士,须经中原先达钤椎,方能有成也"④。此期的道学家对江西诸人的深刻影响正是山谷诗学得以广为流布及江西诗派得以形成的思想基础,而贬谪在这一过程成为重要的外围因素。

贬谪无疑是吕希哲这样的学者及黄庭坚这样的诗人拒绝讽谕现实、倡导心性修养的重要原因,而这种观念之所以能够得到广泛的接受,显然并不在于贬谪本身。上述江西诸人虽未遭到贬谪,却不等于他们不会形成被贬者的思想特征。事实上无论被贬的元祐党人还是饶节、潘大临这样系心元祐的江西诸人,置身于同样的社会氛围中,其思想必然具有相当的同构性,这正是江西诗派诸人接受吕希哲、黄庭坚等人的思想观念的心理基础。贬谪这种由党争所形成的极端社会事件对士人思想的影响自然会在吕希

---

① [宋]吕本中:《紫微诗话》,《历代诗话》,第365—366页。
② 《与徐师川书》,《宋黄文节公全集·正集》卷19,《黄庭坚全集》,第480页。
③ 《江西宗派研究》,第130页。
④ 《师友杂志》,《全宋笔记》第三编(六),第9页。

哲、黄庭坚这类被贬者身上得到突出表现,而这种表现又必然会以各种方式反馈给社会,而只有与社会变化相一致的思想反馈才可能得到积极的回应和广泛的接受。新党借助于专制暴力打击旧党,旧党则呼唤纯正的儒家价值挽救放散的人性,被贬者收敛批判锋芒既是对专制暴力的避让,更是对纯正的儒家价值的思索与探询,其终极指向乃是合理的文化及政治秩序的实现。这种儒学思潮与专制现实似乎是悖离的,然而它对儒家伦理道德的承认又与专制政治得以维系的以尊卑有差的秩序观念为主体的文化基础具有深刻的一致性,元祐党人正本清源、重建盛世的文化理想与新党的专制诉求就这样奇妙地结合在一起。因此,无论程颐、苏轼、吕希哲等人如何重释儒家经典,如何进行心性的修炼,都注定难以逃脱专制的文化内核,它本质上不过是对现实政治的消极认可,而黄庭坚以道德修养为基础的诗学理论同样是对现实政治的曲折服从。儒学本身不可能克服自身的弊端,这便注定了元祐党人种种文化努力的无效及最终的悲剧性。

二、由崇苏到宗黄——北宋后期的诗学选择

因为强调内在的心性修炼,诗歌创作也往往更易于从思理角度观照现实人生,进行一种收视反听的内省式的思索,而不是眼光向外进行发散式的因物兴感。自我心性成为诗歌表达的核心,外在物象包括历史人物及事件即便被纳入诗中也不过成为诗人心性或曰"意"的表达工具。刘熙载认为:"唐诗以情韵气格胜,宋苏、黄皆以意胜。"①唐人心灵向外,充满对外在世界的热情;而宋人则转向了内心,转向了对生命本身的思索,虽然宋初以来即出现这一倾向,但在党祸不断、危机四伏的形势下,宋人更加收束自己的心灵,将对现实世界的感性体验转化为对生命本身及天地万物的理性沉潜。相比黄庭坚,苏轼在很大程度上仍然保持着对外物的兴趣,黄庭坚则更任"意"独运,在诗作中以主体的情感及思维逻辑贯穿起纷繁的外在物象,而无视物象本身的联系,如方东树所云:"山谷之妙,起无端,接无端。大笔如椽,转折如龙虎,扫弃一切,独提精要之语,每每承接处,中亘万里,不相联属,非寻常意计所及。"②这实际上正说明了黄诗以"意"为主、以自

①　[清]刘熙载:《艺概》,上海古籍出版社,1978年,第68页。
②　[清]方东树:《昭昧詹言》卷12,人民文学出版社,1961年,第314页。

我为中心的艺术特征,从这个意义上说,黄诗更是一种诗人之诗。这种诗歌形态排斥对物象本身的描摹及对感情的渲染,而注重表达诗人主体感悟及思索的内在理性流程,因此其审美形态必然趋向于老健瘦硬,这正是黄庭坚道德陶冶及心性修养的外化。在儒学回归传统价值及士人心态日益内倾的时代背景下,黄庭坚人格与诗格的统一成为深受这一思潮濡染的士人的学习范式,他们对道德心性的锤炼合乎逻辑地指向了对瘦硬诗美的偏爱,于是江西诗派诸人由追慕其人格自然地摹仿其诗格,陈师道、潘大临等人的诗学选择代表了北宋末期的诗歌潮流。

1.陈师道的诗学选择

陈师道与苏轼相交甚密,相知甚深,但陈师道却以黄诗作为自己的取法对象,其根本原因在于陈师道的人格追求及诗学趣味与黄庭坚具有高度的同构性。熙宁间,年方十六的陈师道即因不满王氏新学而绝意仕进,其与年龄不大相称的早熟虽有些出人意料,却多少透露出时风转变的信息,这与黄庭坚儿时所作“多少长安名利客”诗一样,有着一叶知秋的文化意味。其后虽是一介布衣,生活贫窭,陈师道却始终不向权贵低头,砥砺品节,一丝不苟。对现实的深入观察使他洞窥到个体生命的有限,深厚的心性修养使其更能化解种种不平。元祐末年,苏轼因洛蜀党争再次外放,陈师道劝导说:“天下之事,行之不中理,使人不平者,岂此一事,阁下岂能尽争之耶?争之岂能尽如人意耶?徒使呫呫者以为多事耳。常谓士大夫视天下不平之事,不当怀不平之意。平居愤愤,切齿扼腕,诚非为己;一旦当事而发之,如决江河,其可御耶?必有过甚覆溺之忧。”[①]这类言论与黄庭坚如出一辙,虽不乏全身自保的庸俗气,亦可见出士人无法左右局势的清醒与无奈。由此种心态出发,陈师道不满东坡对现实的讽谕,批评说:“苏诗始学刘禹锡,故多怨刺,学不可不慎也。晚学太白,至其得意,则似之矣。然失于粗,以其得之易也。”[②]这种不满除内容的怨刺之外,尚且包括艺术的粗糙,陈师道不喜东坡之率意挥毫的粗率,更乐于闭门觅句,精益求精,由此而摆落浮华,直探本真,因此对黄庭坚其人其诗一见倾心,“尽焚其稿而学焉”[③]。需要注意的是陈师道所谓“闭门觅句”并非仅仅是对语言本身

①　《全宋文》,第123册第295页。

②　《后山诗话》,《历代诗话》,第306页。

③　[宋]陈师道:《答秦觏书》,《全宋文》,第123册第286页。

的锤炼,而且包括对感情的深刻体验及对哲理的深入思索,由以下诗句可
窥豹一斑:

> 经国向来须老手,有怀何必到壶头。①
> 红绿相催春事阑,可能无意待人看。②
> 书当快意读易尽,客有可人期不来。③
> 可能略不解春意,祇有寻枝摘叶人。④
> 中年患别多作别,早日讳穷常得穷。⑤
> 世间何事非迷途,挟策未必贤樗蒲。⑥

这些诗句无论抒情言理都凝结着诗人对现实人生的体验与深思,言深
而意远,境阔而情长,表现为审美风格,便是筋骨外露,瘦硬劲挺,以致一些
诗显得质木无味,而正是在这种貌似枯槁的风貌中,折射出思想的深度。
陈师道几乎将诗歌的感性特征压缩到最低限度,却又不同于理学家排斥物
象的道德说教,陈师道以象传情达意,不过其象语繁华落尽,风雨沧桑浓缩
于老枝瘦干中,令人触目生感,回味无穷。这种外枯而中膏的诗歌形态正
是其心性修养与诗美追求的统一,也是黄庭坚以道德为根柢的诗学理论的
最高表现。人格与诗格的同构使陈师道不仅成为黄庭坚的坚定继承者,而
且成为黄庭坚诗歌美学最彻底的实践者,代表了北宋后期士人文化心态及
审美追求的发展趋向。

　　2.潘大临的诗学选择

黄庭坚曾云:"潘大临蚤得诗律于东坡,盖天下奇才也。"⑦潘大临与东
坡相识于元丰年间,其时东坡贬居黄州,潘大临父潘鲠及其叔父俱从东坡
游,潘大临兄弟其时二十岁左右,亦获陪杖屦。黄州期间东坡所作《雪堂
记》即答潘氏之问。离黄州时,又应潘大临兄弟之请书《赤壁》二赋、《归去
来辞》相赠,并将雪堂赠给潘氏兄弟,可见双方关系之密切。然所谓"得诗

---

① 《寄侍读苏尚书》,《后山诗注补笺》卷4,第142页。
② 《西郊二首》其一,《后山诗注补笺》卷8,第302页。
③ 《绝句四首》其四,《后山诗注补笺》卷9,第336页。
④ 《三月二十二日榴花盛荆戏作绝句》,《后山诗注补笺》卷10,第369页。
⑤ 《五子相送至湖陵》,《后山诗注补笺》卷11,第398页。
⑥ 《答无咎画苑》,《后山佚诗笺卷上》,《后山诗注补笺》,第498页。
⑦ 《宋黄文节公全集·正集》卷27,《黄庭坚全集》,第742页。

律于东坡"在潘氏诗中究竟有何体现则难以断言,由潘大临不多的存诗来看,无论东坡早期的豪横还是黄州期间的清旷,似乎都没有临摹痕迹。大概潘大临难以学得东坡豪横不羁的风格,只是在作诗的基本规范方面得到了东坡的指导,而且由相关资料来看,东坡从未像山谷一样将潘大临称为"奇才"而大加推崇,在东坡眼中,潘大临兄弟似非超群拔萃之辈。天分才力的有限使得潘大临难以追步东坡之才气纵横的创作风范,而东坡对潘大临的态度似乎也可以反证东坡之不可学。

从潘大临的诗学观念来看,潘氏对东坡诗风似乎也敬而远之,这由他对白诗的态度约略可以看出端倪。绍圣至崇宁,张耒曾两次被贬黄州,尤其整个崇宁年间一直安置于黄州,并与潘大临隔山而居,来往密切,唱和颇多,其间不时切磋诗艺。任渊《山谷内集诗注》卷十二《谪居黔南十首》注云:

> 近世曾改过端伯作《诗选》,载潘邠老事云:张文潜晚喜乐天诗,邠老闻其称美,辄不乐。尝诵山谷十绝句,以为不可跂及。其一云:"老色日上面,欢悰日去心。今既不如昔,后当不如今。"文潜一日召邠老饮,预设乐天诗一帙,置书室床枕间。邠老少焉假榻翻阅良久,才悟山谷十绝诗盖用乐天大篇裁为绝句。盖乐天长于敷衍,而山谷巧于剪裁。自是不敢复言。[1]

如前所述,白诗至北宋中期以后逐渐淡出诗坛,成为末流,潘大临不喜白乐天诗正反映出诗坛的这一倾向。相比白诗,潘大临更喜爱山谷诗,盖因白诗浅切平易,而黄诗深切精警,或许在潘大临看来,苏诗一定程度上也近于白诗之"易",缺少精切的锻炼之功,正如陈师道对苏诗"失之粗""得之易"的批评,《紫微诗话》说潘大临作诗"精苦"[2],显然与白诗、苏诗别是一途。

潘氏元祐间与山谷即有密切的交往,双方来往信件较多,其间主要是谈诗论学。崇宁元年(1102),山谷至黄州,潘氏兄弟前往拜会,游从一时。其道德人格对潘大临产生了深刻影响,这也是潘大临接受黄氏诗学观念的基础。但不同于陈师道的地方在于,潘大临对黄庭坚诗学观念的接受又与

---

① 《山谷诗集注》卷12,第304页。
② 《紫微诗话》,《历代诗话》,第363页。

其热切的仕进愿望有关,潘大临曾先后四次参加科举考试,其间受到黄庭坚的悉心指导。在与其甥洪驹父的信中,黄庭坚对潘大临多有称扬,并勉励洪刍与潘氏切磋学问,其中说:"中郎父子旧业,更须留意作五言六韵诗,若能此物,取青紫如拾芥耳。"又说:"大体作省体诗,尤当用杜句法。若有鼻孔者,便知是好诗也。"①黄氏长期身居馆职,并参与省试,他的话自然具有权威性,潘大临进取之心颇盛,应会悉心听取黄庭坚的意见而细心揣摩杜诗句法。《与洪氏四甥书》之二又云:"龟父所寄诗,语益老健,甚慰相期之意,然家贫,老人须养,未免就科举,更须收拾笔墨入规矩中,得失虽不在是,要是应科举法也。"②山谷所谓"语益老健"显然指其语言放纵,不合规矩,故劝导龟父作诗应合乎科考的规范,加以收敛。老杜诗有法可依,有规可循,与所谓的"省体"更为接近,因此成为黄氏向洪刍、潘大临推荐的摹本。但这种功利性的学杜显然不可能得其神髓,杜诗之规矩乃是深刻的思力与老健的技法完美结合的产物,句法或规矩只是其凝炼浑厚之美的表现形态,只从规矩入而忽视规矩赖以形成的深厚学养和人生历练,必然会如魏泰所批评的那样:"方其拾玑羽,往往失鲸鹏。"③潘大临自谓作诗近老杜,谢薖《读潘邠老庐山纪行诗》云:"杜陵骨已朽,潘子今似之。欲观庐山作,乃类北征诗。"④这显然是客套,实则有意追摹而力不能及,刘克庄批评潘大临诗云:"其诗自云师老杜,然有空意,无实力。余旧读之,病其深芜,后见夏均父读邠老诗,亦有深芜之病评。"⑤所谓"深芜"乃指旨意深晦而用语芜杂,曾季貍在比较黄庭坚《浯溪碑》与潘氏《浯溪诗》后说,潘大临"思致却稍深远"⑥,大概亦是指其刻意求深以致诗意晦涩不明。《王直方诗话》云:"邠老作诗多犯老杜,为之不已。老杜亦难为存活。"⑦则又批评潘大临学杜而不化,因袭重复而缺乏创造。《潘子真诗话》所引潘氏诸诗,确有因袭的痕迹,如"沙明拳宿鹭"便借用了老杜"沙头宿鹭联拳静"的意象用语,且其诗意也没有太多创造,虽然明净秀丽,不过是屋下架屋。这种对杜诗

① 《宋黄文节公全集·正集》卷19,《黄庭坚全集》,第484页。
② 《宋黄文节公全集·别集》卷18,《黄庭坚全集》,第1870页。
③ 《临汉隐居诗话》,《历代诗话》,第327页。
④ 《读潘邠老庐山纪行诗》,《全宋诗》,第24册第15787页。
⑤ [宋]刘克庄:《江西诗派总序》,《后村先生大全集》卷95,《四部丛刊》本。
⑥ [宋]曾季貍:《艇斋诗话》,《历代诗话续编》,第296页。
⑦ 《王直方诗话》,《宋诗话辑佚》,第22页。

的临摹与其应举的功利之心应有一定关系,因而并不能如陈师道那样"学少陵而不为"①。《珊瑚钩诗话》载陈师道的话说:"今人爱杜甫诗,一句之内,至窃取数字以仿佛之,非善学者。学诗之要,在乎立格命意用字而已。"②并举杜诗的具体例子加以伸说,指出学杜要从格调、意蕴、用字方面进行全面的体味揣摩,"得其神髓,而不自掩其性情"③,方是善学者,以此来看陈、潘二人之学杜,便有高下之别了。当然,黄庭坚并非以应举的标准要求潘大临,潘氏落第后,山谷安慰他说:"此乃学为举子之文,侥幸一日既得人爵而弃之者也,岂所望邠老者耶?"④在另外的场合,黄庭坚也对士子纯作应举诗文表示反对,"观古人书,每以忠信孝悌作服而读之,则得益多矣。亦不必专作举子事业""当以少年心志,治君子之事业耳。学问当以不及古人为戒,勿以一日之长系主司得失为意,则世间疾苦不能入矣"⑤。可见,山谷指示潘氏等人为应举而学杜不过是权宜之计,决非其终极追求,惜乎潘大临似乎未能彻悟山谷之深意,学杜而犯杜,终于不能大有进益。

而无论怎样,潘大临在与东坡、山谷、张耒的交往中,最终选择黄氏诗学作为自己的努力方向,很大程度上代表了当时士人群体的文化心态及审美取向,其论诗的相关言论与黄氏一脉相承,《仕学规范》载潘大临的话说:"七言诗第五字要响。如'返照入江翻石壁,归云拥树失山村','翻'字、'失'字,是响字也。五言诗第三字要响,如'圆荷浮小叶,细麦落轻花','浮'字、'落'字是响字也。所谓响者,致力处也。"⑥所谓"响字",即强调关键字眼的精确传神,显系江西诗派的观念。潘大临又曾谈及诗歌章法结构,也是转述黄氏的基本观点。虽然潘氏倡言学黄,但从其作品来看,并不全是黄诗的生涩拗硬的风格,许多诗颇具唐韵,如《江间作》四首:

> 白鸟没孤烟,微风逆上船。江从樊口转,山自武昌连。日月悬终古,乾坤别逝川。罗浮南斗外,黔府古河边。

---

① [宋]陈师道:《答秦觏书》,《全宋文》,第123册第286页。
② [宋]张表臣:《珊瑚钩诗话》,《历代诗话》,第464页。
③ [清]纪昀:《后山集钞题记》,《丛书集成》三编,第40册第323页。
④ 《与潘邠老帖》,《宋黄文节公全集·别集》卷19,《黄庭坚全集》,第1886页。
⑤ 《与周甥惟深书》,《宋黄文节公全集·续集》卷1,《黄庭坚全集》,第1924页。
⑥ [宋]张镃:《仕学规范》,景印《文渊阁四库全书》,第875册第195—196页。

　　波浪三江口,风云八字山。断崖东北际,虚艇有无间。卧柳堆生岸,跳鱼水捣湾。悠然小轩冕,幽兴满乡关。

　　西山连虎穴,赤壁隐龙官。形胜三分国,波流万世功。沙明拳宿鹭,天阔退飞鸿。最美鱼竿客,归船雨打篷。

　　落日春江上,无人倚杖时。私蛙鸣鼓吹,官柳舞腰支。猎远频翻臂,渔深数治丝。我犹无彼是,风岂有雄雌。[①]

　　这些诗学杜之清净明丽,并无晦涩生硬之气,虽开创性不足,但毕竟没有局促于黄诗的规模,而显示出兼收并蓄的诗美追求,亦不可全然抹杀其成就。

　　陈师道、潘大临之外,韩驹也是先学苏后学黄,李彭也终于投拜于山谷门下,加上山谷四甥等宗派图所列诸人构成了学黄的庞大阵容,代表了元祐后学的诗学选择。如前所述,这一选择与北宋中后期儒学的内圣化转型及士人心态的内倾化有着千丝万缕的联系,而绍圣后接连不断的党祸更是直接促成了这种诗学的转型。如果说苏轼代表了北宋中前期的文化特征及创作风格,那么黄庭坚则代表了后期特征与风格,由苏轼之豪横不羁到黄庭坚之规整瘦硬,不仅标志着创作风格的转型,而且暗示出思想之流由释道重归儒学的变动轨迹,在这一过程中,党争与贬谪无疑起到了极大的促进作用。有意思的是,潘大临与苏轼、黄庭坚、张耒的交游主要发生于三人贬谪黄州期间,而潘大临最终对黄氏诗学的选择便给了这些贬谪事件一个耐人寻味的结尾。

---

　　① [宋]潘淳:《潘子真诗话》,《宋诗话辑佚》,第309页。

第十章　贬谪与文体的变异

贬谪作为政治的打击手段,对被贬士大夫的心灵往往造成巨大的震荡。尤其是绍圣之后,新党严厉打击元祐党人,使得以苏门为核心的文人集团受到空前的迫害,这深刻影响到他们的心灵世界,并进而造成诗、词、赋、文等文体内容、形态及风格的变异。

第一节　贬谪与诗的变异

从熙丰到崇宁,党争的激化及政局的反复使得士大夫的生存环境不断恶化,尤其是乌台诗案和车盖亭诗案对士大夫的创作行为造成了有力的恫吓,被贬者的诗作一般不再直接批判和触及现实政治,游离现实成为诗歌创作的重要倾向。与题材的转变相一致,诗歌风格也消磨锋芒,呈现出平淡化转型。苏轼晚年和陶,山谷晚年学杜,都将平淡作为诗歌创作的旨趣,引领了此期诗坛的创作取向。在这种背景下,被贬士大夫转向山水园林抒发感情,并借对风物的吟咏寄托心志,咏物诗、山水诗、园林诗由此成为贬谪诗歌中的重要品类。

一、咏物诗

在贬谪压力下,被贬者一般不敢率意直言,而是以含蓄委婉的方式表情达意,借物抒怀、托物言志便成为基本的表达方式,竹、梅、海棠这类自然风物更多地进入了贬逐者的视野,这些花木以其独特的形象特征与丰富的文化内涵负载起贬逐者寄托心志、倾诉情感的精神需求,因而更易成为贬逐者吟咏的对象。由其内容可大体分成如下两类:

1. 情以物兴,暗寓微意

被贬者遭到政治打击,内心多怀感伤,往往触目生悲,将感伤之情推及万物,由此使得对自然花木的吟咏成为贬谪诗歌的重要类型。

苏轼喜爱梅花,贬黄州及惠州期间作有多首咏梅诗,黄州时期曾作《歧亭道上见梅花,戏赠季常》,贬惠州后又见梅花,于是感而有作《十一月二十六日松风亭下梅花盛开》诗,以梅花复现于岭南抒发天涯流落之恨。这类诗往往触目兴感,因物起兴,将身世之感打入对事物的描述,在层层铺写中融入自身的经历,似写物而实咏人,人物交映,别有情韵,如《和秦太虚梅花》:

> 西湖处士骨应槁,只有此诗君压倒。东坡先生心已灰,为爱君诗被花恼。多情立马待黄昏,残雪消迟月出早。江头千树春欲暗,竹外一枝斜更好。孤山山下醉眠处,点缀裙腰纷不扫。万里春随逐客来,十年花送佳人老。去年花开我已病,今年对花还草草。不如风雨卷春归,收拾余香还畀昊。①

本诗围绕梅花展开,却又时时表露自己的身世之感,将梅之孤冷与自身之寂寞相应相合,以物喻人,意味无穷。点睛之笔无疑是"竹外一枝斜更好"句,在这里,诗人并没有像描绘黄州定惠院的海棠那样浓墨重彩地铺展梅花的绝世丰姿,而是侧重勾勒一枝梅花从竹丛中斜伸而出的幽独风神,自然令人想到诗人被贬边荒、流落无偶的落寞境遇。此虽为比兴之体,但诗人并不是全篇写梅,而是简笔勾勒梅的形象,更多抒写身世之慨,"万里春随逐客来,十年花送佳人老",回头再写自己与梅的情感历程,表达收拾梅花香魂还畀有昊的消沉意绪。东坡咏物诗写物而兼寓意,却又不过分渲染,人与物相分而相合,保持着必要的张力,造成了深远的意味。即便不是纯粹的咏物,诗人也往往运用比兴体暗寓情怀,如《次韵前篇》云:"去年花落在徐州,对月酣歌美清夜。今年黄州见花发,小院闭门风露下。万事如花不可期,余年似酒那禁泻。"②去年还在徐州酣歌夜饮,突然之间就沦为阶下囚远贬黄州,人生之变幻真如花之开落一样难以预期。而人到中年,生命也如酒一样所剩无几,禁不住豪饮狂注了。经历人生的起落,自然的一切物象似乎都能触发诗人的感兴,成为抒情言志的材料。因此,比兴便成为苏轼此期诗作惯用的表达方式。

苏辙晚年退居颍昌,作有篇目可观的吟咏花木的诗作,如其《庭中种花》云:

> 空庭一无有,初种六株花。青桐绿杨柳,相映成田家。春雨散膏

---

① 《苏轼诗集》卷22,第1184页。
② 《次韵前篇》,《苏轼诗集》卷20,第1033页。

油,朝暾发萌牙。造物知我心,初来尽枯槎。开花已可贵,结子成益佳。百事尽如此,一生复何嗟。我生本穷陋,中年旅朝衔。失脚坠南海,生还梦荒遐。筑室虽不多,于我则已奢。松筠伴衰老,已矣无复加。①

诗由种花起兴,写其由枯槎到开花结子的过程,总结世间万物生死盛衰一任自然的规律性,由此联想平生,将自己由得意到失意及晚年淡泊无求的人生经历归之于世间万物的自然流程,表达了道法自然而无所憾恨的知足之意。

黄庭坚贬谪期间亦作有不少咏花诗,如《次韵中玉早梅二首》《次韵中玉水仙花二首》《王充道送水仙花五十枝》《吴君送水仙花并二大本》《刘邦直送早梅水仙花四首》等。如其咏水仙云:"借水开花自一奇,水沉为骨玉为肌。暗香已压酴醾倒,只比寒梅无好枝。"②诗赞水仙花玉骨冰肌,清雅不俗,虽不如寒梅曲折有致,但其暗香足以压倒酴醾这类俗物的香气,隐含自喻之意。晁补之贬监信州间亦作有多首吟花诗,《次韵李秬梅花》《次韵李秬新移牡丹二首》《次韵李秬双头牡丹》《次韵李秬酴醾》等,因是次韵,晁诗主要争奇斗巧,缺少对自我情志的表露,但其中不乏出人意表的生动描写,如写牡丹,"二乔新获吴宫怯,双隗初临晋帐羞。月底故应相伴语,风前各是一般愁"③。以人喻花,写其羞怯之态,新颖别致;同时又以想象之笔写其月下风前的情态,将月下的亲密与风前的愁情对举,别具情味。

2.托物言志,借物抒怀

宋人因儒学复兴及科举制的推行,培养出强烈的政治主体意识及入世精神,而一旦政治受挫,其不遇之感自然格外强烈。作为党争中的落败者,如果不是重大的政治反覆,被贬者很难再有机会东山再起,政治前途的灰暗往往造成心情的苦闷与落寞。虽然可以借助释道加以纾解,然而沉潜心底的失落感及挫辱感会时时浮泛上来,并在某种外物的刺激下喷薄而出,形成其托物言志的诗作。

苏轼此类咏物诗值得注意的是《武昌铜剑歌》《铁拄杖》二诗。前者以

① 《栾城三集》卷2,《苏辙集》,第1178页。
② 《山谷诗集注》卷15,第376页。
③ 《次韵李秬双头牡丹》,《全宋诗》,第19册第12861页。

古铜剑深埋地下而不得用的传奇隐喻自身无端被贬、有志难酬的境遇,可谓寄托遥深。后者则以铁拄杖生发奇想,想象自己得到铁拄杖之后寻仙访道的神奇人生,以空灵的语言抒写了奇幻的人生志向,间接表达了在政治压力之下渴望摆脱束缚、寻求自由的热烈愿望,可谓翻空出奇之作。此外苏轼《薏苡》诗虽是吟咏药材,显然也寓以微意,其诗云:"伏波饭薏苡,御瘴传神良。能除五溪毒,不救谗言伤。谗言风雨过,瘴疠久亦亡。两俱不足治,但爱草木长。"①当年马援平交趾载薏苡一车而归,"及卒后,有上书谮之者,以为前所载还,皆明珠文犀"②,触怒光武帝,以致"不敢以丧还旧茔"。苏轼以马援被谤之事借题发挥,痛斥历史上谗言中伤的小人,同时也以马援无端被谤的往事隐喻自身的清白,含蓄地抒发远贬南荒的怨愤。

苏辙元丰贬筠州期间作有数量不少的咏物诗自寓其志,如其咏茶花云,"枝枯叶硬天真在,踏遍牛羊未改香"③。咏梅花云,"霜重清香浑欲滴,月明素质自生烟"④。咏竹云,"高节不知尘土辱,坚姿试待雪霜霁"⑤。咏兰云,"知有清芬能解秽,更怜细叶巧凌霜"⑥。晚年贬废颍昌期间同样作有数理可观的咏物诗,首先值得注意的是吟咏雨雪霜露的诗章,这些诗往往与农事有关,反映出苏辙对民生的忧虑,这与其归耕生活也有一定的关系,如《久雨》诗云:"闲居赖田食,忧如老农心。"⑦由自身的生计又往往联想到天下苍生,如其《欲雪》诗云:"今年麦中熟,饼饵不充口。老农畏冬旱,薄雪未覆亩……达官例谋身,一醉日自富。尚应天愍人,云族朝来厚。飞花得盈尺,一麦可平取。"⑧又《喜雨》诗云:"夏田已报七分熟,秋稼方忧十日干。好雨徐来不仓卒,天公似欲救艰难。"⑨但除了这种儒家人物固有的仁民爱物观念之外,苏辙此类诗尚有一定的政治寓意,如其《春无雷》诗云:

---

① 《苏轼诗集》卷 39,第 2160 页。
② 《后汉书》卷 24,中华书局,1965 年,第 846 页。
③ 《茶花二首》其二,《栾城集》卷 10,《苏辙集》,第 194 页。
④ 《次韵王适梅花》,《栾城集》卷 11,《苏辙集》,第 200 页。
⑤ 《予初到筠即于酒务庭中种竹四丛杉二本及今三年二物皆茂秋八月洗竹培杉偶赋短篇呈同官》,《栾城集》卷 12,《苏辙集》,第 235 页。
⑥ 《种兰》,《栾城集》卷 13,《苏辙集》,第 240 页。
⑦ 《栾城三集》卷 1,《苏辙集》,第 1158 页。
⑧ 《栾城三集》卷 1,《苏辙集》,第 1161 页。
⑨ 《栾城三集》卷 2,《苏辙集》,第 1180 页。

"天公爱人何所吝？一春雨作雷不震。雷声一起百妖除，病人起舞不须扶。"①此处"妖"当别有所指，应是表达了除去奸邪之臣以实现政治清明的渴望。又《仲夏始雷》云："号令迟遭人共怪，阴阳颠倒物应猜。一声震荡虽惊耳，遍地妖氛未易回。"②则又对黑幕沉沉、积弊深重的政治现实表达了无力回天的悲观。除了以上描写物候变化的诗作之外，苏辙尚有数量可观的吟咏花木寄托心志之作，如《千叶白莲花》诗云："莲花一淤泥，净色比天女。临池见千叶，谪坠问何故。"有以白莲花之高洁自喻之意，"谪坠"一词隐喻自己的贬谪经历，表达穷独不改其志的节操。《种松》诗云："青松介僻不入城，野性特嫌尘土辱。"③《老柏》诗云："风中有余劲，雪后不改色。"④这些诗句显然是有所寄托的⑤。

　　黄庭坚极喜竹，作咏竹诗多首以明志，如其咏黄与迪竹画云："风雪烟雾雨，荣悴各一时。此物抱晚节，君又润色之。"⑥借竹之"抱晚节"，暗寓自己被贬南荒而持节不改的品格。

　　张耒绍圣后浮沉起落，历经贬谪，在写下大量时令诗的同时，也创作了数量可观的咏物诗，如《寒鸦词》《飞萤词》《饥乌词》《竹》《石竹》《谷鸟》《寄中山鹤》《和应之蝎虎》《有所叹五首》《庭菊》《黄菊》《笼鹰词》《感春》等，这些诗或寄托自己的志向，或暗寓对现实的批判。如其《庭菊》云："穷秋惨无姿，向荣尽枯槁。可怜中庭菊，灼灼颜色好。岂无风霜苦，所守良自保。"⑦又《黄菊》云："黄菊出荒秽，扬扬颜色好。芙蓉不能霜，败裂不自保。君子与小人，于此见其操。"⑧又其咏草云："嗟哉庭中草，独不改佳色。"⑨咏槐云："泊兮初无情，淡也故可守。"⑩《笼鹰词》则将被主人囚系在笼中的雄鹰与自由飞翔的黄雀进行对比，"主人厌兔尔尚饥，一生不快为人役。……蒿

---

① 《栾城三集》卷 1，《苏辙集》，第 1165 页。
② 《栾城三集》卷 1，《苏辙集》，第 1165 页。
③ 《栾城三集》卷 2，《苏辙集》，第 1173 页。
④ 《老柏》，《栾城三集》卷 2，《苏辙集》，第 1180 页。
⑤ 朱刚甚至认为"苏辙晚年诗里隐藏了一个以雷雨霜雪等天气变化和竹柏秋扇等身边之物构成的政治或人格隐喻系统"，可参考。见《文学遗产》2005 年第 3 期。
⑥ 《次前韵谢与迪惠所作竹五幅》，《山谷诗集注》卷 14，第 363 页。
⑦ 《张耒集》卷 10，第 152 页。
⑧ 《张耒集》卷 11，第 187 页。
⑨ 《堂下幽草》，《张耒集》卷 11，第 188 页。
⑩ 《咏双槐》，《张耒集》卷 11，第 188 页。

间黄雀鸣啾啾,饥啄野粟心无求。赋形虽小技能薄,不受羁縻得自由"①。借鹰的命运表达对自由的渴望。《感春》则借对双白鸥其性如一、相欢相契的羡慕,抒发穷处黄州、无可与言的苦闷,同时表达了不屑流俗、孤高自持的情怀。

秦观入仕较晚,用世之志格外强烈,被贬岭南对他是沉重打击,兼以脆弱的性格,更加剧了其失落感,贬谪作品充满了怀才不遇的怨叹以及重新还朝的幻想,这在其咏物诗中得到了集中表现。《病犬》诗通过对病犬悲剧命运的吟咏,赞美病犬有情有义,批判主人的无情寡义,暗寓对当权者的讥讽。《陨星石》则借一颗坠自天空的星,抒发沦落不遇的愤懑,同时对重返朝廷仍存幻想,表现出既洁身自好而又渴望再起的矛盾心理。

二、山水诗

对被贬者而言,异域虽然陌生,远贬穷荒的打击固然沉重,然而山水之美永远具有抚慰心灵的力量。宋代党人远贬途中经历千山万水,千姿百态的自然风光冲淡了他们的贬谪之痛,山水诗也自然成为他们重要的创作内容。苏轼贬惠州途中,相继写下《慈湖夹阻风五首》《过庐下》《望湖亭》《江西一首》《郁孤台》《廉泉》《尘外亭》《天竺寺》《过大庾岭》《宿建封寺,晓登尽善亭,望韶石三首》《月华寺》《南华寺》《碧落洞》《峡山寺》《广州蒲涧寺》《浴日亭》《游罗浮山一首示子过》共17题24首山水纪游诗,几乎到处必咏。南贬惠州既是山水之旅,同时也是山水诗歌的吟咏之旅。

被贬者远离亲人,友朋星散,几乎完全失去了原来的社会联系,无法再进行正常的社会交流,心灵的孤独与伤痛可以想见。正因为如此,游心于山水,吟咏自然风物便成为被贬者获得安慰的重要方式。由此,山水诗成为贬谪文学的重要形态。从感情角度而言,其山水诗可分为以下几种类型:

(1)远贬穷荒的茫然与绝望

苏轼绍圣元年(1094)被贬惠州,途经彭蠡,作《望湖亭》诗云:"八月渡长湖,萧条万象疏。秋风片帆急,暮霭一山孤。许国心犹在,康时术已虚。

---

① 《张耒集》卷4,第47页。

岷峨家万里,投老得归无。"①诗人远贬穷荒,前路漫漫,内心一片茫然。报国已然无路,归乡亦未可知,带着这种沉重的心情,诗人眼中的彭蠡山水便显得无比萧条,大孤山在浩渺烟波的映衬下也显得格外孤独,正如流落天涯的自己。景情相融,抒写了流落天涯的茫然意绪。

苏轼久历宦海风波,对远贬南荒已有精神准备,而黄庭坚初次受到这种打击,未免悲观乃至有些绝望,赴黔州途中所作多首山水诗,便以沉重的笔调写出了人生的愁叹,如托梦李白而作竹枝词云:"一声望帝花片飞,万里明妃雪打围。马上胡儿那解听,琵琶应道不如归。"②诗将杜鹃啼血的传说与昭君出塞的历史结合起来,以"花片飞"与"雪打围"的意象对举相应,引起人们的无尽联想,渲染出强烈的悲剧气氛,尾句则借"不如归"的琵琶之音表达了诗人远贬荒州的哀痛及归返朝廷的渴望,情感悲凉。其二云:"竹竿坡面蛇倒退,摩围山腰胡孙愁。杜鹃无血可续泪,何日金鸡赦九州?"③山势之险恶、环境之闭塞使诗人生出对人生困境的痛切感受,痛不可堪,以至无血续泪,最终逼出"何日金鸡赦九州"的痛楚呼号。

其实,即便如苏轼这样屡遭打击的士大夫骤然遭到重击其实也难以承受,绍圣元年(1094),苏轼远贬惠州,闻命即行。由元祐以来的备极荣宠转眼之间被远贬穷荒,内心的哀感仍然是深重的,故而才会在流贬途中写下"七千里外二毛人,惶恐滩头一叶身。山忆喜欢劳远梦,地名惶恐泣孤臣"这样惨痛的诗句。

(2)置身自然的畅适与兴奋

被贬者虽经政治打击心情抑郁,然而千姿百态的自然山水往往会使他们暂时忘却人生苦痛,笔下的山水诗也会呈现出轻松明快乃至热情奔放的格调。

熙宁四年(1071),刘挚坐论役法不当,落职监衡州盐仓,在前往衡州途中及到衡州之后写下许多山水景物诗,描绘出山川之雄奇壮丽,也表达了诗人不以贬谪为意的昂然意兴。如其《自衡岳至福严寺二首》其二云:"俯仰岩溪万仞临,恨输飞鸟极高深。青云平地人难到,流水残花路可寻。稍

---

①　《苏轼诗集》卷38,第2049页。

②　《山谷诗集注》卷12,第290页。

③　《山谷诗集注》卷12,第290页。

觉衣裾侵小雨,渐闻钟磬下遥岑。文人不厌频来往,欲作香山得二林。"①
诗人以夸张笔法渲染山势之高峻惊险,抒写豪迈襟怀,同时又以小雨侵衣、
钟磬入耳的悠然自得,表达了轻松畅适之情。苏轼绍圣被贬岭南经江西作
《江西一首》云:"江西山水真吾邦,白沙翠竹石底江。……醉卧欲醒闻淙
淙,直欲一口吸老庞。"②又《郁孤台》诗云:"八境见图画,郁孤如旧游。山
为翠浪涌,水作玉虹流。日丽崆峒晓,风酣章贡秋。丹青未变叶,鳞甲欲生
洲。"③这些诗完全没有贬谪的阴影,反倒逸兴横飞,见出诗人面对奇山异
水的深深迷醉。即便感情脆弱的秦观,绍圣初贬时也是傲然自得,由京城
出为杭州通判途中所作《艇斋》诗云:"平生乐渔钓,放浪江湖间。兀兀寄幽
艇,不忧浪如山。"④而晁补之贬谪途中所作山水诗更加奔放热烈,豪情四
溢。晁补之元符二年(1099)九月贬监信州盐酒税,到达金陵后,沿长江逆
流而上,经采石、铜陵、马当、彭浪矶、小姑山、彭泽、分江口、湖口、大孤山、
庐山到信州,处处吟咏,游兴颇浓,全不见有迁谪意。至金陵望江中烈山崒
然特起,诗人竟然生出隐居山中的念头:"山如浮玉一峰立,江似海门千顷
开。我欲此中成小隐,莫教山脚有船来。"⑤面对壮丽的山水,诗人激情迸
发,与之情往形来,浑然忘却了贬谪境遇。一些诗作气魄宏大,极可见出诗
人纵心自然的狂放之情,如写瀑布飞流直下、冲涌而出的宏大气势:"白虹
昼下昆仑顶,半入青林久不回。下洞水轮穿地底,冰崖吼怒却重来。"⑥写
山险水急、朱阁耸峙的惊心动魄:"绝壁秋天天外剑,深溪冬吼地中雷。上
宫未信无人到,朱阁飞从顶上来。"⑦诗人以奇伟的笔力写出了大自然的鬼
斧神工,不难感到飞扬的激情。在《弋阳道中》一诗中,晁补之写道:"千日
千程不厌行,一丘一壑可怜生。常忧束缚名缰死,斗健寻山却称情。"⑧吐
露了诗人摆脱名缰利锁而纵心于山水丘壑的轻松愉悦,这与苏轼"九死南

---

① 《忠肃集》卷 17,第 395 页。
② 《苏轼诗集》卷 38,第 2050 页。
③ 《苏轼诗集》卷 38,第 2053 页。
④ 《苏轼诗集》卷 5,第 192 页。
⑤ 《金陵南数十里江心烈山崒然特起犹金山也家人云安得隐于此作一绝》,《全宋诗》,第 19
册第 12873 页。
⑥ 《开先寺前望瀑布》,《全宋诗》,第 19 册第 12874 页。
⑦ 《栖贤寺三峡桥》,《全宋诗》,第 19 册第 12875 页。
⑧ 《弋阳道中》,《全宋诗》,第 19 册第 12877 页。

荒吾不恨,兹游奇绝冠平生"的宣言具有相同的旨趣。

(3)与天地合一的旷放自在

北宋中后期党争严酷,贬谪逐渐成为政治常态,被贬者对此种境遇不再过于消沉,而是以庄禅思想化解人生困境,从而形成随缘任运的旷达心态,表现于山水诗作便是萧散旷放的风格。这在苏轼那里无疑得到最典型的表现。

苏轼初到黄州尚且心有余悸,但很快便适应了贬谪生活,畅游山水成为重要的生活内容,其以山水为题材的诗作不再夹杂抑郁的人生感慨,而几乎完全成为一种审美性的活动,且其庄禅思想支持下的旷达心态使其对山水的描述贯穿着萧散自然的高趣,昭示着诗人将天地自然与现实人生融通为一的通透明澈,呈现出举重若轻的从容,如其《游武昌寒溪西山寺》云:

> 连山蟠武昌,翠木蔚樊口。我来已百日,欲济空搔首。坐看鸥鸟没,梦逐麏麚走。今朝横江来,一苇寄衰朽。高谈破巨浪,飞屐轻重阜。去人曾几何,绝壁寒溪吼。风泉两部乐,松竹三益友。徐行欣有得,芝术在蓬莸。[①]

诗人在这里描述了自己心清意淡、与世无争的生活,"坐看鸥鸟没,梦逐麏麚走"便是生动写照。不仅如此,诗人一苇渡江,纵情高谈,其机锋与气势使巨大的浪涛也黯然失色,同时又喜爱四处登山,轻快的脚步面对险峻的高峰也不在话下。东坡之萧散从容很大程度上来自庄禅哲学,即便绍圣远贬岭南,东坡也能很快调整心态,从容观览自然之美,如其《峡山寺》云:"天开清远峡,地转凝碧湾。我行无迟速,摄衣步屡颜……云碓水自舂,松门风为关。石泉解娱客,琴筑鸣空山。"[②]全然是一派无忧无虑、优游自适的闲放姿态。当然,其他党人经过长期贬谪,也已形成类似心态,如苏辙绍圣再贬筠州后作诗云:"十载还上都,再谪仍此州……居处方自适,未知厌拘囚。"[③]又云:"此身南北付天工,竹杖芒鞋即行李……幻中非幻人不见,本来日月无阴晴。"[④]张耒亦极为通达地说:"人生天地间,如萍水上浮。

---

① 《苏轼诗集》卷20,第1049页。
② 《苏轼诗集》卷38,第2063页。
③ 《雨中游小云居》,《栾城后集》卷2,《苏辙集》,第888页。
④ 《次韵子瞻独觉》,《栾城后集》卷2,《苏辙集》,第898页。

安得无所住,南北但随流。"①又云:"宦游到处即为家,况我迁谪来天涯。三年假馆主人屋,忽忽屡见新梅花。"②因此,愈到后期,贬谪本身对多数党人不再是不可忍受的煎熬,他们接受了这种境遇,并在对山水的游赏中自得其乐,获得了前所未有的解脱。

被贬者置身于陌生的自然环境,承受着严酷的政治压力,也面对着难以预知的命运,并不纯然是超脱的,其山水诗往往夹杂着复杂的情绪,间或渗入人生的哲思,如苏轼《慈湖夹阻风五首》其五云:"卧看落月横千丈,起唤清风得半帆。且并水村欹侧过,人间何处不巉岩。"③其中显然带有对人生况味的深切体会。

三、园林诗

宋人对园林有着强烈的爱好,士大夫任职地方,总爱建亭修园,以为揽胜之所。如欧阳修之丰乐亭、苏舜钦之沧浪亭、苏轼之喜雨亭、张梦得之快哉亭,不一而足。苏辙《洛阳李氏园池诗记》云:"洛阳古帝都,其人习于汉唐衣冠之遗俗,居家治园池,筑台榭,植草木,以为岁时游观之好。"④而在园林中游赏宴集、吟诗作赋更成为普遍风尚,著名的西园雅集便是代表性活动。

对被贬者而言,自然山水无疑是寄情所在,而园林亭榭同样是心灵的栖息地。苏辙被贬筠州后,筑东轩以娱情,其《东轩记》云:"余既以罪谪监筠州盐酒税……辟听事堂之东为轩,种杉二本,竹百个,以为宴休之所。"⑤张梦得"谪居齐安,即其庐之西南为亭,以览观江流之胜,而余兄子瞻名之曰'快哉'"⑥。苏轼被贬惠州后则为自己创造了恬静的居所,"葺为无邪斋,思我无所思"⑦。再贬儋州后,又在他人帮助下建其新居,"短篱寻丈间,寄我无穷境"⑧。被贬文人出于消解苦闷的精神需要,往往优游山水园

---

① 《感秋呈宏父兼呈周楚望三首》其三,《张耒集》卷9,第134页。
② 《别梅》,《张耒集》卷16,第272页。
③ 《苏轼诗集》卷37,第2034页。
④ 《栾城集》卷24,《苏辙集》,第412页。
⑤ 《栾城集》卷24,《苏辙集》,第405页。
⑥ 《黄州快哉亭记》,《栾城集》卷24,《苏辙集》,第409页。
⑦ 《和陶移居》,《苏轼诗集》卷40,第2192页。
⑧ 《新居》,《苏轼诗集》卷42,第2312页。

林。受唐宋文化转型及被贬者心态的综合影响，描绘细静物象的园林组诗大量出现，成为贬谪诗歌的重要形态。在这类园林诗中，他们更习惯于审视自己的内心世界，在对心性的思索与体悟中获得生命的智慧，表现为对外物的观察，便不是感情的投射，而是理性的延伸，摄入诗中的便不是高山巨川等宏大物象，而是能供其静心玩索的富有情趣的细静之物。这从文同的园林组诗《守居园池杂题三十首》可见一斑。这组诗将园中许多玲珑可爱的物象摄入诗中，由题目即可看出诗人的审美情趣，如《湖桥》《横湖》《书轩》《冰池》《竹坞》《菡萏轩》《荼蘼洞》《篔筜谷》《金橙径》《荻浦》等等。这些物象是细小的，安静的，甚至是玲珑剔透的，它们不需要主体驰骋精神，放飞激情去追逐，它们近在眼前，可以随手拈来，把玩赏鉴，它们与主体相距如此之近，甚至可以成为主人的宠物。被贬士大夫是相对边缘化的群体，一般而言，他们孤单落寞，渴望精神的抚慰，细静物象更加贴近他们的心灵，更易于得到他们的偏爱。在与这些物象的对视中，他们不仅感受到自然的美妙，而且往往从中寻获生命的理趣，如文同《竹坞》诗云："文石间苍苔，相引入深坞。莫撼青琅玕，无时露如雨。"[①]文石间杂着苍苔，一直延伸到竹坞深处，这里水汽浓重，露落如雨，自然的奇妙如此引人入胜，徜徉其中，诗人自能感到造化的绮丽多姿，似乎对现实政治的波诡云谲便不以为意了。又《守居园池杂题三十首》之《冰池》云："日暮池已冰，翩翩下凫鹜。不怕池中寒，便于冰上宿。"[②]凫鹜之类水鸟在天寒日暮中降落在冰冷的池上，似乎毫不以为苦，就那样安然入梦，被贬的诗人面对此情此景大概也会心有所悟。

　　从创作实践来看，园林诗大量表现为组诗形式，这固然是因为园林景物众多，更与宋人不再以高山巨川之类宏大物象为吟咏对象有关。唐人以情驭物，宏大物象远远地处于主体的彼岸，诗人将激情投射于这庞大的物象之中，不可能进行精细的观察与描述。宋人则由情感转为理智，物象近距离地呈现在诗人面前，他们因而可以观察特定场景的每一部分乃至每一细节，并分别加以吟咏，从而形成组诗形态。如果追溯园林组诗的源头，似可追到王维的《辋川集》、李白的《姑熟十咏》及韩愈的园林咏物组诗。王维

---

①　《全宋诗》，第 8 册第 5416 页。

②　《全宋诗》，第 8 册第 5416 页。

《辋川集》中的小诗以清新优美的笔触描绘田园风物，撷取一个个物象进行遗形取神的刻画，玲珑剔透，意味无穷。李白《姑熟十咏》则是撷取姑熟一带的自然景象及历史遗迹加以吟咏，笔致简阔，情味隽永，体现出激情之外的闲适与淡泊。从诗题来看，文同许多园林组诗以"某某咏"为题，明显取法《姑熟十咏》的篇名，如《蒲氏别墅十咏》《阆州东园十咏》等。这些诗取材灵活多样，风格散淡随意，而创作数量则远超前人。搜检文同诗集，这类以"咏"命名或虽不具"咏"名但性质相同的组诗有 11 题 129 首，如果再加上一些独立成篇的吟咏园林之作，数量就更加可观，可见文同在这类诗上用力之深，代表了贬谪园林诗的最高水平。

　　文同本是画家，观察细微，以画入诗，注意色彩的搭配、远近的掩映，将特定环境中的优美物象摄入笔端，似不经意而描述生动，《蒲氏别墅十咏·莲池》云："避风红出没，惊雨绿交加。"①《鱼池》云："岸上翠衣禽，对人时一没。"②《郡斋水阁闲书·车轩》云："平湖静处朱阁，垂柳深中画桥。"③诗人并非止于对外物作纯粹的白描，而是将超尘出世之情灌注其中，令人惊叹诗人心灵之白玉无瑕，纤尘不染。《子骏运使八咏堂·照筠坛》云："积土削为坛，险然在深竹。中惟一诗石，独坐拥寒玉。勿谓人少知，此境不容俗。"④同组《凝云榭》云："朝云南山吐，暮云北山翕。来往高榭中，留者颇堆积。坐客如久之，云须襟袖湿。"⑤诗人对俗世的喧嚣敬而远之，对自然之物却充满爱的深情。《郡斋水阁闲书·静观》云："十许纹鱼弄水，一双花鸭眠沙。静观只恐惊去，无语凭栏日斜。"⑥诗人唯恐惊扰弄水的纹鱼、酣眠的花鸭，无语凭栏，直至日斜。诗人心与物游，神与景会，将情感融化于自然生命的轻灵跃动中，自然界的一点变动、一点声响都能令诗人凝神注目，冥心玩索，大量园林景物诗既表现了诗人观察之细微，亦见出其心灵沉潜之深远。《守居园池杂题三十首》之《史隐亭》云："竹篱如鸡栖，茅屋类蜗壳。静几默如禅，往来人不觉。"⑦前两个比喻不算新奇，而将默不作声的

---

① 《全宋诗》，第 8 册第 5316 页。
② 《全宋诗》，第 8 册第 5316 页。
③ 《全宋诗》，第 8 册第 5427 页。
④ 《全宋诗》，第 8 册第 5409 页。
⑤ 《全宋诗》，第 8 册第 5409 页。
⑥ 《全宋诗》，第 8 册第 5425 页。
⑦ 《全宋诗》，第 8 册第 5418 页。

静几比作禅则出人意表,可见诗人心物冥合的禅寂境界。同组《瀺泉亭》云:"迳源分瀺水,衮衮出亭下。横湖能许深,日夜见倾泻。"①诗人对横湖水倾泻不尽生发思索,其追问既显天真,又不乏机趣。这些诗以园林为主要的吟咏对象,既见出心灵远离尘俗的宁静,又隐隐映照出诗人心灵的孤独。

　　被贬士人置身园林之中,并非局促于一隅心如死灰,而是神骛八极,心游万仞,追寻着自由的精神天地,黄庭坚《次韵黄斌老晚游池亭二首》其二:"岑寂东园可散愁,胶胶扰扰梦神游。万竿苦竹旌旗卷,一部蛙鸣鼓吹秋。雨后月前天欲冷,身闲心远地常幽。杜门谢客恐生谤,且作人间鹏鷃游。"②狭小的空间并不能完全阻隔他们自由的畅想,心灵的广大才是精神自由的保证,正如苏辙《黄州快哉亭记》所说:"士生于世,使其中不自得,将何往而非病,使其中坦然不以物伤性,将何适而非快?"③士人置身于园林,即是逃脱世俗之网,追求与自然的合一,实现对本性的回归,以此求得自由与逍遥。

　　园林组诗的兴盛一方面契合了宋代文化转型的人文背景,同时也与被贬者在宁静天地中搜寻自然理趣、慰藉寂寞心灵的精神需求有关,从而成为贬谪诗歌乃至宋代诗歌的重要形态。

第二节　贬谪与词的变异

　　相对于诗这种正式的文体,词作为小道一向不为主流社会认真对待,虽然入宋以后士大夫纷纷加入到词的创作中来,词作一时蔚为大观,但其地位仍无法与诗歌相比。经历乌台诗案、车盖亭诗案的威吓,专制暴力使得被贬者不敢轻易为诗作文,于是词这种地位相对低下的文体便成为被贬者抒写人生哀痛的更为适宜的形式。在一些被贬者那里,词的创作呈现出较为旺盛的局面,如苏轼贬谪期间作词约128首,约占其全部词作的三分之一。黄庭坚可以编年的词作179首,其中贬谪期间的词作即有82首。晁补之词约170余首,大部作于贬谪闲居时期。陈师道留词54首,几乎全

---

① 《全宋诗》,第8册第5418页。
② 《山谷诗集注》卷13,第230页。
③ 《栾城集》卷24,《苏辙集》,第409页。

部为绍圣后贬废期间所作。秦观绍圣后作词约 20 首,约占其可编年词作的四分之一。

　　词原本以抒写男女之情为主,绮罗香泽,绸缪婉转,呈现在词中的往往是温柔香软的世俗生活。然而在贬谪际遇下,士大夫失去了歌舞饮宴的生活条件,他们惊惧于随时可能降临的不虞之祸,蜷缩于狭小的个人天地浅吟低唱。这种背景下的词作更多地成为他们的心灵自语,其关注点从对世俗情欲的体验转向了对人生苦况的描述、沉吟与思索,因此也便失去了传统婉约词的斑斓色彩,而成为个人不幸的哀歌。与此同时,词的题材因创作主体生存境况的改变而不断扩大,词的表现手法也因为贬谪的特殊背景而不断深化,与此相应,词风也呈现出多样性的变化。总之,贬谪这一外部因素深刻地影响和改变着士大夫的心灵世界,使他们在更高的层次上抒情写志,词因之扮演着更为重要的角色,在各方面都呈现出不同于传统的变异,从而进一步走向成熟。

一、贬谪与词的内容变异

　　贬谪词相对于贬谪诗更加面对被贬者的心灵世界,因此更便于抒写幽隐的情感意绪,从作品来看,贬谪词的情感指向主要表现为三个方面:其一是抒写被贬的人生意绪,其二是表达对出处进退的心理矛盾,其三则是消解人生困境。

　　1. 抒写被贬境况下的人生意绪

　　绍圣后,被贬者的苦况不断加重,新党长期把持朝政大权,在建中靖国短暂的叙复之后,元祐党人重新遭到新党的排斥与迫害,且变本加厉,大有万劫不复的势头。尤其是如苏轼、刘挚、傅尧俞等旧党头目更是受到新党的严密防范,返朝的希望越发渺茫,如黄庭坚所云“投荒万里无归路”①,从而造成被贬者深重的人生愁绪。尽管如苏轼、黄庭坚等人以庄禅之随缘放旷化解困境,却不可能彻底无视这种严酷的命运,由此而生的愁绪在词这种原本直面心灵的文学形式中得到更充分的表现。

　　苏轼屡经贬谪之后,虽然历练出旷达胸怀,但以老迈之身被贬海南,北归无日,自然也是悲怆不已,绍圣四年(1097)于儋州作《西江月》词云:

―――――――――

　　① 《采桑子》,《山谷词校注》,第 216 页。

世事一场大梦，人生几度秋凉。夜来风叶已鸣廊，看取眉头鬓上。酒贱常愁客少，月明多被云妨，中秋谁与共孤光，把酒凄然北望。①

中秋月明，形单影只，无人共饮，无人共语，只有风吹落叶，坠落屋廊。这种刻骨铭心的孤独强烈刺激着苏轼对人生跌宕起伏的深层体验，"世事一场大梦"的感叹远远超过哀愁的人生意绪，它传达出的是日近晚境的苏轼不可消释的虚无与悲凉。

黄庭坚在诗中一向示人以坚刚的儒家气质，但在词中则往往表露出真实的感情，对人生愁绪不加掩饰，尽情渲染，此类语句可谓比比皆是，如元符三年（1100）在戎州所作《踏莎行》词云："尊中有酒且酬春，更寻何处无愁地。"②建中靖国（1101）所作《减字木兰花》云："飞花漫漫，不管羁人肠欲断。春水茫茫，要渡南陵更断肠。"③崇宁四年（1105）于宜州所作《青玉案·至宜州次韵上酬七兄》词云："山胡新啭，子规言语，正是人愁处。"④同期同题词云："欲断离肠余几许，满天星月，看人憔翠，独泪垂如雨。"⑤又宜州所作《南乡子》词云："花向老人头上笑，羞羞，白发簪花不解愁。"⑥词原本具有的对温柔香软的爱情世界的描写至此主要转向对心灵世界的刻画，对爱情的渴慕与回味转换为对自我苦情的抒写，只有词才能以更纤细的触角伸入他们的心灵角落，传达出转徙飘泊的心灵之痛。

如果说苏轼、黄庭坚尚能以庄禅之达观消释人生苦况，或以积久的儒家气质对抗政治迫害，那么不甘被贬、感情脆弱且对仕途始终怀有希望的秦观则只能以缠绵悱恻的词作哀叹人生的不幸了。元符三年（1100）秦观与苏轼相会于雷州，作《江城子》词云：

南来飞燕北归鸿，偶相逢，惨愁容。绿鬓朱颜重见两衰翁。别后悠悠君莫问，无限事，不言中。　　小槽春酒滴珠红，莫匆匆，满金钟。饮散落花流水各西东。后会不知何处是？烟浪远，暮云重。⑦

---

① 《苏轼词编年校注》，第 798 页。
② 《山谷词校注》，第 102 页。
③ 《山谷词校注》，第 196 页。
④ 《山谷词校注》，第 68 页。
⑤ 《山谷词校注》，第 70 页。
⑥ 《山谷词校注》，第 133 页。
⑦ 《淮海居士长短句笺注》卷上，第 66 页。

　　秦观一贬再贬，几乎对人生丧失了信心，并已自作挽词，可谓万念俱灰。此时见到阔别多年的故人，自是哀戚无穷，"惨愁容"一语生动刻画出秦观此时的神情与心境。对别后的经历，秦观不愿提及，只以"无限事，不言中"以蔽之，可谓悲酸满腹，不堪回首。对将来的命运，秦观则以虚笔加以点染，"烟浪远，暮云重"的描写似虚而实，烘托出心境的茫然。前此绍圣三年(1096)被贬处州时，在所作《千秋岁》词中，秦观尚且回忆起元祐七年(1092)与友人西池之会的盛况，其中不乏眷恋之情，并且残存着还朝的希望，而在这首词中没有一丝光亮，代表了被贬士大夫无望挣扎的人生境况。

　　受到株连的其他苏门人物也有相似的感情表达，只不过贬谪状况不像上述三人那样严重，其忧郁之情相对轻松而已，如晁补之被贬玉山时作《迷神引·贬玉溪对江山作》，上阕主要写眼前之景，下阕抒写被贬远方的愁情，"自悔儒冠误"的愤叹虽有些矫情，然而此去茫茫，前途未卜，毕竟令人心潮难平，"烛暗不成眠"真实写出了词人踏上贬途的忐忑心情。

　　总之，词作为直面心灵的文体，相比诗歌的庄重严肃，更具有直抒胸臆的自由性，而被贬士人普遍承受着沉重的政治压力，渴望倾诉和表达，词这一相对自由的文体自然成为贬谪群体抒写悲情的重要手段。相比承平时期侧重于男女之间的欢爱绸缪，贬谪词无疑更被笼上了浓浓淡淡的人生愁绪。

　　2.表达对出处进退的心理矛盾

　　被贬士人失去了原来较高的政治地位，处于人生的低谷，面临着无可回避的人生困境，这种落差自然易于引发他们对人生无常的感慨，并进而生出对人生价值的思索，出处进退成为他们思索的基本课题，并引发了一系列的心理矛盾，这在词中得到一定程度的表现。

　　东坡虽然在乌台之案中遭到沉重打击，但对神宗厚意感念不已，所以一旦被放还，其忠君报国之心便重新滋长，元丰七年(1084)放归阳羡时所作《满庭芳》云："老去君恩未报，空回首，弹铗悲歌。"①当然，这并不等于苏轼完全消释了归隐之意，其内心对前途仍然有着深深的疑虑，弃官归隐的念头缭绕不散，同期所作《蝶恋花·述怀》借溪叟之口表露心迹："溪叟相看

---

　　① 《苏轼词编年校注》，第568页。

私自语。底事区区，苦要为官去。尊酒不空田百亩，归来分得闲中趣。"①
然而面对君恩，苏轼又难以释怀，同牌词又云，"衣带渐宽无别意，新书报我
添憔悴"②。但元祐被召还东京，苏轼却又怀念起黄州的雪堂，《如梦令》其
二云："居士，居士，莫忘小桥流水。"③此小桥指黄州东坡雪堂正南之小桥。
虽然苏轼在元祐间蒙受空前的恩遇，但乌台诗案的阴影、洛蜀党争的纷纷
扰扰让苏轼心力交瘁，归隐之念时时涌上心头，元祐七年（1092）《行香子·
述怀》词云："浮名浮利，虚苦劳神。虽抱文章，开口谁亲，且陶陶，乐尽天
真。几时归去，作个闲人，对一张琴，一壶酒，一溪云。"④"虚苦劳神"的政
治生涯消耗着苏轼的入世热情，归去做个闲人便成为苏轼这样的士大夫无
时不思的梦想。而在贬谪际遇下，士大夫沦为政治的边缘人，入世之心更
为淡漠，归隐之念便更强烈了。元符二年（1099），晁补之贬监信州盐酒税，
途中作《迷神引》词云："暗想平生，自悔儒冠误。觉阮途穷，归心阻。"⑤表
达羁于谪宦、欲归不得的怨愤。至达贬所后，作《临江仙》云："谪宦江城无
屋买，残僧野寺相依。松间药臼竹间衣，水穷行到处，云起坐看时。一个幽
禽缘底事，苦来醉耳边啼？月斜西院愈声悲。青山无限好，犹道不如
归。"⑥再次表达归隐之思。崇宁二年（1103），晁补之在长期放逐之后，终
于遇赦回乡，从此过着长期的废放生活，期间作《摸鱼儿·东皋寓居》，其中
云："儒冠曾把身误，弓刀千骑成何事，荒了邵平瓜圃。便拟得班超，封侯万
里，归计恐迟暮。"⑦又同期所作《黄莺儿》云："算人间事、岂足追思，依依梦
中情绪。观数点茗浮花，一缕香萦炷。怪来人道陶潜，做得羲皇侣。"⑧鄙
弃名利而求淡泊自适便成为晁氏贬废词作的主题。

　　当然，士大夫得君行道的理想永远不会彻底消失，苏轼去世前一年所
作《千秋岁·次韵少游》词中仍然以"君命重，臣节在"表达忠君之心，并以
"新恩犹可觊"流露一朝还朝的幻想。可以说，出处进退乃是贯穿苏轼一生

---

① 《苏轼词编年校注》，第 572 页。
② 《苏轼词编年校注》，第 574 页。
③ 《苏轼词编年校注》，第 586 页。
④ 《苏轼词编年校注》，第 725 页。
⑤ 《迷神引》，《晁氏琴趣外篇》卷 2，第 82 页。
⑥ 《临江仙》，《晁氏琴趣外篇》卷 4，第 153 页。
⑦ 《摸鱼儿·东皋寓居》，《晁氏琴趣外篇》卷 1，第 15 页。
⑧ 《黄莺儿》，《晁氏琴趣外篇》卷 1，第 22 页。

的心理矛盾,这在其他被贬者那里也有程度不同的体现。黄庭坚绍圣被贬之后屡屡表达对功名富贵的淡泊与不屑,崇宁元年(1102),在太平州作《玉楼春》词云,"功名富贵久寒灰"①。崇宁三年(1104),在宜州作《促拍满路花》词,其下阕云:"任万钉宝带貂婵,富贵欲熏天。黄粱炊未熟,梦惊残。是非海里,直道作人难。袖手江南去,白蘋红蓼,又寻溢浦庐山。"②然而在写给他人的词作中,又常常表达建功立业的理想,如《水龙吟》云:"看朱颜绿鬓,封侯万里,写凌烟阁。"③又《洞仙歌》云:"问持节冯唐几时来,看再策勋名,印窠如斗。"④虽是寄语他人,也多少隐寓着自己的情怀。但黄庭坚毕竟久经贬谪,也目睹许多士大夫的进退荣辱,对世路的险恶⑤及功名富贵的虚无性有着更加清醒的认识,屡屡表示要退隐山林。然而由于种种原因,被贬者并不能断然归隐,归隐对他们而言只是一种虚无的理想,一种说说而已的调侃。元丰六年(1083),苏轼被贬黄州,其间作《临江仙》词云:

　　　　夜饮东坡醒复醉,归来仿佛三更。家童鼻息已雷鸣。敲门都不应,倚杖听江声。　　长恨此身非我有,何时忘却营营?夜阑风静縠纹平。小舟从此逝,江海寄余生。⑥

宋叶梦得《避暑录话》卷上载:"(苏轼)与数客饮江上。夜归,江面际天,风露浩然,有当其意,乃作歌辞,所谓'夜阑风静縠纹平,小舟从此逝,江海寄余生'者,与客大歌数过而散。翼日喧传子瞻夜作此词,挂冠服江边,挐舟长啸去矣。郡守徐君猷闻之,惊且惧,以为州失罪人,急命驾往谒,则子瞻鼻鼾如雷,犹未醒也。"⑦摆脱官场、寄身江海乃是士大夫一种不乏浪漫的想象,然而如第七章第二节所论,各种复杂的现实因素使得这种理想只能成为士人的一种虚幻的自我安慰,苏轼"鼻鼾如雷,犹未醒也"的醉态形象地揭示出士大夫的归隐理想与现实的距离。

　　归隐不得,还朝不能,在这种进退两难的窘境中,被贬士人便企图以精

---

① 《玉楼春》,《山谷词校注》,第116页。
② 《山谷词校注》,第32页。
③ 《山谷词校注》,第4页。
④ 《山谷词校注》,第33页。
⑤ 《鹧鸪天》词云,"人间底事风波险,一日风波十二时"。见《山谷词校注》第138页。
⑥ 《临江仙》,《苏轼词编年校注》,第467页。
⑦ 《避暑录话》卷2,《宋元笔记小说大观》,第2610—2611页。

神的麻醉延捱无望的贬谪岁月。元丰五年(1082)，张舜民因讥讪边帅高遵裕，贬监郴州茶盐酒税，路过岳阳楼而作《卖花声·题岳阳楼》词，中云："自是长安日下影，流落江湖。烂醉且消除，不醉何如。"①张舜民放眼茫茫洞庭，但见山长水阔，倍觉孤身飘零，自是无限悲凉。于是醉酒便成为逃避现实困境、求得心理安慰的最好方式。元符二年(1099)，黄庭坚在戎州作《醉落魄》词，其中云："陶陶兀兀，尊前是我华胥国。争名争利休休莫。雪月风花，不醉怎归得。"②又同牌词云："陶陶兀兀，人生无累何由得。杯中三万六千日，闷损旁观，我但醉落托。"③又同牌词云："陶陶兀兀，人生梦里槐安国。"④黄庭坚在这几首同牌词中一方面以华胥国、槐安国的典故对人间的名利争夺给予否定，同时又以醉游人间的玩世姿态表明自己愤激而无奈的情绪。

　　贬谪本身似乎成为分隔被贬者回归朝廷与退隐山林的围城，他们似在城中，又似在城外；既欲回到城中，又欲留在城外，却始终难以逃离体制本身，这使他们成为游走于体制围城的边缘人，只有醉态才能给他们虚幻的逃离。无论是苏轼一边高唱"小舟从此逝，江海寄余生"而又"鼻鼾如雷"的喜剧，还是黄庭坚"不醉怎归得"的吟唱，都形象地映照出被贬士大夫无力挣脱的人生困境，正是这种困境折射出其生存状态的尴尬与荒诞。

　　3. 消解人生困境

　　如上所述，长期遭贬处穷的士人面对着出处进退以及人生意义沦于虚无而茫然无措的精神困境，他们在寻求着价值支点的同时，也在以文学形式进行着精神的突围。形式更为正统的诗文固然可以用来抒情言志，然而擅长呈现隐微之情的词相比而言更有优势，诗歌中正言、慎言、不敢言的内容都可以在词中以谐谑的形式表达出来。在不少宋人看来，词原本就不是一种庄重严肃的文体，是所谓"狎邪之大雅，豪士之鼓吹"，是"使酒玩世"之作。这种不正式的定位使词成为表达心灵自由、进行政治抗争的最适宜的形式。元符二年(1099)，黄庭坚在戎州所作《鹧鸪天》词云：

　　　　黄菊枝头生晓寒，人生莫放酒杯干。风前横笛斜吹雨，醉里簪花

---

① 《全宋词》，第265页。
② 《山谷词校注》，第103页。
③ 《山谷词校注》，第106页。
④ 《山谷词校注》，第107页。

倒著冠。　　　　身健在，且加餐，舞裙歌板尽情欢。黄花白发相牵挽，付与傍人冷眼看。①

　　词人在这里纵饮，吹笛，簪花，倒著冠，放歌，狎妓，一副放荡不羁的狂士派头，与一向以道学家面貌谆谆教诲后学的师长形象判若两人，而词人所以如此轻狂，正是要表达决不屈服于专制权力的意志。"付与傍人冷眼看"的叛逆姿态不仅表达了黄庭坚对政敌的蔑视，而且也透露出面对人生苦难的刚毅。黄氏生性谨慎，对政治的险风恶浪深有体会，对苏轼以诗讥刺现实的做法深不以为然，故其诗歌与现实保持着足够的距离，几无一言涉及政治。然而这并不等于黄氏完全消灭了内心的怨愤之气。绍圣之后，黄氏受到苏轼的牵连，辗转飘泊，其内心的怨愤是极为深重的，虽然他极力以儒家修养加以对抗，并从诗歌中完全消除了激愤的情绪，以不致受到政敌的攻击，但他同时把这种愤激之情转移到词中，其词更真实地反映着他的内在感情。

　　黄氏在这类词中不仅有意呈现出叛逆性的姿态，而且故意运用俚俗之语表情达意，语言本身一定意义上也成为抗争的武器，元符二年（1099）戎州所作《望远行》词云："自见来，虚过却、好时好日。这诇尿粘腻得处煞是律。"②清人李调元《雨村词话》卷一评论说："乐府用谚语，诗余亦多俳体，然未有如此可笑者，诇尿、嘚、呰等字，即云是当时坊曲优伶之言，而至此俗亵，如何可入风雅乎？"③并将这类词称为"恶道"。黄庭坚既然以"尿"这样为文人雅士所不齿的事物入词，自然不是为了吟弄风雅，而是刻意追求与风雅相对立的"恶道"，只有借助语言的粗鄙才能表达对政敌的戏谑与侮谩，间接表达自己的不妥协立场，这类貌似粗俗的贬谪词因而便具有了不凡寻常的意义。

　　与黄庭坚类似的是陈师道。陈师道作诗以瘦硬生新著称，但这种风格却难以表达其绍圣后因受苏轼牵连而废居里中的郁闷，故而长于抒写幽隐婉曲之情的词便成为更为适宜的表达形式，且其铁石心肠更需要词的清脺艳发得到补偿。元符二年（1099），晁补之赴信州酒税务过徐州，看望陈师

---

① 《山谷词校注》，第 142 页。

② 《望远行》，《山谷词校注》，第 42 页。

③ ［清］李调元：《雨村词话》，《词话丛编》（二），第 1400 页。

道。《苕溪渔隐丛话后集》卷三十三引《复斋漫录》云："晁无咎贬玉山，过彭门，而无己废居里中。无咎出小鬟舞《梁州》佐酒，无己作《木兰花》。"[①]词云："娉娉袅袅，芍药梢头红样小。舞袖低垂，心倒郎边客已知。金樽玉酒，劝我花前千万寿。莫莫休休，白发簪花各自羞。"该词以芍药为喻，以"娉娉袅袅"摹写出侍酒舞女身姿曼妙、舞姿婆娑、殷勤劝酒的动人情景，也侧写出作者在舞女面前难以自持的欢悦与陶醉，这与诗中陈师道的冷硬气质判若两人。晁无咎云："人疑宋开府铁心石肠，及为《梅花赋》，清脍艳发，殆不类其为人。无己清适，虽铁石心肠不至于开府，而此词清脍艳发，过于《梅花赋》矣。"宋璟之《梅花赋》清新拔俗，不染尘滓，一如其人之特立独行，迥异俗世，并非如晁氏所云"不类其为人"。反倒是上述《木兰花》词与陈师道一向的性格气质殊不相类，这也恰恰说明了词抒发一己情思的独特性以及陈师道借助词抒写人生欢愉以宣泄抑郁之情的艺术追求。

在词作中，陈师道不仅表达自己的幽隐深情，而且在语言形式上也极尽变化之能事，多用俚俗之语，前词中"莫莫休休"便是一例。又《碧鸡漫志》卷二："世言无己喜作庄语，其弊生硬是也。词中暗带陈三、念一两名，亦有时不庄语乎？"[②]陈师道词作之绮艳与其诗作之严正对照鲜明，令许多人困惑不解，明代杨慎《词品》卷三云："陈后山为人极清苦，诗文皆高古，而词特纤艳。"[③]缪钺先生亦云："陈师道这些词，清婉妍秀，饶有风韵，与其诗之枯寂者迥乎不同。"[④]这种差异首先与陈师道对词本身功能的定位有关。陈师道以"本色"论对待词的创作，他批评苏轼"以诗为词"如教坊雷大使之舞，"虽极天下之工，要非本色"。陈氏所谓"本色"即是要"以词为词"，保持词的女性化、柔媚化传统。出于这一创作观念，后山词大量描写歌舞妓的窈窕与柔媚，以及男欢女爱的缠绵深挚，且其将主要"精力尽于诗"，而将词的创作视为"余事"，声称"时作小词以自娱"[⑤]，其词作遂逌入晚唐以来的婉约一脉。除此之外，更现实的原因则是陈师道仕途偃蹇，穷困潦倒，遂以率意无拘束的爱情乃至艳情描写纾解郁闷，装点枯淡的人生，词在一定意

---

① 《苕溪渔隐丛话后集》卷33，第251页。

② ［宋］王灼：《碧鸡漫志》，《词话丛编》（一），第93页。

③ ［明］杨慎：《词品》，《词话丛编》（一），第479页。

④ 缪钺：《陈师道词论与词作述评（续〈灵溪词说〉之十一）》，《四川大学学报》（哲学社会科学版）1990年第2期。

⑤ 《与鲁直书》二，《全宋文》，第123册第297页。

义上成为他对抗人生不幸的手段。

后山一生厄多顺少,元祐二年(1087)三十五岁时经苏轼等荐,才得为徐州教授。绍圣元年(1094)又因被目为苏轼余党而罢归,连小小的教授也无法保全,其潦倒之状可想而知。后山留传后世的 54 首词作大部分作于绍圣元年(1094)罢官后废居徐州时期,其时"艰难困苦,无所不有。沟壑之忧,近在朝夕"①。后山在其最为潦倒的时期,却创作了众多香艳之作,实在耐人寻味。可以说,陈师道在其词作中构织了一个美妙的、可以满足其精神想象的世界,在这一没有什么禁忌的世界里,他可以肆意地放纵自己的感情乃至肉欲,使其被儒家道德的严正呆板约束得僵硬的心灵得到有限的放松,使其被贬谪厄运无情毁灭的理想得到虚幻的实现。如果说其诗作承载了儒文化的审美理想,那么其词作则为其在儒文化及人生厄运的双重压力下撑开了一个透气的出口,尽管这个出口从正统眼光看来有些庸俗甚至猥琐,但却表现了陈氏真实的感情渴求。

被贬士人不仅以艳词表达叛逆的立场,而且以滑稽诙谐的词作相娱乐,《苕溪渔隐丛话》后集卷三十九引《复斋漫录》云:"邹志全徙昭,陈莹中贬廉,间以长短句相谐乐。"其间陈瓘作《蝶恋花》词赠邹浩云:"有个胡儿模样别。满颔髭须,重得浑如漆。见说近来头也白,髭须那得长长黑。(逸忘一句)镊子镊来,须有千堆雪。莫向细君容易说,恐他嫌你将伊摘。"②这是陈瓘对邹浩的长胡须开玩笑。邹浩亦作《蝶恋花》调笑对方,词云:"有个头陀修苦行,头上头发毿毿。身披一副醆裙衫。紧缠双脚,苦苦要游南。闻说度牒朝夕到,并除颔下髭髯。钵中无粥住无菴,摩登伽处,只恐却重参。"邹浩以此词挖苦陈瓘多欲。二人在唱和之词中插科打诨,相互取笑,完全是玩世不恭的姿态,词在这里不仅成为抒情的手段,也是被贬士人苦中作乐、缓解精神压力的调节剂③。

---

① 《全宋文》,第 123 册第 297 页。

② 《苕溪渔隐丛话后集》卷 39,第 324 页。

③ 陈、邹二人所作与当时流行的善谐谑一派词风不无关系,《碧鸡漫志》卷二载:"熙丰、元祐间,兖州张山人以诙谐独步京师,时出一两解。泽州孔三传者,首创诸宫调古传,士大夫皆能诵之。元祐间,王齐叟彦龄,政和间,曹组元宠,皆能文,每出长短句,脍炙人口。彦龄以滑稽语噪河朔。组潦倒无成,作红窗迥及杂曲数百解,闻者绝倒,滑稽无赖之魁也。……同时有张衮臣者,组之流,亦供奉禁中,号曲子张观察。其后祖述者益众,嫚戏污贱,古所未有。"见唐圭璋《词话丛编》(一),第 84 页。

二、贬谪与词风的变异

贬谪对士人的重大打击首先便是入世之情的消退,尤其是绍圣之后旧党士人被贬穷荒,返朝无期,悲愁叹怨在其诗文中无处不在,其词作也因之发生了不少的变异。以苏轼为代表的豪放词不复有"西北望,射天狼"的豪情胜概,转而为"人生如梦"的虚无以及"一蓑烟雨任平生"的旷放。而以秦观为代表的婉约词则不再有轻快明丽的调子,转而为悲婉凄咽。而黄庭坚则由俚俗之词转而为放浪之词,以玩世不恭的叛逆姿态表达决不屈服权力的铮铮铁骨。如此等等。贬谪影响着被贬士大夫的精神世界,也重塑着词的风格。

1. 豪放的沉落

苏轼是豪放词的开创者,其词之豪放源于对现实的乐观自信以及以诗为词的文学观念,他将原本由诗表达的内容引入词中,尤其是以词表达建功立业的英雄理想,赋予了词前所未有的豪壮之气。乌台诗案对苏轼造成了沉重打击,其词作由原来的豪放转而为旷达与超然,即便被视为豪放词代表作的《念奴娇·赤壁怀古》,也因为"人生如梦"的感慨而使全词豪气顿衰。此后苏轼再不曾写类似《江城子·密州出猎》那样豪气干云的词作,更多是以庄禅观念消解人生困境的超然旷放之作。

苏轼词风的转换是从其对人生困境的思考与摆脱开始的。初至黄州,苏轼在空前的打击面前心灰意冷,此期词作生动描写了当时心态,《南歌子》云:"寸恨谁云短,绵绵岂易裁。……春雨消残冻,温风到冷灰。"[1]以"冷灰"比喻心灵,可见伤痛之深。《菩萨蛮·七夕黄州朝天门上二首》其二则云:"终不羡人间,人间日似年。"[2]虽是写牛郎织女的爱情守望,也暗示了自己遭受打击后对现实的绝望。虽然此期的苏轼深研佛禅,并企图以佛教空观消释对苦难的感知,但同时也使其陷于一种万事皆梦、皆空、皆无意义的茫然,这就为其词涂抹上了一层虚无的色彩,如其《南香子》词云,"万事到头都是梦,休休。明日黄花蝶也愁"[3]。《满江红》则对历史是非置而

---

[1]　《苏轼词编年校注》,第286页。

[2]　《苏轼词编年校注》,第293页。

[3]　《苏轼词编年校注》,第331页。

不论,"曹公黄祖俱飘忽"①。《满庭芳》词否定对功名的追求,"蜗角虚名,
蝇头微利,算来着甚干忙? 事皆前定,谁弱又谁强?"②见出苏轼一定意义
上的命定论和虚无感。但苏轼并不因此陷于虚无主义不可自拔,而是以庄
禅哲学审视人生,在更为广阔的时空背景上定位自我,并重新建构自我与
历史及现实的关系,从而获得一种超越性的情怀。由此出发,其词作便呈
现出旷放的境界和清远的格调,如《满庭芳》所云:"且趁闲身未老,佳放我、
些子疏狂。"虽然苏轼此期偶尔还会唱出"谁道人生无再少,休将白发唱黄
鸡"③这样高亢的调子,却不过是以往豪放词的回光返照,此后苏词风格由
豪放转向经历劫波、看透生死、无所挂碍的旷放。黄州之贬使苏轼抛弃了
入世而不能的人生负累,以庄禅哲学澄清万虑,会通物我,从而以更加通达
的心态面对个体在世间的存在,获得了一种无所拘碍的自由。《定风波·
莫听穿林打叶声》乃是这种心态的生动表现,"一蓑烟雨任平生"的表白既
标志着此期人生达到新的境界,也标志着苏词由豪放至旷放的转型。

绍圣被贬岭南,苏轼的旷放又加入了一层灰暗与沉郁,此时的苏轼经
历过元祐进入政治高层的荣宠,此时再度被贬,其对人生的感悟便更加深
彻,虚无感也更加强烈,早期的旷放此时继续沉落而成为一种宠辱不惊的
超然,只是这种超然在贬谪深重且日近老境的东坡那里总有一种摆脱不掉
的悲凉。元符二年(1099)儋州所作《减字木兰花·立春》云:"春幡春胜,一
阵春风吹酒醒。不似天涯,卷起杨花似雪花。"④春风吹来,酒醉初醒,明明
知道远在天涯,却安慰自己不似天涯,后面却又将飞起的漫天杨花比作纷
纷扬扬的雪花,其中的悲凉意味自是不难体会。因此,苏词由豪放而旷放,
又在旷放中渗入悲凉,既是豪放风格的沉落,更是其情感的沉落,勾勒出充
满悲剧意味的人生轨迹。

如果说在贬谪际遇下,苏轼词是由豪而旷,那么晁补之词则是由豪而
悲。晁补之是同期苏轼豪放词最积极的追随者,针对一些人对苏词的批
评,晁氏辩护说:"苏东坡词,人谓多不谐音律,然居士词,横放杰出,自是曲

① 《苏轼词编年校注》,第335页。
② 《苏轼词编年校注》,第458页。
③ 《浣溪沙》,《苏轼词编年校注》,第358页。
④ 《苏轼词编年校注》,第801页。

中缚不住者。"①可见晁氏对苏轼"以诗为词"观念的高度认同,其创作同样步武苏轼。四库馆臣评论说:"然其(晁补之)词神姿高秀,与轼实可肩随。"②指出了晁补之词对苏轼之豪放之风的继承关系及二者风格的相近。

晁补之早年对建功立业充满向往,正如其《万年欢》词所云:"早岁功名,豪气尚凌汝颍。"③与这种理想相对应,一些词也像苏轼早期词一样充满豪壮之气,"射虎山边寻旧迹,骑鲸海上追前约"④,"忆昔论心,尽青云少年,燕赵豪俊。二十南游,曾上会稽千仞"⑤。但其后的贬谪经历及宦海浮沉使其壮心渐老,对功名的厌倦及对归隐的向往成为其词作反思吟咏的主题,这种情绪使得其词风由豪壮而趋于旷放乃至于沉咽。元符二年(1099),晁补之贬监信州盐酒税,作《迷神引》词:

> 黯黯青山红日暮,浩浩大江东注。余霞散绮,向烟波路。使人愁,长安远,在何处。几点渔灯小,迷近坞。一片客帆低,傍前浦。　　暗想平生,自悔儒冠误。觉阮途穷,归心阻。断魂素月,一千里、伤平楚。怪竹枝歌,声声怨,为谁苦。猿鸟一时啼,惊岛屿。烛暗不成眠,听津鼓。⑥

本词起笔写青山、红日、大江,景象开阔,颇有东坡大江东去的气概,但其后则以"愁"字点明心绪,磅礴之势顿减,衰飒之气扑面而来,悔、误、穷、阻、断、伤、怪、怨、苦、惊等字眼将作者的热情一步步引向低落和灰暗,直到"不成眠,听津鼓",诚可谓"别有幽愁暗恨生",其低回沉咽相比东坡《念奴娇》"人生如梦"的感叹过之远矣。诚如冯煦所论:"(补之)所为诗余,无子瞻之高华,而沈咽则过之。"⑦刘乃昌在比较苏、晁后期词之不同时亦云:"苏词往往由慷慨峥嵘归于清旷,晁词则由慷慨磊落趋于沉咽。"⑧二人风格的不同转化既与其个性有关,更是屡遭贬谪而转徙废放的命运所以致之。

---

① ［宋］吴曾:《能改斋词话》,《词话丛编》(一),第125页。
② 《晁无咎词》,景印《文渊阁四库全书》,第1487册第254页。
③ 《晁氏琴趣外篇》卷5,第174页。
④ 《满江红》,《晁氏琴趣外篇》卷2,第74页。
⑤ 《万年欢》,《晁氏琴趣外篇》卷4,第150页。
⑥ 《晁氏琴趣外篇》卷2,第82页。
⑦ ［清］冯煦:《蒿庵论词》,《词话丛编》(四),第3587页。
⑧ 《晁氏琴趣外篇·前言》,第8页。

　　2. 婉约的深化

　　词自产生以来，即以言情见长，如张炎所云："簸风弄月，陶写性情，词婉于诗。"①盖因词的产生始终与女性有关，欧阳炯在《花间集序》中云："自南朝之宫体，扇北里之倡风。何止言之不文，所谓秀而不实。"②欧氏将词之源头追溯到南朝宫体及民间歌辞，而宫体的主要内容多为闺情、艳情乃至色情，《词苑丛谈》引沈约《六忆诗》其三云："'忆眠时，人眠独未眠。解罗不待劝，就枕更须牵。复恐旁人见，娇羞在烛前。'亦词之滥觞也。"③本词显然写男女情事，徐釚认为这正是词最初描写的内容，词既然源自宫体，自然与宫体之情爱题材一脉相承。正因为词多写男女私情，则其情感的抒发便不宜显豁直露，而是委婉含蓄，《填词杂说》云："（词）言情贵含蓄。"④《词筌》亦云："小词以含蓄为佳。"⑤词贵含蓄乃是由词主要抒写男女之情的特性决定的，因此所谓婉约词既指词的风格，同时也约定俗成地限定着词的内容。

　　但自五代及至宋初以来，越来越多的士人加入到词的创作队伍，也不断将身世之感打入词中，从而不断打破着婉约词依红偎翠、男欢女爱的原始格局。叶嘉莹对此概括说："自晚唐之温庭筠、韦庄，经过五代之冯延巳、李璟、李煜，以迄北宋之晏殊、欧阳修，其以精美之物象及深婉的情意以唤起读者之联想与感动，并且将一己之人生际遇与学养胸襟都逐渐融入小词之中……于是当初在歌筵酒席间随意写付歌儿酒女去吟唱的本无个性的艳歌，乃终于有了可以抒情写志的作用，所以我们曾经将此一演化之过程，称之为'诗化'之过程。"⑥将"人生际遇与学养胸襟"融入词中可谓婉约词逐渐脱离原始面貌而不断发展的重要因素。随着北宋中后期党争的激化与贬谪的加剧，士大夫受到更多的冲击，其词作更多地抒写个人的遭际与情感，进一步远离了男欢女爱的原始题材，所谓"婉约"更成为一种手法与风格。显然，词人越不幸，越易于在词作中倾注自己的身世之感，而贬谪无疑正是这样一种加重词人身世之感的外在因素。在贬谪际遇下，被贬者既

①　[宋]张炎：《词源》，《词话丛编》（一），第 263 页。
②　[五代]欧阳炯：《花间集序》，杨景龙《花间集校注》，中华书局，2017 年，第 1 页。
③　[清]徐釚：《词苑丛谈》，人民文学出版社，1988 年，第 12 页。
④　[清]沈谦：《填词杂说》，《词话丛编》（一），第 635 页。
⑤　《词苑丛谈》，第 66 页。
⑥　叶嘉莹：《论秦观词》，《唐宋词名家论稿》，北京大学出版社，2014 年，第 133 页。

要抒写身世之感，又不能过于露骨，于是多借鉴婉约词以景写情的成熟手法，在对景物及自身活动的交融性描写中含蓄地点染内在的情蕴，使得婉约词在晏、欧诸人的基础上进一步深化。具体而言，可将这种深化分为两类，以下分而述之。

（1）以景语写情语，将贬谪之情更深地融入对景物的描写中。

王诜元丰二年（1079）因乌台诗案牵连遭到重谪，元丰三年贬均州，作《鹧鸪天》词云：

> 才子阴风度远关，清愁曾向画图看。山衔斗柄三星没，雪共月明千里寒。　　新路陌，旧江干，崎岖谁叹客程难。临风更听昭华笛，簌簌梅花满地残。①

作者虽遭远谪，却不是用激烈的语言表达怨愤，而以"才子阴风度远关"一句漫不经心地带过，并以"清愁"点明心绪，但细细体味，"阴风"一词显然深有意味。其后以"山衔斗柄三星没，雪共月明千里寒"的景象概括自己千里迢迢远赴贬地的经历，似能令人想象到在茫茫无边的暗夜里，在寒光闪烁的雪地中，作者踽踽前行的身影。而最具意味的无疑是结尾"临风更听昭华笛，簌簌梅花满地残"两句，临风听笛的形象写出了词人面对苦难的从容不迫，梅花簌簌而下一地凋零的景象则既营造出凄美的意境，同时又烘托出自己的不幸，具有含蕴不尽的深远意味。整首词以含蓄之笔写贬谪之痛，点到为止，绝不张扬，可谓借鉴婉约词写贬谪之情的代表作。

但将婉约词以景写情的手法发挥到极致者则是秦观。传统小令多是以景衬情，诸如晏殊《浣溪沙》在点明作者对人生的淡淡哀愁后，以"无可奈何花落去，似曾相识燕归来"加以渲染映衬。欧阳修《蝶恋花》同样也是以"雨横风狂三月暮""乱红飞过秋千去"等景语映衬伤春之情。晏几道多写儿女私情，同样喜以景衬情，如"落花人独立，微雨燕双飞""当时明月在，曾照彩云归"等。但贬谪词之不同于传统婉约词在于其感情已不再是风花雪月、儿女私情的传统题材，而是转变为遭贬处穷的人生失意以及企图摆脱人生困境的挣扎、彷徨、痛愤乃至绝望，相对于传统题材更加沉重，因此就不是轻云淡月之类传统景语可以表达。同时，贬谪之情与党争直接相关，

---

①　[宋]王诜：《鹧鸪天》，《全宋词》（一），第272页。

具有一定的政治敏感度，因此，贬谪之情的抒发又需要更为含蓄的方式。于是，感情的深度以及表达的含蓄决定了贬谪词不同于传统婉约词的艺术特征。

对秦观来说，其贬谪词的创作有一个发展深化的过程，这种深化可以概括为由贬谪之初的以景衬情发展为后期的以景写情。《风流子》《江城子》可为前期代表作。《满庭芳》三、《踏莎行》可为后期代表作。秦观贬谪初期尚未对未来失去信心，其感伤仍然是轻浅的，与之相应，其对自我感情的表露是明白显豁的，词中景语主要是对主体感情的映衬，如绍圣元年(1094)所作《风流子》上阕云："东风吹碧草，年华换、行客老沧洲。见梅吐旧英，柳摇新绿，恼人春色，还上枝头。寸心乱，北随云黯黯，东逐水悠悠。斜日半山，暝烟两岸，数声横笛，一叶扁舟。"[①]作者在这里描写了被逐出京城后心绪的烦乱，同时又以春色之明媚反衬离情之感伤，末尾的景物描写正面映衬心绪之沉重。这里虽有融情入景的成分，但还欠深度，仍然类似于传统婉约词之以景衬情。又如同期所作《江城子》词云：

> 西城杨柳弄春柔。动离忧。泪难收。犹记多情，曾为系归舟。碧野朱桥当日事，人不见，水空流。　　韶华不为少年留。恨悠悠。几时休。飞絮落花时候、一登楼。便做春江都是泪，流不尽，许多愁。[②]

这首词像以往小令一样，醒目地点明主体的情思，"忧""泪""恨""愁"等成为词的中心点，其他内容自然成为衬托之语，故其基本手法仍然是以景衬情。龙榆生评论说："其小令得花间、尊前遗韵者，如《江城子》'西城杨柳弄春柔'、《浣溪沙》'漠漠轻寒上小楼'，并有深婉不迫之趣。"[③]龙氏将秦观此词与花间、尊前联系起来，认为同有深婉不迫的风格，正指出了此词对晚唐五代以来小令的继承性。

随着贬谪的加重，秦观的感情更加沉咽低回，他将悲情注入景中，化情语为景语，景情合一，达到浑化无迹的境界，如绍圣四年(1097)谪居郴州时所做《满庭芳》词云：

> 碧水惊秋，黄云凝暮，败叶零乱空阶。洞房人静，斜月照徘徊。又

---

① 《淮海居士长短句笺注》卷上，第 30 页。
② 《淮海居士长短句笺注》卷上，第 63 页。
③ 转引自《淮海居士长短句笺注》，第 65—66 页。

是重阳近也！几处处、砧杵声催。西窗下，风摇翠竹，疑是故人来。伤怀，增怅望，新欢易失，往事难猜。问篱边黄菊，知为谁开？谩道愁须酽酒，酒未醒、愁已先回。凭栏久，金波渐转，白露点苍苔。①

此时的秦观经过四年的贬谪生活，北归的希望越发渺茫，愁绪沉淀于心底无可摆脱，举目四望，触目皆愁，于是其对景物的描写自然渗入愁情，而无需再刻意点出。本词上阕全是写景，无一字言愁，而于其中寓含无限愁绪。下阕虽点明"愁"字，不过是前面愁情的深化，事实上上阕的景语不再是对主体感情的衬托，而是直接传达出愁情，这是与以往词作重要的不同之处。而最能代表此期创作手法的则是《踏莎行》：

　　　雾失楼台，月迷津渡，桃源望断无寻处。可堪孤馆闭春寒，杜鹃声里斜阳暮。　　　驿寄梅花，鱼传尺素，砌成此恨无重数。郴江幸自绕郴山，为谁流下潇湘去？②

本词除"恨"字外，几乎全是景语，而又无不是情语，是融情入景、以景写情的典范。"雾失楼台，月迷津渡，桃源望断无寻处"似写眼前景，又似写虚拟景，创造出朦胧飘缈的意境，传达出作者欲逃脱困境而又无处可逃的茫然心绪，为全词构置出迷离伤感的基调。其后写作者心态，却又不是直白写出，而以"可堪孤馆闭春寒"点出其愁不可堪，又以"杜鹃声里斜阳暮"的凄迷景象渲染愁情，真可谓字字皆愁。而结尾"郴江幸自绕郴山，为谁流下潇湘去"更以貌似无理的追问，将远贬天涯的苦痛推向高潮。叶嘉莹评论说："在其历尽远谪思乡之苦以后，乃竟以自己之心想像为郴江江水之心，于是在'郴江'之'绕郴山'的自然山水中，乃加入了'幸自'两个有情的字样，又在'流下潇湘去'的自然现象前，加上'为谁'两个诘问的辞语，于是遂使得此二句所叙写的自然山川，平添了一种象喻的意义。于是无情的郴水、郴山乃顿时化为有情，而使得郴水竟然流出郴山且直下潇湘不返的造物之天地，乃成为冷酷无情矣。"③这两句词无疑将秦观以景写情的手法推向极致。愈到晚年，秦观词便很少直接言愁，而是将愁情深深地融入到景中去，其情由伤感转而为凄婉乃至凄厉，王国维《人间词话》卷上云："少游

---

①　《淮海居士长短句笺注》卷上，第60页。
②　《淮海居士长短句笺注》卷中，第92页。
③　叶嘉莹：《论秦观词》，《唐宋词名家论稿》，第263页。

词境最凄婉。至'可堪孤馆闭春寒,杜鹃声里斜阳暮',则变而凄厉矣。"①
龙榆生亦评曰:"少游至此,已扫尽绮罗香泽之结习,一变而为怆恻悲苦之
音矣。"②二人所论都揭示了少游晚境词的感情已是愁苦至极,由此可见,
少游融情入景、以景写情的手法并非自觉的选择,而不过是贬谪日重的背
景下其绝望心态的自然流露。

(2)托物寓意,在物我交融的意境创造中传达复杂的情感意绪。

被贬者经历劫难,往往对政治颇为忌讳,不敢再以直白的言词抒情言
志,因此在以婉曲的手段借景抒怀的同时,以咏物的方式曲折地托物寓意
便成为方便的途径。且词相对于诗在抒情述志方面更为婉曲,咏物词相比
咏物诗更便于道出诗所不易道出的幽渺情感,由此咏物词成为贬谪词的重
要类型。

张炎论咏物词云:"诗难于咏物,词为尤难。体认稍真,则拘而不畅,模
写差远,则晦而不明。"③因此,处理好写物的分寸格外重要。既要摹画其
形,更要传达其神,最重要的是处理好形、神之间的关系,"心之入也务深,
语之出也务浅。骤视之如在耳目之前,静思之遇于物象之外"④,惟此才能
传达出作者寓意,创造幽渺深远的意境。这也正是咏物词能够满足被贬者
表达需要的重要特点。苏轼初到黄州所作《卜算子》便是这样的咏物之作,
与诗作相比,其对物态的描写更为细腻,对心灵的发掘更为深致,意境更为
飘忽空灵。本词以孤鸿形象自我写照,"幽人独往来"与"缥缈孤鸿影"妙合
神离,在寂静无声的月色中,构置出一种冷寂高华的意境。其后"惊起却回
头,有恨无人省"似是写鸿,又似写人,"惊"字点出乌台诗案在诗人心头留
下的浓重阴影,"恨"字则暗示出诗人经历劫波后的万端感慨。词末写孤鸿
拣尽寒枝,最终栖止于沙洲,既写其寂寞,又写其孤傲。本词最大的特色便
是人物合一,寄托深远,情韵幽渺。吴梅《词学通论》评论说:"咏物词须别
有寄托,不可直赋。自诉飘零,如东坡《咏雁》;独写哀怨,如白石之《咏蟋
蟀》,斯最善矣。"⑤诚为的论。

① 王国维:《人间词话》,中华书局,2016年,第17页。
② 转引自《淮海居士长短句笺注》,第100页。
③ 〔宋〕张炎:《词源》,《词话丛编》(一),第261页。
④ 陈匪石:《词执》,《词话丛编》(五),第4948页。
⑤ 吴梅:《词学通论》,复旦大学出版社,2005年,第33页。

　　与之相仿的词作则是东坡《水龙吟·次韵章质夫杨花词》。不同于《卜算子》之空灵,本词对杨花进行了细腻的描写,这种描写显然渗入了作者的感受,写花兼以喻人,开头之"也无人惜从教坠"自然易令人联想到词人之被贬,而结尾"不是杨花,点点是离人泪"更是作者的自我写照。因此,本词"直是言情,非复赋物"①,只是将自我的感情潜藏得更深,情感抒发得更为深致而已。元丰四年(1081)四月,章质夫任荆湖北路提点刑狱,苏轼时贬居黄州,曾有《与章质夫》信,说明《水龙吟》一词的创作经过:"《柳花》词妙绝,使来者何以措词。本不敢继作,又思公正柳花飞时出巡按,坐想四子,闭门愁断,故写其意,次韵一首寄去,亦告不以示人也。"②东坡此处明示章质夫不以示人,可见乌台诗案使其余悸未消,反面说明此词正是别有寄托。在这种心态之下,即便有所表达,其方式也必然是隐约婉转的,而这正是咏物词的特点与优势。蔡嵩云《柯亭词论》云:"咏物词贵有寓意,方合比兴之义。寄托最宜含蓄,运典尤忌呆诠,须具手挥五弦目送归鸿之妙,方合。如东坡《水龙吟》,咏杨花而写离情。……双管齐下,手写此而目注彼,信为当行名作。"③蔡氏强调咏物贵有寓意,必借助比兴,而最紧要处在于保持物与意之间的张力,既不能专注于物的铺写而寓意微浅,也不能专注于意的表达而过于露骨,"忽而为物,忽而为人,离合不定,若即若离"④,唯此方能微妙入神。以此来看,《水龙吟》词在物与意的关系处理方面达到了高妙的境界,代表了苏轼咏物词的最高成就,王国维评论说:"咏物之词,自以东坡《水龙吟》为最工。"⑤

　　苏轼之外,其他值得关注的尚有晁补之《盐角儿·亳社观梅》,其词云:

　　　　开时似雪,谢时似雪。花中奇绝。香非在蕊,香非在萼,骨中香彻。　　占溪风,留溪月。堪羞损、山桃如血。直饶更、疏疏淡淡,终有一般情别。⑥

　　本词以梅自喻,寄托情志。首三句突兀而来,将梅开、谢时之色泽比作

---

① 〔清〕沈谦:《填词杂说》,《词话丛编》(一),第631页。
② 《苏轼文集》卷55,第1638页。
③ 〔清〕蔡嵩云:《柯亭词论》,《词话丛编》(五),第4907页。
④ 吴帆:《论苏轼与宋人的咏物词》,《文学遗产》2000年第3期。
⑤ 《人间词话》,第23页。
⑥ 《晁氏琴趣外篇》卷2,第53页。

高洁的雪花,赞叹其奇绝。进而写其香,其香非在蕊、萼,乃是骨子里透出的香气,赞美其表里如一的高洁。下阕则将其与山桃相比,以山桃之俗比衬梅花之雅,突出其超凡脱俗的神韵。最后则直写其姿态,虽是疏疏淡淡,不是繁花似锦,却别有一番不同流俗的韵味。本词写梅而兼写人,咏物而兼寓意,表达了对高洁品格的向往与追求,也是面对贬谪逆境而不屈服的含蓄表白。

对被贬者而言,他们往往怀有忠而被谤的冤屈心态,其以物寓意、表白自我的愿望更加强烈,因此其咏物词自然会将自我情志寄寓其中,从而为咏物词打上深刻的自我烙印。这是就一般咏物词而言,除此之外,另有一类词虽似咏物,其实是由物起兴寄慨,物只是引发其感慨的工具。这类词对物的描写较为质实,并不追求惝恍迷离的距离感,如黄庭坚《虞美人·宜州见梅作》:

> 天涯也有江南信,梅破知春近。夜阑风细得香迟,不道晓来开遍、向南枝。玉台弄粉花应妒,飘到眉心住。平生个里愿杯深,去国十年老尽、少年心。①

此词写自己虽僻在天涯,但梅花的开放仍然带给人春天的消息,后面写梅花开遍向南枝的情景,表达了不畏苦境的乐观情绪,其后又抒写年华老去、壮心不再的感慨。全词围绕梅花展开,重心不在托物寓意,而是借物寄慨,故本词不是严格意义上的咏物词,而是因物起兴的情词,与东坡咏梅花、海棠诗相类。尽管如此,词人触目兴感,睹物生思,可见其悲情之重、感慨之深,折射出贬谪境遇对士大夫造成的创痛。

贬谪对士大夫的生活、心态等造成了强烈冲击,报国激情转化为愤慨、失意、绝望和追问,归隐混世等颓废情绪不断滋生,他们需要用多种方式抒写内心的怨愤与感慨,同时也要以庄禅等多种手段化解人生困境,以往的豪放、婉约无法收纳多样化的情感,由此必然造成词作风格的多样化。苏轼词由豪而旷,并寓悲壮于简淡。晁补之则由步武苏轼之豪放,转而为不得其志的沉咽。秦观由早期的温婉蕴藉转而后期的悲婉凄厉,黄庭坚则由早期的俚俗鄙艳发展为后期的谐谑兀傲,陈师道则以俗为雅,寓庄于谐。

---

① 《山谷词校注》,第125页。

如此等等,不一而足。

另需指出的是,贬谪同时造成词的题材不断扩大。被贬者基于自身的政治处境,有意回避用诗这一易于引起注意的正式文体表情达意,而词向来被视为娱宾遣兴的小道,地位低下,不为士人正视,于是被贬士大夫便将传统上惯于用诗表达的题材转而用词加以表现,从而扩大了词的表现范围,这在苏轼身上表现得尤为充分。当然,以诗为词原本是苏轼的基本观念,而贬谪际遇使其以诗为词的创作态势更得强化,贬谪黄州期间,但凡眼前所见、心中所感、自然景物、社会风云、当下情事、历史事变,一一付之于词,进一步打破了婉约词歌儿舞女、花前月下的狭窄题材。不仅苏轼,其他被贬士人也将词作为相对自由的天地,在词的世界里尽情抒写被贬的怨愤,由此造成词的疆域的不断扩大以及表现手法对传统的深化及多样化的创造,使词最终形成堪与诗分庭抗礼的地位。

第三节　贬谪与赋的变异

入宋之后,赋体已非文坛主流。熙宁新政取消诗赋取士,士人研练揣摩赋体创作的热情进一步下降,虽然元祐之后一度恢复诗赋取士,但绍圣后再度罢废。经此反复,赋体更趋边缘化,创作数量远远无法与其他文体相比。如果梳理熙宁二年(1069)之后与贬谪有关的辞赋作品,则其数量就更加有限。这不仅因为科考内容的变化,而且因为辞赋写作需要丰厚的积累,这并非一日之功,诚如清人刘熙载在比较诗、赋创作之不同时所论:"才弱者往往能为诗,不能为赋。积学以广才,可不豫乎! ……学骚与风有难易。风出于性灵者为多,故虽妇人女子无不可与;骚则重以修能,娴于辞令,非学士大夫不能为也。赋出于骚,言典致博,既异家人之语,故虽宏达之士,未见数数有作,何论隘胸襟,乏闻见者乎?"①正因为有一定的写作难度,故而辞赋这种较为庄重的文体整体创作数量较少。虽然宋代文赋流行,形式更为灵活自由,但相对诗、词、序、记等更为简便的文体,赋的使用度仍然很低,即便有所创作,也多短章小制,意到而止。

虽然辞赋逐渐淡出文坛,但屈宋骚体及魏晋以来的骈赋长于抒写贤人

---

① 《艺概》,第102页。

失志的幽怨以及去国怀乡的哀愁,具有深远的艺术情韵,仍然为一些身世不幸的文人用以抒情写志。宋代三教合流,士人惯以庄禅哲学消解人生困境,那种充斥于屈骚以及魏晋骈赋的悲怨之情往往被挺特不屈的儒家情怀及超然旷放的幽情远意所取代,从而使得宋代贬谪辞赋呈现出不同于前代的独特风貌。从题材类型来看,这些贬谪类辞赋或感物抒怀,或咏物述志,或吊古伤今,不一而足。大体可概括为两大方面内容:其一是因被贬而讽谕现实,暗寓己志。其二则是描述被贬的人生困境,并以释道加以解脱。以下分而论之。

1. 讽谕现实与暗寓己志

赋自骚体以来即有讽谕传统,屈原《离骚》便以相当篇幅批评楚王昏庸及楚国政治的黑暗,以致班固因不满屈原“责数怀王”而指其“露才扬己”。其后赋体由大赋而抒情小赋而骈赋、律赋、文赋,虽体有代变,但讽谕传统始终若隐若现,不绝如缕。熙宁之后,异论蜂起,旧党人物怀着忧国之心讽谕现实,相比诗文,赋虽非主要形式,但仍然有一席之地。盖因被贬者迫于政治压力,往往避免斥言时政,多以婉曲的方式表情达意,赋体婉而多讽的特点契合了这种表达需要,从而被用以言志抒怀。

司马光退居洛阳期间作《稷下赋》,以荀子之口暗讽王安石为首的新党徒有高论而无济于事。元符元年(1098),黄庭坚于黔州作《放目亭赋》,以貌似洞达的口吻表达不平之鸣,“放心者逐指而丧背,放口者招尤而速累。自作訿訿,自增愤愤。登高临远,唯放目可以无悔。防心以守国之械,防口以挈瓶之智。以此放目焉,方丈寻常而见万里之外。”[①]作者借放目加以发挥,对自己多言招祸的人生进行了痛切的反思,表示要对心与口严加防范,以求免祸无悔。此赋短小精悍,表达了强烈的愤世之意。政和元年(1111),唐庚被贬惠州,作《南征赋》以抒愤。赋中历数曹魏之亡国、光武之中兴、羊祜之遗憾、屈原之悲剧,借对前代之吟咏表达复杂的思绪。在叙述曹魏之亡时,作者感叹时无忠臣,面对司马氏独揽大权、篡魏自代的野心,竟然无一直士挺身而出,“国已挹于三马,臣不闻于一鹗。岂当世之无儒,抑此病之难药”[②]。对历史的感叹,似乎也隐含着对权臣当政而人人苟且

---

① 《宋黄文节公全集·外集》卷21,《黄庭坚全集》,第1362页。
② 〔宋〕唐庚:《南征赋》,《全宋文》,第139册第293页。

的政治现实的影射与批判。更引人注意的则是对屈原的咏叹,"咏九歌之余哀,闵三闾之孤趋。岂公子之足怨,实举世而无与。内不怍于女婆,外见非于渔父。持此道以奚归,亦各安于所处"。作者描述了屈原心昭日月而不为世人所知的孤独,借以抒写自己的孤愤。

赋中这类含蓄的批判及怨叹往往并非感情的终点,与之相伴随的则是对高洁品格的颂扬。元丰三年(1080),苏辙被贬筠州,作《刘凝之屯田哀辞》,赞美刘凝之、刘道原父子洁廉不挠、冰清玉刚的高风,表达了追随之意。在前面的小序中,苏辙评述刘道原的品格说,"其为人刚中少容,是是非非,未尝以语假人,人多疾之"。其父刘凝之同样"以刚直不容于世俗,弃官而归老于庐山二十年矣"[1]。作者历数刘氏父子的遭遇,显然同时也是对现实政治的批评。而刘氏父子以刚直横遭排挤,自然令因兄长直言而牵连获罪的苏辙心有戚戚焉,苏辙进而联想到不食周粟的伯夷,赞美其"清"节,更加获得了一种同声相应的精神力量。刘氏父子刚直自守的形象逐渐成为士大夫膜拜并效法的范本,尤其易于引发被贬者的共鸣。元符二年(1099),晁补之贬监信州盐酒税,途中经庐山作《冰玉堂词》,赞美刘凝之、刘道原父子"翳圣贤之出处兮,惟遵道而守德"[2],借以表达自己守道不屈的人格理想。

愤世、怀古、颂人之外,赋体对自我情志的抒写其实更集中于咏物。赋原本即有咏物传统,屈原《橘颂》首开先河,后世则绵延不绝,遂成赋体重要题材。被贬者慑于政治威压,不便直言其志,咏物赋便成为更为适宜的形式。元丰元年(1078)六月,司马光作《灵物赋》云:"有物于世,制之则留,纵之则去;卷之则小,舒之则钜;守之有主,用之有度;习之有常,养之有素;誉之不喜,毁之不怒;诱之不迁,胁之不惧。吾不知其为何物,聊志之于兹赋。"[3]此赋模仿荀子五赋而作,以谜语的形式描写"灵物"形象,似以之比喻自己始终如一、不随时俯仰的坚贞品格。绍圣后,黄庭坚相继被贬至黔、州等地,其间作《苦笋赋》,抒发以直言获罪的苦闷心情。其辞曰:

　　　　僰道苦笋,冠冕两川。甘脆惬当,小苦而反成味;温润缜密,多啖

---

①　《栾城集》卷18,《苏辙集》,第340—341页。
②　《全宋文》,第125册第303页。
③　《司马温公集编年笺注》卷1,第1册第19页。

而不疾人。盖苦而有味,如忠谏之可活国;多而不害,如举士而皆得贤。是其钟江山之秀气,故能深雨露而避风烟。食肴以之开道,酒客为之流涎。彼桂斑之梦永,又安得与之同年! 蜀人曰:"苦笋不可食,食之动痼疾,令人萎而瘠。"予亦未尝与之言。盖上士不谈而喻;中士进则若信,退则眩焉;下士信耳而不信目,其顽不可镂。李太白曰:"但得醉中趣,勿为醒者传。"①

苦笋虽然"小苦",但"甘脆惬当",故而"反成味",且"多啖而不疾人"。由此出发,作者结合自身体验加以发挥,指出笋苦而有味,可"以之开道",正如忠谏虽然逆耳,却可以之活国;多食苦笋于身无害,国家得贤更应多多益善。虽然苦笋有益于人,却遭误解,蜀人指其"食之动痼疾,令人萎而瘠"。而徒有其表的桂斑,却受到人们的青睐,以致有"梦永"的非分之想。现实中的正直之士正如苦笋一样,直言进谏却遭打击;反倒是那些善于逢迎的奸佞之徒每每左右逢源,青云直上。对于小人一样巧言令色的桂斑,作者以鄙夷的口吻说,"安得与之同年";而对于俗人的误解,作者则懒得与之争论。最后以李白"但得醉中趣,勿为醒者传"收束全篇,不平之意,暗寓其中。

2. 被贬困境与超越追求

被贬者身处逆境,郁积于中,渴望倾诉和宣泄,赋原本即有的铺排优势正可用以抒写愁怀,贬谪生活由此成为辞赋描述的重要内容。元祐四年(1089),蔡确因车盖亭诗案被贬新州,此间作《送将归赋》,其辞曰:

> 恋高堂之慈爱,积三岁之违离,余亲属子以侍我,行且复命于庭闱。其送子也,乃在粤岭之南,溟海之西,洗亭之侧,泸水之湄。出门踯躅以将别,仰天涕泣之交颐。浮云为我变色,行路为我赍咨,而况于予乎。予方省愆念咎,藿食布衣,发如秋霜,形如槁枝。子见吾亲,勿以告之。明明二圣,仁如天也。雷霆雨露,固有明也。孤臣放逐,久当怜也。晨夕定省,归可期也。子告吾亲,其以斯也乎。②

此赋以送别展开全篇,抒写了对高堂的思念,对归乡的渴望,对孤寂处境的哀叹,及对朝廷的忠诚,凄痛惨怛,哀恻动人。赋以"粤岭之南,溟海之

---

① 《宋黄文节公全集·正集》卷 12,《黄庭坚全集》,第 304 页。
② 《全宋文》,第 92 册第 305 页。

西，洗亭之侧，泸水之湄"渲染贬地之荒远，又以"浮云为我变色，路人为我赍咨"的背景衬托离别之痛。在此基础上，作者描写了自己被贬南荒的生活，"省愆念咎，藿食布衣，发如秋霜，形如槁枝"，诚可谓字字泣血，令人动容。虽然如此，作者却嘱咐其子勿将自己的凄凉处境告诉高堂老母，同时又对朝廷一朝开恩大赦心存希望，更增添了全赋的悲凉之气。此赋将被贬者的哀痛及孤忠展现得淋漓尽致，确属发自心底的吟唱。陆游《跋蔡忠怀〈送将归赋〉》曰："予读《送将归》之赋，为之流涕。"①

但宋代士人多以庄禅化解困境，并不斤斤于人生苦难不可自拔，其赋多非悲咽充塞的凄凉，而是安贫乐道的旷放，苏轼贬谪期间的赋作便是代表。黄州时期创作的《服胡麻赋》《酒隐赋》《快哉此风赋》及前后《赤壁赋》等作品，一方面描述贬谪生活，同时深入反思人生，寻求对现实困境的超越。在《赤壁赋》中，作者以主客问答方式探讨生命的意义，对于客人"哀吾生之须臾，羡长江之无穷"的悲叹，则以庄子"天地与我并生，而万物与我为一"的齐物观念加以化解，传达出旷达而不失积极的人生主题。《后赤壁赋》则描述了夜游赤壁的经历，在乘兴登山观览之后，"反而登舟，放乎中流，听其所止而休焉"，表现出一如既往的逍遥。虽然文末孤鹤东来及道士的梦境使主旨归于隐晦，然而其旷放的人生姿态仍然是显豁的。此期苏轼的赋作并非一味旷放，而是寓含着对人生的严肃思考及正面理解，《酒隐赋》对那种"引壶觞以自娱，期隐身于一醉"的混世观念进行了批评，在列举历史上刘伶等著名酒徒种种放浪形骸的事迹之后，作者写道："暂托物以排意，岂胸中而洞然。使其推虚破梦，则扰扰万绪起矣，乌足以名世而称贤耶？"②醉酒虽可让人暂时忘却现实苦痛，但不过是暂时的麻醉和逃避，当从醉梦中醒来，仍然要面对严酷的人生，曾经的千愁万绪仍然会纷至沓来，则这些醉酒混世之徒哪里值得以贤人相称呢？因此，苏轼之旷达并不等于混世逍遥，而是建立在深入思索人生基础之上的洞达与超然，蕴含着积极的人生内容。

流放岭表后，苏轼更加乐天知命，同时将其自然旷放的生命哲学更深地融入现实生活，相比黄州时期寄情山水的潇洒，苏轼更注重对生活本身

① ［宋］陆游：《渭南文集》卷29，景印《文渊阁四库全书》，第1163册第536页。
② 《苏轼文集》卷1，第21页。

的感受和思考,其赋作便多了一种亲近人间的烟火气。此期赋作多写与日常生活关系密切的题材,如《酒子赋》《老饕赋》《菜羹赋》《沉香山子赋》《天庆观乳泉赋》,虽不乏游戏之笔,仍然传达出作者以庄禅哲学对待命运的达观及以艺术眼光看待生活的雅趣。与同期其他赋作相比,《浊醪有妙理赋》对人生的思考更为深入而独到。苏轼在赋中以玩世不恭的口吻表达自己"不可一日而无"的嗜酒之情,同时纵论酒与人的关系,借题发挥,将饮酒上升到道的境界,表达了随时进退、远害全身的人生哲学,"得时行道,我则师齐相之饮醇;远害全身,我则学徐公之中圣"①。作者历数历史上酒与人的种种情形,多加讥评,最后表示自己要"内全其天,外寓于酒,浊者以饮吾仆,清者以酌吾友",传达出道法自然、安时处顺的人生态度,相比黄州时期更显示出一种久历沧桑后的从容不迫。

如果说苏轼之赋主要在对江山风云的观览及对日常生活的感悟中体味自然哲学,那么张耒之赋则是通过发现自然的独特之美及品味生活细节的温馨来纾解贬谪之痛。《柯山赋》是张耒第三次被贬黄州所作,此时的张耒身心俱疲,俨然穷人,"爰有穷人,癯然无归。旷四海无所投其足兮,后帝命我于山之隈。庇茅蓬之数椽兮,抚枵腹而常饥"②。但这位穷士并不悲愁怨叹,而是傲然自足,在与知己的相交相知中获得精神的慰藉,"时醉饱而自得兮,亦杖履而遨嬉。逾山而东,席门草藩。爰有君子,于兹考槃。自种自食,邻里莫干。图书满家,儿稚饥寒。相见辄喜,有时不冠。寄万事于一笑兮,不知食粝而衣单"。作者对纷华的生活毫不留恋,因为宦海浮沉告诉他纷华的背后往往潜藏着难以预知的凶险与杀机,而清贫的生活虽然远离繁华,却能保持心灵的宁静,故而作者深有感触地说,"悟纷华之多虞兮,幸寂寞之至安"。在《芦藩赋》中,张耒同样表达了安贫乐道的旷达情怀,"张子被滴,客居齐安。陋屋数椽,织芦为藩。疏弱陋拙,不能苟完。昼风雨之不御,夜穿窬之易干。上鸡栖之萧瑟,下狗窦之空宽。先生家贫,一裘度寒。曾胠箧之不邮,何藩篱之足言?"③尽管生活穷困,张耒却不以为意,而是在对自然的细微观察与感受中保持着一种恬然自安的心境,作者继而写道:"若夫朝旸不出,微霰既零,声如跳珠,渐渐可听。及夫衡门暮掩,乌

---

① 《苏轼文集》卷1,第21页。

② 《张耒集》卷1,第6页。

③ 《张耒集》卷1,第9页。

雀就栖,挂荒山之落景,络衰蔓之离离。"虽然景象荒寒,却不乏大自然独有的韵律,这给穷困的生活增添了不少情趣,也正是作者对抗苦难的精神源泉。在《燔薪赋》中,作者描写了自己严冬苦寒的生活:"岁暮苦寒,烈风不休。先生家贫,衣无重裘。读书夜阑,炉炭已灰。先生瑟缩,凄然不怡。"①然而当作者吩咐童子烤起炉火,面对熊熊的火焰时,内心又充满喜悦,"于是先生欣然,环坐皆喜,或裸股赤足,或引手张臂。穷谷萧条,薪炭如土,盖取之而不竭,顾此乐之甚富"。正因为穷困,故而极易满足,哪怕严冬的炭火也能让人欢欣鼓舞。作者傲然自得地说:"谁知空山寒夜之叟,敢傲温于狐狢之前。"这里既有安贫乐道的儒者情怀,也暗含着对富贵利达的鄙视。

除此之外,另有赋作借助纯粹的理论思辨解脱精神困境。唐庚贬谪惠州后,作《省愆赋》反思自己的贬谪生活,并以对佛教的深入阐发纾解人生情累,其辞曰:

> 唐子谪居岭表,既已半载。杜门时省愆而慨曰:身邪! 心邪! 孰陷吾于罪乎? 吾将求之身,则身非我有。四大所会,地水火风。谁为之宰? 吾将求之心,则心不在内,复不在外,不在中间,是将安在? 昼夜以思,寝食皆废;骨为之出,发为之改。梦有告予曰:甚哉,子之蔽也! 在性本空,念念灭坏,反复寻绎,祇益咎悔。道逢臭腐,何足盻睐。玩味不已,适足自秽。净是妄而沉垢,穀犹无而矫稗。譬之身体,本自安泰,或作病想,便自婴瘵。识此病之谁受,尚何施于砭艾? 譬之手足,伸缩无碍,忽作缚想,举动辄绁。悟此缚之无实,即无绳而可解。方茸听于妙语,失胸中之结魂。若春动而冰泮,若秋至而叶败。回视无始以来,几千万世,所作罪业,悉消散而崩溃矣,岂独今之所以流落颠沛者哉。觉而思之,曰:噫! 此殆维摩诘也。揽衣而起,正冠束带,稽首西望,作礼而退。②

此赋针对被贬南荒的苦难,以佛教之性空理论加以化解。既然"在性本空",则任何对痛苦根源的追索完全是自寻烦恼,痛苦恰恰来自对痛苦本身的念念不忘。人生诸象本是虚妄,却被迷心当作实象,徒然扰乱本心,"悟此缚之无实,即无绳而可解"。经此彻悟,作者之苦恼涣然冰释。本赋

---

① 《张耒集》卷1,第9页。
② 《全宋文》,第139册第294页。

所谈求净心的禅理并不深奥,苏轼在其《书焦山纶长老壁》诗中亦有类似表达①,但赋中多用比喻,较富理趣。

就贬谪与赋体演变的关系而言,可从两方面分而察之:其一,政治环境的恶化使一些被贬者更以委婉深致的方式抒情言志,强化了赋原本表情深婉的艺术特点。张耒赋作叙多而议少,注重通过对景象的渲染传达寒士的凄苦,便代表了这一趋向。其二,贬谪际遇促使被贬士人更深入地思索生命的意义,议论说理成为辞赋的重要内容,这在一定意义上破坏了辞赋借助形象表情达意的基本特征,使赋与文的界限趋于模糊,苏轼前《赤壁赋》代表了这一趋向。它虽然以其精深华妙的议论创造出高远的境界,却又在很大程度上脱离了赋体的文体特点,更近于文。元人祝尧评论说:"以论理为体,则是一片之文,但押几个韵尔!于赋何有?今观《秋声》《赤壁》等赋,以文视之,诚非古今所及,若以赋论之,恐坊雷大使舞剑,绝非本色。"②所谓本色即是辞与情,《赤壁赋》重心在于探讨生命之理,而"略于辞,昧于情",并不符合传统辞赋的文体要求,因而遭到祝氏非议。在欧阳修所开创的文赋之体的基础上,苏轼等人继续强化说理成分,并大量引入散句,进一步弱化了赋体注重辞、情的传统特征,从而使得赋体更脱离"赋"而趋向于"文",文赋遂成为宋代赋体的重要样式。在此过程中,贬谪所激发的生命之思则是赋体演变不可忽视的外在因素。

第四节 贬谪与文的变异

诗、词、赋之外,被贬士大夫且以不同的文章形式描述贬谪境况,叙述心路历程,无论内容还是形态都发生了不同于以往的变化,其中最值得注意的是谢上表与各类记体文。

一、贬谪与谢上表

谢上表是古代士大夫迁转或贬官之后,写给朝廷的谢恩文书。其主要

---

① 苏轼《书焦山纶长老壁》诗云:"君看头与足,本自安冠屦。譬如长鬣人,不以长为苦。一旦或人问:每睡安所措。归来被上下,一夜着无处。展转遂达晨,意欲尽镊去。"见《苏轼诗集》卷11第552页。

② [元]祝尧:《古赋辨体》,景印《文渊阁四库全书》,第1366册第817页。

内容是报告自己的行程、到达贬所的时间及贬地的风土人情，表达对皇帝的感激及对朝廷的忠诚，其中多为言不由衷的客套话。熙宁之后党争激化，被贬者众多，谢上表大量出现，以至成为一种特定的贬谪文体。这些谢上表虽然遵循了传统的路数，但其中也会透露出真实的心迹，成为具有一定研究价值的贬谪文本。

就内容来看，谢上表一般先是交代贬地的山川形势、风土人情、土地肥瘠、辖区户口、税收情况等，如文同《陵州谢上任表》即是如此。其次对朝廷信任自己、委任为一方官员表示感激之情。其后往往要笔锋一转，切入主题，叙述被贬的事实，如上表即说："自近岁以来，愈罹患难，连绵家祸，几濒于死。才得旧官，复以罪失。"①同时从祸福盈亏的角度对自己遭到贬黜的命运加以申说，表达知足之意，"臣常自念，生平踪迹如此，而欲久居图书之府，重费太官之膳，苟福不称，是必转为咎悔"。这类谢上表一般并不直接叙述自己真正的"罪责"，只以罪大责轻等含糊之语曲为掩饰，从而为朝廷与自己之间的关系留下足够转圜的余地。文同原本是因为反对新法而被朝廷贬官于陵州，但文同在叙述时却说，"臣向者所以恳求补外，愿以所学，施于有政，冀获万一，上图补报。频烦干叩，不避刑戮。伏蒙皇帝陛下天地父母，涵容养育，察见幽隐，遂赐矜恤，不惜千里，遣臣试守"。文同将因不满新法而被新党不容称为主动求去，将自己如愿以偿解读为皇帝体察臣下的苦心，因此对自己能到陵州赴任表示幸运，对朝廷的"恩德"表示感激。文同接着说，"此州最为僻陋，殊无将迎之劳，素号易治，臣之得此，诚极优幸"。既然"此州最为僻陋"，所谓"诚极优幸"当是诚极不幸，而被贬者仍然要对朝廷的"优遇"表示感激，在这谦卑的措辞背后潜藏着不满与怨恨。朝廷对被贬者的怨恨心知肚明，对这种虚伪的客套同样心领神会，但双方在专制的语境下实则达成了某种心照不宣的默契，共同维系着天子圣明、臣罪当诛的伦理信条。以下从内容及艺术两方面对被贬士大夫的谢上表加以分析。

1.内容特点

（1）明表感恩而暗寓不平

谢上表的基本宗旨便是表达对君主的感激，但这并不意味着谢上表只

---

①　《全宋文》，第51册第22页。

是一味谢恩而毫无反面情感的表达。事实上,熙宁变法以来,许多官员或被朝廷贬官外放,或主动求去,对新法新党充满怨愤之情,这种情绪在谢表中不可能全无体现。但受制于谢上表的体式,许多谢表往往是明表感恩,暗寓不平。

神宗初,郑獬拜为翰林学士,因极言进谏,议论朝臣,得罪新党,遂权发遣开封府。又因不肯行新法,为王安石所忌恨,出为侍读学士,熙宁二年(1069)贬知杭州。如同其他到任表一样,郑獬首先对朝廷派遣自己任职杭州表示感谢,之后则以含蓄的语言对自己被排挤出朝愤愤不平,“伏念臣疏愚自信,朴陋无堪,厉铩羽于鸾鹄之群,托危根于芝兰之圃。动多得咎,谁肯为容?”“方众贤引类以并升,宜拙者怀惭而远出”①。郑獬在谢表中将新党称为“鸾鹄”“芝兰”“众贤”,明为赞美,实则讥讽。同时将自己称为“疏愚自信,朴陋无堪”的“拙者”,明为自谦,实寓不平。尤其是“动多得咎,谁肯为容”的表白,更近于控诉,表达了在新党围攻下孤立无援、被迫离开朝廷的怨愤之情。

刘攽在变法开始后致书王安石,论新法不便,贬泰州通判迁知曹州。后迁京东转运使,知兖、亳二州。史称“攽为人疏隽,不修威仪,喜谐谑,数用以招怨悔,终不能改”②,这种性格兼以反对新法的立场使其必然遭到新党的排斥打击。在其《知兖州谢上表》中,刘攽除像一般谢表那样表达对朝廷的感恩之外,同样对自己被贬地方暗寓不满,其中说“岂曰偏州,实妨贤路……圣朝明于知人,义无弃物,及疵瑕之未露,加埏埴于至和”③。既然妨贤,自应让贤,被贬偏州自是理所当然,虽似心平气和之辞,不平之意越发凸显。其后又称“圣朝明于知人,义无弃物”,则将讥讽的矛头指向朝廷。刘攽是当时著名史家,曾与司马光同修《资治通鉴》,专职汉史,作东汉刊误,为人称诵,如今却因反对新法而遭朝廷贬斥,自然心怀怨悱,称朝廷“明于知人”当然是讥讽,而“及疵瑕之未露,加埏埴于至和”则是对新党随意罗织罪名迫害反变法士人的斥责。

熙宁二年(1069),文同继被贬陵州之后,再贬洋州,其《洋州谢到任表》云:“粗知廉耻立身之大端,素识忠义报国之名节。以至四参郡事,三佩守

---

① ［宋］郑獬:《知杭州谢到任表》,《全宋文》,第68册第42页。
② 《宋史》卷319,第10388页。
③ 《全宋文》,第69册第59页。

符,曾亡纤疵,上抵明宪。惟忧所得过分,不敢别有妄营。止求便麾,屡渎严扆。"①文同在这里表白自己素识忠义报国的立身大节,且从来没有"别有妄营"的非分之想,强调自己德行无可挑剔。同时以"曾亡纤疵"评价自己"四参郡事,三佩守符"的为官经历,既然如此,则被贬小州便不是自己德薄才疏,官不称职,暗示了当权者欲加之罪何患无辞的蛮横,寄寓了怨恨之情。

与这类言辞谦卑而暗寓不平的谢表不同,另有少数谢表言辞张狂,公然表达对新法的不满,沿袭了庆历以来傲诞无忌的士风。熙宁二年(1069),司马光因反对新法,以端明殿学士出知永兴军,在其《永兴谢上表》中,司马光陈述自己愚忠狂直的秉性,明贬而实褒,同时指出自己在新党当权的朝廷难有作为,所谓"无补于本朝",自然也是不平之辞。但与其他谢上表不同处在于,司马光在表中较为露骨地表达了对新政的不满,他描述下车伊始的所见所闻云:"维此咸秦,昔为畿甸,山川秀美,土地膏腴。论其平时,诚为乐土;在于今日,适值荒年。经夏亢阳,苗青干而不秀;涉秋淫雨,穗腐黑而无收。廪食一空,家乏盖藏之粟;襁负相属,道有流离之人。老弱怀沟壑之忧,奸猾蓄萑蒲之志。"②司马光所谓此地平时乃是乐土,如今却值荒年,暗示人祸大于天灾,批评变法乃是无端生事,祸乱天下,正是新法的施行造成了百姓家无余储、流离四方的惨状。尔后笔锋一转,指出"正宜安静,不可动摇。譬诸烹鱼,勿烦扰则免于糜烂;如彼种木,任生殖则自然蕃滋",应该像当初汉王朝遵循黄老一样,与民休息,方能造福天下,表达了明确的反新法立场。

如果说司马光的言辞还较为含蓄,那么有的谢表则直言无忌,慷慨昂藏,颇有张狂之态了。熙宁二年,刘挚因反对新法贬监衡州盐仓,但其在谢表中并非俯首谢罪,而是极力辩护,骨梗之气凛然,其中描述面对新法初行的所思所行云:"臣于此时,职在言路,誓殚忠义,敢避势权?宁以孤瞑讦切,咈众而身危;不忍从容倡和,负恩而速进。"③其不畏威权、忠诚勇毅之气溢于言表。而更为激进的则是陈舜俞,新法开始推行后,时知山阴县的陈舜俞拒不奉令,上疏自劾,责监南康军盐酒税。其《南康军到任谢表》云:

---

① 《全宋文》,第51册第21页。
② 《司马温公集编年笺注》卷57,第4册第473页。
③ 《谢监衡州盐仓表》,《忠肃集》卷1,第8页。

伏自陛下大明继照，百度惟新，臣忝预搢绅，粗知鼓舞。逮奉青苗之法，目为大政之先。众人以谋始之难，骇其近利；愚者虽成事而闇，尚欲有言。若乃怀异议而奉行，张空文而布告，讽止民利，欺罔朝廷，人或有然，臣则不敢。①

陈氏谢表全无一般谢上表的感激之辞及谦卑之气，直截了当地表明反对新法的态度，在套话连篇、言不由衷的谢上表中独树一帜，代表了此期士大夫不可夺志的凛然风骨。熙宁七年（1074）陈舜俞去世，当时士大夫识与不识，莫不深致哀感。苏轼在《祭陈令举文》中沉痛地写道："天之生令举，初若有意厚其学术，而多其才能，盖已兼百人之器。既发之以科举，又辅之以令名，使取重于天下者，若将界之以位。……是何一奋而不顾，以至于斥，一斥而不复，以至于死。呜呼哀哉！"②对陈舜俞怀抱英才却不为世用，遭遇贬斥而英年早逝的人生表示了极大的惋惜，实际上也概括了此期士大夫不畏强权、不计得失、敢于斗争的昂藏气概。陈舜俞能在谢上表这种面对朝廷、套路较为固定的文体中一如既往地固执己见，毫不妥协，无疑是难能可贵的。

此外值得注意的是，谢上表有时以典故的运用暗寓不平，如苏轼《到昌化军谢表》云："宜三黜而未已，跨万里以独来。"③"三黜"典出自《论语·微子》，"柳下惠为士师，三黜。人曰：'子未可以去乎？'曰：'直道而事人，焉往而不三黜？枉道而事人，何必去父母之邦？'"④柳下惠正道直行而被三次罢官，苏轼用此典与其说是表示自己罪孽深重，不如说是为自己进行无声的辩护，同时也是对当政者进行含蓄的批判，即暗示自己行"直道"，当政者行"枉道"。而范仲淹亦曾被三次贬官外放，其《三黜赋》广为天下所知，"宁鸣而死，不默而生"的表白正是其不屈人格的写照。因此，苏轼以"三黜"隐喻己罪，大有深意存焉。

（2）由认罪感恩到淡泊生死

元丰之后，随着变法的推进及新党对旧党打击力度的加大，士大夫的骨梗之气遭到严重挫折，尤其是株连甚众的乌台诗案给予了旧党人物沉重

①　《全宋文》，第 70 册第 323 页。

②　《苏轼文集》卷 63，第 1944 页。

③　《苏轼文集》卷 23，第 707 页。

④　《四书章句集注》卷 9，第 183 页。

打击,庆历以来张狂傲诞的士风大为收敛,反映在谢上表中便是对"罪孽"的深刻反省,辞气也越发谦恭,映照出惊惕不安的心态。这在苏轼《黄州谢上表》中得到突出表现。其表如下:

　　臣轼言。去岁十二月二十九日准敕责降臣检校尚书水部员外郎充黄州团练副使本州安置不得佥书公事。臣已于今月一日到本州讫者。狂愚冒犯,固有常刑。仁圣矜怜,特从轻典,赦其必死,许以自新,祇服训辞,惟知感涕。中谢!

　　伏念臣早缘科第,误忝缙绅,亲逢睿哲之兴,遂有功名之意。亦尝召对便殿,考其所学之言;试守三州,观其所行之实。而臣用意过当,日趋于迷;赋命衰穷,天夺其魄,叛违义理,辜负恩私。茫如醉梦之中,不知言语之出。虽至仁屡赦,而众议不容。案罪责情,固宜伏斧锧于两观;推恩屈法,犹当御魑魅于三危。岂谓尚玷散员,更叨善地。投畀麏鼯之野,保全樗栎之生,臣虽至愚,岂不知幸! 此盖伏遇皇帝陛下德刑并用,善恶兼容,欲使法行而知恩,是用小惩而大诫。天地能覆载之而不能容之于度外,父母能生育之而不能出之于死中。伏惟此恩,何以为报! 惟当蔬食没齿,杜门思愆,深悟积年之非,永为多士之戒。贪恋圣世,不敢杀身,庶几余生,未为弃物。若获尽力鞭箠之下,必将捐躯矢石之间,指天誓心,有死无易。臣无任。①

苏轼在乌台诗案中的经历可谓惊心动魄,湖州的突然拘捕,随后的严密审讯,狱中的痛苦煎熬,使得苏轼已怀必死之心,在赠苏辙的诗中甚至开始考虑后事。但出人意料的是,神宗最终对他宽大处理,贬放黄州,这当然使自忖必死的苏轼感激涕零,所谓"仁圣矜怜,特从轻典,赦其必死,许以自新,祇服训辞,惟知感涕",当是肺腑之言。不仅如此,苏轼在下文更是自我贬损,以表示自己罪孽深重,"案罪责情,固宜伏斧锧于两观;推恩屈法,犹当御魑魅于三危"。同时对朝廷从轻发落再表感激之情,表示要认罪悔罪,报答皇恩。其言辞之卑下、态度之诚恳可谓无以复加,可见诗案对苏轼人格尊严的严重摧残。经此劫难,苏轼对官场已是战战兢兢,入仕以来的政治锐气消磨大半。

────────────

① 《苏轼文集》卷23,第654页。

　　如果说《黄州谢上表》主要表现出苏轼的恐惧和感恩,那么经过黄州五年的贬放生涯,苏轼已经认可了专制力量的权威,并习惯于以谦卑恭顺的口吻小心翼翼地表达感念之情,类似《湖州谢上表》中含沙射影的不满与牢骚消失不见了,这在其《谢量移汝州表》中表现得格外突出:

　　　　臣轼言。伏奉正月二十五日诰命,特授臣汝州团练副使,本州安置,不得金书公事者。稍从内迁,示不终弃。罪已甘于万死,恩实出于再生。祇服训辞,惟知感涕。臣轼诚惶诚恐,顿首顿首。伏念臣向者名过其实,食浮于人。兄弟并窃于贤科,衣冠或以为盛事。旋从册府,出领郡符。既无片善,可纪于丝毫;而以重罪,当膏于斧钺。虽蒙恩贷,有愧平生。只影自怜,命寄江湖之上;惊魂未定,梦游缧绁之中。憔悴非人,章狂失志。妻孥之所窃笑,亲友至于绝交。疾病连年,人皆相传为已死;饥寒并日,臣亦自厌其余生。岂谓草芥之贱微,尚烦朝廷之纪录。开其恫悔,许以甄收。此盖伏遇皇帝陛下,汤德日新,尧仁天覆。建原庙以安祖考,正六宫而修典型。百废具兴,多士爰集。弹冠结绶,共欣千载之逢;掩面向隅,不忍一夫之泣。故推涓滴,以及焦枯。顾惟效死之无门,杀身何益;更欲呼天而自列,尚口乃穷。徒有此心,期于异日。臣无任。①

　　乌台诗案令苏轼魂惊汤火,黄州五年虽然深溺佛禅,以随缘任运的哲学观念消除困境,但余悸犹在,所谓“惊魂未定,梦游缧绁之中”正是真实写照。因此量移汝州的诏命自然令心如寒灰的苏轼重新萌生希望,感戴之情油然而生,所以本表在简单交代量移的基本内容后,即迫不及待地表达了对朝廷的万般感激之情,然后再次对自己才疏学浅而叨窃恩禄的人生深自省责,并表示忏悔之意。本表不同于《黄州谢上表》处在于对自己黄州五年经历的痛切描述,“只影自怜,命寄江湖之上;惊魂未定,梦游缧绁之中。憔悴非人,章狂失志。妻孥之所窃笑,亲友至于绝交。疾病连年,人皆相传为已死;饥寒并日,臣亦自厌其余生”。将自己孤独、恐惧、憔悴、落魄以致人们哄传死讯、而自己也厌弃余生的苦况描述得痛不可言,这里虽然可能有夸大其词以博得朝廷哀悯的用意,但很大程度上确乎是苏轼长期以来积聚

　　　　① 《苏轼文集》卷23,第656页。

于心底的人生哀感的真实表露，由此可见专制力量对士人的摧残，使其不得不消隐锋芒，以随物赋形的柔软姿态面对严峻的人生。

如果说熙丰元祐时期被贬士大夫的谢上表尚且可以隐含不平，那么绍圣之后则是辞气恭顺，低眉顺目，完全是认罪伏法、听凭发落的姿态了。经过从熙宁到绍圣的政局反复，旧党人物对政局已是心灰意冷，在谢表中表达不满不仅没有意义，反而可能招来新党更严厉的报复，因此，俯首认罪几乎是唯一选择。绍圣四年(1097)，苏轼被安置昌化军，其《到昌化军谢表》云："伏念臣顷缘际会，偶窃宠荣。曾无毫发之能，而有丘山之罪。宜三黜而未已，跨万里以独来。恩重命轻，咎深责浅。"①苏轼被贬岭南以来，一直受到严密监控，动辄得咎，此时新党将其再贬儋州，颇有置之死地而后快的架势。既然如此，就不必再抱什么幻想，因此，苏轼虽然在谢上表中照例认罪感恩，但语句简短，像是例行公事，不再像前面的谢表那样诚惶诚恐地列举自己的罪行，连篇累牍地感激朝廷的恩典，此时的苏轼已将生死置之度外，篇幅的变化一定意义上折射出苏轼面对贬谪的淡泊与超然。

与苏轼类似，其他旧党人物的谢表表现出类似的特点。绍圣伊始，刘挚即已预感大难临头，作为旧党领袖，自然是新党的重点打击对象。《宋史》本传载："绍圣初，来之邵、周秩论挚变法、弃地罪，夺职知黄州，再贬光禄卿，分司南京，蕲州居住……四年，陷邢恕之谤，贬鼎州团练副使，新州安置。"②刘挚以儒立身，志在天下，风骨凛然，不以贬谪为意，虽然在《谢新州安置表》写道："心贪荣利，久窃位而无惭；识闇事几，日播恶而不悟。仰累任人之哲，自贻误国之愆。置散投闲，固公言之未厌；后咎余责，谓显戮之必申。"③表达了悔罪态度，但在辞气恭顺的文字背后是历经宦海沉浮的淡泊与超然，本传载："将行，语诸子曰：'上用章惇，吾且得罪。若惇顾国事，不迁怒百姓，但责吾曹，死无所恨。正虑意在报复，法令益峻，奈天下何！'忧形于色，无一言及迁谪意。"正可见其忧心天下而置个人生死于度外的儒家本色。再如范纯仁，绍圣间因上疏论吕大防不当窜岭南，贬武安军节度副使，永州安置。这场变故对已是暮年的范纯仁而言自是沉重打击，而经历无数的宦海沉浮，范纯仁已是波澜不惊，《宋史》本传："时疾失明，闻命

① 《苏轼文集》卷24，第707页。
② 《宋史》卷340，第10857页。
③ 《全宋文》，第77册第59页。

怡然就道。"①虽然其在《永州谢表》中说:"屡愚误国,痛往咎之莫追;圣哲当天,讵明刑之可逭。曲从宽典,止窜遐陬。泣血衔恩,隕心知罪。"②似乎对自己的"罪行"痛心疾首,实则不过官样文字,背后则是宠辱不惊的平静,这与范纯仁深厚的儒学修养大有关联,本传载:"(纯仁)每诫子弟曰:'人虽至愚,责人则明;虽有聪明,恕己则昏。苟能以责人之心责己,恕己之心恕人,不患不至圣贤地位也。'"③范纯仁以天下为己任,以忠恕为根本,故能临难不苟,心地超然,这也代表了北宋后期被贬士大夫的群体特征。

(3)老境无多、飘零异域的伤痛

绍圣之后,新党对旧党的打击不断加重,旧党人物一贬再贬,长期飘零异域,许多人老境无多,已经对叙复还朝不抱希望,因此谢表不再有感情的强烈表达,更多的是对政治的淡漠及对老境的伤痛。尤其是谢表中对颠沛流离之苦的描述格外动人,成为被贬士大夫生命后期的珍贵档案。

绍圣四年(1097),苏轼被贬昌化军,儋州安置,其时只有幼子苏过一人随轼渡海。苏轼《到昌化军谢表》中写道:"臣寻于当月十九日起离惠州,至七月二日已至昌化军讫者。并鬼门而东鹜,浮瘴海以南迁。生无还期,死有余责……而臣孤老无托,瘴疠交攻。子孙恸哭于江边,已为死别;魑魅逢迎于海上,宁许生还。"④"鬼门""瘴海"在当时几乎就是死亡的代号,苏轼因而说"生无还期",其内心的沉痛是可以感受的。苏轼晚境飘零,亲人星散,瘴疠侵逼,这一去将是与亲人的永诀,与死神的拥抱,"子孙恸哭于江边,已为死别;魑魅逢迎于海上,宁许生还"的描述几可令人泪下,写出了生离死别的至哀至痛。

绍圣二年,范祖禹被贬永州,其《永州谢表》中写道:"今兹越洞庭重湖之国,邻桂岭炎瘴之乡,形魄虽存,喘息殆尽。"⑤将跋山涉水之后终于到达贬所的心力交瘁之状描写得历历在目。绍圣三年,再贬贺州,大概意识到返朝无望,范祖禹在《贺州谢表》中沉痛地写道:"已投身于魑魅之域,将沦骨于瘴疠之乡。"⑥更是将其生命哀感推向极致。刘挚《谢新州安置表》中

---

① 《宋史》卷 314,第 10291 页。
② 《全宋文》,第 71 册第 124 页。
③ 《宋史》卷 314,第 10293 页。
④ 《苏轼文集》卷 24,第 707 页。
⑤ 《全宋文》,第 97 册第 289 页。
⑥ 《忠肃集》卷 2,第 39 页。

也绝望地写道："然瘴疠之逼于身，何能淹久？"①见出遭到迫害的旧党人物内心的无限悲戚。绍圣三年（1096），吕陶坐元祐党籍谪提举潭州南岳庙，至贬所作《谢责降南岳庙表》，其中描述自己的贬途经历说："穷途易塞，衰气复伤。适当起缆之初，几有盖棺之事。遽飘流于三峡，遂放荡于重湖。以七十之赢躯，尽八千之去路。备尝险厄，屡及倾虞。"②刚刚乘船出发就险遭倾覆，"几有盖棺之事"的描述透露出刻骨之痛。从三峡到洞庭，吕陶以七十岁的老迈之躯转徙飘泊于八千里路途，途中险厄无数，且屡有倾覆之险，作为任职朝廷的大员，这种九死一生的经历真是不堪回首。吕陶在谢表中如此陈述风涛之险，可以想象这种惊心动魄的旅途对风烛残年的老人是怎样的折磨。绍圣四年，范纯仁以古稀之年被贬永州，途中不幸覆舟落水，家人几乎葬身鱼腹，其《永州谢表》写道："身萦笃疾，已伤两目之盲；舟覆长江，仅救全家之溺。"③即便如此，范纯仁还要违心地将侥幸不死的劫后余生归因于皇帝的庇佑，"既缘自取，为幸犹多。此盖伏遇皇帝陛下日月照临，乾坤覆载"，这种感激在苦难人生的映照之下更显悲凉。

与此种哀痛形成对照的是，这些被贬者在描述完自己的不幸遭遇后，紧接着便表述对皇帝的感恩与忠诚，范祖禹写道："敢不刻心念咎，刻骨衔恩。蝼蚁至微，誓答乾坤之施；犬马虽毙，永怀帷盖之仁。"刘挚则说："悦厚德之可报，誓孤忠而弗渝。"吕陶表示："虽有负薪之疾，岂敢乞骸；空怀结草之心，终期报德。"范纯仁写道："余龄向尽，唯冀于首丘；洪造未酬，敢忘于结草。"或许这样的对照有引起皇帝同情以减免罪责的用意，但它更凸显出被贬者的孤忠与冤屈，为谢表平添了几分悲壮之气。

2.艺术特点

谢上表的表达特点是寓不平于自责，寄悲愤于婉曲，是典型的怨而不怒、哀而不伤。因为倾诉对象是皇帝，被贬臣僚即便有天大的冤屈和怨恨也不敢过分流露，他们或将真实的心理扭曲变形，将感情的波涛化作幽咽的泉流；或正话反说，在貌似忠悃的叙述中暗寓不平之鸣。为表达对自己罪孽的深切省察及对皇帝的无限忠诚，谢表多用对比夸张的修辞，且大量用典，并多以骈偶句式增加气势，以抒写强烈的感情。

---

①　《忠肃集》卷2，第39页。

②　《全宋文》，第73册第278页。

③　《全宋文》，第71册第124页。

（1）正话反说

在君与臣的伦理关系中，君具有最高的权威，代表着天理与正义，永远不能被质疑和否定，同时对臣子有着无限的裁量权，亦即生杀予夺之权。因此，臣下相对君主完全是弱势的一方，面对君主的责难，只能无条件接受，并将罪责归于自身，如韩非子所云："有功则君有其贤，有过则臣任其罪。"①君臣地位的不平等使得被贬者只能违心地颂圣和自责，从而造成谢上表特定的表达方式，那就是反弹琵琶，正话反说。大体而言，可分为以下三个方面：

首先，要将满腹冤屈说成罪有应得。熙宁变法之后，大多数旧党反对新法并非出于私利而是出于公心，因此对被贬离京城深怀不平，然而在谢上表这类呈送皇帝的文书中只能认罪伏法，而且还要深刻反省自己的罪愆。如苏轼《黄州谢上表》云："案罪责情，固宜伏斧锧于两观；推恩屈法，犹当御魑魅于三危。"面对专制权力的蛮横，苏轼无从申辩，只能归罪于己，并将罪行竭力夸大，以表示深刻反省。又如苏轼《到昌化军谢表》云："伏念臣顷缘际会，偶窃宠荣。曾无毫发之能，而有丘山之罪。宜三黜而未已，跨万里以独来。恩重命轻，咎深责浅。"将罪责夸张成丘山之高，即便三黜也罚不当罪，故而远贬海南，再加重责。其他谢上表与之大同小异。

其次，要将满腹才华说成才疏学浅。被贬大臣多是科考时代的精英，是文学、学术兼优的才高博学之士，自然不可能不学无术。但如果不痛自贬责，则只能说明朝廷弃贤不用或才不尽用，从而有犯上之嫌，故而被贬者在谢上表中多对自身的才干大加贬斥，如文同在其《陵州谢上任表》中说："伏念臣颛蒙浅陋，素无学术。但偶以辞律，获中科选。"苏轼《谢量移汝州表》云："伏念臣向者名过其实，食浮于人。兄弟并窃于贤科，衣冠或以为盛事。"苏轼以"名过其实"对兄弟二人的才干加以贬抑，又以"窃于贤科"谦称当年同登科第的盛况，从而表达对朝廷重用的感激及辜负朝廷重托的愧疚。又刘攽《知兖州谢上表》云："臣孤生蕞躯，朴学无术，际逢昌旦，联寔周行，缪充词馆之华，滥窃使车之选。"②刘攽学术渊博，尤精史学，名著一时，但在谢表中仍然谦称自己"朴学无术"，并将任职朝廷和地方的经历以"缪

---

① 《韩非子·主道》，《韩非子集解》卷1，第27页。
② 《全宋文》，第69册第59页。

充"和"滥窃"加以概括,同样也是归罪于己的笔法。范纯仁在《永州谢表》中称自己"器能浅陋,学术迂疏",并将其获取科名归于前辈的恩荫,以说明自己的愚陋。范祖禹在其《永州谢表》称自己"鄙野陋儒,荒唐末学",并将自己修撰《神宗实录》的经历描述为"往承人乏,进备官联,绅太史金匮石室之书,纪先帝成功盛德之事。才不称职,罪岂容诛",从而表达辜负朝廷的自责之情。

其三,要将朝廷的严厉处罚说成皇恩浩荡。在专制时代的君臣关系中,君主的任何行为都具有天然的合法性,臣子对君主的决断除了无条件服从,不可能有任何异议,尤其是涉及对个人罪责的处置,更是没有任何讨价还价的余地,所谓"皇帝圣明,臣罪当诛"。因此,君主对臣子的任何处理都只能被当作恩典加以接受,即便心存不满也要违心地说成感激涕零,只有将感恩之情表达得真挚恳切,才有望得到朝廷的宽宥,并为以后的叙复创造条件。

苏轼被贬黄州,在熙丰的政治背景下已是严惩,然而其在《黄州谢上表》中仍然以充满感激的口吻说:"案罪责情,固宜伏斧锧于两观;推恩屈法,犹当御魑魅于三危。岂谓尚玷散员,更叨善地。投畀麏鼯之野,保全樗栎之生,臣虽至愚,岂不知幸!"对朝廷的处理结果佯作出乎意料的惊喜。刘挚在其《谢新州安置表》中对自己的罪责痛加忏悔,"仰累任人之哲,自贻误国之愆",进而对朝廷的恩典深表感念:"置散投闲,固公言之未厌;后咎余责,谓显戮之必申。尚蒙异恩,聊复远斥。"范纯仁在其《永州谢表》中表示自己罪责难逃,应受严厉处罚,"擢发宜尸于两观,分符尚玷于一麾。未正严科,难逃公议",尔后笔锋一转,感激朝廷宽大为怀,恩重如山:"谅惜陛帝之体,特宽斧钺之咏。贷其桑榆,以御魑魅。"范祖禹在《永州谢表》中以自己的罪责与朝廷的恩典进行对比,"宜正典刑,难逃显戮,尚蒙全贷,投畀幽遐",从而表达对皇恩的由衷感戴。

由此可见,谢上表中的自责、自贬与感恩完全是言不由衷的套话与谎言,是专制语境中的例行公文,也是上下之间心照不宣的默契,正是这种默契维系着至高无上的君主权威以及君礼臣忠的伦理秩序,从而保证专制制度的正常运行,而其代价则是被贬士大夫人格与尊严的折辱,一定意义上说,这正是谢上表所要达到的目的。

　　（2）对比夸张

　　谢上表的重要目的是要忏悔自己的罪责,感激朝廷的恩典,这两方面内容往往是通过对比加以凸显的。与此同时,为表现罪责之深重及朝廷之仁慈,又常用夸张的手段加以强化,以加强对比的力量,于是夸张性对比便成为谢上表的基本手法。

　　谢上表主要是两类内容的对比:一是将自己德薄才疏与朝廷提拔重用进行对比,如刘挚《谢监衡州盐仓表》云:"学不能穷理而知几,材不足趣时而适变……间承人乏,偶摄掾于中堂;旋误圣知,使备员于宪府。"①吕陶《谢责降南岳庙表》云:"禀生寒陋,涉世艰危。早窃虚名,晚尘覥仕。持从臣之橐,无补猷为;佩郡守之符,多旷职业。"②再如范祖禹《永州谢表》云:"伏念臣鄙野陋儒,荒唐末学,往承人乏,进备官联。"通过这种对比显示朝廷恩典,同时表达才不胜职的愧疚及对朝廷重用自己的感恩之情。

　　二是将自己罪孽深重与朝廷宽大为怀进行对比,如苏轼《黄州谢上表》云:"案罪责情,固宜伏斧锧于两观;推恩屈法,犹当御魑魅于三危。岂谓尚玷散员,更叨善地。"又其《谢量移汝州表》称"罪已甘于万死,恩实出于再生"。再如范纯仁《永州谢表》云:"由臣迷罔失道,狂惑妄行,自灾厥身,以陷大戾,百生何补,万死犹轻。伏遇皇帝陛下天地施生,日月临照,躬蹈尧舜,心存禹汤。推文王葬骨之仁,轸仲尼埋犬之惠。"这种对比更是表现出朝廷的仁恩大德,并将对朝廷的感恩之情推向极致。

　　以上两类对比只是基本形态,具体运用则较为灵活,如苏轼《黄州谢上表》将天地父母恩情之有限与朝廷恩德之无量进行对比,称"天地能覆载之而不能容之于度外,父母能生育之而不能出之于死中"。《谢量移汝州表》又将自己业绩之微渺与应受惩罚之严厉进行对比,称"既无片善,可纪于丝毫;而以重罪,当膏于斧钺。"《到昌化军谢表》则将自己才能之低微与罪过之深重进行对比,称:"曾无毫发之能,而有丘山之罪。"如此等等,不一而足。对比的大量运用与谢上表多用骈偶句式密切相关,或者说,骈文体式自然造成了对比的大量运用。

　　谢上表在大量运用对比的同时往往兼用夸张,二者关系密切,作用相

────────────

① 《忠肃集》卷1,第8页。

② 《全宋文》,第73册第278页。

似。对比的重要目的即是以自己的罪责凸显朝廷恩典,而夸张则将罪责与恩典推向极致,从而最大限度地表达自己的感激与忠诚。如范纯仁在《永州谢表》中将自己的罪过夸张为山岳一样深重,"冒宠叨荣,果积山岳之衅",同时将其应受的惩罚夸张为"擢发宜尸于两观"。"尸于两观"典出自《孔子家语》,"于是朝政七日,而诛乱政大夫少正卯。戮之于两观之下,尸于朝三日"①。孔子列举了少正卯五条罪状,指其罪不容诛。范纯仁用此典,将自己的罪行与少正卯相提并论,暗示罪孽之深,从而凸显朝廷的宽大与仁慈,表感恩之心。范祖禹在《贺州谢表》中则将自己的罪过夸大到几乎无以复加的程度,"自灾厥身,以陷大戾,百生何补,万死犹轻"。这些夸张固然有表示忏悔的用意,而更深层的心理则是对专制权力的恐惧,只有匍匐在王权脚下深自诋毁,才能凸显王权的至高无上;只有表现出认罪态度的无限诚恳,才可能防止迫害的进一步升级。因此,这种夸张完全是一种自我保护的生存策略。

与对罪责的夸张相应,谢上表对朝廷恩典的颂扬更是不吝夸张之词,如范祖禹《永州谢表》云"仁圣宽容,厚侔天地""以好生为德,故刑罚必主于轻;以不忍为心,故昆虫亦保其命"。从实际例证来看,这种赞颂性的夸张多是通过用典来实现的,可以看作夸张的特殊形态。这类典故多将"今上"比作古圣先王,称颂其睿德圣政,如:

> 此盖伏遇皇帝陛下,汤德日新,尧仁天覆。(苏轼《谢量移汝州表》)
>
> 此盖伏遇皇帝陛下,尧文炳焕,汤德宽仁。(苏轼《至昌化军谢表》)
>
> 此盖伏遇皇帝陛下法唐尧之至仁,体虞舜之大智。(范祖禹《永州谢表》)
>
> 伏遇皇帝陛下天地施生,日月临照,躬蹈尧舜,心存禹汤。(范祖禹《贺州谢表》)
>
> 法比汉章之约,仁同汤网之开。(范纯仁《永州谢表》)
>
> 禹下车而泣辜,汤开网而祝兽。(范祖禹《永州谢表》)
>
> 推文王葬骨之仁,轸仲尼埋犬之惠。(范祖禹《贺州谢表》)

在中国传统语境中,尧舜禹周文商汤孔子等在德政方面具有至高无上

---

① 《孔子家语》(影印)卷一,上海古籍出版社,1990年,第4—5页。

的地位,将"今上"吹捧为古圣先王是一种没有任何风险的政治正确。显然,这类夸张性典故的运用已成为一种惯用的套路,也在一定程度上表现出谢上表的公文特征。

二、贬谪与记(序)体文

被贬士大夫在以诗、词形式抒写贬谪的心路历程时,也以记(序)的散文体式记述贬谪经历,描写贬地风光,表达对人生的哲思,某种意义上也是一种含蓄的抗争,由此,记(序)成为贬谪文学的重要组成部分。如果对这些散文进行分类的话,那么大体可分为直抒胸臆类、借物述志类和山水寄意类。

1.直抒胸臆类

被贬士大夫对自身的贬谪遭遇往往有着强烈的怨愤,尤其是绍圣之后,新党对旧党极力打压,对其党魁必欲除之而后快,这使得旧党人物往往怨愤积胸,一吐为快,化为文章,便形成叙事类抒情散文。陈瓘《四明尊尧集序》便是此类代表作。

崇宁五年(1106),陈瓘离开岭南贬所,任便居住于明州,其间作《四明尊尧集》,以激烈的言词猛烈抨击新党新学,希望以黄钟大吕之音惊醒浑浑噩噩的当政者,促其改弦更张,修明政治。陈瓘为此孤注一掷,将生死置之度外。在《四明尊尧集后序》中,陈瓘以带血的文字描述了自己被贬以来的人生历程:

> 又况绝禄以来,苟营活路,积垢如山,死有余愧,虽并举百川之水,其将何以自涤乎?不使鹡鸰之命幸脱宽网,而身心垢恚,亦明时之弃物矣,敢不知乎!敢不知乎!"安养不在彼,浮云非我有",此涑水公所谓安乐国也,洗心之药莫良于此。晁文元公亦云:"但以无生一方遍治众病。"前哲之所自悟,先觉之所躬行,实告之矣,心不顿革,敢不习乎!渊冰之地,死将及之,尚敢懈乎!盖捐书不读,亦不复为文,冥心待尽,自今日始。呜呼!生而为太平采薪之民,殁作我宋无憾之鬼,复何事哉!而今而后,真可以忘言矣。此可与知者道,难于不知者言也。①

---

① 《全宋文》,第129册第126页。

　　文中生动描述了被贬以后饥寒穷愁的生存现状,抒发了蒙冤遭弃的痛愤,更表达了目睹国事日非而无力改变的绝望,贯穿其中的是作者深沉而强烈的忧国情怀。面对贬谪境遇,陈瓘试图以司马光洗心之药及晁文元无生之方加以消解,同时表示,“捐书不读,亦不复为文,冥心待尽,自今日始”,似乎真的不问世事,一心等死了,继而又以嘲讽的口气说,“生而为太平采薪之民,殁作我宋无憾之鬼,复何事哉!”“太平”“无憾”显系反语,新党大肆迫害元祐党人,朝政日非,何言太平。建中靖国被委任谏官,本欲有所作为,岂料横遭贬谪,形同废人,又岂能无憾。但面对新党一手遮天的局面,以戴罪之身除了嗫口不言之外,又能有何作为呢,只能坐以待毙。陈瓘在这里用貌似隐晦实则辛辣的笔法批判当权新迫害政敌、弄权误国的行径,其间大量运用反问句以及感叹句,反复咏叹,抒发了强烈的痛愤之情,可谓贬谪散文中最具感情强度的作品。

　　而有的散文则以间接的方式抒写遭贬处穷的人生苦难,委婉曲折地吐露悲愤的情怀,如范纯仁绍圣四年(1097)责贬永州,途经南岳衡山时作《祭衡岳文》。此文首先以较多的篇幅叙述了自己四十五年的为官经历及心路历程,“伏念臣幼承父训,长服朝绅。从宦四十五年,历官三十一任。每愿竭忠而报国,常思惩恶以安人。然而赋性不明,涉道未至。智难周物,事靡尽情”[1],表达了竭忠报国而效微功寡的自责之意和憾恨之情,既是对人生的重要总结,也隐含着不得其时而难以得君行道的愤郁。其后描述自己被贬遐荒、老境凄凉的现状,“今蒙削除禄秩,投窜遐方。适当垂死之年,无复全生之望。双瞳蒙瞽,百口流离。同气阻急难之情,病妻乖将养之便。屯难已极,忧惧未涯”,可谓哀苦无告,痛不可言。面对这种穷途末路的困境,作者无计可施,只好祈祷神灵庇佑,“今者奔之贬所,甫迩灵宫,是敢直罄危诚,仰干神造……特加矜宥,少逭谴诛。微躯早遂于生还,病室速谐于痊愈。兄弟获会合之乐,子孙享平泰之祥”。神灵是虚渺的,范纯仁的祈祷也只是一种无力的自我安慰,然而,只有在与神灵的对话中,范纯仁才可以无所顾忌地敞开心扉,尽情倾泻悲情,这篇祭文也便成为洞窥被贬者心灵世界的窗口。

　　但多数被贬者并不以贬谪为意,他们充分汲取释道的哲学观念,以通

---

① 《全宋文》,第 72 册第 32—33 页。

达的眼光观照天地万物,从而拥有一种更其宏大的胸怀。他们不是描述贬谪的苦难生活,而是叙述自己以超越的眼光看待世界的感知,如郑侠在其《大庆居士序》中叙述了融通三教的思想变化过程及以这种眼光观照天地万物所获得的新的认识:"居士本儒学,以孔氏为宗,得老氏之说以明,又得释氏,而后大明孔子之道……以为父子、君臣、夫妇、长幼、朋友之相与,上下四方俯仰回环,□之直一,蝉之翼合,上下四方通为一,物亦若是,此其识也。"①虽然融通儒释道于一体之后其眼光更为高迈,但郑侠坚刚不屈的儒家本色并未改变,篇首交代自己籍贯、姓氏、名号、官职及贬所等信息时,刻意用倒装句式,桀骜之气扑面而来,"居士,福州福清人。郑,其姓也;侠,其名也;介夫,其字也。光州司法参军、监在京安上门,其官也;而英州朱塘之滽,其窜逐所卜居也"。以一字一句、堂堂正正的自我介绍,表现出决不向当权者低头的铮铮铁骨。而其对儒家原则及仁政理想的表白,则充分显示出宋代士人的儒家节操及以天下为己任的襟怀:"是以莫或自欺于方寸,而上不谀公卿,下不原乡党,水火可蹈,而议论不可回,此其守也。惟君为尧舜,民复太古,一饭一衣,而四方万里同饱暖也,一忧一乐,四方万里同欣戚也。"显然,郑侠在这里关注的并不是一己之忧患,而是天下苍生的饱暖,而士大夫的儒家风骨正是"君为尧舜、民复太古"理想得以实现的条件,这无疑更加坚定了郑侠坚持己见、决不妥协的决心。于是,坚定的儒家信念便成为许多被贬者与政治磨难相对抗的力量源泉。

2.以物述志类

被贬者心怀怨艾,触目生感,往往会在与外物的遇合中生发感慨,思考人生,形成述志类散文。它与咏物诗、咏物词相似而不同,诗、词受限于篇幅,只能以物象的有限摹写、空灵的意境创造含蓄地抒情言志,而散文则可以充分发挥所长,通过详细地描述物象形态,暗寓情志,进而发表议论,揭示主旨。

熙宁二年(1069),文同因不满新法贬于陵州,熙宁五年作《纡竹记》以述其志。在这篇文章中,文同描述了一个因受环境的挤压而扭曲变形的竹子形象:"纡竹生于陵阳守居之北崖,其始,共本以出;去土未几,而遽分其三……其一既独盛,将挺起,为垂岩所轧,力不得竞,乃求虚以伸。所趋触

---

① 《全宋文》,第99册第335—336页。

碍无所容,屈己自保,生意愈艰。蟠空缭隙,拳局以进,伏碥礅,蔽蓊薉,曾莫知其历寒暑之何许也。"①这枝坚强的竹子虽然受到山石的威压而不得自然伸展,但它并没有蜷局不前,而是在触处皆碍的环境中保持着顽强的生命力,在山石的缝隙中蜿蜒前行,不知经历了几多寒暑。作者被这枝竹子顽强求生的意志深深地震撼和吸引,"余采药过其下,见之,命聱、麢二童奴拨荒榛,除腐蔓,抚起而支持之,则已坚强偃蹇,宛骫附地,若不欲使人加哀怜其不得遂诸生理者。然观其抱节也,刚洁而隆高;其布叶也,瘦瘠而修长。是所谓战风日,傲冰霜,凌突四时,磨轹万草之奇植也"。作者怀着极大的同情心企图恢复它的自然原态,哪里知道它"坚强偃蹇,宛骫附地",扭曲变形的姿态已成为它的生命形态,这形态是它在"战风日,傲冰霜,凌突四时,磨轹万草"的过程中自然形成的,是其不屈的生命意志的生动写照,作者不由得赞叹其为"奇植",并"叹视久之",进而议论说:

> 竹之为物,乃草木之中甚贤者。今此不幸,不得其地,以完其生;上蔽旁阂,不使自通,遂至于质状如此。然其天之所与,虽不能奋迅条达,以尽其性,而其所得短长巨细之分,当亦缘理而浸长之。故其所不能畅茂于其内,而其势所以促蹙于其外也。且其所以若是者,夫岂得已哉?今也就其所以不得已者,而名之曰纡,庶使后之人,知其得名之由,以不得已而取之也。

作者在这里主要指出了竹子应有的自然之性与其扭曲的姿态之间的矛盾,并以"不得已"加以概括,指出了外在力量对它挤压迫害之深重,及其斗争意志之坚韧,从而寄寓了深沉的个人情怀。文同品性高洁,不为势利所屈,因不满新法,宁可主动求去也决不随声附和,纡竹形象无疑正是自我写照。苏轼在《墨君堂记》中以竹之高风亮节讴歌了文与可超凡出尘的品格,与《纡竹记》正相呼应:

> 与可之为人也,端静而文,明哲而忠,士之修洁博习,朝夕磨治洗濯,以求交于与可者,非一人也。而独厚君如此。君又疏简抗劲,无声色臭味,可以娱悦人之耳目鼻口,则与可之厚君也,其必有以贤君矣。世之能寒燠人者,其气焰亦未至若雪霜风雨之切于肌肤也,而士鲜不

---

① 《全宋文》,第51册第150页。

以为欣戚丧其所守。自植物而言之,四时之变亦大矣,而君独不顾。虽微与可,天下其孰不贤之。然与可独能得君之深,而知君之所以贤。雍容谈笑,挥洒奋迅而尽君之德。稚壮枯老之容,披折偃仰之势。风雪凌厉以观其操,崖石荦确以致其节。得志,遂茂而不骄;不得志,瘁瘠而不辱。群居不倚,独立不惧。与可之于君,可谓得其情而尽其性矣。①

文与可之所以对竹子情有独钟,在于对竹子所知甚深,无论是面对"风雪凌厉"的严寒还是置身"崖石荦确"的凶险,无论得志而茂还是失志而瘁,竹子总是一如既往,不改其操,凛然磊落有君子之风,这正是文同厚之贤之、挥洒奋迅、"得其情而尽其性"的根本原因。苏轼写竹而兼喻人,尽情讴歌文与可峻洁坦荡的品格,同时揭示了文与可竹画孤高自持、决不同流合污的精神内涵。吕陶对文与可之画品与人格同样赞叹不已:"与可在文馆二十年,其材可巨用,将老矣,尚恂恂小州,胸中之蕴,曾不少露,通塞荣悴,无一毫冒诸心。名教至乐之余,时作墨竹枯木一二,以寓其幽怀远趣,真所谓粹静君子也,岂特竹墨之间有以过人哉!"②

与这类以物述志作品相似的则是寓言。元丰七年(1084),司马光作《猫虪传》,讲述了两只猫的故事,一个述其仁,一个述其忠,似乎别有寄托。另有寓言《冤牛问》,似乎同样以寓言的方式抒写自己忠诚而不为君主所知的愤懑。

3. 山水寄意类

自然山水自南朝逐步进入文人的审美视野以来,山水游记便不断发展,成为极受文人青睐的文体。由唐至宋,人工园林进一步蓬兴,与自然山水一起成为士大夫雅爱的对象,游赏山水园林并吟诗作赋成为时尚,山水游记更加发展成熟,产生了《醉翁亭记》《岳阳楼记》《褒禅山记》《石钟山记》等游记名篇,同时也出现了《郴行录》这样的长篇记游作品。宋代中期以后,士大夫屡遭贬谪,以山水娱情成为解除苦闷、实现心理平衡的重要方式,这使得山水游记成为贬谪散文的重要类型。这类游记或以山水娱情适意,或以山水寓愤激之情,感情取向呈现出淡中有悲、不断沉降的变化

---

① 《苏轼文集》卷11,第355页。
② [宋]吕陶:《文与可画墨竹枯木记》,《全宋文》,第74册第56页。

历程。

熙宁二年(1069),司马光因反对新法而退居洛阳,熙宁六年作《独乐园记》,表达"各尽其分而安之"的志趣,其中描述了自己"惟意所适"的生活:

> 迂叟平日多处堂中读书,上师圣人,下友群贤,窥仁义之源,探礼乐之绪。自未始有形之前,暨四达无穷之外,事物之理,举集目前。所病者学之未至,夫又何求于人,何待于外哉! 志倦体疲,则投竿取鱼,执衽采药,决渠灌花,操斧剖竹,濯热盥手,临高纵目,逍遥相羊,惟意所适。明月时至,清风自来,行无所牵,止无所柅,耳目肺肠,悉为己有。踽踽焉,洋洋焉,不知天壤之间复有何乐可以代此也。因合而命之曰"独乐园"。①

以上描述虽似其乐融融,心满意足,而后面的议论却别有意味:

> 或咎迂叟曰:"吾闻君子所乐必与人共之,今吾子独取足于己,不以及人,其可乎?"迂叟谢曰:"叟愚,何得比君子? 自乐恐不足,安能及人? 况叟之所乐者薄陋鄙野,皆世之所弃也,虽推以与人,人且不取,岂得强之乎? 必也有人肯同此乐,则再拜而献之矣,安敢专之哉!"

与民同乐乃是儒家信条,司马光此处却以独乐相标榜,可谓大有深意。司马光首先以"迂叟"自称,"迂"即不懂权变,不合时宜,实则暗示了自己坚守儒家信条而决不趋炎附势的立场,同时暗寓对攀附新党的投机者的反讽。而所谓的"独乐"既指甘于寂寞、与世无争的生活,也暗指反对新法而落落寡合的处境。许多人追名逐利而见风使舵,为达到目的不择手段,全然没有原则操守,将自己的"独乐"与这些人分享,岂可得哉? 因此作者说,"虽推以与人,人且不取,岂得强之乎?"除非有人肯同此乐,方可献之,但天下滔滔,肯同此乐者寥寥无几,则此"乐"只能自己独享而不可也不必与人了。因此,司马光此处虽云"乐",实则"苦";貌似自得其乐,实则渴望"共乐",从而抒发了知音无几的苦闷以及忧心天下的情怀。

熙宁初,蒋之奇因奏欧阳修不实,贬监宣州税,其间作《叠嶂楼记》。此记描述了宣州叠嶂楼一带雄奇秀美的风光,而其重心则在文末之议论:"夫人情莫不欲佚,自佚者不若同民;莫不欲乐,自乐者不若与众。与民同之,

---

① 《司马温公集编年笺注》卷66,第5册第205—206页。

则来者之有是,其致足乐也;不能推吾所有而同之民,虽乐,盖君子不贵也。古人有言:'贤者而后乐此。'不贤虽有此,其能独乐哉!"①本文借对山水的游览表达了与民同乐的思想,与司马光《独乐园记》可谓相反相成,表现了熙宁时期被贬士大夫虽然遭遇挫折,仍然关切国事的积极心态。

随着党争的激化及贬谪的加剧,被贬者逐渐游离政治,放情山水,其山水游记逐渐成为娱情解闷的手段。元丰元年(1078),上官均权监察御史里行,坐事责知光泽县,作《白云庵记》:

> 元丰元年夏四月,予自御史得罪,窃官乡邑,循汴泝江,迨今乃祗职事。莅事之初,目疲乎期会之文,耳厌乎嚣讼之音,昼听夕观,寝膳不宁。如是累月,乃获少休。私自计曰,凡治气养心,虚则明,逸则思。古人之所以即高明、远眺视者,非特为游观之美,所以宣底滞而明意虑也。今且仆仆于事与物驰,委顿疲耗,尚安能虚我而应彼哉?于是暇日与一二僚友跻楼外阁,引觞赋诗。东面乎蔚然之峰,北瞰乎泠然之泉,谷窈而云霏,鱼泳而鸟翔,嘉木异卉,悦带左右,棹歌牧唱,上下于其间,人物相忘,有以自适。已而循阁而西,得地盈亩,辟牖壁而即乎虚旷之望,剔榛莽而易以篁菊之茂。轩楹明开,出纳云雾,心夷气舒,则咏先王之言,太古之音,有可乐者焉。若夫乐无所待,安所择,此予之所愿学而病其未能者也。京兆上官均记。②

上官均被贬地方,自是郁郁不乐,对繁杂的公务心不在焉,全无兴趣,甚至认为"今且仆仆于事与物驰,委顿疲耗,尚安能虚我而应彼哉?"完全将治理地方看作精神负担,故而渴望骋心于山水,以"宣底滞而明意虑"。其后描写了极目四望、观览山水的快意,并说,"咏先王之言,太古之音,有可乐者焉。若夫乐无所待,安所择",这里的"乐"看不到一点忧心天下的影子,全然是自得之乐,与所谓"先王之言"毫无关系,某种程度上见出被贬者厌倦政治而逃向山水自然的出世取向。愈到后期,这种取向便愈加明显。元符二年(1099),李之仪以苏轼辟而放罢。崇宁元年(1102)因为范纯仁作遗表,并作行状,除名勒停,编管太平州,居姑熟,自号"姑溪居士""姑溪老农"。李之仪以"居士"自称,实即效仿苏轼,表现出归隐江湖的自觉意识。

---

① 《全宋文》,第 78 册第 233—234 页。

② 《全宋文》,第 93 册第 340 页。

在《与储子椿手简》中,李之仪描述了自己归老江湖、忘情世事的生活:"流落江湖,遂与鱼鸟相浮沉以老,而不知岁月之迁转。平日交游,恍如梦寐间得之,亦不复相期于显晦存忘之际,况鸢鸿高举,秀特超迈,如吾兄等辈邪?"①其淡泊名利、不求闻达之萧散闲放,几同隐士。元符末,李新上书夺官,崇宁间被贬遂州,其间作《卧云亭记》,以精妙玲珑的语言描述了贬居期间的诗意生活,幽情远韵,令人神往:

> 南之阴多喻姓,有公辩者,处而不出,玄居蹈高,筑卧云亭,老于其上。四时有花,夕有月,旦暮有杯酒,岭上有白云,簪花起舞,弄影月明中。醉则登亭,倒著接䍦,仆床以寝,日出而寤,旰而醒,醒而饮,饮而复醉,日以为常。云骎骎入户牖,挂屋壁,覆琴几杖屦,散漫图书笔砚间。处士每以此自怡,不费一个钱而富于云。②

李新以"处士"自称,类同于"隐士",其行宛似神仙中人,其心则已超越凡尘,以此对照熙宁间司马光等人行止,已是判若云泥。

当然,并非所有被贬者都会忘情山水而消灭愤世之情,亦有人仍然在政局险恶、朝不虑夕的环境中以对山水风物的吟咏暗寓讽世之意,代表了北宋后期士大夫不甘屈服的儒家人格。元符二年(1099),邹浩羁官新州。崇宁间再责衡州别驾,寻窜昭州。邹浩直言敢谏,不畏权势,两贬岭南,在北宋士大夫中可谓绝无仅有。被贬昭州期间,邹浩作《翔风亭记》,其文曰:

> 昭州荒僻,才数百家,无余屋可以寓人。余之来也,偶得进士王氏拾青阁居焉。前俯乐川,后倚宝山,修竹高松,环作清奥,非初望所及。王氏驯驯类有识者,特为规山腰松竹最深处筑亭以避暑。余题其榜曰"翔风亭",客未喻,请所以名意。
>
> 余曰:"此汉王襃语。襃对诏,有所谓'恩从祥风翔'者。圣王时如是,是之取耳。"曰:"引古明今,厥意安在?"曰:"余罪多矣,不可以一二数;余罪大矣,不可以赦宥除。前年窜新州,去年放永州,今又废弃于此,委亲弗得养,委家弗得顾,举世言忠孝者,莫不以余戒也。今天子孝弟,尊奉先烈,拔一时之英豪,而亟用之,以昭好恶,以正是非,以严纲纪,以沛膏泽,如天地焉,无不覆载;如日月焉,无不照烛。问之万

---

① 《全宋文》,第 111 册第 358 页。
② 《全宋文》,第 134 册第 147 页。

民,万民有不乐其业者乎? 问之万物,万物有不遂其生者乎? 问之蛮夷戎狄,蛮夷戎狄有不安其所而不愿为臣妾者乎? 至和薰蒸,鼓为祥风,恩实从之,以游以翱。昭虽远邦,固已动化于其中矣。余既获全余生,又居此土,登此亭,导迎此风,以延致萧爽,以祛逐炎歊,瘴氛不能侵,邪气不能袭。一旦仁圣哀悯,刊石丹书,还身故里,老老幼幼,怡怡愉愉,歌咏时雍,为太平幸民,则是上恩之翱,未有如此其遭遇者。此余所以名亭而见意也。"客欣然离席曰:"敢不倾耳而听,拭目而视。指日而造门,为先生贺。"客退,书为记。①

文章开头以寥寥数语描述了翱风亭环境之清幽,显然非重心所在,继而则借解释"翱风"之由来大加发挥,其中对当今政治现状的描述与赞颂似褒而实贬,字里行间充满辛辣的讽刺。所谓"拔一时之英豪,而亟用之"云云,实则批判权臣主柄,群奸满朝,黄钟毁弃,瓦釜雷鸣。所谓万民乐其业,万物遂其生,蛮夷戎狄安于臣妾,更是语含讥讽的荒唐之言。其时宋王朝貌似国泰民安,实则政治腐败,内忧外患,处于大厦将倾的前夕,尤其是金朝逐渐崛起,成为赵宋王朝更大的威胁。但徽宗、蔡京一伙对此懵然无知,仍然在"丰亨豫大"的口号下,醉生梦死,尽情享乐。其后作者更以讽刺的口吻说,来自朝廷的这种祥风已然吹临昭州,我登上此亭,导迎此风,正可"以延致萧爽,以祛逐炎歊,瘴氛不能侵,邪气不能袭"。真可谓痛到极处,只能长歌当哭了。

以上之外,另有一些文体也与贬谪密切相关。其一是书信,被贬者在苦难的境遇中往往只身飘零,穷处异域,无人共语,便将一腔悲情诉诸书信,在与亲人友朋的交往中获得慰藉,从而使得书信成为贬谪文体的重要样式,本书第九章述及苏门中人的交往时已有例证。其二则是铭、颂、赞之类,被贬者以对前贤的追思表达继踵之意,并以之作为自己对抗苦难的精神力量,如沈辽《零陵先贤赞》便选择了15位本地或外地贬谪于此的先贤,为之作赞,其中多为道士隐士神仙者流,引人瞩目者当是柳宗元。作者凭吊愚谿遗迹,追述柳氏生平,对其偃塞沉沦的命运表示了极大的同情,也对其并驾轫、雄而千古不朽的历史地位给予了高度肯定,寄托了自己踵继前贤而不甘屈服的情怀。

---

① 《全宋文》,第131册第333页。

　　北宋中后期党争的激化及政局的反复恶化了政治环境,使得士人的入世理想受到沉重打击。遭贬处穷的士大夫对现实的忧愤逐渐消弥于对政治的绝望,在释道思想不断蔓延的背景下,他们以随缘任运的庄禅哲学应对现实苦难,这种心态深刻影响到文学的主题走向及整体风格。无论诗、词、赋还是散文,与世无争、流连山水、追求逍遥自适的生活成为反复表达的主题,也成为文学创作的主旋律,这同时也造成了文学风格的平淡化转型,苏、黄晚年对平淡的追求便是这种转型的集中体现,而贬谪在这一过程中成为不可忽视的外围因素。

主要参考文献

一、古代文献

［汉］班固：《汉书》，中华书局，1983。

［汉］董仲舒撰，［清］苏舆义证：《春秋繁露义证》，中华书局，1992。

［汉］刘向集录：《战国策》，上海古籍出版社，1985。

［晋］常璩著，任乃强校注：《华阳国志校补图注》，上海古籍出版社，1987。

［晋］郭象注，［唐］成玄英疏：《南华真经注疏》，中华书局，1998。

［晋］陶潜著，龚斌校笺：《陶渊明集校笺》，上海古籍出版社，1996。

［梁］萧统：《文选》，岳麓书社，2002。

［唐］韩愈著，马其昶校注：《韩昌黎文集校注》，上海古籍出版社，2014。

［唐］刘禹锡：《刘禹锡集》，上海人民出版社，1975。

［唐］陆淳：《春秋集传纂例》，景印《文渊阁四库全书》，第146册。

［唐］智顗：《三观玄义》，《续藏经》二编第四套第一册。

［唐］慧能著，郭朋校释：《坛经校释》，中华书局，1983。

［五代］刘昫等：《旧唐书》，中华书局，1975。

［宋］蔡絛：《铁围山丛谈》，中华书局，1983。

［宋］晁补之等撰，刘乃昌等注：《晁氏琴趣外篇》，上海古籍出版社，1991。

［宋］晁公武撰，孙猛校证：《郡斋读书志校证》，上海古籍出版社，1990。

［宋］晁说之：《儒言》，景印《文渊阁四库全书》，第698册。

［宋］陈瓘：《四明尊尧集》，《四库全书存目丛书》，史部第279册。

［宋］陈均：《九朝编年备要》，景印《文渊阁四库全书》，第328册。

［宋］陈善：《扪虱新话》，中华书局，2000。

［宋］陈师道：《后山谈丛》，中华书局，2007。

［宋］陈振孙：《直斋书录解题》，上海古籍出版社，1987。

［宋］程颢、程颐：《二程集》，中华书局，1981。

［宋］范仲淹：《范仲淹全集》，四川大学出版社，2007.

［宋］方勺：《泊宅编》，中华书局，1983。

［宋］葛立方：《韵语阳秋》，上海古籍出版社，1984。

［宋］郭思编，杨伯编著：《林泉高致》，中华书局，2010。

［宋］何薳：《春渚纪闻》，《宋元笔记小说大观》，上海古籍出版社，2001。

［宋］洪迈：《容斋随笔》，中华书局，2005。

［宋］洪兴祖：《楚辞补注》，中华书局，1983。

［宋］黄庭坚：《黄庭坚全集》，四川大学出版社，2001。

［宋］黄庭坚著，马兴荣等校注：《山谷词校注》，上海古籍出版社，2011。

［宋］黄庭坚著，［宋］任渊等注：《山谷诗集注》，上海古籍出版社，2003。

［宋］胡仔：《苕溪渔隐丛话》，人民文学出版社，1962。

［宋］李觏：《李觏集》，中华书局，1981。

［宋］李焘：《续资治通鉴长编》，中华书局，2004。

［宋］李廌：《师友谈记》，中华书局，2002。

［宋］刘克庄：《后村诗话》，中华书局，1983。

［宋］刘克庄：《后村先生大全集》，《四部丛刊》本。

［宋］刘挚：《忠肃集》，中华书局，2002。

［宋］陆游：《老学庵笔记》，中华书局，1979。

［宋］罗从彦：《豫章文集》，景印《文渊阁四库全书》，第1135册。

［宋］吕本中：《师友杂志》，《全宋笔记》第三编（六），大象出版社，2008。

［宋］吕本中：《童蒙训》，景印《文渊阁四库全书》，第698册。

［宋］吕惠卿撰，汤君集校：《庄子义集校》，中华书局，2009。

［宋］吕中：《宋大事记讲义》，景印《文渊阁四库全书》，第686册。

［宋］毛滂：《毛滂集》，浙江古籍出版社，1999。

［宋］睦庵善卿：《祖庭事苑》，蓝吉富主编《禅宗全书》，北京图书馆出版社，2004。

［宋］欧阳修撰，李逸安点校：《欧阳修全集》，中华书局，2001。

［宋］秦观撰，徐培均笺注：《淮海集笺注》，上海古籍出版社，2000。

［宋］秦观著，徐培均笺注：《淮海居士长短句笺注》，上海古籍出版社，2008。

［宋］阮阅编：《诗话总龟》，人民文学出版社，1987。

［宋］邵博：《邵氏闻见后录》，中华书局，1983。

［宋］邵伯温:《邵氏闻见录》,中华书局,1983。

［宋］释慧洪:《冷斋夜话》,中华书局,1988。

［宋］释志磐:《佛祖统纪》,《续修四库全书》,第1278册。

［宋］司马光:《资治通鉴》,中华书局,1956。

［宋］司马光撰,李之亮笺注:《司马温公集编年笺注》,巴蜀书社,2009。

［宋］苏轼:《东坡易传》,上海古籍出版社,1989。

［宋］苏轼:《东坡志林》,中华书局,1981。

［宋］苏轼撰,［清］王文诰辑注:《苏轼诗集》,中华书局,1982。

［宋］苏轼撰,［明］茅维编:《苏轼文集》,中华书局,1986。

［宋］苏轼著,邹同庆等校注:《苏轼词编年校注》,中华书局,2007。

［宋］苏辙:《老子解》,景印《文渊阁四库全书》,第1055册。

［宋］苏辙:《龙川别志》,中华书局,1982。

［宋］苏辙:《苏辙集》,中华书局,1990。

［宋］苏籕:《栾城遗言》,景印《文渊阁四库全书》,第864册.

［宋］王安石:《临川先生文集》,中华书局,1959。

［宋］王安石:《王文公文集》,上海人民出版社,1974。

［宋］王安石:《王荆文公诗》,上海古籍出版社,1993。

［宋］王存:《元丰九域志》,中华书局,1984。

［宋］王明清:《挥麈录》,上海书店出版社,2001。

［宋］王应麟:《困学纪闻》,上海古籍出版社,2008。

［宋］王昭禹:《周礼详解序》,景印《文渊阁四库全书》,第91册。

［宋］王銍、王栐:《默记 燕翼诒谋录》,中华书局,1981。

［宋］魏庆之:《诗人玉屑》,中华书局,2007。

［宋］魏泰:《东轩笔录》,中华书局,1987。

［宋］吴处厚:《青箱杂记》,中华书局,1985。

［宋］吴曾:《能改斋漫录》,上海古籍出版社,1979。

［宋］谢深甫:《庆元条法事类》,《续修四库全书》,第861册。

［宋］薛居正等:《旧五代史》,中华书局,1976。

［宋］徐自明撰,王瑞来校补:《宋宰辅编年录校补》,中华书局,1986。

［宋］严羽撰,郭绍虞校释:《沧浪诗话》,人民文学出版社,1962。

［宋］杨时:《龟山先生语录》,景印《文渊阁四库全书》,第1125册。

［宋］杨万里：《诚斋集》，《四部丛刊》本。

［宋］杨仲良编：《续资治通鉴长编纪事本末》，北京图书馆出版社，2003。

［宋］叶梦得：《避暑录话》，《宋元笔记小说大观》，上海古籍出版社，2001。

［宋］佚名：《新刊国朝二百家名贤文粹》，北京图书馆出版社，2006。

［宋］曾敏行：《独醒杂志》，《宋元笔记小说大观》，上海古籍出版社，2001。

［宋］詹大和等：《王安石年谱三种》，中华书局，1994。

［宋］张邦基：《墨庄漫录》，中华书局，2002。

［宋］张端义：《贵耳集》，景印《文渊阁四库全书》，第 865 册。

［宋］张戒著，陈应鸾笺注：《岁寒堂诗话笺注》，四川大学出版社，1990。

［宋］张耒：《张耒集》，中华书局，1990。

［宋］张载：《张载集》，中华书局，1978。

［宋］张镃：《仕学规范》，景印《文渊阁四库全书》，第 875 册。

［宋］赵令畤：《侯鲭录》，中华书局，2002。

［宋］周敦颐：《通书》，上海古籍出版社，2000。

［宋］周辉撰，刘永翔校注：《清波杂志校注》，中华书局，1994。

［宋］周密：《齐东野语》，中华书局，1983。

［宋］祝穆：《舆地纪胜》，四川大学出版社，2005。

［宋］朱熹：《四书章句集注》，中华书局，1983。

［宋］朱熹：《朱子全书》，上海古籍出版社，2002。

［宋］黎靖德编，王星贤点校：《朱子语类》，中华书局，2007。

［宋］朱熹、李幼武：《宋名臣言行录》，《四部丛刊》本。

［宋］朱彧：《萍洲可谈》，中华书局，2007。

［金］赵秉文：《滏水集》，景印《文渊阁四库全书》，第 1190 册。

［元］方回：《瀛奎律髓》，上海古籍出版社，2005。

［元］马端临：《文献通考》，中华书局，1986。

［元］脱脱等：《宋史》，中华书局，1977。

［明］胡应麟：《少室山房笔丛》，景印《文渊阁四库全书》，第 886 册。

［明］胡应麟：《诗薮》，中华书局，1958。

［明］马峦、［清］顾栋高撰，冯惠民点校：《司马光年谱》，中华书局，1990。

［明］许学夷：《诗源辨体》，人民文学出版社，1998。

［清］董诰等编：《全唐文》，中华书局，1983。

［清］方东树:《昭昧詹言》,人民文学出版社,1961。

［清］鲁曾煜等编:《广东通志》,景印《文渊阁四库全书》,第 563 册。

［清］郭庆藩:《庄子集释》,中华书局,1961。

［清］何文焕辑:《历代诗话》,中华书局,2004。

［清］黄以周等辑注:《续资治通鉴长编拾补》,中华书局,2004。

［清］黄宗羲原撰,［清］全祖望补修:《宋元学案》,中华书局,1986。

［清］纪昀等编,李学勤整理:《钦定四库全书总目》(整理本),中华书局,1997。

［清］厉鹗:《宋诗纪事》,上海古籍出版社,1983。

［清］刘熙载:《艺概》,上海古籍出版社,1978。

［清］彭绍升:《居士传》,江苏广陵古籍刻印社,1991。

［清］皮锡瑞:《经学历史》,中华书局,2004。

［清］皮锡瑞:《经学通论》,中华书局,1954。

［清］阮元校刻:《十三经注疏》,中华书局,2009。

［清］沈德潜:《唐诗别裁集》,上海古籍出版社,1979。

［清］王夫之:《宋论》,中华书局,1964。

［清］徐釚:《词苑丛谈》,人民文学出版社,1988。

［清］徐松辑:《宋会要辑稿》,中华书局,1957。

［清］严可均编:《全上古三代秦汉三国六朝文》,中华书局,1958。

［清］章学诚撰,叶瑛校注:《文史通义校注》,中华书局,2014。

［清］赵翼:《陔余丛考》,河北人民出版社,1990。

［清］朱彝尊:《经义考》,景印《文渊阁四库全书》,第 677 册。

陈鼓应:《老子注译及评介》,中华书局,1984。

丁福保:《历代诗话续编》,中华书局,2006。

傅璇琮等主编,北京大学古文献研究所编:《全宋诗》,北京大学出版社,1991。

郭绍虞辑:《宋诗话辑佚》,中华书局,1980。

邱汉生:《诗义钩沉》,中华书局,1982。

容肇祖:《王安石老子注辑本》,中华书局,1979。

唐圭璋编:《全宋词》,中华书局,1965。

唐圭璋编:《词话丛编》,中华书局,1986。

王叔岷:《庄子校诠》,中华书局,2007。

吴文治主编：《宋诗话全编》，江苏古籍出版社，1998。

曾枣庄、刘琳主编：《全宋文》，上海辞书出版社、安徽教育出版社，2006。

周振甫：《文心雕龙今译》，中华书局，1986。

朱谦之：《老子校释》，中华书局，1984。

《楞严经》，中华书局，2010。

《金刚经》，《大正新修大藏经》，第 85 册。

《大乘义章》，《大正新修大藏经》，第 44 册。

《大方广佛华严经》，《大正新修大藏经》，第 10 册。

《四教义》，《大正新修大藏经》，第 46 册。

《四十二章经》，《大正新修大藏经》，第 39 册。

《无量寿经义疏》，《大正新修大藏经》，第 37 册。

二、现代文献

专著

陈伯海：《唐诗汇评》，浙江教育出版社，1992。

陈伯海：《中国诗学之现代观》，上海古籍出版社，2006。

陈来：《宋明理学》，华东师范大学出版社，2004。

陈元锋：《北宋馆阁翰苑与诗坛研究》，中华书局，2005。

陈钟凡：《两宋思想述评》，东方出版社，1996。

程民生：《宋代地域文化》，河南大学出版社，1997。

程千帆、吴新雷：《两宋文学史》，上海古籍出版社，1991。

丛日云：《西方政治文化传统》，吉林出版社集团，2007。

邓小南：《祖宗之法——北宋前期政治述略》，三联书店，2006。

丁传靖：《宋人轶事汇编》，中华书局，2003。

方笑一：《北宋新学与文学》，上海古籍出版社，2008。

冯友兰：《中国哲学简史》，天津社会科学院出版社，2005。

傅璇琮编：《黄庭坚和江西诗派资料汇编》，中华书局，1978。

高克勤：《王安石与北宋文学研究》，复旦大学出版社，2006。

葛瑞汉：《二程兄弟的新儒学》，大象出版社，2000。

葛兆光：《中国思想史》第二卷，复旦大学出版社，2005。

龚延明：《宋代官制辞典》，中华书局，1997。

郭绍虞:《宋诗话考》,中华书局,1979。

郭预衡:《中国散文史》,上海古籍出版社,1993。

韩钟文:《中国儒学史》,广东教育出版社,1998。

洪本健:《宋文六大家活动编年》,华东师范大学出版社,1993。

洪修平:《中国禅学思想史》,中国人民大学出版社,2007。

侯外庐等:《中国思想通史》(第四册卷上),人民出版社,1957。

胡昭羲:《宋代蜀学论集》,四川人民出版社,2004。

黄启方:《黄庭坚研究论集》,安徽人民出版社,2005。

黄宝华:《黄庭坚评传》,南京大学出版社,1998。

贾玉英:《宋代监察制度》,河南大学出版社,1996。

蒋寅:《古代诗学的现代诠释》,中华书局,2003。

孔凡礼:《苏轼年谱》,中华书局,1998。

孔凡礼:《苏辙年谱》,学苑出版社,2001。

李春青:《宋学与宋代文学观念》,北京师范大学出版社,2001。

李泽厚:《美学三书·美的历程》,天津社会科学院出版社,2003。

刘泽华:《王权思想论》,天津人民出版社,2006。

卢连章:《程颢、程颐评传》,南京大学出版社,2001。

罗家祥:《朋党之争与北宋政治》,华中师范大学出版社,2002。

吕肖奂:《宋诗体派论》,四川民族出版社,2002。

马东瑶:《苏门六君子研究》,北京大学出版社,2005。

苗书梅:《宋代官员选任和管理制度》,河南大学出版社,1996。

莫砺锋:《江西诗派研究》,齐鲁书社,1986。

木斋:《宋诗流变》,京华出版社,1999。

欧阳光:《宋元诗社研究丛稿》,广东高等教育出版社,1996。

潘富恩、徐余庆:《程颢程颐理学思想研究》,复旦大学出版社,1988。

潘桂明:《中国居士佛教史》,中国社会科学出版社,2000。

漆侠:《宋学的发展和演变》,河北人民出版社,2002。

钱穆:《国史大纲》,商务印书馆,1996。

钱穆:《朱子学提纲》,三联书店,2002。

钱志熙:《黄庭坚诗学体系研究》,北京大学出版社,2003。

钱锺书:《谈艺录》,中华书局,1984。

钱锺书:《管锥编》,中华书局,1986。

尚永亮:《贬谪文化与贬谪文学》,兰州大学出版社,2004。

尚永亮:《唐五代逐臣与贬谪文学研究》,武汉大学出版社,2007。

司马琪:《十家论佛》,上海人民出版社,2006。

四川大学中文系唐宋文学研究室编:《苏轼资料汇编》,中华书局,2004。

沈松勤:《北宋文人与党争》,人民出版社,1998。

粟品孝:《朱熹与宋代蜀学》,高等教育出版社,1998。

孙望、常国武:《宋代文学史》,人民文学出版社,1996。

汤一介:《儒道释与内在超越问题》,江西人民出版社,1991。

唐君毅:《中国文化之精神价值》,广西师范大学出版社,2005。

王德保:《司马光与〈资治通鉴〉》,中国社会科学出版社,2001。

王水照:《宋代文学通论》,河南大学出版社,1997。

王水照:《苏轼研究》,河北教育出版社,1999。

王水照:《王水照自选集》,上海教育出版社,2000。

王水照、朱刚:《苏轼评传》,南京大学出版社,2004。

王云海:《宋代司法制度》,河南大学出版社,1992。

王运熙、顾易生主编:《中国文学批评通史》,上海古籍出版社,1996。

韦海英:《江西诗派诸家考论》,北京大学出版社,2005。

伍晓蔓:《江西宗派研究》,巴蜀书社,2005。

萧庆伟:《北宋新旧党争与文学》,人民文学出版社,2001。

谢桃坊:《苏轼诗研究》,巴蜀书社,1987。

熊海英:《北宋文人集会与诗歌》(博士论文),复旦大学,2005。

徐复观:《中国文学精神》,上海书店出版社,2004。

徐培钧:《秦少游年谱长编》,中华书局,2002。

徐文明:《出入自在——王安石与佛禅》,河南人民出版社,2001。

许总:《宋诗史》,重庆出版社,1997。

杨新勋:《宋代疑经研究》,中华书局,2007。

姚瀛艇:《宋代文化史》,河南大学出版社,1992。

印顺:《中国禅宗史》,江西人民出版社,1997。

余英时:《士与中国文化》,上海人民出版社,2003。

余英时:《朱熹的历史世界》,三联书店,2004。

余英时:《中国思想传统的现代诠释》,江苏人民出版社,2006。

袁行霈等:《中国诗学通论》,安徽教育出版社,1994。

苏轼研究学会编:《论苏轼岭南诗及其他——苏轼研究学会全国第三次学术研讨会论文集》,广东人民出版社,1986。

张伯伟:《中国古代文学批评方法研究》,中华书局,2001。

张高评:《春秋书法与左传学史》,上海古籍出版社,2005。

张海鸥:《宋代文化与文学研究》,中国社会科学出版社,2001。

张培锋:《宋代士大夫佛学与文学》,宗教文化出版社,2007。

张毅:《宋代文学思想史》,中华书局,1995。

章太炎讲演,曹聚仁整理:《国学概论》,上海古籍出版社,1997。

郑永晓:《黄庭坚年谱新编》,社会科学文献出版社,1997。

周义敢,周雷编:《秦观资料汇编》,中华书局,2001。

周义敢,周雷编:《张耒资料汇编》,中华书局,2007。

周义敢,周雷编:《晁补之资料汇编》,中华书局,2008。

周裕锴:《中国禅宗与诗歌》,上海人民出版社,1992。

周裕锴:《宋代诗学通论》,上海古籍出版社,2007。

祝尚书:《宋人别集叙录》,中华书局,1999。

祝尚书:《宋人总集叙录》,中华书局,2004。

祝尚书:《宋代科举与文学考论》,大象出版社,2006。

[德]马克斯·韦伯:《儒教与道教》,广西师范大学出版社,2004。

[荷兰]许理和:《佛教征服中国》,江苏人民出版社,2005。

[日]土田健次郎:《道学之形成》,上海古籍出版社,2010。

期刊

韩经太:《论宋人平淡诗观的特殊指向与内蕴》,《学术月刊》1990 年第 7 期。

何忠礼:《苏轼在黄州的日用钱问题及其他》,《杭州大学学报》1989 年第 4 期。

金强、葛金芳:《北宋文官政治与熙丰党争》,《湖北大学学报》2001 年第 2 期。

金生扬:《论王安石〈淮南杂说〉中的异志思想》,《四川大学学报》(哲学社会科学版)2002年第6期。

刘复生:《北宋"党争"与儒学复兴运动的演化》,《社会科学研究》1999年第
6期。

马玉臣:《熙丰党争新论》,《东方论坛》2005年第1期。

莫砺锋:《论黄庭坚诗歌创作的三个阶段》,《文学遗产》1995年第3期。

沈松勤:《台谏制度与党争》,《历史研究》1998年第4期。

孙昌武:《苏轼与佛教》,《文学遗产》1994年第1期。

陶文鹏:《论"小东坡"唐庚的诗》,《南京师范大学文学院学报》2003年第
1期。

王水照:《论洛蜀党争的性质与意义》,《河北师院学报》1995年第1期。

吴定球:《试论唐庚对苏轼的态度和评价》,《惠州学院学报》(社会科学版)
2002年第4期。

萧庆伟:《熙丰、元祐党争的特质及蜕变》,《赣南师范学院学报》1998年第
4期。

萧庆伟:《车盖亭诗案平议》,《河北大学学报》1995年第1期。

萧庆伟:《苏轼策题之谤与洛蜀党争》,《漳州师院学报》1997年第1期。

萧庆伟:《论熙丰、元祐党争的文化背景》,《漳州师院学报》1998年第1期。

谢建忠:《〈东坡易传〉考论》,《文学遗产》2000年第6期。

尹占华:《论张耒的诗》,《西北师大学报》2004年第4期。

张其凡:《陈瓘与〈四明尊尧集〉》,《浙江大学学报》2004年第3期。

周淑萍:《王安石不列〈春秋〉于学官释疑》,《西安电子科技大学学报》(社会
科学版)2004年第1期。

朱刚:《论苏辙晚年诗》,《文学遗产》2005年第3期。

诸葛忆兵:《洛蜀党争辨析》,《南京师范大学学报》(社会科学版)1996年第
4期。

后 记

2008 年夏,当川西大地依然在持续不断的余震中颤抖不已时,正在川西北小城茫然无措的我收到了复旦大学的博士录取通知书。那一刻,并没有多少欢乐,死亡以其狰狞的面目映照出生命的微渺,一切形上的精神追求在大片的废墟和成群的死亡面前似乎被消解了全部的意义,博士这一象征着智慧、负载着荣誉的头衔因为这突如其来的灾难而黯然失色。在这个知识不断贬值、偶然多于必然、未来越发渺茫的时代,人到中年的我究竟能通过读博收获什么? 在 2008 这个灾难深重的年份,带着无法消释的困惑,我踏入了复旦大学神圣而庄严的大门。

并没有多少初来乍到的好奇,紧张忙碌的学习生活很快冲淡了惊心动魄的记忆,修学分、听讲座、查资料、发论文几乎构成了生活的全部内容,生命似乎因为远离了灾难而重新获得了意义,一度沉落的荣誉感也重新浮上心头。典重的校史馆、庄严的相辉堂、雅致的小白宫、巍峨的光华楼、白发苍颜的教授、来去匆匆的学子、发人深思的校训、高朋满座的讲堂,无不昭示着这所百年名校深厚的文化底蕴,置身其间,既充满自豪,又感到极大的压力。我硕士阶段主攻唐代文学,博士阶段转向宋代文学,对我而言,宋代文学俨然一个陌生的王国,许多基本的文献材料从未涉足,最新的研究动态更是一无所知,一切都要从头做起。于是,我只能从阅读最基本的历史文献入手,试图凭借颇为自信的哲学积累寻获富有价值而又便于发挥特长的研究论题。随着阅读的深入,党争与贬谪逐渐进入我的视野,作为北宋中后期极为普遍的政治现象,贬谪与文学之间究竟存在怎样的关系应是极值探究的问题。尽管沈松勤、萧庆伟二位先生已对北宋党争与文学间的关系进行了深入的探讨,但从贬谪角度切入则未见有系统性的成果。受到尚永亮先生相关研究的激发,我最终决定以贬谪与文学关系作为研究论题。从操作层面来看,党争与贬谪不易分开,贬谪与文学关系研究难免跟党争与文学关系研究发生冲突,我于是尽力避免此种现象发生,在整体的结构设计上以文化演变及士人心态衰变为主线,侧重考察士人贬谪背景下的生存状态、文化心态与创作状况,立足贬谪现象探究文学演变。

在论文选题及写作过程中,恩师王水照先生付出了极大的心力,给予了无微不至的关怀。选题之初,王先生仔细斟酌,在对相关研究成果深入考察的基础上,结合我的治学特点,最终认可了我的选题。在论文写作过程中,王先生每每在课上课下同我就相关问题交流探讨,开悟窒钝,消释疑惑,终使论文较为顺利地完成,在此谨对王先生表示深挚的谢意!同时,论文指导小组的陈尚君老师、骆玉明老师、陈引驰老师、戴燕老师对论文提出了许多宝贵的指导性意见,查屏球老师、朱刚老师也提出了不少改进意见,使我受益良多,在此一并致以诚挚的感谢!

同门师兄侯体健博学强记,睿思不群,常常为我指点迷津。成玮、韩立平、吴伯雄、李强等各位师兄及宋立英、綦晓琴师姐积累宏富,见解精深,不时为我提供咨询。杜斐然师妹聪敏伶俐,常有独得之见令我顿开茅塞;卢康华师弟才气纵横,常以绝妙好词令我叹为观止。另有其他诸位同门也在百忙中给我不少学问上的指点,在此诚致深深的谢意!同年杨满仁、洪彦龙、许蔚、郑益文先后与我同居一室,情同手足,我们切磋学问,精细入微;纵论天下,豪情激荡,94栋201室将是我们终生难忘的记忆!

读博生活转瞬即逝,2011年毕业后我应聘到河北科技大学工作,繁重的工作之余,对博士论文陆续有所修订。2017年有幸申请到国家社科基金后期资助项目,这为拙文的出版提供了有力的保证。2018年上半年,我到四川大学做访问学者,师从周裕锴老师研读宋代佛禅与文学,周老师就拙文的修改提出了许多宝贵意见,在此谨致深挚的谢意!访学期间,在修订原有章节的基础上,又补充了第十章,主要讨论贬谪与文体变异之关系,对本书论题作了进一步的完善。限于本人庸浅的学力,书中对相关问题的论证恐有诸多不足之处,只能敬待学界同仁批评指正了。

2019年秋于河北科技大学新区